车轮滚滚

胡志伟 著

上海文艺出版社

题 记

献给永不停歇、车轮滚滚的汽车工业……

第 一 章

盛夏，知了声嘶力竭地吼着"热死啦、热死啦"。蓦地，从机场迎宾大道的马路尽头，突然窜出五辆轿车，瞬间冲散了四周的氤氲，马达的轰鸣声一下子盖过了知了的喧嚣。

这年头，小轿车并不多见，好像只有区县级的正职干部才配有专车，副职只能共用一辆。五辆轿车堪比一个区县领导班子的车队规模，开到哪都是一道令人瞩目的风景线。这一溜簇新的"华松牌"轿车，漆黑锃亮，若是开到闹市中心，足以引起行人的惊怵和围观。

但那招摇的车队却挑没人的正午时光出没在机场大道上，兜了一圈又一圈，阅兵式般一丝不苟。约莫开到第六圈时，车队毫无征兆地失去了绷直的线条，头车失去了控制，S形扭动起来。后车看见前面车身如此摆动，立刻警觉地按响了喇叭。头车一脚猛刹靠边急停，后车也紧跟骤停，接着尖锐的刹车声接二连三响起，一道流动的墨迹就这样赫然凝固在路边。

各车的车门打开，诸人一个个都满头大汗，一呼而下，七手八脚地把失去意识的头车驾驶员抬出来。只见他双眼紧闭，面色红紫，显然是由于中暑导致了晕厥。但他晕倒前的最后一刻竟还能踩下刹车，把车停下，可见其爱惜车辆更甚于自己的性命。

李博林是第一个从车里下来的，指挥大家把他抬到树荫下，蹲下身去替他解开扣子，一手扇风一手猛掐他的人中。驾驶员终于蔫蔫地睁开眼，嘴唇努力地一张一合。李博林附耳过去，听见他嘴里呻吟"厂长，车……"，心头顿时一热，说："放心吧，车没事！"

有人递来仁丹和水壶，李博林一伸手，竟然烫得几乎握不上手。"就没有凉的吗？"他抬头一扫周围，等不及别人回答，兀自霍然起身，说了声"我去买"，便转身朝不远处的日夜商店奔去。

李博林踏上狭小的门店，店内不见人影，却有一阵微微的凉风迎面袭来，顺着风向一看，日夜商店的后窗开着，风正扑打着窗外的竹叶，呼啦啦吹过一个半人高、装满凉水的铅桶，老爷叔躺在地上的凉席上酣睡，哈喇子淌了半边脸。

李博林敲敲半人高玻璃柜台，不见回应，再用力拍打门板还没见反应，四处张望，看见门外有一个二十四小时呼唤铃，便摁下了红色按钮，"嘀铃铃"，刺耳的铃声总算把老爷叔惊醒，他嗖地坐起来问："侬要做啥？"

李博林指指柜台里的盐汽水，伸出双手，示意要买"十瓶盐汽水"。老爷叔定神看去，发现眼前这张冷峻的国字脸被太阳晒得通红，嘴唇干裂，两道粗眉微微上扬，核桃大的眼珠子正盯着自己，厚实的身板高出自己一头。老爷叔心中一凛，一骨碌爬了起来，"叮叮嗵嗵"把十瓶盐汽水全放在了柜面上，"一角五分一瓶，十瓶一块五。"他算得快，说得也快，伸手更快，就等着李博林付钱。

李博林从裤兜里掏出湿漉漉的一角、两角纸币一张张摊开，递给老爷叔。他身上的汗衫被凉风一吹都黏在了身上，暗淡的红字隐隐显出："抗美援朝，保家卫国"。老爷叔见状哼了一声，对眼前这位年近五旬的退伍军人，也懒得摆出什么好脸色，接过钱数了一遍，打开带锁的小钱箱，把钱放了进去。

李博林伸手去拿盐汽水，发觉是热的，立马对老爷叔说："能给我换两瓶水桶里的盐汽水吗？"

"想得美，不换！"老爷叔坚定地拒绝。

李博林赶紧赔起笑脸，好言商量道："老爷叔，我们在试车，有位同志中暑了，帮帮忙，换两瓶桶里凉的汽水，能让他尽快降温，我再多付一角钱，行吗？"

车队的年轻人等得有些着急，派了两个代表奔过来，"李厂长，您回去休息吧，汽水我们来拿。"

老爷叔闻言一震，眼梢略扬，他做梦都没想到，眼前这位年近五旬的男子竟是位厂长。老爷叔的态度顿时来了个一百八十度的大转弯，连连摇手说："不用加钱、不用加钱，换、马上换，你一个厂长，大热的天带着一帮年轻人试车，真拼命，你把冰桶里的碎冰块也拿走吧，冷敷一下那中暑的人，准能缓过来！"

李博林连忙谢过老爷叔，赶紧用毛巾包裹着冰块，转身跑去敷在小董额头上，还让他喝下凉汽水，再吃了几颗仁丹。等到他的脸色慢慢恢复了正常，李博林长舒一口气，坐到旁边的马路牙子上，心里五味杂陈。

原本挑中午试车一是为了路上人少，二是为了迁就美国人飞机到达的时间，让司机习惯中午刺眼的光线，没想到这个退伍军人，练到一半就中暑。眼见其他年轻人的脸色也都红得像蒸熟的大闸蟹，再练下去，怕要出人命。

他当即下令：停止试驾，打道回府。

李博林坐上小董的驾驶位置，驾车朝自己工厂的所在地——新桥镇驶去。

新桥镇是位于华松市西北郊的一个江南古镇，历史久远，三国时期就建有古寺。古镇上千年的名胜古迹随处可见，文化底蕴深厚。它南有国道，北有铁路，还有贯穿苏浙皖的大江河流在此交汇，构成了新桥镇水陆两栖发达的交通运输体系。

二十世纪五十年代末，一些大型国营企业陆陆续续搬迁到了这里，其中有汽车装配厂、发动机制造厂、无线电厂、仪表厂等十几家大型工厂，这个新建的工业园区东西长约六公里，南北宽两公里，应该算是当时华松市第一个规模化、产业化的工业基地。汽车装配厂和发动机厂是这里的龙头企业，而且这里的厂房都是标准的苏式风格，一幢幢看起来都是四四方方，高高大大，除了那些水泥柱子是灰色的，其他部分都由红砖砌成，不加任何粉刷，在太阳的照射下红彤彤的显得特别耀眼。离工业区不远处还建有配套的生活区。整条街道和西边的古镇完全是两种不同的风格。街道两边都是挺拔的梧桐，西边的古镇却显得破败。夏天，街道上茂密的树冠就像一把把撑起来的巨伞，为行走在街道上的人们遮风挡雨。秋天，金灿灿的梧桐叶随风飞舞，飘撒落地，似给街道铺上了一层金黄色的地毯，则又是另外一道风景。

街道两边是排列整齐的医院、银行、邮局、百货商店、照相店、理发店、饭店、浴室等各种生活设施一应俱全，厂区的学校就在离街心花园几百米不到的角落，寂静又安宁。员工们居住的公寓楼全部集中在街心花园的对面，都是六层楼房，跟厂房一样也是苏式风格，所不同的是它们的外墙都用土黄色水泥浆粉刷过，给人一种年代的沧桑感。

李博林带领车队慢慢驶进工业区，远远就看到工厂房顶上半人高的野草随风摇曳，红墙上的铁窗大部分都锈蚀了，有些铁窗上都没有玻璃，有的窗户单边斜挂着，随时都有坠落的可能。

这些厂房二十年来几乎没有整修过，适逢大跃进年代，厂里的工人干劲十足，不分日夜地干，只用了两个月就造出了第一辆"雄鹰牌"轿车，这是多么值得骄傲的日子啊！自己进厂二十年，也经历了不少事，不论遇到什么困难都不曾喊过一声苦，唯独眼前这迎接美国外宾的事，让他像吞了只苍蝇一样难受。

在抗美援朝的战场上，他带领的运输连有一百二十九名战士，到最后只剩九人生还。一百二十人都死在了美国人的枪炮下，这些牺牲的战士大部分都跟着自己一起经历过抗日战争，他们没有死在日本人的枪炮下，却被美国飞机的炸弹炸成了碎片。

李博林想到这事，心里就不是个滋味。

车队驶近工厂时，陡然发现门房的传达室外杵着好几个人在"欢迎"自己。李博林暗自思忖，大热天的不在传达室待着，偏要在太阳底下等着，不像是有什么好事的样子。

下了车，李博林才看清，这群人中最令人瞩目的就是老领导陈克敏。他中等身材，面相和蔼，眼神却异常犀利，让人有一种威严的感觉。

当年研制"雄鹰牌"时他亲任组长。陪在他旁边的不仅有主管生产的副厂长关永明，还有厂里的技术主任赵红旗，李博林看到关永明陪在他身边并不感到惊奇，却对唯唯诺诺的庸碌之辈——赵红旗也陪伴左右就没有好脸色。碍于老领导在场他也没有多问，安排好小董，就引陈克敏到办公室。

走进办公室，陈克敏还没坐下就冷冷地开腔了，"我倒是要看看，你开着华松牌轿车大中午地出去转一圈，回来是个什么德行，你现在自己心里没底吗？"

李博林身上的汗水已经被打开的电风扇吹干了，汗衫上一轮又一轮的汗渍就像泛白的写意山水画。顺着陈克敏的眼光，他低头嗅了嗅自己腋窝，但久在鲍鱼之肆而不闻其臭，自己的味道自己往往难以察觉。

李博林努力嗅了半天，这才察觉出不对，讪讪地说："这个……汗的确有点多，到时候大家多备一套工服，保证不影响祖国形象就是了。"

陈克敏怒道："我说的是这个吗？你一个人臭也就算了，难道要外宾也陪你一起闷在铁罐头里发酵？现在国际上的轿车几乎每一款都有空调，要是咱们还没有，这说明了什么？说明差距实在太大。别人看了会怎么想，还敢考虑跟我们合作吗？就算合作，他们能不狮子大开口吗？我早就说了咱们要研发车载空调，你总是一拖再拖，现在你想用这种车去接待外宾，这不是开国际玩笑么。我丢不起这个脸！"

李博林意识到兴许是有人在背后告了自己的状，硬着头皮解释："我们不是没有研发，是技术还没成熟。"

陈克敏严厉地问："可我怎么听说，已经有辆试装车能用了呢？"

李博林一愣，眼光立刻扫向旁边不发一言的赵红旗。赵红旗低垂着眼，仍然是平日里那副半死不活的样子。李博林心想，这个赵红旗竟然还是个两面派，敢告自己的状，胆子不小。他的目光在扫向他的同时，胸中涌上了一股除了不齿还有就是遭到背叛的愤怒。

"你别看他，是我把赵工叫过来问了才说的。"陈克敏马上发现了李博林的眼神。

李博林说："那是还没成熟的空调车，还没做过道路试验，随时可能熄火，故障率也尚未可知。"

陈克敏当即拍板："那就立刻试验。"

李博林惊讶："万一在接外宾的半道上熄火，岂不是更丢人？"

陈克敏怒道："事情还没做，你怎么就先想着失败？现在还剩一个月，我命令你，利用这段时间排除万难，争取最后的胜利。要是遇到你们自己解决不了的问题，可以上报。但这种胆小畏缩的话，不要再让我听到。"

李博林深吸一口气，知道陈克敏的决心已定，看来车载空调势在必行了。等到陈克敏和他的秘书离开，他随即就对赵红旗下了命令："给你们研发小组一个月的时间，把五辆空调车改装好，进行道路试验。"

李博林心中很纳闷，车载空调的问题，自己不是没有问过赵红旗，可他给自己的回答是研制尚未成功。不知道这话到了陈克敏的耳朵里，怎么就摇身一变成"能用"了。他相信陈克敏是没有必要诓自己的，两边的信息不对称，多半还是那个赵红旗耍了心眼。

赵红旗原名赵云恺，早年曾经留学奥国黑尔默工学院，回国后在华松内燃机研究所工作。那时正好是大跃进年代，赵云恺对周围此起彼伏的"放卫星"运动很抗拒，领导交给他几个项目，都被他以"目标定得脱离实际"为理由推掉了。在当时的狂热氛围中，赵云恺的冷静显得与周围环境格格不入，又因为言必提及奥国人处理问题的严谨和经验，被一些人视作了崇洋媚外的典型。"文革"中，因父母的资本家身份，再加上那些言行，他顺理成章地被戴上了"黑五类"、"走资派"的帽子，被发配到"五七干校"劳动改造。

经历一番遽变，赵云恺性情大变，甚至连名字也改了，摇身一变成了现在的赵红旗。尽管已经被平反了，而且也开始了新的工作，但他仍旧保留了劳改时的习惯，不论见谁都像是老鼠见了猫，任谁一跺脚，就能吓破他的胆。

老产品改款时，李博林想请教几个技术问题。没想到还没等他把话问完，赵红旗就连连点头说"对对对"。李博林问他什么"对"，他说"领导指教得对"，一时间引得在场人员哄堂大笑，李博林的脸色立刻黑了。

起初李博林还替他想过，也许这人是被斗怕了，丢了胆子，曾找他长谈了几次想让他放开手脚大胆干。但每次好心好意的劝解就像一杯热茶泼进了汪洋，见不到丝毫的变化。赵红旗在任何会议上都是一副唯唯诺诺的样子，讲话从不抬头，发言从没内容，唯独在看人脸色一事上异常敏感，但凡听见上级的话音里有一丝不悦，立马展开深刻而冗长的自我批评。李博林看到他这副样子，暗自思忖，他难道真是烂泥扶不上墙？

李博林曾就此事和自己的老战友关永明议论过，挫折谁没有经历过，但你不能一辈子待在挫折的阴影里，更不能让挫折改变你，让你成为你自己都瞧不起的那种人。表面上你像是保全了自己，但实际上呢，这跟举起白旗一个样，是投降。

关永明曾劝过李博林，不是所有人都能跟你一样，也没法要求人人都跟你一样。

赵红旗留学时虽然学过制冷技术，但没接触过车载空调。车载空调技术发端于二十世纪五十年代，成熟于七十年代，这期间有一大段都是中国工业大规模停滞时期。如今华松汽车厂的车载空调研发，主要还是靠他搜集海外资料，和仅有的几台进口的二手轿车作为参照物来仿制，难度很大。

李博林虽说在汽车制造方面已经属于"老法师"级别，但对制冷技术一无所知，只能依赖赵红旗。李博林明白，自己在枪林弹雨中找到勇气，而赵红旗却在批斗中被抽掉了脊梁。现在也不知道是什么缘故竟让他忽然开窍，越过自己寻找立功的机会，但实际上这是机会也是考验。

试制车间没日没夜连续加班，李博林心知肚明，也焦急万分，好几次想进去看看进展，但又怕影响赵红旗团队的试制，不得不在车间门外兜圈子，偶尔把进出车间的研发人员拉到一边，询问进展情况。次数一多，这些人见到他就会自动停下，赶紧把研发情况巨细无靡地向他报告一遍。这样一来，李博林又觉得别扭了，好像自己偷偷摸摸见不得光似的。最后他索性亲自找赵红旗定下了日子，对空调车辆进行统一试驾和验收，以便确定最后是否采用。

一个月后，这批试制空调轿车终于按计划上路试车。

这天，李博林吃了午饭就早早等在了厂门口，目送五辆华松牌轿车整整齐齐地排队出去。不到一个小时，车队就回来了。李博林眯着眼睛数数，一、二、三、四……只见到四辆。

"还有一辆呢？"李博林探头望向厂门前的道路，见不到第五辆车的踪影，心里顿时一紧。

"抛锚了。"试车员小董回答，"恐怕得请周师傅跟我们去一趟，修不好就只能拖回来了。"

小董嘴里的周师傅，就是厂里的八级钳工周志远，他对轿车生产的各项工艺可谓样样精通，要是有车连他都修不好，那就该报废了。

李博林看着他们把周志远拉上了车，自己也跟着挤了进去说："我也去看看。"

在抛锚的现场，赵红旗臊眉耷眼地站着，见到李博林来了，愈发不敢抬头。李博林本可以借此机会好好痛批他一番，但此刻却没有这个心情，冲着众人摆摆手，便算是打过了招呼。赵红旗见厂长背着手一言不发，他也什么都不敢说，小心翼翼地跟在他身后走到故障车边。两人分别站在周志远的一左一右，像是同步一般，齐齐刷刷把腰弯成了九十度，专心地看周志远排查故障。

经过检查，发现是风扇皮带受热膨胀后打滑，导致风扇不转，冷却水过热，水箱就开锅了。周志远更换了皮带，又锁紧涨紧轮，重新启动后，风扇皮带又转动了，空调也逐渐恢复正常。

但此后三天试驾都如第一天一样，每天五辆车出去，至少有一辆要歇在半路，每次都要换皮带。李博林问原因，周志远说："轿车在设计时没有考虑使用空调，现在使用了空调，必然会增加发动机的负担，这根新匹配的风扇皮带的拉伸力不够，温度升高，皮带就松了。"他用手中的小刀切开皮带，指着里面仅有的尼龙丝说道："你看，这根橡胶皮带只有尼龙丝，没镶嵌钢丝，这样能保证拉伸力吗？看来，生产这根皮带的厂家要么是偷工减料，要么是没有这项技术。"

李博林差点惊叫起来，这是与华松牌轿车配套了十几年的老厂，怎么会出现这个问题？回厂后，他当即给这家厂的厂长林国民打电话，听到对方支支吾吾地说没有这项技术时，顿时就蔫了。

现在唯一的办法只能勤换皮带。但要是在接待外宾的过程中发生意外呢？李博林不敢想下去。

一连几天的水箱开锅让李博林急得满嘴都起了燎泡，吃不下饭睡不着觉，只得找老伙计关永明来商量。

关永明是李博林的老部下，还是山东老乡。他个子虽没李博林高，但天庭饱满，脸庞圆润，一条长眉下藏着一对带着微笑的眼睛。他在抗美援朝的战斗中肩胛负伤，至今还有一块弹片没取出，走路弓着腰，像个驼背，但工作起来精神抖擞。最早，工人们都在背后戏称其为"虾米关公"，后来发现他十分爱惜厂里的工人，就改成了"虾米佛"，但更多的人却愿意叫他关老爷子。

关永明提醒李博林，根据眼下的情况，空调车的故障率初步判定为百分之二十以上，应该向陈总申请用无空调的华松牌迎接外宾，这样才能万无一失。即便上级仍坚持要用空调车，作为下级至少也尽了提醒的义务，到时真出了意外，也不用替赵红旗背锅。

李博林关起门来思考了好几天，最后跟着试制车队去试车，愈发鲜明地感受到两种车辆的对比——蒸得人满身大汗的闷罐子车和沁凉舒爽的空调车，完全是两个时代的驾乘体验。

从前大家觉得华松牌不错，那是拿它和货车、拖拉机比，觉得从无到有已经是天大的进步，那是站在国人的角度上体恤国货的艰辛，体谅汽车人技术的困乏。但如果将乘坐的角色换作外宾呢？人家有什么动机来宽容？他们在自己国家坐惯了空调车，乍一落地却钻进了热气腾腾的铁罐子，最直观的感受就是倒退，是落后。说白了，就是觉得中国人不行。

正如陈克敏所说，他们接待的外宾是来谈合作的，差距太大非但无法赢得尊重，还容易遭人轻视。在视野和格局上，李博林一向很佩服这位老领导。

陈克敏先前说的那些道理乍听刺耳，但细细品味，确实又有战略眼光。李博林上过前线，自然知道不论什么情况，展示实力和勇气才是实现坐下来谈判的前提。所以这个时候别说领导坚持了，就算陈克敏不坚持，他也认为派出空调车很有必要。

李博林忽然想起那天小董试车中暑，日夜商店的老爷叔让他用冰块降温的事，能不能也用这个办法给水箱降温呢？他马上把周志远找来商量。

周志远一听要用冰块给水箱降温，觉得可行，但不可能像小贩卖冰棍那样用棉被包裹的方式给水箱保温，灵机一动道："把冰块切成火柴盒大小，与水混合在一起，这样至少能保持一段时间内水温不会升高，但具体要加多少冰块，在迎接外宾所需的时间和里程内不开锅，还要经过路试才能知道！"

李博林大喜："不愧是老法师，一点就透。明天让老关准备好冰块，咱们去路试！"

连续几天的路试证明，老法师的奇招果然有效，四十公里之内，空调温度能一直保持在二十度左右，发动机也一切正常。这就是说，从机场到酒店完全没有问题，就算是从酒店再到华松汽车厂也在可控范围内。

但李博林还是不敢保证迎宾过程中万无一失，万一这铁疙瘩半路上发脾气，岂不是丢了国家的脸面？于是，李博林不顾关永明的劝阻又下了一道命令，让车间再多生产一辆新车，迎宾时跟在车队末尾，以备不时之需。对此关永明惊讶不已，但李博林的一句话却堵住了他的嘴。

"我们必须打赢迎接外宾这场仗。"说罢，李博林特意走到赵红旗面前，拍了拍他肩膀，鼓励道，"赵工，你做得不错，再接再厉，千万别给厂里丢脸！"

李赵二人关系不和，在厂里几乎是人尽皆知的秘密，因此李博林的这个举动不但吓到了赵红旗，还让所有在场的师傅们都惊掉了下巴。作为当事人的赵红旗几乎是木头般僵立在原地，无精打采的眼神里瞬间涌起了波澜。他怔怔地望向李博林，过了好一会儿，才郑重其事地点了点头："保证完成任务。"

那是他入厂以来第一次许下诺言，过去多少次开会表态，赵红旗都会极力斟酌用词，绝不说那些会授人以柄、后患无穷的誓言。这也是他头一次说出"保证"二字，这让李博林从他的眼神中感到，"保证"两个字绝非他张口就来的高调，而是发自肺腑的决心。因此李博林十分确信，赵红旗说到，便是真可以做到的。

加急生产的空调车在最后一个星期完成，李博林试车检验完毕，认为万事俱备只欠东风——他决定让周志远亲自驾驶备用车，跟在迎宾车队的后面。有了这个万宝全书的"老法师"保驾护航，就算汽车真出了什么故障，也能及时得到解决。

关永明通知周志远时，对方却误解了李博林的意图。"什么！让我去给美国佬当司机？"周志远把手一挥，"不去！"

关永明急忙解释："不是当司机，是开备用车在后面跟着，要是前车出了故障，随时顶替。"

"还是个备用司机，连正式的都算不上？"周志远把劳防手套一脱，塞到工装衣兜里，拿出一股强硬态度，"太丢人了。我不去！"

周志远好面子，倒也是有几分资格的。在这个全靠手工敲敲打打的年代，像他这样一个有全能技术的人才可谓是厂里的一宝，平时连李博林都要让他三分。也正是如此，动员他得由副厂长亲自出马，然而即便是这样大的面子，还是劝不动他。关永明知道老周吃软不吃硬，见自己说话不管用，就转头去找他的徒弟姜波来想办法。

姜波是姜广志的儿子。抗美援朝时，李博林是汽车连连长，姜广志是指导员。在连队只剩八个人时，正在后方养伤的姜广志便不顾刚刚愈合的伤口，挺身而出上了前线。那时战况紧急，当时敌机就在头顶上扫射，炮弹不是落在山崖就是砸在车屁股后头，若不是姜广志站在第一辆卡车外的脚踏板上观察天上的敌机，指挥卡车躲避轰炸，九个人的小命就得报销在异国他乡的战场上。

抗美援朝战争结束后，李博林与老战友一起脱下军装转业到华松汽车厂，参与了第一辆"雄鹰牌"轿车的研制。由于抗美援朝的军需消耗，加上"大跃进"的急躁冒进，迈入六十年代后，国民经济一度陷入困境。再加上轿车不比货车，并非是民生必需物资，在没有产能、无法降低成本的情况下，又遇上了三年困难时期，只能停产。

曾经令人骄傲的"雄鹰牌"只生产了十几辆便偃旗息鼓，直到"文革"后期经济逐步恢复，才改名为"华松牌"重新生产。

李博林升任华松汽车厂厂长，姜广志担任党委书记，接到的第一个任务就是抓产量。谁会想到老战友没有牺牲在硝烟弥漫的战场，却倒在了和平年代的抗洪抢险中。

李博林为此一直心怀歉疚，在姜波高中刚毕业后就被特招进厂，并让最有本事的周志远收他为徒。没想到周志远小气得很，生怕教会了徒弟饿死师父，但凡有点门槛的技术活儿都捂得严严实实。好在师父精明，徒弟也不傻。姜波看出师父有这毛病，平时小心哄着，干活时留意观察，渐渐地偷学到不少本事。

姜波听关永明说了事情的来龙去脉，当即拍胸脯说："关叔，这事包在我身上。"

关永明料到他有办法，放心地笑了："行，到时候你也一起来，当你师父的副驾驶，有事方便照应。"

姜波在"文革"中长大，喊得最响亮的口号就是"练好铁脚板，打击帝修反"，所以对美国人没什么好感，但对李博林和关永明的话他不会不听，这不单是因为他们都是父亲的生前战友，还因为他们在父亲去世后对自己的关心和照顾。他知道世界上除了亲人，没人会对自己无条件付出，而李叔和关叔为自己所做的一切，比亲人还亲。

姜波跟着周志远一年多了，知道师父这辈子最大的软肋就是儿子周镐。当年他沉溺于搞技术革新，两岁的儿子发高烧，自己没顾上，老婆又是个好吃懒做的主，结果耽误了治疗，最终得了小儿麻痹症。周志远为了给儿子看病欠下了不少债，一直不肯放弃，老婆受不了苦，跟他离了婚，结果钱财散尽也没能治好儿子的病。为了方便照顾儿子，他就把家从华松市区搬到了新桥镇，平时只要有好吃好喝的，第一个想到的就是儿子。

姜波心生一计，走到周志远身旁，故作神秘地轻声道："师父，听说这次去接待外宾的人会到国宾馆统一用餐，巧克力、奶油蛋糕这些东西可以敞开了吃。到时候拿几块巧克力给周镐尝尝应该没问题。"

周志远听了这话，回家就问儿子想不想吃巧克力？周镐不明就里，满怀期待地一个劲点头。周志远当下决定去找关永明，表示自己愿意当备用车司机。

八月下旬，气温更加闷热。为了保证接待顺利，所有接待人员都提前两个小时来到华松市唯一的国宾馆集合，早饭也在餐厅统一解决。

周志远进餐厅的第一件事就是找巧克力，但他搜遍了餐台的每一只盘子，又追问了服务员，才知道压根就没有巧克力。这才知道上了徒弟的当，他愠怒地看向一旁大快朵颐的姜波，后者似乎早料到，也知道师父这时候打退堂鼓也晚了，便觍脸一笑，夹了一筷子肉松放在师傅的碗里，权当是赔罪了。

周志远哪能这样就消气，好不容易来一次国宾馆的餐厅，决不亏待自己，当下敞开了肚皮，把能吃的、能喝的统统倒进肚子里。尤其是牛奶，平时家里节衣缩食，想喝也喝不到，现在又不用自己花钱，便恨不得拿牛奶当白开水灌。

姜波看见师父的吃相委实有点震惊，见他的肚皮跟吹气球一样鼓了起来，而此时其他人都放下了碗筷准备集合。他连忙收拾起看好戏的心情，拍了拍师父胳膊提醒。周志远摸了摸鼓胀的肚皮，强行干掉了杯子里最后一滴牛奶，这才依依不舍地擦擦嘴出发。

车队由李博林亲自带领，浩浩荡荡开往机场。同行的除了华松机电工业公司总经理陈克敏，还有一位是市工业局的领导，足见接待规格之高。

姜波这辈子没见过这么大的阵仗，这场面简直能与几年前报纸上刊登的迎接尼克松总统访华车队相媲美。

领导们站在车前与美国客人握手，其他随行人员跟在他们身后。双方简单寒暄了几句，美国人的目光就被"华松"字形的车标吸引了过去。陈克敏骄傲地对翻译说，这是中国人自己制造的华松牌。李博林却留意到美国人听罢转述，表情有些玩味，那眼神除了惊讶好像还带点怀疑。

接着，美国人似乎又问了句什么，翻译字斟句酌了半天却迟迟没有说出来。李博林等急了，催促翻译："你怎么不说话呢，他到底讲什么了？有什么是我们听不得的？"

翻译无奈而尴尬地说："他们怀疑……这是换了标的欧洲车。"

此话一出，整个接待小组人的脸色顿时就黑了下来。姜波不明就里，悄悄问师父。

周志远一言不发，整个脸蛋像涂满了石灰，其实他更担心老外要打开引擎盖。哪想到李博林一个箭步跨到了车前，掀开引擎盖："是不是换标，你们自己看看就知道了。"

周志远顿时吓得大汗淋漓。

美国考察团里面有几个汽车专家听了翻译转述后，当真就上前研究起来。他们一看车里的零件，便交头接耳起来，末了，两位专家对翻译点一点头，露出了意义不明的微笑。

引擎盖打开的瞬间，李博林就后悔莫及，在冷热交变下，水箱外表已经布满了水珠。李博林赶紧把引擎盖关上，追着翻译问："他们说什么了？"

"他们说，他们相信欧洲车的工艺不会留下手工的痕迹，这些痕迹充满了古老的怀旧感，确实是出自你们的独特手艺。"李博林顿时皱起眉头，"他们……这是在嘲笑我们落后吗？"刚刚放下一颗忐忑的心，陡然又被愤怒填满了。

翻译紧张地摆手："不不不，他们说，他们很敬佩你们，竟然能在如此艰苦的环境下，造出现代工业产品，这是需要智慧和毅力的。"

面对这样的"盛赞"，别说陈克敏高兴不起来，就连李博林更是窝着一肚子火。土法造车产量低，质量也不稳定。这本是他们心中的郁结，没想到竟被美国人一眼看穿。

姜波看到师父一脸惊恐和气愤的样子，赶紧拉着他走向备用车。"真丢脸！"周志远边走边嘟哝。

美国人虽然从零件的敲打痕迹上看出了端倪，但毕竟没有看到水箱里的秘密。要是看到了里面的秘密又该是怎样的场景呢？周志远不敢想象，浑身却不断冒出冷汗，忐忑不安地坐上了车。

车队出发了，姜波见师父脸色苍白，冷气直冒的空调也止不住他额头上滴落的汗水，不解地问："师父，这美国佬不是被我们忽悠过去了？你怎么还冒汗了呢？"

"你懂个屁！这才是过第一关，往后还有好瞧的！"从不说粗话的周志远蹦出一句脏话。

"为什么呀？"姜波不知道他说的"好瞧"是什么意思。

"从'大跃进'到'文革'，我们一直闭关锁国，落后并不是一点点，否则我们会这么弄虚作假吗？"那沉重的话音从周志远的鼻腔里蹦出来，直把姜波震得浑身发颤。

车队成一路纵队往迎宾馆驶去，路上，陈克敏安慰李博林："别懊恼了，有差距是事实，他们此行本来就有参观车间的行程，工艺落后的问题你就是想瞒也瞒不住。但咱们用的办法再土，也能造出空调轿车。光凭这一点，就足够证明我们的能力和决心了。"

李博林知道他说的是车载空调，自己被刚才掀开引擎盖吓得愣神分心，几乎忘了眼下最需要担心的事，连忙举起对讲机呼叫："一号车呼叫，各车注意保持车速，平稳行驶。"

"二号车收到。"

"三号车收到。"

"……"

"备用车收到。"姜波也替师父回道。

姜波放下对讲机，眼前闪现的还是美国人看车的那一幕。对方那半是讥讽半是惊叹的眼光，他看得清清楚楚。那一刹那，他的心情既骄傲又辛酸。

骄傲的是中国人做到了外国人难以相信的事，通过仿造和逆向研发造出轿车；辛酸的是这辆车竟然是因为工艺的落后才被人承认。

正式加入迎宾车队时，李博林曾宣布过美国考察团此行目的，也告诫过所有成员此次接待任务的重要性。现在谈判的大门刚刚打开，当主人的就先矮了一头，这让打小不服输的姜波心里很不是滋味。他鼓着腮帮子，显得很不甘心……

姜波兀自在副驾驶上思绪万千，丝毫没有注意到此刻驾驶座上出现的异常——周志远的肚子从离开餐厅后就开始咕咕作响。起初他以为是自己吃多了，等时间一长东西消化了自然就能好转。可随着时间流逝，车内的温度越来越低，这种现象非但没有缓和，反而愈演愈烈，似乎是他羸弱的身体经受不了冷热骤变的突袭，劳动人民的肠胃适应不了乳制品的丰富营养，这种抽痛一直从胃部深处传到了整个腹腔。才开到一半路程，周志远就觉得自己的大肠联合着小肠开始造反了。备用车的速度越来越慢，等到姜波察觉，他们已经与前车拉开了几百米的距离。

"师父，快跟上去吧？"姜波忍不住提醒。

但周志远没有加速，反而朝路边一靠，猛一脚刹车、熄火，拉开车门，捧着肚子就跳了下去。

"师父，你去哪儿？"姜波愕然地看见他迅速钻进了路旁的青纱帐。

"去去就来！"周志远边跑边解裤带，一个猫腰，身影便消失在茂密的青纱帐里。

周志远突然停车立刻引起了李博林注意，姜波听见对讲机里传来他严厉的批评："备用车，你们搞什么？快跟上！"

姜波看了一眼茂密的青纱帐，又望了望插着钥匙的驾驶座。对讲机那头李博林还在咆哮，估摸着周志远正在拉肚子，一时半会也起不来。姜波便一咬牙，坐到了驾驶座上，想着就算得罪师父也要顾全大局，冲着对讲机回了句"备用车收到"，踩下油门追了上去。

备用车赶上了车队，但却没有用武之地。五辆迎宾车十分争气，一辆也没有掉链子。送美国客人进宾馆后，李博林看见了备用车上只坐着姜波一个人。姜波抓住机会向他解释师父的"突发"状况，他说自己判断跟上车队比等待师父重要，于是自作主张把师父撂下了。李博林见他分得清轻重缓急，没有过多责备，担心周志远会因此迁怒姜波，特意派了关永明陪他一起去接人。

两人开着车回到青纱帐旁，探头叫了好久都不见回应。关永明有些着急地问："小波，你师父到底在哪里呀？"

姜波嘻嘻一笑："你闻着气味去找，保证能找到。"

过了片刻，只见青纱帐里晃着一根长长的玉米秸秆，上面赫然挂了一副白手套，手套上像是沾了一坨黄泥。姜波定睛一看，是周志远举着"白旗"从青纱帐里缓缓走出来。关永明想笑，却又没笑出声。

姜波也担心师父会生气，立刻堆起笑脸迎上去："师父，原来你在这儿啊，我们叫你半天了。"说着，便想把秸秆上的手套取下来。

"别动！"周志远大声喝止。

姜波愣住："怎么了？"

周志远说："去拿张旧报纸来。"

姜波诧异："拿旧报纸干吗？"

关永明冲着周志远吼道："我说老周，这么脏的东西扔了算了，何必还要带回去，你不嫌臭啊？"

姜波顿悟，知道了那坨黄泥的真相。周志远的脸刷地一红，但比起丢脸来，他更舍不得丢掉自己的白手套。只见他慢慢放下秸秆，用两只手指夹住手套上干净的部分，小心翼翼地反转过来，嘴里嘀咕："丢什么？这么好的手套，回去洗干净，以后还好用。"

周志远这桩丢脸的事连他自己都羞于启齿，更别提数落姜波了。于是，这半途被抛弃的恩怨也被顺理成章地抛诸脑后，稀里糊涂地不了了之。

美国人的考察进行得十分顺利。当陈克敏提出引进装配线的要求时，对方领队却提出了一个全新的概念：合资经营。

陈克敏认为，合资可以使对方派出专业人才共同参与企业经营和管理，也有助于国外技术在中国落地，正符合当下华松汽车厂的渴求，不失为一个互惠互利的双赢之道。

新中国最早建设的东汽，算得上是最早引进外国技术的，但那是在中苏蜜月期时全权委托苏联建造的，这种安排含有时代和政治的因素，此后再不可复制。况且当时援建的厂房和设备后来也面临着技术更迭，产品难以改良等问题，是时候寻找一种新的合作方式，要是真能实现合资经营，那在革新汽车生产工艺的同时，也能帮助新一代汽车人成长。

放眼全球，只要出卖技术就能换取财富，没有人会免费提供——技术这个金疙瘩，家家都想藏着掖着。但合资经营或许能改变这种思路，参与合资的双方利益和目标一致，彼此不再是甲方和乙方的关系，而是并肩站到一起，共同面对消费者。这样一来，双方便有动机共享技术，对中国尽快掌握现代轿车生产技术有着极大的好处。用小平同志的话说，这是借着西方的剩余资本来搞发展，引进国外的先进技术，加快我们的经济发展步伐。

合资经营的想法汇报到了中央，很快就得到了最新批示：可以合资，不但轿车可以，重型车也可以搞合资经营。得到肯定回复的美国人兴高采烈，看得出他们也十分期待与华松汽车厂合作。

接待任务圆满完成，李博林为了表彰接待团队，吩咐食堂加菜，将大家召集到一起。席间众人多喝了两杯，李博林宣布，接下来还会有各国厂商来考察，厂里要专门组成一个小组负责接待。他点名让赵红旗担任组长，说他这个老牌留学生是厂里唯一精通英语和奥语的人才，对外的窗口少不了他这块招牌。

赵红旗闻言受宠若惊，脸上因酒气而升起的红光顿时被恐惧所覆盖。他连连摆手，嘴里重复着"我不行、我不行"。李博林见他一脸窝囊相，好不容易从龟壳里钻出来的头又急着要缩回去，气不打一处来，一把拽住赵红旗的手腕，将他扯得站立起来，直视着对方眼睛质问："现在没胆子接我的任务，当初你怎么有胆子向陈总告状？"

"我、我没告状。"赵红旗躲闪着他的目光，声音细若蚊蝇。

李博林怎么肯轻易放过他："这是我亲眼所见，难道还有假？这笔账，当初我没跟你算，是念在有重要任务，不能破坏大局。怎么，你真当我眼睛瞎了看不见，脑子坏了不好使吗？"

"不不不，真的不是。陈总到试制车间，一来就钻进了试验车，劝都劝不住，一发动汽车就什么都知道了，我、我还有什么话可说……"

李博林说："这还不是说明试制车早就一切准备就绪了嘛。为什么我之前问你的时候，你偏要说不行？"

赵红旗心虚地低下头，一时找不到话解释。

李博林哼了一声："你不说我也知道，你是信不过我，怕项目成了我来抢功，而万一失败呢，又让你去背黑锅。但有总经理撑腰就不同了，你就能理直气壮了，是不是？"

"不不，不是这样。"赵红旗紧张道。

李博林怒问："那是什么样？你给我解释解释，当时你跟陈总是怎么说的？"

赵红旗只得无奈地说："陈总坐上试验车一发动，发现空调能用，一下就笑了。他也没问我其他的，只是问当年我去奥国留学时学没学奥语？我不明白他的意思，只好照实说学了，自己是花了一年多时间突击学的。他问我为什么要学，我说二战结束不久，奥国人最讨厌英语，而且奥国教授和同学听见我会奥语，对待我的态度都尊重了很多，觉得我能学会奥语，就一定能跟上那里的学习。陈总说，就是这个理，要想自己被别人看见，就得先站到人家跟前，不能坐着，更不能蹲着，只有站起来才能让他们看见你有多高。车载空调就是咱们现在要说的'外语'，没有这家伙，美国人说不定就瞧不起咱们。他问我能不能像当年突击奥语一样把它搞定，我说可以试试，他说不仅要试，还要下定决心完成。我实在没有办法，不得不点头答应。"

李博林听完赵红旗的解释，心想这果然是老领导的风格，不禁低头一笑："这个老陈头，果然老奸巨猾，只有他才能说出这些道道，骗得了你们这些文化人。"

陈克敏这张嘴能说服趾高气扬的外宾,也能劝得动固执死板的知识分子,连赵红旗这样的人都能在他的动员下干得风生水起,不得不让李博林佩服。于是他放开了赵红旗,认真地说:"我明白了,是我误会了你,老赵,我向你道歉。"

赵红旗却被这突如其来的认错又吓到了,立刻手足无措起来。李博林见状拿起了两只酒杯,往他手里塞了一只:"现在是我跟你道歉,你可千万别给我再道回来。不然我又欠你一次,还得再道,这样来来回回没完没了。"

赵红旗张了张嘴,终于把到了嘴边的自我检讨咽了回去。

李博林举杯:"既然把话都挑明了,误会也都解开了,今后你就是接待团队的领队。陈总的命令你能听,现在轮到我这个厂长下任务了,你总不会推辞吧?"

"我……"赵红旗看了看手里的酒杯,表情颇为复杂,五官微妙地扭曲起来,端着酒杯的双手不停地抖动。过了好一会儿,他举杯,突然把手里满满的一杯大曲酒都干了,辣得五官抽搐,但还是努力从牙缝里挤出一个字来,"好!"

"像个爷们!"李博林像是喝彩似的,扯高嗓子也高吼一声,跟着就把杯中酒一干而尽。

第 二 章

继美国专家之后,其他各国的厂商也相继应邀来到了华松汽车厂。这座小小的新桥镇几乎成了比武招亲的擂台,敲锣打鼓地迎接着各方豪杰竞相登场。

接待团队的工作越来越得心应手,但结果却不如预料中那样一帆风顺。第一批前来考察的美国代表,虽然与中方谈得兴致勃勃,回国报告后却遭遇了重重阻力。美方公司的董事们对合资项目普遍不看好,认为中国工业基础薄弱,技术水平落后,加上市场刚刚开放,政策不稳定,对进入中国投资一事颇多忧虑,因此在董事会上以多数优势将此案否决。

这时,其他国家也传来了令人沮丧的消息,各方愿意拿出来的车型根本不符合中国的国情,对当下的中国也缺乏充分的理解和认识。陈克敏靠在椅背上长长叹气,他知道,这两天正在华松汽车厂参观的日本代表团也即将回国了,合资一事在他们身上实现的机会也十分渺茫。听说之前他们参观华松汽车厂生产车间时,看见工人们正热火朝天地敲打车身,竟当着接待团队翻译的面嘲笑,说这是半个世纪前他们爷爷辈的生产方式,在他们国内早已进了博物馆。

即便这话经过了翻译的润色,李博林听见了仍是大为恼怒。他当着日本人的面不好发作,回来对着陈克敏却大肆抱怨:"半个世纪?五十年前他们的厂还在咔咔织布呢,现在跑到我们面前充专家来了!谁不知道他们也跟咱们一样,是拆装外国车起家的? 看那嚣张的气焰,不清楚的还以为四只轮子的都是他们发明的呢,什么德行!"

陈克敏没有责怪李博林,但也说不出什么大道理来安抚。 实际上,他自己此刻也正焦头烂额——原以为向全世界招标,是让各方竞争,能者居之,但现在眼前的大门一扇又一扇接连关上,唯一能指望的,竟只有刚刚到达的奥国孚士汽车公司了。

这家奥国孚士汽车公司不仅是欧洲第一,也是世界第四大汽车公司,除了奥国本土,还在加拿大、美国、南非、巴西等国都有分公司,是个名副其实的跨国大企业。 曾经有个部委领导在访问奥国时亲自拜访过他们的总部,在参观考察了他们的生产车间后大为惊叹,便亲自邀请对方来商谈合作。 陈克敏因此也得知,奥国孚士有意进一步在亚洲寻求机会,曾先后与亚洲各国有过接触。 而中国作为国土面积广袤、人口众多的亚洲大国,无疑是比这些国家更具市场潜力的。 因此,陈克敏对奥国孚士寄予了厚望。

这天是奥国人到达华松市的第一天,陈克敏决定亲自出席接风宴,以便充分展现中方的诚意。 他脱下了自己的日常工作服,从衣架上取下熨烫好的中山装,准备提前出发赶往饭店,只见秘书敲门进来,表情似乎有些为难。

"陈总,刚才您在打电话的时候,李厂长打另一条线来找您。"

陈克敏猜他准是又来抱怨日本人,一边穿衣一边问:"他又说什么了?"

"他说晚饭是不是安排日本代表团在厂里小食堂吃算了,他要去接待奥国客人,抽不开身。"

"抽不开身就让人家去食堂?"陈克敏差点失笑,"他是想着,反正合作谈不成,干脆替公司省点钱吧!"

秘书呵呵一笑,这位李厂长的作风他早已熟悉,虽说大事上拿得住,但在某些细节上总会冷不丁地给人点惊喜,执拗地耍些小脾气。

"食堂就食堂吧,李厂长说得也没错,这冤枉钱花了也白花,花了还受气。"此刻陈克敏比谁都能体会李博林的心情。 他穿戴完毕,正准备离开办公室,忽然又想起什么,回头望着秘书问,"今晚咱们请奥国客人吃饭,是安排在和平饭店吗?"

秘书点点头。

和平饭店是华松市一家老牌高级酒店,位置坐落在滨江边,走几步就是小资情调浓郁的万国建筑博览群。当初决定把迎宾的第一餐安排在这里,主要是希望外宾能放松心情,让他们看看我们对不同事物的宽容和接纳,确信我们有拥抱世界的诚意。当然,按李博林的意思,这是先丢块骨头出去引诱一下。而对于已经关闭合作机会的日本人来说,和平饭店的大餐就成了有去无回的肉包子,自然不值得多加投入。

现在只剩下奥国孚士,但这种情况却又不能让奥国客人知道。陈克敏的脑中忽然闪出个新想法,对秘书狡黠地一笑:"我考虑过了,日本考察团的晚饭还是要安排在和平饭店,用餐标准不但不能减,还要比奥国多一个菜,在包厢的安排上也要多加注意……"

秘书一脸惊讶地听完了他的安排,赶紧去落实。

陈克敏准时到达饭店门口。李博林和赵红旗陪着从机场接回的奥国客人一起过来,一行人寒暄完毕,在服务员的引导下走向雅间。刚踏入走廊,就听见前面的雅间里传来近乎夸张的高声谈笑。李博林听见其中的男声十分熟悉,好奇地走过去张望。房门大敞,原来是老关和几名同事在与日本客人推杯换盏,气氛看上去十分友好,甚至有些过度热烈。

陈克敏走到门前,轻轻咳了一声,陪席的关永明便立即走出来,向走廊上的众人打招呼。

李博林见他喝得有些上脸,难怪刚才说话声量都抬高了八度,听着跟唱大戏一样。作为厂长他觉得很是丢份,脸色瞬间严肃起来。但陈克敏却对此视若无睹,主动向奥国客人介绍关永明的身份,还强调这位副厂长是因为要陪"重要"的客人,因此无法陪同他们。

奥国代表团中有一名华裔叫吴涛,中文熟练。他朝包间里看了一眼,只见几个日本人已经借着酒劲在手舞足蹈,嘴里哼的也完全不是中式曲调,便试探地问:"里面请的是日本厂商吧?"

陈克敏做出一副秘密意外被人识穿的样子："是啊，我也没想到他们这么高兴，一来就喝上了。不过他们明天就要走了，尽尽地主之谊也是应该的。毕竟日本人这次拿出了很大诚意，我们不能怠慢。其实组织上已经认可他们的方案，只是你们还没到，我们不好提前拍板。是我请领导再等一等，先看完所有的方案再做最后的决定。不过老实说，我心里也认为等不等没有太大区别，毕竟地域条件决定了运输成本，应该没有哪个厂商会比他们有更好的合作条件啦。"说罢，陈克敏对吴涛露出一个意味深长的笑容，看着他一脸紧张地把自己这番话翻译给奥国同行听。

李博林一听陈克敏的这番诳语，立刻明白了这位老领导动的什么脑筋。他下午一打完电话就去了机场接人，不了解陈克敏后来的部署，因此刚才差点就坏了领导安排的一出好戏。但李博林绝对不傻，用华松本地话说，他拎得清，最会轧苗头，顿时就明白了领导用意，当即就唱起了双簧："是啊是啊，本来今晚他们还要拉着我一起喝，我说不行，再怎么说奥国孚士也是我们的客人，不论能不能合作，这个面子总还是要给的。你说是吧？"

奥国客人闻言面色凝重，陈克敏他们互相满意地丢了个眼神，立刻见好就收，走向自己的包间。

与奥国孚士的谈判可以说是开局顺利。此后对方参观了华松汽车厂的各个车间，除了对厂房、生产设备紧皱眉头之外，没有提出其他意见。吴涛用流利的中文与陈克敏交流，话里话外也显示出对合作的期待。

谈判之前，陈克敏根据事先了解到的信息做了充分的准备，将奥国原本选定的几个亚洲合作国家一一拿出来分析利弊。其中，韩国是中国最有力的竞争对手。美军陷入越战时，韩国就是美军的军用物资生产和供应商，工业基础好，最利于投资设厂。但陈克敏却顺着这个思路反向阐述了中国的优势："基础好，意味着发展潜力小，对你们的需求也小。当然了，除此之外，韩国的国土面积和人口数量也不能跟中国相比，未来的市场规模肯定不是一个量级。在中国建设合资企业，虽然开头会艰难一些，但将来的回报和增长一定是更长久和可观的。"

奥国客人觉得此人说话坦诚、逻辑也成立，但他们向来谨慎，不见兔子不撒鹰。不是那么容易被说服的，需要足够的数据来权衡其中的利弊。

此时正值十一届三中全会刚刚结束，中国开始了"以经济建设为中心"，从封闭半封闭到改革开放、从计划经济到市场经济的深刻转变。奥国客人观察中国政治动向变化的能力不比我们差，眼前发生的形势转变，无疑为考察的奥国客人打了一剂强心针。

二十世纪七十年代，全球汽车行业风起云涌，欧洲传统的老牌工业国家都不同程度地遭到日本同行的竞争威胁。在此形势下，奥国孚士决定开拓新市场的愿望也格外强烈。虽然之前几个国家的忧虑在他们心中同样存在——双方的制度差异、陌生国家的政策稳定性等等都是他们担心的重点，但奥国人似乎比其余外商更勇敢一些，经过一番综合考量，仍然决定合资。

奥国考察团回国向董事会汇报，最终取得了多数董事的同意。双方约定就此展开谈判，但谁也没料到这将会是一个漫长的进程。

在接待各国代表团的过程中，华松牌轿车的生产并没耽误，这年的产量竟然超出了两千辆，创造了建厂以来的最高纪录。

十一届三中全会的召开，吹响了全国改革开放的号角，各行各业纷纷行动起来，都把精力放在了经济建设上，轿车的需求量也在不断增加。陈克敏要求华松汽车厂的年产量争取达到四千辆。李博林觉得这指标过高，但还没做就说不行，肯定又得挨陈克敏一顿臭骂。他只能跟关永明商量，想出应对的办法。他们决定启动三班制的生产方式，先干起来再说；考虑到有些女职工半夜上下班，在路上可能存在安全隐患，李博林让关永明尽量安排男职工上中班和夜班。

自从厂办发出通知以来，姜波就坐不住了，赶紧去找李博林，要求不要安排他上中班。李博林觉得奇怪，这孩子平时看起来不像是个娇气的人，怎么会提出这样的要求，就没好气地回道："你一个大小伙子，走夜路还怕被人抢喽？你可不能当个孬种！"

这句话把姜波说急了，"李叔，你不了解情况不要武断地下结论。我想参加高考，早早就报了高复班，晚上六点到九点都要去上课，上中班，就上不了课了，那你都安排我上夜班好了！"姜波迫不得已只得把原本不想说的事说了出来。

李博林闻言大喜，对姜波翘起大拇指赞道："好小子，真不愧是老姜的种，有志气！前阵子接待奥国代表团，知道他们的工厂一天能生产三千辆，我心里就很难受。这差距实在太大，就是拼掉老命也赶不上。我们现在缺的就是技术和设备，可没文化怎么能掌握先进的技术和使用设备？就算是合资了，我们都没文化，技术还是掌握在外国人手里，我们不就成了他们的廉价劳动力吗？这合资还有什么意义？现在你想去考大学，掌握专业知识，将来我们就有自己的技术人才了。我当然全力支持你！"

李博林马上把关永明叫来，把详细情况一说，要让他安排姜波只做白班，不影响他晚上去高复班上课。关永明听了也很高兴，手舞足蹈地喊道："老李，我们后继有人啦！"

姜波看到两位叔叔高兴得大叫大嚷，急得直跺脚，压低了嗓门说道："两位叔叔，你们千万别嚷嚷，我之所以不说，就是怕万一考不上，让人家笑话。"

李博林、关永明赶紧也压低了声音"噢、噢"地答应。关永明又低声问："你还有什么其他困难吗？提出来，叔都帮你解决。"姜波摇摇头，表示没了。

姜波才上了两周白班，就被钟民发现了，他是跟姜波同一年顶替父亲进厂的学徒，整天想的就是偷奸耍滑，也是厂里不多见的二混子。他发现姜波不上中、夜班，便在厂里到处宣扬，还挑唆车间里的工人一起起哄，闹到关永明那儿，要求一碗水端平。

这么一闹，让主管生产的关永明犯了难。李博林觉得这没什么难办的，钟民不是要求一碗水端平吗？那就给他端平。他马上召开厂办会议，又发了份通告：凡是今年想参加高考，报名读高复班的职工，凭学校开具的在读证明，一律安排上白班；拿不出证明的，服从厂里的安排，无故不来上班者一律按旷工处理。

厂里通告一出，李博林还真希望能多收几份在读证明。结果让李博林意想不到的，除了姜波拿来了在读证明，钟民居然也拿来了一份在读证明。关永明几乎不敢相信自己的眼睛，拿着证明翻来覆去地查看，并没发现有不对的地方，上面确实敲着学校的公章。他只能按通告办事。

这事刚过去一个月，关永明就发现白天车间里见不到钟民人影，不知他又躲到哪个角落去了，到处去找，没想到在半道上就遇上了李博林，只见他铁青着脸，骂骂咧咧道："我们都被钟民这小子骗了，什么想考大学、读高复班，都是诓我们的。就在刚才，派出所来电话，说他这几天拎着四喇叭跟一群小流氓在公园里泡妞，昨天还为了争一个女人大打出手，现在被关在派出所里，让我们去领人！我是丢不起这个人，你让保卫科长去吧！"

关永明听了李博林这番话，心里不断自责，当初看到钟民拿来的证明，心里就有疑惑，要是能早点去调查核实，或许就不会发生此事。

厂里人人都知道姜波在读高复班，准备参加高考，大家碰到他都会说，姜波你这么聪明，考上大学肯定是没有问题的。这给姜波带来了很大的心理压力。还好，他有自知之明，知道自己跟"老三届"的人相比，没有扎实的文化根基，跟应届生比又没有足够的学习时间。他只能挑灯夜战，争分夺秒抢时间来学习。姜波刻苦的程度用"头悬梁、锥刺股"来形容也不为过。

夏荷眼看着儿子白天上班，晚上读书，人一圈一圈地瘦下去，非常心疼。但她是在部队医院工作的外科医生，从郊区到市区一个单程就要两个多小时，再加上她又是外科主任，常有突发情况需要处理，根本不允许她每天准时回来照顾儿子。姜波平日里吃喝拉撒，基本上都在工厂里解决。夏荷只能在休息日抓紧为儿子补充营养。她想，自己不能在日常生活中照顾儿子，但可以在学习方面提供帮助，科室里有位同事的孩子今年也参加高考，那孩子是华松市高中名校的学生，听同事说过，那些名校的老师都有机会参加高考出题，这些学校用的复习资料应该也不会偏离高考内容太远，于是问她同事借来复习资料，自己誊写后提供给儿子。真要是儿子能考上大学，那也对得起老姜的在天之灵了!

想到姜广志,夏荷经常会情不自禁地流泪。她与姜广志是相识在抗美援朝的后方医院,姜广志在一次穿越敌人封锁线时身中数弹,昏迷不醒,战士们火速将他送往后方医院,眼看他奄奄一息,战士们发疯似的抓来一位正在为伤病员包扎伤口的女医生,让她马上抢救他们的指导员。这位女医生就是夏荷,她也是来自华松市,还是医学院的高才生,和姜广志一样都是喝着滨江水长大的。

在后来养伤的过程中,他俩从相识到相知,再到心心相印。战争结束后,姜广志就带着剩余的骨干转业回到了华松市,夏荷也转入华松市的部队医院,两人很快就结婚生子。姜广志去世后,儿子就成为夏荷精神上的唯一寄托。

功夫不负有心人,姜波经过坚持不懈的努力,终于考上了华松交大机械工程专业。夏荷手捧录取通知书,激动得泪流满面,她把儿子的录取通知书放在姜广志的遗像前,告诉他,儿子考上了你的母校,你心心念念的造车事业后继有人了。

华松汽车厂的人也都为姜波感到高兴,把他看成是华松汽车厂未来的希望。李博林、关永明心里更是乐开了花。李博林还亲自开车把姜波送到了华松交大。

此时,第二次石油危机引发了世界性的经济危机。奥国孚士也未能幸免,已处于严重的亏损状态,对于需要投入大量资金的中国合资项目也变得十分审慎,董事会甚至出现了反对和拖延谈判等消极的声音。当初担任翻译的吴涛现在已是合资项目的联络人,内心无比希望合作能够继续,于是就如实将奥国孚士公司的困难状况向陈克敏摊牌,提出是否能缩减计划产量规模以减少投资金额。这样不仅能减轻奥国孚士的资金压力,还便于将项目继续推进。他认为,只要双方建立合资关系,后续的规模扩大和进一步合作就都有了基础,万事开头难,最重要的是迈出第一步。中方经过讨论后同意了这一提议,奥国孚士便也默认了。但具体事项的落实却毫无推进的迹象,几乎处于停顿状态。

进入华松交大的姜波与之相反，一头扎进书堆里，开足马力，如饥似渴地学习起来。在一年多的时间里，不仅把自己该学的知识都熟记于心，还把图书馆里跟机械工程专业相关的书籍也翻了个遍，结果发现这些书里所写的专业知识还不如华松汽车厂技术科珍藏的专业书籍。赵红旗通过收集国外资料来试制轿车空调，眼前这些资料都是老掉牙的，机械工程系的实验室里也只有卡车柴油机和轮船的柴油机，甚至连一台汽油发动机都没有，这样能研究出什么来呢？姜波感到非常失望，像泄了气的皮球，一下子失去了奋发学习的劲头！

一天，姜波在阅览室里漫不经心地翻阅着各种流行杂志，突然，一个声音传入了他的耳朵，"你们看，美国已经把新型的电子控制汽油喷射系统应用到汽车上了。这种电喷技术，以前都是用在军用飞机上的，看来美国的造车技术又要有新突破了！"

这声音就像一针强心剂，嗖地扎进姜波的心脏，他顿时精神陡增，急忙循着声音走到正在议论的几位学生身后，探头去看他们所说的内容。一看吓一跳，上面全是密密麻麻的英文，很多专业词汇一个也看不懂。

姜波面带羞涩地问："你们这些书是从哪儿借来的？"

一位同学不假思索地抬手一指："呶，就在那边的书架上。"

姜波心想，他们的英文基础这么好，要是以后遇到什么问题就可以向他们请教，便主动地自我介绍道："我是79届机械工程专业的，你们是什么专业的？"

刚才那位学生惊讶地说："怪不得你对这本杂志这么感兴趣，原来是我们的师兄，我们都是80届工程系的，是你学弟，以后还请师兄多多指教！"

姜波很难为情，回道："不敢，不敢！以后多多交流！"原本他还想说请教英语的话，一下子又咽了回去。

姜波在回寝室的路上感慨万分。这些学生只比自己低一届，竟然已经能看懂全英文的技术资料，自己却像是个睁眼瞎，什么也看不懂，他心里很郁闷。想到这儿，姜波突然停住了脚步，调转方向，朝新华书店走去。当他再次出现在通往寝室路上的时候，手里多了一本厚厚的英汉字典。从此他到阅览室必带上它，这本字典成了翻译外文资料的助手。

又是一个星期天，姜波不知不觉地在阅览室里待了一整天，好不容易把一篇英语论文大致意思翻译了出来，满脸疲惫地往食堂走去。半路上，他忽然听到不远处有人在喊"姜波，姜波！"，转头一看竟然是赵红旗。赵红旗拎着大包小包朝自己走来，旁边还跟着一位漂亮姑娘，像是送她返校。

"真巧啊，今天能在这儿碰到你。"赵红旗马上给姜波介绍道，"这是我女儿赵曼玉，去年也考进这所大学了，是你学妹。"

姜波一脸惊讶，一边朝赵曼玉点头一边说："学妹，你好！"

"师兄好，我爸早就在我面前无数次提起你，把你夸上了天，要我好好向你学习！今天很荣幸，总算见到真人了。"赵曼玉落落大方地回道。

姜波听到赵红旗在他女儿面前夸自己，不好意思了，马上说："我哪有你爸说得那么好，以后我们互相学习！"

赵红旗看到姜波手上拿着本很厚的英汉字典，好奇地问："你去食堂吃饭还拿着英汉字典？怎么，是在翻译外文资料？又看到什么先进技术了，说出来让我听听？"

赵曼玉一听父亲的追问，便露出了不满，说道："爸，哪有刚见面就盯着人家问个不停的，这让人家多难堪呀！"

"噢，是、是，唐突了、唐突了。"

"赵主任，这不是什么唐突，是你对新技术执着追求的理念使然，应该值得我好好学习的。我的英文基础差，很多专业词汇都看不懂，只是抓紧时间补拙而已。"

赵红旗听了这话，马上对女儿说："曼玉，你英语底子好，以后多帮助他，有空的话帮姜波一起翻译外文资料，如果看到新技术，别忘了带回家给我，我也要与时俱进！"

"好啦，我知道了，赶紧让师兄走吧，要不然食堂就要关门了！"

车身，每天要敲一万多次，手臂肿得像大腿，吃饭连筷子都拿不住。请问这种生产方式、这样的劳动强度能持久吗？"

钱勇见状马上就追问："请大家自问一下，谁能忍受这样的劳动强度？"

这一问似乎提醒了郑春林，他马上反应过来："你用五十年代的劳动方式，来问我们八十年代的人，你觉得合适吗？二十多年过去了，难道技术没有改进吗？那些造车人是吃干饭的吗？"

钱勇没想到自己这一问起了反作用。身为主持人，说好让大家畅所欲言的，不能强压一方，因此他只能装聋作哑。

姜波知道，郑春林平时在寝室里，仗着自己年龄大、资格老，从没把自己放在眼里。只要跟他意见不同，就来一句"侬个小赤佬，懂点啥？"来压制人。姜波很清楚他的秉性，平日里从不跟他计较。今天不一样，是否合资，关乎轿车未来的发展，他要摆事实、讲道理，要打掉他这分胡搅蛮缠的傲气。

姜波清了清喉咙，声音依然平稳地说，"你说得没错，当年'雄鹰牌'轿车只生产了12辆后就停产。1964年改造成'华松牌'后才恢复了生产，但还是手工制造，产量一直徘徊在100至300辆之间。直到1972年工厂扩建，才达到年产5000辆的目标。但由于国内没有大型冲压模具，车顶、车门等大面积的钣金件无法一次成型，还是由工人用榔头一锤一锤敲出来，年产量还是上不去。直到去年，实行三班制生产，才勉强生产出4000辆。请大家想想，从我们生产第一辆'雄鹰牌'轿车到现在，已经过去了二十三年。现在国外汽车厂都用全自动流水线生产，日产量已经是3000辆，跟他们相比，我们落后了二十年都不止，这是多大的差距啊！现在人家愿意合资，我们有什么理由拒绝？"

很多原来不明真相的同学开始默默地点头，同意姜波的意见。

郑春林用轻蔑的目光扫了一眼姜波，心想：侬这个"小赤佬"，今天跟我杠上了，不给你点颜色瞧瞧，就不知道马王爷三只眼！他便马上抢着说："不知你说的这些数据是真是假。但我们都知道商人无利不起早，尤其是外国资本家更是阴险狡诈，明知我们落后，还愿意来跟我们合资，他们肯定早就设好建议。

此时的华松市经济发展面临很大的困难，像"老牛拉破车"在艰难前行，发展速度是全国平均水平的一半还不到。整个华松市住房拥挤，交通堵塞，通信低劣，环境污染严重。市政府正为解决这些问题头疼不已，现在要做这么重大的决定，必须慎之又慎，于是决定召开由市政府牵头，各界专业人士参与的市府扩大会议，广泛听取意见，再拟定是否合资的建议。

华松交大机械工程系、船舶动力系等几个重点系的主任也被特邀参会，这事引发了校园里师生们的广泛议论。姜波所在的机械工程专业学生反应尤为强烈，团支部书记钱勇抓住时机，召集大家搞了一次团员交流活动。

这次活动比较特别，既没有去野外，也没去操场，就在平时上课的教室。钱勇走上讲台说："最近校园里对'中奥合资'的议论很多，今天给大家一个畅所欲言的机会，一起来辩一辩，轿车企业是否需要合资？"

一个叫郑春林的同学开了第一炮："我以前不确定，自从女排夺冠后，我今天明确表明自己的态度——反对！过去我一直认为外国人是喝牛奶、吃牛排长大的，人高马大、体格强壮，中国人是吃咸菜泡饭长大的，身体矮小、单薄，在靠体力拼杀的赛场上，我们是没有胜算的。这次女排夺冠，彻底打破了我的观念，先天不足，是可以靠后天的努力来补足的。女排姑娘做到了，我们其他人为什么做不到，那是因为不够努力。如果我们造车人能像女排一样，发扬顽强拼搏、永不言败的精神，那中国人一定也能造出好车。"

钱勇刚要接话，突然响起的掌声让他停住了。随之而起的"我赞同！""我挺你！"一片附和之声，这下让钱勇愣住了。

突然，一个不急不慢的声音响起，"我认为合资很有必要。造车跟打球不一样，有着本质上的差别。"教室里一下子静了下来，发现姜波在慢慢悠悠地说，"像女排那样'舍命'奋斗的事，华松汽车厂的人在二十多年前就干过了。1958年，老一辈汽车人在生产设备简陋，工作环境非常艰苦的条件下，以'华沙'和'顺风'车为蓝本，取长补短，经过两个月的不眠奋战，就研制出了第一辆具有中国特色的'雄鹰牌'轿车。工人们用榔头和铁锤打造出了在她十岁那年，母亲给她的生日礼物是绣在衣服内衬上的一朵绚丽的向日葵。母亲告诉她，无论是什么年代，太阳都会准时升起，向日葵也总会向着阳光生长。从此，这朵绚丽的花朵深藏在内衣里，始终温暖着她的心。

姜波想，赵曼玉成长在父亲被打成"右派"的年代里，但她的性格这样活泼开朗，多亏了一个心地善良且敢于迎难而上的母亲。自从话匣子一打开，两人就有了说不完的话。

赵曼玉说，他的父亲经历"文革"后性情大变。在别人看来父亲变得窝囊了，其实他是在为自己的过失自责。因为他以前对任何事都敢于直言不讳，结果被打成"右派"，错过了十年陪伴妻女的时间。现在他事事小心，是害怕多嘴，会累及到家人。

赵曼玉认为自己有了不起的父亲和善良的母亲。她的人生梦想之一，就是拥有像父母那样摧不垮砸不烂的爱情。

姜波知道，赵曼玉把父母的事情坦诚相告，足见她对自己坦诚和信任。认识赵曼玉，使姜波觉得自己的大学生活变得更丰富多彩，未来也更美好了。

转眼就到了1981年的秋天，全国人民都被正在举行的第三届世界杯女子排球赛吸引。那天傍晚，全国人民都守在了收音机和电视机前，收听、收看中国队跟东道主日本队决赛的直播。经过两小时零五分钟的鏖战，中国队以3∶2战胜了日本队，中国队以七战七捷的成绩夺得世界杯冠军。喜讯传来，举国欢腾，大家不约而同走出家门，奔向街头、广场，热烈高呼："中国万岁！女排万岁！"

校园里有些大学生竟然把摔热水瓶发出的爆炸声当作庆贺的礼炮，彻夜狂欢！

女排的胜利，让全国人民热血沸腾，大家都觉得只要我们付出努力，没有克服不了的困难。没多久，社会上传来了对中奥合资提出了反对意见，有人说与外国人合资违背了"自力更生"的原则，又有人提出轿车的发展不是优先级，应往后放，先考虑造卡车。整个社会对中外合资的反对呼声一浪高过一浪，中央对这些声音十分重视，要求华松市政府尽快拿出是否需要合资的赵红旗依依不舍地对姜波说："你们高校接触到国外技术资料的机会多，要留意收集，遇到问题让曼玉带回来，我们再一起研究。好了、好了，不再啰嗦了，我送曼玉到宿舍！"未等姜波回答，赵红旗就被女儿拉走了。

"再见！"姜波看着渐渐走远的赵红旗，心中感慨万分。赵红旗是个视新技术如命的人，技术科里珍藏的技术资料，早就成了各个科室的宝贝。

自打赵曼玉与姜波认识以后，她听从父亲的嘱咐，经常帮着姜波一起翻译技术资料，经过一段时间的接触，她发现姜波英文确实很差，决定帮他补习英语。

赵曼玉毕业于华松市第三女中，不但英语基础好，口语也十分流利。她为姜波精心挑选了英语教材，还配了磁带和SONY随身听，让他从头学起，并相约每星期一次，用口语对他进行考核。

从此，每天清晨，在离姜波寝室不远的篮球场旁的梧桐树下，总能看到他朗读英文的身影。在赵曼玉的指导下，姜波的英语水平有了很大的提高，英语也成了他们日常见面的交流语。

赵曼玉看到自己的付出有了收获，心情大好，说起了自己家的情况。她母亲是一个钟表店老板的千金，与热爱机械技术的父亲在钟表店相识后结婚。在她六岁那年，父亲被打成"右派"发配到外地"五七"干校劳动改造。

那个年代遇上这种事，就是大祸临头，很多人会选择离婚与其撇清关系，但母亲没有这么做。她看似柔弱的身躯里藏着一颗坚强的心。她谨记外祖父的告诫：人不经风雨，怎能见彩虹。无论遇到多大的风浪，都要积极地去面对。沉浮商海几十年的外祖父鼓励她们要快乐地生活下去。

母亲就把父亲去劳动改造看做是唐僧西天取经路上遇到的劫难，他迟早会回到这个家。在她们被赶出老洋房，搬进只有八平方米亭子间时，母亲毅然决然地舍去了那些价格昂贵的家具，留下了钢琴。在小小的亭子间里教她学弹钢琴，在艺术的殿堂中遨游，享受快乐。为了生活下去，母亲去钟表店当了营业员。

了陷阱，等着我们往里跳。大家还记得当初苏联人以援建之名害我们的事吗？"

这一问，真是一语惊醒梦中人，教室里顿时炸开了锅，一个个声讨起苏联人。最后大家都认为外国人不能再相信，坚决不能跟外国人合资。郑春林看到自己的目的达到，颇为得意地朝姜波点头微笑。

钱勇看着大家情绪激动，越扯越远，便大声喊道："大家静一静，这些都是发生在几十年前的事了，我们不能老想着过去，要着眼于现在，放眼于未来。让我们听姜波同学把话说完。"

姜波耐心地给大家解释："现在搞合资，跟以前苏联人的援助不同。合资是双方共同出资，共同经营，谁撕毁合同，谁承担责任，外国人不会干这种蠢事。他们想的是怎样赚到我们的钱，这才是他们的目的。"

同学们渐渐安静下来，听姜波继续说下去。

没想到郑春林又浪声浪气说："知道他们来赚我们的钱，还要跟他们合资，把钱送给他们，这不是卖国吗？"

姜波听闻此言，愤怒地反问："不付出代价，谁肯把先进技术给你用？你希望我们国家越来越落后吗？"

郑春林低头不语。

又有位同学提出了质疑："听说奥国人拿出来合资的轿车是他们已经淘汰的车型，早已停产了。这能叫先进技术吗？这分明是在欺骗我们。"

很多已经被姜波说服的同学都露出了惊讶的眼神。

钱勇笑着对大家说："我也听说了，这款车在奥国销量不好，但在南美很畅销。孚士汽车公司拥有日产3000辆的造车流水线，我认为对我国来说就是一项先进技术。"

郑春林忽然转了话锋，说道："就算我们现在要搞合资，也应该先合资卡车。要把国民经济搞上去，要大力发展工业，应该大量造卡车，提高运输能力，加快建设的步伐。小轿车都是给那些当官人坐的，跟经济建设没什么关系啊？"

"怎么会没关系呢？你回趟家，在路上花多少时间？起码三个小时吧！再想一想，华松市这么多企事业单位，出门办事的人都去挤公共汽车，一天能办成几件事？如果要去外地呢？这是什么工作效率？自从小平同志提议建立'经济特区'以来，位于广东的深圳、汕头，正以非凡的速度向前发展，对轿车的需求量节节攀升。'华松牌'轿车的年产能只有5000辆，就算开足马力也远远满足不了市场的需求，现在只能靠进口，但进口车的外汇都是靠妇女们用手工编织的毛衣、手套，刺绣的围巾、手绢等工艺品换来的，金额有限，根本解决不了问题。这几年走私车的数量已达几万辆。所以，不合资，不把轿车的产量搞上去，这种情况将越演越烈，最终损害的都是国家和老百姓的利益。"看到姜波嘴巴一刻不停巴拉巴拉说出来的都是真实存在的问题，郑春林顿时哑口无言。

教室里一片寂静，钱勇带头鼓起了掌，随后掌声越来越响，赞成姜波意见的同学越来越多。

团员活动结束后，钱勇勾着姜波一起离开了教室，他觉得这次跟姜波很有默契，配合得非常好，一下子拉近了他们之间的关系。

回到寝室，郑春林还想对姜波不依不饶，姜波不愿再跟他纠缠，不管他说啥都不搭理。

突然，姜波听到了熟悉的脚步声，屁股上像装了弹簧"嗖"地从凳子上弹了起来，朝楼梯口跑去，紧接着就听到："李叔，果然是您呀！我听到这'咚咚咚'的脚步声，就知道是您来了，今天又不是星期天，您怎么会有空？"

李博林上楼站定，朝姜波上下打量了一番，这小子怎么变了样？以前胖乎乎的圆脸蛋变成了瓜子型，坚挺的鼻梁上有一双会说话的眼睛，透着倔强和刚毅。李博林很心疼，低声说道："小波啊，你又瘦了。我今天是到市里办事，办完后正好有时间，就顺道来看看你，给你买了点东西，读书费脑子，营养要跟上，不能把身体累垮喽！"

姜波一手接过网兜，一手把李博林往宿舍里拉，还撒起了娇："李叔，不是瘦了，是又长高了，你看，我现在比你还高，都已经一米八二啦！"

李博林刚踏进宿舍，姜波就向同学们自豪地介绍："这是我叔，他是参加过抗日战争和抗美援朝的战斗英雄，在战场上立过一等功。他还是1958年参加第一辆'雄鹰牌'轿车制造的第一代造车人，现在是华松汽车厂的厂长！"

寝室里的同学听了介绍，赶紧都站了起来，恭恭敬敬地叫道："叔叔好！"郑春林当然也不例外，很尊敬地站在李博林面前鞠躬。

李博林见姜波在同学面前这样显摆自己，觉得这孩子可能遇上什么事了，当着他同学的面也不便询问，随口就说："小波，把水果给大家分一下，我的车还停在校门口，不能耽搁太久，你送我出去吧。"

姜波答应着，顺手把水果、罐头放在桌上，同时向同学比画起了手势，示意他们不能把东西都瓜分光了，给自己留一点。因为这种事已经发生过无数次了，几乎每次妈妈带来的好东西，都被他们洗劫一空。这些同学家里都不富裕，哪有闲钱买水果和营养品。

姜波虽是家里的独子，但从小生活在厂区家属楼，姜、李、关三家从来不分你我，姜波又是孩子中的老大，父母从小就教育他，有好东西一定要跟弟弟妹妹们分享，有困难要带头扛，给弟弟妹妹们做个榜样。所以他对寝室里同学们的"强盗"行为，从不计较。

姜波跟着李博林走出了楼道，拐到了通往校门的水泥路上。李博林见路上行人不多，便转头问："有人欺负你了？"

姜波脸一红，知道李博林已经看出自己的心思，难为情地摇了摇头，但不说，又怕李博林担心，就老实坦白道："那也不算欺负，就是那个郑春林，他是老三届的初中生，靠自学考上了大学，觉得自己很了不起，把别人都不放在眼里，老是把我当小孩，倚老卖老，只要不听他的话就不依不饶，平时我也懒得跟他烦。今天在团员活动中，因为他反对合资，还把合资说成是卖国，所以我就跟他杠上了！正好趁着您来，我就借用您的威名，震慑一下他，希望他能认清现实！"

李博林听了，心里暗笑，孩子就是孩子，说出来的话都带着孩子气。按理说，姜波在工厂里经历过不少大事，不会如此稚嫩。不过，与这些孩子们在一起，除了直接对抗，还能有什么办法？于是，便笑着劝道："小波，你跟别人不同，你是从工厂走出去的，自然知道工厂存在的问题，也了解需要合资的紧迫性。现在连社会上都出现很多反对合资的声音，更何况那些学生呢？"

"李叔，市里开会顺利吗？是不是不搞合资了？"姜波一边问一边紧张地注视着老人家的脸色。

"现在还没有定论。不过，那天会上一个经济学家扔下一个响雷，说现在华松市的经济发展非常缓慢，再没有一个支柱产业来支撑，华松市该如何往下走？"李博林语气平静地说，"搞汽车合资本来就是一个新生事物，现在遭受各种诋毁与质疑并不稀奇。像小平同志这样留过洋的、以及机械工业部的几位领导这些年一直在国外考察，了解国外的发展情况，当然支持合资。但还有很多人不要说出国了，连外国人都没见过，他们根本不了解外面的世界，抱着几十年来固有的思维模式不放，认为我们只要守住自家的一亩三分地就好了，把外国人引进来就认为是引狼入室。所以他们异口同声反对合资，这也属于正常的反应。你想想，我们刚开始的时候也跟他们一样，也对跟外国人合作很反感，后来在接待外国考察团的过程中，逐渐了解了国外真实的发展状况，知道了跟他们存在的差距，这才意识到不合资不行了。所以，要有耐心，接受新生事物也是要有一个过程的。"

姜波一脸惊愕地看着李博林，感觉他像变了一个人，居然把"中奥合资"看成是一个"新生事物"，眼睛里顿时充满了敬佩之意。

李博林与姜波并肩走在梧桐树下，夕阳余晖从茂密的梧桐枝叶中斜射下来，金色的光芒闪烁着，稀稀落落地撒在水泥地面上，似精灵般随风起舞。李博林被眼前的景象吸引，望着四周来来去去的学生，感叹道："多么好的学校啊，我真羡慕你这种日子，可惜我老喽，没有这样的机会啦！"

姜波听了之后，忍不住说出了心里话："李叔，你一直跟我说，遇到事情不能光看表面，其实这所大学并没有你想的那么好，实验室里竟然连一台汽油发动机都没有，说要学好造车技术，那也只能是纸上谈兵。我们现在学习的专业知识都很落后，教材都是过去的，这对提高造车技术没有多大帮助。所以我非常希望合资成功，在实际工作中学习技术，运用技术。"

李博林呆住了，许久未动。原以为姜波能在这里学到最先进的技术和知识，想不到大学实验室的设备如此简陋。他心里郁闷不已。

姜波把李博林送到校门口，看着李博林离去的背影，发觉他比两年前苍老了不少。在他的印象中，李叔是比父亲更魁梧一些，现在乍一看，仿佛李叔的整个身形缩小了一圈，肩背佝偻着，老态格外明显。

姜波突然想冲上去扶他一把，刚抬起脚，又放下了。李叔现在需要的不是体力上的帮手，是技术上和方法上的左膀右臂。姜波能想象到，要是合资真能成功，那等着李叔处理的麻烦事会源源不断。他不希望看到李叔独自站在风雨里，他想站到他身边，到浪潮的最前沿，去陪他一起乘风破浪。

李博林从交大回来后，一夜未眠，第二天就跑去找陈克敏，说华松交大实验室到现在为止只有六十年代初期留下的卡车柴油发动机，连一台汽油发动机都没有，让这些学生精英都去学些已经被淘汰的、落后的技术，这不是浪费他们的时间吗？这样下去我们的汽车工业还有希望吗？

陈克敏听了李博林所说的情况，觉得这确实是个问题，国家经济飞速发展，必将带动汽车工业的腾飞，会需要大量技术人才，现在必须做好储备，于是决定通过合规合法的途径把华松汽车厂试制车间中的一辆试制轿车和一台发动机捐赠给华松交大，让这些学生在实验室里就有机会学习和研究造车技术。

眼看就要放寒假了，李博林在跟校方接洽后，终于办妥了全部手续，亲自带队把轿车和发动机送到了华松交大，机械工程系的老主任兴奋地一路小跑，让实验员把轿车和发动机安置妥当。

老主任禁不住热泪盈眶，紧紧握住李博林的手说："李厂长，谢谢你，这是我们想都不敢想的事，您帮我们解决了教学上的大难题。从此，学生们可以直接跟实物打交道，不用在虚拟的图纸上询问答疑了。"

随即他兴奋地通知大家，从今往后，机械工程专业课程就放在实验室，再也不用对着幻灯片自圆其说，大家都可以亲眼目睹中国制造的轿车了！

姜波获知详情后也非常感动，想不到自己的几句抱怨，让李博林下了这么大的决心去说服陈克敏亲自批准把轿车和发动机送到学校来。

他看到了陈克敏和李博林这辈汽车人对发展汽车工业的渴求，也觉得合资成功的可能性在逐渐增大，便与几个要好的同学拿着技术资料，钻进了实验室，投入了造车技术的研究。

大四最后一年的光景，几乎成了姜波这几年来最开心的日子！

第 三 章

  中奥合资总算进入了法律条文谈判阶段，但就在这个问题上又出现了波折。当时的中国连一部《合资法》都没有，奥国人要求签订的许多协议，华松机电工业公司根本拿不出来，也不知道协议里应包含些什么内容。一切都要从零开始，就像造房子打地基一样，不得不一点一点从地底深处开始垒起来。

  为了加快沟通，双方经常要开电话会议。为了配合欧洲的时差，陈克敏和李博林常常需要通宵达旦地参加会议。

  又过了一个不眠之夜，陈克敏和李博林疲惫地走出办公室，天边已经露出了青灰色的晨曦，李博林有些担忧地望着陈克敏。前两天陈克敏刚因心脏病发作而入院，医生诊断说他是操劳过度，嘱咐他别再熬夜。但陈克敏压根就没把这些话放在心上，他只是把家里电话和夫人单位的电话一起交给了秘书，吩咐说自己再进医院就通知家人，然后又一头扎进了工作堆里。

  这也不是他不把自己身体当回事，实在是最近发生了一个突如其来的变化令人措手不及——奥国方面突然提出了一项新要求，在合资前先运三百辆轿车的零件来进行 Semi Knock Down，简称 SKD 组装。如果这个条件不答应，之后的项目就不能继续推进，这完全是在之前的谈判中没涉及的全新内容。

  陈克敏因此感到很不爽，仿佛走至半道被人伸手要过路费，有种被要挟的感觉。 三百辆轿车的配件加上随行的技术指导人员，所需的花费要比进口三百辆整车多得多，这种组装对生产流程的改良没多大帮助。

他知道，这完全是一场针对中方能力的考试。 万一这三百辆过后又来几百辆呢？ 没有形成规模化的效率，反而一次又一次地花费高额运费和人员费用，还不是骗驴拉磨原地打转嘛？ 到时候上级怪罪下来，自己又该怎么解释？

陈克敏向上级部门报告了此事，领导说三百辆SKD组装的事可以允许他拍板。 这天晚上的电话会议就是向奥国方面最后确定是否有必要这么做？ 奥国孚士态度很坚决，说如果此事不同意，那后续的事就一切免谈。 陈克敏无奈地答应了奥方SKD的组装要求， 确定了组装时间表。

挂断电话后陈克敏不停地用手揉搓胃部，李博林知道老领导这是胃病又犯了。 陈克敏常开玩笑说自己就是一台厂里的旧机器，虽然问题不断，但修修补补就能再撑一阵，这样的机器反而不能大修，一旦拆了全面检查，说不定就拼不起来了。 李博林虽然担心，但也说不出哪里不对。 他们这一辈人大多抱持这样的观点，从前没条件，总担心身体的大修会给家庭造成负担，现在条件稍微好些，又怕大修成为工作的负担。 他知道陈克敏是决计不会答应休息的，低头看一眼手表，说道："我告诉你一个秘密，前面的弄堂里有家早餐店，去喝点热的吧，胃里一暖，说不定就不疼了。"

陈克敏有点惊讶，虽然已经改革开放，但当时割资本主义尾巴的风潮还没完全停歇，谁敢明目张胆开早餐店？

清晨的弄堂，四周都还静悄悄的。 早餐店外的凉棚刚刚支起来，摊主就推出一只铅桶，里面是磨好煮开的新鲜豆浆，一旁的油锅也热了，大柏油桶里烘着香喷喷的大饼，木桶里还有弹牙软糯的粢饭，"四大金刚"一应俱全，完全是正宗海派味道。 但摊主一开口招呼，却是个地道的山东人。

陈克敏带着疑惑喝下了半碗热豆浆，胃部一下舒适了许多。 他这几年行色匆匆，竟不知公司附近还藏着这么一家店。

"这个铺子开了好几年了，我每次早上来开会，总是在这里吃早餐。"李博林说道,"摊主是从山东来的,也是我的老乡,起初只会做包子和煎饼,后来这些都是慢慢学的,厂里的老华松人也说这里的'米道老好了'。"

说话间,摊主夹起一根刚炸好的油条,搭在李博林的豆浆碗上:"谢谢李厂长啦,每次到这里开会就来帮衬。现在还多亏你们华松汽车厂的班车地点设在马路对面,大家乘车前都来我这里带一份早点。要是没有你们,哪有我的今天?"

李博林说:"那还不是你碰上了一个心善的包租婆,几年了都不加租,有良心啊。"

陈克敏很诧异:"这倒难得,非亲非故的,能有这样的肚量?"

摊主道:"不过一开始她也不敢租给我,怕被人抓了,后来见我一个外地来的穷小子口气大得很,一下子就交了三个月的租金才答应租给我的。但她又怕我是吹牛皮,天天跑来盯着我,我什么时候开店,她就什么时候来。呐,就是坐在你们这个位置上,我送她一碗甜豆浆,她能坐一个早上。"

陈克敏问:"那她现在还来吗?"

"早就不来喽。坐了一个月,也没见有人来查,我又不欠她租金,而且我忙都忙不过来,卖完就关门打烊当然就放心了。这几年她不给我涨房租,我肯定也要领情,每个月都是时间不到就自动交钱,有来有往嘛。"摊主回答道。

陈克敏点头:"也是你为人大方,先请她喝了一个月豆浆,这下没白请。"

摊主说:"不白请,不白请,其实每次我送她一碗豆浆,她自己还要贴钱买个大饼,有时还加一根油条,算下来我也不吃亏。"

李博林笑了:"有句话怎么说来着,叫大智若愚,你这个山东小伙,想不到比华松人还精明。"

陈克敏手里的碗停在半空,思索片刻,醍醐灌顶:"老李,我们得向摊主学学啊!"

李博林咬了一半油条停住了:"学什么?"

第三章 043

陈克敏说:"奥国孚士的心态就像那个包租婆,他们试探的目的不是为了占你一点小便宜,而是不够信任,担心给自己带来风险。我们在设想风险的时候不应该过度揣测,那同样也会偏离现实,甚至会扭曲和夸大风险。要是这三百辆轿车组装成功了,那他们为什么还要继续刁难呢?这不是没事找事么,对他们有什么好处?只有尽快建成合资企业才对他们最有利,这个目标大家早就商定好了,怎么我们自己反倒忘了呢?"

李博林没想到他还在想着工作,若有所悟地点点头:"我明白了,既然包租婆要来,你越是拦着她,她就越不放心,还不如请她喝杯豆浆,彻彻底底地消除她的戒心。"

陈克敏点头:"我们也要在组装的过程中,赚出自己的大饼油条钱。你要尽快组建一支专门的组装小组,把能学的流程和工艺先学起来。换个思路想,这相当于他们搬了一个造车团队过来,而我们只需在自己的厂里就能完成学习,这难道不比派人到外国去省钱吗?"

李博林一拍大腿:"对啊,我回去就抽调人员,先准备起来。还有,现在正是大学生毕业季,是否能招一些新毕业的大学生加入这个行列?他们有文化,有利于跟外国人交流,学习起来就快,这对我们的SKD组装岂不是一件大好事?"说罢他抹抹嘴站起来要走,被陈克敏一把按下,"不急这几分钟,招大学生的事我去想办法,你先把豆浆喝了,我让老板再打包十副大饼油条。"

李博林拦住他道:"你心脏不好,不能吃这么多油腻的。"陈克敏嘿嘿一笑:"不是我吃,带回去给办公室里的人吃。老板帮我解决了一个大难题,我不得交点学费啊?"

李博林听了点头称是。

中方与奥国敲定了三百辆轿车的SKD——半散件组装,车型就是未来合资公司要生产的奥国孚士牌轿车。

眼看三个月后,零件就要运到华松汽车厂,在挑选组装小组成员的时候却犯了难。找遍整个汽车厂,能拿出手的就只有赵红旗一个,要是不考虑文化水平，那周志远也能勉强算半个，其余工人大多是跟着吃大锅饭的，劳动积极性不高，年纪也都不小了。这些人就算是学会了装配进口车，没几年又要退休了，到时候还是青黄不接，这真是个问题。

李博林考虑再三，向陈克敏提出了申请，分配一批大学生到华松汽车厂，直接参加孚士轿车 SKD 的组装。

姜波和他的同学也到了毕业分配的时候，不少同学已开始托关系找门路。系里有一个留校读研的名额，很多同学都盯上了，削尖了脑袋打听系里这个名额会给谁。传出的消息系里定的是姜波，他不仅专业知识成绩优异，还有在工厂工作的经验，是留校读研的最佳人选。

这个消息也很快传进了钱勇的耳朵，他觉得这不公平。自己虽然专业知识不如姜波，但组织能力比他强，自己还是团支部书记，这两年组织大家参加了很多校内外的活动，为系里争得了不少荣誉。自己才是最该留校的人，为什么系领导看不到呢？

钱勇心里一直在想，如何才能把这个名额抢回来？突然想到上个月英语系两个同学晚上在小树林幽会，因行为过于亲密，被夜间巡察人员逮个正着，学校以生活腐化问题给了他们记过处分。

钱勇眉头一皱，计上心头。他看到过姜波与赵曼玉经常一起在阅览室里自习，还常常在小树林里用英语交流，关系亲密，就以他们之间存在不正当男女关系为由，检举揭发，想必能一击即中。他拿定主意，向学校负责学生工作的领导写去了检举信，信中还振振有词地要求学校对姜波进行处分，绝不能让这样的害群之马留校。

果然不出他所料，学校马上派了专人到系里开展调查，询问了不少老师和学生，也找了姜波和赵曼玉两位当事人谈话，姜波便把自己在学习中遇到一些不明白的专业知识难点请赵曼玉带回家请教她父亲，然后再转告他的事如实说了。调查人员经过核实也确实如此，便不予追究，但不良的影响已经造成。

自称寝室老大哥的郑春林，看到姜波被人这样栽赃忍不住了，对姜波说：

"小子哎！你被摆了一道，很明显是有小人冲着你留校名额来的。我们一起想办法，帮你消除影响，把名额夺回来。"

姜波没想到郑春林能说出这样的话，感动地说："那小人真是枉费心机了，我从来没想过要留校，我要回华松汽车厂。"

"你小子就是一根筋，心心念念都是要发展造车工业，我倒要看看，你什么时候能造出好车来。"郑春林说话的语气比以前缓和了很多，不再咄咄逼人了。

原来一心想留下姜波的系主任，经过检举信这事后也没有再坚持。这个留校的名额最终落到了钱勇头上。

转眼已到了毕业离校的日子，赵曼玉依依不舍地把姜波送出了校门，看着他逐渐远去的背影，再也控制不住自己的情绪，赶紧追了上去，拦住姜波说："姜波，我喜欢你，想做你女朋友，可以吗？"

赵曼玉的表白让姜波既激动又自责，这样的话竟让一个女孩子先开了口。在这几年的相处中，自己早已被她深深吸引，考虑到诸多因素，一直压制着这份感情，今天赵曼玉突然打开了这个阀门，让他一时手足无措，不知该说什么好。缓了一会儿，姜波激动地握住赵曼玉的双手说："当然可以，当然可以。"他们的爱情就此有了一个美好的开端。

时光飞逝，到了七月中旬，各高校有一批大学毕业生被分配到了华松汽车厂。

姜波是众多大学生中第一个来华松汽车厂报到的。老同事们见到他回来，都笑着说，念过大学了果然气质不同。只有他师父周志远不动声色，见他走来也没停下手里的活，装作没看见似的仍旧低着头敲敲打打。姜波知道他在想什么，小跑过去还像以前那样，轻轻叫了声"师父"，周志远这才懒洋洋地抬了抬眼皮，半晌才嗯了一声，略抬头斜睨了一眼姜波，嘀咕了一句"怎么读大学还会长个子"，姜波没听清楚，抓抓脑袋回了句："师父，你说什么？"旁边的工人全都笑了起来。他们说从前周志远是不会抬头看人的，如今终于能正眼看一眼姜波了，所以才发现这小子比自己竟高出了半个头。

李博林听到姜波来了，心里有说不出的高兴，赶紧把他叫到办公室，告诉他明天厂里又要新来一批外地大学生，让姜波负责接待和培训，从中选拔几名优秀的学生，一起跟在奥国来的工程师身边学习。

等了四年，终于又回到厂里，还是跟着奥国工程师学习装配进口车，姜波兴奋得一夜难眠。第二天他顶着黑眼圈早早就等在了厂门口，等了许久，才盼来了派去火车站接人的大巴。车上下来的全是一张张与自己年龄相仿的年轻脸孔，其口音却来自五湖四海。

姜波对照名单清点人数，准备先带他们到宿舍放行李，但车上的人都走光了，名单上还空着三个名字没有打钩。他亲自上车巡了一圈，问司机："师傅，怎么还少了吉林工学院的三个？"

"三个？哦对，有三个人一上车就嚷嚷肚子饿，经过路口那家饭店的时候提前下车了。"司机抬手向不远处一指。

姜波气得直哼哼："真是无组织、无纪律！"

他请同事帮忙把点过名的大学生引进厂，去食堂集合。自己顺着司机所指方向去抓三条"漏网之鱼"。

路口是一家东北饺子馆，也卖包子面条和热炒小菜，店主勤快，从早市一直做到夜宵。汽车厂的人是图它的营业时间长，位置又就脚，常常在这里用餐，所以姜波对它并不陌生。

他一进门就不客气地大声喊："张欢、孙艳、刘云涛！张欢、孙艳、刘云涛！"

此时正值用餐高峰，店里坐满了食客，姜波的大声叫唤引来了众人的注目。三个坐在角落的年轻人顿时脸色狼狈，其中的女生最先坐不住，放下碗，随手把辫子往后一甩，走到姜波面前，也提高了嗓门喊道："喂，你在这儿大喊大叫干什么？没见过像你这样没礼貌的人！"

姜波看了她一眼说："你就是孙艳吧？"

孙艳惊讶地问："你怎么知道？"

姜波笑道："今天报到的就只有两个女生，一个已经报到，另一个只能是你了。我是华松汽车厂派来接你们的姜波。"

孙艳一听说他是厂里派来的，气势顿时矮了半截："原来是姜师傅，我们几个在火车上没吃东西，饿得不行，看这饭店开着，就想吃一点，垫垫肚子再进去。通知上说是十一点到食堂开会，我们应该没过时间点吧！"这孙艳口齿伶俐，思路清晰，一开腔就把姜波想批评他们的话给堵住了。

姜波脑子也灵活，马上换了个话题，指了指孙艳的长辫子说："凡是进厂的女孩子，第一件事就是要把长辫子剪掉，否则不许进车间！"

孙艳一愣，依依不舍地摸着辫子说："还有这样的规矩？好，你看我明天的行动吧！"姜波没料到她会这样爽气地回答。就在他俩说话的工夫，另两个男生也走了过来。其中一位又高又瘦，一边鞠躬一边向姜波伸出了手："真对不起，没想到还要姜师傅来找我们。我叫刘云涛，这是张欢，我们三个都是吉林工学院的。"

说话的这一位无论是举止还是谈吐都显得相当稳重，伸出手时不忘先在裤腿上擦一擦，生怕手上带有吃饭时沾上的油腻。姜波稍稍一愣，马上伸手握住对方，发现这个看似瘦弱的刘云涛臂力强劲，顿时产生了一种棋逢对手的感觉。那个叫张欢的一副玩世不恭的样子，一头自来卷的头发乱得像鸟窝，他小指剔着牙，懒散地走来，随便抬了抬空着的那只手，就当是打过招呼了。

姜波看他的打扮像个社会上的小混混，心里产生了一种反感，不过面上还是没露馅，回得有礼有节："你们好。"

姜波带着三人回厂，直接去了食堂，张欢看到比他们早来食堂的大学生手里都端着满满的一大碗雪菜大排面吸溜、吸溜吃得起劲，心里直后悔，早知道南方也有"上车饺子下车面"的习俗，自己还会掏钱吃面吗？于是还没等姜波开口，他就拿着碗筷到窗口排队了。

孙艳赶紧拦住他："你刚才都已经吃两碗面了，还去吃？"

张欢伸手把裤子的皮带往外松了一格，悄悄说道："你没见是大排面吗，不吃白不吃！"

刘云涛见状无奈地摇摇头。

姜波也早已饥肠辘辘，况且又是自己最喜欢的雪菜大排面，马上跟在张欢的身后排队。等到所有人都吃完，心满意足地绽开笑脸时，李博林脱下头上的厨师帽，搓着双手从食堂里走出来，笑着说："都说'上车饺子下车面'，在座的除了姜波和孙艳同学外，全都是北方人，这个迎客的习俗没让大家失望吧？"所有的大学生齐刷刷鼓掌，只有孙艳愣住了，她没想到自己没进厂门就被姜波点名，现在进了食堂又被这个老头子点名，心里一阵慌乱。李博林抬起双手往下压了一下，"吃了这碗面，就算是进入了家门，从此就是一家人了，接下去请关副厂长给大家发饭菜票，这是你们一个月的口粮，钱都会从你们的工资里扣，要想吃好的，那就要好好干，到月底再给你们发五块钱奖金！"

张欢听到这里就乐了，都说东北人直肠子，没想到这个厨师也是个直性子，朝身边的姜波看了一眼："姜师傅，这厨子口气好大，他说话管用吗？"

"要不你试试？"姜波这话一出口，张欢也傻眼了，不知这话是啥意思。

李博林笑盈盈地继续说："华松汽车厂是大型国有企业，也是中国唯一在正常生产轿车的工厂。但我们的车型老旧、生产设备落后，而且这些轿车还满足不了市场的需求，因此我们正在寻求与国外著名汽车厂家合作，期盼能有更先进的技术和更新的车型。这就是我们为什么那么迫切招录大学生加入到我们这个行业的原因。其次，华松汽车厂决定改变过去传统的师傅带徒弟的陈旧模式，不再按照过去拜师学艺滚打摸爬三年的老套路，而是让新入门的大学生，先跟着姜波同志参加企业管理制度的学习和岗位培训，合格后就跟着奥国工程师一起学 SKD 组装。同志们呐，这可是一个全新的汽车整车装配模式，也是决定我们能不能顺利合资的前提，更是我们能不能顺利进入全散件的 CKD 组装生产的一次考试。你们是我们厂改革开放后招来的第一批大学生，身上有着与众不同的特质，具备了与我们完全不同的素养，今后要靠你们用学到的科学知识和全新的思维模式来引领新局面，只有这样才能让我们的未来充满希望！"

整个食堂里十几个大学生听了热血沸腾，孙艳和刘云涛更是欣喜万分。张欢此时才发现正在说话的厨子原来就是这个工厂的厂长，这种平易近人的感情连接，一下子把他的心融化了。

李博林介绍完企业的状况后，宣布姜波为 SKD 培训班班长，随后就让姜波领着大家往厂边上的一栋宿舍楼走去。

孙艳正在翻看英汉词典，查找 SKD 是什么意思，好不容易在词典里把这几个打头字母的单词找到，但怎么也译不出是什么意思。张欢见周边的人都走了，赶紧捅了捅刘云涛的胳膊，示意他去催促一下孙艳赶紧跟着走。没想到刘云涛凑过去一看，也坐在她边上看了起来。张欢纳了闷，什么重要的事非要现在这么投入，人都走光了还不动，就问道："你们俩在研究什么呢？还不快走？"

"你知道 SKD 啥意思吗？"孙艳抬头问。

张欢一头雾水："就刚才那厨子，哦不，那厂长说的？我还以为他说鸟语呢，没听明白！"

"这里是南方，是中国经济最发达的大城市，说的都是吴侬软语，你得用心去听。刚才厂长说的是——SKD，你知道是啥意思吗？"刘云涛忍不住问道。

"孙艳不是在查字典吗？看你猴急样！要不找姜师傅问问，他肯定知道！"

孙艳拦住张欢："你还真不害臊？他是大学刚毕业，你我也是，就他懂 SKD，我们都不懂？"

张欢尴尬地笑了："我真以为是鸟语，所以就没仔细听。"

刘云涛不高兴了："你呀，那厂长说的并不是当地土话，也不是华松话，是带着大葱味的山东普通话，不像刚才到火车站接我们的司机，那真是一句话都听不懂。"

孙艳被他们搅得没心思了，合上词典："张欢，你听不懂就成聋子啦？这一路上教了你们那么多的华松话全忘啦？厂长刚才说以后要跟着奥国人学装配，SKD兴许就是跟汽车装配有关！"

"SKD是简称，全名叫Semi Knock Down，就是半散件组装的意思。"姜波送走了一批大学生，发现又少了他们三个，就返回来找，见他们在争论SKD三个字母，笑道，"具体怎么组装，我现在也不明白。走吧，大家都回宿舍了，就差你们了！"

"半散件组装？哦，明白了！"孙艳抬头向四周一看，整个食堂空荡荡的，马上拉着刘云涛拎起行李，"对不起，走，走，我们马上走！"

张欢心里一阵内疚，弯腰捡拾起自己的行李——一个大网兜，猛地往肩上一甩，谁知用力过猛，网兜的暖瓶撞在墙上，碎了一地，顿时惊得面如土色。这个暖水瓶是他父亲当年在伐木队荣获的奖品，上大学时父亲把热水瓶交给了他，希望他今后努力学习，成为一个对国家有用的人。此刻暖瓶碎了，就仿佛父亲对他的希望也没了。张欢慢慢走到墙角拿起瓶壳，盯着上面红漆写着的"奖"字，心疼得眼泪汪汪。

姜波忽然觉得之前那个玩世不恭的张欢不见了，眼下这个男子汉竟然会变得那么羸弱，原来他的外表下还藏着一颗脆弱的小心脏？姜波有点不可思议地走上前，接过他手中的暖瓶壳说道："这有什么可难过的，明天我找人给你重新配个内胆不就行了？"

刘云涛赶紧凑到姜波耳边解释："这是他父亲生前获得的奖品，他一直留作纪念，从吉林一路抱到了华松。"

姜波这才感到自己刚才的言语不当，立马说："张欢，你放心，请我师父把暖瓶修好，保证跟原来的一样。"随后就带着他们去员工宿舍楼。

由于当时的国内汽车行业发展尚不充分，各高校内并没有单设的汽车专业，相关人才也分布在各个专业之中。这次招来的除了机械工程，还有船舶动力、精密仪器、机械电子，甚至还有几名是根本与机械工程不沾边，像孙艳就是学企业管理的。

第一天集中学习工厂规章制度时孙艳缺席了，问了张欢和刘云涛，都说不知道。姜波电话打到宿舍门岗，说有个女生一大早就出门了。到中午吃饭的时候，孙艳出现了，完全变了模样，一头齐耳的短发，弯弯的眉毛下一对滴溜圆的眼睛炯炯有神，比原来更英姿飒爽。姜波本想批评她无组织无纪律，不请假，但又一想她这是遵守了昨天的承诺，是个言而有信的人，就轻轻地提醒她以后要注意遵守工厂的规章制度，也没有其他责备，算是对她言而有信的褒奖。

第二天又到了集中学习的时间，竟然有三分之一的人缺席，还需要姜波一个个去把他们找来。

从这一天开始姜波承担了"母鸡看小鸡"的重任。名为班长，实际却更像个保姆。有人水土不服拉肚子了要找他，有人出门迷了路也要找他，有人违规使用电炉烧断了保险丝还是要找他。最好笑的，一名女生来例假肚子痛要吃益母草，不好意思自己跟他讲，竟托孙艳来问他能不能帮忙买。姜波只得让母亲来帮忙解决。

姜波觉得这一天天的比在学校考试还头痛，永远不知道别人抛来的下一个问题是什么。渐渐地，他与赵曼玉的周末约会里充满了这些鸡零狗碎的抱怨。两人逛一圈公园，大半圈都是姜波在絮叨。

赵曼玉虽然年纪比他小两岁，但"文革"十年中的遭遇，使她更懂得所思所想欲为何。哪像姜波在家属楼长大，单纯，不懂人情世故。但她对姜波喋喋不休的啰嗦并不反感，倒觉得他像唐僧，遇到难办的事就开始念经，抒发一下自己的情绪。她总是很耐心地听他倾吐完所有细节，然后冷静地开导他。她多次对姜波说过，这和李厂长的工作很像。你才管这十几个人就这么怨声载道的，他管着上千号人，那得是什么感觉？

姜波委屈道："那可不一样，他是厂长，不说有生杀大权吧，但跺一跺脚还是能震起三寸灰的。我这个班长除了义务什么都没有，可不就成了任人差遣的小厮么。"

赵曼玉笑道："既然这样，那你也可以申请一点权力啊。"

姜波沉默了，眉宇间露出了凝重的神色："可他们都是怀揣着理想来到这里的，我总不能为了贪图自己方便设卡吧？"

赵曼玉微微一笑："这就是理想与现实的脱节，你明知这些人都是跟你一样，怀揣理想来造车，看到他们不受约束又想要管住他们。可学生一旦离开校园踏入社会，就受各种法律法规的管束，这样社会才不会乱。现在厂里破天荒来了一批大学生，都把他们当宝贝似的捧着，不知道怎么办了，那就得建制度、设规定来管呀！这是社会运营的基本法则，你怎么一离开学校就把老师教的都忘了呢？"

姜波仔细想了想，承认她说得确实有理。自己反对条条框框的约束，但没有威慑，哪来的尊重。现在搞培训只规定了时间，没提出要考核，大家当然不当一回事。回家以后，姜波梳理了一下思路，把大学制定的管理制度和工厂的制度糅合在一起，整理出一套相对完整的企业新员工培训管理手册，把学习和培训中涉及的作息时间、生活卫生等等都列入到考核内容之中。

李博林看到姜波交上来厚厚的一份员工培训管理手册，仔细翻看，心里不由得暗暗高兴，这孩子不仅有他父亲的稳重、踏实，也有属于这个时代的朝气，他的成长超乎自己的预计。他做事就是跟其他人不同，不用吩咐，能主动发现问题并提出解决问题的办法。李博林有预感，这孩子将来一定会比自己走得更远。

新来的大学生们经过一开始的放飞之后，逐渐都收起了玩心。这也归功于姜波的培训管理机制，那些在学校里熬惯了考试的大学生们，一听到培训也要考核，就怨声载道。但他们毕竟都是顶尖院校培养出来的优等生，抱怨归抱怨，对自己不是没有要求，一听见不合格的员工就要被排除在试装小组之外，立即端正了态度。

刘云涛是第一个站出来表态的，不但如此，他还主动提出要帮姜波来监督执行。从孙艳嘴里才知道，原来刘云涛在大学里是学生会主席，对管理学生颇有心得。现在由他帮忙，姜波的担忧顿时消了一半。尤其是那个张欢，好像就服刘云涛，这倒反而让姜波省了不少心。

令姜波更意外的还有孙艳，她是刘云涛的女朋友，所以也配合得很好。谁能猜到，这豆腐一样清汤寡水的白面书生会配上小辣椒一样的霸道女孩儿。

在大家的翘首企盼中，运送奥国孚士牌轿车零件的集装箱卡车，也陆续驶入了华松汽车厂的厂区。厂里很多工人都涌到了总装车间前的场地上围观。

车厢门慢慢打开，露出里面巨大的木箱。厚实的木制包装简直像一尊庄严的丰碑，里面就像是封存了中国人渴望的一切现代化生产的秘密，让人不由自主地屏住了呼吸。

由于这次运来的是半拆散组件，每一箱零件的打包重量都达两吨以上，厂里现有的铲车吨位根本不够，无法一次性把木箱直接从车厢里铲出来。包装箱与集装箱的尺寸又较为贴合，几乎没有多少腾挪的空间，因此让在场的众人犯了难。

谁也想不到，万里长征的第一步竟然是卡在了搬运的起跑线上。

身为试装小组组长的赵红旗急得团团转，但又想不出什么可行的办法。姜波、孙艳、刘云涛和张欢在一旁商量，想着能不能用最原始的方法来解决这个问题。姜波悄悄地指着大箱子，示意在箱子底部塞进铁棍当滑轮，把箱子拉出来，再铺设一道斜坡，让箱子沿着斜坡往下滑。可怎样才能把这么重的箱子既能往外拉又能托住呢？正当大家还在琢磨时，只见周志远和几名工人拿着铁棒，推着两个葫芦吊走了过来。周志远走到集装箱尾部，仔细察看了一下车厢到车间大门的距离，要求集装箱司机把车再往车间里继续倒了将近一米半，恰好到了一个合适的位置，然后指挥工人用铁棒撬起木箱的底部，塞进铁棍，再用葫芦吊的钢索捆扎住木箱，只听他一声"起！"工人们用力一拉，大木箱开始缓缓地向外滑行，只见他飞快地用另一只葫芦吊的钢索做牵引迅速绕着箱体缠了一圈，慢慢地拉动葫芦吊的铁链，稳稳地把箱子降落到了指定的位置。

大家一阵惊呼："老法师就是有办法。佩服！佩服！"

姜波目睹师父一气呵成，将大木箱一个个有序地搬进了车间，解决了大难题，真是佩服得五体投地。两个奥国人在翻译的陪同下也急匆匆赶来，看到土法上马的一幕，惊得呆若木鸡。

直到所有零件箱都安然无恙地落到了地面,一个奥国人才慢慢地从屁股后面的挎包里拿出了专用拆卸工具,爬上大木箱,扯下装箱清单,"咔嚓"一声剪开了包装钢带,再用电动螺丝刀快速将包装箱的螺钉逐个拆除,最后用撬棒撬出箱钉。在场的人们屏住了呼吸,等待着这些进口零部件揭开神秘的面纱。包装箱终于被打开了,所有零部件排列整齐,丝毫不差、纹丝不动地固定在原来的位置上。

另一个奥国人驾驶铲车,把箱子里的零部件逐一铲出,依次摆放在铺着油纸的水泥地上。

在场的工人和技术人员惊叹——眼前的白车身光滑如镜,完全不需要额外的加工。厂里惯用的敲打、抛光、批腻子等工序在它身上统统成了画蛇添足,车身和所有其他零件一样,都是最终的成品,稍后只要上漆、组装,就能变出一台性能完备的轿车。

好奇的工人们纷纷凑近,围着车身和零件转圈,像参观博物馆展品似的发出啧啧赞叹。有工人想要伸手摸一摸车身,却被周志远"啪"的一下打了手——车身太过光滑,仿佛一个手印就能破坏它的完美。

大家都像孩子第一次拥有了心心念念的玩具,好奇而又小心地端详着车身的每一个细节。周志远忍不住对赵红旗说:"你看,这车身像镜子一样,把我的鼻毛都照得清清楚楚。"

李博林站在远处,沉吟着没有动作。姜波转了一圈走到他身边:"李叔,你怎么不去看看?这车身的工艺,就是十个八级钳工也敲不出来。"

李博林闻言,脸色更加凝重了。高精度的零件意味着组装并不是生产中最困难的部分,生产这些零件的环节才是最难的。想到这里,他不禁叹口气:"我们什么时候才能造出这样精致的零件呀?"

"有我们这些新来的大学生,你放一百个心!"姜波此刻处在兴奋和喜悦状态,进口零件的来到,怎么说都是一种进步,就算刚才卸货被耽搁了一会儿,但还是在师父既简单又实用的操作中实现了,因此不理解李博林为何在此时显得如此忧郁。

事实上，这位有经验的老汽车人一眼就看穿了之后数年乃至数十年，中国汽车工业发展的重点和难点会在哪里。在他的脑海中，这条漫长的道路正在缓缓伸向远方。陈克敏曾向李博林提起过合资公司的生产规划，在进口 SKD 总成组装之后就是 CKD 散件组装，接下去就要实现零部件国产化，接着再向自主研发推进。向外国取经的最终目标是要追赶技术，追赶的下一步就是超越。可眼前的这个开端让李博林一下看清了自己距离目标有多远。年轻的姜波自然不能理解他此时的焦虑，哪知道这是万里长征刚刚抬起脚！

经过考核，进入试装组的大学生们按照李博林的要求行事，大家都像条尾巴似的，全系在了教授装配轿车的奥国工程师博尔特先生身后。他走到哪儿，他们就跟到哪儿，简直成了一道流动的风景线。

试装的工作区域是在原华松汽车厂总装车间里隔出来的一块狭长的地方，空间有限，照明也不强。逼仄的区域里一下子挤进了十几个人，就使得这个空间更显局促。

大家都很茫然地跟着博尔特先生在车间里逛圈，只见他东张西望像是在寻找什么东西，在一旁观察的周志远实在忍不住了，问赵红旗他这是在干吗？赵红旗便用奥语询问，博尔特先生这才想起了身边这位早先在奥国留过学的工程师，马上说，他在寻找放置车身的架子。

周志远一听是这事，拍胸脯："那该问我呀。"当下指挥姜波和张欢扛来了两条长凳，说："喏，就放这上面。"博尔特看到那两条已经包浆的长凳，惊讶得几乎失语。这就是华松汽车厂为这次组装选用最省钱也最简易的"装备"？

博尔特努力揉了揉眼睛，盯着眼前的画面看了很久，这才确定这些中国人不是在跟他开玩笑。刚才他巡视厂房的时候就注意到，旁边华松汽车厂的员工们正在用最原始的手工方式进行生产。他们手拿橡皮榔头，弓着腰、眯着眼，全都神情专注。这种辛苦劳作的精神固然可敬，可生产的效率甚至质量却不敢恭维，更不要说是什么工艺。

博尔特先生也是到了这儿才发现，自己太高估了这里的装备齐全程度。

许多基础的工装设备都没有打包运来，便只得将就使用本地的器械。博尔特长叹一口气，留下了长凳，又接着巡视油漆车间。

检查结果当然也是很不理想。博尔特一脸严肃地将赵红旗叫去，要求在喷漆和烘干房前增加一个风淋区，装上大功率的换气装置，保持喷漆房间的正压，阻止外界尘埃进入，以此确保车身的油漆光洁无瑕。

一直紧跟在他们身后的张欢，见到赵红旗没说几句话就涨红了脸，一面点头一面飞快地在自己的工作手册上记下各项要点，谦虚得像个小学生。他曾经听翻译介绍过，眼前这个博尔特在奥国也只不过是个工长，而赵红旗却是堂堂华松汽车厂的技术主任。没想到这两人碰在一起，后者却像个小学生一样，于是他对身边的刘云涛嘀咕："老外的臭规矩真多，把赵工都当成三岁小孩儿了！"

刘云涛用手指贴着嘴唇，示意他别乱说。张欢满不在乎地哼了一声，反而嫌他大惊小怪。刘云涛皱起眉头："你老这样不分场合不看情势，将来有你苦头吃的。"

张欢撇撇嘴，很不以为然。他在大兴安岭长大，周围都是在森林里摸爬滚打的伐木工人，热情豪迈，英勇无畏，不拘小节。他从小耳濡目染的就是伐木工人粗犷的生活方式和作风，身上难免也带有这样的气息。

刘云涛就不同，自打一出生，就是个"黑五类"的狗崽子，凡事只知道老老实实，不敢乱说乱动。这已经养成了他谨慎行事的习惯。说起刘云涛的家世，那可不一般。刘家祖上是松原地区赫赫有名的富商，坐落在松花江畔，拥有万亩良田。

他的父亲毕业于国立北平艺专，抗日战争时期北平艺专内迁至重庆，就拜一代巨匠为师，苦心钻研国画，解放初参加过省博物馆古玩字画的甄别工作，对历代字画颇有研究，有很深的造诣。

刘云涛的爷爷是个商人，被钱财蒙住了眼睛，昧了良心。抗美援朝时期，他送往前线的医疗物资以次充好，使不少前线战士因此而失去了生命。他干出这种害国害民之事，在全国开展的"三反、五反"运动中被查实后枪毙，刘家的财产被全部没收，还被套上"反革命"的帽子。刘云涛的父亲也被赶出了博物馆，失去了工作，只能带着一家老小回到松原老家。没想到老家的祖屋早被没收，村里分了几间破旧的农具仓库，稍做改造就成了他们避风挡雨的家。因为刘家人的头上都套着"反革命分子"的大帽子，平日里就连粗气都不敢喘，更不用说挺直腰板说话了。但刘云涛的父亲是个有文化有信仰的人，不管日子过得有多艰难，他始终不忘"商以致富，读可荣身"的祖训。在当时的情况下，他知道经商是不可能的，只有在家里偷偷地读些书。由此，教授刘云涛读书、写字、绘画就成了父亲唯一的责任和乐趣。

也正是因为刘云涛一直坚持学习，才能在取消划分阶级成分的第一时间里考入了大学。这个一直被人唾弃的"狗崽子"一下子就成了全村的骄傲。

在吉林工学院，刘云涛和张欢既是同班同学又是上下铺。一开始张欢很讨厌刘云涛，觉得他看人总是低着眉，说话轻声轻气，既不喜欢打牌，也不跟大家一起打篮球，一有空就练字、画画，弄得满屋子都是墨汁味，一不小心撞上了，连被子都会沾上墨汁。后来，张欢突然接到父亲病危电报六神无主，刘云涛站出来，帮他向老师请假，还帮他买好火车票，陪着他一起赶回老家见了他父亲最后一面，帮他处理了丧事，还陪伴他度过了最痛苦的时期。从此，张欢就把刘云涛当成了自己最好的铁哥们，只要是刘云涛要做的事，自己总是事事冲在前，为他披荆斩棘。但进入华松汽车厂以后，张欢觉得刘云涛突然变了，事事抢先，不需要自己为他冲锋陷阵了，跟自己也疏远了不少。记得刚进厂时刘云涛巴结姜波，现在奥国人一来，他又迫不及待地挤到了前面，争取一切机会用他那现学现卖、磕磕巴巴的奥语，还掺杂着一些英语与人家搭讪。

没想到刘云涛紧随身后的行为得到了博尔特的认可，因此在准备生产工具等事情上，赵红旗一个人忙不过来时，刘云涛便被这个奥国老头钦点成了副手，而本来的副组长周志远却被晾在了一边。

喷漆房改造完毕，博尔特先生换了一身白色的工作服，手上拿着两顶消防员戴的象鼻面罩，大步流星地走来。由于工具有限，只允许少数试装小组成员跟着进去。周志远是全厂唯一的高级钳工，好容易逮着机会可以一展身手，二话不说就穿上白色工作服，接过了象鼻子面罩戴上，一头钻进了车间。等他最后一个离开烘干房，把面罩揭下时，整个脑袋就像被水浇了个透。

烘干后的油漆车身被缓缓地推出，阳光斜射进来，银色车身上笼罩着一层耀眼的光芒。周志远笑盈盈地脱下白色工作服，抬手抹一把汗，得意地招呼姜波："快把你李叔叫来看看。这油漆的颜色真亮，跟上了釉的银锭一样！"

李博林听到姜波的报告，一溜小跑赶来。周志远快步迎上，一脸兴奋地说："我没给华松厂丢脸，刚才那洋人还冲我竖起大拇指呢。"李博林欣慰地点点头，走到博尔特身边竖起了大拇指。

由于这次 SKD 意义重大，奥国孚士汽车谈判小组成员吴涛也再次来到了华松，此刻正跟着博尔特一起，在阳光下绕着车身巡视。李博林刚想开口夸一句周志远给中国人长了志气，就见那博尔特双眉一蹙，对吴涛说了句什么，然后几个人头齐刷刷地凑到了 A 柱前嘀嘀咕咕起来。

"怎么了？"周志远顿时升起一股不祥的预感。但他的提问无人理会，就见一个奥国人从工具箱里拿出一块打磨纱布，博尔特接过，直接在漆面上摩擦。李博林与周志远赶紧凑过去仔细一看，是个针尖大小的凸起，大概是碰上了灰尘。

吴涛说："看来喷漆房的清洁程度和密封性还是不够，功能还没达标。"

周志远吃惊地问："还不够？我在里面气不敢喘，屁也不敢放！就这么大点的尘粒，不是鸡蛋里面挑骨头吗？"

吴涛回答："硬件不达标，工人就是再小心也没用。相反，只要厂房设施和装备到位，就是傻瓜也能造出好车，这就是孚士汽车的生产理念。"

周志远惊讶："什么？你们宁愿请傻瓜来造车？"

吴涛笑了："你别误会，我们不是要雇用傻瓜，这只是个比喻。在奥国孚士的生产线上，操作没有像现在这么复杂。很多生产线都是自动的，年轻人经过短时间培训就能上手，非常简单易学。"

李博林知道这正是合资的目的，便没有再回避硬件简陋的问题，马上严肃地说："好，你说要怎么改，我们全力配合。"

吴涛和李博林一起往喷漆房走去，一旁的周志远却愣在了原地。他做梦也没想到，自己骄傲了几十年的手艺，竟会变得一文不值。大概在面前这些说着洋文的外国人眼里，自己就跟那两条长凳一样，是上个世纪就该被淘汰的产物，也应该被时代的洪流所抛弃，他顿时感到很气馁。

第一辆车的组装很快完成了。这辆车主要由博尔特带着奥国人进行示范操作，试装小组在一旁配合和观摩。同时，那间临时搭建的油漆烘房进行二次改造完成后，就进入第二辆汽车的拼装，由博尔特指导试装小组成员进行装配。

新来的大学生虽然没有装配经验，但把半拆散组件按照工序拼装起来并不复杂，操作要求也不高，大学生们的学习能力强，一学就会。很快，所有的工序都按照要求装配完毕，只剩下最后嵌入车标了，姜波拿起橡皮榔头在引擎盖的凹陷位置把车标一贴，然后再跑到车屁股嵌入车标，再用橡皮榔头轻轻一敲，所有装配工序算是大功告成。

张欢哼着小曲走来，打开轿车油箱盖，学着之前看见周志远给汽车加油的样子，拿起一根塑料管子一头放进油桶里，一头放在自己的嘴里用力一吸，又迅速将嘴上的管子伸进油箱，淡黄色的汽油顺着管子灌进了油箱，不一会儿工夫他拔出管子合上油箱盖，然后坐进驾驶室"嘀嘀"摁了两下喇叭，准备启动汽车驶出车间！

不料，张欢的举动被博尔特发现了，急忙伸手拦车，随后就咆哮起来，怎么能用嘴吸油，为什么不用油桶上的压力泵？一连串的咆哮发出后，把姜波也吓了一跳，这些动作都是过去在华松汽车厂习以为常的，怎么到了博尔特眼中竟然会让他暴跳如雷，赶紧解释："疏忽了，以后一定改！"

"不行，必须重新来过！"博尔特不罢休，必须用吸油泵。拗不过博尔特的固执，张欢只得重新再做一遍。博尔特还是不肯放过，走到油桶前把吸油泵的开关调整到抽油状态，把油箱里的油全部抽出来，又一次叫张欢重新用吸油泵抽油。重复几次之后，博尔特这才松了一口气，让赵红旗翻译，他坚持这样要求的原因是什么。原来他当学徒时也是用嘴吸油，结果不慎被汽油呛进了喉咙，最后被师傅赶出车间，重新回到技工学校学习三个月，之后他才明白，用嘴吸油危害极大，一不小心呛入肺中，会给身体带来极大的伤害。

姜波和张欢闻言愕然。

周志远带着刘云涛和孙艳把工作重点集中在零件装配上。他觉得华松牌轿车的零件与孚士牌轿车的零件有个截然不同之处，华松汽车厂的零件粗糙，零件与零件之间匹配的间隙大，有时候还需要垫片或者胶布之类的东西塞在缝隙里，才能使得两者之间偏差减小，而从奥国孚士进口的零件则不同，相互之间都是严丝密封，几乎不会出现这种偏差。他琢磨着，这些零件制造工艺非常精湛，正负公差极小，肉眼几乎观察不到，这或许就是华松牌轿车在行驶时，里里外外、上上下下都会产生各种异响的原因。他一边装配一边感叹，脑子里想的全是如何才能做到像进口件那样的精细化。

也许是年纪大的原因，脑子里想的和手上正在做的出现了差异，再加上他工作几十年，许多习惯性操作早就根深蒂固地刻在了潜意识里，总是按照固有的装配模式操作，现在又忽然看到博尔特强烈要求张欢改变不良习惯，心里慌兮兮的，思想就开了小差。他又不像别人会两句奥语和英语，有不明白的地方可以开口询问，他所能做的只有靠眼角的余光偷瞥，结果稀里糊涂地拿错一颗螺栓，拼命往 A 柱上拧，就是拧不动，随即用榔头敲一下想继续拧，结果被卡住了。低头一看，这才发现自己拿错了螺栓，一下子卡在那里了。周志远知道自己犯了错，心里一惊，赶紧抓起老虎钳想把卡住的螺栓拧出来。可无论如何也拧不出来，久经沙场的老法师竟然也会出现这种差池，不由得吓出一身冷汗。

这些异常举动没能瞒过博尔特的眼睛，对方见状立刻上前，质问他在干什么？周志远指指螺栓，笑嘻嘻地说"没事没事"，手上加快了动作。博尔特见他不听劝阻，当即扯住他的老虎钳高声呵斥，动静甚大，顿时惊动了整个试装区域，把在一旁的刘云涛和孙艳都吓得目瞪口呆。

赵红旗见状急忙跑了过来，嘴里突突突冒出一连串奥语，这才阻止事态继续恶化。等他了解清楚了事情的原委，才对周志远解释道，奥国人是指责他拿错了装配的螺栓，还使用工具硬敲，导致 A 柱的螺栓孔径被破坏，若不更换，整车装配就不合格。

周志远这才知道自己闯了大祸，马上低头认错。但博尔特不准他再继续装配，让他站在旁边看着其他人操作。随后又把这台车身移到了一边，重新换了一台车身。

周志远满脸惊讶地看着车身被推到一边，惊恐无比，这可是进口的车身啊，真要被扔在一边报废，岂不是浪费了国家财产？

休息的时候，周志远闷闷不乐地独自来到车间外，一支接一支地抽烟。姜波知道师父郁闷，悄悄跟了过去："师父，你别放在心上，大家都是第一次。别人就算是想犯跟你一样的错，还得问问他们有没有资格呢。吃一堑长一智，下次小心点就没事啦。"

周志远一声不吭，绷着脸抽完了烟，把烟头丢到脚底下碾碎了，说："你以为我是放不下自己的面子？我是在想，要是我们在华松牌轿车上拧错一颗螺栓会怎么样，还不是拿出三角刮刀把孔径刮大一点用螺丝攻再拱一下装进去？为什么奥国人非要更换车身？这反而让我认识到奥国工艺的一丝不苟。不过，我更担心自己捅出这么大的娄子，要是奥国人真把车身报废了，你李叔会不会认为我破坏生产，不让周镐进厂当学徒了？他行动不便，要是厂里不收，还能去哪里？"

姜波知道，周镐并没有像他说的那么不堪，只是小儿麻痹症的原因，走路一高一低。小时候他常被同学欺负，大家故意把"周镐"叫成了"周高低"。为此姜波还教训过那些欺负他的同学。当年为了讨好师父，姜波常去学校给他送饭，有一次，亲眼看到周镐正被几个同学按倒在地拳打脚踢，姜波扔了饭盒冲上去跟他们打了起来，把一个高个子打得跪地求饶，最后他还警告他们，以后要是再敢欺负周镐，见一次打一次。周镐却拉着他说："我没事，你不要把今天我挨打的事告诉父亲，免得他担心。"自此，姜波对周镐越加呵护，对师父也更加理解了。

俗话说"教会了徒弟，饿死了师傅"，周志远不愿带徒弟，其实就是想留一手给周镐。

姜波劝慰道:"不会,师父,李叔可是一言九鼎的人,怎么会出尔反尔呢? 再说了,总共要组装三百辆孚士牌呢,这才装到第几辆? 后面干好了,谁还会记得前面的事?"

话虽是这么说,但周志远心犹不甘,自己不知装配过多少华松牌轿车,就算是闭着眼睛也知道零件该往哪里放,奥国车就算再高级也是车,又不是飞机、坦克。 于是他打定主意,奥国人不让动手,自己就在边上仔细观摩,白天看过的,吃好晚饭后再闭眼回忆。

半夜,周志远摸黑溜进了车间,还是想要找出奥国人要更换车身的原因。车间里夜深人静,周志远嘴里叼着手电,回想着白天看到的工作流程,开始了按照工序模拟装配,在地上趴了好几个小时。 他在工作上一向是吃得起苦的,眼睛花了就揉一揉,记忆不清晰了,就像拍老掉牙的收音机一样,轻轻拍拍自己的脑袋,又想了起来。 他没想到自己这台生锈的脑瓜子还算经用,白天看到过的工作方法一一被模拟出来。 随即就悄悄来到白天被移到一边的车身旁,仔细察看拧错螺栓的地方,发现了一个包装袋里放着一块崭新的门铰链,袋子上面贴着一张用中文注明的文字"门铰链备件"。

这让周志远喜出望外,原来博尔特并不是要报废整个车身,而是要更换A柱上焊接的钢板!

他终于如释重负,禁不住拍打着车身感叹:"原来不是更换车身哦,我总算放心了!"这得意忘形地敲打车身的动静,在幽静的车间里产生了巨大的回响。 一名值夜的高个子保安听到声响,立马小心翼翼地来到附近巡视,见到黑黢黢的厂房内有一道光线在晃动,以为厂里进了贼,立刻吹响了哨子。

SKD试装期间总装车间里本来就戒备森严,驻守的保安听见动静很快就聚到了这里,如临大敌地把车间包围起来。

周志远听见外面传来哨声和脚步声,心里顿时慌了神。 他在这厂里工作几十年,几乎没人不认识他。 可这群保安偏偏是为了保证SKD试制安全而临时雇来的新人,他不认得他们,他们也不认得他。

慌乱中手电滚落在地，电筒一边滚动一边到处照射，周志远吓得转身就跑。只听得身后的脚步声杂乱，周围有人此起彼伏地喊：

"谁？"

"站住别动！"

"再跑就不客气了！"

周志远还没跑到车间门口，就被一棍子打翻在地。他毕竟年纪大了，刚挨了几脚，就开始杀猪般地嚎叫。

姜波是最早听见动静的。为了加班方便，他和试装小组成员都住在车间边上临时搭建的工棚里。听说车间来了贼，组员们纷纷披衣起床，心急火燎赶到车间前面的空地上，看见周志远被反剪双手跪在地上，脸上有明显的伤痕。

姜波一个箭步冲上去，一把推向押住周志远的高个子。没想到这批保安都是精挑细选出来的青年壮汉，力气比姜波大得多，如金刚一般纹丝不动。

"你们瞎眼啦，他是厂里的老人，你们凭什么这样对他！"姜波大声怒吼，再仔细一看，此人竟然是当年在校园里欺负周镐被自己打倒在地的高个子，就更来气了，"没想到原来是你啊！怎么，欺负完小孩又来欺负老人？你知道他是谁吗？"

孙艳、张欢和刘云涛也急匆匆从工棚里冲了出来。

高个子保安愣了一下，强横道："管他什么老人小孩的，半夜鬼鬼祟祟趴在车身下，谁知道他想干什么！我们抓住他，他还犟。这么心虚，干的能是好事？厂长让我们加派人手就是要看好这批进口零件，谁准许他乱动了？"

周志远倔强地抬起头："我只是在寻找更换车身的原因，不会损坏零件的。我是造车人，这点道理我会不知道？"

高个子保安一脸威严，居高临下地说："那也不行！这都是进口零件，不是你们造的那些土玩意儿，碰坏了你赔得起么？"

"张口闭口进口零件，它是你祖宗啊，你洋大人还没出声呢，你倒叫得欢。"一旁的张欢早就听不下去了，上前和姜波一起扶起周志远，孙艳赶紧去解开绳子。

一旁的刘云涛见状，暗暗皱起了眉头，担心张欢闯祸。

果然，高个子保安被张欢的讽刺给激怒了，眉毛一横，道："你说什么！"

张欢反击道："你就是个狗腿子，够明白了吧？拿根鸡毛当令箭了，有点权力还无法无天了。就是因为有你们这种人，只顾着折腾自己人，咱们的技术才没发展。"

高个子保安听他这般辱骂便按捺不住了，虽然知道这批大学生都是天之骄子，平时在厂里都是众星拱月般被捧着，但也不该这样嚣张。明明大家都是差不多的年纪，就因为这些人多喝了几年墨水，像是人上人了，骂起自己眼睛都不眨一下，明显就是瞧不起我们这种卖力气的，顿时怒火上涌，挥拳打向张欢，岂料张欢毫不示弱，早就有了防备，左手一挡右手一拳，握紧的拳头率先落到了保安的脸上。

这下，矛盾的重心就从周志远转移到了保安队员与大学生之间。两方人马几乎是想也不用想，立场鲜明地分成了两边，眼看一场声势浩大的冲突一触即发。

李博林骑着自行车及时赶到现场，原来门卫早就把电话打到他家里。李博林跳下自行车，看见两群年轻人剑拔弩张地对峙着。保安队员提着红白颜色的木棍，大学生们就近捡起了厂里的废铁棒和砖头。肇事者周志远反而被丢在了一边。

"都给我住手！"李博林大喝一声，看见周志远被打得鼻青脸肿，气就不打一处来，冲着高个子保安大吼，"刘晓军，你瞎眼啦，他是谁你不知道吗？他叫周志远，厂里唯一的八级钳工，是机电工业公司的宝贝，你、你们竟敢打他？是不是不想干啦？"他手指着四周的保安大怒起来，吓得那些保安缩头缩脚地往后躲。

"他、他们也打我们呀，你不看看我也被打了，怎么单就护着他？"刘晓军指着脸上凸起的乌青，也不甘示弱地反驳。

"不是我师父打的，是我！"姜波站了出来，随手又扬起手中的铁棒，"他们就是找抽，要不是……"

张欢挺身而出道："厂长，不是姜师傅，是我打的，是我！"

李博林一看，乐了："嘿，都想逞英雄，好啊，还有谁啊？都站出来！"孙艳刚想上前说明情况，被刘云涛一把拉住，李博林看见了，心想，不会吧，你孙艳一个女孩子也会打人？他突然大吼一声："打人的都跟我到办公室，其他人都回去睡觉！"刹那间，他那股老军人的气势震慑住了在场的所有人。

李博林是急匆匆从家里赶来的，脚上还穿着拖鞋。他上前一把夺过刘晓军手里的木棍，又夺走了姜波手里的铁棒，指着姜波、周志远和刘晓军三人说："都跟我走，看我怎么收拾你们！"

张欢硬着头皮想跟着去，被刘云涛拦住了，低声道："装傻充愣不会吗？都到这时候了你还想装大头？赶紧的，站我后面去！"

孙艳也赶紧朝张欢摆手，说："你没见姜师傅朝你摆手吗？那是叫你别跟着凑热闹！"

围观的众人嘀嘀咕咕地走了，只剩下了刘云涛、张欢和孙艳站在办公室门外偷听，但一句话都没听清楚。刘云涛悄悄地对张欢说："你这个二愣子，想受处分啊？你也不想想，姜波前有一言九鼎的师父撑腰，后有一厂之长的叔叔当后台，你算啥？还往前冲，真想回老家啃玉米棒子啊？"

张欢闻言气得直跺脚，忽然飙出一口东北话："你吵吵个啥？不就是屁丁点大的事吗，咋滴，还想讹我呀，也不看看我张欢是谁，能熊吗？"

孙艳气得把宁波土话说了出来："你们叽里呱啦吵个啥？嗦辰光了，快点把嘴巴闭牢！"

刘云涛和张欢都知道孙艳平时从不说宁波话，只有在急眼的时候会蹦出几句，现在听她这满口吐出宁波土话真是上火了，赶紧闭嘴。

不一会儿，刘晓军第一个从办公室出来，等到周志远和姜波出来时，他毕恭毕敬地上前握着周志远的手道歉："对不起，老法师，我是有眼不识泰山，早知道是您老前辈，借我一百个胆也不敢造次，您打我几个耳光吧，解解气！"说着一把抓住周志远的手朝自己脸上狠命地抽。

周志远抽回了手，拍拍他的肩膀道："有责任心的年轻人不多，你算一个。既然是误会，那就不计较了，回去吧！"刘晓军向周志远和姜波深深鞠了一躬，感激涕零地走了。

又过了一会儿，李博林也走了出来，看到周志远还站着不动，就宽慰道："老周，你在厂里几十年，还不了解我吗？我是那种言而无信的人吗？你家里的情况我清楚，放心，周镐是我看着长大的，他为人老实，心也细，脑子又聪明，工作起来肯定也不差。我已经向上级申请了招工指标，他进厂是早晚的事，别再担心了！"他又看了看姜波说，"还不快点送你师父回去，别忘了，SKD是场硬战，打赢了才能搞CKD，否则有什么资本搞合资？"说完便骑着自行车走了。

望着远去的李博林，周志远用手捂着脸，一汪眼泪在眼眶里打转，对姜波说："我本以为老李会发飙，没想到他还是答应招周镐进厂，这老头还真有情有义，那咱们就别再给他添麻烦了，明早继续打硬仗！"

"师父，去我家吧。"姜波拉着周志远的手，"我妈有个医药箱，涂点药膏能消肿！"

一直躲在暗处的刘云涛、张欢和孙艳三个人像看电影似的，虽然已是深夜，却全无睡意。孙艳自言自语道："CKD？这不就是买进口零部件来组装轿车吗？难道只要完成SKD就能进入下一步了？"

"不是早就说过了吗，从SKD过渡到CKD，再接下去就要正式合资！"张欢兴奋地说。

刘云涛说："要真那样，我们整天跟在奥国老头屁股后面肯定不行，装配又不是技术活，只要动作麻利、程序清晰就行。你们想想，老法师为了摸清更换车身的原因，愣是半夜摸进车间，换了我们谁会去？为此，他还挨了打，我们可不能没有一点进取精神。"

"对，我们要向老法师学习。"孙艳说，"要有进取心，还要钻研所有零部件的装配过程！"

"真要有心，那咱就得先要拜眼前这个老头为师，否则我们什么都不是！"张欢觉得这次半夜纠纷虽然闹得沸沸扬扬，但却让自己懂了一个道理，只有脚踏实地才能干出实事，于是就悄悄问，"你们觉得我的想法如何？"

"这个主意好，追上去，我们就拜这个老法师为师！"刘云涛坚定地说。

孙艳马上附和："对，我同意，走！"

话说完刚转身，她突然就看见周志远和姜波挺直身子站在面前。原来张欢、孙艳与刘云涛大声说话时，姜波和周志远早已听见了。姜波说："你们说的话，我和师父都听见了。天也马上就要亮了，走，一起吧，先到我家去吃早点吧！"

张欢一口否决："才凌晨三点，吃什么早点呀，要拜师就得要喝拜师酒！"

走到了街心花园，姜波指指马路边上的日夜商店昏暗的灯光："那好，我请客！谁也别抢！"

张欢一听姜波请客，便跟着他兴高采烈地从日夜商店扛了一箱啤酒，搬到了小花园凉亭中的水泥桌上，大家围成圈在水泥凳子上坐下。周志远伸手拿起一瓶啤酒，用牙齿咬开瓶盖，喝了一口。

姜波看出师父仿佛有心事，赶紧说："师父，空腹喝酒对身体不好，先吃点花生米垫垫饥吧！"

"你们的话我都听见了，我哪是什么老法师啊，也根本当不了你们的师父。"周志远把一瓶啤酒灌进了肚子，用手抒抒嘴，指着街心花园当中的一棵松柏，说道，"看见了吗？当年，我们从市区搬到这里，就是我和老李、老关，还有你爸种下了这棵松柏，一晃都二十多年，已经长成参天大树了。"

大家顺着昏暗的灯光望去，这棵巨大的松柏，枝丫依次攀升而上，远远望去就像是一座绿色宝塔。

周志远抬头望着凉亭又说："这座凉亭是用厂里废弃的边角料拼凑搭建的，全身上下都涂上了防锈漆，看起来很壮观。光是裁剪这些废料就花了我整整两个月。你们再看看凉亭周围的碎石子铺就的小径，中间用黑白石子铺成的图案，仿佛就是一幅水墨画卷，这些都是我们当年的成就！"

四个年轻人聆听着周志远的叙述，察看着周边的景色，似乎看到了当年前辈们热火朝天的劳动场景。

刚才还叽叽喳喳的鸟叫声，此刻也停止了喧闹，四周一片寂静。

接着，周志远轻轻长叹一声："二十四年啦，经过我手的华松牌都有几万辆了，一辆SKD组装车会把我难倒吗？认识我的人都会说绝不可能，但实际上还真是难倒我了。通过一晚上的摸索，我搞明白了，这车门的A柱啊，跟我们华松牌不一样，里面是上下两块钢板，是与螺栓对接固定车门的。我拿错了螺栓，还用榔头硬敲进去，结果把钢板的孔径破坏了，要是想强行装进去，在奥国人看来就是严重的质量问题。要是在华松牌上头，没人会觉得有问题，只要紧固住就行，这就是一个质量标准问题。现在看来，我们这次搞SKD组装，不仅仅是检验我们的装配能力，实际上也是一场革掉陋习的命，是一场考验啊！"

大家闻言心中一震。

"师父，奥国人搞装配都是有工装设备保障的，当时你手上要是有一把像我们手中的螺栓枪，那就不会出现这个问题，孔径对不上，就根本无法安装。可你什么都没有，只能靠榔头和老虎钳。"姜波还是想竭力安慰。

"不能这样说，我发现我们缺失的东西太多了。"周志远如数家珍，"你看，一丁点连眼睛都看不见的颗粒物老外都如临大敌，硬是要把油漆车间再改造一遍。这、这要是在我们华松汽车厂会发生吗？"

姜波无语了。

孙艳诧异地问："周师傅，你觉得我们华松牌的装配方式不行吗？"

"是的，在这辆欧洲已经停产的轿车面前，我们依然还是有很大的差距！"周志远说，"首先，我们没有专业的工具。全靠榔头、扳手和老虎钳，这样下去怎么行？刚才跟老李商量过了，明天，我就负责搞华松牌的工装设备改造，至少要有像奥国人手中的专用工具，这样才能保证我们的装配进度和质量。"

"师父，那不仅是大工程，还是个技术活，让我跟你去吧！"姜波说。

周志远说："搞工装设备对我来说难度不大，但今后我们怎么制造这些零部件才是关键的关键。你呀，还是要留在SKD的装配工位上，好好学习装配工艺，这些都是你将来搞国产化零部件的基础！"

刘云涛一直认真地听着，此时觉得机会来了，马上说道："周师傅，进厂前就听说工厂里都是有老师傅传授的，可厂长说我们这些大学生不用老师傅带，要不是我们主动跟着姜师傅，我们真的就像掉了头的苍蝇。刚才听了你这么一说，我觉得还是要拜师学艺，否则，我们以后怎么造车呀？"

"对呀，这可不行啊！"张欢马上打开一瓶啤酒递给周志远，东北话脱口而出，"您是老鼻子了，技术杠杠滴，咱就是刚出窝的瘪肚崽子，水了巴嚓的没人带可不行！"

周志远愣是没听懂，孙艳赶紧解释："张欢说的意思是，这几天我们也是老鼠钻进风箱，不知道哪个是出口，要不是姜师傅领着，我们还真是稀里马哈的不知道都在干些啥！"

刘云涛转身接连开了好几瓶啤酒，一一摆到周志远面前，双膝跪地："师父，我们三个人抱着一腔热血来造车，总不能让我们困在当下吧？远的不说，就说眼前，您搞工装设备改造，不就是要改变过去的陋习吗？这就是我们学习的机会，这对我们今后搞零部件制造也一定有帮助的！"

孙艳和张欢见状也赶紧跟着跪了下来，喊道："对，收下我们吧！"

姜波当初进厂当学徒拜师是被李博林刻意安排的。如今看到他们仨这么主动要求拜师，还跪在地上言辞恳切，不由得脸红心跳，便看了一眼师父。只见他拿起啤酒瓶，咕咚、咕咚地又把整瓶啤酒灌进了肚子，随后把啤酒瓶往花坛上用力一掷，砰的一声酒瓶碎了一地，大家吓了一跳。

"做事要有勇气，做人要有骨气，我也算是干了一辈子汽车了，心里怎么能不清楚呢？就算这些在欧洲淘汰的产品和技术，我们也是第一次见啊！这几十年，华松牌改来改去，最后还是一张老脸涂抹了几层雪花膏，技术远远落后这款淘汰的轿车。尤其是它的零部件制造工艺，精致独特，匹配严丝合缝。我们哪家企业能造出这样的零件？你就算再有狂热的勇气，也抵不住工业基础落后的恐惧啊！"周志远内心沉甸甸地说，"从这个意义上来讲，我根本当不了你们的师父，这些高鼻梁、蓝眼睛的奥国人才是你们真正的老师！"

孙艳一下子把"做事要有勇气，做人要有骨气"的话深深地烙在了心中。

姜波说："师父，那你就带着我们从头开始向奥国人学！"

周志远看了一眼姜波，随后又脸色凝重地把跪在地上的仨人搀起来，叹气道："你们都起来吧，我只是一个拿着榔头敲敲打打的铜匠，可是看到那些进口的零件，忽然觉得我什么都不是了。造车，需要的是精雕细琢的工匠，而不是敲敲打打的铜匠啊！"

张欢觉得周志远这番话确实言之有理，张口就想说，但又生怕自己的东北土话让他听不懂，便一字一句用普通话说："铜匠也好工匠也罢，我们就冲着要精益求精才来拜师学艺的，奥国车固然会是我们的老师，您也是我们的引路人，我们就认您是我们的师父，您就带着我们往前闯吧！"

刘云涛觉得这个老人不仅有深邃的思想，还有远大的目光，更有不服输的精神。他认定眼下这位老人就是自己以后的师父！因此听到周志远话一说完，便再次双膝跪在地上说："我虽是刚出校门的小犊子，也是第一次听到一丝不苟、精益求精的理念。我爸说过，凡事都有一个魂。可现在我要说，造车也要有魂，它就是一丝不苟、精益求精，这是我们必须明白的道理，我们拜您为师，您就带着我们向前走吧！"

周志远一愣，赶紧踩着地上的碎玻璃，再次把他扶到凳子上坐下，说："好、好哇，既然大家都认同一丝不苟、精益求精的理念，那就希望你们能记住我的话，大家都踏踏实实去向高鼻子、蓝眼睛的老师学习，将来总有一天，我们会造出有中国魂的轿车！"

刘云涛热泪盈眶道："师父，我刘云涛立下誓言，这辈子一定会亲手造出有中国魂的轿车！"

姜波看到他的膝盖上已经渗出了鲜血，便把他搀扶到花坛上坐下，帮他清理裤子上的玻璃碎渣，心情沉重地说道："如果没有这次SKD组装，或许我们还不能认识到自己与欧洲汽车强国存在的差距有多大，我们必须承认自己的落后，只有这样，我们才能用自己的热血去蹚开一条路，才能去铸造有中国魂的轿车！"

"我发誓，三十年后，中国大地上一定会跑满有中国魂的轿车！"孙艳伸手拍掉膝盖上的碎玻璃，不料手上被划开了，渗出了殷殷的鲜血，她脸上却毫无惧色。

"我也发誓！"张欢也举手道，"从今往后我就认这个奥国老头为爹，把这辆奥国车叫爷！"

张欢总喜欢冷不丁来一句让大家听了忍俊不禁的话，但这回大家都没笑，相反的，大家的脸上都露出了非常严肃和认真的表情。

第 四 章

　　试装三百台的计划顺利完成后，CKD却没了下文。奥国孚士汽车公司在国外投资的多家企业都进入了亏损阶段，整个公司一筹莫展。在这危急关口，一位名叫海勒·施特劳斯的中年男人被推上了前台，出任孚士公司新董事长。他不像其他的奥国人那样刻板，年轻时曾留学瑞士、法国和美国，毕业后驰骋商场多年，战果颇丰，有着犹太人一样的商业敏感性，犀利的眼光很快就盯住了中国这个人均收入低、人口数量庞大的国家。他想，就算每三千人拥有一辆轿车，那也是令人咋舌的数量。尤其是中国改革开放后对轿车的需求量大大增加，因此竭尽全力说服了董事会，把年产能缩减到三万辆，大大降低了投资规模。这样，就把一条已经停产的轿车生产流水线顺利地搬到了中华大地上，达成了中奥汽车合资。

　　接着他还把合资公司的正职位置让与东道主中国。华松孚士汽车公司第一任董事长和总经理由陈克敏担任，上级派来的工业局规划处副处长邹仁任副总经理负责人事与行政。奥国派出了两名职业经理人，卢克·穆勒和弗兰克·费舍尔，分别担任主管商务和技术的副总经理。随即，施特劳斯邀请他们四人去参观了奥国孚士汽车在南美投资的几座工厂。这是他惯用的"百闻不如一见"的策略，表面上是让他们四人在参观访问过程中加深相互了解，实际上是展示了奥方的实力，为今后的合作做好铺垫。

　　过去，中国人老觉得西方人不善于搞关系，但陈克敏觉得施特劳斯非常善于此道。这一招，明的是带自己去看了这么多成功的海外工厂，暗地里就是拐了一个弯在告诉自己，奥国孚士汽车在对外的企业管理中是如何卓有成效，这种丰富的经验是值得中国合作伙伴认真学习的。

在欢送宴会上，施特劳斯说，中国有句老话"耳听为虚眼见为实"，所以才安排了这次旅程，就是让事实来说话。陈克敏也笑着朝他举杯，不卑不亢地回道，世界各国的文化丰富多样，此次到访的几座工厂就有各自的特点，确实令人大开眼界。但是中国有五千年文化历史积淀，与西方文化有天壤之别，自己定会竭尽所能，与奥国孚士一起为华松孚士汽车找到一条最适合中国合作的发展道路。

席上的两位奥国经理对视一眼，很显然他们都听懂了陈克敏的言下之意，也明白他不会甘心做个傀儡，事事都听从奥国的指挥。只怕在未来的会议桌上，这个合作伙伴不会那么容易被说服，在日后的工作中，双方需要互相磨合的地方还很多。可是，中国落后的基础设施和简陋的工装设备，真要是不听奥国的指挥又会怎样呢？

费舍尔因此皱了皱眉头，露出些许担忧。但穆勒却笑了，他欣赏陈克敏的坦率，尽管他早就听说东西方文化不同，但眼前的中国人并不虚伪。在这段共同出行的日子里，他渐渐观察到了两位中方管理人员的特点，陈克敏脑子活络，思维缜密，言语机敏，不忌讳风险，颇有战略家风范。而邹仁与之相比，则显得沉默寡言，不苟言笑。或许是他先前在政府机关搞规划工作的缘故，说话做事总是叫人觉得可周旋余地很大，令人捉摸不透。穆勒猜想，可能中方正是出于互补的考虑才让这两个人组成班子，陈克敏的作风在中方而言都稍显大胆，因此邹仁或许就是为他而上的一道保险。

不久，迎来了中奥合资企业奠基的日子。

这天秋高气爽，华松市政府领导和孚士汽车的施特劳斯先生亲临现场。这座比华松市历史还悠久的江南古镇，大街小巷里插满了各种彩旗，仿佛庆祝盛大节日一般，几乎是万人空巷，纷纷涌入了奠基会场，争相目睹这一历史性的时刻。

华松市孚士汽车有限公司正式成立，由于新桥镇的居住条件有限，没有一家像样的宾馆，经过与政府有关部门商议，决定将奥国员工全部安置在市区。主要管理层住在机场附近豪华的博隆宾馆，其他人员都安排在海霞路上一栋修缮一新的公寓里。

海霞路在民国时期是法租界，周边都是欧式建筑，也是华松市的繁华地段。即便如此，这些刚来的奥国人还是抱怨不断。他们大多数人都是拖家带口搬来的，既要安排孩子的教育，又要考虑日常的饮食、业余的消遣，还要考虑医疗保障等等一系列的问题。每一件生活小事，对他们来说都是一种考验。要适应在华松的全新环境，还需要一个漫长的过程。邹仁就成了这段时间最忙碌的人。

不适应的除了奥国人，还有大部分华松汽车厂的工人。此时的华松汽车厂约有两千多名员工，只有两栋五十年代用红砖砌起来的连跨厂房，一栋三层楼高的行政楼和一排新盖的宿舍楼，算是当时最能拿得出手的辅助设施。因为合资公司缩小投资规模，所以只能将新建厂房的计划调整为在旧厂房里就地改造。

这意味着合资厂的先期雏形只能在原汽车厂的基础上进行改造。在未来相当长的一段时间里，两座工厂将在同一个地方平行运营。麻雀大的身体，一下要塞进个喷气式飞机的内胆，任谁听了都觉得是痴人说梦。

合资厂占了原汽车厂一半的地盘，在陈克敏和李博林等人的坚持下，合资公司选人也要首选原汽车厂的人。于是，一部分汽车厂的年轻员工被划拨到了华松孚士汽车厂去，这当然包括了姜波等新招的十八个大学生。留在华松汽车厂的，大多是像周志远这样年过半百的老技师、老工人，还有体弱多病和不求上进的那些三天打鱼两天晒网的人。

一个屋檐下没有不透风的墙，两边的工资待遇相差悬殊，很快就传到了华松汽车厂员工的耳朵里。看着原本平起平坐的同事，瞬间人家飞上枝头，自己被留下捡树叶，很多人不甘心。于是托关系走后门，削尖了脑袋往合资厂钻，几乎是留在老厂的人都在想做的一件事。

最让大家感到意外的是李博林——他竟然没捞到华松孚士公司的一官半职，继续当他的华松汽车厂厂长。

大家都知道，这几年，李博林为合资企业辛勤劳顿，不论是接待考察团还是SKD组装，可谓是鞠躬尽瘁。谁想到最后还是被留在这破烂堆里。有人说这是鸟尽弓藏，过河拆桥，唯独李博林一声没吭。

陈克敏在宣布这个安排前曾专门找李博林谈过一次。说由于合资企业的正常运作还需要一定时间，因此华松牌必须保持正常生产，这一方面是为了应对社会各界持续上升的用车需求，另一方面也是为合资厂上的一道保险。毕竟没人能保证合资一定会成功，万一有什么闪失，轿车制造不能因此断档。李博林一听这情况，立即明白了这副担子除了自己没有人能挑得起，当下没多废话，一口就答应留下。

陈克敏很为他的这份责任心而感动，称赞他是个"模子"，同时他也觉得愧对这位忠诚的老部下，于是就主动提出要将李博林的儿子李振华安排进合资公司。李振华去年高考失利后复读了一年，今年又再度落榜。但李博林仍然铁了心要让儿子继续考大学，为此父子俩三天两头吵架。陈克敏知道当父亲的都希望儿女将来有个好前途，自己这样安排，也算是帮李博林了却一桩心愿。

李博林自己生的儿子，最清楚几斤几两。他心里虽有为儿子另谋出路的想法，只是一直没顾得上，现在陈克敏主动提出，李博林心想还是老领导了解自己，当即替孩子答应下来。

按理说，李博林留守华松汽车厂对老员工们来说是根定海神针，可不知是谁把李振华要进合资企业的消息泄露了出去，一些居心不良的人开始搬弄是非，说陈克敏是用李振华进合资公司来换他老子留下，所以这个厂长的"牺牲"是做做样子的，其他留下的老臣子才是真的倒霉。还有人说，华松汽车厂熬不了多久就要倒掉，大家在厂里卖了几十年的命，临到快退休被抛弃，这样下去跟等死没什么两样。

这些谣言传到周志远的耳朵里，他心里不禁担忧起来。周镐进入华松汽车厂不久，还是个仓库保管员的闲职，自然挤不进合资厂，自己再不想办法，等这老厂一倒，爷俩以后靠什么生活。在这事情上，他宁可信其有不可信其无，赶紧去找李博林，好说歹说求他看在自己这么多年辛苦的分上，帮帮忙把他儿子弄进合资公司。

"谁说华松汽车厂要关门了？"李博林听了他的话，震惊道，"华松牌还有自己的生产任务，怎么可能关门！"

周志远嘀咕道："现在外面人人都在这么说。奥国人已经来测量厂房了，改建完之后就要上大机器，那都是全自动的流水线，动动手指汽车就能自动出来。华松牌又拼不过孚士牌轿车，到时候能白给我们饭吃？"

李博林背着手在办公室里踱步："胡说八道！都是胡说八道！先不管那流水线有没有这么神奇。我反复强调过，合资厂一边进行改建，另一边华松牌还是要照样生产的。机电工业公司已经拨款给咱们建新厂房了，只不过陈总正在与县政府商量选址，确定厂址也就这几天工夫了，你、你这是从哪儿听来的消息？这都是在骗人，不要相信！"

当初新桥镇因华松汽车厂的拔地而起带动了周边的经济，现在合资公司在此落地，发展的红利都被这个不起眼的小镇占足了，县里的领导们打算将华松汽车新厂搬到县城去。陈克敏不同意，他认为新厂要毗邻合资厂而建，方便两个工厂未来进一步联动。双方为此争执不下，这才延迟了公布的进度。上面把消息一捂，下面于是甚嚣尘上。谣言不胫而走，人心开始浮动，这也是领导们始料未及的。

周志远听了李博林的解释，有些将信将疑。李博林向他保证道："我讲的话，哪有不算数过？你去跟他们说，我李博林一口唾沫一颗钉，绝不会抛弃任何一个老人，厂里肯定会给大家一个满意的交代，放一万个心。"

周志远这么多年来还真没见过李博林食言，得到了这个保证也终于放下心来，乖乖转身离开。

第二天，姜波到厂里上班，就看见一群老员工神神秘秘聚在一起嘀咕，见到自己又故意避开。他现在已经是华松孚士的员工，可每天工作的时间和地点依旧不变，只是与其他加入华松孚士的员工们一样，都穿上了统一的蓝色制服。制服的左上衣口袋印了个白色的 Logo，洋气的英文缩写一看便知是合资公司的身份。

这身"蓝皮"让他们在人群中分外扎眼，仿佛像鬼子进村一般，不论走到哪都躲不开背后的指指点点。老员工们看见了姜波，眼神和从前不一样了，他再不是大家嘴里亲昵熟悉的小姜，而是略带揶揄的"姜工"。而等他一转身的时候，这称呼就变成了酸中带苦的讽刺声。这声音隐隐约约地传到姜波耳朵里，虽然觉得很辛辣，但也只能装聋作哑充耳不闻。

一个多月下来，姜波似乎已经习惯了这种近乎明目张胆的背后议论，但忙得压根没工夫理会。华松汽车厂的十八个大学生进入华松孚士以后，就被重新分配了岗位，姜波、孙艳、张欢、刘云涛一起被分配到费舍尔身边，负责对现有厂房进行规划改造。

初步的测量已经完成，施工图也已经修改完毕，下一步需要将老车间的所有设备和工具都挪到另外的车间，腾空出一半厂房进行施工改造。这项工作本该三天前就能完成，可到现在工人还在蚂蚁搬家似的磨磨蹭蹭。姜波踏进办公室，就被费舍尔叫了去狠狠责问了一通。

奥国人问责的方式也很一板一眼。费舍尔摊开了施工图和工期表，用手指戳着上面的条目一项一项对照，逐个追问姜波完成的情况，在每一次摇头后，费舍尔就在相关内容上打上愤怒的红叉，然后用重音说出该项延期造成的经济损失。姜波听见他口中的数字随着日期的推移越来越大，顿时背脊冷汗直冒，觉得自己责任重大。

姜波有点沮丧地走出行政楼，一拐弯，见到不少华松汽车厂里的人都躲在墙角抽烟，有几个原来还是厂里的科长和车间主任，因为年龄的原因没能进入合资公司。这些人大概是被姜波催得太多太急了，好赖话全都不听，这回就干脆躲在角落里抽烟。

姜波知道这些人是眼红自己进了合资企业，故意用抗命向自己示威，加之李博林虽然能说服周志远，但这群人可不相信什么承诺。只要上面一天没拿出个确切的方案，他们就一天不相信这碗饭能端稳。

华松汽车厂迁址的事不归姜波管，他也管不了。他只知道，眼下要让这些工人主动配合那是没指望了，索性换了个方法，把原定今天要开工的施工队叫了来，一人手里拖了辆板车，替他们"搬家"。

几个二混子见有人进车间动他们的吃饭家伙，当即踩灭了烟头冲回去。领头的又是那个钟民，他偷奸耍滑的毛病始终没改，合资企业自然是不会要这样的人。现在看到姜波带人要搬他们的东西，他把攒了许久的怨气一股脑儿发泄了出来，指着姜波鼻子就骂："侬敢动我的东西试试看！我的工具摆起来都是有规矩的，弄坏了侬赔？弄丢了侬负责？"

姜波笑了笑，轻轻地把他的手指拨开："放心，钟民，我们会把每样东西都做好标记，一样也少不了你的。"他把改建办的人叫来，每人手上都拿着一本小小的记事帖，还有一支记号笔。大家的工作都因这些工人的阻挠而不同程度地受到了影响，现在姜波振臂一呼，顿时响应者众多。大家便走到每个工位前，开始一边标记，一边将东西放上板车。

钟民见有人要动手搬东西，吼道："你们聋啦？我说不准搬就是不准搬，谁敢动我的工具箱，我就跟他不客气！"说完就把手向后一招，"你们跟我一起上！"几个二混子上前把已经搬上板车的东西又拿了回来，与改建办的人扭打在一起。

一些年纪大的老工人还把周志远拱到了前面，因为他是姜波的师父，指望他出面说话，让搬迁停止。可周志远还没有张口，姜波就抢先道："师父，我知道你要说什么，这是我的工作，听说华松汽车厂重建的方案马上就要公布了，你们还等在这里不动，这不是浪费大家的时间，给合资厂添乱吗？你叫大家一起搬了吧。"

周志远嗯嗯了半天，总算开口了，朝大家扬扬手规劝道："师傅们，我们还是给合资公司让让路吧，这是上级早就定下的头等大事，有什么可争的？争来争去又争不出产量，赶紧搬吧！"

钟民听了这话就开骂道，"你这个老东西，吃里扒外，本想让你来劝劝自己的徒弟，结果你是来帮倒忙？"

一些没能进合资公司的老干部也煽风点火道："哟，你儿子没能进合资公司，你不也发牢骚吗？怎么今天见了你徒弟就熊啦？是不是你暗地里又得了什么好处，今天突然改口了？"

"是呀，你人前一套人后一套，还老法师呢？狗屁！"

周志远气得脸色发白："我儿子确实不符合合资公司的用人要求，但他身残志坚，也愿意留在华松汽车厂干一辈子，不像你们这些曾经当干部的，年纪大了，进不了合资公司，开始到处煽风点火！"

"放你妈的屁！你这个老不死的还在这儿蛊惑，谁愿意在华松汽车厂干一辈子，厂都快没了，上哪儿干一辈子？被人骗了还替人数钱。你傻不傻呀？你自己不想想，堂堂的华松汽车厂厂长，话说得多冠冕堂皇，放弃了合资公司的职务，和我们一起留在老厂。结果呢？他还不是换了自己考不上大学的儿子进合资企业，做了见不得人的交易，把我们都当傻子。我们就是不搬，看你们能把我们怎么样？"

姜波知道为了合资，李博林六年来付出了多少心血。现在被钟民这样诬蔑，终于忍不住了："胡说八道，你竟敢这样诬蔑厂长？厂长做事一向公平公正公开，他留下来就是要跟你们一起建一个全新的华松汽车厂。"

"你还好意思说，你就是他行使权力的最大获利者。厂里的好事全让你占了还不知足吗？还敢对我们吆三喝四的，滚！"说罢，钟民手里的扳手砸向姜波的鼻梁。

刹那间，姜波满脸鲜血，一旁的张欢看到此情景，冲上去给了钟民狠命的一拳，把他的一颗大门牙打飞了。随即其他人见状也一拥而上，一时间这群人有打架的，有拉架的，有拉架不成反挨打的，也有逃跑不及被地上的工具零件给绊倒的。车间里顿时炸开了锅，乱成一片。

员工在车间打起来的消息很快就传到了两个厂领导的耳朵里，当中外双方领导匆匆赶来时，斗殴已经停止了。不是因为双方已经和解，而是姜波被钟民的扳手打中了鼻梁，流血不止。鲜血像红梅似的溅了满地，大家全都慌了神，七手八脚地把他抬上厂里的汽车，全速送到镇中心医院去了。

聚众斗殴不是小事，更何况事发地点还是在令人瞩目的汽车厂里，并且伤了人。派出所来了民警当即把钟民和张欢带走。

姜波的鼻梁断了，其他人员均有不同程度的受伤，张欢却毫发无损。

经过调查是钟民蓄意伤人，他被处以拘留。其余参与斗殴的双方也都分别受到了批评。

当晚，李博林专程来医院探望姜波，对他母亲夏荷表示歉意。李振华跟着父亲一同来的，看到姜波的伤势就说："哥，是我连累了你。"

姜波莫名其妙，努力坐起来："傻小子，这跟你有什么关系？"

"要不是我爸托关系把我塞进合资厂，那些工人也不会把火发到你身上了，你们也不会打起来。"

一旁的李博林听了就上火："跟你说了多少遍，你的工作不是我去求来的。你是我儿子，怎么连你爸的话都不信？"

李振华倔强道："求不求人有区别吗？人家摆明着把你想要的给了你，而你也厚着脸皮答应了，这难道有假？你以为你没开这个口，自己就高风亮节了，性质就不一样了？在别人眼里就是一回事！"

夏荷看不过去了，拉了李振华一把："华子，你怎么能这么跟你爸说话！"

李振华梗着脖子："我才不要这卖人情换来的工作。我考不上大学，后果我自己会承担，用不着他给我兜着。"

"你既没学历又没本事，怎么承担？难道也要进华松汽车厂学敲敲打打吗？"

"谁稀罕进你的破厂！你感到自豪，我却感到寒酸，我自己的路自己会走！"李振华满脸不屑。

"你连大学都考不上，哪个厂会要？"

李博林的话一出口就后悔了。只见李振华愤恨地咬了咬牙，一句话也没说，扭头便离开了病房。

"李叔，华子的脾气你最了解，自尊心强，好面子。我猜，肯定是有人在他面前说了不少难听的话，刺激到他了。"姜波劝慰道。

李博林知道姜波的意思，他们这些厂领导的子弟，生来就被有红眼病的人盯着。要是天生没心没肺，那兴许就能左耳进右耳出，可偏偏李振华是个要强的人，两次高考失利对他的打击已经够大的了，再一听见外面那些闲言碎语，难免心里要崩溃。

李博林的妻子走得早，这些年忙于工作，没法多关心儿子，一面恨铁不成钢，一面又有点拔苗助长，难免忽视了儿子的情绪。现在父子俩碰到一起就像火星撞地球，不是吵架就是冷战，他与儿子谈话的机会甚至还没有与姜波的多。此刻李博林佝偻着背脊，显出了无限疲惫："算了，让他去吧。从小就是这倔脾气，谁叫他是我儿子啊……像我。"

李振华最终没去合资厂报到，而是报名当了兵。跟他一同入伍的还有那天晚上把周志远当贼抓起来的高个子保安刘晓军。

连队来接新兵的时候，厂里许多人都前往送行。他们当中一部分真是来欢送的，另一部分则是要亲眼看看李振华是不是真的如传闻中那样，主动放弃合资厂的大好前途，理直气壮地离开他父亲的庇荫。

那天，李振华胸前戴着大红花，脸上挂着前所未有的灿烂笑容，招摇过市般地从所有人面前经过。李博林知道，儿子是要告诉街坊，自己跟那些靠父亲的二世祖不一样，他要赤手空拳地打出一番新天地，要创造自己的未来。

但作为过来人的李博林仍不免心生牵挂。他想，儿子这代人跟自己不一样，出生在和平年代，没经历过战争，更没经历过颠沛流离的生活，生下来温饱就不用愁，哪会知道什么是流血流汗。万一儿子在部队待不住，到那时该怎么办……

李博林揣着这么多复杂的思绪，脸上露出的笑容也难免透出苦涩。李振华却带着年轻人独有的自信，用力拍拍父亲的肩膀，说："老爸放心，老子英雄儿好汉，当儿子的不会给你丢脸，你就等着我的军功章吧！"

李博林听了又不禁哑然失笑，这年头早就不打仗了，军功章哪是那么好拿的，孩子就是孩子。不过他也想通了，将来的事情将来再说吧，至少儿子现在斗志高昂，那就比什么都强。于是他点点头，嗯了声："我等着。"

姜波鼻子上贴着纱布来送行，紧紧抱住李振华的肩膀不松手，不停地在他耳边叮咛道："振华，既然选择了自己要走的路，就一定要走好每一步！"

来接新兵的连长盯着这对难分难舍的兄弟多看了几眼，抬腕看了看手表，对身后武装部的同志说，"抓紧时间，准备出发！"

眼尖的姜波发现了这位发号施令的人少了一根手指头，悄悄问道："他是谁？怎么少了一根手指头？"

"这是我们新兵连的卢连长！"李振华说，"听武装部领导说，他是自卫反击战抓俘虏时被狗娘养的咬掉了！"

"振华，那你要好好跟着他干，他才是个英雄好汉！"姜波赶紧松开李振华，非常严肃地说道，"快，上车，出发！"

在李振华当兵走后的第二天，陈克敏就亲自来到华松汽车厂，宣布了新厂重建计划。华松汽车新厂选址就在目前的老厂隔壁，一切工作流程已经启动，异地重建即将开始。关于华松汽车厂要倒闭的传言不攻自破，让留在老厂的人放宽了心。

误会一解除，情分就回来了。老工人们看见鼻梁上贴着纱布的姜波进了车间，都把他当瓷器一样捧着，生怕他再磕了碰了出什么状况。从这些人的神情中，姜波看出了他们的歉意，他也意识到自己以前用的方法太过生硬，不近人情。现在要改变一下沟通的方式，取得他们的理解可能效果会好些。捂着受伤的脸，姜波表情为难地说道："我也是被外国老板逼的，他们天天催，我实在没办法。你们看这厂房从说好搬迁到现在已经几个月过去了，还没搬完，施工队没法开工，耽误了工期，奥国人要我负全责，这么大的事情，我哪负得起啊！"工人们知道了他的难处，一面骂着那奥国老板不是东西，一面麻利地收拾起自己的零件工具，火速搬家。

改造后的总装车间的墙上全部涂上白色涂料，地坪是灰色的，立柱白蓝相间，行人过道和车辆通道分别用黄色线标出来，让人一看就觉得耳目一新。

费舍尔见姜波的工作效率突飞猛进，很是赞叹，把他叫来，好奇地问他用了什么妙招？姜波只是神秘地一笑，说这是中国人的沟通方式，你们学不来，也没必要学。费舍尔不再深究，只是将与中方沟通的许多工作都交给姜波负责。而姜波也不负所望，一次次用他独特的方式将任务完成得漂漂亮亮。

姜波渐渐发现，让中国人都听外国人不易，但让他们帮一个受外国人欺负的中国人却很容易。因此他不再用命令的方式向下交代工作，而是把费舍尔交给自己的工作"求助"于中方的同事。为了获得大家的同情，他改变了自己的立场，和大家一起在背后给苛刻的上司起了个外号叫"费事儿"。如此一来，他的工作终于不那么费事儿，甚至畅通无阻。

车间改造后不久，奥国人就提出选拔优秀的操作工到奥国培训，等整个厂房设备都安装好了，这些熟练的操作工回国后就能产生经济效益。赵红旗作为唯一一个在奥国留过学的老大学生，就成了第一批七十多个工人的头，带着庞大的队伍出发了。

半年后，第二批以技术人员为主的出国培训团队又将成行，刘云涛、张欢都在这批培训名单中，唯独姜波不在其列。这个结果，让姜波大感意外。他特地去询问了副总经理邹仁，才知道是费舍尔特意将他留了下来。原来这一阵姜波的工作表现出色，费舍尔认为是他的老汽车厂人的身份起了作用。奥国人认为改建工作才完成了一部分，要保证项目的顺利推进，还有很多工作要做，便有意将他留下继续推进改建工作，让他参加下一批出国培训团队。

大家都知道，今后华松孚士公司的核心工作岗位都需要接受了奥国培训的中方员工来担任，推迟培训就意味着推迟上岗的资格。等到第一批学成归来的技术人员把重要岗位占完了，还会留下多少空间可以选择？姜波一下子意识到"聪明反被聪明误"的含意，现在是哑巴吃黄连有苦说不出。但他又不能把自己工作的"秘籍"如实招供。他可不相信那个一本正经的"费事儿"会大度到喜欢自己给他起的这个外号。就像张欢口中说的要"赶趟儿"，姜波就不得不去找费舍尔软磨硬泡。经过他的再三争取，费舍尔终于同意只多留他一个月。反正到奥国的前三个月都是学文化和语言类课程，姜波心想，晚出发一个月，奥语也应该能跟得上。

这一个月里，费舍尔算计着让姜波发挥出最大的能量，想把自己的一些烦心事一并让他解决了。他拉着姜波在厂里到处察看，看到电线杆绳子上挂满的各种衣服、裤子，甚至内衣，恼怒地说："姜，工厂里怎么会有这种现象？这还像工厂吗？请马上处理，我不想再看到有这种乱象。"

到了食堂，费舍尔看到那些毫无遮盖还有苍蝇在飞的饭菜气愤不已，"我们的员工怎么能在卫生条件这么差的地方用餐？必须马上改造！"

走到浴室门口，他又指着这个弱不禁风的破浴室大发雷霆，意思是要是一场大风刮来，大家就都得光着屁股跑出来，这样还像一个现代化企业吗？必须马上改造！

回办公楼前，费舍尔又把姜波拉到楼梯口的厕所，捂着鼻子说："姜，在这臭烘烘的环境里，怎么能让人安心工作，这厕所必须改造。必须按照博隆宾馆的厕所标准施工，把坑厕改成抽水马桶，还要安装卷筒纸和烘手机。厕所的整洁与否直接反映出一个企业的文明程度。我不相信一个连厕所都管不好的企业，还能生产出高质量的产品！"

姜波被他搞晕了，这吃喝拉撒都是后勤部门的差事，怎么都轮到了自己头上，叫他"费事儿"一点也没错。他又不敢多言，怕万一惹毛了他，反悔了，不让自己去奥国培训就麻烦了，只能答应。

接下来的日子姜波可不轻松，为了能早日完成任务，他多头并进，最先完成的是浴室的改造。没想到工人们下班后全都拖家带口地来洗澡。洗完澡还顺带把一家人的脏衣服洗了，晾在厂区里，彩旗飘飘的景象不但没解决，反而越发厉害起来。姜波急了，加派人手在厂门口劝阻，不让家属们进来，但总是难防漏网之鱼。最后他只得提出印刷浴票，按人头发放，并且派专人看守，按浴室水龙头数量分配：里面的人不出来外面的人不许进，如此一来，里面洗澡的互相监督，谁也不敢在洗澡时洗衣服了，生怕被等在外面的人骂，"彩旗"从此再也飘不起来了。

食堂修缮最受员工们的欢迎，不再像以前那样一个饭盒或一个搪瓷碗，什么菜都往里打，吃起来五味杂陈。现在不一样，每人一个不锈钢餐盆，除了饭还有四个热菜，两荤两素随便挑，汤不限量，自己舀。一到吃饭时间，员工们乐呵呵往食堂跑，怕去晚了，好吃的菜都被人挑完。

眼看一个月马上就要到了，"费事儿"认为体现企业文明程度的厕所还没有改造好。姜波想，按施工规定的时间，前两天就该完工了，问施工人员哪里出了问题？他们知道瞒不过去，就老实讲马桶里的水下不去，估计下水道堵了，可就是找不出堵在哪个位置。姜波一听，说先把抽水马桶移走。施工人员不明白他要干什么，但还是按他指令做了。只见姜波拿尺量了一下下水道管口的直径，又让施工人员拿来了一个铁桶也量了直径和高度，然后下令："装满水往下倒，记好倒的桶数。"六桶水倒下去，水几乎没有了下降的迹象，姜波马上叫停，然后让施工员带他去看下水道的走向。

根据计算，姜波基本确定了堵塞的位置，指着底层管道拐弯的一个接口说："把这个弯头拆开。"

施工人员把这连接的弯头拧开，果然里面塞满了建筑垃圾。施工人员惊呆了，说："姜工，你真神！能掐会算怎么知道堵在这儿，隔了两层楼，我们怎么也想不到在这儿塞住了。"

姜波颇为得意地回道："神算谈不上，就是多读了几年书罢了。"他还提醒施工人员，下次干这类活时，一定先要把下水口封好，不能让建筑垃圾掉进去，这样就不会留下隐患。

工人们听了连连点头答应。

如期完成了"费事儿"布置的任务，姜波还在体现文明的厕所内点上了几根香散发出淡淡的清香。费舍尔看了很满意，赞赏他的工作能力。姜波觉得自己的一番心血总算没有白费，应该可以坐上飞往奥国的飞机了。

他一直很期待坐上大飞机，听说那大铁疙瘩上天后比绿皮火车还稳当。像他这样的长途旅客还要在飞机上吃饭睡觉，也不知道天上做出来的饭菜是个什么滋味。反正估计自己一定舍不得闭眼，登凌绝顶赏日出、观云海一直是他的梦想，听说在万尺高空上，往窗外随便一望就是滔滔的云海，他心里就激动不已。

姜波做好了充分准备，就等费舍尔签字批准，通知人事科购买机票了。周一上班，他把准备好的文件递到费舍尔面前，等待他大笔一挥。只见费舍尔的笔尖将落又起，姜波的心提起了放不下来。

"姜，工厂遇到了麻烦。"费舍尔用奥语严肃地说道。

姜波的心咯噔一下："什么麻烦？"

费舍尔说："一批刚到的建材失踪了！"

"失踪？"姜波惊讶于他凝重的口吻，那听起来像在报告一桩刑事案件。他很清楚，这些建材都是政府特批的，是非常宝贵的。

"是的，失踪。"费舍尔怕他不明白，又用英语解释了一遍，"刚卸下的水泥和钢筋，第二天就少了三分之一。"

姜波盯着他停顿的手势，估计签字是没戏了："您是希望我去调查此事吗？"

费舍尔回答："姜，我知道我答应过什么，但是公司现在需要你。"

姜波在心里长长地叹了一口气，官大一级压死人啊，更何况眼前的还是副总经理。于是他只能认栽："我可以尽力想想办法。但这件事解决以后，您能放我走吗？"

费舍尔高兴地点头："当然。我绝不食言。"

"一言为定。"姜波没有再废话，转身便走出了办公室。

费舍尔提出的状况确属突发事件。其实他也不是没有找过别人，但他找的奥国员工对此毫无头绪，负责看管建材的工人们连英语都不懂，压根无法沟通。而他所找的那些中国人，都像是达成了什么默契，答应得十分勤快，态度也非常礼貌，最后给出的答案却都千奇百怪：什么被风吹走了，被小偷潜进来偷走了，还有说是管这些材料的人自己点错了数，赖到了别人头上，不一而足。

最离谱的是有人带来了一个风水先生，那先生从口袋里掏出个碎了又重新拼贴起来的罗盘，一面掐着手指，一面振振有词，说什么此地风水有异，因此引来邪祟捣乱，东西离奇失踪就是地底下的小鬼钻出来搞的把戏。

这边是敢说，有人还信以为真。几个奥国人曾听说这是流传几千年的东方玄学，好奇地跟在那风水先生后头在厂里转了一圈又一圈。

风水先生见状信心大振，一通神侃，恨不得把整个工厂改造计划都要推翻。最后还是费舍尔本着信科学不信鬼神的信念将那风水先生"请"走了。

姜波了解完来龙去脉，也觉得这事透着玄乎。他总觉得有人知道些什么，却存心掩盖。愈是如此，他就愈确信动手的人就在厂里。要真是外人来偷了材料，工人们大可不必如此忽悠奥国人。

可是姜波还是想不通，这些人偷建材去干什么呢？丢失的建材数量不少，要是一捆一捆往厂外扛，且不论有多么费时费力，要怎样遮掩才能做到无声无息？

于是他有了一个大胆的想法，觉得丢失的建材应该还在厂里，没有被转移出去。厂区就这么大，能藏的也就只有几个地方。他逐个搜寻，果然，在食堂外的煤堆边上发现一堆可疑的"杂物"，揭开了上面的油布，发现许多已经浇制好的水泥横梁、水泥预制板。东西藏在这儿，食堂的员工可能不知情吗？但钢材的分量不小，没有车辆肯定无法运输，姜波找来了当年的试车员、现在已当上华松孚士汽车公司运输科管理员的董鑫，没想到他没有丝毫惊慌，说："你跟我去个地方。"

姜波被他领到行政楼后面的一间平房，这里原先是工厂的杂物仓库，合资公司挂牌以后，行政楼都腾给了奥国管理人员，华松汽车厂的领导们便搬到了这个几十平米的仓库来办公。

午饭时间，在此办公的领导都去吃饭了。董鑫推开虚掩的办公室门，扑面而来就是一股霉味。

梅雨季已经来了，办公室的天花板已经冒了一层绿色的霉斑，整间屋子都是一股潮气。

姜波捂着鼻子："怎么会这样？"

董鑫指指墙角的塑料桶:"今天没下雨,还算好的。要是真碰上大雨,这里就成了水帘洞,这些桶是李厂长问食堂借来接雨水的。"

姜波的心一阵抽紧:"李叔他怎么不跟陈总说啊?这样的地方怎么能办公?"

董鑫说:"李厂长说,搞合资,我们国家才刚刚开始,很多政策还没有落实下来,陈总三天两头不是去市里就是去北京。我们不能为这点小事去烦他。厂长还说这里就是个暂时的落脚地,没必要挑挑拣拣,凑合一下也能用,就不准我们啰嗦。可那些老员工怎能看自己的厂长窝在这种地方受屈,所以大家商量了一下,拿了点材料,想把房子重新翻修一下。"

姜波嗫嚅道:"那你们……也不能……偷……"他的话音轻得难以辨认,一个"偷"字到嘴边,忽然变得能刺痛舌头似的说不出口。

董鑫说:"姜工,我们这么做都是为了你李叔,你忍心他被憋在这种地方受苦吗?要是你能狠下心,你就去告诉那个'费事儿'。反正事情是我们干的,大不了他们告诉陈总,让陈总处罚我们好了。"

姜波没有回答,心里却像被压上了块大石头,知道真相比不知道更让人郁闷和痛苦。他心事重重地回到办公室一言不发。一面是他最尊敬的长辈,一面是出国培训的机会。他觉得自己就像是一条被反复翻面的黄鱼,不论翻到哪一面,都是一种煎熬。

费舍尔午饭后回来,见姜波趴在桌上,好奇地问他吃饭了没有,姜波这才想起自己还没吃饭,抬手看了一下表,没事人似的笑着回答吃过了。

姜波没有将此事告诉奥国人,只告诉了赵曼玉。为了能赶上在奥国培训的学习进度,赵曼玉一有空就陪姜波练习奥语。她正准备考研,平时也经常会关心姜波的工作,所以一见面就尽量只做他的倾听者,对于他们谈话的内容,她也是严格保密的。

只是这次有点不同,姜波诉完苦,期待她发表意见。赵曼玉知道这件事对他来说十分重要,深思一番后说道:"我知道,你不在乎将这件事报告上去,华松汽车厂的人会怎么看你,因为工作就是工作,即便你告诉了奥国人,也绝称不上是告密。只是你现在过不了自己心里的那道坎，觉得这是对李叔的一种背叛。你不忍心自己心里的英雄被时代淘汰，被人遗忘，对不对？"

姜波点点头，赵曼玉是最懂他的。

当初奥国人来到华松汽车厂接收资产，下面的工人都迟迟不肯动身，李博林为了给大家做出表率，第一个主动搬离了行政楼。后来他顶着压力留守华松汽车厂，唯一的儿子不想给人留下"走后门"的把柄，就毅然去参军。有人说，合资公司的成立是李博林搬起石头砸了自己的脚，自己给自己挖了个坟墓。这话虽然说得难听，但从华松孚士公司挂牌以来的种种迹象看，这都是血淋淋的现实。

厂房征用、场地规划，都轮不到李博林出声，姜波先前劝那些工人搬迁，遇到阻碍也不愿去惊动他，就是怕刺激到他——李博林确确实实被边缘化了，这一点谁都不能否认。

如今看到李叔的办公环境，他不可能不感到辛酸，但更令他接受不了的，是这种变化的不可逆转。时代的车轮滚滚向前，有人会乘风而起，有人却会在这前进中遗落掉队。前面领路的人跑得越快，差距就会越大。李博林不是不勤奋，也不是资历不够，只是他年纪大了，精力退化，又不像赵红旗那样受过系统的教育，种种自然的和社会的因素让他不再可能跟上年轻人的脚步，这是谁都无法改变的现实。

"我们谁都无法扭转时代。但是反过来想想，李叔他也没有辜负过他的时代。他在过去所遭遇的每一次考验都完成得相当出色，换作是你或者我，都未必有他那样的勇气。你别忘了，他是有过辉煌的，谁也不能否认这一点。"赵曼玉说。

姜波心里终于平静了一些。其实该怎么做他心里早就有数，要实现自己的梦想就是尽快到奥国去参加培训，学习更加先进的知识和技术，这是实现自己理想的唯一途径。现在遇到这些事无非是需要一个对象来倾诉来抚慰，好让自己在面对那些不可被撼动的残酷现实时，仍然保持着冲刺的勇气。

如果像李博林那样的人都不能得到一个完美的结局，那对姜波来说无疑是重大的打击。其他人也一样，都想一起守住这个秘密，不但如此，周末的时候，姜波还跟大家一起来到厂里，挽起袖子当起了临时的泥瓦匠。

董鑫带着几十个人一早上就开始忙碌起来了，他们大多是在华松汽车厂工作了二十年以上的老工人，还有几个是李博林从部队亲自带来的战友，更有一些是现在已经分配到合资厂工作的年轻人。姜波跟着他们一边干一边哼着小调，仿佛回到了自己学徒的那段日子。

大家干得热火朝天，饿了就啃一口董鑫准备好的馒头。大半天时间过去，屋顶就翻修好了，开始了墙面的粉刷，把发霉的地方全部铲掉，重新批腻子刷涂料。就在大功即将告成时，厂区前门突然传来汽车引擎声。

休息日突如其来的引擎声，让在场的所有人都愣了一愣，面面相觑后才反应过来，坏事了！

轿车是从市区的博隆宾馆直接开过来的，费舍尔也是巡逻的保卫科反馈了异常信息后赶来的，下车就直奔仓库。姜波他们摊了一地的工具没有来得及收拾，头上顶着用报纸糊的船型帽，脚上沾满了水泥，手上是没擦干净的石灰，一切证据确凿，当场人赃并获。

费舍尔对姜波与他们同流合污一事非常恼火，在自己向姜波布置的任务中，他每次都完成得相当出色，自己也是对他非常信任，现在看到一切却证明姜波在辜负自己的信任。

"你太让我失望了！"他说，"我以为至少你对公司是忠诚的，没想到你跟他们一样。在你心里根本就没有规章制度，也不知道什么叫做诚信！"

姜波没想到他会这样愤怒，他想开口解释，可费舍尔压根不想听他说话。

也许是对这段时间以来积攒下的怒气一次性爆发，费舍尔的态度显出前所未有的强硬："你用不着去培训了。我会向总部反映，你在工作上存在不诚实的行为，不适合参加我们为培养未来管理人员而设计的培训。"

在场的中国人只有姜波听懂了这段话的意思，他手指顿时一抖，刮腻子的刮刀倏地落下，险些砸到脚背。周围人见状惊呼，叮嘱他小心。但姜波什么也没听见，两眼直勾勾地呆望着费舍尔一脸冷漠的表情转身离开。

姜波周身冰凉，血色退潮般从脸上消失了。几个月的宵衣旰食、兢兢业业，却因这次失误而前功尽弃。姜波知道自己有错，但绝不该如此封杀。当晚他就发起了烧，昏昏沉沉地一头倒在床上。他不听母亲劝告，坚持拖着病体上班，但整个人如行尸走肉一般没了生机。

第二天上班，李博林就知道了这事。他压根没听说过他们要给自己装修办公室，大伙儿精心准备的惊喜转眼就变成了惊吓。对于昨天费舍尔的话，董鑫等人也不清楚，几个人七嘴八舌，只表达了一个意思——姜波多半是不能参加培训了。

只有李博林知道这事对姜波的打击有多大，到奥国培训是姜波学习先进技术知识、实现自己理想的机会，现在却被自己影响了前途，这个不是亲子胜似亲子的好苗子受到自己的拖累，这让他难以平静。

李博林在修葺一新的办公室里坐都没顾上坐，把公文包一放，转身去合资公司的办公楼去找陈克敏，办公桌边没人，他就去隔壁房间找邹仁，想不到后者一句"到奥国培训的名单是高鼻子决定的，我无权干涉"把李博林给打发了。

这下李博林彻底没辙了，直接推门走进了奥方总经理的办公室，忘了自己既不会英语也不会奥语，一进门便激动地长篇大论起来。穆勒找来了翻译，听完之后耐心地劝他冷静，但话里话外却在说两套班子职责有别，李博林是华松汽车厂的领导人，无权干涉合资厂的人事。

看来奥国人是铁了心要拿姜波杀鸡儆猴，之前厂里发生的种种乱象早已经逼近他们的底线，挪用建材不过是压死骆驼的最后一根稻草。姜波在两边员工心目中都甚有人缘，拿他开刀，兴许比处置任何一个人都有用。

赵曼玉从旁人那里知道姜波的情况，知道憋着一股劲的姜波日思夜想都要去奥国学习先进技术，如今遭受这般打击，以至于连向自己倾诉的欲望都一并失去了。她知道李厂长已无计可施，父亲又远在奥国根本帮不上忙，但她总觉得事情还没有结束。过去从来都是姜波慷慨激昂地对她畅谈理想，而自己在旁边跟着憧憬他所梦想的一切，眼见姜波被浪头打下去要被淹没了，她决定想尽一切办法去把他拉上来。

她知道，错过培训、无缘好岗位，这些都还算其次，最重要的是这个打击否定了姜波一直以来恪尽职守的态度，会让他彻底改变对待工作甚至对待人生的态度，说不定还会从此走向消沉。尽管出事后她只跟姜波通过一次电话，但从声音上她能听出他的迷茫。当年那个在校园里舌战群儒、傲然不可一世的姜波就像变了个人，要是此时没有人拉他一把，恐怕今后他都很难再拾起从前的勇气。

赵曼玉想，自己是有机会接触到副总经理穆勒一家的。当初父亲跟她说过，穆勒想为自己的孩子聘请一位会奥语的钢琴老师担任家教。父亲想让她去，但她却嫌一来一回浪费时间，更不想因此耽误学业，便让在音乐学院附中当老师的表姐去了。现在她去找表姐，说明了眼下发生的情况，请求代替表姐去几天，以便找机会接触对方。

都说中西方文化有别，赵曼玉心里也知道这样做十分冒险。她是本着死马当作活马医，横竖也要去试一试。她自己也不知是哪里来的勇气，铁了心就要办成这件事。

周末，她来到博隆饭店内的别墅，说表姐病了需要休养，自己前来替她代课。穆勒太太一口答应，还夸她奥语说得地道，一问才知道原来她父亲是在奥国留过学的，顿时拉近了双方的距离。

赵曼玉在教授孩子钢琴时，听到穆勒太太不停地抱怨煤气灶经常点不着火，有时连牛奶也煮不了，穆勒先生修了半天也没修好，只得打电话给酒店的管家，结果工程部的人来了之后仔细清洗了一遍，终于能打着火煮牛奶了，结果一不小心被溢出来的牛奶把煤气灶眼堵上了，再怎么修还是会自动熄火，气得穆勒太太直跺脚。

赵曼玉想，一定要抓住这个机会，便笑着对穆勒太太说，自己的男朋友会修精密器械，可以把他请来，保准比酒店工程部的人能干。穆勒太太大喜。赵曼玉拿起电话打到了李博林家里，让他把姜波找来，嘀嘀咕咕说了一大堆话，不明真相的姜波带着工具箱匆匆赶来，他以为就是来让他修煤气灶的。

姜波进屋后立即打开了工具箱，拿出小包，里面全是一排排精细的小工具，只见他细心地观察煤气灶和点火针，用钢针摩擦着煤气灶眼，随后又用细砂纸轻轻地摩擦点火针，很快就修好了。保险起见，他让穆勒太太又多试几次，都是一次性点火成功。随即，姜波留下一片细砂纸，用奥语跟她解释，煤气没有完全燃烧就很容易积碳，就像轿车的火花塞一样，点不着火时用细砂纸摩擦几下，就能容易解决这个问题。

坐在书房里的穆勒一直没吱声，却听得很仔细，觉得这个人肯动脑筋，观察事物也很仔细。

授完课的赵曼玉在穆勒太太的陪同下和姜波一起走出门，穆勒太太笑着感谢赵曼玉，自己以后不用再为煤气灶点火烦恼了。赵曼玉这才不经意地说起了因修缮仓库一事，姜波被费舍尔先生排除在赴奥国培训的名单外，说姜波就是一个善于动脑筋搞研究的人，失去这次机会真是非常可惜。穆勒太太闻言愣住了。

姜波听了赵曼玉跟穆勒太太说的话，才知道她让自己来修煤气灶的真正目的，便说："你放心，我已经想明白了，就算重新让我选一次，我还是会这样做。李叔为华松汽车工业付出了这么多，不应该就这样被抛下。出国培训虽然是学习先进技术的好机会，但我相信这不是唯一的机会，我还可以寻找其他的学习途径。"

没过几天，费舍尔将签过字的培训通知交给了姜波，解释说这不只是因为穆勒说情，也不是因为之前李博林说的好话。这是他经过调查得出的结果。

通常一个人被处罚之后，流传出来的都不会是什么好话，但姜波的情况却很特殊，不论中方和奥方，似乎都对他的遭遇颇感惋惜。因此费舍尔认为，对他的处罚确有不当之处，对这位优秀的员工，自己几乎忘了他的中国人身份，完全以一个奥国员工的标准和立场来衡量他的行为，这样简单一刀切是有失公允的。现在他同意让姜波继续参加培训，不代表默认他没有犯错，而是希望给他一个机会，让他能在今后的工作中改正。

姜波两手微微颤抖地接过培训通知，又立刻掩饰着把手垂了下去。他允诺自己绝不再犯低级错误，然后快步离开了办公室。起先，他觉得自己的脚步像飘在云端，慢慢地，脚步落到了地上，越来越有踏实感，走得也越来越快，浑身热血好像重新沸腾起来了。

第 五 章

姜波终于登上了飞往奥国的飞机，看到飞机在白云中穿梭和上下颠簸，心里丝毫不怯，相反有一种说不出的快乐，几乎一夜没睡。下了飞机后，姜波看到了地面上有各种颜色的标记，每个标记都用英语和奥语注明前进的方向，绿色是通往入境大厅，蓝色是到转机柜台，粉色到休息厅，黄色是去厕所，橙色就到免税店，只要不是色盲，跟着颜色就能走到自己要去的方向。这种色标管理的做法，顿时就把姜波吸引住了。

机场大厅人来人往、熙熙攘攘，也不见像中国一样有戴着红袖章的纠察疏导人流，大家都是井然有序地沿着各种标记悠然前行。他赫然看见几个挎枪的警察面色严肃地来回巡逻，余下的便是驾驶清洁车的大胡子。姜波曾听赵红旗说过，在奥国最多、最廉价的打工仔就是土耳其人，只不过眼前这些驾驶清洁车的土耳其人特别规矩，从不会撵着行人的脚后跟清扫，只在人流走后才驾车清洁。因此，庞大的机场大厅几乎不见污糟糟的垃圾。

姜波觉得奥国人用色标管理是个创新，不仅规范了人的行为，还满足了各自的需求，非常人性化。他带着一连串的感叹登上了火车，也带着对新鲜事物的好奇一路浮想联翩，因而看着窗外那些形态各异的小别墅，甚至那些错落有致的乡村景色一脸惊讶，期待着能看见那些童话般的城堡，最后直到火车进站，还是没能看见，正感到失望时，忽然看见了一个巨大的孚士汽车的 Logo 傲然挺立在高耸入云的烟囱上——孚士堡到了。

这里是奥国政府参考底特律汽车城建设的。这些陈旧的房子，绝大多数是二战结束后建起来的新建筑，因而属于笔直硬朗的工业风格。火车停在城郊站，铁轨却一直伸向厂内，显然是为了方便火车可以直达厂内装卸货物。

这座小镇里还有一座自营的发电厂，那四根冲天的烟囱就是孚士堡的标志性建筑。围绕工厂所建的学校和医院，都是服务于这座工厂，看来它已经构成了一座小城市的功能。

姜波兴奋地走出孚士堡火车站，赫然看见刘云涛和张欢早就在等候自己。

这段时间，张欢和刘云涛正在参加语言和理论知识的培训，得知姜波要来，特意向老师请假到车站迎接。两人接过姜波的行李，将他带到培训团队包下的整栋公寓，放下行李，又带他到公寓对面的小饭店里吃了一顿咸猪肘，俨然是本地土著一样向他介绍着当地的情况。

他们告诉他，两批培训人员都住在这儿，由赵红旗带领的第一批七十多名流水线工人即将完成培训回国。正说着，穿着土黄色背带工作服的赵红旗趁着茶歇，急匆匆赶来，让姜波随他进工厂参观，又叫张欢他们赶紧回去上课。

他边走边对姜波说："我们前后两批来培训的员工，奥国人都派了专人陪同参观并作了介绍，大家对孚士汽车的工厂状况有了初步了解。你这次一个人来，他们不会有这安排，趁着今天我有空，给你做向导。"说话间他们已经来到了车间门口。

姜波怀疑自己走错地方了，这哪像是车间，分明是个展览馆。一座高大宽敞的大厅，里面摆放着一辆辆崭新的、不同年代、不同型号的轿车。穿过这个展厅才进入了两边用黄色标志线分隔的、涂着灰色油漆的行人通道，这才算是走进了车间。

姜波一踏进车间就彻底惊呆了，这座二十多米高、纵向上千米、横跨数百米的大型冲压车间，排列着几十台大型冲压机床；每一排纵向排列的冲压机就是一条产品线，通过一组冲压机的有序联动，冲压出来的就是一个个车身侧框、引擎盖、行李箱盖、前后车门。在这些冲压机的"哐当哐当"声中，成型的产品分别通过传输带，向焊接车间流动。焊接车间里面几乎全是机器人在焊接，就连庞大的车身和侧围，都是机器人在搬运，偌大的车间很少看见忙碌的工人，只有那些手拿防护面罩、穿着土黄色背带工作服的工人，在来来回回巡查机器人的焊接精度。

赵红旗看到姜波张开的大嘴，笑道："不要说你这从未出过国门的年轻人感到惊讶，就是我这个曾经留学欧洲的老头，看到这种场面也是非常吃惊，想不到在这几十年里，他们的造车工艺已如此先进，早已超出了我的想象。"接着他问姜波，"你知道这里一个班次一天能生产多少辆吗？"姜波用询问的眼神看着他，等待答案。 只见赵红旗翘起了一根食指说，1000辆！ 姜波听了几乎要厥倒，这意味着三班就能生产3000辆？ 他想着李博林天天大呼小叫，日夜坚守在厂里，最辉煌的1984年一年也只生产了6000辆。

姜波看着眼前自动化和半自动化的操作步骤，与华松汽车厂的生产过程有着天壤之别。 这里的油漆车间是全封闭的，各道工序都是由机器人完成，喷漆也是机器人在操作，穿着白色工作服的工作人员只需要摁摁按钮就能控制。 姜波被眼前这些现代化的生产方式震慑了，难怪那些来华松汽车厂参观的外国人都嫌我们落后，说我们的生产方式是他们爷爷辈的。 一种难以言表的自卑感严严实实地罩在他的心头。

赵红旗带着姜波踏入总装车间，指着那些在总装流水线岗位上、穿着土黄色工作服操作的中方员工说，我带来的这批人已经完成多个岗位的培训，再过几天就要回去了。 他拍拍自己的腿说："自打来到这儿，为了帮助他们解决工作上的困难，要跟奥国人沟通，在偌大的车间里不停地来回跑几十公里。 刚来的几天，晚上人躺在了床上，腿还在哆嗦。 现在好了，全是硬邦邦的肌肉，走起路来可以说是健步如飞。"

姜波看着眼前的赵红旗尽管已是头发灰白，但精气神跟年轻人没有两样，精神抖擞，跟在华松时完全不同，好像换了一个人。

赵红旗让姜波抬头往上看，在流水线的每个工段上空，都悬挂着一个数控显示屏，上面的数字跟着流水线的节拍在跳动。 赵红旗像老师考问学生似的问道："看出什么问题了吗？"

姜波似乎已经看出点门道，说："这些数字中有生产时间和生产数量。"

"还有吗？"赵红旗继续问，姜波一时答不上来。

赵红旗有点得意，把自己经过仔细观察得出的结论告诉了他，按现在上面显示的组装速度，奥国人上午、下午都有十五分钟的茶歇时间，一天八小时内是组装不出1000台轿车的，所以他们在每次茶歇后，把流水线的速度稍稍调快了一些，到每天下班时间，显示屏上数字恰好达到1000台。奥国人是把喝了咖啡提了神的时间都计算进去了，多精明呀！

他还提醒姜波注意观察穿梭在车间里的物流车，那些送料员为什么都能准时把零部件送到指定的位置？赵红旗自问自答道："孚士汽车无论是生产流水线还是其他环节，在规划时都已进行了精准的测算，这样才能准确无误地进行即时生产。他们不仅硬件设备先进，科学管理已经深入到生产过程中的每一个细枝末节，值得我们好好学习。"

姜波没想到赵红旗观察得这么细致，对他的敬佩之心油然而生。看来以前的唯唯诺诺仅仅是他的表象，赵红旗的内心深处全都是对科学技术的追求和对未来炽热的希冀。

参观完工厂，姜波深感两国造车技术的差距之大。他想，奥国在二战时，很多地方都被炸成了废墟，他们的工业怎么会发展得那么快？带着疑问，他再次问赵红旗，你五十年代来奥国留学时是什么情况？赵红旗知道姜波问这话的原因，便给姜波讲了他一个奥国同学家里真实发生的故事。二战结束后，奥国百废待兴，这位同学的奶奶已经七十岁了，每天早上拿起铁锹走进工厂清理废墟，三年多来风雨无阻，最后倒在工厂的废墟上。这位同学的父亲每周工作的平均时间都比在英国、法国的舅舅们要多三个多小时，工资收入仍然是二战前的水平。当初的奥国人都像他父亲一样辛勤地劳动，不计较个人的报酬。正是因为他们辛劳的付出，才有了二战后奥国经济发展的奇迹。姜波觉得有道理，要想有收获，就得有付出。中国与欧洲汽车工业有长达半个世纪的差距，如何找回被"文革"夺走的宝贵时间，唯有加倍努力去追赶。

晚饭时，姜波解释了自己从耽误一个月拖延至两个月的原因，让身边三人都为他捏了把冷汗。赵红旗叮嘱他机会来之不易，一定要好好珍惜。他会在华松孚士等着他们学成回来。

饭一吃完，刘云涛与张欢就把姜波匆匆拉回到自己居住的房间，纷纷掏出这两个月的笔记，一股脑儿都塞给了他，还与他约定今后每天回来轮流为他补课，直到把这两个月落下的东西都帮他捡起来为止。

姜波翻看张欢的笔记，发现上面记得密密麻麻，还用红笔圈出了重点。刘云涛的那更不用说了，他从小练就一手好书法，这笔记就像字帖一样令人赏心悦目。他知道张欢平时不爱动笔，还经常自诩聪明，听课从来不记笔记。现在姜波看到他这笔记本写满了批注，肯定是费了不少心血。

姜波没想到在千里之外的异国他乡迎接自己的却是如此一番深情厚谊，一股暖流涌上心头，感激地说："谢谢你们。"

"谢什么，都是师兄弟。"张欢一巴掌拍在他肩膀上，东北汉子的豪迈掌力一下把姜波拍得踉跄，"师兄，你得把这些都嚼碎了，吞下去，这才算是没有辜负我们一番心意。"

于是，从第二天开始姜波就日夜连轴转地学习。这之后一个月，他连给赵曼玉写信的工夫都没有。白天和大家一起上课学习，晚上回来还有两位"师父"在房间等着陪他挑灯夜读，他要用一个月的时间完成三个月的学习内容。身体上的疲惫换来的却是精神上的满足，姜波如饥似渴地学习，从不抱怨一声，这也许是自己把这里与华松厂进行了详细对比之后带来的觉醒，甚至比许多人都更懂得珍惜当下来之不易的机会。

如此高强度的学习坚持了一个月，姜波终于彻底吃透了所有的笔记，跟上了大家的学习步伐，可他将近一个月缺觉，让他整个人都显出身体透支的虚弱，一下子瘦了好几斤。付出总是有回报的，姜波终于参加了语言和理论知识培训考试，并与张欢、刘云涛一起顺利过关。

接下来进入实战阶段，大家分别拿到了工作服，胸口上挂着不同部门的标识卡，被各自的"师父"带到了各自的工作岗位。姜波如愿以偿来到了产品研发部门，跟着一个不苟言笑的奥国老师约翰学习，从零件的设计、试制到测试。

一天晚上，刘云涛回到公寓火冒三丈地对姜波和张欢说："我今天好不容易发现一个秘密，悄悄去复印了资料，却被带教的老师说我在剽窃商业秘密，到科长那儿告状，明天不准我继续参加南非工厂改造项目。"

当时被分进规划部门培训的刘云涛兴奋不已，现在大倒苦水，说自己满怀热情想把产品规划的秘笈学到手，看到一些最新的设备布局资料就去复印了一份，想不到奥国人像防贼一样防着中国人。

姜波听他这么说，马上找出培训保密协议，指着上面的条款对刘云涛说："这保密协议的条款我反复研究过，你看这里明明写着'……产品规划相关知识的学习内容对中奥合资公司培训员工是开放的'，你明天拿着协议去找那个科长申辩。"

刘云涛仔细看了一下条款说："我怎么没想到，今天白受了一肚子的窝囊气，明天就去找他，不能让奥国人欺负我们。"

张欢很好奇地问："你发现了什么秘密让他们感到紧张了？"

"安全玻璃！"刘云涛很认真地描述，"他们在重新规划南非工厂的车窗玻璃装配工段，要用机器人替代人工装配！据资料上说，机器人装配的车窗玻璃采用新的粘结剂，是一项新的专利技术，今后车辆遭到撞击，窗玻璃不会掉落下来，也不会四处飞溅，还说采用了粘结剂能使车身刚度增强，所以才叫安全玻璃！"

姜波兴趣大增，坐到刘云涛身边问："你复印的资料在吗？"

刘云涛很沮丧地说："被他们拿走了。"

姜波又问："你还记得资料上主要说了什么？"

刘云涛用奥语脱口而出："安全玻璃与机器人设备。"

姜波眼睛发亮："这么说，为了保护驾乘人员的安全，南非工厂将要全面采用机器人安装玻璃了？"姜波拽住刘云涛的胳膊，叮嘱道："云涛，你明天务必拿着我们的培训协议去找那位科长，告诉他，协议里写得很清楚，奥国孚士汽车的技术对中国合资公司是开放的，如果他还是不同意，我陪你去找董事会史密斯博士。我觉得，你发现的车窗玻璃采用新的粘结技术，还采用机器人来安装，这就是一场史无前例的安全革命，将会对全世界汽车产业带来巨大的影响！"

"安全革命？"刘云涛不解。

"你们想一想，刹车是被动安全；保险杠、安全带和安全玻璃，这些都是主动安全，三者相加对驾乘者不就是一个完美的保护吗？这难道不是一场引领全球的汽车安全革命吗？"姜波沉思了一会儿，认真地说，"看来，我们还不能简单地去讨个说法，更重要的是向他们表明来这里培训的目的，如果都藏着掖着，我们万里迢迢来干嘛？"

张欢若有所思道："如果，我说是如果哦，真要是像师兄说的那是一场汽车安全革命，那今天集装箱卸货时，一箱玻璃被铲车打翻了，玻璃就像被一张网般粘住了。我当时就觉得很奇怪，要是在华松厂，早就玻璃四溅、人仰马翻，难道这里面就有新技术？"

刘云涛眼睛睁得大大的："我问过赵红旗，他说孚士堡已经在应用这套技术了，只是我们不知道而已！"

姜波朝张欢看了一眼，问："你是每天都在第一线送料的，应该最有发言权，不会只有这点发现吧？"

张欢乐了："师兄，你这话算是说对了，就这一个'送'字！就与我们过去在华松汽车厂有很大差别。你想想，过去我们上班就是看墙上的产量排班表，然后清点零件，要是发现料箱的零件不够，马上开了领料单去找领导签字，随后就到仓库排队领料，然后才能正式生产装配。哪像这里，都不用看表，生产线上和仓库里都有滚动电子显示屏，一目了然，而且还明明白白告诉你，哪个工段出现了工废和料废，下次送料需要补充多少，装配工与送料工是两个截然不同的工种……"

"等等，"姜波马上打断张欢的话，问，"你的意思是根据显示屏要求送料？"

"对啊，办公室里也有一块很大的显示屏，上面全都是各个工段的用料记录，达到一定的消耗量后，显示屏就会滴滴地叫，我都干了大半个月了，唉，真的好无聊啊！"张欢显得垂头丧气。

听到这儿，姜波浑身来劲："看来我们已经身处技术漩涡中了，这里的装配模式和物料供应方式跟我们在国内完全不一样。你们想想，我们过去装车窗玻璃，两个人站在车窗外，一左一右，不仅要把密封条嵌入车框，还要撒入滑石粉，塞进一根长长的蜡线，而且车身里面还要站一个人，检查密封条凹槽是否嵌入车框，确认无误后抽出蜡线，才能有效防止车窗漏水！"

张欢也惊叫起来："对呀，这可能就是当官的爱坐后排的原因！"

刘云涛禁不住笑了，觉得张欢是在说当官的怕死。

姜波像是发现了新大陆，非常认真地说："你们这么一说，我一下子明白了很多，这里的车窗掉在地上为什么会不碎？中间肯定有层肉眼都看不见的薄膜把两层玻璃粘合在一起了，碎了也不会四处飞溅。更重要的是机器人把车窗玻璃粘结在车框上，精密无比，与车身形成一体，刚度自然增加了。哪像我们用密封条固定。你们看，一个装，一个粘，一字之差，效果肯定不一样。刚才张欢说这里是送料，不是领料，又是一字之差，可就是这几个一字之差，整个乾坤就颠倒了。这不就是这几天大家嘴上都在说的及时供货吗？"

刘云涛恍然大悟："师兄，照你这么说的话，那我还有一个新发现。奥国人画图都不像我们趴在图板上，都是在屏幕上直接画，我偷瞄了几眼，还真神了，这个零件和那个零件组合起来就成了一个小总成，最后各个小总成组合起来又成了一个车门铰链或者一把门锁，真神奇啊！"

"你说的是一个先进的设计软件！"姜波轻轻地说，"我毕业前在大学实验室见过教授演示，这是一款先进的绘图工具，我也操作过几次，但没机会真正应用。"

刘云涛问："这个我们能学吗？"

"当然要学，我们来的目的就是学习。"姜波提醒大家，"由此看来，我们现在都是被动的,等过一段时间后,我们要争取主动,不能被动挨打,更不能受欺负!"

张欢沮丧道:"奥国人守口如瓶,我们未必能如愿以偿,还是先立足当下,把自己的东西先学完,其他的,听天由命!"

刘云涛把嘴一撇,很不开心道:"出来培训前都说好的,孙艳虽然暂时来不了,我们回去后就给她当师父,就你这小样,没准就想让她跟着你学送料?"

"别争了,师父说过,师父带进门修身靠自己。既然我们这里的师父只负责教我们协议上规定的内容,但只有我们自己多长一个心眼,争取多学一点,而且还要偷学。"姜波悄悄地说,"这几天我总觉得约翰这老头有点不对劲,整天盯着屏幕发呆,有时候一坐就是一整天,害得我除了给他倒咖啡,就只能看着他发呆,再这样下去我都快疯了!我准备明天趁老头不在屏幕前,去偷看他画的图!"

刘云涛很诧异:"你是培训产品研发的,绘图和设计是你的基本内容,怎么还不让你看了呢?"

"他一看我给他送去咖啡就用纸挡住了屏幕。"姜波很气恼,"再这样下去的话,我就要提出抗议!"

不知为什么,突然有一天约翰先生不再对着电脑发呆了,直接关了电脑,带着姜波进入机械碰撞试验室。一走进实验室,约翰就塞给了姜波两个耳塞,防止他被车门铰链"砰砰砰"的开关撞击声震得脑袋发胀。而约翰先生像是习以为常了,一进去就入迷般盯着门铰链和门把手发呆,嘴里不停地发出啧啧声。到月底最后一天,约翰先生再次带着姜波走进实验室,结果用手上的聚光灯一照,重重叹口气,便关了机械操作杆,拆除了自动开启门锁的装置,又拆下上下两个门铰链。

"出故障了吗?"姜波小心翼翼地问。

约翰没有回答,用白色记号笔在一条肉眼看不见的细小缝隙上画了个圈,又在一张记录卡上写上"NO",随后把两个门铰链装进了不合格零件盒。姜波悄悄拿起来一看，门铰链上确实有一条非常细小的裂缝，从记录卡上记录的数据来看，这两只门铰链只要通过五万次常温撞击试验就合格了，可现在常温试验已经记录到第49989次，就差最后11次了，为什么会被枪毙？一问才知道，五万次常温撞击试验后，还要进行五万次冷热交变试验。现在，这条细小的缝隙已经提早决定了它被枪毙的命运。看到这一切，姜波这才知道孚士汽车对质量要求之高，是华松汽车厂根本无法比拟的。

门铰链试验失败后，约翰又坐回到椅子上盯着设计图发呆。姜波从远处偷偷望去，发现这是一个跑车的门把手设计图，估计他是对自己的设计不满意。姜波不解，他是车门设计师，门铰链也只是链接车身的一个部件，门铰链不合格，跟车门的把手有关联吗？而且令人奇怪的是，为什么试验和设计都会归设计师管？姜波感到很好奇，开始留意这事。

到了下午茶歇时间，本应该给自己倒一杯咖啡的约翰，却一动不动地坐着发呆。姜波便给他倒了一杯，随口问了一句："你需要它吗？"

约翰像是从梦中被惊醒一般接过了咖啡，姜波顺势指着图纸问："这有什么问题吗？"

这次，约翰没有用纸遮挡电脑。

姜波盯着电脑里车门把手的设计图仔细看，觉得这个车门把手太过规整，跟已经量产的轿车没什么区别，外形并不好看，但东西方文化差异大，他自己觉得不好的地方，奥国人不一定这样想。

晚上回到公寓，姜波就把今天看到的门铰链和门把手的事说了一遍，把大致的图形画了出来，让刘云涛、张欢一起帮着看看，到底存在什么问题。张欢一看就叫道："我说奥国人的脑子是方的，你们还不信，看，新型跑车的门把手还是长方形里套个香蕉形，看着就觉得别扭，哪来跑车的感觉？"

姜波一下子豁然开朗，说道："对，你说得一针见血，没有线条就没有美感！"刘云涛顺手拿起笔在纸上画了起来，他从小学画的手，画这种草图就是一个"小开司"。不一会儿，一个流线型的门把手图案跃然纸上。姜波和张欢看后又提出各种意见和建议，最后刘云涛又再次在细节上做了修改，这才把门把手的草图完成。

第二天，姜波拿着这张草图悄悄地放在了约翰的办公桌上，从不肯多说一句话的约翰叫了起来："姜，这是你画的？"姜波坦诚相告，说是我和同事一起完成的。约翰拿起草图给了他一个飞吻，双手在空中舞动了起来："是要改变一下风格了，跑车与轿车的风格完全不同，我去说服上司！"说完就急匆匆跑到远处的上司跟前指手画脚起来。

姜波远远地看到他与上司一起手舞足蹈，不禁暗笑，原来这刻板的老头也有可爱的一面。

到了茶歇时间，员工们都去喝咖啡，浓浓的一壶现煮的深褐色饮料，很快就被瓜分一空。约翰挤上前去给自己倒了一杯，也给姜波送上一杯："你尝尝，说不定会喜欢上它。"然后又悄悄笑道，"上司很认可跑车门把手的设计风格，这都是你和同事的功劳！"

打这以后，约翰忽然与姜波之间的话多了起来，还跟他讲起一个过往的设计故事。说他有一次跟随设计团队到巴西参观，恰逢狂欢节，大家的目光都停留在巴西女人丰满圆润的臀部上，随后又看见大家很随意地在纸上画着轿车的屁股，结果不出所料，之后的轿车屁股大部分都变成了圆润饱满型的，彻底改变了过去刀削斧劈的样式。他说，轿车的外形是吸引消费者的主要因素，而设计的灵感来自生活。

姜波笑着说："原来还有这样的故事。约翰先生，跑车的流线型不仅仅是车身，更主要的是所有与其搭配的内外部件都应该与之相适应，这样才协调。"话刚说出口，就觉得自己是在班门弄斧，他赶紧喝口咖啡掩盖尴尬，"这东西太苦了，我喝不惯。"

"你把苦也想象成一种滋味，那苦就是香了。咖啡能起到提神醒脑的作用，不会使你的眼皮上下打架！"约翰喝了一口，两眼眯了起来，进入一种深思的状态，"你的话有一定道理，在孚士汽车要想改变某一种固定的程序非常困难，更不要说设计了，特别是要改变已注入孚士设计风格的元素更难。但让一个设计工程师参与到整个零件的试验和认可过程中，那他对整个产品有很大的话语权！"约翰轻轻地把话说完，仰头就把杯中的咖啡喝干，咂嘴，似乎在品尝着苦尽甘来的回味，轻轻吐出几个字，"虽然很难，但这就是设计工程师值得自豪的地方！"

"设计和试制是两个不同的内容，能融合吗？"姜波若有所思地端起咖啡，凑近闻了闻，秉着宁可信其有不可信其无的态度，捏住鼻子一饮而尽，随后就像灌了一杯中药似的，苦得五官都扭曲了，满屋子转悠着找水喝，足足灌了三杯白开水才把那味道从嘴巴里洗去。

约翰见他的反应很夸张，难得地笑了："设计和试制实际上是一回事，都是对这个零件负责。这就像初尝咖啡一样，很苦。习惯了回味无穷。哈哈哈，你要是真觉得苦味受不了，那边有糖和奶，你可以往里添加。"约翰不经意地把产品设计话语权掌握在设计师手中的话随口一说，让姜波若有所思！

姜波马上问道："屏幕里的设计软件能不能教教我？"

约翰一愣，悄悄把一本绘图软件的书塞到他面前，说："你先去读懂这本书吧！"

姜波如获至宝，捧着书本几夜无眠，硬是把这本晦涩难懂的书啃完了。这段时间，他一大早进入办公室，半夜才离开，有时候把约翰的微机用到发出蜂鸣声才不得不关机，回宿舍睡觉。

时间一晃就到了圣诞节，孚士汽车厂给员工们放十五天假期，到时候这座小镇的所有餐厅和商店都将关门打烊。大家都是出娘胎头一次遭遇到圣诞节，根本不知道这圣诞节该怎么过。

姜波接到了约翰的邀请，让他去参加家里的圣诞聚餐。在征得约翰的同意之后，姜波带上张欢、刘云涛一起前去做客。奥国的冬天特别冷，好在他们都分到了一件过膝的咸菜色大棉袄，再加上一双厚厚的翻毛皮鞋，走在雪地里并不感觉寒冷。

出国前，赵曼玉曾提醒过，让姜波准备些奥国人喜欢的中国小礼物，像瓷器、丝巾之类，以备不时之需。瓷器易碎，不便携带，他就带了丝巾和真丝领带，想不到这次可以用上。可约翰有两个小孩子，该送什么呢？这让姜波犯了愁。三人一商量，觉得让刘云涛制作两张圣诞卡，分别画上孙悟空三打白骨精和哪吒闹海的图案，这些中国特色的童话版故事，说不定奥国孩子也喜欢。

张欢更绝，出国前本想买两瓶好酒带上，却被关永明拦下，硬让他把东北老家的北大荒白酒带走，还说奥国人又不知道这是不是什么中国名牌，只要是白酒，喝着都一样。

到了约翰家，他们分别送上了圣诞礼物，约翰太太非常喜欢姜波送的丝巾，当场戴了起来。孩子们打开卡片，看到卡片上手画的神奇图案，更是兴奋不已，要求刘云涛给他们讲述这图案里的故事。刘云涛用奥语给他们讲起了这些传说。过了一会儿，他们又见到了另一张熟悉的面孔，就是当年在华松汽车厂指导大家进行SKD组装的博尔特先生。

原来博尔特离开中国后，一直在孚士总部的第九车间工作，奈何孚士汽车实在太大，大家虽然都在一家公司，但大半年来竟然都没机会见到他。这回要不是约翰主动邀请，可能到培训结束都未必有机会重逢。

"老爹？"张欢笑着跑过去一把抱住博尔特，"我早就说过，你这个老爹肯定还没退休，没想到在这里见面了，真是缘分啊！"

约翰不知道里面的故事，直到刘云涛把来龙去脉一说，他才恍然大悟，不由得哈哈大笑说道："我跟博尔特是技术学校的同学，之前也是在车间工作的，后来才调到设计部门。"

博尔特说自己离开中国后还时常想起那里，公司决定外派员工常驻中国的时候他也动过念头，无奈自己腿脚有病不便远行，只得放弃。眼看自己就要退休了，不知道还能不能重返中国。姜波看着他怅然若失的样子，安慰道："会有机会的，中国工厂的生产规模肯定要扩大，对技术人才的需求只会多不会少。就算退休了，也可以到我们那里去当顾问。"

张欢调侃："这话听着像总经理。"

姜波与他抬杠："你怎么知道我就当不上总经理？"

约翰好奇地问他们在辩论什么，得知两人的玩笑后也加入进来说："我觉得他能行，当时我看到桌上的门把手设计图就惊呆了，我觉得连一个来培训的中国人，都知道要根据产品特点去改变设计风格，这就让我鼓足了勇气，向上司提出改变门把手风格的要求。没想到上司竟然同意了。若不是姜先生超前的眼光，哪会有这种改变呢？"姜波故意用肩膀撞了一下刘云涛，仿佛是在告诉他这个赞美是属于他的，刘云涛得意地笑了。

约翰太太过来说晚餐已经准备就绪，请大家入座。几人走到桌边一看，一只巨大的烤鸡正躺在桌子中央，上面的鸡皮刷过了蜜汁，烤得焦香油亮。旁边的盆子里除了常见的主食——土豆，还有各种不同肉馅的香肠，加上特色的酸菜和各色甜点。

张欢打开了自己带来的白酒，往每个人的酒杯里斟了一点："说实话，我来这里真不觉得陌生，尤其是到冬天，外面的北风呼呼一吹，屋里这酸菜咔咔一炖，小酒一滋润，这哪是万里之外的欧洲啊，就像是在东北老家。"

奥国人也被他逗乐了，约翰太太好奇地问："你们那儿的酸菜也是这个味道？"

张欢点头："嗯呐，老家酸菜口味比这重多了。"

"别听他瞎吹。"刘云涛还是一贯严谨，"还是不大一样的。东北偏咸，这里偏酸。"

姜波站起来，学着奥国人的习惯拿叉子敲了敲酒杯："能在这里新老朋友相聚，实在是意想不到。感谢约翰先生这段日子以来对我的帮助，今天又让我们感受到了家的温暖。眼看我们培训的日子已经过去大半了，我希望今后能在华松孚士汽车厂与大家见面，谢谢约翰先生！"

"敬约翰先生！"

"敬博尔特先生！"

"敬 China！"

两个奥国人首次尝试中国烈酒，当然好赖不知，但被辣得不轻。酒劲让大家兴奋起来，一杯接一杯，觥筹交错，气氛很快便热烈起来……

张欢显然是喝多了，一边笑一边指着瓶身上粘着的小铜牌说："看见没，这酒是东北的精品,其他地方根本没有,可惜,出国只能带两瓶,早知道你们喜欢中国的白酒,我就扛一箱到奥国了。"

博尔特用餐刀敲着小铜牌问:"为什么要在瓶身上粘铜牌? 为什么不能像威斯忌的酒瓶一样,在制造酒瓶时就做成 Logo?"刘云涛虽然不太会喝酒,但这次也没少喝,舌头和牙齿都对不上号了,听到博尔特这么一说,顿时叽里咕噜说了一大堆话,只有坐在他身边的姜波听懂了他的意思,好像是说,在中国,凡是有铜牌的,那就说明这个东西很贵重。

博尔特马上说:"那这个酒瓶我要留作纪念。"边上的约翰赶紧伸手把酒瓶抢过去:"不行,铜牌归我,酒瓶归你。"说着就用餐刀把铜牌撬了下来,没想到用力过猛,铜牌滚落地上,转了几个圈,不知道滚到哪儿去了。

博尔特见状乐了,捧着酒瓶说:"好,铜牌给你,酒瓶归我,我自己回去做一个粘上去,肯定比你现在的漂亮。"

约翰没理他,低头寻找跌落的铜牌,半天没找到,嘴里不停地嘀咕:"铜牌呢?"

张欢和刘云涛赶紧俯身去帮忙寻找,但他们也喝多了,且不说眼睛发花,就连手脚也不利索,晃晃悠悠地不知道眼睛往哪儿看。 姜波赶紧让他们别丢人现眼,自己便俯身去找。

虽说约翰家的餐厅不大,但因为周边都摆着柜子,真要找出一个比纽扣大的铜牌,也确实费劲,姜波只得趴在地上寻找。 博尔特笑了:"先生们,请大家帮个忙,我们先把餐桌移走。"大家听从他的指挥,用力把实木餐桌搬到了一边,随后问约翰要了一卷绳,丈量餐厅的长和宽之后,便把绳子剪短铺在地上,一会儿便把整个餐厅都分割成格子状,最后指着方格子说:"按照格子去找,一定能找到。"果然,这个看起来既蠢又笨的办法,让姜波很快找到了这块倚在墙角落的小铜牌。 姜波马上想到,这就是奥国人做事的方式,一丝不苟,严谨且刻板!

约翰笑着从姜波手上接过这块小铜牌,在衣服上不停地擦拭,然后拿着这块铜牌对着灯光笑着说:"博尔特先生,这个铜牌不一样,它来自古老的中国。"

奥国的圣诞和新年连起来，大半个月就没了。好不容易熬到上班，大家都兴高采烈。张欢却收到了一封迟到的航空挂号信，打开一看是小妹写来的，说是母亲胸腔长了一个肿瘤，当地大小医院都不敢治，家里钱都用完了，央求他赶快回家救救妈妈。这可把张欢急得团团转，嚷嚷着要马上回国。

刘云涛提醒他说："你不是医生，回国也不能治好你母亲的病，再说现在离培训结束还有五个月，要是半途而废还得支付赔偿费。回去后工作还能不能保住也不确定！"

这话一出口，吓得张欢不知所措。自家的情况只有自己最清楚，父亲去世后，农场安排了小妹当上了农场机械厂的工人，母亲也在当地小卖部当一名营业员。小日子还算过得去，但病来如山倒，家里为了给母亲治病，钱都用完了，要不小妹怎会万里求助呢？张欢发愁了。

姜波知道这事后，让他先不要回去，自己马上想办法联系一下母亲，她是东海医院的外科主任，医疗水平在华松市也是一流的，或许有办法看好张欢妈妈的病。他便跑到孚士堡的电话局，给李博林打了国际长途电话。电话接通后才知道，张欢的小妹迟迟得不到哥哥的回音，已经打电话向原来的华松汽车厂求助，李博林二话不说就去找夏荷，夏荷亲自主刀，为张欢妈妈切除了肿瘤，化验后是良性，只要静心休养就能恢复健康。

张欢得知详情后，握着姜波的手，"师兄"两个字一出口便潸然泪下。当晚，张欢给家里写信，告知目前的培训状况和回国的时间，并说自己在培训期间一直节衣缩食，省了很多外汇，回国时一定会购买进口的营养品，让他们不要担心。寄出信后，张欢才觉得心头暂时放下了一块石头。

第 六 章

第三批出国培训人员名单公布了，依然没有孙艳的名字。这可把孙艳急得团团转，她上上下下找人问，不是说"我不知道"，就是说"这不归我管"，像是碰上了鬼打墙。

孙艳憋了一肚子气去找李博林，走进办公室，就见办公室中央一张长长的会议桌成了作战指挥台，两个老人都埋头在桌子上仔细讨论着什么，一见孙艳进来，关永明心直口快地问："是不是为了出国培训的事？我就知道，这奥国人也重男轻女，你看看，第三批出国培训名单中没女性吧！"

"什么啊，这次名单里有五个女生，还都是在我后面进来的，就是没有我！"孙艳忍不住叫了起来。

李博林安慰道："这事我已经知道了，那五个女大学生都是学机械工程的，可能因为你是学企业管理的，所以就……"

"老厂长，学企业管理的才更应该要去吸收国外的先进管理经验啊，这合资厂不可能永远是奥国人管吧？"

"想都别想！"关永明忍不住了，"你学会了，他们吃什么？"

孙艳一愣。

李博林道："不要泄气，以后还有机会的……"

"做梦。"关永明打断了李博林的话，"你看看眼下都是奥国人在各个岗位上指手画脚，中国人都是跟屁虫，除了低头哈腰'呀呀呀'地叫唤，还能说些什么！别看现在派出去五个女生，说不定回来也只能干个翻译图纸的活！"

孙艳坐在椅子上自言自语："看来我辛辛苦苦啃奥语，一天到晚背单词，到头来还是一场空欢喜。"

关永明拉着孙艳来到会议桌前，指着桌上的规划图说："你呀，干脆就抛开这个出国梦，回到华松汽车厂来吧！老李过去一直说要忍辱负重，你看我们现在要扬帆起航啦！来看看这张规划图，我们马上要重造一个现代化的华松汽车厂，跟合资厂拼上一拼，看谁能更快地产生经济效益！"说着就滔滔不绝地讲解着整个工厂规划，一副欲与天公试比高的模样。

当晚，孙艳回到宿舍怎么也睡不着，半夜敲开了周志远家的门。

"师父，我不明白自己跟其他同学相比，究竟缺了什么？论英语、奥语都不比别人差。难道因为我是学企业管理的就不能去培训吗？"

周志远说："我觉得从这次派出去的人选来看，以后的重点恐怕是要为车型改款做准备。毕竟，这款产品早已在欧洲停产了，南美的销量也不理想。国内又有很多的抱怨，说是拿了外国人淘汰的产品来忽悠中国人，领导们的压力可想而知。你还是再忍一忍吧！"

孙艳虽然觉得师父分析得有道理，但自己再这样毫无希望地等下去会有结果吗？

孙艳沉思片刻，便把关永明在办公室说的话全盘托出："李厂长想请我重新加入华松汽车厂，当厂办主任。我觉得这或许是自己施展抱负的一个机会，但离开了技术先进的合资公司，我又有点舍不得！"

"有得必有失。不过这次不像以前，华松厂许多关键设备都要进口，油漆生产线就要从意大利进口，要鸟枪换炮啦！"周志远忽然来了精神，"孙艳啊，我曾有幸跟着老李和老关一起造雄鹰牌，'文革'时造华松牌，这次应该算是第三次创业了，但每一次都是获益良多。关键是这次的异地重建与过去截然不同，几乎全都是模仿华松孚士工厂的规划和布局，这也是一个对先进技术吸收和消化的过程。你知道老李接下去要怎么干吗？他想要仿造孚士牌轿车把我们的华松牌变成国产版的孚士汽车！你说说，几年后的华松汽车厂会是一个什么样的工厂？"

"啊？"孙艳听了大吃一惊，"这样干能行吗？"

周志远笑了："1958年我们就这么干了，有什么可担心的。我们知道该怎么去规避风险，这就是中国人的聪明之处。"

孙艳一脸茫然地看着师父。

"没什么了不起的，只要外形不同，内在的东西换个结构或者变个花样，不就行了吗？"

孙艳像是一口吞了一个大汤圆，被噎住了。

周志远窃笑："老李说，这叫踩着巨人的肩膀往上攀登，可对我来说这又是一次全新挑战，我准备全力以赴！"

孙艳回去后一夜无眠。这算是挑战吗？这简直就是一次真心话大冒险的游戏！如果不是挑战，那又是什么呢？师父这么大年纪还把它当作第三次创业，自己这么年轻又有什么可怕的呢？她耳边想起了一个振聋发聩的声音：人生能有几回搏？错过了这一次可能再无机会！她翻身起床，做出了人生中第一次重大选择：去勇敢地迎接挑战！于是，她连夜给刘云涛写信，告诉他自己做出了重大决定。

孙艳没想到上任遇到的第一个难题，竟然是拆迁。

自打村民们知道自家的房屋要被拆迁起，就经常聚集在一起商议，要求把他们自家搭建的猪棚、鸡棚、鸭棚等违章建筑都按住宅的价格计算，否则坚决不搬。

李博林、关永明带着孙艳一家一家跑，好话说尽，他们就是不肯签字，还扬言，要是华松汽车厂的推土机进来，推土机开到哪儿我们就躺到哪儿，看他们敢不敢从我们身上碾过去？

孙艳觉得现在的华松汽车厂是跟地方政府联营的企业，应该改变一下工作思路，拆迁上遇到困难不该由厂里独自承担，应该请当地政府一起来解决，这个建议得到了李博林的首肯，她马上跟关永明去找当地政府。

新桥镇政府很快做出决定并发出通告,规定了搬迁的时间,还派出专管员来测量房屋面积。这些人都是新桥镇的当地人,乡里乡亲的大家也不好意思再闹,都指望他们手上松一松,给自家多算一点面积,多拿一些钱。那些原先不在宅基地规定范围内的猪棚、鸡棚、鸭棚等违章建筑也进行了折价处理;还按征用土地的比例,让一些年轻力壮的农民进华松汽车厂工作。这样一来,征地工作很顺利地开展下去了。没过多久,村民们都很自觉自愿地搬了家。征地工作一结束,全新的华松汽车厂开始了平地起高楼。

李博林两头忙,既要管新厂的重建又要抓产量,忙得不亦乐乎! 他对孙艳说:"以后与合资公司相关的事都由你负责。"

没想到孙艳刚答应,就遇到了来催他们搬迁的奥方人员。一来就说,你们必须马上搬迁,这是合资协议里规定的,否则就是违约。孙艳询问了李博林,他把前因后果讲了一遍,最后说,这搬迁确实是写进合资协议里的,可现在华松牌又不能停产,我们没办法解决。孙艳明白了,目前只能用拖延、耍赖的方法来处理这事。

这天,孙艳的屁股还没落到凳子上就听到外面又在吵吵闹闹,出去一看,是费舍尔派来的董鑫。他指着场地上堆放的华松牌轿车车壳,说影响了运输车辆的进出,让他们马上搬走。

孙艳上下打量了他一番,冷冷地说:"年轻人,你也是从华松汽车厂出去的,这才几天,你为了这些车壳来了两三回,一回说那块场地你们要堆放建筑材料,让我们搬,我们搬了。二回说放置地点离你们车间太近,影响了你们的美观,我们也认了。这回我们都搬到车间的屋檐下了,碍不着你什么事了,还让我们搬。这么宽的马路,怎么会影响你们的运输? 分明是没事找事。我明确告诉你,这次我们不搬,我们也没处可搬。你总不能让我们把车壳子托在手心里吧?"孙艳这些话让在场的工人听了一阵喝彩叫好。

董鑫听到孙艳这番斩钉截铁的话,知道今天上司要自己办的事无法办好,垂头丧气地回去向自己的上司去汇报。

两家工厂同在一个屋檐下工作,中国人觉得憋屈,奥国人更觉得无法容忍。眼下两座旧厂房一分为二，一座改造成发动机工厂，组装发动机出口来平衡中国进口的外汇，这是在合资协议里规定的，作为负责生产和技术的副总经理费舍尔必须做到。另一座只能一分为二，各自改造成装配车间。这让原先就空间不大的华松汽车厂总装车间更加捉襟见肘，只能把来不及装配的轿车车壳堆到了车间外的屋檐下。

费舍尔听了董鑫上司的报告，转身带着翻译就来到了那间姜波曾经一起参加装修的办公室。孙艳正在打电话，她客气地指指窗边摆放的几把椅子，示意费舍尔先生坐。

费舍尔朝着办公室里打量一番，这简朴的程度超出了自己的想象。本以为自己的办公室已经够简朴了，桌椅都是零件箱的木板拆下来打造的，唯一奢华的就是自掏腰包从奥国进口了一台冰箱和一台咖啡机。眼下的这间办公室里除了几个热水瓶和几个掉了搪瓷的茶缸，就只有办公桌上的一台红色电话机显得亮眼。

随后他又细细地打量正在打电话的孙艳，觉得有点眼熟。等她放下电话机，费舍尔先生就指着门外的道路，要求她在下班前必须把车壳移走，否则影响集装箱卡车进厂，撞坏了会引起不必要的纠纷。

未等边上的译员来翻译，孙艳马上和颜悦色地用奥语回道："费舍尔先生说话很直白，我也不绕弯子。目前这种状态应该是我们都不愿意见到的，但是没办法，要是按照当初年产十五万台的产能规模达成协议，绝对不会有今天尴尬的局面。可惜，当初奥国孚士正处在困难时期，只能按三万台产能规模来建设，大家也只能因陋就简利用我们的老厂房。现在，我们都处在一个尴尬期，新建的厂房还没封顶，我们无处可去，还是希望你们能多给予谅解吧！"

"这位小姐，合资规模大小不是你我能说了算的，我只是职业经理人，只对自己的职业负责。"费舍尔也不客气地回道，"眼下这种状况已经严重影响了我们的生产秩序和环境的美观，这种现象必须改变。"

孙艳笑了："你说得没错，是要改变的，但眼下我们根本没地方可去，所以大家只能先在这里凑合!"

"那是你们自己的事,这个地方早就属于华松孚士汽车公司了,你们老是拖着不走,这是严重违反协议的,是不能容忍的!"

孙艳没生气,反而一脸灿烂地向他摊开双手耸耸肩说:"协议内容我不知道,我也没权利知道,我只知道我们现在无处可搬。如果你们撞坏了车壳,就必须照价赔偿!"

费舍尔碰了钉子,气得转身就走。到了路口,回过头问:"这位奥语流利的女士是新来的吗?"

翻译说:"她就是之前从华松孚士改建办辞职的。"

"哦?"费舍尔很惊讶,这才想起来当初改建办确实有过一位女性,便追着问,"她奥语这么流利,是在奥国留过学?"

翻译说:"据我所知,她是跟着磁带学的。"

费舍尔更惊讶了:"不可思议。她为什么辞职?"

"听说是不让她去奥国培训。"

"她叫什么名字?"

"孙艳!"翻译答道。

"我怎么在培训的名单中从来没看到过这个名字?"费舍尔自言自语地摇头叹息,为华松孚士公司流失这样的人才觉得可惜。

华松汽车厂的新厂房总算完工了。这本该是一件让人兴奋的事,可孙艳一点劲都提不起来。看到那些浑身乌黑、泛着油光的农民昂首阔步走进工厂,进入各个车间,她很感慨:这哪里是一支扬帆起航的队伍,分明是一群乌合之众。任谁都不会相信这支队伍能跟着自己去迎接挑战。

眼下已经不容她再考虑这些,只能等到新设备采购完毕后才能考虑。她跟着李博林从东北、华南等地采购了大型机床及其他设备,随后又到意大利签署了全套引进油漆生产线的合同,几个月下来总算不负所望,新工厂所有需要采购的设备都签下了合同。她人瘦了,也变黑了,看似少了几分柔弱,变得更坚强。

李博林和孙艳回厂的第二天，马上有人报告，模具车间铜料被偷事件，导致模具缺料无法开模。李博林分析，偷了这么多铜料，十有八九是送进了废品收购站，马上报警。果然，警察在废品收购站查到了这批铜料和一些其他贵金属，顺藤摸瓜抓住了两名征地工，因偷窃材料的金额巨大，征地工被逮捕。据征地工交代，是钟民教唆他们干的，说好卖料所得款三人平分。而钟民却一口否认，更何况他没有拿到赃款，无法定罪。

当初钟民打伤姜波后被拘留，按照规定理应开除。但他退休的老父亲来到厂里，一把鼻涕一把泪，恳求李博林道，自己上有八十多岁的老母，下有从北大荒返回的儿子，更有几个未成年的孙子孙女，都盼着钟民每个月的固定收入能帮助家里养家糊口，要是把钟民开除了，就是把他们全家逼上了绝路，希望李博林给他们一条活路！李博林心一软，就给钟民留厂察看一年的处分。之后，钟民看似收敛了很多，没想到这是个假象，他内心深处根本没有认识到自己的错误，这次没有真凭实据，也没办法处理他。李博林只能给他换了岗位，让他去烧锅炉。

这次征地工的偷盗事件，直接影响了生产，引起了李博林的重视，觉得这批征地工法制意识淡薄，必须马上要进行宣传教育工作，于是马上召集厂部领导开会。

会上，关永明火冒三丈地说，全厂停产两天，针对征地工盗窃行为开大会批判。

周志远提出反对意见，处理事情要对事不对人，不能与征地工形成对立，更不能把全部征地工都当贼来防。

关永明说："不针对不行，现在模具车间已经人心惶惶，有色金属锁进柜子里还能被撬开，总不能二十四小时派人守着柜子吧？"

周志远坚持道："只有千日做贼，哪有千日防贼的，光靠防是防不住的。再说这些征地工本身文化程度不高，对他们宣讲犹如对牛弹琴，起不了作用。我们还是采用过去华松汽车厂结对子的老方法，给每个征地工配一个师父，每个月考核一次，只要徒弟不犯错师父奖励五块钱，这样他们不好好干活，会连带师父一起丢面子。"

孙艳一听此法挺好，与当初在学校读书时老师用的方法很相似，让学习成绩好的，帮助学习跟不上的，这种方法往往比老师给学生补课的效果要好很多。师父带徒弟，这个办法更妥帖，因为他们是站在同一层面思考问题的，还多了一份互相牵制的情感。

李博林也觉得周志远的方法挺好，表态说："老周，现在厂里人手少，征地工来了，正好填上了空缺，让师父带徒弟言传身教，把技术和规矩一并教了，这每月五块钱的奖励就这么定了。老周，你先带头把征地工组织起来，详细讲解这些机器设备的功能，让大家知道以后要如何维修和保养。"

孙艳忧虑道："现在厂里的征地工文化水平太差，新设备的操作使用需要一定的文化程度，只有对这些工人进行文化知识补习，经过考核合格后才能让他们逐步走上合适的工作岗位。眼下，华松孚士汽车公司正在建技校，搞职工培训，这是培养技术工人的好办法，我们应该要向他们学习。"

"办技校可不是那么容易的事，师资力量从哪来？学生从哪来？上级会不会批准？"老关觉得孙艳毕竟还年轻，把什么事都想得那么容易，办学校我们谁都没干过，也不知道怎么干呀？

孙艳一点都没受老关的影响，把自己这些天考虑的想法全说了出来："我们条件不够，征地工经过师傅短期带教也只能当辅助工使用。办技校却不同，可以按需要的工种开设班级，先招收油漆班和焊接班，一年学习，一年实习，毕业后就能马上上岗，这样我们就有了有生力量！"

李博林听到这儿拍案叫好，激动地说："这是个好办法，孙艳你兼任技校筹备组长，我负责向上级申请，老关，你负责把新建的销售大楼改建一下，辟出几层改成教室。"

老关惊诧地睁大眼睛："啊，这事就这么决定了？"他差点说，这小姑娘不知深浅地瞎说一通，你这老头子也跟着犯糊涂。想不到李博林说："时不我待，就这么决定了。我以前一直觉得奇怪，他们已经把大批的工程师和技术工人都送到奥国去培训了，为什么还要办技校？现在听孙艳一说，总算明白

第六章　119

了，干什么事都要未雨绸缪，更何况我们这里还青黄不接。"

老关一愣，也猛然醒悟了："哟，你这话一说倒让我想起来了，前阵子孚士汽车厂把招生广告都发到我女儿的学校，大家都知道他们技校要招生，而且还说毕业后工资比我们高出好几倍，怪不得这几天小艾跟她母亲嘀嘀咕咕地在填写什么单子，肯定是为了上技校的事。可是，老李啊，我们这样的工农联合体工厂能招到学生吗？"

孙艳很自信地说："到时候我们可以采取跟孚士技校一样的策略抢生源，只要抢到学生就是抢到未来！"

"抢？怎么抢？"老关有点疑惑。

"想办法，要出其不意！灵活机动，见招拆招。"孙艳很坚决。

李博林觉得孙艳考虑问题就是跟自己和老关不一样，头脑灵活，看问题一针见血，而且还非常果断，此人将来能当大任。

李博林拍板后，大家也都松了口气，决定按照孙艳的意见按部就班开展技校的筹办工作。

在华松汽车厂搬迁后，经过整修改造的华松孚士公司的总装车间也大变样了，显得宽大敞亮了许多，东南西三个大门分别粘贴着"零件仓库入口、整车进出口、人员进出口"醒目大字，北边是一道屏障式自动门，车身喷漆和烘烤后就通过这道门进入总装流水线。

这天，上班铃声响过后，费舍尔大踏步走进总装车间，忽然看见墙角有一个女工一边哄着哭泣的孩子一边给孩子喂奶，一看到费舍尔进来连忙转身就跑。费舍尔找来车间中方经理赵红旗问道："生产车间里怎么会有孩子？"

"孩子病了，托儿所不收！"赵红旗无奈地说。

"你把车间当成是托儿所？"费舍尔反问。

赵红旗尴尬地解释："我会安排机动工顶替这位妇女的岗位！"

"要是出现多个孩子生病怎么办？"费舍尔又问。

"我、我自己顶上！"赵红旗嗫嚅起来。

费舍尔很无语，忿忿地指着涂着防尘涂料的地面上一堆尿和婴儿的呕吐物说："请你安排一个清洁工把地面打扫干净！"

赵红旗二话不说，马上拿起扫帚打扫起来。费舍尔很诧异地看着赵红旗的动作，又看看周边几个人一脸讪笑，看着赵红旗在打扫，都无动于衷，气得费舍尔转身走出车间对翻译咆哮道："岂有此理，经理成了清洁工，而他的员工却在一旁看戏，简直无法容忍！"

改革开放后的中国，汽车行业是率先吃螃蟹的，第一次搞中外合资，相关法律法规都不齐全，连个规章制度都不完善，只能拿着从奥国孚士搬来的条条框框，去约束那些吃惯了大锅饭的中国工人，哪想到根本行不通。

费舍尔实在无法容忍，转身去找邹仁。他知道陈克敏经常跑北京找领导请示和报告，各种大事都需要北京点头批准。邹仁也确实找了一帮专家来拟定和修改规章制度，这个在奥方眼里是来给陈克敏上了一道保险的人，其动作实在是太慢了。他终于忍不住通过翻译去向邹仁反馈了自己的强烈不满，这才让邹仁不得不加快了脚步。

一天，费舍尔在厂区内巡察，走到厂区的中央大道，看到道路上晒满了稻谷，几个老农正在用耙子翻晒稻谷，还有几个农民开着拖拉机大摇大摆地横穿厂区。他气急败坏地把赵红旗拉来，问："这是怎么回事？必须马上制止！"

赵红旗很干脆地回答："我自己阻止不了！"

费舍尔可不管，他只想达到目的，说道："你必须想办法阻止！"

赵红旗心想，这应该是保卫科管的事，自己是管生产的，怎么能管这些事呢？可一想，厂里能有几个听得懂奥语的，奥国人什么事都来找自己，没办法只能和几个工人一起扛来了长竹竿拦在厂门口。可第二天一大早，竹竿不见了，农民们依然欢快地开着拖拉机穿过厂区。一问，有人说，竹竿早就被农民连夜扛回家当柴火了。

费舍尔对赵红旗咆哮起来："这些扬起的灰尘将飞进我们的油漆车间，会直接影响我们的产品质量，你不清楚吗？"

赵红旗当然知道后果，想了想，最后只得出了个馊主意，要在门口砌几个石墩子，这样拖拉机就进不来了。

费舍尔哭笑不得地问："那我们的集装箱卡车怎么进来，难道要用人抬肩扛的作业方式？岂不是又回到了合资前，这还是现代化工厂吗？"

赵红旗很无奈，只得向保卫科提出派人在门口站岗，拦住拖拉机！结果，当晚拖拉机差点把拦车的人撞飞了，吓得第二天再也没人敢在门口站岗了。

费舍尔知道后像泄了气的皮球，只能沮丧地看着拖拉机"突突突"来往在厂区中央的大道上。

无计可施的赵红旗，只能硬着头皮去找当地政府，结果，镇政府的领导说，这是公路管理部门的事，不归他们管。他又找到了上一级的公路管理部门，他们却说，这是厂区内部道路，不归公路管理部门管辖。什么招都用完了，赵红旗实在没有办法，只得向费舍尔摊开了双手，表示自己无能为力。

费舍尔吃了瘪，只得和穆勒一起向孚士总部董事会告状，要让孚士总部跟中国上层领导交涉，彻底解决这个问题。

忽然有一天，华松孚士汽车公司突然停水，一查原因，原来是当地农民把工厂的水管切断，接到农田里去浇水。赵红旗又被叫到费舍尔办公室："赵先生，农民怎么能切断我们的水管去灌溉他们的农田呢？"

赵红旗又成了出气筒，答应马上想办法解决。他带着几个人来到了被切断的管道口，谁知一帮农民拿着锄头铁锹守在水管旁。一个秃顶老头对赵红旗理直气壮地说："你们停产一天没关系，以后加班补上就行了。农民不一样，老天爷不帮忙，地里的秧苗都快干死了，再不浇水，今年就颗粒无收，到时候让我们农民吃什么？"赵红旗眼看着这帮农民一个个锄头、铁锹握在手，时刻准备抄起来玩命的样子，吓得目瞪口呆。

李博林得知此事，急忙让后勤部门从自己的厂区接出了一根分叉水管，让分流的水直接通到了田间地头。把华松孚士汽车厂的水管重新接上，随后便带着两个工人来到了现场。赵红旗看到李博林就像见到了救星，赶紧迎上去，还没等他开口，李博林对秃顶老头说："水管给你们接好了，快去浇水吧。今后不能为了自己的利益,破坏合资厂的生产,要是以后有什么难事都来找我,不能丢中国人的脸!"

秃顶老头得意地对赵红旗说:"你看看人家多为农民着想,这才叫工农一家亲。不像你们什么都听奥国人的,又是用竹竿拦,又要派人站岗,连大路都不让我们走,把我们当成了鬼子进村。告诉你们,无论你们用什么办法都无法阻止我们这里的农民!"

赵红旗这才明白,这些天把自己折腾得走投无路的,都是这帮农民在作祟,于是便闷闷不乐地回去向费舍尔汇报。

费舍尔的烦恼事不仅发生在车间外,在生产车间内同样也存在。中奥双方员工间的不信任、不合作也是他最头痛的一件事,所以他坚持每天到现场管理。在巡视中,他发现许多奥国派来的工程师根本不指导中国员工,只顾自己干活。而中方员工也因无事可干,叼着香烟四处闲逛说笑。

现在一天装配二十辆,以后每天要生产上百辆,甚至更多,这样下去怎么能完成产量呢?他找来了总装车间的奥国经理塞曼,塞曼说出了实情。孚士总部派来的人并不个个都是最佳人选,他们是按所付工资不超出外派规定标准和自愿的原则被派来的。所有来到中国的这些人中不仅有来自墨西哥,也有来自南美其他地方工作过的人,他们在当地积累的经验并不一定适合中国,所以当他们以权威的姿态指派中方员工工作时,常常会遭到中方员工的反对或者拒绝。这些派遣人员又没有足够的能力去说服中方员工,就只能自顾自干活。塞曼还提醒道,这些奥国派遣人员都怀揣一份与孚士总部签署的三年工作合同,他们的工资是中国员工的两百倍,现在教会了中国人,自己就会被提前召回,等于自己的合同会被提前解除,所以他们都不愿意教中国员工。

费舍尔得知这一情况后,觉得自己很难责怪这些中方员工,在同一个地方,干着同样的活,收入差距这么大,任谁的心里都会不舒服。他觉得不能让事态再这样发展下去。他很清楚,世界各国导致海外合资失败的企业,百分之八十以上是败在企业内部人与人之间的沟通上,而不是败在市场的竞争上。可眼下不仅是失败在沟通上，还败在实实在在的收入差距上！

费舍尔跟穆勒商量了这事，由穆勒向孚士总部提出，要么派遣最好的人选到中国，要么就停止向中国派遣。孚士总部接受了他们的提议，停止派遣不合格的员工，省下的经费由华松孚士奥国的管理层自行处理。

这一决定让穆勒和费舍尔喜出望外，立即采取行动。

首先成立了车辆管理部门，租赁有空调的大巴，确保员工上下班人人都有位置。再也不愿看到从一辆辆只有"老虎天窗"、像运牲口一样的闷罐子车里，走下来一个个被二氧化碳熏晕了的工人。

很快又建起了幼儿园，让员工的婴幼儿有了一个可以寄托的场所。孩子有了专人抚育和照料，家长就会更加安心并且努力地工作，这是毋庸置疑的。没过多久，他们还为每个员工发放了工作服，从衬衫、春秋装到冬装，从里到外都是清一色的浅蓝色，衣服的胸口上印上了Logo，就连皮鞋上也有Logo的铜牌，而且一发就是两套！

这一连串的福利，赢得了员工的一致赞赏。

从此，无论是中奥双方的经理还是员工，上班时都穿上了崭新的工作服，一下子让大家有了一种平起平坐的感觉，相互之间的关系变得更加融洽。

到了下班时间，几百个穿着浅蓝色工作服的员工骑着自行车驰骋在大街上，俨然就成了这个江南古镇一道亮丽的风景线。

第 七 章

　　员工的精神面貌变了，生产效率也悄然发生了变化。但费舍尔还是发现，在总装车间里总能看到一辆辆放在移动托架上还没有装配完的轿车，被横七竖八地堆在一边。最后检查时，许多车辆不是碰伤等待返修，就是缺零件等待安装。

　　费舍尔觉得，那个旧中国的华松汽车厂终于搬走了，自己的生产场地变得更加宽敞明亮了，应该要重新规划一下。

　　听到这个消息，总装车间的员工个个精神抖擞，人人积极参与，生怕自己落后。没过几个月，整个车间大变样。

　　移动托架不见了，横七竖八等待零件装配的车辆也没有了，一座新建的吊装式移动装配生产线竖在大家头顶上。底盘上的零部件都在头顶上的移动架子上进行装配，只有到了车身、内饰、座椅和发动机变速箱时，吊在头顶上的架子会自动降落下来，方便员工的操作。

　　在这条装配线的里侧，摆放着整齐的料厢，靠近走道的外侧，则是用两道黄线标记出行人通道，最外面则是涂着绿色油漆的物流车道。

　　华松孚士总装车间改造完成后，李博林悄悄地去看过，发现整个车间井然有序，人车分流，清晰且规范。再看看那些华松孚士的员工，穿着崭新的工作服，个个精神抖擞的模样，心里颇多感慨。

　　回到自己的厂里，李博林马上召集中层干部开会，讨论一下厂里接下来该如何做？等看到走进新会议室的这些干部穿着五花八门、补丁加补丁的劳动布工装，李博林不禁一阵心酸。

大家刚落定坐下，李博林还没开口，只听得"嘭"一声巨响，一股浓烟夹带着白色的蒸汽冲上天空。周志远惊叫一声："糟了，会不会是老锅炉出问题了！"

李博林把眼睛瞪得像铜铃："你、你、你把那台报废的老锅炉又用上了？"

"我仔细检查过，应该没什么大问题，所以才……"这时的周志远竟也结巴了。

李博林无法责怪周志远。新厂建好后，厂区面积扩大了，浴室也扩大了几倍。过去男女洗澡分单双号，现在男女浴室同时起用。从下午三点开放到晚上十点，都需要供热水。食堂蒸饭也需要热水。可新锅炉只有一台，给了食堂就没浴室的份，给了浴室，食堂又不干。

周志远只能当个补锅匠，修修补补把这台原本要报废的老锅炉搬到食堂用，把新锅炉安装到浴室。毕竟大冬天的洗澡洗到一半没热水的滋味自己都是领教过的。

现在这老锅炉一炸，把食堂储物间的墙壁炸倒了一半，正在配菜的师傅们被震得晕头转向，纷纷系着白围裙、戴着帽子捂着脑袋、挥舞着菜刀、惊慌失措地从食堂里跑出来。周志远一看暗自庆幸，还好是食堂的储物间，要是炸了浴室，跑出来的都是光屁股。

他正想着，一个年轻人像跳大仙似的从浴室里一瘸一拐地蹦出来

周志远一看，是钟民，气得一把拽住他："你是不是又把一车煤推进炉子就跑去浴室睡觉啦？"

钟民一脸惶恐地说："我、我就眯了一小会儿。"

"告诉你多少次了，这台老锅炉的排气阀已经老化，排气要靠手工，你、你竟然全忘了？"周志远非常恼怒。

李博林气得吹胡子瞪眼："你总是屡教不改，这次又导致国家财产受损，

只能把你送公安局了！"

钟民跪地求饶："李厂长，我知道错了，我保证以后再也不打瞌睡了，求求你，不要把我送局子。厂里的损失我赔，哪怕赔一辈子，我也心甘情愿！"

李博林看到他眼泪鼻涕一大把，像是真被爆炸声吓破了胆，气恼地说："先去保卫科老老实实把今天的情况如实写下来，等候处理！"

此时的钟民早就没有了平日里的嚣张跋扈气焰，鸡啄米似的不停点头答应，自觉地跟着保卫科人员屁股后面一路小跑。李博林再看了看周围惊慌失措的人群问："有受伤的吗？"

食堂组长说："活是活着，就是胆被吓破了！"周围"轰"地一声笑了起来。李博林把大手一挥，让大家都回去打扫整理。让孙艳叫人来拍照取证，再安排基建科的人来清理现场，尽快更换新锅炉。

关永明用诧异的眼神看着远去的钟民问："你就这样放过他了？"

李博林说："你还想让他的老爹来哭闹一场吗？老钟年纪大了，别再折腾他了，赔点钱，也算是给他一个教训吧！"

关永明气愤道："那也不能这么便宜他！"

李博林没再理睬他，转身对周志远说："老周，你赶紧把全厂的旧设备再清点一遍，该报废的全都报废，不要再留了！"

关永明看着浴室的墙壁兀自一笑："幸好不是洗澡时间……"

周志远没好气道："我说老关，你怎么还想着当年老浴室倒塌的事？"

关永明一阵傻笑，当年老浴室倒塌就是周志远抱着儿子光屁股逃出了浴室，现在忽然看见周志远瞪大眼睛盯着自己，干脆扭头就跑。

时间过得很快，一晃一年过去了。姜波、刘云涛和张欢等一批工程师终于完成了在奥国的培训任务回国。

在机场免税店，他们用节省下来的出国补贴，为自己的亲人购买礼物。

张欢带着给母亲买的一整箱营养品入境后直接转机回老家了。到家后，他看到母亲的身体恢复得很好，心里才放下一块石头。

张母看到儿子非常激动，紧紧拉住儿子的手，诉说着在华松治病的过程，而后又拿着厚厚一沓人民币，满含热泪地对张欢说："儿呀！我们到华松后才知道，公费医疗在异地是不能用的，是夏医生帮我交了押金，办了入院手续，出院时还帮我付了医药费。现在医药费已经报销了，你把这钱还给她。"她叹了一口气又说道："儿呀！钱是可以还的，可这救命之恩咱还不了呀！娘已经想了很久，本想让你妹当夏医生的干闺女，可离这么远，也帮不上什么忙。你在华松，离夏医生近，娘想让你去认夏医生为干娘，今后她家无论发生什么难事，你都得办好咯，替娘还了这个救命的恩情。你愿意不？"

张欢非常认真地点头答应："妈，你放心，儿子一定做到！"

刘云涛除了给父母买了礼物外，还学姜波的样子买了几个设计独特的仿钻彩色胸针，还得意地说孙艳肯定喜欢。送给孙艳时，她果然兴奋不已，马上把它们包好，放了起来，说这么精致的胸针要在重要场合佩戴。

姜波回到家就看到满满一桌子菜，心里高兴极了。夏荷是特意跟别人换了班，赶回家来做饭的。姜波看到妈妈马上来了一个西方人的礼节——一个深深的拥抱，这一拥抱把夏荷温暖得热泪盈眶。姜波拿出购买的粉色羊绒围巾给妈妈围上，说："妈，你戴上这条围巾，年轻了二十岁，看谁还敢说我妈是个老太太？"

夏荷高兴得哈哈大笑起来。

"大姆妈，什么事这么高兴啊？"门外传来银铃般清脆的声音，原来是关永明的女儿关小艾。她圆圆的脸蛋上有一对会说话的眼睛，活泼可爱。她进门看到姜波，跑上前去一把吊住他的脖子，说，"哥，我可想死你了！"

"都已经是大姑娘了，还这样抱我，被人看见了不好。"

"怕什么？赵曼玉又不在。就是在，我也照样抱。我哥永远是我哥，谁也别想抢走。大姆妈，你说是吗？"

"是的，你哥永远是你哥，谁也抢不走。"

"小艾，快来坐下吃饭。"姜波掰开关小艾的手，让她坐下一起吃饭。姜波从小到大，无论碰到什么事，都是护着小艾，还真把小艾看成是自己的妹妹。

小艾注意到夏荷脖子上的围巾，问："哥，我的礼物呢？"

"你把眼睛闭上，哥再拿给你。"

等到关小艾睁开眼睛看到彩色胸针五光十色，不敢相信自己的眼睛，问："哥，这真的是给我的？你没搞错？这不是给赵曼玉的？"

姜波解释道："没搞错，是给你的。但哥要跟你说清楚，这些闪闪发光的是人造钻，不是天然的。天然钻哥现在还买不起，等你结婚的时候哥给你补上。"

"什么人造的，天然的，只要是哥送给我的就行。大姆妈，你看，好看吗？"

"好看！当然好看！小艾戴着更好看！"

小艾听了赞扬声，心里美滋滋的，放下胸针说："哥，有个好消息告诉你，我考上华松孚士公司的技校了，以后可以跟哥在同一家公司上班了。陈玲也考上了。"

姜波吃惊道："啊？你不是一直说陈玲是你们班成绩最优秀的学生吗？怎么不去考大学？"

夏荷悄悄说："我听陈玲妈说了，是她爸硬逼着她填的志愿。说她性格内向，不适合到外面去上学。谁都知道，陈玲的父亲重男轻女，怕她上了大学，以后供不起两个儿子。她进了孚士技校，赚来的钱还能供两个弟弟上大学。陈玲为这事，在填报志愿前跟他们吵过无数次，但胳膊拗不过大腿。"

姜波叹息道："遇上这样的父母，陈玲也真是受委屈了！"

第二天，姜波去华松交大探望赵曼玉，看到她情绪低落，一问才知她申请去读研的两所大学都没录取她。她不甘心，准备再次申请奥国黑尔默大学的研究生。

赵曼玉与姜波在校园的餐厅里吃了顿饭，姜波悄悄拿出一瓶 La Panthère Eau de Parfum（猎豹香水）送给了她。赵曼玉惊讶地问："你怎么知道我喜欢猎豹香水？"

"之前我闻到过你身上的这个味道，记住了，这次我在机场免税店找了好

第七章 129

久,终于闻到了这个味道。"姜波说。

赵曼玉记得自己曾偷偷拿了父亲从奥国带回来的香水抹了几次,没想到被他记住了,很感动。

在赵曼玉与姜波的交谈过程中,她多次提到要求姜波跟她一起到奥国深造。还强调,只有获得高学历才能谋取好职位,才会有更大的发展机遇。

姜波沉默一会儿说,自己出国培训一年,深感到中国汽车工业的落后,应该尽快地学以致用,希望赵曼玉毕业后也能尽快回来报效祖国。

赵曼玉听完姜波的话有点惊讶,叹气道,这一年来自己想了很多,报效国家有多种方法,不一定要在国内。自己父亲留学回来几十年,直到五十多岁才刚刚找到人生的目标,这是浪费生命。

姜波说:"天将降大任于斯人也,必先苦其心志,劳其筋骨,饿其体肤。你父亲带队在奥国培训,日夜操劳,成就不小,回国后大展身手,也是适得其所。"

赵曼玉忍不住讪笑:"姜波,没想到你在奥国待了一年,思想却跟不上国内的潮流了。现在华松市的年轻人没有不想出国的,我同寝室的三个同学,两个刚读研一就嫁给了在酒吧认识的外国老头,还有一个嫁给了一黑人,听说那黑人是个富豪子弟。现在有些人为了出国,甚至去外国餐馆里洗盘子都愿意,还有的人会去偷渡。你想想,这些人为了出国各种手段都用上了。你还天真地想着报效祖国,你这话跟我说说也就算了,要是被别人听见了要笑掉大牙。现在很多人想的都是'人不为己天诛地灭',这就是现实。因为我们太穷太落后了,只能想着先把自己给解救了!"

姜波不敢相信,这种话竟然会从赵曼玉的嘴中说出来,不知道她是从何时起把过去的那种自信和憧憬,变成了如今的要自我救赎?这完全出乎自己的意料。顿时感到两个人的距离一下子拉大了,只分别短短的一年时间,竟然会让一个曾经充满热情、性格开朗的女孩变成了势利小人?

姜波完全惊呆了,本以为她不甘心被奥国的两所大学拒绝,再次申请是为了想证明自己的实力和求知的欲望,但现在听下来感觉完全不是这回事,而是想通过出国读研去实现自我救赎!

张欢扛着大包小包从东北回来,直接去找姜波,碰巧,这天夏荷也正好休息在家。他进门放下包袱,当场就朝夏荷跪下连叩三个响头道:"夏医生,虽说大恩不言谢,但母命不可违,我妈说,从今往后您就是我的干娘,我张欢就是您的干儿子!"这把一旁的姜波搞蒙了,回了一趟大兴安岭,怎么一回来就磕头,还认干娘了?

"好、好,我认,我肯定认你这个干儿子!"夏荷顿时明白了,当初张母离别时就说过,自己这一生中最值得骄傲的就是儿子,希望儿子回国后能认夏荷当他的干妈,来替自己报恩,没想到张欢从大兴安岭一回来就跑来兑现。夏荷赶紧把经过告诉儿子,姜波这才伸手搀起张欢:"既然我妈认你这个干儿子,那我还有什么理由不认你这个弟弟?"

张欢咚咚咚朝姜波磕了三个响头,说:"师兄,从此后你就是我哥!"

夏荷愿意认下张欢这个干儿子,是经过深思熟虑的。当初自己在市区工作,姜广志一个人带孩子忙不过来,怕影响他的工作,就没有再生。直到姜广志牺牲,夏荷后悔了。平时姜波都是一个人,虽说有李博林、关永明照顾,但到底都是长辈,孩子有些话不好意思跟他们说。小艾和李振华的年龄又小,也说不到一起。张欢就不同,都是差不多的年纪,又在一起工作,都有共同语言。另一方面,张欢这孩子跟自己儿子一样,早早地失去了父亲,一个人在这个城市甚是孤单,让他在这儿有个家,也可让他母亲放心。都是当母亲的人,将心比心,她就认下了这个干儿子。

张欢回到宿舍,看到刘云涛在流泪,孙艳在旁边劝。问了才知道,刘云涛不知道从哪儿得到了消息,他被一个叫斯特玛的奥国经理要去当技校老师,气得眼泪汪汪。张欢赶紧又急匆匆跑来告诉姜波,谁知姜波听了哈哈一笑:"我们刚回国,还在休假中,他哪来的消息,别道听途说,这小两口可能是在闹别扭,我们别掺和。"

这次姜波判断错了,刘云涛确实被分配到培训部当技校老师。

刘云涛回到宿舍后闲不住,到处去打听培训回国的人会分配到哪些部门工作，这一打听才知道，自己已经被奥国佬要去技校当老师，一下子就崩溃了，觉得自己那么努力在奥国学习的技术全都白费了。

原来，穆勒认为在中国要生产出和奥国一样质量的产品，就必须要有相同素质的员工。因此有必要在中国建立培训中心，进行双轨制职业培训。他找到了奥国技术合作协会，让他们援助了几百万奥元，与中国一起建立了培训中心。

孚士总部还派来了善于打交道的斯特玛先生来领导培训部工作。没想到这个斯特玛还真是个有心人，专门去找人事部门，挑选有学生工作经验的人加入到培训部。结果，担任过学生会主席的刘云涛成了首选。

孙艳鼓励刘云涛："在大学里，你没当学生会主席前，一直沉默寡言，当上学生会主席后才逐渐变得能说会道了，把学校里的活动搞得丰富多彩，成了同学们的偶像。你现在比当年更强，在奥国学习了一年先进技术，接受了西方的学习理念，潜力大得很，说不定将来整个培训中心都由你来管理。"

刘云涛破涕为笑，这个孙艳还真敢想，什么事放在她面前都能用乐观的态度去面对。

很快到了上班的日子，姜波被分到总装车间当现场工程师，张欢成了仓库管理员。

刘云涛这时才觉得，不尽如人意的看来不仅是自己一个人，不管怎么说，自己还算是坐办公室的，他们俩可真的要去丈量地皮了。

刘云涛到培训部报到，斯特玛先生喜笑颜开地说："你是我要来的学生头，今后的实验室和机器人操作培训全归你管。还有，我们这里是双轨制，今后不仅有新来的应届高中生，还有新来的大学生和新聘的员工，他们都必须经过我们的专业培训才能上岗，这就是双轨制的功能和作用！"这个经理唠唠叨叨说了一大堆培养技术工人的重要性等等之类的大话，但刘云涛一句也没听进去。

姜波报到的总装车间跟以前完全不一样。现在整个生产装配都在同一条生产线上，从车身车间一直延伸到总装车间，都是传输带在运送，不需要人力推拉，简直可以说是奥国孚士总装车间的微型版。

赵红旗看到姜波也非常高兴，把车间情况做了详细介绍，然后又把最近轮胎螺栓报废率高的难题告诉了姜波。

刚报到就遇上了难题，姜波很兴奋，自信地说："这有什么难的，装轮胎不就是套上轮毂打螺栓吗，走，去看看螺栓是怎么报废的。"

赵红旗想，我都为这事连续察看了三天，都没看出名堂，你小子刚回来就口气这么大？

来到现场，拿起报废的螺栓，姜波狐疑了，这螺栓怎么看都是同一个角度出现拉丝，难道是装配工的枪口偏移了位置？

姜波觉得既然自己已经夸口了，不再多说话，站在工人身后仔细观察，渐渐发现装配工人长时间装轮胎、举枪，体力不支、螺栓枪口有偏移。

于是他就自己上去顶替工人装了几个轮胎，没有发现异常，等休息一段时间的工人再上工位安装时，再也没有出现螺栓拉丝。

赵红旗也发现了，这是工人体力不支的原因导致的螺栓报废，不是操作流程出错，于是马上就向塞曼提出了两小时轮换一次装配工，以保证他们的体力！

塞曼先生不同意，说道："每个工位都按规定的工作量来安排人员的，这个操作工位要轮换，那就需要两倍的人员配置，这是不符合规定的！"

姜波说："一个轮胎有十多公斤，一辆车有四个轮胎，按照目前每天生产二十台车计算……"

塞曼先生很坚决地打断了姜波说话："在南非每天生产几百台，也从来没有发生过这种事情！"

"这里是中国，不是南非。"姜波立即怼回去。

塞曼先生一愣，吼道："一样的工种一样的轮胎，为什么到了中国就会出问题呢？你一个新来的现场工程师竟然会提出这样的问题，可笑！"

赵红旗一看要吵架，赶紧把他们拉开："塞曼先生，吵架解决不了问题的。我们要寻找解决的办法。"

塞曼却说："办法？我看就是你们中国人偷懒。"

姜波这下真的火了："你装过轮胎吗？你来装一天试试，会不会出现螺栓报废？"

塞曼怒了："姜先生，你是今天刚来报到的现场工程师，应该跟着我学现场管理，要是不学，你去装轮胎吧！"

姜波还想跟他争论，被赵红旗拦住。姜波做梦都没想到，回来碰上的第一个奥国人如此蛮不讲理，他非常生气，但生气归生气，问题还是要解决。

于是，等工人们下班后，姜波自己在装配轮胎的工位上反复拆装，一直装到半夜也没有发生螺栓报废。赵红旗在旁观察，也没有发现异常。不知为什么，难道真像塞曼说的那样，是我们的工人偷懒，才出现了螺栓报废率过高？赵红旗和姜波也狐疑了。

这天夏荷轮休，本想跟儿子好好聊聊他在奥国的一些奇闻趣事，可等到半夜也不见儿子回家，急忙去敲李博林家的门，李博林以为厂里又发生了什么大事，骑上自行车就往厂里赶。走进总装车间，看到姜波和赵红旗都蹲在轮胎装配工位上发呆。

李博林一问才知道，原来是轮胎装配工位的螺栓报废率过高，马上拿起了报废的螺栓仔细地察看了一番，又在工位前后左右兜了几圈，自己上工位进行轮胎装配，装了一会儿就倍感吃力，这才说："装配位置太高了，我一米七多点，在中国人中不算是矮个子吧，你看，我的手要抬到跟上面的螺孔在一个水平线上就已经很吃力了，更何况个子比我矮的装配工人？他们一天需要连续搬多少个轮胎啊，累了，当然手臂抬不起来，举枪打螺栓的角度就会倾斜，螺栓报废率当然就高了。你搬个料箱来垫在我脚下，试试！"

姜波赶紧搬了个料箱，给李博林垫上。

"嗯，现在比刚才轻松多了。"李博林看了看姜波，"你一米八几的个子，手抬起来的位置高，自然不觉得疲劳，所以发现不了问题。现在你来试试！"

姜波站到料箱上，拿起螺栓枪装配，顿时觉得顺手多了，比刚才轻松了很多。姜波感慨地说："李叔，看来在这工位上只要垫高三十公分就能解决问题了，还是你有经验，我们找了大半夜都没有发现的问题，你一来就给解决了。"

一直在旁边闷声不响的赵红旗也开了口："李厂长，您真是观察仔细，经验丰富，一下子就帮我们解决了难题，我们今后一定要好好向您学习！"

李博林并不吃这一套，自言自语道："以后啊，别总以为奥国人的模式不可改变，在他们的国家可能行得通，到了中国就要根据实际情况来改变，不能照搬老一套，否则损失就会越来越大。好啦，你们以后要学会多观察，对不合理的要敢说不！快点回家洗洗睡吧，明天还要上班。"

第二天一早，一份解决螺栓报废率过高问题的报告放在了塞曼的桌上。塞曼兴冲冲拿着去向费舍尔汇报，轮胎装配难题解决了，螺栓报废率过高的现象再也没有出现。

费舍尔询问在解决问题的过程中他有没有参与，塞曼哑口无言。费舍尔便把赵红旗和姜波叫来，赵红旗把昨夜解决问题的过程叙述了一遍。

费舍尔对赵红旗和姜波的敬业精神赞赏一番，很恭敬地把赵红旗和姜波送出门外。

费舍尔关上门后就开始对着塞曼咆哮起来："你反复跟我说过孚士总部派来的人并不一定都适合这里的工作，难道你也是吗？总部派你来是让你来当教授，结果却让中国人当了你的教授！你拿着高于中国人两百倍以上的薪水不觉得丢脸吗？你总认为中国人用敲敲打打的落后工作方式进行生产，是一个消极懒惰、缺乏智慧、不思进取的民族，就这么一个简单的问题，连你这个专家都解决不了吗？他们拿着可怜的薪水，却在干着你根本想不到或者不敢干甚至不想干的事，我都替你汗颜！"

"那、那是中国人的身高有问题！"塞曼还在强词夺理。

"不对，那是因为我们没有根据中国的实际情况进行改造，直接就把整条流水线搬过来用了。这里是中国，不是南美。你不能拿着对待南美人身高和体力的方法来对待中国人，中国人虽然没有他们高大，但他们勤奋、聪明、要想在这样的国家销售我们的产品,必须跟他们紧密合作,要根据他们的国情去运营,而不是一味地把中国人说得一无是处。"

"这、这个……"塞曼终于语塞了。

费舍尔很认真也很耐心地继续对塞曼说道:"离开奥国前,我父亲就曾告诉过我。看一个民族的崛起,不应该只看到这个民族过去的落后,而是应该看他们现在正在做什么,为什么会坚忍不拔和坚持不懈? 你也应该了解,二战时,只要有空袭的间隙,奥国警察就会继续执勤,邮递员依然会收发邮件,垃圾仍然有清洁工在收集,送奶工还是像往常一样在穿梭。每天早上食品店、面包店照样开门,洗衣店、美容店和干洗店继续做生意,这一切都好像往常一样没有改变,那是因为我们隐忍的生活方式决定了生活态度,所以我们的民族会重新崛起。"

说到这里,费舍尔回到办公桌前,端起咖啡喝了一口,慢慢走到窗前,默默地自言自语起来:"而中国呢? 他们也经历了二战,而后又介入了朝鲜战争,还遇到了自然灾害,老百姓吃不饱穿不暖,啃着芋头照样把原子弹和氢弹造出来,这个民族不可怕吗?"

说完这话,费舍尔慢慢又转过身来,对塞曼说道:"我们现在只是在面对一个轮胎装配工位的规划不合理,接下去,中国人马上要搞零部件国产化,按照他们眼下的工作态度和生活方式,一定还会出现许多令我们意想不到的离奇事件。如果真的零部件都国产化了,连这里的管理人员也会国产化,他们对轿车的需求就会随着市场需求而不断变化,到时候我们该怎么办?"

费舍尔看着目瞪口呆的塞曼,上前轻轻拍打着他肩膀说道:"亲爱的塞曼先生,我们必须从现在起就要真正融入中国人的生活,了解他们的习性,掌握他们的思维和工作方式,绝不能再用鄙视的目光嘲笑对方,这对我们未来的发展至关重要。否则,中国人变了,我们没变,那我们就会被边缘化,那才是噩梦!"

塞曼好像有点不服气,嘀咕道:"中国人的身高有问题!"

"错了,这次螺栓报废率过高,完全是总部没有根据中国人的身高、习惯和环境等等的实际情况而改变，是典型的官僚作风，作为奥方的利益代表，我必须对这个企业负责。因此，这些损失只能由总部来承担！"

塞曼大吃一惊："费舍尔先生，你确定要这么做？"

费舍尔露出尴尬的笑容："你要知道，随着那些派遣到奥国培训的工程师分批回国，一切由我们说了算的格局正在悄悄改变，这是不以你我的意志为转移的客观事实。所以要想在中国挣钱，不仅要抓住眼下的技术核心，还要了解他们的思维方式、工作模式和市场需求，牢牢把握他们的喜怒哀乐，否则，败走麦城的就是我们！"

塞曼先生浑身一震。

穆勒也从轮胎装配问题被中国人轻而易举地解决得到了启发，眼下华松孚士汽车公司的零件海运费用居高不下，能否也通过中方的努力去解决呢？他决定尝试一下，打开了厚厚的笔记本，查找回国的工程师培训人员名单，发现张欢是刚培训回来的物流工程师，目前正在配合费舍尔组建物流团队，于是心生一计，把张欢找来了。

"张先生，听说最近你参加了降低物流费用讨论，不知你对降低运输费用有什么好建议？"穆勒开门见山问道。

张欢作为出国培训物流管理的唯一中国人，回国以来一直被费舍尔叫去参加团队建设会议，也确实参加了几次降低物流费用的讨论会。但因为海运一直是孚士总部垄断的，除了奥国航空和中国国航的空运运费可以比较外，自己根本无法拿到海运的对比数据，所以只能摇头。

穆勒显然不满意，询问中国的海运为什么不能参与竞争？张欢觉得很诧异，零件价格都是孚士总部定的、运输船也是孚士子公司的，到岸价更是由孚士总部说了算，中方怎么可能介入到竞争行列中去呢？他心里虽这么想，嘴上早就憋不住了："当然可以啊，可据我所知，这海上运输船是孚士旗下的，穆勒先生不会是要在泰山头上动土吧？"话刚说完就忍不住暗笑这个奥国人异想天开，干脆摆摆手示意不想解释这句中国俗语。

没想到穆勒先生哈哈大笑："泰山？我去过，五岳之首。但你别忘了，我是中国孚士的奥方首席代表，我所做的一切必须对中国孚士负责。别说动土，就算炸山我也敢！"

张欢着实愣住了，东北话脱口而出："小样，把我忽悠上山了，然后你撒丫子一跑，这不是让我填坑吗？"穆勒睁大眼睛，盼着张欢把话翻译成奥语，没料他嘻嘻一笑，一边摇头一边转身就走。

"等等，"穆勒站起身一把拉住他，"你刚才为什么不说奥语？"

张欢没想到穆勒竟会强行拉住自己，连忙用奥语说："孚士总部是你爹，你敢砸他的饭碗？"说着挣脱了穆勒的手，摇着脑袋往外走。

"站住，张先生，"穆勒抢前一步拦住他，神色坚毅地说，"尽管我很反感你这种说话的口吻，但我还是要告诉你，只要你能拿出低廉的中方价格，我就立刻飞到孚士堡去跟 V.A 公司谈判！"

这下真轮到张欢吃惊了，心想，这老外还玩真格的了？于是，他开足马力，动足脑筋，从各种不同的渠道收集了许多中方海运公司的资料，经过了无数次谈判，最后选择了中威海运公司完整的运输方案。

穆勒仔细看了一遍，觉得中威海运公司报价比现在的孚士 V.A 运输公司便宜了将近一半，吓了一大跳。穆勒很清楚 V.A 运输公司是孚士旗下的子公司，要动这块奶酪不会那么容易的，但为了华松孚士汽车公司的利益，他还是决定找 V.A 运输公司的 CEO 好好谈谈。

几天后，穆勒走进了 V.A 运输公司 CEO 的办公室，他把中威海运公司的报价单放在 CEO 菲尔茨先生面前，说："这是中国中威海运公司的报价，请你看看吧！"

V.A 的 CEO 菲尔茨先生拿起报价单左看右看觉得不可思议，啜了一口咖啡道："这不可能，比我们便宜一半？简直是天方夜谭！"

穆勒说："亲爱的菲尔茨先生，中国人员成本很低，没什么不可能的。"

菲尔茨换了语气说："别忘了，V.A 是孚士汽车的子公司！"

"这就是我来找你的原因，亲爱的菲尔茨先生。你是海运专家，我知道 V.A 不相信其他公司的运输安全性，所以才一直坚持自己运输，可华松孚士汽车公司是我们在全世界的分厂之一，利益是均沾一半的。所以我这次专程来请你帮忙，调查一下中威海运的安全性和可靠性，如果不可靠，一切免谈！"

V.A 的 CEO 菲尔茨当然不愿意让这份有发展前景的业务从自己手里溜走，这不仅是营业额和利润的损失，还会遭到孚士总部的强烈质疑。

因为与中威海运的合作不会给奥国带来更多好处。但菲尔茨先生还是经不住穆勒的软磨硬泡，带着不可思议却又无可奈何的态度与中威海运进行了多轮谈判，最终还是把海运业务转包给了中威海运公司。

穆勒为了华松孚士汽车公司的利益竟敢撬开孚士总部的锅盖抢饭吃，这让张欢对他刮目相看。

海运费用一降价，穆勒马上向费舍尔先生提议，擢升张欢担任物流管理科的科长。这是华松孚士公司成立以来的破天荒举措，由奥国主动提拔中国的员工成为科长，而且还立即配发了一辆轿车供其使用，立即在整个机电工业公司引起了极大的轰动。

费舍尔也许受到了穆勒据理力争的鼓舞，赶紧把搁置已久的、从奥国进口的五百辆奥林轿车的车身油漆质量问题，向总部发出了索赔电传。这款豪华轿车车身刚进口到中国，就被质保部检验出油漆表面蒙上了一层细小的金属粒子。总部一开始不相信自己生产出的轿车车身会有这样严重的质量问题，经过详细调查发现，原来生产这款车的工厂附近，有个烟囱喷出来的烟雾中含有大量肉眼看不见的金属粒子，密密麻麻覆盖在奥林轿车车身的油漆表面。奥国总部不得不作出了巨额赔偿。

华松孚士公司运费大幅度降价和豪华轿车车身获得巨额索赔，这两件事让奥国总部管理层大跌眼镜，他们开始怀疑派往中国的代表是否被"赤化"了。

这些传言在奥国孚士汽车公司一经流传，吓得那些要被派往中国的专家拒绝签署派遣合同。这让穆勒和费舍尔感受到了很大压力。

这两件事处理的结果，让正在北京出差的陈克敏倒是无比惊喜。他跟李博林通了电话:"博林啊,我人在北京可心在华松,听说这次穆勒和费舍尔先生为我们华松孚士汽车公司办成了两件好事?"

李博林说:"我还听说奥国人认为他们被我们'赤化'了。"

那一头传来陈克敏爽朗的笑声:"他们可是站在合资企业立场上来办事的,怎么叫被'赤化'了? 这说明奥国总部还是戴着有色眼镜看我们呀! 好了,不谈这些。 这两天我也是连轴转,上级部门已经确定了华松汽车厂明年的生产计划要完成六千台。 你要提前做好准备,不能让我失望噢! 博林啊,新厂要有新气象,你已经购进了新设备,要全力运转起来,我相信,没有你完成不了的任务。 哦,我再跟你说个事,你要尽快把华松牌配套企业的名单整理出来,对,要把各个配套厂的产业结构都写清楚。 现在华松孚士汽车公司必须要加快步伐搞国产化,这是中央的决定。 国产化不上去,华松孚士汽车公司就会昙花一现。 所以我来向国家要钱要政策,没钱没政策怎么搞国产化? 你别叹气,我现在实在想不出什么好办法呀。 临走前,我已经交代郝亮暂时替我分管国产化工作,你一定要好好配合! 博林啊,我还有几个月就要退了,可能无缘国产化的进程,所以想最后再努力一把,哪怕把我当成一颗螺丝钉拧在轿车上,也要去实现我们的轿车梦啊!"

李博林知道他一忙工作就顾不上休息,不断提醒他要注意休息,身体才是革命的本钱。

怎么也想不到,第二天一上班,李博林就接到郝亮的电话,通知陈克敏昨晚突发心肌梗塞去世的噩耗。 李博林悲痛欲绝,昨晚的通话成了和老领导的永诀。 他决定尽快整理好所有的供应商资料,时刻准备郝亮的到来。

之后的几天里一直没见什么反应,李博林也觉得纳闷,又不敢多问,等到陈克敏的大殓结束后,郝亮还是没来。 李博林很纳闷。

张欢被奥国人提拔为科长后,已经全面负责物流管理。 喜悦之情都写在了他的脸上,整天笑得合不拢嘴。 他跟干妈夏荷说,自己现在当了科长,工资涨了,想请曾经帮助和关心自己的人到新桥饭店吃饭。

夏荷一听就反对:"干嘛要花这冤枉钱呀? 周日大家都休息,都到家里来吃饭就行了，还省钱。"

周日的下午，张欢带着刘云涛和孙艳来到菜场，张欢看到鸡笼里的大公鸡不错，一个个雄赳赳气昂昂的，他想买，便问："这鸡多少钱一斤？"

那摊主正低着头、弯着腰整理筐里的小青菜，听到有人问，就答："两块……"他抬头一看浅蓝色的服装，马上改口："三块钱一斤。"

张欢正要掏钱让摊主抓鸡，一旁的孙艳二话不说，拉了他就走。张欢不明白孙艳这是要干吗？刘云涛也摸不着头脑，这好端端地来买菜，拉人往菜场外跑，她这是抽的哪门子疯？到了菜场门外，孙艳对着张欢问："你今天请客，带了多少钱？"

张欢傻傻地问："一百块够吗？"

孙艳向他伸出手："你把钱给我，我去买菜，你们两个在这儿等着，不许跟来。明明是两块钱一斤的鸡，看到你们穿着这浅蓝色的工作服，就知道你们是孚士汽车公司的有钱人，突然就变成了三块钱一斤。都是你们这些人，兜里有了几个钱，买菜连价都不还，把菜场的菜价都抬高了。"

他们俩这才恍然大悟。张欢赶紧把钱塞到孙艳手里，乖乖地在原地等着。

一会儿，孙艳左手拎着鸡鸭鱼肉、右手拎着大包小包的各种菜，气喘吁吁地从菜场走出来，看到他们俩还在原地不动，就喊了起来："你们俩还不快过来拿，想把我累死啊！"

他们俩赶紧奔过去，接过她手中的大包小包、鸡鸭鱼肉。张欢不停地夸孙艳能干，一百元能买这么多东西。

刘云涛冷不丁冒出一句："没想到你还学会了老娘们的讨价还价。"

孙艳斜了他一眼："别以为就你们出国学本事，我在国内就无所事事。告诉你，这大半年来，我跟着两位厂长国内外跑采购，净干着老娘们的讨价还价的事，还真省了不少钱。你们看，这一百块钱还没花完，剩下的钱，去食品商店买酒，够你们晚上喝的了。"

刘云涛看着眼前的孙艳真变了，不再是以前那个斯斯文文的样子，她的变化超出了自己的想象,赶紧跟在孙艳后面买完酒,匆匆朝姜波家走去。

李博林、关永明和姜波早已在此等候多时,看到他们进来,赶紧接了东西进了厨房,开始杀鸡宰鸭忙活起来,张欢也跟进来帮忙。

孙艳挤进厨房来张望,一脸疑惑:这帮大老爷们真能捣鼓出可口的饭菜?

正在杀鸡的李博林看出孙艳的心思,说:"怎么? 你不相信我们,你来华松这么久,没听过华松男人买汰烧一把抓这句话? 你也不想想,我家振华怎么养大的? 是西北风刮大的? 出去,出去,这里面到处血淋淋的,你一个小姑娘进来干什么? 去外面看会儿电视,等着吃就是了。"

正在杀鱼的姜波也说:"真的不用你帮忙,放心吧!"

夏荷听到他们说话的声音,就从房间里走了出来:"放心,李厂长做的菜可好吃了。 他们把我都赶出了厨房,怎么可能还让你去动手。 我们落得个清闲,等着吃吧。"她拉着孙艳在沙发上坐下,让刘云涛也心安理得地坐下了。

"姜妈妈,我早就听说华松市的人住的都是鸽子笼,你们家房子怎么这么大呀?"孙艳打量着周围问。 这两房一厅,还有独立的卫生间和厨房,外加一个露天大天井,真是够宽敞的。

夏荷笑着回道:"你说的鸽子笼,那都是在市里的老城区,我们这里是郊区,住得都相对比较宽敞些。"

李博林家就在走廊的对门,也是一样的房型。 因为姜广志和李博林在战争年代受过伤,又分别是厂长和党委书记,因此上级公司按规定把他们安排在底层左右两边独立门栋里。 关永明住在楼上。 这栋楼,在当时是属于处级干部住宅。

一帮大老爷们不负所望,没过多久一桌丰盛的酒菜准备就绪。 这时周志远也来了。 关永明一看,凳子不够,就叫上刘云涛、张欢去楼上自己家搬凳子,推门进去看到关小艾和陈玲都在,一脸诧异,关小艾问:"你们这是要干什么?"

关永明说:"到楼下你哥家去吃饭,人多凳少搬几个下去。"小艾一听急了:"啊! 妈妈上中班,那我吃什么呀?"

张欢马上说:"一起去啊,今天烧了很多菜,肯定够大家吃的。"关永明眯起眼睛对女儿说,"还不谢谢你张欢哥,这次可是他请的客。"

话刚说完,就听到陈玲用低低的声音叫了一声:"刘老师好!"

关小艾抬头一看,刘云涛站在门口,赶紧用她清脆明亮的声音也补了一句:"刘老师好!"这两个从小一起长大的好姐妹,一个文静一个泼辣,形成了鲜明的对照。

大家一起下了楼。 刚进门,关小艾一把拉过凳子坐在刘云涛身边,给他倒起了酒。 害羞的陈玲双手卷着自己的长辫子不敢进门,夏荷一把拉着她坐到自己身边,说:"傻丫头,这里都是自己人,怕什么?"陈玲两颊绯红,给大家鞠了一躬,轻声说:"三位伯伯好! 姜波哥好! 谢谢张欢哥!"便规规矩矩地坐在夏荷身边。

李博林对老关说:"看看,陈玲这丫头多懂事啊,看到长辈就问好,哪像你家闺女,就知道巴结老师,连大伯都不认。"

小艾撒起了娇:"大伯,刘老师现在是我们的班主任,尊重他是必须的,这不叫巴结,你用词不当。"

姜波说:"尊重老师是应该的,尊重长辈也是必须的,你不能厚此薄彼呀! 我们这么多人坐着,你就给刘老师一个人倒酒,合适吗?"

小艾愣了一会儿,眨巴了几下她的大眼睛,开始给大家倒起了酒。 老关看到女儿吃瘪的样子很开心,笑着说:"小波,只有你说她才不敢还嘴。 我的话她根本听不进去。"小艾朝她爸白了一眼,吐吐舌头做了个鬼脸,就坐下吃饭了。 张欢觉得小艾调皮捣蛋的样子很可爱。

张欢拿起酒杯说:"我先敬大家一杯,特别是出国那年,我妈生病,多亏几位厂长帮忙,最后还是我干娘亲自主刀,解决了我的后顾之忧。 这段时间里,又是大家默默支持我,才使我取得了进步,我从心里感激大家,我先干了,你们随意。"

李博林接着他的话说:"好小子,有出息,这么快就当上了科长,我也敬你一杯!"说完就将杯中酒一饮而尽。

在大家一致赞扬声中，刘云涛的情绪有些低落。李博林察觉到了，马上就问他最近工作怎么样？刘云涛说现在技校生都入学了，他担任机械制图的教学，兼任一个班的班主任，还要负责职工的机器人培训工作。看起来挺忙，但都是一些杂七杂八的事，一点专业性都没有。

小艾对大老爷们谈工作上的事不感兴趣，和孙艳聊起了《少林寺》，还不停模仿起电影里的各种武打动作。

孙艳觉得这个小妹妹非常可爱，讨人喜欢，自己也非常喜欢武打片，便说："吃好饭我们一起去看电影，现在新桥电影院正在放《南北少林》，我请客。"

酒足饭饱后，关小艾拉着陈玲跑在最前面，回头得意地说："孙艳姐，没想到今天蹭了顿饭，你还请我们看一场电影，开心死啦！"

陈玲显得有点不好意思地说："姐，我就不去了，不能让你破费！"孙艳一把拉住她："这是什么话？好歹我现在也是厂办主任，连一场电影都请不起吗？走！"

"没关系的，大家一起去看场电影，放松一下心情！这客还是我来请。"姜波轻轻拍拍陈玲的肩膀，看到她事事小心谨慎，不免产生了一丝怜惜。

孙艳还想争，刘云涛用胳臂撞了一下孙艳，示意她不用再争。张欢带着几分醉意嚷道："请客就要请到底，这场电影还是要我来请，谁也不许跟我争！"

关小艾兴高采烈地跑过去一把挽住了张欢："对啊！你现在的工资比我哥还多了几百块，当然应该你请客。"

一个月后，上级派来了第二任中方总经理荣华，这是一位五十多岁、头发花白的留苏汽车专家，有着大型汽车公司的管理经验。

就在这位新总经理上任的第三天，穆勒和费舍尔突然走到邹仁办公室门口停顿了一下，随即又加快脚步走到隔壁的总经理办公室。

邹仁心里很不是滋味，前几周这几个奥国人还围着自己团团转，不停地找自己商量事情，转眼全变了。他眼梢一瞄，见他们神色紧张，步履匆匆，就知道有事发生，马上站起身走出办公室。

隔壁已经传来了费舍尔焦急的声音："荣先生，油漆车间经理鲍尔先生报告，在改造的油漆车间里发现了含汞的废液！"

邹仁吓了一跳，马上竖起耳朵，只听得荣华惊叫："什么？含汞的废液？哪儿来的？怎么来的？"

听到荣华的反问，邹仁心里一紧，心想：这个荣华不知天高地厚，竟敢当面诘问奥国人，看来好戏要开场了。

费舍尔被荣华一问，竟也支支吾吾说不出一个所以然。穆勒也是听了费舍尔先生的只言片语后被急匆匆拉来的，现在被荣华追问，自己也就噎住了。

"这么大的事，你们竟然连事由都没问清楚就来找我？"荣华的英语不错，奥国人完全听得懂。

"我、我们是想请你一起到现场查看。"穆勒替费舍尔解围。

荣华发出这一连串的诘问不是没有道理，早就听说奥国人在生产或者技术问题上从来不会找中国人讨论，如今找上门来，到底是出于尊重还是想来个下马威？荣华合上笔记本，果断站起身说："走，去现场！"说完连翻译都没带，拉着穆勒和费舍尔来到油漆车间。

到了现场，马上把油漆车间的中外双方负责人找来。荣华首先询问中方负责人，没想到中方负责人竟然一问三不知，眼光却不停地瞄着边上一言不发的奥国经理鲍尔。荣华气得火冒三丈，当即撤了中方经理的职务。

站在一边的鲍尔顿时吓了一跳，赶紧一五一十地作了汇报。

费舍尔很不高兴，生产和技术层面的管理人员应该是属于自己管辖的，这个新来的总经理没征得自己的同意，竟然当场撤了负责生产的中方经理职务，于是悄悄向穆勒抱怨起来，不料穆勒反问："事情发生在生产车间，你是负责生产技术的，主要责任在你，他没有要求撤掉鲍尔的职务已经是不幸中的大幸了，你难道还要求他召开经管会来讨论任免？"

为了解决含汞的废液，费舍尔回到办公室就给奥国孚士总部发去电传，很快就收到了一份处理"汞"需要二十五万奥元的解决方案。穆勒从费舍尔手上接过单子，清清楚楚地看到只有先支付才能派专业人员来解决含汞的废液。他有点无奈，想到这个新来的总经理态度强硬，便带着费舍尔先生硬着头皮去找他商量，没想到被荣华一口回绝："处理一点含汞的废液就要二十五万奥元？鲍尔先生是干什么吃的？"

穆勒强调："处理含汞的废液与建设新油漆车间是两回事，这个老油漆车间是华松汽车厂移交过来的，孚士汽车只是负责改造，而新建的油漆车间已经全部按照孚士总部的标准设计，不会有任何含汞的物质。"

荣华反问："既然新建的油漆车间不会含有害物质，那么正在改造的老油漆车间就不能按照新车间的标准改造吗？"

穆勒有点吃惊道："问题是，这个老油漆车间含汞的废液是在改造过程中发现的，现在是解决这个难题，当然需要增加额外的预算。"

"漫天要价。"这是荣华在脑子里闪现的第一个字眼，随即就冷冷地说，"老油漆车间改造本来就有预算，现在发现一个小问题就要增加预算，要是以后再遇见其他问题岂不是又要增加预算，那整个改造工程的预算就是在不停追加预算，这样怎么行呢？我看啊，做这个改造工程预算的人极不严谨，应该要追究此人的责任！"

"荣先生，油漆车间出现含汞的废液是移交时的遗留问题，工程预算员根本无法预估这种百万分之一的概率事件。"穆勒边说边看着荣华，"无论是巴西还是南非，他们在油漆车间改造过程中根本没有出现过这种情况，所以也无法预估。现在这里已经发现了废液，必须马上处理，因为这里的民用污水和工业废水管道是混合在一起的，要是没处理干净排放到河里，人畜饮用了，后果不堪设想！"

荣华脸色凝重道："穆勒先生，你和费舍尔先生都是孚士总部派来的汽车专家，鲍尔先生又是个油漆专家，既然你们很清楚废液排放到河道，会给人畜带来危害，难道只有追加了预算才能处理吗？——好吧，既然你说废液排放会危及人畜安全，那就请费舍尔先生下令停止施工。在预算没有解决之前改造工程暂停。"

这些激烈的争论被站在门外的刘云涛听见了，他是受斯特玛经理的指示，来递交一份申请引进一批先进的机器人设备资金报告，没想到刚走到总经理办公室门口，就听见了里面传来争吵声，吓得没敢进门，直接返回了办公室。

回到办公室坐下后，刘云涛脑子里一直回响着总经理办公室的争吵声，听得最清楚的就是华松汽车厂移交的油漆车间被查出含汞的废液，不及时处理，老油漆车间的改造工程就要暂停。

当晚，刘云涛买了一些熟菜，到李博林家里去吃饭，闲聊中问起了华松汽车厂油漆车间的废液是怎么解决的？李博林说，华松汽车厂产量低，废液量很少，通常把废液扔到厂后面的死河里。

刘云涛这才恍然大悟。饭后，他悄悄地骑着自行车来到了油漆车间。根据自己学过的专业知识，封闭的油漆槽是不允许非专业人员进去的，因此，他小心翼翼地穿上雨鞋，戴上手套和象鼻口罩，拎着水桶，拧亮手电筒，从维修口钻进去，然后顺着检修梯爬到槽底，又从水桶里掏出大把的回丝浸泡在废液里，很快就把废液吸干了，最后又把吸满废液的回丝装进水桶，再一步步爬到顶层，关上维修盖前，他先从洞口探出脑袋悄悄地向四周观望，确认四周无人，这才钻出维修口，迅速关上盖子，拎着水桶疾速地朝隔壁华松汽车厂后面的死河走去。

第二天上午，刘云涛拿着斯特玛经理让他提交的那份报告又去荣华办公室，刚上楼就听到了费舍尔在暴跳如雷地质问："为什么密闭的油漆槽里那些含汞的废液不见了？那些有毒有害的物质到哪里去啦？"

刘云涛本想借着递交报告的机会向荣华表功，说自己为公司省下了二十五万奥元，也许还会像张欢那样得到提拔。现在见到这种情况，他吓得魂飞魄散，满脸煞白地又返回了培训中心。

姜波听说此事，也觉得很蹊跷，这油漆车间油漆槽的封闭盖不是所有人都知道的，这到底是谁干的呢？问值班的保安都说不知道。

在费舍尔的强烈要求下，公司领导层马上召开紧急会议。

会上费舍尔情绪很激动地说："一个不为人知的第三者'清理'了没有经

过处理的含汞废液。这些有毒物质的任意排放带来的危害是长久的、无法消除的。"费舍尔见周围没有任何动静，继续说："先生们，那些含汞的有害废液，一夜之间不翼而飞，这简直不可思议。难道又像过去说的那样，被天上的神给收走了？"

鲍尔不想激化矛盾，忍不住说："费舍尔先生，别再为那些一夜之间不翼而飞的废液烦恼了，让那个神秘的第三者带着那些废液到天堂享福去吧！"

荣华觉得这是奥国人在推卸责任，而奥国人却怀疑中国人在捣鬼，如此争执下去毫无意义，便表明自己的态度说："先生们，已经发生的事不会因我们的争论而改变，我想知道，改造后的油漆车间会不会出现这样的问题？"

鲍尔马上说："那怎么可能？从白车身预处理、阴极电泳，再到粗、细密封，然后底面保护、底面油漆，最后喷蜡进烘房，再传送到总装线，都是全封闭无害车间。配套的废水处理站、蒸汽转化装置都拥有世界上最先进的生产工艺。"

荣华说："既然这样，那我们就应该把精力放在油漆车间的改造上，不要再浪费时间讨论已经不见的'汞'。接下去最重要的就是早日实现国产化！"荣华此话一出口，费舍尔也只得无奈地闭上了嘴。他也觉得就算此事彻底曝光，对双方来说都是脸上无光的事，当即搁置争议，同意休会。

荣华心里很清楚，国产化已经叫了多年却一直没有进展，自己在上任时就曾经提出要在三年内实现零部件国产化率 90% 以上，如果再迟迟没有动静，那这个目标肯定完成不了，这将成为自己职业生涯中的一大败笔。

会后，荣华不得不找穆勒和费舍尔商量，提出要从奥国培训回来的人员中寻找一个合适的人才来担任零部件国产化的领头人。费舍尔认为姜波是个有能力的人，荣华也觉得姜波的身份也适合做此事，当下就达成了共识，决定提拔姜波担任零部件国产化负责人。

突然接到任命，姜波也愣住了。在别人眼里都以为姜波这是撞了大运，天上掉了个馅饼，打个正着。可他自己知道这副担子的分量有多重。荣华对姜波说得很清楚，零部件国产化关乎华松孚士汽车公司的生死存亡。

回家后，姜波躺在床上苦思冥想，自己面临的最大困难就是对生产轿车零部件的厂家知之甚少，忽然他想到华松汽车厂的零部件不都是由配套厂生产的吗？掌握了这些配套厂不就是掌握了供应商吗？

第二天在公司里开完会，姜波匆匆吃过午饭就赶到李博林办公室，进门看见刘云涛和孙艳正在对着图纸讨论，还没等他开口，李博林就兴奋地笑了起来："好小子，果然没让我失望，听说你当上国产化小组负责人了？"

姜波没有任何高兴的样子，反而对李博林诉苦："李叔，你就不要跟着人家一样起哄了，我正为这事犯愁呢？"

李博林有些好奇，问道："犯什么愁，告诉我，只要我能帮你的，尽管说！"姜波马上说："我现在的任务就是要把零部件国产化搞上去，可我连哪些厂生产汽车零部件都不知道，怎么搞零部件国产化？"

李博林一听，脸上露出不为人知的笑容："小波，陈总去世前，曾在电话里跟我说过将国产化的重任交给郝亮，还嘱咐我整理一份华松汽车厂供应商的名单，列出各厂生产的零件品种、厂址和联系方式交给他。直到今天他也没来找我，现在你担任了这个重任，那就交给你了！"

姜波不知道这个郝亮是谁，也对此不感兴趣，拿着厚厚一沓供应商资料，早已喜上眉梢，兴高采烈地坐到椅子上仔细翻阅起来。他心想，在李叔的宝库里，总能找到自己想要的东西，眼下这些资料就是自己最需要的！。

李博林见他专心致志，也不去打扰他，随即就去加入孙艳和刘云涛一起讨论图纸。姜波忽然听到油漆车间的施工，心里一震，马上想起油漆车间发生过的事，赶紧起身凑过去警惕地问："李叔，新建的华松汽车厂油漆车间准备采用什么工艺生产？"

孙艳脱口而出："我们引进了意大利的阴极电泳涂装生产线，这可是当今响当当的先进技术！"

"对啊，我们现在这个新瓶子里装的可是洋酒，不再是土烧啦！"

姜波听到李博林很自豪的声音，松了一口气，不由自主地说出一句话来："噢，那就好。只要不再有含汞的废液就好。"

李博林一听，这话什么意思？他生气地追问："小波，听你这话，我好像是罪人？你怎么能说这样的话？"说话间，李博林忽然把目光转向身边的刘云涛，满脸疑惑地问道："云涛，你几天前问我们厂处理油漆废液的事，难道你回去就跟小波讲了？否则他怎么会问出这样的话？你们俩到底在玩什么鬼把戏，真把我给搞糊涂了！"

姜波忽然听到李博林问这句话，顿时解开了自己心中的疑团，盯着刘云涛苍白的脸也发问："云涛，难道油漆槽里的那些有毒的废液是你偷偷弄走的？"

刘云涛根本没想到姜波反应这么快，一时闷住了，呆呆地说："不是，不是我！"

李博林慢慢回过神来，好像发现了新大陆，眯着眼看着刘云涛说："嗯，我明白了，那天晚上你买了一包猪头肉来我家吃饭，还专门打听华松汽车厂的废液是如何处理的，我说是排放到厂后面的死河里了，难道你回去后就偷偷干了？"

孙艳也用异常惊诧的目光盯着刘云涛问："啊？真是你？"

刘云涛一看大家的眼神都有些异样，立马抱着死不认账的态度说："真不是我，我没干过！"

姜波看他否认得这么坚决，只得暂且相信他，随后又一脸严肃地对李博林说："李叔，华松汽车厂的废液以后不能再排到死河里了。那些有害物质会渗透到土壤，进入地下水，若干年后就会在我们的饮用水里出现，这是要危害子孙后代的。这些废液一定要经过处理，达标后再排放。"

李博林只知道是有害的，哪会想到还会贻害子孙万代，现在听到姜波这么一说，知道这事非同小可。他马上态度诚恳地说："我明白了，等会我就召集厂部领导开会，马上统一思想，派专人管理此事，同时也向当地政府提出申请，一定要建个污水处理厂。"

荣华获悉华松汽车厂要建污水处理厂，当然很高兴，马上与穆勒和费舍尔一起商量，也写了一份申请报告，请求上级政府为新桥镇建一座大型污水处理厂，彻底解决污染问题。

报告送上去了，却石沉大海。

随着国内经济的蓬勃发展，轿车的需求量在不断增加，已经超出了原来制定的生产计划，华松孚士不得不通过紧急空运的办法来进口增加的零件。

空运费要比海运费高出几十倍，华松孚士汽车公司的利润开始大幅度下降。

荣华再也坐不住了，马上找穆勒和费舍尔商量，反复强调国产化小组必须要马上开始运作！

穆勒听后马上说："荣先生，我们同意由中方来主导，我们也很乐意派专家来指导工作。"

中奥双方达成一致意见，荣华就把姜波叫到自己办公室："小姜，合资近三年，国产化率徘徊在3%，如此下去，华松孚士汽车公司是没有前途的。我与穆勒和费舍尔商量后决定，立即启动零部件国产化，全权由你负责去搭建工作班子！"

姜波深知要办成这件事难度有多大，他怕自己羸弱的肩膀难以承担千钧重担，嗫嚅道："荣总，我现在零部件的种类还没全搞明白，这不是赶鸭子上架吗？"

荣华咬紧牙关说："是鸭子要上架，不是鸭子也要上架。我们都是摸着石头过河，否则就只能永远停留在原地！"

第 八 章

几天前,姜波听赵红旗说,赵曼玉拿到了奥国黑尔默大学读研的录取通知书,不久就要出国了。姜波想,之前在校园里曾与她发生了一些理念上的冲突,至今都没有再见过面,没想到她这么快就拿到了录取通知书,趁着周末想去送送,顺便也想跟赵红旗聊聊零部件国产化的事。

星期天,姜波坐上早班车,一个多小时后,到了人民路附近,他早已饥肠辘辘,赶紧在路边一个大饼油条摊上吃起了早饭,忽然身边站着一个人喘着粗气,抬头一看,原来是正在晨跑的赵红旗两眼直愣愣地盯着自己。

"老赵,你愣什么呀,人家喝豆浆有什么好看的?"说这话的是他的妻子陆爱歌。赵红旗转身向妻子招手。

"你、你怎么在这里?"没想到陆爱歌的身后突然又窜出个赵曼玉惊讶地问。

姜波本想吃好了早饭,去买一些水果糕点,再去赵红旗家。现在被他们撞见了,他不好意思地抹抹嘴,只得说诳语:"赵工,我今天到市里有点事,没想到在这里碰到你。曼玉,你也在这儿?"轻声地又补了一句。

"我当然在这儿,我家就在附近呀! 走,到我家去坐坐。"赵曼玉一把拉住姜波的手就往家里跑,生怕他半道溜走。

"老赵,这是怎么回事?"不明真相的陆爱歌被眼前这一幕搞糊涂了。

赵红旗朝妻子眨眨眼,示意她不要叫唤,轻声说:"这是曼玉的男朋友。"

"啊？我怎么没听她说起过？"

"她不说，你就别问。你还不了解自己的女儿？"

"噢！噢！晓得了。"陆爱歌降低了声音。

姜波的出现，打乱了全家难得在一起的晨跑锻炼。姜波被赵曼玉拉着踏进她家的花园别墅，进门打量了一下四周，发现跟赵曼玉以前的描述不一样，铁门涂上了金漆，紫藤下彩色的鹅卵地面没变，但缠绕着紫藤的木架换成了白色水泥柱，爬满弓形支架上的藤蔓随风飘逸，落英缤纷，庭院里种植着各色花卉和清秀古雅的盆景，最吸引他的是角落里那辆哈雷摩托，听赵红旗说过，这是"文革"后唯一返还的老物件，硬是靠着他自己的手艺，修复了。

赵曼玉拉着姜波的手始终没松开，直到进了客厅也没放手，她嗲声嗲气地说道："对不起，上次你来找我的时候，我的心情不好，是因为留学申请被拒，还对你发了脾气。真抱歉，请你原谅！后来我父亲听说费舍尔先生就是黑尔默大学毕业的，还是客座教授，父亲带着我去请他写了推荐信，这次总算顺利通过了。"赵曼玉喃喃地跟姜波说着申请留学的艰难过程。

"我理解，我理解。"这件事，赵红旗私下跟他说过，他也明白申请黑尔默大学的研究生并不是一件容易的事，现在又听到她敞开心扉说明了一切真相，心里也非常高兴，劝慰道，"别放在心上，我不会计较的。只要你能顺利留学就是好事！"

看到赵红旗、陆爱歌已走进大厅，赵曼玉放开姜波的手，欢快地朝楼上跑去："你先坐，我上去换一身衣服就下来。"

等到赵曼玉穿戴整齐下楼时，姜波已经跟赵红旗夫妇坐在一起吃早餐，牛奶、面包加煎蛋。看到女儿，陆爱歌赶紧喊："囡囡，快来吃早餐！"拉开姜波旁边的椅子让她坐下。

赵曼玉一边吃一边问："我爸说，你现在担任零部件国产化小组的负责人，这是怎么回事？"

姜波很坦率："我也感到很困惑，公司把我放在这么重要的位置，我心里一直很忐忑，现在也是一筹莫展！"

赵红旗直摇头："这有什么奇怪的。你自己想想跟其他人有什么不同？"

"没什么不同呀，公司里大多数人都是从华松汽车厂分过来的，出国培训的人也不是只有我一个。"姜波想都没想就这么说。

"还有呢？"赵红旗继续问。

姜波沉思片刻，还是回答不上来。

旁边的赵曼玉急了，对自己的父亲毫不留情地说道："你知道什么就说什么，不要老是说一半留一半，总是让人难以捉摸，吊什么胃口，快点说呀！"

看到女儿跟她父亲如此口气说话，让陆爱歌很生气，马上劝阻："囡囡，说话要有礼貌，怎么能这样跟你爸爸说话呢？他们厂里的事我们不懂的噢，快吃饭，不要管他们。"

赵红旗被女儿当着姜波的面这么数落，并没有恼怒，不急不躁地说："零部件要搞国产化，就必须要把配套企业的底子都摸透，否则就会像一只掉了头的苍蝇，到处乱撞。眼下最了解这些配套厂的，放眼全国，也只有你李叔！"

"李叔已经把所有资料都给我啦！"

"这么快？"赵红旗也显得有点惊讶，随即朝女儿扬扬头说道，"荣华真聪明。"他转过身对姜波说："现在你应该明白，为什么他会让你去负责国产化了吧？因为有了你，就有了你身后的靠山——李博林，做起事来就能事半功倍，国产化的大门也会慢慢地打开！"

姜波恍然大悟，吃完早饭，也心满意足地找到了解决问题的方向，便笑着起身对赵红旗说：

"我还有些事要办，让曼玉陪我一起去吧！"没等赵红旗反应过来，姜波已经拉着赵曼玉的手朝门口走去，让陆爱歌看了不知所措。

"你去办事，拉我去干吗？"赵曼玉也觉得莫名其妙。

"我今天来是专门为你挑选出国礼物的，你不去，我怎么知道你需要什么？"姜波悄悄附在她的耳旁说。

"姜波，没想到原来你也学会骗人了。"赵曼玉开心得不得了，也压低声音附在他耳边说。

赵曼玉出国留学不久，姜波专门去找李博林，询问华松汽车厂零部件配套厂的详细情况，看到刘云涛也在，奇怪地问："你怎么又在这儿？"

"今天正好没课，孙艳对规划图有些不理解，我来帮忙！师兄，你不会是为了国产化配套厂商的事来的吧？"刘云涛反问。姜波更觉奇怪，他什么时候成了自己肚子里的蛔虫，对自己想的事这么清楚？

其实刘云涛看到张欢和姜波一个个都高升了，一起在起跑线上的三兄弟，只有自己还在原地踏步，情绪一直很低落。只要没课，他就跑到李博林办公室吐槽，孙艳看在眼里急在心上。姜波进来时，刘云涛的吐槽才刚刚结束。

晚上，孙艳请刘云涛到厂对面的东北饺子馆吃饭，两人刚坐下，刘云涛就先开了口："你知道我的家世，因为爷爷的原因，全家一直背负着很大的思想包袱。要不是父亲培养我，怎么可能会有我的今天？你看看我现在这个样子，在培训部当个老师，会有什么前途？就说眼前评职称，在我面前有十多位老师教龄都比我长，论资排辈我连个中级职称都轮不上。所以一定要想办法换个岗位，否则这辈子恐怕实现不了父亲寄予的厚望了。"

孙艳劝慰他："我觉得当老师挺好，还有寒暑假。我爸妈都是老师，日子过得挺开心的，人家想当还当不上呢，不要失望，要充满信心。更何况你们技校老师的工资比一般老师高出十倍，不像外面学校的老师那样两袖清风，好日子才刚刚开始，不要有这种绝望的态度。"

"你爸妈日子过得开心，那是因为你爸是校长。你知道权力的作用有多大吗？"刘云涛看着眼前侃侃而谈的孙艳，很是感慨。参加工作已经三年多，她虽然看起来处事果断，甚至作风开始变得有些强悍，但内心还这么天真。

刘云涛忍不住说道："官大一级压死人，在权力面前我什么都不是。我现在这个岗位，一眼就看到了底，还有什么意义？"

孙艳发现，这段时间里刘云涛的垂头丧气不仅仅是表象，而是出自内心的颓丧和消极。这样下去很危险,她这才开始感到了担忧。

华松孚士汽车公司招收了一批新员工,大多数是大学生,也有一部分中专生,还有一些有高中学历的社会青年,这些学生都被送进了培训中心进行为期三个月的培训。

其中有一个女孩子叫郝倩如,长着一张鹅蛋脸,两条弯弯的柳叶眉,一双忽闪忽闪的大眼睛,高挑的身材、凹凸分明;每天画着艳妆,踏着高跟鞋,还经常像变戏法似的换着不同款式的衣裳,特别引人注目。据说她高中毕业后没有考上大学,自认为跳舞是自己的强项,去参加了歌舞培训班学习,而后便跟着野鸡路子的歌舞团到处走穴。几年江湖混下来,什么名堂也没混出来,就是练出了一身吸引男人的本事。她自诩为"《日出》中的陈白露",是未来的舞蹈皇后。

没过一个月,这个自诩为"陈白露"的女孩子,却被青年教师刘云涛给吸引住了。他写在黑板上一手秀美的楷体和那张不时透露出俊秀的笑颜,看得她神魂颠倒,几乎不能控制自己的情绪,一旦到这位教师来上课,便坐在课堂上如痴如醉地发呆,觉得这位青年教师就是自己的梦中情人。

从此以后,她寻找各种借口去找刘云涛,这让刘云涛对眼前这位胸无点墨、只会招蜂引蝶的女生不厌其烦,一见她便避而远之。

很快,第二个月的基础奥语和理论知识考试,这位女生还是倒数第一。如果实验室的机器人操作也不及格的话,那她就只能被分配到车间的后勤部门。

第三个月的第一天,正好是周日,刘云涛在机器人实验室值班。郝倩如带了一大包进口零食走进实验室,说:"刘老师,这些东西都是我爸刚从国外带回来的,你肯定没吃过。为了买那些二手设备,他出去了很长时间,现在总算回来了。你看,他还给我们买了很多东西,来,我今天是特地带来让你尝尝的。"这些话就像是在讨好刘云涛,也像是在自说自话,说完就拆开一包包零食,摊在了刘云涛的办公桌上。

刘云涛听她说自己的父亲到国外买二手设备,感到非常好奇,便问:"你爸是哪个单位的？"

"啊？ 我爸是谁你都不知道啊！ 他是机电工业公司的副总经理，叫郝亮，主管国产化的！"

"这、这……"刘云涛惊呆了，吓得说话也不利索了。

"看你大惊小怪的，干嘛这么惊讶呢？"她摇曳着曼妙的身姿，两眼发光道，"告诉你啊，今天是'吊眼皮'送我来的，啊呀，看我的脑子不长记性，我的嘴也是……就、就是那个叫钱之一的中方经理告诉我的。 他说你不仅是吉林工学院的高材生，还是培训中心唯一一个在奥国接受过专业培训的老师，今天正好值班，所以要我来向你求助！"

说到这儿，她忽然把屁股挪上了办公桌，身上那光鲜亮丽的花格子连衣裙下，突然露出了两条雪白的大腿，交叉着在刘云涛面前一晃一晃，直把刘云涛看得心惊肉跳，他马上侧过头，不敢看也不敢再说话。 没想到她嗖地跳下办公桌，把脸蛋伸到刘云涛脸前，带着哀求的口吻说："要不是昨晚钱之一到我家对我爸说，奥国人决定，职前培训不及格的，全部分到后勤部门工作，这不仅让我自己丢脸，还把我爸的脸也丢尽了！ 所以我才特意来恳求你帮助！"

刘云涛看到眼前一张涂着血红唇膏的嘴巴对着自己哀求，洁白的牙齿在自己的眼前上下忽闪，赶紧往后一缩，慌乱地张着嘴说不出话来。 他心想，那个眼皮上有疤的钱之一经理被她叫作"吊眼皮"，而且还是亲自送她来的，她竟然都会这么大不敬。 要是自己不同意，结果又会如何？ 她身后可是有令人敬畏的副总经理呀！

看到刘云涛神情紧张，她马上大声说道："刘老师，你别这么神经兮兮的，我实话实说吧，其实我并不是一个笨蛋，只是玩心重，仗着自己有背景，没把培训当回事，所以就这么拖垮下来了！"她一边说一边把零食推到刘云涛面前，很坚定地说："只要你肯帮我，一定会有厚报！"

刘云涛的脑瓜子顿时开窍了，当即一口答应。

他回到宿舍想了一个晚上，觉得要在一个月内补齐三个月的学习内容，还要确保她考核及格，时间上会来不及。 第二天，刘云涛把成绩最好的陈玲和关小艾也同时安排上，轮流在课前和课后帮郝倩如辅导。后来，到了午间休息，刘云涛亲自手把手教她操作机器人。

看到刘云涛如此卖力，又看到郝倩如刻苦用功，钱之一干脆为她安排好单人宿舍，也省得自己每天来回接送。

这样一来，郝倩如比其他人的学习时间更多了。到了晚上，刘云涛被郝倩如缠上了，要求他在教授初级奥语的基础上，继续给自己增加学习内容，甚至想在最后的几个星期里，学完陈玲和关小艾一个学期的课程，这争强好胜的性格远远超出了刘云涛的想象！

到了最后一个星期，郝倩如干脆连周六周日也不回家了，让刘云涛站在身边监督，自己独自操作机器人，直到获得刘云涛的赞赏才停下。

也不知从何时开始，郝倩如的脸上也不再浓妆艳抹，相反地只在柳叶眉上轻轻描上几笔，便把那双迷人的大眼睛勾画得更加漂亮。在她的言谈举止中，再也听不到自吹自擂的话语，有时候还会背诵几段奥语诗句，这让所有人都感到惊讶！

职前培训终于结束了，结业考核出乎大家的意料，郝倩如竟然在这些新入职员工的培训考核中排前三！

钱之一闻讯大喜，急忙去找负责人事的副总经理邹仁商量，要把郝倩如安排进入高级商务班深造。邹仁毫不犹豫地批准了。

郝倩如摇身一变，成了高级商务班的插班生！

从此，郝倩如像一片柳絮一样，紧紧地贴住了刘云涛，甚至连去食堂吃饭都粘在他身边。

一天午餐时间，陈玲走出教室，就发现郝倩如又站在楼梯口，赶紧悄悄转身，回到教室拉着关小艾耳语："我又看见郝倩如等在楼梯口了，肯定又是在等刘老师一起去吃饭，这几天大家都在议论，说郝倩如在追求刘老师，要是传到了外面怎么办？"

关小艾是个直肠子，听到这话，气得冲出教室，看见刘云涛与郝倩如已经嘻嘻哈哈地笑着走下楼梯，赶紧追上去，喊住郝倩如，让她上楼，说自己有重要的话跟她说。刘云涛扬扬手,示意自己先去食堂,然后就走下楼梯。郝倩如一上楼,关小艾便把她拉到墙角,一脸认真地警告:"倩如,我提醒过你,师生之间要保持一定的距离。再说刘老师是有女朋友的,他们是大学同学,感情很好的,她就在华松汽车厂当厂办主任,你可不要横插一杠子噢!"

郝倩如没想到关小艾把自己喊住是为了警告自己,气得火冒三丈道:"喊,他有女朋友怎么了,不是还没结婚么。结了婚还能离婚呢,你真是吃饱了撑的,管的哪门子闲事?我喜欢刘老师,就是要紧追不舍,怎么啦?我管那个谁谁谁啊?"

关小艾被她的话激怒了,冲她喊道:"你敢!那是我姐。见过不要脸的,没见过你这样不要脸的!"陈玲一看两人吵起来了,赶紧过来拦住关小艾,让她快闭嘴,"本来只是善意提醒,被你这样一喊一叫,反而会搞出事情来。"关小艾气得直跺脚。

隔了没几天,恰好是郝倩如的生日。中午,她拎着一个装着蛋糕的方盒,哼着小曲走进了教师办公室。这一幕被关小艾看到了,她心里顿时感到堵得慌,什么话也没跟陈玲说,独自一人去华松汽车厂找孙艳。

郝倩如在教师办公室里吃完蛋糕,刘云涛送她出门。走到楼梯口,见四周无人,刘云涛拿出了一枚在奥国机场免税店买的仿钻胸针送给她,轻轻地说:"祝你生日快乐!"

郝倩如哪里会想到刘云涛会送自己生日礼物,特别兴奋,高声叫道:"这胸针真漂亮,你快给我戴上!"

刘云涛一怔,看到郝倩如丰满的胸脯不停地起伏,心里就像揣着一只小兔子,小心翼翼地上前给她戴胸针。郝倩如趁机踮起脚吻了刘云涛。吓得刘云涛乱了神,"叮"的一声,胸针掉落在地。

正在上楼的关小艾和孙艳,先听到楼上的声音,又看到一枚胸针掉在地上,大吃一惊!

孙艳几个大步上楼,对着站在楼梯口的刘云涛,指着地上的胸针问道:"你、你这是在干什么?"随即上前一把拉住刘云涛,没想到刘云涛急忙伸脚,用力把地上的胸针踢到了墙角。孙艳看到这一幕,心中陡然一惊。

突如其来地从楼下冲上来一个女青年,后面还跟着关小艾,郝倩如顿时就明白了,这个关小艾可真会多管闲事,搅了她的好事。于是她上前一把拉过刘云涛的胳膊,朝着孙艳咆哮道:"你算什么东西?敢跑到我的地盘来捣乱?我们之间的事能轮得到你来管?"说着就上前一把猛力推开孙艳。

孙艳被她推了一个趔趄,站定后说:"我是刘云涛的女朋友,我认为你们的这种行为伤害到了我!必须马上停止。"

郝倩如一听,哈哈大笑:"你觉得受到了伤害,可以选择退出呀!干吗还死乞白赖地跑来搅合?滚!给我滚开!"话刚说完就冲上前想把孙艳推下楼,没想到孙艳迅速往后一退,结果让郝倩如推了个寂寞,整个人从楼梯上"咚咚咚"地滚了下去。

这么大的动静,早已把教室和办公室师生吸引了出来,大家都像在看戏似的指指点点议论着,没一个人敢上前劝阻。

郝倩如瘫坐在楼梯下号啕大哭。

"我早就警告过你,你偏不听。活该!"关小艾由刚才的惊恐转变为现在的幸灾乐祸,骂骂咧咧地搀着孙艳下楼走了。

刘云涛和陈玲赶紧下楼去看号啕大哭的郝倩如,见她已不能站立,陈玲便背着她去医务室,结果发现是伤到了小腿腓骨,刘云涛急忙打电话给运输科派救护车送医院。

当晚,关小艾吃好饭就下楼来到姜波家,张嘴就问:"哥,你送给我的胸针,刘老师也买了吗?"得到肯定的答复后,关小艾这才把今天发生的事一五一十地告诉了他。

姜波听完就觉得此事蹊跷,刘云涛和孙艳感情一直很好,怎么会去追郝亮的女儿?结果陈玲吃完饭也跑来证实了事情经过,说郝倩如已经从新桥镇医院转送华松市瑞慈医院了。

姜波这才感到事态严重,赶紧跑去宿舍找刘云涛,还没走到门口,就听见里面传来劈头盖脑的骂声:"你不是个疯子就是个傻子,为了离开培训部竟去讨好郝亮的女儿。你脑瓜子被门框挤了还是让驴给踢了？你说你为了调出培训部，竟然厚颜无耻地去讨好那个妖精？那孙艳怎么办？你难道要当当代陈世美？"很显然，敢这么对刘云涛大吼大叫的也只有张欢了。

姜波一脸严肃地推开门走了进去，说："云涛，你跟孙艳恋爱这么多年，她的为人你最清楚，你为了自己的前途，这样做太伤她的心了。"

在姜波和张欢的劝解下，孙艳终于答应与刘云涛来到街心花园推心置腹，最后看见他俩又重归于好，牵着手回到了宿舍，姜波和张欢这才暗暗松了一口气。

第二天上班，钱之一把刘云涛叫去办公室拍桌子瞪眼大骂一通，骂完后就买了营养品到医院去探望，说自己准备以技校的名义去报警，让警察以殴打学生致伤的事件来处理，把孙艳抓起来，关进监牢。

郝倩如一听，这主意不错，但离她的愿望还差一口气。她的目的是想让刘云涛主动甩掉孙艳来追求自己。她想了想，便对钱之一说："你先把刘云涛叫来，让我来问他。你说的事等他来了再决定！"

钱之一回到公司后，马上去找邹仁，添油加醋地如此这般一说，这让邹仁听了立即紧张起来，马上放下手头的工作，准备带着刘云涛去医院赔礼道歉。

钱之一劝他先别急，要先对外放出风声去"报警"，给刘云涛增加压力，说孙艳擅自从华松汽车厂跑到华松孚士技校来打人，要把她抓进去坐牢。

这些风声很快传到张欢的耳朵里，他坐不住了，下班后就赶到华松汽车厂的厂长办公室，正好碰上李博林在询问关小艾。

只见关小艾张着小嘴，不停地巴啦巴啦道："他们这是想要陷害孙艳姐。明明是郝倩如重心不稳摔下楼的，我就在边上，刘老师也在，我们都可以作证，凭什么说是孙艳姐推她的呀？我承认，是我把孙艳姐拽到培训部的，我是想让她知道，孙艳姐是刘云涛的女朋友，让她别想入非非，这也是为她好！没想到她是个害人精，害了别人也害了自己！——骨折？怪谁啊，只能怪她自己！"

张欢听了忍不住扑哧一声，说："这话我听过，没错，绝对没有缺斤少两!"姜波也急匆匆赶来,担忧道:"我看见邹仁拉着云涛坐车去市区,估计是到医院赔礼道歉了。"

李博林心里也很担心,钱之一是个善于阿谀奉承的人。至于那个邹仁,他之前从不轻易显山露水,怎么会在这个时候突然冒出来? 这是匪夷所思的。他思来想去,觉得还是郝亮突然从秘书兼项目协作科长擢升为副总后,主管了国产化,经常找邹仁谈工作,也许邹仁从中听到些什么,或者是得到了某种承诺,否则他怎么会一反常态,不顾一切地去贴身"护卫"呢?

事出反常必有妖,自己也只能静观事态的进展再做应对之策。李博林马上对关小艾说:"你呀,以后少给我惹事。快去把你孙艳姐叫来。"

关小艾这回不敢顶嘴了,知道是自己多事,才酿成现在的大祸,便乖乖地去叫人。

李博林看到孙艳耷拉着脑袋走进来,说:"挺起胸膛,你是在堂堂正正地做人,没有做错任何事,干吗要垂头丧气? 只要有我李博林在,绝不会让他们胡来,放心,不会有事的!"

刘云涛自从坐上邹仁的专车那一刻起,就被他劈头盖脑的一顿尖声细气的娘炮声轰炸开了:"事情闹到这个地步,已经一发不可收了。钱经理来找我,说要报警。要是此事传开了,会有什么样的结局? 告诉你,此事因你而起,你要是想在这个公司待下去,就去指责那个厂办主任,别哭哭啼啼像个娘们向我讨饶! 我告诉你,此事要是不处理好,那我也别混了! 今天我亲自带你去认错,要是你还说这些没用的话,别怪我手下不留情,要是领导接受你的道歉,那就算了,如果不接受,那你就滚蛋!"

一走进病房,邹仁的神态发生了戏剧性的变化,一脸和颜悦色,变戏法似的从口袋里掏出一个厚厚的信封,塞进了郝倩如的枕头底下,随后又轻轻地说:"倩如啊,都是我这个当领导的做得不够好,对你关心不够,害你受苦了,对不起啊!"

坐在床边的郝母一见来人连忙站了起来,张口便喊正在卫生间里洗苹果的郝亮赶紧出来。

郝亮拿着苹果走出来一看，马上笑道："啊呀，怎么惊动邹总了，孩子受了点小伤还劳你大驾，这让我说什么好呢？坐，快请坐！"

郝倩如一见刘云涛唯唯诺诺、担惊受怕的样子，马上咧开嘴笑了，随即向他招招手："进来呀，刘老师，这么拘束，不会是被邹总逼着来的吧？"

刘云涛一听连忙摆手："不不，是我自己搭车来的，我、我实在对不起你，抱歉，真的抱歉！"

郝倩如把手一挥，指挥母亲把椅子搬到自己的床边，笑着示意刘云涛坐下来。

邹仁一见，赶紧拉着郝亮的手说："郝总，我怎么听说这次买来的二手设备里面出现了很多问题？"一边说着一边拉着他的手往病房外走去，郝母听到这一消息也一愣，悄悄跟在他们身后也走了出去。

郝倩如见病房里只剩下她和刘云涛两人了，就放肆起来："你过来坐下，我问你，你想过跟那个女人分手吗？"

刘云涛连忙摇摇头，声音细若蚊蝇道："没、没有。"

郝倩如一听就立马来气了，大声呵斥道："那你来干什么？非得逼着我把她弄进牢房你才死心？"

刘云涛内心很慌乱，脑子里闪出的第一个念头就是千万不能害孙艳，马上摇手道："你千万不能这样，不能的。"

"哼，什么叫不能？你睁开眼睛给我好好看看，这里是什么待遇？我一条小腿腓骨骨折，医生说上了石膏后回家静养就可以了，可我父母偏要让我躺在华松市最好的瑞慈医院高干病房里休养，费用全部由技校报销，这还不是因为我爸是公司的老总？你以为我会不知道，你明的是帮我辅导，暗地里就是想拍我父亲的马屁？你还口口声声说等我毕业了，要我帮你跳出培训部，这不就是你的真实目的吗？你摇什么头啊，难道我说的话不对吗？那个外地女人，一无金钱，二无人脉，你图她什么？长得比我漂亮？还是家庭地位比我家高？我是真心爱着你，你会不知道吗？你为什么不说话呀，你干吗不回答？"

郝倩如说到这儿气愤地拿起枕头向刘云涛甩去，藏在枕头底下装满钞票的信封一个个滑落到了地上。

刘云涛顿时惊呆了，不是满地的金钱，而是她一针见血把自己心里的盘算全说了出来。

郝倩如看到他呆若木鸡的样子，忽然觉得既可气又可爱，完全不顾脚上的石膏，一把将刘云涛揽到自己怀里亲吻起来。

郝亮和邹仁谈完事推门进来，陡然看到眼前这一幕，郝亮勃然大怒："你、你们在干什么？"随后他指着刘云涛吼道："滚，马上给我滚出去！"

刘云涛吓得脸色煞白，起身就往外跑，邹仁也吓得双腿直哆嗦。

郝亮转身对邹仁说："这事到此为止，钱之一要报警，已经被我阻止了！别忘了，这个孙艳是李博林一手提拔的，要是报警，这老头还不得到公司闹个天翻地覆啊？新来的总经理何国强又会怎么想？什么人能动、什么人不能动你心里没个数吗？"

邹仁听了暗暗叫苦，这怎么跟钱之一说的完全不一样了呢？自己竟然马屁拍在马脚上，邹仁来不及多想，赶紧鸡啄米似的不断点头称是。

钱之一早就在第一时间把郝倩如在学校的所有情况都如实告诉了郝亮，想尽办法拍马屁，也是为了报答郝亮对自己儿子的知遇之恩。他儿子叫钱勇，是姜波的同班同学，后来读了研究生，毕业后留校任教。不料在反对资产阶级自由化的浪潮中，钱勇跟着学生一起上街游行，受到严厉批评，眼看已经没有前途，最后在钱之一的引荐下认识了郝亮，主动提出要到企业去锻炼。当时郝亮身边正缺这样高学历的人才，马上把他借调进机电工业公司当了资料室翻译员，在出国购买二手设备时，他还充当了专职翻译，在与厂商谈判时出了不少力。回国后便把这个借字去掉，留在身边当郝亮的秘书。现在钱之一知恩图报，郝亮是心知肚明的。

刘云涛从医院回来后就犯魔怔了，耳边老是响起郝亮的"滚"字，这一个字就已经让他彻底明白，自己不可能调出培训部了，很可能要滚回老家。他像得了一场大病，上课也不知道在讲什么，就连陈玲和关小艾都觉得惊奇万分，怎么也想象不出来这个帅气又聪明的刘老师，一夜之间仿佛变成了傻子。

孙艳心想，自己是不是应该去找他了解一下到医院究竟道了什么歉，结果如何，但知道了又能怎么样？那天晚上他不还拉着自己的手，言辞恳切地说讨好郝倩如的目的就是为了要调出培训部吗？结果第二天他就自觉自愿地跟着邹仁去医院了。

她觉得刘云涛没有做人的原则，但后来也冷静地想过，毕竟恋爱那么多年，无论从哪个角度来讲也都应该去劝慰一下，但劝慰了结果又会如何呢？再去听他编造的谎话？不，不能，绝不能再这样做，这是对自己人格的侮辱！此时她已经完全听从了自己内心的呼唤：没有原则的男人不值得自己去爱！

孙艳也像得了一场大病，脸色蜡黄，精神萎靡不振，再加上姜波和张欢不停劝说，心里更难受。几个老人一见面又不停劝她放宽心，越是这样越是让孙艳心里难受。

之后的几天里，刘云涛一直没来找她。过去下班的时候，总是刘云涛骑着自行车来接自己回宿舍，或者一起到食堂吃饭，二人也会经常出现在路边的小饭馆里，现在自己却是形单影只。

走在厂区或者回宿舍的路上，总少不了背后的指指点点，就像有人在拿刀刺自己的心，她觉得自己的眼里既然容不进沙子，又岂能让人在背后戳一辈子？但她的内心是希望刘云涛来说明去医院的原因的，但一直没等到，这才觉得自己不该一边忍受着背后的叽叽喳喳，一边焦虑地等待刘云涛来解释，这种煎熬犹如把自己放在火上烤，她认为自己必须要作出选择。

一周后，孙艳向李博林提交了辞职报告。李博林惊叫起来："事情已经过去了，没事了。再说华松汽车厂也离不开你，我们制定的规划还没有实现，你不能丢下我们这些老头子不管呀！"

孙艳冷静地表示，自己会把手上的工作做好移交后再离开，让李博林放心。

关永明听到消息后赶来，"事情已经过去了，没必要想不开，大不了跟刘云涛分手,天底下好男人多得是,干吗要辞职? 汽车厂需要你,我们这些老家伙更需要你!"

周志远也着急忙慌地赶来,大声说道:"你若当我还是你师父,那就听我一句劝,千万别走!"

此时的孙艳早已泪流满面,握着周志远的手说:"师父,你说过,做事要有勇气,做人要有骨气,我是遵从你的要求去做的!"

"孙艳啊,我那时说的是做事业,你怎么能把它跟现在这些事混在一起呢?"周志远仰天长叹,随即颤巍巍搀扶起孙艳,老泪纵横地继续说道:"既然你决定了,我也想明白了,你这是在兑现做人的本分! 好吧,为师亲自送你!"

三天后,孙艳办完了离职手续,周志远、姜波和张欢亲自送她踏上了返回家乡的轮船。

孙艳乘坐的轮船在清晨五点就靠上了海江省宁临市的轮船码头。 她远远就看见父亲的得意门生卢建军穿着没有领章帽徽的军装,一动不动地站在一辆军用摩托车旁,觉得很惊讶。 孙艳对卢建军很熟悉,虽然他年长自己三岁,但因为他是父亲的得意门生,上高中时就经常到家里来补课和蹭饭。 到现在已近八年没见面了,卢建军直挺挺地杵在那儿,肯定是父亲多嘴,因此她走下船就冲着卢建军喊开了:"建军,是我爸叫你来的吗? 赶紧伸手啊,还愣着干吗,没见我手上这么多行李吗?"

卢建军这才上前接过行李绑在后座上:"我都不敢认了!"

"有什么不敢认的,我还是我呀,只不过把以前的长辫子剪了,你——转业了?"孙艳问。

"是的,刚回来,还在等分配。 听老师说你回家了,我就从武装部借了一辆摩托!"

"听我爸说,你在部队还是运输团的连长? 怎么不去借一辆汽车啊?"

"是、是,县、县里是有一辆轿车,他们不肯借,所以我……"卢建军不好意思了。

"跟你开玩笑呢，别紧张，我才不讲究呢，哪怕你骑着自行车来，我也很开心！"

"这摩托有点颠，我在下面垫了一个枕头，你试试合适不，要是不合适我再垫上几件衣服！"

孙艳坐进摩托车斗里，看见卢建军脱下军装，露出胳膊上的腱子肉，忙说："别、别，这样可以了，挺舒服的！"

卢建军把军装往孙艳的膝盖上一罩："还是盖着，这摩托一开起来，迎面风特别刮脸，遮挡一下吧！"说完他就启动发动机，向西周县疾驰而去。

坐在摩托车上，孙艳的思绪飞扬起来。当初自己怀揣造车梦毫不犹豫地选择去了华松汽车厂，没想到美好的理想刚刚有了盼头，情感上却遭到了当头一棒。

离别时刘云涛并没有来送行，只有师父开车，师兄和张欢陪着。一路上大家都沉默无语，直到分手，大家握着手眼泪汪汪。

"幸好西周离华松市很近，我们抽空就会去看你的，要是有什么事，就把电话打到李叔家里，我们都会第一时间赶到！"姜波依依不舍地说。

孙艳的心里像被灌了辣椒水，但她还是咬着牙狠狠地咽了下去，朝大家含泪点点头，一步一回头地踏上了轮船。

如今，家乡扑面而来的海风，犹如无数针尖刺向她的脸庞和眼帘；摩托车的突突声，又如无数把铁锤敲击着胸腔。孙艳紧紧咬住牙关，大颗的泪珠滚落下来，还来不及用手去擦拭，很快就被迎面的海风吹得无影无踪……

第 九 章

新任机电工业公司总经理何国强，当年是去苏联培训核动力研究的，回国后曾与陈克敏、李博林等人一起试制第一辆"雄鹰牌"轿车，那时他才二十多岁。

二十世纪六十年代初期，因国家急需核动力研究方面的紧缺人才，调他去核动力研究所工作。如今他又回到公司担任一把手，看到干部名单中大多数都是三十年前的老相识，倍感亲切，转念一想，让这些知识结构已经老化、比自己年纪还大的人去推动国产化能行吗？他不由得担心起来，便思考如何让年轻人加入到国产化行列里来。最后他把目光停在了郝亮的履历上。郝亮是1968年毕业的大学生，曾在华松汽车厂担任过技术员、车间副主任，后来又被派到劳改农场担任过工宣队长，"文革"结束没回原厂，而是被调到了机电工业公司担任陈克敏秘书兼汽车项目协作科长，现在担任副总经理，负责国产化工作。

何国强看完所有干部的履历，这才理解了陈克敏的苦心。他准备召开一个专门会议，请郝亮作详细介绍。不料，突然接到上级通知，中央新任命的华松市市长要到华松孚士汽车公司去考察，这是个对全国工业经济情况非常了解的人，上任初始就指名道姓要到华松孚士汽车公司去调研，可见他对这家合资企业的重视程度。

荣华接到郝亮的通知，赶紧去找穆勒商量，要趁此机会把公司成立以来一直无法解决的问题当面向这位新市长反映。穆勒一听很高兴，新市长一上任就来视察，说明很关注合资公司。荣华狡黠地用手指着穆勒，又指指自己说："我不能说的话，你来说！"

穆勒忍不住哈哈大笑："目标明确，分工合作！"

周市长在市各委办负责人和何国强的陪同下，来到了华松孚士汽车公司。他下车后并没有走进会议室，而是直接在工厂的车间里兜圈子，一个个车间仔细察看，捕捉各种现场生产的信息，还不停地向一线员工提出针对性的问题，了解现在工厂实际生产情况。两个多小时后，周市长在公司大会议室召开现场会，听取各级领导的汇报，最后直截了当向穆勒发问："穆勒先生，你们目前有什么困难需要我们解决？"

穆勒根本没想到这位新市长会比奥国人说话还直接，马上回答："尊敬的市长先生，我们确实有几个问题需要您来帮助解决。最紧迫的问题就是那条穿过我们厂区的中央大道一直没有封闭。这条道路上天天行驶着各种车辆，带起大量的灰尘，这些细小的颗粒会飞入我们的油漆车间，直接影响我们的产品质量。按照合资协议规定，这条道路在两年前就该封闭了。"

周市长转过头问主管官员，是否属实？得到了肯定的回答，周市长斩钉截铁地说："如果这条道路二十四小时之内没有被封闭，请你给我打电话。你的第二个问题是什么？"

穆勒一下子没反应过来，没想到一个堂堂的华松市市长竟会当着这么多人的面，作出这样的承诺。荣华赶紧轻轻推了他一下，指指会议桌上放着的废水处理方案。穆勒连忙接着说："废水排放问题，也是必须马上要解决的。油漆工艺中的废水，必须经过处理达标后才能排放。这些废水中含有很多种有毒有害物质，现在都排放到民用废水管道去了，长此以往将危害当地人民的生命健康！这个问题我们已经向当地管理部门提出两年了，多次催促，至今毫无结果。"

周市长一听这是关系到民生的大事，一脸严肃："这是谁负责的事，为什么到现在不解决？"一位随行官员应声而答，这个问题难以在二十四小时之内解决。需要了解新桥镇每日排放废水的总量，才能设定废水处理厂的规模再进行改造。周市长要求马上了解清楚具体情况，尽快解决此事。穆勒终于放下了心里的石头。

周市长笑笑说："请允许我也问你几个问题。第一，国产化工作进展为什么这么慢？第二，华松孚士汽车公司的外籍员工这么多，起了什么作用？第三，你们外汇收支平衡为什么至今没有达到规定的要求？"

何国强听了很紧张。

穆勒没想到周市长一针见血，马上答道："市长先生，您说得对，我们之前的主要精力都放在了公司内部的生产管理上，今后要把精力转移到国产化工作上，加快零部件国产化的进程。在外籍员工数量问题上，我们也正在努力，从长期来看，我们也要将其'国产化'。"众人听了都笑了起来。

"随着零部件国产化率的不断提高，外汇平衡问题也一定会迎刃而解。"穆勒还信誓旦旦地说。

周市长听后点点头，表示同意他的说法。最后他强调零部件国产化是重中之重，必须尽快搞上去。何国强、郝亮、荣华、邹仁、穆勒和费舍尔等都连声答应，表示一定会加快这项工作的推进。

穆勒和费舍尔站在华松孚士汽车公司的大门口，用敬仰的目光眺望着渐渐远去的车队，随后两人互视一笑，这个市长实实在在的办事风格与其他领导完全不同，看来，解决疑难杂症有希望了！

第二天一早，穆勒和费舍尔一如往常驱车驶往工厂。在即将到达目的地的时候，遭遇了前所未有的堵车，他俩觉得奇怪，便下了车，想探个究竟，结果看到一个庞然大物横在厂区中央大道的入口处，任何车辆再也别想从此处通过。而两边已经有施工人员开始了挖掘工作，突突突的声音振聋发聩，但在穆勒和费舍尔听来却觉得十分悦耳，他们脸上露出了微笑。他们很感叹这位市长的办事效率、信守承诺，果然在二十四小时之内解决问题。

下午，县政府也来人，声称新桥镇污水处理厂新建工程准备开工，设计日处理总能力为五万吨，第一期日处理能力为两万五千吨，准备把华松孚士汽车公司和华松汽车厂的废水统一处理，他们还解释了目前已有的污水处理厂不能正常工作的各种原因，然后表示会尽力完成任务。

穆勒和费舍尔听了县政府官员的解释并不满意。费舍尔不客气地说："周市长说了，这个污水处理工程虽然不能在二十四小时内完成，但也必须尽快解决。如果你们还不能马上施工，我就给周市长打电话，让他来跟你们对话。"县政府的官员一听就紧张了，赶紧允诺马上就办，匆匆离去。坐在一旁的荣华暗笑，这个费舍尔也会拿着鸡毛当令箭。

尽管费舍尔把这话说出去了，但荣华、穆勒都知道建污水处理工厂不是一蹴而就的事，影响员工健康的饮用水问题不能再拖了。他们反复商量后，决定先为每个员工购买一台净水器，每月发放定量的桶装饮用水，还投资了四十多万元，在厂区安装了两台大型净化设备，保证工厂里的生活用水。这些举措尽管是无奈之举，却博得了员工的热烈欢迎。

邹仁的秘书给刘云涛打电话，让他到办公室来。刘云涛还以为自己的调动有希望了，一蹦三跳就冲到邹仁办公室门口，突然刹住脚步、稳住情绪后才轻轻叩响了房门。秘书出来，笑眯眯递给他一把轿车钥匙，说："邹总出差了，临走前说，他这辆车的后桥老是有异响，想让你听听是否有毛病？"

刘云涛想，这是哪儿跟哪儿的事啊？自己既不是试车员，也不是修理工，怎么会……

还没等他回过神，秘书诡秘地一笑："听说你到处在借车，是不是想给郝倩如送净水器啊？顺便把我的也送一下呗！"刘云涛先是一愣，随即领悟，接过车钥匙连连鞠躬，马上把两台净水器搬上车，驾车就冲出了工厂大门。

郝倩如见刘云涛专为自己送来净水器，喜笑颜开。郝母也咧开了嘴，心想，厂里刚发下净水器就送上门，说明这个小伙子很细心也很体贴，女儿喜欢他不无道理，便留他一起吃饭。

郝倩如不停指挥母亲烧这烧那，忙得郝母满头大汗，但看到女儿非常高兴，便也忘了一切烦恼。

郝亮一进门就见到坐在饭桌前的刘云涛，马上就没了好脸色，但看到母女俩欢天喜地的样子，很无奈地坐在沙发上，有一句没一句地问着各种不着边际的话。

这时，门口响起了敲门声，郝母起身去开门，只见一个五短身材、黝黑皮肤的年轻人步履轻盈地走进来。"师母好！在吃饭呐？老家来人带了点土特产，顺便送来给你们尝尝鲜。"钱勇顺势把手中的礼物放在了门边。

"钱勇啊，来，过来坐，一块坐下来吃。"三番五次到郝家送礼，总是选在吃饭的时候，好像已经成了钱勇的规律。现在看到桌前坐着一个年轻人，他便识趣地说："我已经吃过了，你们吃，我还有事先走了！"

钱勇一走，郝亮便把目光扫向女儿，没想到她几乎把钱勇当空气。郝亮曾对女儿说过，此人是华松交大研究生，是自己重点培养的对象。郝倩如当然明白父亲的言外之意。好在郝母也看不上这个唯唯诺诺的钱勇，只是郝亮一直对他赞不绝口。现在钱勇一走，郝母马上夹菜放进刘云涛的碗里，让他趁热多吃菜。

母女俩的热情与郝亮的冷面孔截然不同，刘云涛敢厚着脸皮把净水器送来，本来就是邹仁促成他去冒风险，如今看到郝亮在母女俩面前不敢多言语，心里自然暗暗感激邹仁。

当晚他回到新桥镇的员工宿舍，张欢张口就问："云涛，你的净水器呢？是不是送给那个女人了？"张欢是从别人的嘴里听到了各种传说，一直不敢相信，因此刘云涛一踏进门，他直性子就暴露出来。

没想到刘云涛反过来问道："你没把净水器送给关小艾？"

"你、你——哼！"张欢气得转身上床蒙头就睡。

刘云涛一步上前掀开了张欢身上的被子："兄弟，每个人都有自己的隐私，你干嘛老盯着我？"

张欢嗖地从床上坐起来："云涛，孙艳是因你无情的背叛而辞职，你难道心里不清楚吗？你看看你现在这嘚瑟样，还是过去的刘云涛吗？"

刘云涛愣了半天没回过神，随后嗫嚅道："她、她因我而摔倒，我关心她不应该吗？"

"因你而摔倒？ 你怎么不去听听公司上下都在议论什么，都说你在攀龙附凤以求自己的飞黄腾达！"

刘云涛苦笑："我？ 飞黄腾达？ 你看我有这个资格吗？"

"你现在所做的一切不就是为了这个目的吗？"张欢忽然从床上跳了下来，"云涛，别忘了，我们仨是校友，也是最好的朋友和同事，无论怎么样，你都不应该再去郝家了，别再让我也瞧不起你！"

刘云涛往床沿上一坐，神情沮丧地喃喃自语："事到如今，我还能怎么办……"他长长地叹了口气，"我也没想到，邹总会通过秘书借车给我，这么给面子！"

"给面子？ 你真这么想？"

张欢一个鹞子翻身下床，揽住他的肩膀耐心地说道："你想通过郝亮跳出培训部，除非你是他女婿，这可是两位老厂长亲口说的。 说实话，我搞不明白的是，邹仁为什么会这么做？ 想当红娘吗？ 云涛，你是个聪明人，不该好好想想这里面到底有什么名堂吗？"

刘云涛一脸惊愕，慢慢垂下了头。

何国强为了要搞清零部件国产化上不去的原因，带着公司班子成员到华松孚士公司召开现场会。 荣华汇报道，国产化上不去的三大因素：一是车身冲压件全部是进口的，中国的钢铁厂正在试制车用薄钢板，什么时候成功还是个未知数；二是发动机厂虽已建成，但现在所有零件也都是进口的。 三是目前与华松孚士配套的厂家制造设备普遍都比较落后，要生产符合华松孚士质量标准的零部件难度很大，现在虽然引进了二手设备，但力量还是显得单薄。

何国强询问负责零部件国产化人员的配备情况。 荣华颇为得意地说，我们已经成立零部件国产化小组，领头的大学生既有华松汽车厂的生产经验，又在奥国孚士培训过，现在正带着他的团队深入各个工厂了解详细情况。 相信他能从实际情况出发，总结出一套零部件国产化的生产方法。

何国强听后赞许道："很好，我们想到一块儿去了，要提高国产化的速度，就要敢于起用年轻人。 我还要加一条，国产化零部件的质量认可最终是交给奥方的，应该要让奥方也派人加入国产化小组。"当听到荣华说，奥方派了一个曾经在多个国家工作的经理时，何国强马上说："那就尽快行动起来！"

塞曼很不情愿与姜波搭班，更何况自己还是个副手，但碍于费舍尔的严令，不得不遵命。 塞曼深知费舍尔身上的压力，在中国全力推进零部件国产化的大是大非面前，自己不得不低头，否则就只能打道回府。

姜波带着小组成员来到地处郊县的华松汽车底盘厂，跟门房老头说明情况后，径直就走进了正在生产的车间。 姜波曾跟着周志远维修过各种各样的机器，对设备算是懂点门道，一看眼前的设备，就知道国家对这个厂的投入不少。厂房也宽敞，很有发展空间，可这家厂为什么不愿意试制国产化零件呢？

他觉得很好奇，想跟厂长聊聊。 在工人的指引下，姜波、塞曼和新分配进来的大学生丁鹏来到了厂长办公室，柳厂长被突然出现在眼前的黄头发、蓝眼睛、高鼻梁外国人吓了一跳，有点紧张，姜波赶紧解释他们的来意，并介绍了塞曼和丁鹏。

柳厂长请大家入座，转身去沏茶。 就在柳厂长忙乎的时候，姜波对墙上挂着的十几张奖状发生了兴趣，除了公司先进工作者奖状外，还有国家和华松市劳动模范的奖状，看来这位厂长跟李博林一样也是个实干家。

姜波开门见山说了来意，柳厂长也如实相告，厂里现有八百多人，生产的零件体积大、分量重，机械化水平不高，干的都是体力活，强度大，很辛苦。

姜波希望他们能试制华松孚士汽车的悬挂系统，要是能配上套，将来的利润空间是可观的。

柳厂长说国产化零件的质量要求很高，厂里没有这样的技术力量。 姜波表示技术上有难题可以请奥国人来帮助。 柳厂长听了，嗯嗯呀呀半天，就是不松口。

其实姜波不知道，柳厂长还有几年就要退休了，搞悬挂系统试制却不是一蹴而就的事，辛辛苦苦花上一两年搞成，接班的人坐享其成，自己累死累活都在为他人作嫁衣裳，干脆装傻充愣，随后又乐呵呵地把姜波一行送走。

随后姜波一行又去了机电公司旗下的各个工厂，大家都是摩拳擦掌、跃跃欲试，这时才明白，底盘厂的柳厂长是人为因素不想干，那些逼仄的弄堂小厂想干，可谁敢让它们干？利民弹簧厂、东方轴承厂、前进汽车附件厂和宏伟金属铸造厂都是分布在市区居民楼中的弄堂小厂，解放前都是私人小作坊，解放后公私合营，逐渐扩大，但设备简陋、场地局促，毫无发展前途，还都是亏损单位，根本不具备国产化零件试制的条件。在调研过程中，他发现东方轴承厂的钟厂长是高级技师，典型的技术能手，在行业内也赫赫有名，但到退休年龄了；前进汽车附件厂的林冬梅是顶替退休的父亲进的厂，是从底层的锻打和淬火工干起，后来在与华松牌轿车配套中涌现出来的"穆桂英"，不仅年轻还胆大心细，敢啃硬骨头。

一个大胆的想法闪现在他的脑海，要是能把这些小厂都合并到像底盘厂这样有发展空间的企业，人才聚集，产业归类，再投入资金进行改造，或许对国产化零件的试制有很大促进作用。姜波准备把这个想法写进考察报告中。

对华松市一百六十多家企业进行考察后，最后一站就是位于郊县的汽车齿轮厂。姜波对这个厂比较熟悉，过去这个厂一直为华松牌配套，遇到设备难题，经常请周志远去帮忙解决，姜波也去过几次，跟徐中华厂长也认识。姜波向他询问零件国产化的进展情况。徐厂长如实回答，说自己正在和一家奥国公司谈合资，他们想控股，自己还在犹豫。

姜波知道徐厂长是个有想法的人，听说他想另辟蹊径，走一条适合自己企业发展的道路，于是便发表了自己的意见，说合资确实是条捷径，短时间内就能引进技术拿到产品配套份额，还能很快提升国产化率。但从长远看，奥国控股，你们就拿不到变速箱的 TCU，主动权仍然在奥国手里，说白了，你们就是一个代工厂。以后你们想开发新产品，还要征得奥国人同意才行。徐厂长不停地点头表示赞同他的说法，自己也正是这个原因所以一直在犹豫。

姜波继续说，零部件国产化不只合资一条路可走，就算不搞合资，去购买进口生产设备，也能生产出合格产品。但投入大、见效慢，风险也大，人家把设备卖给你，收了钱，过了保修期还要收很高的维护费。但要是我们真正掌握和吃透了这些设备，保养维护好，对今后的独立自主发展是有好处的。

随后，姜波又向他介绍说，塞曼在世界各国多个汽车工厂工作过，有丰富的工作经验，对汽车行业内的设备情况比较了解。如果想好了可以告诉我，让塞曼帮你们寻找合适的设备。徐厂长思量许久，说可以试一试。

姜波带队经过了几个月的行业摸底，终于把华松市所有汽车零部件企业的情况都摸透了，接下来就开始走访长三角行业内的企业。

他们首先来到了安远省的安远汽车零件厂。这是一个中型国企，生产各种汽车发动机相关的零件，虽然地处两省交界处，但几十年来一直是华松牌的配套企业。

这天，汽车驶上南京长江大桥，姜波自豪地给塞曼讲解起中国在1968年建造的这座铁路、公路两用的双层大桥。此时的塞曼已逐渐褪去当时在总装车间当经理的狂妄劲。当初穆勒先生曾训斥过他，要想在中国站稳脚跟，必须脚踏实地跟着中国人一起干，否则就只能卷铺盖回家。如今看到华松孚士汽车公司的产量日益上升，零部件国产化已经放在了最近紧迫的地位，他终于明白了穆勒先生的意图，眼下确实是自己应该紧紧跟随中国人的脚步了。因此，当塞曼看着桥上气势雄伟的桥头堡和几百块不同图案的桥栏浮雕，一边听着姜波自豪地介绍："这就是我们的母亲河——长江，她起源于青藏高原，横贯中国十一省市自治区，像一条腾飞的巨龙横卧在中国的大地上，才有了我们五千年历史的文明古国。"塞曼试图从慷慨激昂的词语中去感受中国人的自豪，还未等他细细品味，轿车已经驶下大桥，屁股开始不停地上下跳动，他便诧异地望着车窗外那一片昏黄的土地和破旧的村庄，原来轿车已经驶上了一条颠簸不平的土路，各种马车、牛车和拖拉机都挤在这条道上，屁股就像坐在弹簧上蹦跳，差点没把屁股颠成两瓣！

日落之前，他们终于到达了目的地，大家赶紧推开车门，伸腰踢腿，舒缓筋骨，忽然看到眼前这座门面非常漂亮的工厂，心里顿时充满了期待。

工厂门卫把守挺严，听了姜波自报家门，马上去找厂长。很快一个头发花白的老人急匆匆跑了出来，嘴里大声喊着："是华松孚士汽车公司的同志吗？快请进，请进！不知道你们来，让你们在门外久等了，真对不起。"来人远远地伸出了手，姜波赶紧上前一步，握住老人的双手。

老人自我介绍："我叫汪聪，是这里的厂长。"姜波马上说明不请自来的原因，说这样做只是为了看到最真实的生产环境，随后提出想直接进车间去看看工厂的实际生产状况。汪聪满口答应，带着他们走进车间。

一进生产车间，姜波一行看傻了眼。地上堆满了金属原材料和半成品，杂乱无章。越往里走，越得注意下脚的地方，生怕一不小心踩坏了什么东西。眼前这些大小不同、形态各异的半成品，明眼人一看就知道这里就是生产滤清器的车间，有轿车、卡车、装卸车、大巴车各式各样的种类。

很快，他们又被引入了另一个车间，只见几台型号不同的滤纸折叠机和切片机正在忙碌地运转，折叠好的滤纸从机器上滚落下来后，由工人们手工完成下道工序。整个车间里弥漫着一股浓烈的纸屑味，塞曼伸手摸了一下滤纸，发现车间里浑浊的空气已经把滤纸污染了。他悄悄附在姜波耳边嘀咕了几句，姜波朝四周张望，没有看到抽湿机，只看到墙上几个排气扇在有气无力地转动。

汪聪是个聪明人，马上轧出了苗头，迅即把他们请到了办公室，对姜波抱歉道，我们现在的生产方式比较落后，但只要华松孚士汽车公司提出要求，我们一定尽最大努力整改，还不失时机地提出，自己愿意根据华松孚士汽车公司零件的要求进行国产化试制。

姜波感到很意外，一个外地的国企老厂主动要求试制国产化零件的并不多。但厂里这种混乱的现状，要试制零部件的难度也确实不小。他想起赵红旗曾经对自己的嘱咐，马上说："你们的产品种类多，全面铺开有难度，也会造成资金上的压力，可以选择厂里专业技术最过硬的几个产品，根据华松孚士汽车的技术要求开始试制。"

汪聪听了觉得有道理，马上把负责技术的副厂长叫来，让他参与沟通交流。丁鹏立即把零部件试制的大概情况讲了一下，说这次来的主要任务是考察，如果要详细资料可以到华松孚士汽车公司去找他。

汪聪听了很感动，执意要留姜波一行吃晚饭。姜波想，这一天舟车劳顿，尽管自己很不愿意麻烦他们，但也要为塞曼和丁鹏考虑，在这人生地不熟的地方，一时也确实不知道到哪里去填饱肚子，就没有推辞。

跟随汪聪来到食堂二楼的小餐厅，姜波惊讶了，没想到在这穷乡僻壤竟然还有如此豪华的包房，桌上已摆满了丰盛的菜肴，鸡鸭鱼肉一样也不少，外加当地著名的臭鳜鱼，让人掩鼻捂嘴不敢恭维。

丁鹏边吃边赞不绝口："我在华松都没有吃到这么好吃的味道，想不到在汪厂长这儿还能吃到正宗的徽派和海派味道。"

汪聪很得意地介绍，这个厨师以前是华松锦江饭店的大厨，退休后回到了家乡，自己就把他请来了。这个大厨，不仅本帮菜做得好，徽菜也很拿手。塞曼怕鱼刺，更对飘来的臭味不敢恭维，但对猪蹄毫不嘴软，香酥入味的红烧蹄髈、浓郁的酱汁从他嘴边流下也浑然不知。

姜波暗自感叹，汪聪跟李博林年龄不相上下，可管理工厂的方式完全不同，汪聪似乎对生活质量很讲究，杂乱的车间和豪华的小餐厅就是一个鲜明的对比。他们今天来之前并没有透露过任何信息，就有如此丰盛的菜肴，说明后厨的储备不少。而李博林一心扑在抓生产上，先工作后生活，天天在车间里转，和工人们一起工作，吃也在同一个食堂。两个老人攻坚目标不一样，世界观显然更不同。

塞曼经过整整一天的路途奔波，又吃下去那么多油腻腻的猪蹄，肠胃自然产生了抗议。他悄悄地向姜波提出了要去厕所。姜波马上问厕所在哪儿？

汪聪一听到外国人要去厕所，顿时犯晕，外国人习惯旱厕吗？他让副厂长陪着去，姜波马上朝丁鹏示意陪着，万一有什么事，没人翻译可不行。

还没走到厕所，一股强烈的阿摩尼亚味道扑鼻而来。塞曼皱紧眉头，捂住鼻子，强忍恶心，进了厕所一看，是一道深深的沟渠，而且还要踏上两个台阶才能蹲下如厕，便嘀嘀咕咕对丁鹏说着什么，那位副厂长主动走上去做示范，他踏上台阶，分开两腿蹲下去，这让塞曼看得更加胆战心惊，生怕一不小心掉进这深深的沟渠，面部表情显得痛苦万分。

丁鹏想搀扶他，塞曼咬牙切齿地挥手让他们走开，以免自己的不慎引出笑话。

丁鹏他们刚刚走到厕所门口时，就听得里面传来"噼噼啪啪"的一阵爆响，随后就传来大叫声，副厂长紧张了，还以为老外掉进了厕所。

丁鹏听懂了，塞曼在找卫生纸，赶紧从门口的洗手台上抽出几张黄草纸递了进去。

不一会儿，塞曼满头大汗跑出来，什么话也没说，抱着洗漱台大口呕吐起来……

从此，塞曼再也不愿跟随姜波东奔西走了。姜波只得带着丁鹏和其他同事继续考察，最后把长三角所有的汽车配套厂情况都摸透了，开始编写考察报告。

一周后，姜波拿着写好的考察报告兴冲冲去找荣华，还没走到总经理办公室，就听到小会议室里传来熙熙攘攘的争吵声，停住脚步往里一瞧，十几个身穿笔挺西装系着领带的男人正在高谈阔论，桌上竖着好几部像砖头一样大小的"大哥大"，其中一个人手举大哥大一边"喂喂"叫着，一边往门外走，看见姜波站在门外，嘟哝道："堂堂的合资企业，怎么连手机信号都没有，这么落后？"

姜波也只是在电视上见过这玩意儿，不知道该怎么回答，正在愕然。

这时，里面走出一个穿浅灰色条纹西装的年轻人，匆匆把打电话的人叫了进去，然后用广东口音的普通话说道："荣先生，我是受珠江特区政府委托来洽谈购买轿车的，你却老是说这是国家统购物资，必须有政府批文才能买。现在'珠江经济特区'的土地都公开拍卖了，你们还是这不行，那不能卖，买卖不就是个价格问题吗？你们可以加价，我们也可以还价，双方价格谈拢就成交，哪来这么多麻烦？"

荣华心里嘀咕，这些西装革履的人大摇大摆进来，拿出一张烫金的名片，开口就要买三百辆轿车。就算政府机关来谈业务，也先要有传真、挂号信函或者介绍信，他们什么都没有，就是不停说自己有钱。就在荣华犯愁时，这些老板们以为默认了他们的说法，又开始讲价，荣华只得一脸苦笑，依然迟迟不语。老板们以为价格还没到位，继续往上加价，一直加到了四万，荣华还是含笑不语。穿灰色西装的人急了，不停地催着荣华表态。

姜波在门口终于听明白了，原来这些西装革履的"绅士"都是冲着合资企业的香饽饽来的，荣华可不具备舌战群儒的本事，他得想个办法帮他解围，就在门口干咳了一声。荣华听到声音转头朝门口望去，看见姜波正向他挥着手中的报告，示意有急事找他。不料荣华把手一招，说："小姜，来，你来得正好，快进来给特区的朋友解释一下，我们的轿车为什么不能卖给他们。"

特区来的人全转过头看着姜波，还以为他是管销售的，赶紧站起身挨个掏出名片递给姜波，十几张名片，个个都是公司董事长或总经理。唯有一个穿浅灰色西装的年轻人名片上写着"特区协作办副主任"。姜波赶紧坐在荣华身边，学着荣华的样子，把对方递过来的名片往桌上逐一摆开，认真听对方讲。

副主任煞有介事地向姜波重复着"珠江经济特区"这几年的飞速发展，说珠江是如何从一个小渔村变成一个大城市，已经与世界三十多个国家与地区的客商签订了六千多项协议，引进外资投入已超二十五亿美元。证券公司已经筹备就绪，马上要开始股票交易。

姜波的目光盯着副主任那张不停翻动的嘴唇，听着他吐出的一个个让人惊奇的故事，就像是在听天书。当听他说到特区政府有中央的各种特殊政策支持时，羡慕得咋舌，转过头对荣华说："要是华松孚士汽车公司也有中央特殊政策支持那该有多好呀！"

荣华不以为然，岿然不动地坐着不露声色。

等这位副主任说完，姜波一声叹息："华松孚士汽车公司虽然是改革开放后的产物，但进口零件是要用外汇购买的，因此买车就必须有控购单，没有控购单我们无法销售给你们。"

特区的人听了后纷纷说:"既然你们受外汇额度限制,那我们就付美元,你们开个价!"

姜波一下子就愣住了,没想到对方竟然会拿美元来交易,岂不是大好事?他便悄悄朝荣华示意出去商量一下。荣华也急着想离开,便对大家说:"请大家稍候,我们去跟老外商量一下。"

客人们面面相觑,中国人跟中国人做生意还要跟外国人商量? 在惊诧和不解中,他们看着荣华和姜波走出会议室,不由得相视苦笑。

荣华走出会议室就对姜波说:"你说这些人是真听不懂还是装糊涂? 你刚才说的话我已经重复好几遍了,可他们就是听不进去!"

姜波刚想说话,就见穆勒从办公室出来,见他俩站在门口,还以为是找自己,赶紧请他们进来。姜波在征得荣华同意后,便把刚才客户的要求说了一遍,不料穆勒听后大笑:"这是好事,送上门来的买卖,有什么好犹豫的,答应他们的要求。"

在奥国人眼里,这种交易符合市场规则,买家愿出高价,卖家哪有不卖的道理。荣华并不奇怪穆勒的观点,他来自西方,早已形成资本主义的思维逻辑,但中国不行,自己是共产党的干部,必须按政府规定来办事。姜波看到荣华沉默不语,知道两人想法各异,便一边点头一边拉着荣华走出穆勒办公室,说道:"穆勒先生的意见值得考虑,这些特区人满怀着对孚士汽车的期待与信任而来,就这样把人轰走恐怕不妥,总得给个说法。"

荣华内心很矛盾,华松孚士汽车公司的外汇额度就像是悬在头上的利剑,用掉一点,刀刃就离自己脑袋近一点,一旦用完,国产化还没实现,自己也就玩完了。可送上门的美元实在太诱人——荣华顿时没了主意。姜波眼珠子一转,说:"荣总,我们干脆加价一万美元,把他们吓跑,你看怎样?"

荣华瞪大眼睛惊怵地看着姜波,心里暗笑道,嘿嘿,你这家伙也没了主意? 好吧,那就只能如此了。荣华点点头。

走进会议室,特区来的人都抬起期盼的目光盯着他们俩。只见荣华坐下后慢慢伸出了一根手指头,副主任赶紧问:"一万?"

荣华点点头："美金……"

荣华话音刚落，对面就有人喜笑颜开道："冇问题，冇问题，洒洒水啦！一万美金小意思啦！我们现在就可以付定金的啦！"这一连串的"啦"字后面，竟然还带着欣喜，这让荣华更是丈二和尚摸不着头脑。

副主任笑了："既然大家都同意你们的出价，那我们现在就可以签订购车合同。"

有人拿起身边的考克箱，打开，里面各种资料、证书和图章一应俱全，十几沓美金也同时亮相。姜波看到这个场景，心里慌兮兮的，他哪里知道，此时的珠江经济特区早已设立了"外汇调剂中心"，吃碗馄饨面，小摊的老板都要收港币，美元对这些财大气粗的老板来说根本不算个事。可眼下这一切却把自己和荣华吓傻了。

姜波看出了荣华的担忧，马上心生一计，悄悄地对荣华说："合同你不敢签，那就先签购车意向书，写明为'珠江经济特区'增加生产的每辆孚士轿车加收一万美金。让他们拿到控购单后再来签订购销合同。"荣华虽然脑瓜子一阵刺痛，但事到如今也别无他法。

这帮人高高兴兴地拿着意向书走了，荣华回过神来，望着姜波说道："兹事体大，要马上向何总汇报！"

姜波赶紧劝阻："只要他们拿到控购单来买车就合规了，现在去汇报是不是太早了？"

荣华听了姜波这么一说，觉得也对，如果他们拿不到控购单，那今天的事就当风吹过！何必自寻烦恼呢？他顿时觉得一阵轻松，伸手去拿姜波的考察报告。

姜波按住不放，兴奋地说："今天的事，对我的启发太大了，我的这份考察报告还需要再改改。"

没等荣华反应过来，他就匆匆返回办公室，把自己刚才看到的、听到的向协调小组成员详细说了一遍，大家就像听天书一样瞪大眼珠子、张大了嘴。姜波马上组织大家进行讨论，随后开始分工合作，搜寻各大报章，抄写各种报道，整理经济特区建设的思路，最后仿照特区建设的模式，编写了一份华松孚士汽车零部件"生产特区"的实施方案。最后姜波又把特区人来买车溢价的想法也加了进去，并且提出建议，将销售得到的溢价款，去帮助缺乏资金的工厂建设"生产特区"的想法也写进了考察报告。

第二天，荣华看到这份重新撰写的考察报告，如坐针毡，把姜波找来，拍着桌子训斥："你这是要干什么？人家搞经济特区是有中央支持，你却提出用销售溢价款去建设生产特区？这不是要害我吗？"

姜波听了，嘻嘻一笑："荣总，市政府支持我们搞国产化，何总又鼓励我们大胆干，可我们的钱从哪儿来？羊毛不会出在猪身上，胆子大一点，步子迈得就更快，销售溢价款是目前唯一能找到的风口，就算上头责怪下来，也是我们国产化小组承担责任，大不了把我撤了！"

荣华犹豫再三，终于把这份考察报告交到了何国强手上。

没想到何国强看了这份报告拍案叫绝。建立"生产特区"不就是把厂里最优秀的人才和最好的设备集中起来，形成一种合力去攻克难关吗？再用销售溢价款来"以车养车"，恰好解决了缺少资金的难题，这可是一条盘活零部件国产化的好路子呀！一个小小的国产化小组能提出这样的建议，可谓是心思缜密，胆子够大。转而一想，真要办成这些事自己也没有权力。

想了很久，他拿起笔，起草了两份申请报告。一是提议成立以华松孚士汽车公司为龙头，其他企事业单位协助的"华松市汽车零部件联合体"。二是成立"华松市汽车零部件发展基金"，用溢价销售获得的资金去为零部件国产化保驾护航。

何国强递交的申请报告，在市政府引起了轩然大波。办公会上大家议论纷纷，觉得何国强是在搞资本主义那一套，抬高价格搞乱市场，我们是社会主义国家，绝对不能走资本主义道路。这些意见最后都汇总到周市长面前。

周市长马上召开市府领导班子会议，会上大家还是争论得异常激烈，最后的焦点是，如果不同意机电工业公司的请示报告，外汇指标用完，国产化还是实现不了怎么办？是不是只能看着华松孚士汽车公司关门打烊？如果按照市场经济规律去办事,是不是能杀出一条血路?

周市长语重心长道:"从开始谈判到合资生产,已经过去了整整十年,要是再不按市场经济规律办事,华松孚士汽车公司要是倒了,今后还有哪个国家敢跟我们搞合资?"大家闻言,感到一阵寒战。

最后达成统一意见,由华松市政府向国家有关部门提交申请报告,要求销售每辆孚士轿车时,加收三万元人民币,将这笔钱作为汽车零部件的发展基金,为零部件国产化的企业提供无息贷款。没想到这个申请很快获得了国家有关部门的批准,不过被减去了两千元。

有了这笔救命钱,市政府立即成立了"华松市汽车零部件发展基金"和华松市汽车零部件联合体。

何国强决定立即召集下属各厂长开会,并通知荣华,让国产化小组成员列席会议。

会议开始前,工作人员给厂长们发放了一沓文件,大家边翻边议论,各抒己见。原定会议时间早过了,就是不见主持会议的郝亮说会议开始,因为他自己也在埋头紧张地翻阅文件。

姜波是破天荒第一次去参加厂长们的会议,心里难免忐忑,悄悄坐在最后一排。忽然,一个年轻人递来一沓文件,抬头一看竟是钱勇,这让姜波猛吃一惊,没想到钱勇坦然地朝自己笑笑,算是打了招呼,随即又向后面走进来的人去分发文件。姜波朝四周看看,随后朝主席台望去,中间位置上坐着一位年过半百的老人,这大概就是新上任的总经理何国强。荣华也坐在台上,郝亮正悄悄地与他说话。

何国强示意开会,郝亮马上对着话筒喊:"大家静一静,现在开会。"

他的声音刚落,何国强拿起和大家一样的材料问:"各位厂长,久违啦!今天你们走进公司大门有什么新发现?"

齿轮厂徐厂长举起手,指着舞台上的横幅说:"今天是我们机电工业公司改名为集团的第一天,要鸟枪换炮了!"

会场顿时响起了叽叽喳喳的议论声,仿佛发现了新大陆一样。

"哈哈，还是老徐心细！"何国强笑了，"看来，我们故意把会议时间延后半小时，只有徐厂长一个人注意到了变化。那好，大家都是老熟人，我也不说废话，就把此次会议的重点说一下，我们手上有三份文件，一份是'华松市汽车零部件联合体'章程，还有一份是'华松市汽车零部件发展基金'实施细则，这两份都是市里下发的文件，大家回去好好地研究，看看哪家企业能够最先拿到这笔基金。"话说完，何国强举起手上的另一份文件，朝着大家挥得刷刷响，"接下来这一份是我们集团的汽车零部件国产化的发展重点！"

会场里顿时一片寂静，何国强的声音变得更清晰了："徐厂长刚才说'机电工业公司改为集团是鸟枪换炮了'，我只能说徐厂长只说对了一半。我们几十家企业手上的这些炮都是些二手货，只有那些正在谈合资的企业才是准备真正地换新炮。为了让大家展开快速思维，今天特意请齿轮厂的徐厂长来介绍一下他们换炮的经验。大家欢迎！"

台下鸦雀无声……

徐厂长早知道郝亮带队引进二手设备后出现过意外，也引起很多争议，自己再次引进奥国二手设备在行业内又引起了很大反响，各种言论和争议至今都没有停过，甚至可以说，没有一句正面的评论。现在要自己上台发言，他心里还是有点发怵。

所以在何国强的鼓励下，他鼓起勇气上台讲述了自己亲自带了四十三个人到奥国的赛尔工厂，深入生产线学习掌握核心工艺，摸清所有设备结构性能。掌握了这套设备既能生产孚士汽车变速箱，又能通过改造生产其他型号的变速箱，所以就果断决定把这套设备买了回来。最后花了三个多月，日夜苦干一刻也不敢耽搁，吃喝拉撒都在车间，直到完成拆卸、包装，这才把这六十多台机器设备运回来安装。预计明年就可以投产，实现华松孚士汽车变速箱的国产化，到那时，就能大大提升华松孚士汽车的国产化率。

徐厂长话一说完，台下叽里呱啦一阵议论。

何国强毫不犹豫地说："齿轮厂的同志们确实辛苦了，我认为这种坚持独立自主的精神是值得我们大家学习的。"

没想到台下的掌声稀稀拉拉。

姜波万分感慨，他几个月前还去过华松齿轮厂，看到徐厂长在一块刚浇好的水泥地坪上指挥大家安装设备，当时就惊呆了。徐厂长说，这是为了抢时间，所以就采用基建施工和设备安装立体交叉的方法进行。设备刚到位，马上罩上雨布。再由建筑队在设备上方架梁造屋。再安装第二套设备，然后再盖房。就像从泥地里拔出萝卜，擦一段吃一段。在最短的时间里把壳盖、壳体和侧盖的三条生产线全部安装完毕。

姜波正在认真思考时，又听到何国强点名："郑春林，郑厂长，请你到前面来，你能否告诉大家，为什么坚持要跟美国人合资？"

郑春林突然被点名，心里很惶恐，随即识趣地走到舞台前站定。他自知自己没有徐厂长的魄力和资历，只能站在台下乖乖地回答："我们是刚从农场小作坊合并进来的，在大厂面前不敢班门弄斧。这几年，我们跟世界上各大汽车电子零部件企业谈过合作，目前只有这家美国企业还愿意跟我们继续谈，其、其他的企业都退出了谈判。"

何国强问："为什么这家企业还愿意跟你谈呢？你不妨如实告诉大家实情，也好让大家在今后的合资谈判中接受教训！"

"很、很简单，其他公司都要控股，现在这家公司愿意五十对五十！"

"但我听说你为了跟这家公司合资，还同意让女性四十岁、男性五十岁的工人买断工龄全部回家？"何国强当众问。

顿时台下一片哗然。

"何总，现在各个行业都在搞合资，40、50下岗不是我的专利。"只见郑春林不慌不忙地说，"我是个'老三届'，有幸在改革开放后考进了大学，毕业后终于踏进了梦寐以求的工厂，但我没想到的是，这个在夹缝中求生存的工厂，几乎所有的设备，只能用'恐怖'两字来描述！这就是我坚持要搞中外合资的原因！"

何国强的脸上毫无表情。郝亮气得大声质问："制造业需要技术工人，你却把这些中坚力量都放走了，今后怎么生产？怎么去攻克技术难关？"

"郝总，各个行业的攻关领域不同啊，当今世界的汽车电子产品早就实现了自动化，需要的是不仅有文化懂技术还要懂外文的年轻人，这些40、50的工人能有几个懂外文？能靠他们去攻克技术难关吗？"郑春林丝毫不让步，"我也为这些40、50叫冤，他们经历了'五七反右'、'五八跃进'、'三年饥荒'、'四清'运动，后来又遇上史无前例的'文革'运动，黄金年龄一直在这些特殊的时代中度过。好不容易改革开放了，刚刚进入角色，却发现刚开了头却又被掐了尾，这是他们的错吗？当然不是，可是我们也必须面对现实！"

很显然，会场里乱了套，大家开始议论纷纷。

何国强还是一言不发看着大家。郝亮更加恼怒了："郑春林，你要站在行业大局考虑问题，这些40、50的可都是制造业的中坚力量，绝不能采用买断工龄回家的简单粗暴做法，这不应该发生在我们身上，这是政治问题，你必须认清！"

"你这是上纲上线、小题大做！"郑春林已经回到了自己的座位，听到这话突然转身，"郝总，我知道你是'文革'初期毕业的大学生，自然不知道我们这些农场小厂的痛苦。我们那里的工人都是'文革'十年中插队落户的，你难道还要期望他们熟练掌握英语去操作现代化的机器吗？"眼看郑春林还想继续争论，坐在第一排的徐厂长赶紧把他拉回座椅上坐下。

何国强听了郑春林的这番言语心里也很不平静，他把话筒拉到自己面前，说："企业要搞现代化，就必须要年轻化、知识化，但如果每家合资企业都不要40、50，我们该怎么办？"话音未落，会场上一片喧哗。

底盘厂的柳厂长噌地站起来说："何总，华松机电工业能有今天，不都是我们这些40、50的人干出来的吗？他这个大学生，一坐上厂长位置就头脑发热，一下子要让这么多人下岗，工厂要乱，社会也会乱。我坚决不同意！"

"对，这种大学生不配当厂长！"台下一下子站起来很多年过五十的厂长们。有的说这个厂长没法当了，有的说这个厂长迟早要被人打破脑袋，更有人说谁让40、50的下岗就让工人到他家去吃饭。瞬间，整个会场乱套了。

何国强瞄了一眼坐在身边默不作声的郝亮和荣华，对着话筒就喊："李博林，李厂长来了没有？"他想此刻请出这位李博林老干部，想让他给大家醒醒脑子。

众人急忙在人群里寻找，没人回应。坐在最后一排的姜波忍不住举手说："李厂长正在为突破6000辆大关忙着呢，抽不开身！"

会场上传来一阵叽里呱啦的声音，不用细辨就知道都在骂人。还有很多人把目光转向姜波，只见他把脑袋压得更低了，担心被人发现。

何国强点名道："还是请国产化小组的负责人来说说吧，你们用三个月时间走遍了长三角地区的所有汽车配套厂，提出了'溢价'销售，要用这些款来支持零部件企业发展，还想出了搞'生产特区'，这一切是怎么想出来的？"

姜波神情紧张，朝坐在主席台上的荣华阴沉的脸看了一眼，显得左右为难，憋了很久才伸出一只手掌，慢慢地握成一个拳头，大声说："特区的人为了要买一辆车，加价一万美元还说'洒洒水'，说明我们生产的轿车是市场迫切需要的。眼下我们的企业生产能力弱，又各自为战，零部件国产化进展很慢。就像我们分散的五根手指，如果握成一个拳头，那就更有力。所以我们要把厂里最优秀的人才和最好的设备集中在一起，学习珠江特区的模式，建立生产特区，攻克难关就更容易，零部件国产化率就能迅速提升。用销售轿车的溢价款，去帮助那些有困难的企业，更新他们的技术装备，加快零部件国产化的步伐！"

整个会场安静了。何国强深吸一口气，抬头问大家："你们觉得他说得有道理吗？我认为他说得非常对，我们现在最需要的就是集中力量攻克难关，搞生产特区就是一种最好的形式！你们手上都有文件，拿回家好好看看，仔细想想，接下去该怎么去做。如果你们回去后还是继续不动，那你的乌纱帽就该动动了。当然，如果国产化搞不成，我引咎辞职！今天的会议就到此结束，散会！请国产化小组留一下！"

厂长们一脸懵，怎么，就任这小子随口一说，会议就结束了？大家晃晃悠悠走出会场，唯有一直默不作声的邹仁还坐着不动。

郑春林高兴地跑过去拉住姜波的手:"老同学,你的话都说到我心窝里了!"他竖起大拇指,又拍了拍姜波的肩膀,随后穿过那些低垂着脑袋的人群,迈着得意非凡的步伐,流星般地走了。

荣华朝姜波招手,示意他到主席台前来,要他详细地向何国强介绍生产特区的建设流程。

姜波马上把自己带来的生产特区建设规划图,逐一在会议桌上展开,先从车间的规划讲到生产设备的集中,又从人才挑选再说到专业技术,最后才说,只要生产特区具备了优异条件,就能立即去选择能尽快实现国产化的零部件。

何国强听完后马上说:"郝总,合资后,陈克敏同志曾让你分管国产化,现在重新分工。从今天开始我负责零部件国产化,这个国产化小组就在我的办公室边上设一个办公点,每周一三五在一起办公。郝总对各厂的情况比我熟悉,现在你去负责各个工厂的生产特区建设,我们双管齐下,快马加鞭!"

"这么快?"郝亮似乎有点担忧。

"时间就是金钱,必须要学习珠江特区的速度!"何国强很严肃地说,"搞零部件国产化没有捷径可走,只有勇往直前,才能不负众望!"

站在边上的荣华和邹仁连连点头。

第 十 章

一个周末的傍晚,一辆轿车向华山路驶来,刚到路口便停了下来。 郝亮从车上走下来,跟着下来的是他三弟郝勇,还有上姚汽车传动轴厂的厂长林国民。

郝亮握着林国民的手说:"太谢谢你了,每次这个捣蛋鬼闯祸全靠你和你弟弟帮忙。"

林国民说:"幸好这个片区归我弟弟管,要不然也够麻烦的。 郝总,我看还是这样吧,让我带郝勇回上姚跟他姐姐一起住,相互之间也有个照应。郝勇也三十出头了,整天窝在家里也不是个事,还是到我那儿去,好歹有事干,人要是一忙起来,就没工夫出去瞎闹了。"

郝亮一愣,认真地看了一眼林国民,随后轻轻叹了一口气,伸手拍拍郝勇的肩膀,道:"三弟啊,国民那儿可是国营企业,千万不要再闯祸啦!"

"大哥,这次我也想明白了,不能总靠你养着。 倩如也大了,我走之后,把阁楼整改一下,她也算是有了自己的空间。"

"难得你有这份心,倩如知道了一定会很高兴。 都说长兄如父,但大哥还是做得不够好,对不起你和你姐,让你们受委屈了。"郝亮显得很沮丧道,"既然要去,就不能三天打鱼两天晒网,要好好学会做人做事,也给你大哥和大嫂长长脸。"

轿车驶远了,可郝亮一直伫立在原地, 直到车辆消失在视线里。

他总觉得自己对不住弟弟妹妹：父母因煤气中毒去世，妹妹救活了，却留有后遗症，把过去的事忘得一干二净，把临时居住的小院当成了自己的家；二弟工伤去世；三弟插队返城后，进了工厂不学无术，躲在仓库里抽烟，烟蒂没掐死，把仓库点着了，坐了一年牢，出狱后没单位敢要，就整天吃饱了到处闯祸惹事。这次打架斗殴，若不是林国民和他弟弟出手相助，自己还真不知道该怎么办。

忽听得身后传来弱弱的声音"郝总"，回头一看是刘云涛，他手里冰棍早已化了，不停地往下滴水。

"哦，刘老师，是在等我吗？"郝亮见刘云涛的双眼紧盯着远去的轿车，"那是我的亲戚。你有事吗？"郝亮直指他手上的东西，示意他该把东西扔了。

刘云涛赶紧把冰棍扔进路边的垃圾桶，抱歉道："不好意思，郝总，打扰你了。昨天邹总找我谈话了，说要调我进国产化小组。"

听到这话，郝亮就觉得邹仁很擅长揣摩领导的心思，何国强再三强调要年轻化、知识化，还要学珠江速度，他立刻秒懂，不失时机地把刘云涛纳入到扩大国产化小组的名单中。

"快擦擦手。"郝亮看到刘云涛扔掉了棒冰，掏出手绢递过去，"你不是一直希望自己能有用武之地吗？这回把你列入国产化小组的名单里，不正好满足你的心愿吗？"

刘云涛不敢接手绢，双手在裤子两边使劲一擦，说："郝总，自从培训部出了那些事之后，师兄一直对我有意见，要是直接从培训部调去，会不会给他找到拒绝的理由？我想，能不能先调我到采购部或者质保部一段时间，然后再从那里派过去会更好。"刘云涛急吼吼地把自己的要求说了出来。

郝亮听到刘云涛说出这个理由，不由得好笑："你呀，想得太多，你师兄是国产化小组负责人，是他向我提出要增加人手抓国产化。现在要搞生产特区，你又是一个最合适的人选，怎么反而会顾虑那么多呢？走，到家里坐着说吧！"

"不不，我已经去过了……还是别去打扰倩如了，就在这儿说几句吧，其实很简单，我就是担心师兄反对！"

郝亮还真不愿意站在马路牙子上跟他说话，看他这副心虚的样子，心里就不爽，干脆挑明了："我直说吧，这次是你师兄向邹总提议把你放进国产化小组名单的，这下你该明白了吧？"

"啊？"刘云涛忽然像个委屈的孩子，差点就哽咽起来。

郝亮脸色一沉，心想，这么点小事就沉不住气，以后还能堪当大任吗？便叹了一口气道："你呀，但凡成大事者，不要被一些微不足道的小事蒙住眼睛，否则你将来怎么能担当重任呢？"

"啦哆来咪——"夜幕下，一辆洒水车响着华松市大街上独特的音乐，缓慢向路边的环卫所停车库驶去。

马路上飘落的梧桐树叶，被洒水车的水枪喷到了马路牙子下，像一条蜿蜒爬行的蟒蛇，缓慢地向下水道滑动。 郝亮此时王顾左右而言他："原本飘落的梧桐叶自然成垛，形态各异，远远望去挺好看的，可被这洒水车一喷，优雅的景致就没了，真是大煞风景。"

刘云涛并不明白郝亮说这句话是在含沙射影，但喏喏说道："郝总，我、我明白了，我回去向师兄检讨！"

"大可不必。 搞国产化不是你和姜波的个人恩怨！"郝亮咧嘴笑道，"你有南非工厂改造的经验，去了之后可以有发挥能力的地方，我希望你能配合我一起去推进零部件企业的生产特区建设。"

"您的意思是让我去建设生产特区？"

"对，现在建设生产特区是头等大事！ 你去的话，能发挥更大的作用。"郝亮又滔滔不绝地讲了一通大道理，直到天色变成了墨色。

第二天，刘云涛等到中午吃饭时，还是没接到人事部的通知，心里很焦躁，走到食堂门口见到了正在等自己的郝倩如。 她说，她爸昨晚接到何总的电话，要他准备一些资料，华松孚士汽车公司的董事成员要全部到奥国开特别董事会，肯定会有重要决策，在决策没有下来之前，让他耐心等待。

董事会刚结束，荣华就迫不及待地给邹仁打电话，让他立即进行企业内部招聘，扩大质量保证部专业科室的规模。还说奥方已经决定免收中方国产化零部件的认可检测费用，今后在中国生产的轿车零部件由中方自行认可。最后还补了一句，公司后勤部、财务部和培训部就不要放在这次招聘的范围之内了。

刘云涛很郁闷，在宿舍里拿旧报纸已经写了几百个"等待"，后来改成几十个"忍耐"，这些字从一开始的楷体到现在变成了一个个巨大的狂草！

突然有一天，直到后半夜张欢一脸郁闷地回到宿舍。刘云涛丝毫没注意，张欢进门就倒头蒙着被子睡觉，自己继续在旧报纸上挥笔飞舞，抬眼一看，不对啊，这家伙平时总对自己冷嘲热讽，今天是怎么了？上前一把掀开被子吼道："好啊，出门不吱一声，进门也不说话，你是彻底把我当空气了？"

张欢还是没吱声，两眼直瞪瞪地望着天花板。刘云涛这才觉得不对劲。张欢哪是这种人啊，不敢说是个开心果，但至少是个唱戏篓子！现在这个样子看上去不妙，肯定是遇上麻烦事了！

"怎么了，欢，你是不是有事？"刘云涛小心翼翼地上前去问。

张欢伸手从床底下拿出一瓶"北大荒"，拧开瓶盖就喝了一大口，说道："小艾昨天被分配到公关部，见大家正在量尺寸做职业装，很高兴，但办事员说，经理关照过了，她是新来的，职业装要她出一半的钱。她感到纳闷，想去找经理问个明白，走到门口就听见邹仁在与经理商量，准备用公关部预算去买刚刚红起来的程晓飞的画去送人！你想想，关小艾是个没有社会经验的小女孩，当时听了就吓一跳，转身就把自己听到的话告诉了那个办事员。结果今天，她的档案就被退回了人事部。小艾回到家哭个不停，饭也不吃，觉也不睡。关厂长才把我叫去了。"

"啊？"刘云涛听了大吃一惊。他知道，这个说话声音像公鸡叫的公关经理，是邹仁原单位的办事员，也是"文革"期间的工农兵大学生，五短身材，戴着一副像啤酒瓶底一样厚的眼镜，怎么看都不像一个合资企业的公关经理，但就是凭着与邹仁的特殊关系，摇身一变坐上了这个位置。

"关厂长叫你去就为了这事？咋不去叫师兄呢？他们俩的关系可比你亲多了！"刘云涛又诧异道，"哪怕叫李厂长出面去求个情，那也比你和你哥强多了！"

"你不知道啊，我哥又出差了，小艾又不肯说发生了什么事，去找李厂长有用吗？"张欢唉声叹气道，"他也是实在没办法，才找陈玲和我，我们劝了很久，才慢慢搞清楚发生的事！"

"哦，是这么回事啊！这有啥难的？"刘云涛梗着脖子说，"明天我去找邹总，告诉他这事要是让李厂长知道了，非搞大不可！"

"啥意思？"

"对付这种人，要用对方法。你想啊，谁不知道何国强跟李厂长的关系？谁不知道现在何国强多么看重你哥？"刘云涛此话一出口，张欢顿时觉得自己的脑袋瓜子没有刘云涛的好使，赶紧说，"云涛，你觉得这样做，真能把这事搞定吗？"

刘云涛拍拍张欢的肩膀，说道："放心，我也正好有事要找他！"

果然，第二天中午，邹仁亲自把关小艾叫到了办公室，好说歹说想让她回公关部。岂料关小艾说，除非你把那个啤酒瓶女人调走，否则我是不会回去的。

这让邹仁吃惊不小，想发火又不敢，因为刘云涛把话说得清清楚楚，这事搞不好就会闹到何国强那里去，想来想去又拿出几个方案，一个是让小艾到后勤部门当管理员，一个是让她到工会去当专职干事。

关小艾眼皮也不抬，张嘴就说，那就到工会去。

张欢看到刘云涛真把这事办成了，心里暗暗猜测，现在看来邹仁与刘云涛的关系还真的是不一般。

可没想到，当天晚上刘云涛回到宿舍发脾气，说自己去找邹仁，解决了关小艾的事，也问了自己的调令何时下来。结果邹仁说，中方董事会成员回国后，多次强调在这个特殊时期，除了增加质量保证部人员配置外，其他部门一律暂缓人员调动。看到刘云涛如此生气，张欢只得不停地安慰。

奥方董事穆勒先生没有回国，他直接去奥国汽车工业联合会做宣讲，向奥国汽车零部件行业的同仁们阐述中国汽车事业发展的广阔前景，让他们了解中国汽车零部件国产化的进程，希望他们能一起去帮助零部件企业建设生产特区，还多次强调，奥国厂商如果能在这个关键时刻加入到中国零部件国产化行列，就是抓住了在中国市场发展的最佳时机。

穆勒的演讲在奥国汽车零部件行业里激起了巨大的浪花，得到了很多奥国汽车零部件厂商的积极响应。

没过多久，奥国汽车工业联合会组织了庞大的考察团前往中国。由于人数众多，涉及的领域又不同，华松孚士汽车公司不得不派出所有懂奥语的工程师分别陪同当翻译，姜波也只得放下所有工作，带着国产化小组成员陪同奥国专家去考察。

刘云涛去找邹仁几次，提出让自己也去担任翻译。邹仁说，何国强下令，培训部的老师一个都不准动，要确保学校正常的教学秩序。

这下让刘云涛彻底郁闷了，一连几天坐在宿舍里喝闷酒。他这副死样子，张欢看不下去了。这天，他买了几样小菜，还拎了一扎啤酒，拉着姜波到他们宿舍，一进门就说，"云涛，我知道你这几天不开心，今天我哥刚出差回来，我就把他叫来了，你有什么话当面问吧！"

刘云涛抬头看着姜波就问："师兄，质量保证部扩招，培训部老师不能去，我能理解。但现在急需翻译，邹仁说培训部老师也不能去，我就不能理解了，就算缺了几堂课，以后不能补吗？"

姜波赶紧说："云涛，今天我去向何总汇报工作，还专门问了他关于调动你的事，哪想到何总说自己根本不知道。所以，我当着何总的面，再次提出要马上调你到国产化小组来，他马上答应了！"

刘云涛满脸惊讶地抬头看着姜波，几乎不敢相信自己的耳朵。

姜波解释道："其实，你调动的事被搁置是有原因的。我也不隐瞒，当时郝亮提出在国产化小组里增设一个生产特区建设的领导班子，去指挥公司旗下各个工厂的生产特区建设，我不同意，一个小组就这么几个人，还要去增设一个班子。再说了，都是同一个集团旗下的企业，所不同的，一个是合资企业，一个是国企，怎么能借这名义去领导同级企业呢？这不是故意制造矛盾吗？就是因为这个原因，导致你调动的事搁置下来了！"

刘云涛明白了：现在的国产化小组都是姜波亲自向何国强汇报，郝亮对具体进展并不清楚，把自己调去帮他建设生产特区，还要建一个班子专门听他指挥，这不就是变相要权吗？

张欢不知道刘云涛脸上为什么会突然流露出这么诧异的表情，有点忍不住，便揶揄道："你看你现在这种表情，哪还是当年的刘云涛呀，我看啊，你以后心胸放开阔点。来，我敬你一杯，感谢你为关小艾两肋插刀，帮了我的大忙，否则我以后还不知道怎么去追求小艾！"

刘云涛眼睛一亮，说："哟，原来是你另有所图？现在你如愿以偿了，却借着师兄的情面来谢我，这还是原来的你吗？"

张欢赶紧说："云涛，你可别这么想，我可全都是实话实说的，你的情义我是铭记在心的。今天叫我哥来，就是来给你解释，为什么你的调令会延后。从今往后，你不是能不能干零部件国产化的事，而是一定要干，还必须干成！"

"云涛，这阵子奥国考察团一波接一波，接下去建设生产特区和零部件企业的合资也逐步要放在首位了！"姜波说，"你是我们中间唯一参加过南美工厂改造的人，应该清楚我们现在所谓的建设生产特区，其实就是因地制宜、量力而行的改造，等到符合条件了才能与国外企业合资。因此，你我的任务很重！"

张欢和刘云涛把姜波送出门，返回宿舍后面面相觑，但两人的心里都很清楚，接下来的任务是非常艰巨的。

合资企业零部件厂大张旗鼓地搞生产特区，却苦了华松汽车厂。那些好设备和优秀人才都集中到了生产特区，留下的也只有那些维持生计的设备和人员。这对华松汽车厂是一个不小的打击。

李博林没有怨天尤人，而是抱着一种不服输的劲头继续往前奔，天天盯着关永明到各个学校去招生。可关永明是负责生产的副厂长，心里想的都是零部件不要出现质量问题，生产不能脱节，因此整天焦急上火，嘴上满是燎泡，早就把技校招生忘得一干二净。

李博林眼看华松孚士的技校生都已经毕业了，自己的技校八字还没一撇，意识到事情的严重性，实在没招，就把周志远提拔到技术副厂长的位置，并让他接手生产管理，责令关永明去招生。

关永明没辙了，只得蜻蜓点水，到各个学校和教育局去露个面，不管有没有效果，反正是去过了，能不能招到学生是另一回事，随后他又急匆匆返回到了厂里，看见喝茶抽烟的工人，就虎着脸骂骂咧咧，仿佛是因为他们不争气才导致自己到处受冤。

这一切都被周志远看在眼里，他倒不是因为看到关永明受冤发泄，而是为那些自己亲手改造的"雪橇车"犯愁。当初造这些车，就是为了照顾那些年纪大的工人，结果现在这些人找准时机就躲在一边喝茶抽烟，根本不管堵塞在一起的"雪橇车"，这让周志远也怒火万丈。

关永明笑着指着当初参照华松孚士SKD装配时的"雪橇车"嘲讽道："老周，这可是你当初坚持要照葫芦画瓢，把奥国人的'雪橇车'改成'流动装配车'的。你现在看看，都人性化了，劳动强度降低了，惰性就上来了吧？"

周志远憋着一肚子气说道："还不是因为你说要照顾年纪大的吗？现在你看看，流动装配车等于是实现了半自动化，这些人就开始偷懒，装配工位都挤在一块了，成了瓶颈口，产量不升反降，你让我接下去怎么办？"

关永明急忙拉住周志远悄悄说："咱俩赶紧换位置吧，你徒弟的事还是你去合适。这个招生的事我实在干不下去了，周边的学校，没一个愿意推荐学生到工农联合体的技校。"

"我说老关，现在合资企业的零部件配套厂都在热火朝天搞生产特区，那些技术工人都被抽调走了，留下的也都是跟我们一样的老弱病残，要是出了问题怎么办？他们那里青黄不接，我们也同样如此啊，你没忘了孙艳说过抢到人才就是抢到未来的话吧？"

"你还真把你徒弟说的话当圣旨了？告诉你，那些配套厂搞生产特区就跟我们当初把工厂一分为二搞合资如出一辙，还要继续折腾几年才行，眼下要想活得滋润，还得靠我们华松汽车厂，产量才是头等大事！我抓生产你去抓招生吧！"说完关永明就把手一挥，再也不理睬周志远。

一见关永明这种蛮横的态度，周志远气得掉头就去找李博林。

这段时间，李博林也发现了产量上不去，所以一直在生产线上来回巡视，忽然发现安装车顶水落槽的工人，不停地在长板凳上爬上、跳下，不停地往前移动长板凳，竭力保持与装配同步，可就是这么一个简单的动作，等到水落槽安装完毕，各个工位就挤到了一起。

他急忙跑过去纠正，结果看见周志远挡在自己面前："怎么了，老周，挡在我面前干嘛？你没看见水落槽工位安排不合理吗？这种操作流程和安装的方式已经成了瓶颈，产量上不去就是工位设置不合理造成的！"

"老李，产量上不去是要命的事，我也急啊！可刚才老关说我没能力管生产，要与我换位置。"周志远着急地说，"逼着我去招生，你说咋办？"

"你先等等，赶紧来看看这里的工位到底哪儿出了毛病，都挤在一块了，生产无法保持同步。"李博林的脑子里也是在想产量上不去的问题，急得就像热锅上的蚂蚁。

周志远急了："老李啊，我是个设备科长，现在名义上是技术副厂长，实际上却是要我管生产，这是赶鸭子上架呀！可我现在已经上架了，老关偏偏又要我下架，叫我去招生，你们到底是唱的哪出戏啊？"

李博林听了，这才一愣："老关怎么会这样？看我等会怎么收拾他！"

"你怎么收拾他我不管，现在你告诉我，到底要我干嘛？"周志远也急眼了。

李博林说："那好，我们先把生产的瓶颈口问题解决了，然后再坐下来商量招生的事。"

当晚，李博林与周志远到工具车间连夜加班赶制一条两米五的长凳和一根长长的橡胶条，换掉了脚下的板凳，踏在这条连夜赶制出来的木凳上，将一根一米五的橡胶条压住水落槽，随后再用橡皮榔头一路敲击，这样铝合金水落槽的两端受到橡皮条的压制，不再出现这头敲下去、那头跳起来的现象，保证了一个工人在三分钟之内完成水落槽的安装，工位拥挤的问题也迎刃而解。

待一切都完工，天已大亮。

李博林松了口气，这才拉着周志远往食堂跑："走，我们去吃早饭，边吃边聊招生的事。老关说周边的学校跑遍了，教育局也去了，人家不感兴趣，会不会是我们自身存在什么问题？"

坐在食堂里，俩人一人捧着一碗稀饭、一个包子、一根油条和一碟酱菜。周志远啜了一口稀饭道："我觉得这些学校都看不起我们工农联合体的技校，眼睛都瞄准了中外合资企业，我们算是遇到强劲的竞争对手了！真要是按照孙艳说的抢到人就是抢到未来，难度很大！"

"这话我不信。你徒弟的目光比我们看得远，抢到生源肯定就是抢到未来，这是你我都认可的，难度大无非就是对方是合资企业，收入高、条件好，我们也可以提高待遇啊！"

李博林边嚼着油条边认真地说："今天下班后有一个中层干部会，就是专门讨论技校招生策略的，看来没有撒手锏是招不到好学生的。你再辛苦一下，先跟我一起到车间去看看白班的操作，到底还有哪些环节影响产能。"话音刚落，上班铃声响了，忽然就听到嘈杂的机器声中，夹杂着关永明的咆哮声。

李博林笑道："听见没，这几天，我就听见老关天天在车间骂人，哪是跑学校跑教育局了？"

周志远有些醒悟了："老关是想跟工人拱在一起搞事？"

"搞事？"李博林怒了，"他还有这个胆？走，过去看看！"

李博林和周志远走过去，发现关永明正在指责两个装前挡风玻璃的工人，不按工艺规定要求装配，密封条的边缘已被铁皮框架划伤，还在继续拼命往里塞,所以就逼着他们拆下重装。两个工人憋着一肚子气,看见李博林和周志远来到面前又不敢发作。

李博林仔细观看拆下来的风窗玻璃密封条里没有撒上滑石粉,也没有嵌入蜡线,而是硬生生地将风窗玻璃采用霸王硬上弓的蛮劲,强行嵌入车窗框,岂有不划伤密封条的道理?

于是,他将两个老工人拉到身边,亲自示范,一边说一边亲自操作:"密封条的两端都有凹槽,一端装玻璃,一端嵌入车框。嵌入车框的要先撒进滑石粉,再放入蜡线,等到密封条插入车框后,再抽出蜡线,这样密封条就牢牢地嵌入车框了,要是发现还有橡胶翘起的地方,你们手中竹刮片就起作用了,伸进去把那些不平整的地方抹平了,这样雨水才不会漏进车内。这就是玻璃装配工艺流程,不能偷工减料,必须严格执行!"

两个老工人还想争辩,没料到关永明挥舞双手大声怒斥:"想偷懒也不看看地方,要是售后反馈风窗玻璃漏水,我新账老账跟你们一起算!"

"厂长,这个工艺不是不知道,可现在……"这下两个老工人真火了,扬起手中的竹刮片,反唇相讥道:"你们自己看看,装配时间就这么点,这竹刮片还是要在密封条里兜一圈,这样才能保证没有空隙,时间来得及吗?再看看我们身后的工位,他们是多长时间,我们呢?从抬玻璃到装玻璃,既要嵌入拉绳又要撒滑石粉,还要四边规整入位,原来三个人,被你抽走了一个,现在就我们俩,工艺操作规定一样都不能少,三分钟够吗?不信,你来试试,如果那些工位不挤到我们身边,我们就趴在地上当乌龟。要是挤占了我们的工位,你就在地上爬!"

风窗玻璃装配工位是车身装配的最后关卡,再往下就是装发动机、变速箱、轮胎、四轮定位,最后就是加油后下线出厂。

在风窗玻璃装配前,几十个工位都是在滑轮车上按部就班操作,不像风窗玻璃装配是固定的工位,所以那些工人一边装配一边神侃,直到滑轮车移到了风窗玻璃装配的工位时,才胡乱地挤在一块,你争我抢,此时,若是不及时摁下停止按钮,滑轮车就挤占了风窗玻璃装配工位。

关永明一直以为只要有了流动装配车就能减少一个人，没经过调研就抽走一个，因此，一到风窗玻璃装配工段，总会有人摁下停止按钮。这样一来整个生产线停停走走、走走停停，速度不增，产量就上不去了。

现在工人戳穿了自己的小把戏，只得认输，挥挥手道："好啦好啦，我马上把人调回来，你们也别争了，就算我脾气不好骂了你们几句，那也不是真骂，行啦，赶紧干活吧，真要是拖累了产能，那我老关可真的会不客气了！"

"关老爷子，你早说这话，我们会这么没礼貌顶撞你吗？"一个老工人说道，"我们都知道你体恤工人，否则大家为什么都会叫你关老爷子呢？行啦，我们若有不尊，还请你也别往心里去！"

关永明大手一挥，说："怎么可能呢？我们的目标是一致的，只是方式方法不同而已，既然说开了就当什么事都没发生，大家不要记仇！记仇就不是咱们这些硬邦邦的工人阶级了！"

大家哈哈大笑，一场不愉快也就过去了。

中午在食堂吃饭时，大家又端着饭盆跑到了关永明身边抱怨收入低。周志远在一旁听到这些话后暗自好笑，你老关这回又是自讨苦吃了吧，当初硬说流动装配车降低了劳动强度，结果现在工人又开始抱怨收入低，再往后到恐怕连扫地阿姨都会嫌垃圾多不想干活了。

想到这儿，周志远看到坐在身边的李博林渐渐地虎起了脸，便悄悄地说："你别去管这些鸡毛蒜皮的事，老关恨不得流水线停了，等你上钩呢。别上当！"

"上什么当？你以为我会不知道他们肚子里的小九九？不就是我们的收入低吗？可、可这老关从玻璃装配工位上抽走一个工人，就是不对。"李博林吃完饭，大步流星走进车间调度室，等到上班铃声响起时，他摁下了停止按钮，打开麦克风，"各位工友兄弟，这几天生产任务完不成，我都看清楚了。我知道华松孚士汽车合资后，我们厂几百个年轻力壮又有文化的工人都被挑走了，留下的都是你们这些四十五岁以上的老工人。"

说到这儿，李博林连续咳嗽了好几声，随后才继续往下说："考虑到实际情况，我们采用了人性化的操作方式，让你们这些年龄偏大的工人能随着移动的工位跟上装配的节奏。可我最近发现，善意和好心并没有得到好报，许多工位上的工人都在喝茶嘎三胡，有的甚至打瞌睡。我承认，个别工位上确实存在工位器具布置不规范，我们已经把它修正了。可现在还是有很多人不按照操作流程作业，七八个工位扎堆，这是故意破坏生产秩序！我告诉你们，新厂建设，国家可是花了大量投资，就是为了制造更多轿车来满足社会发展的需求，可眼下你们这种偷懒懈怠的消极行为等于在犯罪！"

关永明疾步走来，挥手朝调度室示意开启生产线按钮，转身就催促："都听见了吗？快，赶紧干活，今天产量完不成，你们谁也别想回家！"

看见周志远正快步走来，他马上伸手一把拽住："老法师，人性化操作和管理肯定没错，可老李也不能随意说工人们故意偷懒和消极懈怠呀，这话说得太过火，工人们心里会怎么想？这几天，华松孚士既发绩效奖，又发超产奖，而且一发就是几百元，我们呢？完成产量就发几十块钱，你说工人们会没有想法吗？"

"你从风窗玻璃工位抽走一个人，造成装配来不及，是故意的吧？"周志远眼睛眨巴着问。

"你不是说有了'雪橇车'就等于实现了半自动化，减少一个人不是很正常的吗？否则你费那么大劲干吗？"

周志远被噎住了。

关永明赶紧又凑上来悄悄说："中午在食堂吃饭，你也听到了，大家都觉得没有动力！"关永明用手装作数钞票的样子，"你想呀，夫妻俩，一个在华松汽车，一个在华松孚士汽车，无论男女，只要收入一高，回家的感觉就不一样。"

周志远嘿嘿一笑："呵呵，你呀，还说自己天天跑学校、跑教育局，原来是在动歪脑筋！"

"这怎么叫歪脑筋呢？你不看看现在新桥镇菜市场的菜价，小贩卖菜只看服装，就你我俩的服装就比一般居民的价格高，要是我家小艾去菜场，这菜价就蹭蹭往上涨，不信，你就回家问问你儿子！"

周志远说："哪有这么夸张？"

"这哪是夸张，是现实。否则工人们怎么会变得这么消极？要不我怎么会招不到学生？"关永明神秘兮兮地对周志远说，"今晚老李要开会，定下的调调是不讨论涨工资和发奖金的事，而是要专门讨论技工学校招生的事。他这脑子也不知怎么想的，工人们为什么消极呀，光靠喊口号有用吗？你要帮我一起给他洗洗脑子，要提高产量就必须发票子！你看，我刚刚去通知各个科长开会，他们几乎一致央求，要我在会上提发奖金的事。我想想也是，去年好不容易挣来的三个亿，一分不少全部上缴，年终奖金就是人手一只老母鸡，就算你我觉悟再高，可工人行吗？干多干少一个样，谁还会有干劲？你别看老李大喇叭里哇啦哇啦地叫，没用，都什么年代了，能鼓劲的还是手上的票子。"

周志远嘿嘿一笑："怪不得你对招生不感兴趣啊，原来就是在动歪脑筋！"

"好吧，就算是歪脑筋，那我也得为工人想想啊，都是一样造车，凭什么华松汽车厂的工人就低人一等？"

周志远有点吃惊："老关，你可是跟着老李从部队转业到地方打天下的，没想到你也长这种怪心眼？"

"你吃蒜了吧，嘴那么臭？"关永明睁大眼睛说，"老李满脑子为了提高产量，我也是啊，可工人的收入上不去，生产没有积极性，产量能上去吗？如果奖金到位，产量就肯定能噌噌地往上涨，招生工作自然也会很顺利，你信不信？"

周志远心里一紧，马上问："有你说得这么严重吗？"

"我可是天天跟工人们混在一起，能不知道吗？"关永明冲着周志远直言不讳道，"实话实说吧，别说我对招生工作上不了心，要是工人再不增加收入，后果会更严重！"

"那你的意思是……"

"今晚开会，我们集体冲着老李开火，逼着他发奖金！"关永明豁出去了。

"发了奖金，招生工作就能水到渠成？"周志远狐疑道，"要真能这样，那我就帮你说话。"

"一言为定。"关永明有了周志远帮衬,心里踏实了。周志远这个老法师在李博林心目中还是有分量的,绝不敢惹毛。

晚上,李博林在会议室摆开了一溜饭盒,每个人面前还放着一个茶缸。周志远掀开茶缸盖一看,呵呵,肉丝榨菜汤。大家上前去找写着自己名字的饭盒,打开一看,米饭上除了一个大鸡腿,其他的都是咖喱土豆。

"各位,华松孚士汽车技术学校的学生都已经毕业分配工作了,我们至今连一个新生都没招到,老关,你说说接下去这事怎么办?"李博林毫不客气点名。

关永明边吃边说:"我们的招生简章、招生对象跟华松孚士汽车一模一样,就是专业有所不同。但人家是合资企业,收入高,应届毕业生更愿意选择他们,谁会来我们的工农联合体技校。"

李博林叹气道:"照你这么说,我们的新生招不进来了?"

关永明说:"你要是想招也容易,得把我们这里的工人收入也提高到跟华松孚士一个样,我保你能招进更多的学生!"

"对呀,收入差距太大,谁会愿意到我们华松厂来?"周志远也帮腔了。

没想到周志远的话音刚落,围在桌子边上吃饭的科长们你一言我一语纷纷嚷嚷起来,所有的声音只有一个,就是提高收入,还不停地提出各种提高收入的办法,就连财务科长也出主意道:"其实,我们明的涨工资上级肯定不批,发奖金呢,上面也会干涉,要是我们把超产的车拿到市场上去换紧俏的农副产品发给大家,效果会怎么样?去年底不是拿车换来了老母鸡,解决了年终奖金问题了吗?这难道不是一个变相提高收入的办法吗?"

大家一听这话马上就议论开了,一个说拿超产车换鸡鸭鱼肉,一个说换油盐酱醋,还有的说换日常用品,更有的说去换彩电、自行车。大家越说越起劲,越说越离谱,原来是关于技工学校招生和聘请老师的策略讨论会,一下子变成了交易讨论会。

李博林气得饭没吃完就拍着桌子大骂,还真没见过你们这些见钱眼开的势利小人,满脑子想的都是钱钱钱,怎么不想想我们华松汽车厂的将来?可大家伙就像是对好了口径，继续围绕着增加收入喋喋不休，绝口不提招生的事，这可把李博林气坏了。

但无论他发脾气还是拍桌子，大家依然故我。最后连会也开不下去了，大家吃完饭，拿起饭盒一抹嘴开溜了，就连关永明也吃完饭转身骑车回家。周志远一看没戏，也垂头丧气地回了家。

李博林一个人孤零零坐在办公室里发呆，自己还从来没有见过大家这么齐心。但大家说的都是事实，华松汽车厂工人的收入确实与华松孚士无法相比，人家一个月的薪资加奖金几乎是这里工人半年的收入。

李博林心里早就为这个巨大的收入差距打抱不平，但上面不发话，也不给政策。自己根本不敢去做任何事。眼下那些头发花白的老人，一口一个要增加收入，不也是对现状不满吗？

他眼前闪现了刚才坐在会议室里一片白茫茫的脑袋，一张张饱经沧桑的脸，无论从哪个角度看，他们都不会给华松汽车厂带来希望，只有加快建设技工学校，培养未来的接班人才是根本。

可要招收新生，就眼下的这种收入，加上临时搭建的技校，任谁都不会感兴趣，哪还有什么希望可言？他站起身来回在办公室里踱步，一圈又一圈，直到天色黑暗了，最后横下一条心，心想，只要能招进来学生，对华松厂的未来有利，管别人怎么说。

眼下了解招生的只有刘云涛，他当过老师还负责过招生，一定有办法。自从孙艳辞职走了之后，老关和周志远都不待见他，怎么办？想了很久，他硬着头皮给员工宿舍的门房打电话找刘云涛，没想到刘云涛二话不说，立马骑车赶到华松厂的办公大楼，直奔李博林办公室。

第二天，李博林找到后勤科长，要她在短时间内把厂内的生活区辟出几层楼用做学生宿舍。

一周后，李博林亲自带着周志远驾车跑遍了所有郊县的教育局，向他们表示所有录取的学生均享受学徒工待遇，不仅可以免费住宿，还可以报销来回车费，成绩优秀者还可以获得一笔不菲的奖学金。没想到，刘云涛给出的奇招竟然吸引了临近郊县各校的欢迎，生源源源不断。一直到学校开学，关永明都还没搞明白这老头哪来这种计谋。

到了开学的日子，学生们一来报到就全傻眼了，这是什么学校？二楼的教室下面就是营销科，整天叽叽喳喳吵个不停；营销科后门的水泥地上，架了两个篮球架就算操场。那阶梯教室一看就知道是仓库改建的。教室对面是食堂，食堂的右手边是试制车间，空气里飘着的不是鱼香肉丝味就是汽油未燃尽的废气味。学生们觉得自己受骗上当了，开始罢课，吵着要退学。老师们急得不知道该怎么办，尤其是从嘉淞县教育局刚调来的那几位老师更觉得冤，自己好端端在学校教了半辈子书，培养了不少高材生，至少被尊称一声"恩师"，在社会上也被称为"人类灵魂的工程师"，到这里却被学生认为是"骗子"，想不通。

周志远看到了学生们闹，也听到了老师们怨，赶紧去找李博林商量对策。李博林一点也不着急，说："等着瞧吧。"

一个月后，老师和全厂工人都换上了浅灰色的工作服，连学生都发了春夏秋冬四季服装，还每人两套。

后来，每周又开始向所有工人发放鸡鸭鱼肉，还有各种家庭日用品，几乎是像变戏法似的发放各种水果和副食品。到最后，华松厂的员工几乎都不用去菜场，所有的农副食品都会从厂里带回家，甚至连花露水一发也是一打，这让居住在华松厂周边的居民好生羡慕。

学生们当然更看不懂了，自己到手的补贴一分不少，只要员工有的，学生自然也人手一份，各种福利待遇远远超过了合资企业。

新桥镇上的人说，但凡阳台上挂着鸡鸭鱼肉的，那就是这户人家有人在华松汽车厂工作。那些大摇大摆走进菜场不讲价的，则是在华松孚士汽车公司的。

街坊邻居不知道，华松汽车厂怎么会突然有那么好的福利待遇？那些之前一直在抱怨的学生更不知道，这些福利待遇，都是李博林拍着胸脯向何国强立下军令状，保证突破六千辆轿车产量换来的。

第十一章

华松孚士汽车公司生产的轿车在国家部委和各省市机关，包括一些大型企业很受欢迎，产品供不应求，产量也成了当务之急。

国产的华松牌轿车也很受欢迎，但自从华松孚士生产轿车开始面向各个郊县、乡镇，包括那些先富起来的万元户之后，也面临着产量递增的难题。

中国汽车销售市场的差异化竞争态势，就在这个时候逐渐形成。

一个盛夏的清晨，热辣辣的阳光穿过几幢高楼，像利剑一样射到华松机电工业公司的汽车销售会议室，大家都在焦急万分地等着李博林来参加会议，可左等右等就是不见人影，销售经理只得下楼去等候。

只见李博林被一个穿着西装、戴着墨镜的男子拦住了："阿哥，有证吗？"

李博林问："什么证？"

墨镜男掀开西装，指指里面汗津津的衬衣口袋里露出的销售凭证神秘地说道："就是这个。"

李博林一脸疑惑地看着里面这张购车凭证，很诧异："买孚士轿车要凭这个？"

墨镜男笑了："你以为取消了粮票、肉票、布票，其他商品都不要票啦？你去问问，连买一辆自行车都要票，何况轿车？"

李博林更诧异了："这个要多少钱？"

墨镜男答："你真要的话，可以商量。"

黄牛指着边上的弄堂，拉着李博林转身拐了进去，伸出一根手指头。

"一千？"李博林惊讶地问。

墨镜男怒道："你是不懂还是装糊涂？ 一千能买到购车凭证？ 来，我加你五倍，你有多少我收多少！"李博林顺着墨镜男指的方向望去，边上一个黄牛正鬼鬼祟祟沾着口水点着钱，数完后塞进口袋，拿出购车凭证交给一个穿西装打领带的人，转身一闪没影了。

墨镜男笑道："看见了吧，一万，还都像抢到宝贝似的。"

李博林倒抽一口冷气，这辆轿车奥国人定价八万，华松机电工业公司卖出去十八万，黄牛又加价一万，乖乖，再转一手就是二十万！ 这还了得？

正想着，销售公司的后门开了，销售公司经理一脸苦恼地嚷道："老厂长啊，等了半天都不见你上楼，就知道你被黄牛堵上了，走走，赶紧上楼，跟这些黄牛有什么好说的，赶紧上楼！"

墨镜男一听这老头原来是厂长，目送他走进门口还不忘说："哎，你是厂长，肯定有这玩意儿，给我啊，保你价格满意！"

等到李博林开完会从楼上下来时，这个墨镜男还守在门口："怎么样？ 有吗？ 我出高价！"

话刚说完，就见门里冲出销售经理，手里拿着一个BB机往李博林口袋里一塞，说："啊呀，老厂长，你这么急着走干吗呀，叫你来开会就是想请你帮忙的，你别看孚士牌天天被人屁股后面追着，这华松牌也是市场热门货，呶，这BB机你先拿着，可一定要帮忙调五十辆华松牌救救急呀！"说完便亮出自己裤带上挂着的BB机，用手作打电话状。

墨镜男听了，拼命忍住笑。

李博林抬手一挡："你可别想用这个玩意儿拴住我，我哪有时间跟你七搞八搞。"

销售经理连忙解释说："这可是公司用车换来的，紧俏货，先拿着吧，等你们配上了再还给我也不迟！"说着就推着李博林走到车边，拉开车门把他和

BB机都送进车里，目送华松牌扬长而去，便自言自语道，"等着吧，只要你的车下线，我就呼死你！"

墨镜男闻言，赶紧看看衬衣里湿漉漉的购车凭证，仿佛看见大量的轿车源源不断的涌向了市场，黄牛贩子特有的敏感性促使他心急火燎地去抛售。

二十世纪八十年代末，轿车——无论是国产的还是合资企业的，都已成了中国市场上高端耐用的紧缺物质，华松机电工业公司为了满足各个省市机关的需求，不断给华松孚士汽车增加订单，空运费也随之大幅增加。

荣华去找穆勒商量，看看能否从孚士总部入手，减少空运件的费用，穆勒两手一摊说，运费是航空公司的事，跟孚士总部无关。

荣华去找采购部外方经理，要求他减少紧急空运，改用海运来降低费用。

外方经理说，从下订单到从汉堡港口起运，抵达华松码头至少要六个月，无法保证增产需求。

荣华干脆把张欢找来，让他想办法拿出降低费用的方案。

张欢想，空运和海运价格相差上百倍，现在增加的订单都是紧急采购，除了空运别无他法。尽管海运已经由中威海运以最低价格来承运了，再要降低费用，只能把储存在码头、机场仓库里的零件运进工厂，减少仓库储存费和运输费。但工厂哪来这么大的空间，除非在附近找一个地方，集中储存这些零件。

张欢把自己的想法跟手下的王品惠一说，他立即出了一个主意，工厂周围都是大片农田，建个仓库应该不是件困难的事。

张欢觉得他的提议有道理，说干就干，两个热血青年马上草拟了一份计划书递交给奥方物流总监，这个老外马上向穆勒汇报，穆勒与荣华沟通后都觉得这个方案非常好，不仅解决了眼前急件空运的高额储存费问题，还能把长期以来滞留机场、码头的费用问题也一并解决了，立即同意实施。

王品惠是工农兵大学生，早先在华松汽车厂当采购员，对各类物资管理还是蛮有一套的。他首先想到的就是当地政府，便立马去找新桥镇政府主管工业的副镇长谈了他的想法。

副镇长觉得一亩农田种庄稼一年最多收入两百元,如果在一亩地上建好仓库,租给华松孚士汽车公司,那收入肯定要翻上十倍,这是明摆着的好买卖。他马上召集镇政府有关部门领导开会,商定了跟华松孚士汽车公司合作的方案,规划出了几个地块。

张欢选定了离工厂最近的新浦村地块,双方经过多轮协商,最后达成一致意见,签订了仓库租赁协议。内容包含租赁仓库的标准、面积、单价,还有零件的保管、运输费用等等,甚至连车辆由谁购买和使用都写得明明白白。

仓储租赁方案获得批准后,王品惠便兴高采烈地提议,下班后到厂后面的宁临海鲜饭店聚聚。张欢欣然同意,让他叫上科里的其他同事一起去,由他来请客。

一到饭店,老板娘热情地把他们引入包间,介绍道:"今天有刚进的新鲜小黄鱼,给你们清蒸几条,还有雪菜目鱼是我们厨师的拿手菜,再炒盆葱油海瓜子,来只青蟹姜葱干炒。今天的毛蚶特别新鲜也给你们烫一盘。"

还没等老板娘说完,王品惠就嚷嚷:"再来一瓶华松大曲!"

张欢笑道:"对,吃海鲜是得喝白酒,杀杀菌!"

一会儿工夫,一盆盆海鲜就端了上来,老板娘指着桌上的毛蚶说:"这毛蚶烫了三十秒,还带血丝,可鲜了,快尝尝!"

王品惠道:"张经理,快尝尝鲜,蘸点酱油和醋入口最棒了!"

他嘴上说得起劲,但看到这血淋淋的毛蚶,始终不敢动筷子。其他同事更是不敢恭维,只有张欢一个人在大快朵颐。回到宿舍,张欢就开始不停拉肚子,几近脱水,半夜到医院,一进门诊大厅发现很多人在吊盐水。医生一听是吃了毛蚶,马上开了化验单,随后让他先坐门诊大厅挂盐水。此时,张欢这才知道,这些挂盐水的人都是吃了毛蚶的。

化验报告一出来,医生便通知他不能离开医院,要空腹抽血验肝功能。没多久,验血报告出来,张欢确诊得了甲肝,马上被收入了隔离病房,走入病房后一看,几个在大厅挂盐水的都住在了这里。

夏荷得知张欢住院,担心他在隔离病房吃不好,营养不够影响身体康复,休息天不是炖鸡汤，就是炖蹄髈，亲自给张欢送去。

经过三个多月的治疗，张欢痊愈出院。

医生告诉他，这次他的甲肝是吃了受污染的毛蚶。华松市有三十六家医院收入了甲肝病人，总人数已达三十多万人，还有十余人已经死亡。他发现得早，治疗及时，很快康复算是幸运的。这毛蚶还能吃死人？张欢听后吓了一跳。

住院期间，张欢把监督新浦村建仓库的工作交由王品惠负责。恢复健康上班的第一天下午，他便带着王品惠来到了新浦仓库工地，看到三幢仓库已经全部完工，一幢仓库已经放入了进口零件。张欢大惊，赶紧走进仓库查看，这时一个五大三粗、戴着污糟糟军帽的老头急匆匆跑过来喊道："啊呀，是王经理来啦……"张欢循着声音望去，见他皮肤黝黑，眼珠子突出，卷着裤脚，一看就知道是个刚刚从烂泥地里爬上来的中年农民。

"这位是我的上司，张经理。"王品惠很识趣地向农民介绍。农民一听，马上满脸堆笑："欢迎张经理来视察、指导工作。"

王品惠向张欢解释，这位就是新浦仓库主任。眼下只有一个满仓，另外几个还都是空荡荡的。

张欢一听马上皱起了眉头，一句话都没说就径直向满仓的仓库走去，一进门没找到任何标识，零件堆放很杂乱。沿着窗户堆着大量拆卸零件后的纸箱和木板，几个五大三粗的汉子正在搬运零件，他赶紧上前去问："你们知道搬的是什么零件，应该放在什么位置？在搬运过程中又需要注意哪些事项？"那几个搬运工一脸茫然，一句都答不上来。

张欢气得鼻子冒烟，赶紧让大家放下手中的零件。他望着眼前紧挨着仓库和食堂之间搭建的简易厕所，农民们不停地进进出出，臭气熏天。空地上还有两个农民工正在焊接料架，火花四溅。

张欢急忙跑过去喊停，大声告诉他们，仓库重地不能有明火，更不能临时拉电源。他扭过头很严厉地责问那个农民——仓库主任："这是最基本的常识，难道你连这点常识都不懂吗？"边说边马上让农民工带上工具离开这里，不准在仓库及附近的任何地方进行焊接操作。

　　巡视完仓库，张欢眉头紧蹙，忧心忡忡地对王品惠说："新浦村仓库远还没有达到我们合同规定的要求，你怎么能擅自把零件运进来呢？马上通知码头、机场，立即停止运货！"

　　王品惠一愣。张欢随后又对仓库主任说："你必须马上把简易厕所搬走。仓库之间的通道是要装卸货物的，怎么能在这里建厕所？明天开始让所有仓库工作人员先学习仓库管理规章制度和操作流程，考试合格后才能上岗。"

　　张欢走到大门口又转身问："仓库通过消防验收了吗？"这个仓库主任瞪大眼睛"啊"了一声便没下文了。

　　张欢心知不妙，马上说："要马上通知消防部门来验收，不合格的地方要加紧整改。在没有达到合同规定的要求前，一个零件也不准再运进来，已经运进来的必须严格保管。"仓库主任鸡啄米似的点头答应。

　　驾车离开仓库后，张欢终于忍不住开骂："品惠，你是猪脑子吗？这些农民什么都不懂你看不出来，是不是被他们灌了迷魂汤？仓库没验收就敢把这么多零件运进来，这是违反仓库作业规程的，你不知道吗？"

　　王品惠吓得不敢吱声。

　　仓库主任看着他们的轿车渐渐远去，脱下军帽露出光溜溜的脑袋挠了挠，转身问门房老头，刚才两个电焊工去哪儿了？门房老头手指向一个空仓库说，在那里等着呢。这个癞痢头老头就是钟民的老丈人村长，满脸横肉，扬手就叫电焊工赶紧把还没焊接好的料架焊接完，结账走人。

　　高个子嘴里叼着烟嘟嘟囔囔地说，一会儿不让干，一会儿又喊着干，白耽误工夫。

　　瘦个子倒没想那么多，只想赶紧干完活，拿到钞票走人，便加快脚步朝食堂方向走去，到了放料架的地方，又从食堂里拉出一根电线接上电机，开始操起焊枪焊接起来，焊完一个再焊另外一个，眼看周边的场地上已经堆满了料架，便退到简易厕所前的空地上。

　　高个子烟瘾重，嘴上叼着的香烟又只剩烟蒂了，他马上又接上一支，随手把烟蒂一扔，没想到烟蒂滚进蓄粪池，池里蓄满了沼气，火星遇上沼气，就听得"砰"的一声巨响，沼气被点燃，粪池盖冲上了天，一团火焰连带着粪便从粪池里喷了出来，一下子把电线烧着了，随即蔓延到电箱，结果电箱爆燃，火焰蹿了出来，在仓库里干了几个月的农民哪见过这种阵势，吓得屁滚尿流往外跑。火焰很快把仓库里的纸箱和木板点燃，干柴遇到烈火迅速向周围蔓延，不一会儿，一幢仓库便燃起了熊熊大火！

新建的仓库离华松汽车厂的边门不到三公里，浓浓的黑烟冲上天空后，门卫是第一时间发现了火情，立即敲响门口的铜钟。

李博林和关永明正在商量工作，被"当当"的钟声吓了一跳，推开窗户一看，发现是华松孚士新建的仓库起火了，马上操起电话机召集厂里的保卫科人员和消防队员，带上灭火工具直奔现场。

张欢一路训斥王品惠一边行驶到华松汽车厂边门，忽然看见厂里消防车拉响警报冲了出来，马路上还有许多人都紧张地四处张望，赶紧停车往身后一看，吓得他浑身一哆嗦，迅速调转方向，一脚油门朝仓库疾驰而去。

此时的刘云涛正驾车与姜波一起从集团开完会返回新桥镇，远远地看见新建的仓库火光冲天，急忙说："师兄你看，新建仓库着火了！"

刘云涛自从被调入国产化办公室就像变了一个人，整天精神抖擞，兴高采烈，经常与姜波一起驾车到集团开会，有时还没日没夜地加班、出差，但他丝毫不觉得辛苦，反而乐在其中。

这会儿他神情紧张地大叫起来，让姜波浑身一激灵，睁大眼睛盯着前方的火光，大叫："快，再开快点，这是张欢正在筹建的仓库，快赶过去！"

等到他们赶到现场，就见张欢正拼命拽住李博林不让他往火场跑。李博林哪里听得进，还是拼命挣扎着要往里冲。

姜波赶紧跳下车，一个箭步冲上去，拦腰一把抱住李博林说："李叔，太危险了，千万别进去！快报警，快！"

刘云涛停好车，跑进门房拿起电话拨打119。

熊熊大火翻卷着黑烟向四处翻滚、蔓延，靠人工根本无法扑灭，火势越烧越猛，眼看仓库房顶就要倒塌！张欢赶紧朝正在找消防龙头的消防人员大喊："这里还没装消防龙头，赶紧到大蕴河里找水源，快，仓库马上就要倒塌，情况很危险，快呀！"

大蕴河曾在十几年前发生堤岸崩塌，经过整修，加高了堤岸，消防员要扛着抽水泵跑到大蕴河去抽水，水管显然不够长。

李博林大喊："快，把所有的水管全部接上去，先扑灭大火要紧，其他人跟我冲进去抢救国家财产！"

尽管消防员按照李博林的指示接上了水管，但远水还是解不了近渴，仓库房顶发出一阵吱吱嘎嘎的声音，"轰隆隆"一声巨响，燃烧的油毛毡顶棚裹着熊熊烈火崩塌下来，姜波急忙抓起墙角边的板箱盖罩在李博林身上，"呼啦啦"一团团火球沿着姜波的手臂滚到了脚下，顿时从他脚下蹿出一股火苗燃着了裤脚，火焰又直往上蹿。

刘云涛见状，急忙脱下衣服朝他身上拍，随后又拉着姜波和李博林跑出仓库！此时的姜波手臂、裤脚已被烧得一片焦黑，脖子和手臂上全是一个个燎泡，李博林却在板箱的护卫下安然无恙。

县里的两辆大型消防车鸣着警笛呼啸而来，用车厢里自带的水源迅速喷射，仓库的大火才慢慢熄灭，接着房顶开始一片片滚落下来。

王品惠和秃子躲在树后嘀咕，被张欢看见了，气得跑过去一把揪住瘌痢头："是不是你叫他们继续焊接了？看看，这就是你想要的结果吗？"秃子惊魂未定，王品惠赶紧闪身躲到了一边。

李博林一看这个秃子眼熟，当初就是他割断了华松孚士汽车公司的水管浇农田，现在竟然还当上了仓库主任，李博林立马气就不打一处来，操起一根木棍朝他跑了过去，嘴里骂道："你这个秃驴，过去给华松孚士出难题，现在又给国家造成这么大的损失，看我怎么收拾你！"

秃子一见李博林怒气冲天地跑来，赶紧挣脱了张欢的手，噌地一下窜到几丈开外的田埂，玩命地跑了。

关永明看见姜波手臂上的燎泡越来越多、越来越大，赶紧驾车把姜波送往新桥医院。

火灾现场被消防队拉出了一道警戒线。几个小时后，当地的公安机关也闻讯赶来，迅速封锁了仓库。镇政府领导也纷纷赶到了现场，看着眼前的一片废墟唉声叹气。

黄昏时分，费舍尔带着翻译、鲍尔等奥国人也赶到了火灾现场。他们怎么也想不明白，这里怎么会存储华松孚士的汽车零件，鲍尔带人进去看零件受损情况，不一会儿，跑出来就朝费舍尔摇头说："完了！零件都无法再用了。"

从医院返回来的姜波手臂上缠着纱布，他看见一个工人驾着铲车，从充满焦糊味的仓库里出来，铲齿上挂着一个装满零件的料架还在淌水，赶紧拦停。

费舍尔用手捋了一下湿淋淋的零件说："既然都是我们的零件，那就按照我们的质量标准，一个零件都不能运出去，全部报废。"

李博林要姜波翻译给自己听，他听完之后气得直跺脚："全部报废？我刚刚进去看过，大部分零件没有损坏，处理一下是能用的呀！"

费舍尔对站在眼前的张欢和姜波说："按照奥国的质量标准执行，这些零件必须全部销毁！"

李博林听到张欢在低声嘀咕，忙问他外国人又说什么了？张欢说："费舍尔要把这些零件全部销毁。"

"王八羔子，皮肤痒痒了啦？"李博林勃然大怒，飙出了山东话骂道，"这是国家财产，你想销毁就销毁？什么时候轮到你老外做主了？"随即他向周围的工人们喊道："师傅们，抓紧时间把没有烧着的四门两盖搬出来，擦干，要快，时间拖得越长，损失就越大，大家跟我上！"

费舍尔听了翻译的话，马上伸手拦住："李先生，这些零件必须报废！"

李博林听了翻译的话，回头就问道："你们说话怎么像在吹灯草灰，这么轻飘飘？这是国家财产，你说报废就报废？"说完，转身带人朝仓库跑去。

费舍尔一看就知道李博林想要干什么，马上朝鲍尔发布命令："鲍尔先生，请你马上带人把零件全部封存起来！"

鲍尔返身一招手，带着几个奥国专家奔向仓库。

李博林一看情况不妙，连忙组成人墙堵在仓库门口。鲍尔冲着李博林大声吼叫道："这是华松孚士汽车公司的财产，不用你管！"

前来救火的都是华松汽车厂的保卫科和消防队员，大部分都当过兵，齐刷刷地站在李博林身后，就等他老人家下令。

看到眼前这个阵势，李博林浑身是劲，冷冷一笑道："既然是华松孚士汽车公司的财产，另外一半就是我们国家的财产，你没资格封存！"身后的工人们一听，便把奥国人团团围住，个个瞪大了眼睛，呼哧呼哧喘着粗气，就等着扑上去用嘴咬了。

鲍尔被眼前的这一幕震住了，不由得也拽紧了手中的榔头。

姜波一看眼前这架势，暗叫不好，连忙冲进人群把鲍尔和中国人分开："师傅们，大家千万不要冲动，按照奥国孚士汽车的质量标准，受损的金属零件是绝对不能再使用的！"

李博林声音嘶哑道："小波，我都进去看过了，一部分零件只是被烟熏了，大部分都没被火烧着，消防水龙头也只是把它们浇湿了而已！这水没有盐分，只要擦干了，不会影响质量！"

李博林说完伸手拉着费舍尔走到四门两盖面前，用颤抖的声音哀求道："费舍尔先生，我干汽车这行都已经三十年了，现在只要抓紧时间，把没有烧着的零件抢出来擦干，肯定还能用，如果真的不符合你们的质量标准，你再销毁也不迟啊！"

"No！"费舍尔听了翻译的话后，再一次斩钉截铁地回复，然后指着鲍尔做了一个"砸"的动作。

鲍尔举起了尖角榔头"嗵"的一锤子砸在引擎盖上，一个大洞出现了。

李博林就像自己的心脏被砸中了一样，浑身颤抖，一个箭步冲上去夺下榔头："你敢再动一指头，我就日了你的狗头！"

鲍尔愣住了，不可思议地看着这个怒不可遏的老头竟然像一头愤怒的狮子，伫立在自己面前。

周边的奥国人瞬间把李博林围了起来,华松汽车厂的工人师傅们也迅速把奥国人包围起来。

费舍尔这才感到事态越加严重了,眼看面前的工人怒火中烧,他急忙挥舞着双手冲进包围圈:"李先生,李先生……"

姜波发现事态紧急,赶紧跳到铲车上拼命摁喇叭,然后站在铲车上大声呼喊:"师傅们,请大家冷静,冷静一下啊! 千万不要冲动!"说罢跳下铲车,推开人群走到李博林面前,"李叔,您是汽车行业的老前辈,您知道汽车零件出了质量问题会危及人的生命安全,费舍尔先生坚持把产品质量和安全放在第一位,是有道理的。 您下令让厂里的工人离开吧,他们都听您的。"

"你小子站在什么立场? 怎么现在什么都听奥国人的?"冷不丁地关永明冲了上来,一把推开了姜波,大声呵斥。

姜波觉得再这么对峙下去会出大事,没理会关永明的斥责,对面前的工人们大声说:"大家不要争了。 师傅们,你们都知道我是土生土长的华松汽车人,跟你们是一条心的。 这把火烧了我们的零件,你们心痛,我也一样。 但你们再想一想,国家为什么要搞合资? 不就是为了要学习奥国的先进技术,学习他们严格的管理制度,学习他们的质量标准吗? 国家把我们派到奥国去培训是为了什么? 不就是为了学习先进改变落后吗? 我们好不容易信心满满地准备大展身手,绝不能因为今天的火灾把我们重塑的信心浇灭了! 我可以坦率地告诉大家,孚士汽车无论在世界的哪个地方开工厂,都按一样的质量标准来处理。 之前从孚士总部发来的五百辆奥林轿车表面油漆上有金属粒子,费舍尔先生同样索赔成功,这就是全球统一的质量标准。 如果我们现在不按规定的质量标准和管理制度来执行,那我们搞合资还有什么意义?"

工人们听了姜波这番肺腑之言愣住了,所有的眼神都转向李博林和关永明。 不料,周志远冲了上来:"姜波,他们脑子是方的,你的脑袋就不能圆一点吗? 我们可以先把零件搬出来,挑选一下,有质量问题的销毁,没有问题的清理一下,哪怕当汽车维修配件也行啊! 不能说坚持质量标准,就不问青红皂白,一股脑儿全部销毁。"

"这种做法不符合奥国汽车的质量标准！"姜波很坚决。

张欢和刘云涛非常果断地走到姜波身边，周志远一看，这三个小子竟然大庭广众敢对自己说不？气得暴跳如雷："这里是什么地方？这里是中国，怎么，你们想造反啊？都给我让开！"他冲上前强硬地推开姜波，不料刘云涛和张欢又挡在了仓库门口。

李博林和关永明也马上站到了周志远身边，三个白发苍苍的老人和三个风华正茂的年轻人就这么对峙着，六双眼睛都像在冒火，任谁看了都觉得很滑稽。

"师父，还掰扯啥呀？外国人认死理，你憋屈我也憋屈啊！你要我去揍高鼻子吗？只要你说去，我张欢二话不说就上去揍他！"张欢一边飙出东北话，一边又恳求道，"既然你的胆也不肥，那就听我哥的话吧，别进去了！"

周志远气得火冒三丈，挥手就是一巴掌："混账，你还像我周志远的徒弟吗？光想着外国标准，不想想国家的财产，这些零件浸泡时间越长，危害越大，这是在浪费国家的外汇——都给我滚开！"

这一巴掌虽然打在了张欢的脸上，但却也像打在姜波的脸上，顿时感到火辣辣的疼。师父一直坚持的"一丝不苟、精益求精"，在这些昂贵的国家财产面前变得一文不值了，姜波顿时愣在了原地不知所措。

李博林见状，上前推开他们，大踏步往仓库走去。

"谁也不能进！"姜波忽然大吼一声，猛地蹦了出来，伸出双臂挡住了李博林，"李叔，你是从小看着我长大的，你难道会不知道我内心有多么渴望咱们中国人造出自己的轿车吗？我会不珍惜国家的外汇吗？但现在不一样，我们不能再按华松汽车厂的标准来处理零件，必须严格按照奥国汽车的质量标准去执行，如果让这些受到火灾影响的零件装车，就会成为祸害用户的隐患，危及成千上百个家庭啊！"

周志远铁青着脸走到姜波面前："没错，不符合质量标准的零件，确实会危及用户，可现在这么丁点水沫星子会带来危害吗？我看你是拿着鸡毛当令箭，我们可是在汽车行业干了整整三十年啦，会不明白这些道理吗？我们只是要把那些没有遭到大火影响的零件抢救出来，真要是不符合奥国的汽车质量标准，那再销毁也来得及——马上给我让道，否则我的巴掌不认徒弟！"

姜波岿然不动，坚决地挡住师父。

张欢马上把手从自己火辣辣的脸上挪开，毫不犹豫也站到了姜波的身边。此时的刘云涛也已经被眼前这一幕震住了，周志远的万丈怒火吓得他不敢造次，身子接连摇晃几下，但最后还是站到了姜波身边。

整个现场忽然静了下来，费舍尔往左一看，是三个在奥国接受过系统培训的中国工程师，往右一看，则是一群怒发冲冠的中国汽车工人，一边是为了保证零部件质量，一边是为了保护国家的财产，毋庸置疑，双方都在坚守自己心中的红线。他哑口无言，也不知道该怎么办。

李博林大手一挥，呼啦啦一大批消防员和民兵拥了上来，姜波再次张开双臂拦住，绷紧着脸大声喝道："站住！谁都不准进！——师父，李叔，关叔，零部件遭到了火灾，大家都心疼，我也心疼，但根据孚士汽车质量标准就是不能用，这是规定，我们都是造车人，难道会不知道质量标准就是造车人的法律吗？"

"法律？真新鲜。"李博林大吼一声，"姜波，你、你们仨今天要是敢拦住我，从今往后咱们就一刀两断！"

张欢看着眼前七窍生烟的李博林，恳求道："李厂长，你就听我哥的吧！"

"滚——你给我滚开！"李博林奋力一推，不料地面上都是消防龙头喷洒的水和泡沫，脚底用劲过猛，脚下一滑"噗嗵"一声仰天倒下，后脑勺磕在铲齿上，顿时飙出了一股鲜血，迅即昏了过去。

姜波急忙抱起李博林大叫："李叔、李叔！快，让开，赶紧送医院！"周志远和关永明等人赶紧驾车把李博林送去了医院。

夜幕降临时，消防人员对火灾原因作出了分析结论：烟蒂引爆了畜粪池的沼气，点燃了电源线，导致电源箱发生燃烧，引燃了仓库的易燃物品引发大火！两名焊接工指认，是仓库主任逼着他们干的！警察随即把秃子带走了。

一场人为的火灾，烧毁了一幢仓库和价值一百多万奥元的进口零件。有五名工人受轻伤，所幸没有危及人命。担任了科长才八个月零八天的张欢，却因此遭到奥国人的撤职。

一周后，新桥镇废旧金属回收站派出大量的拖拉机不停地从仓库装运报废的四门两盖到回收站压扁、打包送钢铁厂，价格还都是按吨计价。

张欢实在不忍心这些用宝贵的外汇买来的零件被送进钢厂融化，但又不得不接受眼前残酷的现实，总是觉得心里空落落的，便在下班后骑着自行车去查看仓库的情况。

这一看不要紧，竟然发现了拖拉机屁股后面跟着一群拾荒者，这些人肩上没有拾荒的箩筐，而是斜挎着一卷麻绳，老是在拐弯处突然拽住拖拉机上的四门两盖，用劲拽下来，随即又一哄而上用绳子一捆，扛在肩上就跑。

那些大件——行李箱盖和引擎盖因为面积太大，则被几个人用绳子捆扎，肩扛手抬，嘻嘻哈哈地往那些临时用竹子、油毛毡搭起来、门口竖着一块"高价回收钣金件"的所谓店铺跑去。扛着门板的速度快，很快就从"门店"里换来了钱，又撒腿奔向仓库。

张欢悄悄跟在这些人的身后，很快就发现这些四门两盖被一辆皮卡运走。这种现象持续了几天，马路上疯疯癫癫的拾荒者像吃了兴奋剂一样，手舞足蹈，兴高采烈，把整条马路都堵上了。

张欢接连跟踪了好几天，最后才发现这些报废的零件，都被送进了华松孚士汽车的新桥特约汽车维修站。

当时一辆整车要买二十万，正品配件价格不菲，都是控制严格的，几乎每一辆需要更换四门两盖的维修车辆，都要向华松孚士汽车售后部门提出申请，得到批准后才能供货，而这一个过程往往需要一个月甚至更长的时间。这就难怪马路上会突然出现那些拾荒者，更难怪这些报废零件会堂而皇之送进这家维修站。

张欢毫不犹豫向相关部门举报，警方迅雷不及掩耳处理，这场"变废为宝"的风波才终于平息。

荣华出国回来，查看了秘书送来的火灾零件报废清单，又看了情况通报，才知道张欢已经被费舍尔撤职了，急忙把他叫来问个明白。张欢便如实把新浦仓库火灾的事，作了详细汇报。

荣华叹息道："这还是因为准备不足、操之过急的原因，我也有责任。"

张欢借着这个机会劝说："当初签这合同的初衷是为了降成本，现在双方都已经造成了重大损失，如果反悔，对双方都不利。新浦仓库已建了三幢，烧毁了一幢，其他两幢没受影响。如果你信任我，就让我以一个管理员的身份，对仓库进行整改，达标后再租赁。从长远来看，这是有百利而无一害的好事。我回去就马上对物流管理人员进行强化培训，提高他们的责任心，然后再把合格的管理人员派到租赁仓库去进行现场管理。"

荣华当即批准了。随后，荣华拿着手上的一沓文件朝穆勒先生的办公室走去。

当初华松孚士汽车公司成立时，签订的协议里设定了日产一百辆轿车。随着需求日益增长，生产场地受限，开始三班制生产，产能增加了，紧急采购的空运费用也随之增加，利润大幅下滑。

费舍尔提出，要在现有十万平方米的厂里缩小返修场地，扩建油漆车间，使其达到每天生产三百辆的规模，这需要得到孚士总部和华松机电集团的同意。

为了尽可能快地获得双方上级部门的批准，穆勒先生出了个主意，由荣华向奥方高层解释，自己则向中方解释。这也就是荣华在火灾发生时没到现场的原因。

看到荣华拿出一沓文件，穆勒笑着问："孚士总部答应了？"接过总部的批准文件，他激动地握住荣华的手，嘴里不停地说着，OK！OK！这种少有的默契也是双方合作中最愉快的时光。

这年的冬天特别冷，气温一下子就降到了零下八度，这也是华松市半个多世纪以来从未遇到过的严冻。

这天上午，赵红旗急匆匆来找张欢，说紧急空运的座椅导轨一直没运进车间，如果下午上班前再不运进车间，总装车间就将停产。

"怎么又是座椅导轨？"张欢满脸狐疑道，"不是说已经国产了吗？"

"材质不合格，退回去了，现在只能紧急空运！"

"唉，还是我们自己不争气！"张欢很沮丧。

"谁说不是呢，听说空运零件已经到了机场货场，就是没法运进来，不知道发生什么事！"

"我马上打电话给驻机场的报关员！"还未等张欢去打电话，工段长急匆匆赶来，拉着赵红旗求救，好像车间又发生什么重要事情，赵红旗只得用手示意着打电话的样子，随后就转身跟着工段长朝出事的工段跑去。

张欢转身回到办公室给空运件仓库打电话，结果铃响没人接电话，这很反常，便搁下电话机驾车赶到新浦仓库，发现一大群人正围住郭襄和一个新来的秃子在争吵。

郭襄是在高中毕业前遇上征地招工，父母觉得能有机会进入合资企业，那可是天上掉下个大馅饼。

张欢在给员工培训时就发现这个郭襄非比寻常，不仅记忆力好、反应快，还善于动脑筋，就特别关注和培养他。

没想到这个小伙子很快就学会了仓库管理的秘诀，并能按照零件不同来源、种类和安全因素，实施不同的管理措施，进行了更细致的分类管理。可眼下这是怎么啦？这么多人围着，出什么事了？

张欢拨开人群，看见一个满嘴冒着白沫的小伙子捋着袖管、一手叉腰一手指着郭襄的鼻梁大骂。

原来秃子被开除后，群龙无首，村支书选了自己的侄子来担任仓库主任。但他这个侄子不仅不懂装懂，还违背仓库管理原则随心所欲。

"郭襄，怎么回事？"

"师父，他不按规定给入库零件挂牌，还教唆别人也不要挂！"

"规定？你进厂当了征地工才几天？动不动就说什么规定，这规定是你定的？"嘴上流白沫的小伙子大叫大嚷。

张欢详细了解了事情的原委后，马上去找村支书协商，不能让他这个侄子当新浦仓库的管理者。村支书想了半天决定自己兼任仓库主任，张欢这才勉强同意。

回到仓库，张欢告诉郭襄，自己要赶到机场去，中午前一定要把座椅导轨运进车间，否则下午就得停产。

郭襄一问原委，吓了一大跳，停产对华松孚士汽车公司来说是天大的事。见张欢急匆匆驾车走了，他赶紧走进车库，马上让司机检查汽车，以防万一。

张欢出生在东北，见多了零下二十五度大卡车照样满地跑，华松市才零下八度，路上就没车了。他一路疾驰赶到机场货运处，只见报关员小胖子手捧热茶，跷着二郎腿，正与坐在身边的女货运代理有说有笑。

张欢很生气："BB机拷了你那么多次，你怎么一个电话都不回？"

小胖子这才看了看腰间挂着的BB机，上面确实有很多信息，可自己只顾着跟边上的女货运代理说笑，愣是没注意。如今看到张欢突然出现在自己眼前，他立马站起身来解释："机场的货运车被严寒冻住了，没法启动！"

"我们的货在哪儿？"张欢问。

小胖子指指货场堆得像小山一样高的货物："这就是今天一清早卸下的座椅导轨，车冻住了，开不了，我也没辙。"说完还学着老外的样子耸耸肩。

张欢恨不得上前去扇他两个大耳光，流水线都快停产了，你还装洋蒜？他鹰一般的眼神盯着小胖子吼道："你每个月报销这报销那的，都说是请货代吃饭，说搞好了关系以后好办事。现在该是把你那帮吃吃喝喝的狐朋狗友叫来帮忙的时候了，去，马上叫他们来推车。今天要是叫不来，从今往后你就别想再报销一分钱。"

小胖子硬着头皮往货运处跑，一路上却在想，官位都没了，还神气什么呀！能不能报销你现在说了不算。他嬉皮笑脸跑进货运处向大家招手，里面的几个人围过来，一听是叫他们去推车，连连摇头。

张欢见状直奔楼上货运主任办公室，只见桌前一个头发花白的老人惊讶地抬头问："你是谁啊？怎么连门都不敲就闯进来，出去！"

张欢本来就气不顺，听到这个主任这么说话就干脆道："主任，卡车被冻住了，请你派人帮我把车推到远处一个角落，我自己想办法来启动，否则，这些零件要是不能准点到达华松孚士汽车公司，谁都承担不了责任！"

主任听了张欢这么一说，马上明白了："对对，你们的工程是在政府里挂了号的，也只有你们能这么大量使用外汇，其他企业谁敢啊？看你这么急，不会又是什么贵重零件吧，走走走，我跟你一起下楼！"

张欢羞于解释，默默跟在他身后下楼。

到了楼下，主任推开货代办公室的门，一副恼怒的样子责问："你们为什么不帮华松孚士去推车，火烧眉毛了，还不去帮忙？"

"主任，你别搞错了，今天紧急空运的可不是以前的发动机、变速箱啊，这是座椅导轨，是一根铁条，就是座椅下用来前后滑动的导轨！"

中年男人不屑道："连这么一根几尺长的铁条都要进口，还空运，这种合资公司还有存在的意义吗？"

"啊？"这下轮到主任哑口无言了，转过头望着脸色尴尬的张欢，"堂堂的中外合资公司竟然连一根座椅导轨都生产不出来，那你们还造什么车呀？真是丢人丢大了！"说罢"嗤"了一声转身就朝楼上走去，张欢的脸上顿时红一阵白一阵。

小胖子一看张欢也蔫了，悄悄拉着他走出货代办公室，以免再节外生枝。眼见无法劝说货代帮助自己，张欢铆足了吃奶的劲，在女货运代理和小胖子的帮助下，终于把卡车推到了一个避风处，随即叮嘱小胖子去货运车库借乙炔气钢瓶和电焊枪。

焊枪？还有乙炔气钢瓶？小胖子吓得一哆嗦，这可是危险物品，吓得挪不动脚步。还是那个货运女代理干脆，直接走进车库拉着一个年纪大的老司机，在他耳边嘀咕几句，老司机二话不说拉着乙炔气钢瓶和焊枪就来到停车的角落，一看张欢正在收拢废报纸和柴火，老司机笑了："我就知道要干违法乱纪的事。"说着转身拉着乙炔气钢瓶要走，张欢急忙上前一把拉住他。

"大哥，听你这话就知道你是老法师，大冬天的烘烤油箱在东北是常干的事，不用担心！"

"老弟，焊枪喷出的火苗几尺远，点着易燃物要是引燃整个机场，你我都要被枪毙的，这可开不得玩笑啊！"老司机也很认真。

"大哥真会开玩笑，"张欢想尽一切办法说服老司机，"我在大学就是学机械工程的，懂卡车的构造，柴油燃点有多高，我也很清楚，只要在油箱的安全距离内烘烤，使油箱内产生流动的气体，卡车就能打着火，放心，绝对不会有事的，我可以用性命担保。"

老司机一步三回头地走了，小胖子吓得躲得远远的。货运女代理主动当起了张欢的助手，从兜里掏出火柴，张欢拧开乙炔气钢瓶，打开焊枪开关，"噗"的一声焊枪点亮了，火苗窜出几尺长，张欢迅速把焊枪的开关拧小，钻进车厢底下，隔着一定距离开始烘烤油箱和油管，大概一分钟后，张欢喊道："你上车点火试试。"

货代听了，赶紧上车，踩下油门发动汽车，轰一下，卡车发动起来了。一团浓浓的黑烟从排气管冲了出来。小胖子这才兴高采烈地从墙角处跑了过来，朝驾驶室里的货代翘起大拇指。

张欢关掉焊枪，从车厢底下钻出来，一阵横风把排气管吹出来的黑烟扫向了张欢的面颊，张欢顿时像个从煤窑里爬出来的煤矿工人，只剩两个眼珠子在扑闪。

张欢挽起袖管擦脸，随即走到车头对女货代说："你往边上坐，我来开车。"

女货代不服气："哎哟，你不就是想热热车吗？我来吧，我本来就是货车司机。"说着不挪屁股，反而坐正了往前开。

张欢双手抓住窗框："那你沿着空地兜几个圈子，让车热起来，我去把乙炔钢瓶和焊枪还给大哥。"

"我去我去。"小胖子一听还乙炔钢瓶，赶紧自告奋勇。

张欢站在车厢外的踏板上，任由寒风吹拂脸面，心里却乐开了花。女货代把车开到堆得像小山一样的料箱前，张欢当即跳下车掀开网兜和雨布，查看零件箱的编号，又撬开一只料箱，拿出几根座椅导轨，再次确认了零件编号，回头就冲着小胖子大喊："快去把装卸工叫来装货，把这辆车的司机也叫来，装车出发！"

小胖子兴冲冲跑到货代处，叫来司机和装卸工，大家手抬肩扛，满满当当装满了一卡车。女货代从座位上下来，掏出手绢递给张欢，张欢摆摆手，示意不用，随后撸起袖子又在自己脸上抡了一圈，就在这眨眼工夫，就听得"嘎嘎嘎"几声巨响，卡车熄火了！

原来女货代挂了空挡下车，货车司机去检查卡车的绳子是否扎牢，没想到怠速不稳，顿时熄火。整个货场除了寒风凌厉的尖叫声，就是眼下的一片死寂。

像刀子一样的寒风瞬间把张欢的鼻子、脸颊刮得通红，眉毛上也已经染上了一层薄薄的霜，鼻涕黏在了嘴角上，看到眼下这种场景，众人都欲哭无泪。货运代理后悔地用双手捂着脸，而检查绳索的司机，更是呆若木鸡般僵在原地。

张欢抬腕看表，时间已经到了十二点，总装车间的工人离上班还有一小时，要是下午一点流水线不能正常运转那就糟了，原本自己就是掐着时间点想把货运进车间的，可现在却只能束手无策了。

这时，一辆卡车从货运大门外疾驰而来，郭襄从驾驶室里探出头挥着手："师父，我来了！"

张欢几乎不敢相信自己的眼睛，看见郭襄跳下车就急忙上前抱住他，连声说谢谢。郭襄说："师父，你走后我打通了货运处的电话，听说是卡车被冻住了，没法运货，我就赶紧从仓库里调车赶来了。"

此时用喜极而泣来形容张欢的心情是恰如其分的，只见他眼圈通红，看着自己精心培养的徒弟，什么话都没说，赶紧朝女货代招招手，请她把货运工人找来帮忙。

忽然，小胖子有如神助般地跳上车，手忙脚乱地解开绳子，又一个鹞子翻身从车斗里跳下来，急匆匆奔到车库，指挥两辆刚刚换了电瓶的铲车出来帮忙，短短十五分钟，所有的货物全部转到卡车上。

"走，快，你们快走，还剩四十五分钟！"张欢不停地催促。

郭襄说："师父你放心，我刚才就是抄近道来的，只用了四十分钟！"

等到卡车风驰电掣般驶去，张欢这才喘了一口气，离开前握了一下女货代的手表示感谢，随后就驾着轿车跟在卡车屁股后面疾驰而去。

张欢和郭襄克服困难抢运急件，避免了流水线停产，在狂热的"流水线永不停止"的口号下，简直就是惊天动地的大事。

荣华代表公司向他们颁发了嘉奖令，很多员工就此记住了张欢和郭襄的名字。趁此机会，荣华向费舍尔提议恢复张欢的科长职务，费舍尔声称可以考虑。

张欢劝荣华，说自己当不当科长无所谓，但老这样紧急空运绝对不是一件好事，只有抓紧把国产化搞上去才能让人安心。

听了这话，荣华如鲠在喉。

零部件国产化虽然是他上任后正式启动的，但历经两年成效依然不佳。曾经立下要在三年任期内实现90%以上国产化率的誓言，如今成了空话。

他不敢直视张欢的眼睛，心里却在翻江倒海，大家都以为从国外全套引进，再通过拾遗补缺、循序渐进补齐短板就能改变企业的命运，实际上，随着逐渐加快了底盘、车身、发动机和变速箱四大总成的国产化进程，尤其是与底盘、发动机和变速箱配套的各种零件，依然还是要源源不断地从国外进口，等于是拿着中国的葫芦去装别人家的洋酒。

荣华觉得这样下去肯定不行，必须进行彻底的改变。否则，不仅是自己无法面对江东父老，就连整个集团都无法向市政府交代。

他马上想到眼下华松市正准备成立外国专家商会，肯定会有很多中国高层领导出席。在中国人面前，老外说话往往比中国人管用，如果此时能请穆勒出面提建议，会有事半功倍的效果。

荣华决定，周末请穆勒和费舍尔先生到衡山路酒吧聚聚。

第 十 二 章

　　1988年的深秋，华松市已有刺骨的寒意。

　　一轮红日从东方冉冉升起，斜照在华松十六铺码头，从宁临开来的轮船即将靠岸，乘客们都在整理着自己的东西。一位身材挺拔穿着旧军装、斜背军用书包的年轻人也不例外，他手里拿着一张华松市地图，瞪大了眼睛研究着要去的地方。上岸的笛声响起，他健步走上码头，确认了自己的路线，跳上了公交车，一个半小时后到达了目的地——华松市星苑宾馆。

　　过去这里是一座市政府的招待所，现在对外营业，挂着三星级牌子，大门口挂着鲜红的"华松孚士汽车零部件国产化招标会"横幅。他大步走进去，推开玻璃门，被刘云涛拦住了，说这里包场开会，闲杂人员不能进入。

　　年轻人从军用书包里拿出一张报纸，指着上面的招标广告说："我就是来参加这个会议的。"

　　刘云涛上下打量了他一番，来开会的都是衣着光鲜的厂长，你这个"土八路"，怎么看也不像是厂长级别的人，便说："请出示你的工作证和单位介绍信。"

　　年轻人一听急了，指着报纸说："这上面没说要这些证件。"又从书包里拿出了几个橡胶零件，想用此来证明自己的身份。

　　这时，正带着工作人员往宾馆里搬运资料的姜波看见了，觉得此人有点面熟，却记不起在哪儿见过，忽然看到年轻人的手少了一根手指头，心里咯噔一下,伸手接过零件看了起来,问他是哪个单位的? 还没等年轻人回答,刘云涛把姜波拉到一边,附耳说:"明天有重要领导来,你看他这种打扮怎么能参会?"

姜波很诧异,难道只有衣着光鲜的人才有资格参加会议? 看到姜波的表情,刘云涛很不情愿地把登记表递了过去,年轻人激动地向姜波道谢,两人四目一对,双方都愣了一下,觉得似曾相识。

姜波盯着他那只少了一根手指头的手,小声问:"你、你是不是当年来接新兵的卢连长?"

"对啊,是我,你是……哦,对了,当时你鼻子好像受伤了?"年轻人迅速在记忆里搜索,"我想起来了,李振华跟我说过,你是他的大哥!"

姜波欣喜道:"对啊,是我,我叫姜波,是李振华的哥哥,他也经常来信提起你,没想到咱们在这儿见面了。"话一出口,两人迅速拉近了距离,热烈交流起来,从李振华入伍到长途拉练,后来又参加高原试车,最后一直聊到李振华在全团驾驶员技术比武中获得亚军,当上了班长。

刘云涛从他们的交谈中获知他是当初接兵的连长,马上也变了态度,悄悄地说:"卢连长,明天上午的会议,市领导都要来参加,你穿成这样不合适,是不是……"卢建军爽快地答应办好手续,马上就去买一套像样的西装。

办完手续走出宾馆,卢建军顿时傻眼,到哪儿买? 往哪儿走? 他给门房的老头递上一支烟,问附近的百货商店怎么走?

老头笑笑,接过香烟朝耳朵上一夹,指着东方远处的高楼:"呶,最顶头那座高楼就是朝阳百货,侬出门右转弯;碰鼻头再左转,走几百米就看见一个邮局,再右转,马上就能看到朝阳百货!"

当过兵的人对路线的记忆跟常人不一样,尤其是对路况的敏感度。"我、我买西装。"卢建军三下五除二就跑进了朝阳百货,到了柜台张口就说。

一个年轻的女营业员引导他走到另一个拐角,拿出西服让卢建军试穿,结果没一套合身,不是袖子长了,就是裤腰肥了。

卢建军对着镜子反复看,总觉得浑身不协调,心里更急了。

这时，下班的铃声响了，营业员只得建议："师傅，侬已经试穿了好几套，现在商店就要打烊了，要不，侬挑选一套自己比较满意的，我带侬到隔壁裁缝店里去改一下，侬看好哇？"

卢建军一听高兴了："好好好，那就再买一条领带，蓝色的那条！"他脑子里记住了刘云涛戴的领带颜色，特意选中了它。

"黑色西装蓝色领带，这倒蛮配的，八十六块，那我就开单啦？"

"好的、好的，去哪儿付钱？"卢建军掏出信封，点出九十块。

营业员麻利地折叠好西服装进纸袋说道："你拿着纸袋到大门口等我，我下班后就到前面去找你！"

卢建军按照她指的方向走出大门，就听见身后响起了"嘎嘎嘎"卷帘门齿轮的滚动声。他回头一看，店里的日光灯也有序地一个个关闭。

"师傅！让你久等了！"忽然，营业员的声音在卢建军身后响起。

卢建军回头一看，发现她变了一个样，肩上挎着一个小皮包，身穿一件长袖白衬衣，外面套着一件小马甲，一条长及小腿的淡蓝色裙子，煞是好看。卢建军上下一打量，几乎不敢认。

她甩了一下齐腰的大辫子道："隔壁的裁缝店要一直开到晚上十点，这个邱师傅是远近公认的一把剪刀。无论什么服装到了他手下，都会剪裁得很合身！"

"这么神啊？"

"是啊，这个邱师傅是奉帮裁缝里的头牌，'文革'时裁缝店关了。现在他自己单干！"说着，拐个弯就到了裁缝店。

"邱师傅，有套西服要请你帮忙改一下哦！"小姑娘说着就从卢建军手中拿过纸袋递上去。

"哦，又是你啊，天天帮人做好事。"卢建军还没来得及把这狭小的裁缝店看个遍，就听得邱师傅拉开一道布帘子喝道，"还站着干什么？进去！"

卢建军一愣。小姑娘指指布帘里面狭小的空间说道："进去吧，穿上了师傅才能知道怎么改！"

卢建军立即听话地挤进布帘里，脱下军衣军裤再脱下跑鞋，顿时一股臭脚味弥漫在这狭小的空间里，小姑娘忍不住掩住鼻子转过身。

"唰"的一声，布帘又被拉上了，邱师傅顺手从脖子上取下皮尺前后左右上上下下一量："你这脚丫子多长时间没洗啦，臭死人，走吧，明天来拿！"

卢建军一听急了："师傅，这不行啊，我明天要穿着去开一个非常重要的会，今天能不能给我啊？"

"你这套西服要改的地方多了，时间长！"邱师傅头也不抬指指手中的皮尺。

这、这个……卢建军显然有点懵，转脸向小姑娘求救。最后还是小姑娘向邱师傅求情他才同意马上改。

小姑娘这才笑着挥挥手转身离去。

"师傅，我从下船到现在还没吃过东西，我出去垫垫肚子，顺便给你带点什么！"

"不用，不用，"邱师傅指着自己的饭盒，"我自己带饭，你去隔壁吧，喏，就是边上的阳春面馆，葱油拌面，既便宜又实惠，味道不错！"

卢建军走出裁缝店没几步就看见一个挂着阳春面馆招牌的店，刚走进店门就听一声叫唤："来啦，一位？吃点啥？"只见一位头上戴着白帽子、肩上搭着长条毛巾跑堂的老年人，操着浓重的本地口音笑眯眯迎上来。

卢建军现在终于有点听懂华松人说"啥"和自己老家说的"嗦东西"是一个意思，便说："来碗葱油拌面！"跑堂的老年人热切地盼望他能再点些什么。结果，卢建军一屁股坐下了什么话都没说。

跑堂的伸出一根手指头："就一碗葱油拌面？"见卢建军点点头，便说，"好嘞！"

卢建军盯着墙上用竹片制作的菜牌喃喃自语道："葱油拌面八角！"随手从信封里陆续掏出一沓纸币，一角一角数着，然后往桌上一放。

"葱油拌面一碗，来啦！"跑堂的把葱油拌面往桌上一放，一股扑鼻而来的葱香四面散开了，卢建军又随手拿起一瓶香辣粉一撒，胃里顿时"咕噜噜"

直叫起来，他端起碗，三下五除二就把这碗葱油拌面吞进肚子。

卢建军刚走出面店，看见一个人影闪进了裁缝店，像是那个营业员，便三步并作两步走进裁缝店。

"师傅，"营业员见卢建军进门，马上从身后拿出一只鞋盒，打开后里面是一双半新的皮鞋，"对不起，刚才忘了帮你挑皮鞋了，你明天要参加重要的会议，身上穿西装，脚下穿跑鞋肯定不搭。这是我父亲的皮鞋，穿了两年，你试试不知是否合你的脚？"

卢建军不可思议地睁大了自己的眼睛，激动得半天回不过神来，伸出双手轻轻接过鞋盒嗫嚅："这、这叫我怎么好？"

邱师傅抬头看看姑娘，又转头看看卢建军，笑了："你就别再扭扭捏捏了，快试试合不合脚。"卢建军蹲下身子脱了跑鞋穿上皮鞋，正合脚！

邱师傅也乐了："小黄姑娘的眼神真厉害啊！"

这个叫小黄的营业员笑了："这都是当营业员练出来的！"

卢建军心里铆足劲，想说出自己真诚的感谢，但嘴唇哆嗦了半天也不知道说哪句好。

小黄见他神情有些激动，忙说："时间不早了，我该回家做饭了，祝你明天会议顺利，再见！"说完，连名字都没留就像燕子般飞走了。

卢建军双脚像被钉在了地上一动不动，双眼却紧盯着玻璃门外慢慢远去的背影，眼眶有点湿润，嘴里嘟哝道："都不知道叫什么名字，我怎么还人家皮鞋啊。"

"这牛皮鞋，一看就知道是她爹的。"邱师傅抬起头，"她父亲可是瑞慈医院的院长，著名的外科专家啊。"

卢建军道："邱师傅，等会议结束了，我买双新皮鞋还给她，你放心！"

邱师傅脸色一沉："这个百货商店马上就要推倒重建了，你到哪儿去还啊？"

卢建军身板笔直："我交给你，她肯定还会来找你的！"

第二天上午，卢建军来到会场，主席台上已坐了好几位领导，中间的两个位置却还空着，横幅上写着"华松孚士轿车零部件国产化工作会议"，他以为走错了地方，拿出会议日程表一看，没错，上午是国产化工作会议，他赶紧找个位置坐下，看到周围的人个个西装笔挺，心想，幸好昨天有人提醒自己买了这套西装，否则今天成了另类。

忽然，会议室大门打开，周市长迈着矫健的步伐向主席台走去，跟随其后的有政府其他部门领导，走在人群最后的一位就是穆勒先生。

衡山路酒吧的小酌，让穆勒感受到荣华一番苦心，便趁着外国专家商会成立的机会，找到相关领导陈述了零部件国产化进展中的苦恼。

周市长入座后就开门见山："有人问我，今天的国产化会议你去不去？我的回答是，去，当然要去，在你们国产化任务没完成以前，每次国产化会议我都要来参加，我要看着你们的国产化取得完全、彻底的成功！还有人问我，为什么要这么重视，我说，华松孚士汽车是当前华松市体量最大的项目。当初设计是三万辆，实际建设按六万辆进行，但我觉得要达到十万辆也不是很难。如果从远景来看，能发展到十五万、二十万、三十万辆，那将是几百亿的产值，也是华松市最大的产值，哪个行业还能超过？"

他朝四周看了看说道："同志们呐，实现零部件国产化是中央政府为了夯实国家基础工业下的决心，绝不是单纯的节约外汇那么简单，这是带动全国各行各业进步的开局大戏，意义非同一般。我们要借助这个千载难逢的机遇去发展华松市的汽车工业，再进一步去促进整个工业产业的发展。在座的都知道孚士牌零部件国产化有很多困难需要克服，但是困难再多，也要一丝不苟，不能降低标准，更不能'瓜菜代'，要严格坚持孚士汽车的质量标准，给我们华松市的工业树立一个样板。如果我们所有的行业都像华松孚士汽车那样坚持严格的质量标准，那我们国家的工业现代化也指日可待了。"周市长的讲话赢得了大家热烈的掌声，卢建军感受到了从未有过的震撼。

下午"国产化配套会议"换了场地，气氛也发生了明显的变化。

主持会议的是姜波，他带着国产化小组成员在U字型会场中间的会议桌前入座，开门见山道："孚士牌零部件的技术要求高，认可难。试制过程中会遇到很多困难，有些厂家退缩了。但我要提醒大家，困难，从来都是要靠人来解决的。有人认为现在孚士牌的产量不高，就算试制成功了，也没什么利润。上午周市长的讲话我就不用重复了，从长远看，当产量达到三十万、四十万辆的时候，利润空间就很大。到时候你再想来做，就轮不上了。"

他作了简单一通动员后，让刘云涛和丁鹏向各个厂家代表发放试制零件的"产品技术要求"，让大家仔细阅读，有疑虑的当场提出来。

卢建军看到会场里的人越来越少，赶紧去找姜波诉苦，自己转业回来就一直在自来水厂当支部书记，每天一杯茶一张报，久而久之心里就觉得浑身不得劲。一有空他就回到家里帮着父亲一起生产那些胶鞋鞋帮和胶鞋底，但觉得自己干的这些事毫无技术含量，便找机会去承接一些拖拉机和卡车的橡胶零件，渐渐地这些拖拉机和卡车橡胶零件的利润，逐步超出了胶鞋鞋帮和橡胶鞋底，这事让孙艳知道了，拿来一张报纸上刊登的广告，说华松孚士汽车公司要举行零部件国产化的招标会，如果能跟这样的公司配套，今后就不用再为生计发愁了，鼓励自己来参加华松孚士汽车零部件的招标会，没想到眼前的技术指标这么多，难度这么大，自己有点害怕了。

姜波在早餐桌上就听卢建军介绍过孙艳担任了西周县的经济协作办主任，不仅负责招商引资，还在参与规划整个西周县的产业布局，非常希望卢建军能介入到这个史无前例的国产化进程中来。现在听到他如此担忧，他便问："这些拖拉机和卡车零件是你负责生产的吗？"见卢建军尴尬地摇头，又说："既然你父亲能干，你为什么不能？孙艳鼓励你来，就是想让你亲自来参与这一项伟大的工程，你连这点勇气都没有？上午你都听见领导的讲话了，下午你也看见很多打退堂鼓的。知难而退很正常，但你这个当过兵的未上战场就退缩，岂不是有失军人的尊严？"

卢建军觉得姜波说得有道理，应道："你说得对，不能还没上战场就言败，我回去请教专家，准备试一试！"

第二天一早，卢建军从宁临码头下船，乘车回到了西周，换乘了三轮蹦蹦车回老家。

西周县大山深处的卢家庄有一条蜿蜒的小道，一路盘旋向前，小道边有条宽阔的河床，湍急的水流从山上滚滚而下，到了这里渐渐变成了小溪，涓涓流淌，绵延不断，犹如在婉转地诉说着这里过往的历史。

蹦蹦车停在了一座斑驳陆离的石板桥边，卢建军踏上石板桥，望着落日余晖下连绵不断的山峦，看到了远处依山而建的橡胶厂，不由得停下了脚步。

这个橡胶厂就在远处的半山腰，以往运输产品全靠蹦蹦车，到了国道上还要拦车，要是能拦到顺风车当然好，拦不到还要到县城停车场去找运货车，这样恶劣的条件，到底能不能为合资企业配套呢？他心里忐忑不安。

一阵吆喝声把他从忧虑的思绪中拉了回来，他侧身让道给后边回家的牛群，随后便沿着青石板路蹒跚而上，来到了一栋破败不堪的老房子前。

这是一座年久失修的古老建筑，黑瓦、石墙，地上全是青石板，院落有四进之深，知情人一看就知道，过去这里是一个深宅大院。

卢建军走进了最后一进的两层木楼，那才是他的家。

以往，卢建军回家，进门就喊："爷爷，我带肉包子回来了，还热乎着呢。"爷爷便会笑眯眯地伸出手，抓起一个就往嘴里塞，咬一口，汤汁流了出来，便滋溜溜吸进去，眉毛胡子都会抖动，连声说"好吃、好吃，像城隍庙的肉包子"。

这回卢建军没带肉包子，带的只有一颗忐忑的心。自己去华松市，爷爷和父亲都不知道，要是知道了，会不会责怪自己冒失？他蹑手蹑脚地上楼，赶紧把身上的西装换了下来，穿回了旧军装。

下楼后，卢建军仔细端详坐在客堂间竹椅上闭目养神的爷爷，心里很不安。几只懒洋洋的鹅晃动着脖子四处找吃的，一群小鸡在天井里东啄西叨。

爷爷丝毫不受鸡鹅们咕咕声的惊扰，长长的寿眉一动不动。

卢建军感慨地望着廊檐下的大石墩，它撑起了一根根大木柱，顶起了这栋老楼，他心想，祖上真聪明，知道这深山溪水之旁的土地潮湿，木柱容易被腐烂，在木柱接触地面处都垫上了一个个大石墩，延长了木柱的使用寿命，给后辈子孙一个获得庇佑的地方。可眼下这些大木柱随着年代久远，已慢慢被侵蚀，撑着大石墩的木柱下端已经快成锥体了，子孙们到现在也没能力将前辈们创下的基业进行维修和保养，这也不能怪子孙们，他们都生活在动荡的年代，无能为力。现在已经是改革开放的年代，各行各业都在寻找发展的机会，自己岂能落后于时代潮流？

晚上卢父回家，看到卢建军已把饭菜做好，等着一家人吃饭，觉得不太正常。吃完饭，卢建军就把自己去华松的情况细说了一遍，并说自己想下海。

父亲勃然大怒，坚决不同意。

不料爷爷轻轻地说："当年我们没有任何人支持，磕磕碰碰走到了现在，现在有中央支持，反倒退缩了？"

爷爷的话意味深长，仿佛在提醒自己的儿子，在中央政府的支持下，接下去的路会比自己的橡胶厂走得更远、更好。

卢建军听父亲说过，半山腰的这座破旧的橡胶厂是怎么来的。改革开放后，修复天童寺，爷爷的雕刻手艺远近闻名，被邀请去参加寺庙修复工作。

一位中年男子陪着老太太来到大殿，看到正在雕刻的观世音菩萨，驻足在这尊栩栩如生、犹如观世音菩萨在世的佛像前，闭起双眼、双手合十，嘴里念念有词。一直等到佛像雕刻完成，老太太才慢慢睁开眼睛："善哉！善哉！师傅真是好手艺。"

交流中，得知老太太马上要过八十岁大寿，爷爷让儿子把前几天刻好的一尊福禄寿送给她。哪知她看了爱不释手，原来她女儿是做工艺品生意的，在欧美有很多的销售渠道，从此两家生意上有了往来，卢家也由此淘到了第一桶金，买下了濒临倒闭的橡胶厂，邀请她的儿子邓喆当顾问，把生产胶鞋鞋帮和鞋底当基础，开始向外寻找拖拉机和卡车的橡胶零件项目。

第二天一大早，卢建军的父亲跑到乡政府借打电话，与宁临市橡胶研究所的邓喆联系，把昨晚发生的情况告诉了他，希望能得到他的帮助。邓喆一口答应。

卢建军到县协作办找孙艳，说："我拿回来的只是几张纸，要把它做成事，还有很多事要做。"接着就把自己准备辞职、卖掉建房的材料、下海办厂的事告诉了她。

孙艳对他辞职并没有意见，但对他卖家当办厂有想法，觉得完全可以用他老父亲的橡胶厂作抵押贷款。

卢建军一头雾水，父亲那座破厂房还能抵押？但他最后还是听了孙艳的话，到信用社去办理抵押贷款。信贷员说，这个破厂房能抵押几个钱，就算想尽办法给你抵押，那你也要意思意思。卢建军不知道这个"意思意思"是啥意思，只得去找孙艳。

这几天，孙艳一直忙着接待各路来宾，经常到深更半夜才回家。过去，孙艳晚上有应酬，都是卢建军骑车去接，这段时间忙着筹备建厂，一直没去。孙艳深更半夜还没回来，她的老父亲正在着急，见卢建军来了，让他赶紧去酒店接女儿。

卢建军听了转身就骑车往酒店赶，半道上看见三个小流氓把孙艳团团围住，正在动手动脚，他大吼一声冲了上去，接连几个闪电拳，随后又是一个扫堂腿，那些小流氓还没看清来人是谁，就稀里糊涂倒在地上疼得哇哇乱叫。好不容易缓过神，他们看见眼前的年轻人两眼冒火，正在脱下身上的旧军装，露出一身腱子肉，嘴巴对着掌心啐了两口，两掌一合，"啪"的一声响，那些小流氓还以为自己的脑袋被这巨掌拍中了，吓得脑袋一晃，连滚带爬逃命了！

第二天，孙艳带着卢建军找到黄县长，拿着华松孚士汽车零件国产化《产品技术要求》说，这可是中央都在关注的项目，是一个千载难逢的好机会。我们西周县正在重新布局产业规划，要是卢建军的国产化零件试制成功，对整个西周县来说就是一个榜样，但现在却被信用社的贷款卡住了脖子。

黄县长马上拎起电话打给了信用社主任，询问不批贷的原因。

这个主任做梦都没想到，一笔小小的贷款竟然惊动了县长，马上表示手下的人办事不力，自己马上亲自去办。卢建军奔走了几个月办不成的事，县长一个电话就把五十万的抵押贷款搞定了。

一切手续完备后，卢建军给新厂起了个响亮的名字：宁临华宝汽车零部件有限公司。

"华宝"两字源于爷爷的红豆杉根雕。这根红豆杉是当年爷爷离开华松时带回家的一根木头。爷爷说这是国家一类保护树种，是中华民族的宝贝，后来花了几年工夫才把它雕刻成工艺品，一直供在案几上。

卢建军为了感恩爷爷的支持，干脆把工厂名字改成"华宝"。

孙艳觉得要建一个跟华松孚士汽车配套的工厂，自然不敢冒失，带着卢建军去华松汽车厂向老厂长和师父求助。

李博林和关永明见到孙艳到来，喜出望外。孙艳向他们介绍，卢建军是他父亲的得意门生，转业回乡，跟自己离厂回家几乎在同一时间，算是殊途同归。

李博林也认出了这位当年接新兵入伍的连长，心里更加高兴，赶紧让人把周志远叫来。

师徒一见面，心情当然不一样，马上你一句我一句地议论开了。周志远想，看来孙艳心中的造车梦一直没有消失，心里就想帮帮她，于是就对孙艳说："今晚你们别回去了，好不容易来一趟，我想详细了解一下你们现在的情况。晚上师父请你们吃饭。"

李博林一听乐了："哈哈，你这只铁公鸡也肯拔毛啦！孙艳啊，看来还是你的面子大呀，我跟他同事几十年了，不要说吃饭了，连口茶都没有请我喝过。"

"老李啊，看你把我说成什么了，我是这样的人吗？"周志远一边笑一边说，"今天晚上六点，我请大家到新桥饭店吃饭，把所有人叫来，省得以后再被你牵头皮！"

李博林看周志远今天肯"出血"，马上说："好啊，不见不散！"

李博林下班踏进家门，怎么也不会想到，开门的竟然是自己的儿子——李振华退伍了！

这让李博林喜出望外，拉着儿子往新桥饭店跑。李振华走进包房，让在座的人大吃一惊，卢建军也愣住了，李振华上前一步，朝卢建军来了一个标准的立正、敬礼，随后又紧紧抱着卢建军，欣喜若狂道："老连长，没想到会在这里遇见你！"

卢建军很高兴，能与自己的老部下在这个特殊的场合见面，一下子拉近了大家之间的距离。

李博林笑着对大家说："本来老周说，今晚他请客，我看现在就免了吧。我儿子退伍，还是我请大家来为我儿子接风洗尘！"

李振华东张西望就是不见刘云涛，悄悄问坐在身边的姜波："哥，咋不见云涛哥呢？"

张欢听到了，赶紧插上一嘴："他正在准备婚礼，走不开！"

孙艳闻言一愣，随即便面无表情地拿起筷子给师父夹菜。

关小艾悄悄附在李振华耳边嘀咕一阵，李振华方才知道是怎么回事，怪不得关永明和周志远连提都不提刘云涛，哪还会通知他出席今晚的聚会。

席间，李振华神采飞扬地向卢建军介绍起部队现代化装备，说现在的炮车跟过去不一样了，都是四轮驱动，还有自动化的操控系统，不像以前升炮筒全靠手摇，现在只要一摁电钮炮车就自动升起来了，既方便又实用，还非常快捷。

卢建军问："那些沂蒙山老兵还在吗？"

李振华说："他们跟我一起退伍了，这些老兵文化程度虽然不高，但却非常忠诚和敬业，当兵的日子或许就是他们这辈子最辉煌的时刻。"

卢建军问："我听说你受到师长的表扬？还立了功？"

李振华笑道："那是我们的运输部队在一次演习中遇到了泥石流，许多车辆轮子打滑，要是再不把车开出危险路段，演习任务就完不成，是我想办法把车一辆辆开出了泥石流，回来就被记了功！"

话音刚落，就听李博林赞道："好！用脑子立功就是好！我以为傻小子是用命换来的。"这一声好，足以表达一位老父亲对儿子的担忧和期盼。

李振华没想到父亲会这样评价自己，心里也很高兴。

姜波有些好奇，问："你给我介绍一下，部队车队的自动化操作系统是怎么回事？车辆出现故障又是怎么维修的？"

李振华开始绘声绘色地描述部队运输连的自动化操作系统，以及他们参加维修比赛的各种场景。大家一听，原来运输部队长途训练就是比驾驶技术，还有维修技术。这可把李博林乐坏了，脱口而出道："噢，原来你是得了老子遗传才获的奖！"引得大家哄堂大笑，竖起拇指，这也是李博林这几年来最开心的一晚。

卢建军听了李振华这番话，受到了极大的鼓舞，回去就去找邓喆。

老人家给卢建军沏了一杯茶，翻开技术资料说："我要仔细研究一下技术资料，每个橡胶产品，都要进行从气味试验到耐寒性、耐腐蚀性等十三个种类的试验，每个种类还要进行几十项测试，一个小小的橡胶产品也要通过三十五项测试，全部达标后才能认可。而且这些试验条件要求高，高低温试验是在－40℃到100℃温度范围内进行，而且试验项目时间长。"

邓喆紧皱双眉说："我很难理解，一个小小的橡胶零件，还要经过六万公里的耐久试验，还要做一万两千小时的抗老化。这么高的技术测试要求，恐怕全国都找不出一家，更不用说宁临市了。"

卢建军心里凉了半截，不知道该怎么回答。

邓喆看着正在发愣的卢建军说："我从事了一辈子橡胶研究，还第一次看到这种严苛的技术要求。这种橡胶，光配方和炼制就要很长时间，而且代价大，什么时候能炼出来根本还没把握，协议书上却要在一年内满足这些要求去供货，难度太大了！"

卢建军困惑了，两眼直瞪瞪地看着邓喆，大气都不敢出。犹豫了很久，邓喆才终于说道："从技术研究的角度考虑，我觉得应该可以尝试一下。首先第一步要知道我们现在的产品，与华松孚士汽车产品的技术要求的差距有多大，技术上能不能突破，所以要用现在生产的卡车零件，按照华松孚士汽车的技术标准进行测试，找出差距，然后调整材料配方，再试制，一步步向前走，才有成功的可能性。现在我也不知道要改良多少次才能达到要求！"

卢建军听了他的话，觉得有希望了，握住邓喆的手说："好，我全力以赴配合您的研究，争取尽快拿出合格的试制零件！"

姜波向荣华提出，华松孚士汽车公司没有自己的专职试车员，现在国产化的零件都必须请奥国人来验证。华松孚士应该成立自己的试验车队，要是以后有人考取了奥国孚士汽车的Ａ级试车员资格证，那我们国产化零部件的道路试验认证，就不用再请奥国人了！

姜波的这个建议说到了荣华的心里，他非常赞成。虽然奥国孚士董事会早已同意，在中国生产和销售的汽车零部件可以由中国孚士自己来认可。但华松孚士没有相应的条件和有资质的试车员，认可权还是握在奥国人手里，这样就成了一道不可逾越的障碍。

荣华马上找来邹仁商量，提议让产品工程部拿出具体招聘试车员的岗位要求，面向企业内外招聘。

李振华和刘晓军因在部队里练就了一身精湛的驾驶技术，很快通过了考核，成为了华松孚士汽车公司试车队的一员。

李振华见到姜波的第一句话就说："哥，当初我报名参军，还立了功；现在又凭真本事考入了华松孚士当上了一名试车员！这不是吹的吧？"

姜波笑着说："我知道你都是凭自己的本事，不知道接下去你有没有意愿去考奥国孚士汽车的Ａ级试车员资格证？要是能考取，那才是真本事的体现！"

"啊？那怎样才能当上Ａ级试车员？"

第二天，姜波把一份Ａ级试车员资料交给他。李振华看了资料才知道，Ａ级试车员不仅需要通过高速环道技能考试，还要经过盐水路面、水泥路面、砂石路面、土路、比利时路面、陡坡等等各种复杂的路况考核，更要会解除汽车零件、设备故障等等专业内容。除此之外，Ａ级试车员还需要负责试验大纲的实施，负责试验车辆各种传感器的布线、拆线及测试仪器、设备的维护保管等等。

了解了这些详细细节后，李振华不服输的劲头又来了，主动报名去参加奥国Ａ级试车员的考试。经过不懈的努力，半年后，李振华率先考取了孚士汽车的Ａ级试车员资格，这让姜波喜不自禁。

又过了半年，刘晓军在许多试车员考试中脱颖而出，也考取了 A 级试车员资质。这样一来，华松孚士汽车公司就有了两名 A 级试车员，试验车队终于可以实现三个月轮休一次了。

一天早上，正准备出差的姜波突然接到孙艳的求助电话，说卢建军要去借高利贷建设新工厂。姜波感到很惊讶，为什么卢建军要借高利贷建新工厂？

孙艳说："质保部没有通过对工厂生产环境的评审，采购部不签合同！"

姜波回道："质保部评审确实很严，不符合生产环境要求，必须整改，只有整改合格才能继续合作。但也没有必要去借高利贷建工厂啊，你告诉他，就说我说的，先整改老厂的各个车间，等我出差回来再去具体指导！"

那一头，孙艳正在心急火燎："师兄，他不听啊，他老父亲还要在新厂区建一个仓库和炼胶车间，这是在蛮干瞎干啊！"这是孙艳焦虑的声音，听得出，她已经心急如焚了。

"把仓库和炼胶车间联建在一起很危险，绝不能这么做！"姜波说，"振华马上要轮班回家了，我让他绕道过去看看，对，好的，那就这么说定了！"

李振华接到姜波的电话后，心里更焦急。自从老连长搞国产化零件以来，姜波经常跟周志远一起坐船到西周，每个月三分之一的工资都扔在了轮船上，而且还冒着随时被上级发现的风险。没想到电话里听到的声音更焦虑，这说明实际情况更糟糕！李振华马上摊开地图，决定从福鼎拐入西周，去看一下卢建军的新工厂到底发生了什么困难！

这一年多来，李振华已经听说了不少传闻，生产特区已初见成效，一部分有条件的企业也与奥国合资了，零部件国产化已开始规模化运作，各地民营企业也纷纷加入了国产化的行列。刘云涛接到邹仁调自己到采购部任外方助理的调令后，甚至没来得及移交手上的避震器项目就急于离开，被姜波阻止了，两人还闹起了别扭。

荣华得知详情后把刘云涛训斥了一顿，郝亮知道后，反过来把荣华说了一通，意思是，你当初立下誓言要在三年内完成 90% 的国产化率，结果放了空炮，就是因为中方在采购部没有话语权，导致国产化进程缓慢。现在调刘云涛去，就是为了占领关键的制高点，加快零部件国产化进程。

荣华虽然承认国产化率提升不快是事实，但根本原因是有些配套厂的基础实在太差。看到荣华还想争辩，郝亮撂下狠话："我们可等不起，要等，你回家去等吧！"

荣华很无奈，只得掉过头去劝说姜波放行。

哪想到刘云涛一到采购部，把当初国产化小组拟定的扶持配套厂的方针政策做了大幅度修改，质保部开始对所有的供应商进行生产环境大评审，提出了供应商生产环境必须满足现代化的新标准。华宝工厂的评审不合格，更多民营企业也面临着必须满足严苛的生产环境大挑战。

从海南到福州，再从福州到福鼎，然后才进入海江省。尽管都是沿海地区，但要沿着国道绕一个大圈子，只有穿过山区的小道才能近上百公里。

为了抓紧时间，李振华决定走小道，但没想到车队穿过山区时，冷不防会出现一根粗长的毛竹，一个老头拿着一把小红旗神气活现地把车拦下，只有付了买路钱才能让你通过，否则就只能打道回府。李振华从来没想到过山区的村庄会设关卡、收取过路费，但看到这些面朝黄土背朝天的农民昂首挺胸在村口，把过往的车辆当作"唐僧肉"时，吓得赶紧带领车队又重新回到国道。

经过一天一夜的长途奔波，车队终于驶入了海江省的西周县。

李振华找到县政府协作办，孙艳欣喜若狂，赶紧让李振华把试验车开进县政府招待所，安排试车员在招待所吃饭、休息，自己拿了几个包子，坐上李振华的试验车一起来到卢建军的建设工地。

走进工厂大门，一座五十米长、十五米宽的崭新厂房呈现在眼前，走进厂房一看，里面早已开始在调试新设备了。李振华这才稍稍放下心来。

再往远处一看，李振华吓了一跳，地上全是一堆烂泥碎砖。有一座正在建设的库房，就是姜波嘴里所说的仓库和炼胶车间，半空中的房梁是一根根粗壮的树干，竖在四周的支撑柱竟然也是一根根老树干。

孙艳说，这就是建军的老父亲坚持要建的仓库和炼胶车间。李振华这才问道:"我哥说,把老厂的试制车间搬出来,就是搬到这里吗?"

孙艳点点头。

最后,李振华跟随孙艳来到卢家庄大山里的老厂房,远远地就闻到一股焦臭味,顺着臭味,一眼就看见半山腰几间低矮的茅草屋,走进其中的一间,里面乌黑乌黑,连窗口都没有,只见一个老人脸上蒙着一块毛巾,包住了鼻子和嘴巴,只露出眼睛,在昏暗的灯光下试制一个个橡胶零件。

李振华愣住了,刺鼻呛人的味道直冲眼睛、嘴巴、鼻子,几乎让人透不过气来,黑漆漆的茅草屋里就像一个煤窑,他赶紧用双手捂住鼻子,往里面探了一下脑袋就缩了回来,随后又壮着胆子屏住呼吸小心翼翼走到试制炉边上,随手拿起几个热乎乎的橡胶零件。

不料他发现一双红肿的眼睛正惊恐地盯着自己,嘴里叽里咕噜说着当地土话,李振华听不懂,但孙艳听懂了,连忙拉着李振华走出茅草屋。

"姐,里面试制零件的是谁?"李振华问。

"建军的父亲。"孙艳答道。

李振华听了,心里咯噔一下,在这么恶劣环境中试制零件的人,竟然是老连长的父亲。

"废气有毒,别人都不愿意,他爸也不想为难别人,只能让建军跟他轮换搞试验。"孙艳看出了他的忧虑,解释道。

李振华长叹一声:"唉,一屋子废气和满地的炭灰,连呼吸都困难,难怪老人家要坚持搬出来。你看看,我就这么刚刚走了几步,鞋面上全是灰尘。"

孙艳也跺着脚,双手不停拍打着身上的灰尘,抱怨道:"我也没想到生产橡胶零件的环境会这么恶劣,也难怪别人不愿干。"

卢建军骑着自行车大汗淋漓地赶过来说道:"振华,我刚才去县里找你,看见黄县长正带着人围着试验车转圈子呢!他跟我说,今晚他要为试验车队接风洗尘,赶紧回去吧!"

"老连长,早知道你在这种环境中干活,我肯定不让你干了。我回去就跟哥说，不能把这种脏乱差的活派给你，至少要科技含量高一点的！"

卢建军笑了："振华，咱们这乡村野外的，就算拿到科技含量高的产品也干不出来啊，就眼下这点炼胶技术，还是靠橡胶研究所的邓研究员帮忙才干起来的。"

卢建军这话说得没错，产品试验合格后，开始批量供货了。这就让他暗下决心要建一个新工厂，于是决定冒险了，但很快被孙艳发现了，千方百计阻止也没用，不得不求助师兄。

孙艳把卢建军拉到一边悄悄问："高利贷还了吗？"

卢建军说："还了，我已经把家里建新房的材料卖了！"

李振华大吃一惊："啊？"

卢建军说："这不是急着要付工程款吗，否则建筑队不干活，唉……"

孙艳在刚才来的路上就告诉李振华，前几天自己出差，卢建军把贷款基本上都用在购买设备和建筑材料上，没来得及支付施工费，建筑队就停工不干了，所以就只能去借高利贷。正说着，一个小姑娘骑着自行车冲下山坡，还没骑到眼前就大叫大嚷："哥，后山来人说要买咱家的猪羊，你快回去呀！"

溪水河的对岸，一个满头大汗、二十出头的小伙子三蹦两跳地趟过河水，一下子蹦跶到了卢建军面前："哥，今天一大早咱爸就上后山了，这不，那后山的人一来，张口就说是咱爸叫他来买猪羊的，怎么办呀？"

急匆匆赶来的二人是卢建军的弟弟妹妹。

卢建军沉下脸说："你们回家跟后山来的人说，咱家的猪羊都不卖！"

李振华听了心里不是滋味，为了建厂要去借高利贷，现在他的父亲又要把家里唯一值钱的猪羊卖了，农民要干成一件事，简直是比登天还难，更何况是山里的农民。

李振华走上前一步，对两个孩子说："你们好，我叫李振华，过去是你哥的兵。请相信你哥，赶紧回去叫你们父亲把猪羊赶回圈里，等过年了，我还要带着老兵们到你们家来吃肉呢！"

卢海燕愣愣地问："你曾是我哥的兵？那怎么到这儿来了？"

卢建军摸了一下妹妹的大辫子,说:"振华退伍了,现在是华松孚士汽车公司的试车队长,带着车队经过我们这里,顺便来看看我。海燕,快回家吧,赶紧温习功课,会计可不是一门简单的学问。还有,建国,我听说你读夜大两年,每次考试都是第一名,还要继续下大功夫啊,等你毕业了,哥还要送你们出国留学呢!"

"穷得叮当响,还留什么学?我连上夜大学都没心思!"

卢建军生气了:"当初我们家穷,就算考上了大学也负担不起学费,现在不一样,不缺那点钱。只是哥正在创业,暂时遇到了一些困难,但这不是你不上学的理由。这点困难肯定能克服,放心吧!"

卢建国不吱声,用脚尖踢着石子,慢慢抬头,认真地望着自己的兄长:"哥,这话当真?"

"一口唾沫一个钉,哥说话从来不打折扣。"卢建军伸手拍拍弟弟的肩膀,卢建国的脸上露出了笑容。

孙艳从裤兜里掏出一沓钞票,塞给卢海燕,说:"这是我刚发的工资,钱的事你们不要担心,我们会想办法的。回去跟你爸说,困难是暂时的,家里就剩下那些家底,过年还要指望它们,都卖了,年不过啦?去,你们赶紧回家!"

姐弟俩骑车要走,卢建国又忍不住回头问:"哥,明天你真能搞到钱?"

"肯定,你们放心吧!"姐弟俩走了,卢建军这才转过身对李振华抱歉道,"不好意思,这一幕我也不想看到。幸好是孙艳及时提醒了我,要不然我借了高利贷,就算把祖屋卖了都不够还债的!"

"老连长,真没想到你会走到这么一步,真是难为你了!"

孙艳说:"都别说了,走,黄县长不是要为振华接风洗尘吗,借着机会赶紧向他求助!"说着就打开轿车的后备厢,让卢建军把自行车放进去,由李振华开车直奔县城。

西周县城唯一的大酒店门口,一位国字脸、两腮圆润、两道剑眉下的大眼睛特别有神的中年男子迎了上来。"李队长,你好啊,我是黄源。"看见从轿车里走出了李振华，黄源马上主动上前，热情地握住了他的手。

孙艳连忙介绍："振华，这位就是黄县长。"

李振华双手抱拳表示歉意："打扰黄县长了，我们路过，顺便来看看我的老连长。"

"我都知道了，现在工厂建设到了关键时刻，卢厂长把贷款都用在购买设备上，为了支付建筑队的工程款，还要去借了高利贷，这都是我的工作没做好啊。"黄县长转过身对卢建军说，"我已经跟建设局说了，工程款不用催，你现在是我们县里汽车零部件建设的大工程，县里给你做担保，你需要的贷款今天就划出，放心，不会耽误你的大事。"

卢建军听了大喜，马上说："黄县长，那我要好好敬你几杯，聊表我的感激之情！"

一阵寒暄后，大家走进包房。李振华一眼看见自己的部下早就端正地坐着等候，圆桌上摆着八大碟冷盘，端上来的热菜又是自己从来没见过的各种昂贵的大黄鱼、带鱼和贝壳类等各种海鲜，情不自禁地道："这么大一桌海鲜我还是头回见，太奢侈了！"

孙艳笑道："难得有黄县长出面招待，大家敞开吃吧！"

"李队长见外了，现在还不是海鲜上市季节，都是冷冻的，再过一个月，新鲜的海鲜上市，那才叫美味佳肴！"黄源一边夹菜一边絮叨，"卢厂长现在给中国的轿车合资企业配套，不仅是他的大事，也是西周县的大事。我们西周县虽然地处沿海，但周围全是山区，唯一的出路就是出海捕鱼和近海养殖，工业是短板，更不要说汽车零部件了。如今他下海，还真的要仰仗在座各位的支持啊！"

李振华说："黄县长，刚才听你说县里做担保，我心里就踏实了。感谢黄县长对我老连长的支持，也感谢对国产化的支持！"话未说完，在座的试车员全部齐刷刷端着酒杯站了起来。

"敬黄县长！"

"敬老连长！"

"敬国产化！"

大家仰起脖子一饮而尽。孙艳的眼睛湿润了。

这是她离开华松汽车厂后，第一次与曾经的老同事们一起吃饭。曾几何时，自己进厂的时候，这些小青年还是刚刚进厂的学徒，如今都已成为华松孚士汽车国产化道路上的先行者。

她端着酒杯站了起来，哽咽道："黄县长，感谢你给了我一个平台，让我撮合了建军与华松孚士汽车公司的配套，我也一定会为此竭尽全力！"

黄源笑着点点头，转而又看着卢建军问道："你现在手上一共才十八个橡胶件，产量又低，真要是像孙主任说的，以后华松孚士汽车产能激增，到那时再扩建工厂我倒反而好办了。你厂房后面就是一块几千亩待开发的滩涂地，在等着你的召唤呐！"

卢建军说："华松孚士汽车公司是国家和华松市政府全力支持的大企业，我坚信会大有前途的。"

黄县长哈哈一笑，掰着手指："十八个小橡胶件，就算年产三万也只有五十四万个产品，六万辆十万辆何时能看见谁也说不准，不过，孙主任的协作办已经出了不少力，我看你一边建设新厂，一边还要抓紧把过去遗留的污染物处理好，这或许就是目前唯一一条最经济实惠的路子！"

卢建军说："黄县长，现在我还面临着另一个困难，就是排气管的蝴蝶吊耳的模具，周围的模具厂都没人敢接。我打听了一下，这套奥国的二手模具和生产设备只要一百多万奥元，按现在的汇率，一块奥元兑换一块二人民币，要是政府再给点支持，我就能把设备和模具引进来。"

黄县长暗吸一口冷气，一百万？真是狮子大开口，顿时面露难色。

孙艳知道，这块土地是无偿划拨给华宝汽车零部件公司，实际上是想让卢建军借着机会，改造这块被污水污染的地皮，彻底消除周边农民的抱怨。但对卢建军来说，无偿拿到这块一百多亩的土地也不失为一件好事。现在卢建军还想请黄县长担保银行贷款，引进二手设备，这几乎就是天方夜谭。

想到这里，她便说："你不要再为难黄县长了，现在有了发展基金，我想你应该找我师兄去申请，我相信他会支持的！"

第二天，李振华驾车回华松，第一时间把自己看到的情况向父亲诉说了一遍。"一分钱逼死英雄汉，要不是走投无路，他怎么可能去借高利贷？"李博林叹气道，"看来，光靠姜波和老周这么偷偷摸摸地去帮助还是不行，这不是能力和经验问题，而是最要命的资金问题。"

李振华对父亲说："爸，你应该跟姜波哥说说，让他帮老连长去申请无息贷款！"

李博林虽然一个劲点头，可嘴上却说："自从那次火灾，这兔崽子差点把我气死，要不是你退伍回家，我根本不想理他！"

父子俩正说着，姜波推门进来了，手上还拎着大包小包："叔，你就别再老盯着过去了，坚持质量标准是你长期以来一直叮嘱我的，火灾零件受损不就是因为坚持奥国的质量标准吗？要是不坚持，搞国产化还有什么意义？"

李博林一下子被噎住了。

李振华赶紧又把自己在华宝所看到的和听到的说了一遍。姜波叹气道："李叔，当初SKD的时候，你看到一个个精密的零件，就在想我们今后该怎么制造？转眼就到了现在，随着国产化进程不断推进，这些问题就真的成了困扰我们的大事。师父说过，要造一辆有中国魂的轿车，可一旦干起来才知道多么艰难，我们的基础工业实在太落后啦！"

"哥，我觉得云涛变了。"李振华疑虑道，"我曾打过电话问他，为什么要突然修改供应商条例，没想到他说'不要管与自己业务无关的事'，你听听，他竟然这样对我说话！"

李博林也叹气了："这刘云涛也真是的，干嘛要修改供应商资质条例呢？难道看不见那些配套厂都穷得叮当响吗？这个时候要一步登天怎么可能呢？他应该很清楚，当初为了抢运座椅导轨，张欢不顾自己的危险，冒死点火烘烤油箱，这还不是因为我们自己的材质和技术水准不行吗？再看看现在，我们连橡胶零件也要依赖进口，他竟然视而不见，真不知道他内心是怎么想的！"

姜波犹豫了一下，说道："修改供应商条例，没有谁对谁错的问题，既然是质量标准要求的，那就只能严格执行！"

"哥，好在有了发展基金，你这个秘书长责无旁贷，应该帮卢建军去申请，绝不能让老连长走投无路。"李振华几乎是在恳求。

"我这次去考察，就是为了落实配套厂的发展基金贷款。许多企业搞国产化都需要引进设备，资金配套就是一个大问题。你们放心，这事我亲自去办，要不然，国产化没搞成，却把人家搞得倾家荡产，这不是华松汽车人的办事作风！"

李博林听了很振奋，拍着桌子喊："小波，你终于敢大胆说话了，这才像你父亲。记住，好不容易走到了关键一步，供应商只有在强劲的东风推动下才能勇往直前，你千万不能松懈啊！"

姜波看见李博林双眼饱含泪水，心里也特别激动。他知道，李博林这一辈造车人，由于自身年龄和文化知识的原因，只能在现代化产业面前望洋兴叹，但并不等于他们愧对过去。他们过去是、将来也还是中国汽车工业中最伟大的一员，只不过现在到了年轻一辈挺身而出的时候了。

第 十 三 章

华宝汽车零部件公司从奥国引进的二手设备，正在开始安装调试的时候，卢父已经病重入院，手术时发现他已是肺癌晚期。

卢建军心如刀绞，这段时间，他几乎无暇顾及厂里的设备安装，全靠孙艳在指挥，自己一直陪伴在父亲身边。

卢建国匆匆赶到医院，附在哥哥耳边说："哥，厂里出事了，库房塌了！"

卢建军一听毛骨悚然，瞪大双眼问："有人受伤吗？"卢建国欲哭无泪，"死了一个，还有几个受伤了！"

这个库房是父亲坚持要搭建的，他不舍得山里那些跟着自己的橡胶厂老人。他依然相信总有一天胶鞋会回归大众，坚持要把那些老人连带那些生产的胶鞋底，都要带到搭建的仓库里。虽然拼接在一起的炼胶车间，在孙艳的坚决阻止下没建成，但这个刚建成的空壳子仓库却闹出了人命！

卢建军接过弟弟手上的自行车钥匙，悄悄说："这事千万别跟爸说，你在这里陪着，我去厂里！"他一路上在猜测，这个库房虽说是用碎砖和烂泥砌起来的，就算老树干被蛀空经不起压力，也不可能压死人呀？

施工现场，卢海燕被工人们包围在中间。卢建军三步并作两步冲进去，把妹妹护在自己身后，大声说："父老乡亲们，事故已经发生了，大家不要冲动，警方会查出死亡原因的，我卢建军也一定会按照警方的要求，妥善处理好后事,请大家不要再围在这里,都回去!"

"你说得那么轻巧,我哥的死,就是被你的烂泥墙砸死的,你必须偿命!"一个哭哭啼啼的年轻人突然冲出人群,揪住卢建军的衣领。

卢建军脑袋嗡的一声响,回头看了看倒塌的烂泥墙,这烂泥墙能压死人吗? 最多砸出个包。"这、这……"死者的弟弟指着一块木桩上一根香烟粗细、锈迹斑斑的钉子。 这是一个农村造房子用来钩住门框的类似钓鱼的铁钩子,一头锲入墙内,一头的弯钩用来钩住门框,只见上面沾着一团血浆。

卢建军不知道此人是何时到这里来打工的? 怎么会被钩子钩住后脑勺呢? 顿时想不明白,感到浑身发冷。 突然,死者的弟弟冲了上来,举起手上的泥刀向卢建军砍去,被一个冲进来的年轻人一把抓住:"住手!"

卢建军定睛一看,这不是自己连队二排五班的班长沈大壮吗? 尽管沈大壮衣衫不整,但那双坚毅的眼神始终没变。 众人吃不准来者是谁,看样子不好惹,稍稍往后退了一步。

就在这时,孙艳带着警察和县工业局的人也冲进了包围圈。 县里这么迅速派出人员来处理,得益于黄源及时下的命令,他已经看出了这个国产化工程的重要性。

"大家让一让,不要破坏现场! 厂里的工人回到各自的岗位,邻村的人都赶紧回去,不要在这里围观!"孙艳与警察驱散了围观的人群,同时也把卢建军赶进了办公室。

卢建军拉着沈大壮坐在办公室的凳子上问:"大壮,你、你怎么来了?"

"老连长,我退伍后就一直在福鼎打工。 上回李振华带着车队经过福鼎,我才知道老连长下海了。 现在我打工的老板跑了,我就顺着国道一路走到了这里! 看情形,你遇到难事了,我留下吧,不要工资,管我三顿饭就行!"沈大壮说。

卢建军犹豫了一下,很干脆地说:"好,你留下,工资先给你欠着,等好转了一起给你! 你就暂时住在门房里,平时,我也睡在里面。"卢建军从身后的柜子里拿出几套旧军服、衬衣、汗衫和鞋袜,都是转业时带回来的,"去洗洗换上吧,门房里有炉子,有米有面,后面的小菜园还种着菜,你自己看着办吧,我要把死者的情况彻底搞清楚!"

警方经过详细调查,发现死者是码头修船的船工,因不慎掉进船舱,后脑勺砸在铁梯上死亡。船老大连夜把尸体偷偷运走,半路上看到华宝的破仓库倒塌,便把尸体仍在墙角下。

真相大白后,卢建军终于松了一口气。

这段时间,卢海燕和卢建国发现,孙艳是个极其精明干练的人,毫不犹豫地把这座破库房全部推倒,把那些陈旧的胶鞋底全部低价出售,还要求建筑队在这块地皮上种了果树。

卢建军回来一看,眼睛顿时亮了:孙艳的格局就是不一样,工厂还能建成花园式的。

在姜波和周志远遥控指挥和孙艳的亲自督导下,华宝工厂的形势逐渐开始好转。

一天早上,华宝工厂去华松孚士汽车公司送零件的卡车,刚进入华松市就被人扎破轮胎趴在路上。

原来华松市出现了社会动荡风波,有很多人上街游行,还有些唯恐天下不乱的流氓无赖趁机扰乱社会秩序,拦车、扎轮胎、堵塞交通,导致人们无法正常上班。

运输科长董鑫像往常一样,带着搬运工到城乡接合部的交易市场装运食堂所需食材,没想到也被一些流氓把卡车轮胎扎破了,董鑫只得到市场管理处去借大板车转移食材。

赵红旗很早就养成了起床收听广播的习惯,闻知社会动荡后,不敢开单位分配给自己的轿车,早早地来到乘车点,跟大家一起坐班车上班。

没想到大巴车刚进入城乡接合部,就被扎了轮胎,赵红旗果断地要求大家徒步走向工厂,遇见了正用大板车拉货的董鑫。

"你这是……"

董鑫苦着脸说:"看来你也是车胎被扎了,难兄难弟啊!"

"那帮疯子，跟造反派有什么两样？"赵红旗心里有气，张嘴便诅咒，随即又问，"你这是想把这些货拉到厂里吧？"

"老赵，叫你的弟兄们来帮帮忙，不把这些菜运回厂里，一会儿就被抢光了！"本来就怨气十足的搬运工，一听董鑫要用大板车把鸡鸭鱼肉和素菜拉回厂里，气得转身就躲到树丛后面。

于是，一辆货物堆得像小山一样高的大板车，被一群穿着蓝、灰工作服的人推着向郊区走去，呈现出一幕"愚公移山"的场景。

突然，前方出现了几辆难得一见的闷罐子车，上面用白漆写着"华松汽车厂内驳车"。 大家颇感亲切，顿时欢呼起来。

华松汽车厂早就跟合资企业一样，换了有空调的大巴车。 没想到李博林舍不得报废原来的卡车，当作内驳车使用。

李博林早上刚上班就接到孙艳的求助电话，说华宝工厂运输零件的车辆遇到了示威游行，还被一群流氓扎破了轮胎，请他派车接应一下，否则会影响华松孚士汽车公司的生产。

李博林这才想到关永明正在到处找工人，肯定也是遇到了此类问题，马上派了一辆车去接应华宝工厂的运输车，自己带着几辆车去接工人。 结果到了一看，令人啼笑皆非。

社会动荡的风波没几天就平息了，工厂的生产秩序和人们的正常生活也很快得到了恢复。

西方国家最初怀疑中国又要实行闭关锁国，各种制裁接连不断地向中国发起，没想到几个月之后并没有发现政策变化。

相反地，持续对外开放的政策力度越来越大，特别是奥国人一直坚持要把华松汽车厂合并到华松孚士汽车公司的重大项目，突然就在这关键时刻被上级批准了！

这个长期以来由地方投资建设的国有企业，轰隆一声巨响，干净利落地成为一堆废墟。 李博林和关永明都知道，华松孚士汽车公司一直很羡慕华松汽车厂的产能在逐渐扩大，对自己眼下的这座设计产能为年产三万辆的华松孚士工厂颇感无奈，这也是当初合资时受到各种因素限制造成的，现在只能采用三班制生产，年产量已接近十万辆的极限，再想扩大产能几无可能。

在经历了前所未有的社会动荡风波后，上级突然把原先各自为战的两股力量合并到一起，不仅是对外释放了持续改革开放的重大信号，也让那些坐等看好戏的西方政客大跌眼镜，舆论导向也马上开始转变方向，那些已经撤离的外国投资者又纷纷回到了中国。

李博林和关永明纵然有万般无奈和伤感，也只能坚决执行上级命令，这是他们军人的天性，也是退役几十年来不变的作风。

周志远想不通，抱着酒瓶大口灌酒，一边说着胡话一边骂骂咧咧，很快就醉倒了。姜波、张欢和周镐不敢离开，默默地守护在其身旁。

在西周的卢建军突然接到了华松孚士汽车公司的传真，只见传真上写着"蝴蝶吊耳供货通知单"，一次送货两千套，一周送一次。这可是他梦寐以求想供货的零件啊，现在终于可以供货了，心里非常高兴。

转念一想，传真上写着供货两千套，还要一周送一次，可这机器一开动，刚运转半天，生产就结束了，材料浪费不说，这生产节奏到底该怎么把握？卢建军马上呼叫姜波的BB机。

没多久，姜波打来电话，问清楚情况后告诉他："你现在已经炼胶完成了一万订单量的胶片，就全部做成产品。每周按两千套送货，其他留作库存。以后就每个月集中生产一次，按照订单每周送货。"

卢建军小心翼翼地问："听说华松汽车厂被并入华松孚士汽车公司了，能不能叫你师父帮帮我呀？我只会炼胶，不懂生产和管理，现在厂里的材料浪费太多，自己又不敢回炉，损失实在太大了。"

周志远获知详情后，说："既然华松汽车厂没了，那我就去华宝！"

李博林得知周志远要去华宝，就对姜波说："不知道老周的驴脾气，卢建军能适应吗？"

"适不适应只有去了才知道。"姜波说，"师父的政治觉悟没你们高，一时想不通也正常，但造零件绝不会有问题。现在华宝有了基本的造血能力，师父去了就能帮他把好产品质量关。眼下卢建军除了从他父亲手里学会了配方和炼胶，对生产和管理一窍不通。我师父虽然不懂炼胶，但他有设备改造和生产管理的经验，肯定比卢建军强百倍！"

李博林走到窗边盯着马路对面的街心花园，自言自语道："那就别等了，趁我现在还有权，让老周提前退休！"

姜波还是第一次听到李博林敢干这种违反规章制度的事，不由担心地问道："李叔，这事上面要是查起来……"

"厂都没了，五十五岁以上都退休回家了，还查个屁！"

一周后，李博林在周志远的提前退休手续上签了字，亲自开车把周志远送到了码头，说："我和老关都明白，你这么坚定地要去华宝，也都是为了搞零部件国产化。我们都知道，自从孙艳帮助卢连长建厂之后，你和姜波经常利用休息日去帮忙，来来回回多少趟，你这个当师父的也是用心良苦！话再说回来，我和老关都是搞管理的，要是手上有你一半的技能，也绝不会等闲视之。好在周镐现在调到姜波身边当了资料保管员，一切都在往好的方面走，你放心去吧！要是到了华宝有什么困难，你就打电话给我们，要是需要什么旧设备，趁着我们正在处理，有用的，我们都会给你留着！"

周志远连连点头。

李博林又从口袋里拿出几张纸："哦，我差点忘了，老关整理了一份设备清单，呶，你拿着在船上仔细看看，哪些设备华宝可用，你圈出来打电话给老关，我们都给你整理好，放心吧！"

周志远把设备清单塞进包，装出一脸苦相："看来你们这是在赶鸭子上架，那我也只能铤而走险喽！"

"别假惺惺啦，谁不知道你这两天乐呵呵地咪着小酒哼着小调，就跟张欢当年当上科长一个样！"

"瞧你这话说的，要是华松汽车厂不关门，你们会让我去华宝吗？"周志远说着也乐了，"算啦，大不了我六十岁学吹打。"

"雄鹰牌、华松牌都是整车，华宝工厂是造零件的，这个行业你都占全了，别得了便宜还卖乖。"关永明推着他往码头上，"走吧走吧，再不上去就只能坐下一班船了。别忘了在船上看清单，今天，那个上姚传动轴的林国民已经拿着郝亮的批条来找老李啦！"

周志远乐呵呵地踏上了轮船甲板，站在船舷边不停地向李博林和关永明挥手……

晚上下班，周镐与李振华从厂里回来，推开门，周镐就先嚷嚷起来："老厂长，你看新闻了吧？"话音刚落，就被眼前的场景惊呆了：李博林和姜波面对面站着，表情严肃。

周镐赶紧一瘸一拐地蹦到姜波身边，像个保镖一样。

李博林一看这架势，忍不住笑了："你这是干吗呀，怕我欺负你哥？"

李振华可没工夫闲聊，生气地指着电视机问："爸，你没看电视新闻？"

"早看了，东西两个国家终于在二战后统一了，孚士总部也跟东汽搞合资了，是想南北通吃！"李博林怎么会错过央视的新闻，只是看了气不过，随手把电视机关了。

关永明走了进来，说："现在看来，华松汽车厂并入华松孚士只是一个序曲，奥国人的胃口还真大呀，只是可惜了我们花上百万美元购买的十台冲压机了，刚刚形成十万台冲压能力，一下子灰飞烟灭。也难怪老周的心结解不开呀！"

姜波说："今天荣总跟我说，三个月后，东汽的产品工程、产品规划、质量保证和物流管理部门要来上百个人，说是到我们身边学习和培训。还说这是国家的战略部署，我们要站在国家利益的高度看问题，搞国产化不仅是夯实华松的基础工业，还要把着眼点要放到全国！"

李博林听了姜波转述荣华的这些话，心里很不快，嘴上哼哼道："他倒是翻来覆去总有理。国产化率才过 60%，他不觉得有愧吗？现在逮着机会说什么把着眼点放到全国，明摆着就是想推责！"

姜波很想向他们解释一下国产化进展中确实存在的难度，但一想，再无论怎么解释，这些老人肯定是听不进去的。

楼外忽然传来一声汽车喇叭，关永明推窗一看，说："咦，云涛只是一个助理也能配上专车？ 看来还是老丈人有权，女婿才能沾光呀！"

刘云涛和张欢一前一后进来，姜波马上笑道："你们来得正好。 荣总今天跟我说，明天要专门讨论到南美去搞联合开发的事，要我搭建一个开发产品的班子。 你们俩愿不愿意跟我一起去南美？"

房间里所有人几乎是异口同声："啊？"

"哥，我就是为这事来的！"张欢倒是很干脆，"云涛刚结婚，愿不愿去我不知道，哥要是叫我去我肯定去。"

刘云涛毫不犹豫道："我当然要去，这可是千载难逢的锻炼机会！ 要不然总有人在背后说我是靠着老丈人上台的！"他一边说着话，一边拿眼睛向四周瞟。

"你们都愿意去，那我就放心了。"姜波说，"这次到南美搞联合开发，只有我们仨在奥国培训过，其他都是新人。 我盘算过，要把这个新车型移植到中国，关键就是零部件是否能通用，如果有 60% 的零部件能通用，就能极大地节省我们的投入，也能更快地生产出新车型！"

刘云涛听到姜波这么说，心里就惊讶："这怎么行？ 这些新人都是翻译图纸的——菜鸟一个，真要是都带着这帮菜鸟去还能搞什么开发？"

张欢坦诚地表示："我觉得问题是远在地球另一边的南美，它过去是个殖民地国家，通用的语言是西班牙语和葡萄牙语，要是我们到了南美，这英语和奥语就派不上用场，也是菜鸟一个！"

"师兄，你说的零件通用是怎么回事？ 是当初我们在奥国见过的 ES 表吗？"刘云涛迟疑地问。

"对，就是它！"

刘云涛参加过南非工厂改造，当时就觉得 ES 表不是一件小事，说道："这张 ES 零件表可不是一张简单的表格，这是一张统揽大局的作战地图，非同小可！"

"是啊，就是因为这张 ES 表格的重要性，所以我才急于征求你们的意见！"

李博林、关永明、李振华和周镐听了这席话，更是一头雾水，这张 ES 零件表究竟是个什么玩意儿，怎么会那么重要？

几天后的一个晚上，郝倩如挺着四个月大的肚子，开车来到姜波家门外，一下车就大叫大嚷，自然把隔壁的李博林和楼上的关永明一家也吵醒了。

关小艾披衣下楼，推开门就看见郝倩如在耍泼，很想进去劝说，但生怕这个蛮劲正在头上的同学顺带把自己也搭进去骂一顿，忽然听到夏荷生气地说："倩如，你能不能把声音放小点？这样下去要把整栋楼都吵醒了，声音轻一点吧！"

"我是来找姜波的，求他不要拆散我们夫妻，他明知道我怀孕了，却偏偏选上云涛去南美，还说什么这是历练，这算历哪门子练啊？这简直就是活生生拆散夫妻，安得什么心啊？"

李博林赶紧劝导："倩如，话不能这么说。去南美还有半年时间，再说了，这次到南美搞开发确实是千载难逢的机会！"

郝倩如怒道："都快退休的人了，少在我面前充大佬，这里没你的事。我今天来就是来告诉姜波，我绝不会同意刘云涛去南美。"

听了郝倩如这话大家都惊呆了。

姜波冷静地说："倩如，公司抽调优秀人才去南美搞联合开发，我只负责提名，去与不去都由当事人自己决定，最后由公司拍板。你家有困难，可以向公司反映，我相信公司领导会谅解的。"

"你少跟我来这套，云涛已经掀翻桌椅跟我大吵大闹，你说，这一切难道不是你造成的吗？"

"谁说是他造成的？"忽然门口传来一阵怒吼，大家定睛一看，又一辆轿车停在一号楼门口，郝亮已经带着刘云涛大步冲进来，"你胆子也忒大了，未经我同意，擅自开着我的车跑到新桥镇来，你到底想干什么？"

郝倩如没想到父亲会突然闯来，赶紧躲到刘云涛身后："我、我……"

郝亮大怒："你——整天就知道耍性子，马上就要为人母了，还这样任性，不知天高地厚！"说着，他便向李博林、姜波和夏荷抱拳致歉："大人不计小人过，倩如从小被惯坏了，给你们添麻烦了。"

刘云涛赶紧把郝倩如拉走，到了马路上，指着骑在马路牙子上的车轮，飙出了一串东北话："你老能耐了，稀里马哈地把大轿卡马路牙子上，你看，都秃噜皮了，还愣在他家嘎哒嘎哈的，要是把小命搭上了，咋整啊？ 行，你老厉害了，我认输了还不行吗？ 赶紧的，把钥匙给我！"

郝亮完全没听懂刘云涛一连串的东北话，但知道他这是被逼急才说出这样的话。 自己也驾车跟在刘云涛的后面，跑了。

回到家，郝倩如看到母亲板着脸坐在沙发上，瞧都不瞧她一眼。 郝亮轻轻咳嗽一声，随后把衣服一脱，转身走到酒柜拿出了一瓶珍藏多年的威士忌，给自己倒上半杯，托在手上一边转圈一边在客厅里踱步。

郝倩如见父亲也一副不理睬她的样子，这才感到有点慌，赶紧乖乖地坐到刘云涛身边。

郝亮总算开口了："倩如，你从小到大，我从来没有大声呵斥过你，更舍不得动你一指头。 今天不得不要狠狠地说你了！ 云涛自从跟你结婚后，一直呵护你，可你动不动就训斥他。 今天为了要去南美参加联合开发，你竟然把锅碗瓢盆全打烂了，还开我的车跑到了新桥镇！ 这要是半夜三更出了点事，你肚子里的孩子怎么办？ 传到了集团我该怎么交待？"

郝倩如眼泪汪汪地看着脸色铁青的父亲不敢说话。 要是在平时，郝倩如早就暴跳如雷了。 可今天感到气氛全然不对，全家人的脸色甚至有点可怕，她求助似的朝刘云涛斜视了一眼，希望他能为自己解难，没想到刘云涛低头一言不发。

郝亮继续说道："你知道我为什么支持云涛去南美吗？ 无论在学业还是能力上，云涛都是华松孚士最优秀的人才之一，又是全过程参加南非工厂改造工程的唯一的专业人员，就是因为这个原因，回国后就被奥国人选去教书育人，也让你很幸运地认识了他，这是郝家的福气。 你我都知道他一直满怀抱负却一直郁郁不得志，是培训部束缚了他的能力和专长的发挥。 坦白地说，云涛现在当了助理，邹仁还给他配了专车，这是建厂以来绝无仅有的事，那都是因为我的存在。你想过没有，爸是要老的，没几年就要退下来了。到时候你们怎么办？我是想，趁着现在说话还管用，尽量给云涛创造一些锻炼的机会，以后提拔时也有合适的理由。这次到南美去搞联合开发，就是一次极佳的历练机会，你为什么要阻止呢？"

郝倩如似乎有点醒悟。郝亮又重重地叹口气道："好吧，我该说的都说了。倩如啊，我真是后悔这么溺爱你，导致你至今还不成熟，要不是云涛处处宽容你，我真不知道该怎么办才好，你自己回去好好想想吧！"

眼看离开赴南美的时间还有两个月，郝倩如的肚子越来越大，刘云涛决定带她先回东北老家补办婚礼，了却父母的心病。

刘父破天荒花了很多钱，把几百米长的刘家屯挂满了红彩绸，还出钱让老支书召集一帮后生，一锹土一铲煤渣，硬生生地把屯里的土路一夜之间全填平了。

开席前，刘母领着儿媳妇戴着金手镯、挂着金链子，还带着她向亲朋好友和友邻敬酒敬烟。

郝倩如踏上黑土地前就听说了刘云涛的老家很穷，进了刘家屯，才知道这个穷字怎么写，也终于明白了刘云涛为什么心心念念总想着要出人头地、光宗耀祖了。现在她又看到自己像头牛似的被牵着在刘家屯走街串巷，心里直骂娘。

婚礼结束后，她非常坚决地返回华松。

回家后，郝倩如为刘云涛准备出国的行李，里里外外一忙，汗渍不少，发现手腕上的金镯子有点毛糙，细细一看发现还有些黑斑，用指甲一蹭，黑斑掉了，露出了铜锈色，赶紧把脖子上的金链子也摘了下来，同样也发现了这个问题，觉得不对劲，悄悄拿到金店查验，结果发现原来是黄铜镀层金。

这下让郝倩如觉得受了奇耻大辱，逮住刘云涛爆发了婚后的第一场激烈争吵。

华松孚士汽车公司已经在华松汽车厂炸毁的土地上开始建设新工厂。这次的设计产能在年产三十万台，三班制饱和生产就能达到九十万台。这让刚刚进入中国的其他汽车企业大跌眼镜，如此一来，华松孚士汽车将稳稳占据中国第一的位置！

此时的华松孚士汽车已经拥有自动化油漆生产线、自动化总装生产线和大型机器人焊接生产线，唯独在最重要的冲压生产线采购问题上陷入了困局。

这天早晨，本应是刘云涛向来自奥国董事会的成员解释购买中国生产的大型冲压机合同细则。但郝倩如一大早起床又开始喋喋不休，以至于等刘云涛赶到会场时已经迟到。看到师兄也端端正正与其他部门经理一样，坐在会议室外一排椅子上，静待董事会成员的召唤，自己也赶紧在位置的末端坐下。

会议室里的争吵声不断，仔细一听，原来是奥方新上任的副董事长波什特先生坚决不同意采购中国制造的大型冲压设备，并且对没有经过新一届董事会批准，这些设备已经运进了工厂，认为这是中方先斩后奏，非常恼怒！

荣华反复解释，设备提前运进来就是为了抢时间，也是为了抢市场，况且我们是得到穆勒和费舍尔先生的同意才实施的！

穆勒和费舍尔也不停地向波什特先生解释，但还是没能缓解他的怒气。何国强很严肃地说："波什特先生，采购中国制造的大型冲压设备是上一届董事会做出的重大战略决策，不会因为换届了，你这个新上任的副董事长就否认上届董事会的决议吧？"

波什特先生一愣。

何国强慢慢悠悠地继续说："把华松汽车厂并入到华松孚士汽车，在原址上建一个与你们技术装备同步的工厂，扩大新老产品的销量，我们毫不犹豫地同意了。结果工厂刚刚炸毁，你们转眼就在北方成立了合资公司，把原先答应给我们的新车型给了新的合资公司，现在突然又提出要我们派团队到地球的另一边去改造一辆塞普鲁斯，我们也答应了。眼看现在新工厂要封顶，你又找出各种理由来拒绝，无非就是这些设备不是进口奥方的，所以你才会这么刁难。这种虚情假意的合作，你觉得有意义吗？"

波什特先生王顾左右而言他："合作么，当然要相互理解，但眼前这些大型设备都不是按照奥方的质量标准建造的，因此我们表示担忧！"

"我们是按照国际标准建造的，是得到国际认证机构认证的！"荣华很生气，站起身，指指桌上的合同文本，"请你仔细看看，里面是不是写得清清楚楚？"

眼看会议陷入僵局，波什特先生只得把穆勒叫到身边耳语几声，穆勒随后提议暂时休会。

坐在门外的刘云涛很气馁，自己精心准备了一大堆技术数据和国际标准细则没有派上用场，感觉很意外，也不知道接下去自己是否还要继续干等。

忽然，波什特先生笑眯眯地示意何国强到另外一个小会议室交流，还单独叫了一个翻译，关上门在里面嘀嘀咕咕谈了很久，随后两人手握手走了出来，回到了董事会会议室。

何国强用手中的钢笔，轻轻敲打桌上的水杯，表示董事会继续，随后说："刚才，波什特先生与我单独进行了沟通，同意了中方已经采购的设备，也同意在条件允许的前提下开始安装，剩余要采购的冲压设备，中方也将同意采购奥方的。"

波什特先生马上鼓掌，穆勒和费舍尔愣了一下，随即也开心地鼓掌。荣华先是呆愣了一下，接下去咧嘴笑了。只有邹仁左看右看，生怕自己听错了。

坐在门外的刘云涛顿时醒悟了，何国强被波什特先生喊到隔壁的小会议室，原来是双方利益妥协的结果。

没过多久，董事会成员在会议纪要上签字，笑嘻嘻走出了会议室。一直坐在门外的部门经理们知道没自己什么事了，识趣地离开了。刘云涛这才明白，自己所有的准备，在利益妥协之后，只是一个装模作样的摆设，便赶紧坐电梯走了。

"小姜，你留一下！"何国强突然把姜波叫住，"我听说联合开发的人选至今还没有定下来？"

姜波朝荣华看了一眼，没说话。何国强转过脸对荣华说："我来开会之前，郝总专门跑来跟我说，不能因为他女儿的干扰而影响刘云涛去南美搞联合开发！你今天就把名单定下来，不能再拖了！"

"好的，我们马上确定团队启程的日子。"荣华答应。

赴南美的日子终于确定了，姜波也安心了。

过去奥方连一个零件的小改动，都轮不到中方工程技术人员参与。现在去南美联合开发，意义完全不同。中方的团队不仅有权介入整个项目，还有权站在中国市场的视野上去提出自己的见解，这才是走出去的真正目的。

第 十 四 章

南美的圣贝尔纳多工厂有六万多名员工,孚士总部还在周边的阿根廷等地建有十一座工厂,年产一百万辆轿车。 孚士占股 51％,负责技术和生产;美国占股 49％,负责财务和销售,南美人连一毛钱的股份都没有,是一个纯粹的外资公司。 从走进圣贝尔纳多工厂的研发中心开始,姜波一行就彻底惊呆了。 这里不仅拥有一支专业水平极高的产品设计团队,还有一个设备完整、种类齐全的试制车间,配备了接受过专业训练的技术工人。他们基本功扎实、技术水平高,试制出的样件精度很高。 这些试制样件直接进入各类台架试验和各种其他项目的测试,通过了测试的零部件组装成新样车,在一个规模庞大的试验场上,由 A 级试车员进行极限考核,达标,就证明一款新车研发成功。 从设计到完成所有测试,一气呵成,没有其他部门的任何干预和阻扰,这在华松孚士汽车公司是完全不可能做到的。

姜波暗自庆幸自己能踏入这片令人神奇的试验基地。 这时他才领会到当年在奥国培训时约翰说的,让一个设计师参与到整个零件的试制、认可过程中,那他对整个产品有很大的话语权。 这是一个设计工程师值得自豪的地方!

大家休息了两天,调整了时差,姜波召集大家开会:"弟兄们,寻梦之旅正式开启啦,我知道这几天大家都在心惊肉跳。 确实,我和云涛也在四周实地察看了之后感到非常惊讶。 华松孚士汽车与南美汽车的差距就摆在眼前，我们要利用好这次学习的机会，全程参与到新车型开发中去，为将来华松孚士独立开发新车型打造好扎实的基地。我们要将这儿从研发、试制到生产一体化的模式记录下来，今后华松孚士汽车公司在产品研发过程中可以借鉴和使用。还要参与到设计、试制、试验的每一个环节中去，学习各种设备的使用操作方法，提高我们实战能力，不能再像过去那样翻译图纸。我们要放下思想包袱，轻装上阵，像海绵一样吸收各种新知识。接下来，我来重新调整一下每个人的项目任务，换句话说就是要增加大家肩上的重担，尽可能地多学。"

看到大家都满怀期待的神情，姜波又说："大家现在看到的 CAD，可能就是我们六年前在奥国培训时见到过的设计软件，当时对我们是严格保密的，现在这里已经大规模应用了，因此进入学习设计的同志一定要抓住机会认真学习。因为这里是他们的独资企业，应有尽有，而在中国是东西方的合资企业，犹抱琵琶半遮面。很多东西我们是没有接触机会的。这些都是客观事实。你们几个刚从同仁大学毕业的同学，要抓住这次机会，必须多下功夫，不懂就问，没什么不好意思的，要坚决丢掉刚出校门的那种青涩。特别是吴猛同学，你比其他同学早毕业一年，这次要勇挑重担，目标就是潜心学习 CAD 设计；云涛负责制作 ES 零件表；我负责带人着手拉长车身设计。"

看到大家都在点头，姜波接着说："光靠吴猛和几个新入职的同学难度很大，我会每周抽出一天时间去承担一些任务，减轻他们的压力。不过有一点必须告诉大家，这款车是与我们引进的车型在同一个平台上开发的，这对我们来说就是一个有利条件，奥国工程师说，加长轴距，满足中国人后座乘坐舒适、宽敞的爱好是完全可行的！所以我们就严格按照出国前制定的策略，围绕这三个重点去逐步推进。从明天开始，我们每天进行一次内部交流，一周做一个内部小结，争取在不到一年的时间里完成三大关键任务。"

话虽这么说了也这么做了，可等到姜波将轴距拉长 108 毫米，奥国人就不让他再拉长了。姜波不解，为什么不凑个整数呢？随着试验进程的推进，轴距拉长 108 毫米，整车操纵及转向系统就到了极限，再拉长整个底盘系统结构的数据全都变了。这不仅整车底盘系统要大幅度改动，所有零件都必须重新设计，相当于重新设计一辆新车。姜波恍然大悟，只有把所有零部件数据保持在设计范围内，才能确保整车的安全性，因此，车身拉长108毫米已经到了极限！

刘云涛作为制作ES零件表的负责人，他很谨慎。因为他知道这张ES表并不仅仅是简单的零件表，而是一张指导整个工厂生产运营的作战指挥图。从这张图上可以清晰地看到，这个零件与哪个零件合在一起是一个模块，而这个模块又跟哪个零件合在一起又成了总成，最后这些总成又是怎样汇总在一起装成一辆整车。

刘云涛也明白这张零件表对成立才七年的华松孚士汽车公司来说是何等重要，通过它能非常清晰地了解第一代车型有多少国产件可以沿用到新车型上，哪些零件需要重新开发。不仅能指导财务部门控制成本，还能让采购部门明确自己采购的方向，这对自己今后掌握新产品开发具有实质性的指导意义。

他突然又像回到了当初赴奥国培训那样，精神焕发，如饥似渴地钻研，不分昼夜地攻关，终于在八个月后，一份堪称完美的ES零件表制作完成了。

对一个曾经经历过孚士总部严苛培训的工程师来说，这次攻关的难度并不大。但对第一次接触欧美通用的CAD软件的吴猛来说，这不仅是件新鲜事，更是一件难事。

过去在学校学习设计图纸都是趴在图板上画图，到了华松孚士汽车也只是负责翻译图纸，最多是把需要改进的零件重新用各种标尺一笔一笔描画出来重新标注，但画好一个零件起码也要十天半月，如今有了这个软件就能一天内完成，然后还能根据匹配要求在软件上进行修改，直至符合零件与零件之间的匹配要求，最后递交给样件部门制作样件。

吴猛最大的收获，是通过设计软件能及时看到自己的工作成就，所以他几乎没有休息日，整天埋头设计，当设计完成，一张张样件图纸从他的手中制作出来，并得到奥国人批准他可以独立制作样件，这让他欣喜若狂。

就在 ES 表和车身拉长完成的同时，吴猛也终于把车身外表面的 CAD 数据采集与光顺设计、车身布置、车身钣金件、内饰件和样车设计，统统在规定的时间内如期完成。

姜波不仅参与了开发新车型的每一个阶段，还忙中偷闲，参加了 A 级试车员考试，拿到了资格证，完成了他人生的又一个梦想。

离开南美前，姜波与大家一起凑份子到圣贝尔纳多工厂对面的南美烤肉馆吃饭，他感慨地说："刚来时，我们在这里吃过一顿牛排，现在要走了，就算是告别宴吧！"

吴猛笑道："我记得在巴黎转机后，又飞了十二个小时，加上在巴黎等候转机的四个小时，我们是二十四小时都在飞机上，所以到了这里脑袋嗡嗡响，后来喝了几杯冰镇甘蔗酒，足足睡了十几个小时才彻底醒来，但还是分不清在中国究竟是白天还是黑夜。眼睛一眨，现在马上要回家了，又要飞二十四个小时，尽管很累，但还是值得的！"

姜波对迎面走来的服务员示意要在室外的帐篷下用餐，女服务员笑盈盈地引导他们入座。落座后，姜波指着厂区后面一座大山，问："大家还记得吗？刚来的时候，厂后面那座贫民窟与富人区隔着两座山和一条高速公路，现在你再看看，才一年工夫，这个贫民窟已经扩建到另外一座大山上了，这说明南美的贫富差距越来越大。这与我国的发展状况完全不一样，现在国内买车的人越来越多，说明我们中国人越来越富裕了。"

一位戴着白色高帽的厨师串着一大块牛肉走来，手上握一把锋利的尖刀，说着一连串令人费解的葡萄牙语，好像在告诉在座各位，这是牛身上哪个部位的肉，但没人能听懂。

"De que parte do gado é esta carne？（这块肉是牛的哪个部位？）"刘云涛在工厂食堂里经常听到有南美人问这句话，于是也磕磕巴巴地把这句话说了出来。

这个厨师听到有人用葡萄牙语问，马上热情洋溢地介绍这是牛眼肉，很嫩，很多汁，挥舞着手中的尖刀给大家切下一片又一片，可当刘云涛蘸着酱汁吃着肥多瘦少的牛肉时满嘴流油，他放下了手中的餐刀。

吴猛也感觉自己在吃一大坨肥肉，赶紧说："阿柏黎嘎多（谢谢）。"

不料，厨师还以为眼前这些亚洲人都喜欢吃牛眼肉，兴奋地切下一片片牛肉放进大家的餐盘，很快众人的眼前就堆成了一座座小山。

刘云涛马上站起身用英语说："No，No！Stop，Stop！"

南美厨师一脸无辜地望着大家，睁大眼睛竭力寻找原因。见此情形，姜波终于忍不住捧腹大笑起来……

笑声惊动了刚走出饭店的几个外国人，其中一个人马上停下了脚步，回过头："姜先生——？"

姜波听到熟悉的声音赶紧抬头，马上起身："哎呀，是费舍尔先生，你怎么也在这里？"

这位令自己终生难忘的、踏上工作岗位后的第一个教师爷突然出现在眼前，姜波惊呆了。

没想到话音刚落，从费舍尔先生身后还走出一个熟人——赵曼玉！

姜波顿时傻眼了！

"姜波？"赵曼玉像一只蝴蝶似的飞奔过来，一把抱住他，把周围的人都看得目瞪口呆。

刘云涛也赶紧站起身，这些人中只有他认识赵曼玉，也只有他一直很羡慕赵曼玉到奥国留学。

"真没想到，云涛也在啊！"赵曼玉跟刘云涛见面次数不多，笑笑握着手，随后目光就在游移，像在寻找什么。

"张欢没来，厂里不放。"刘云涛回道。

费舍尔朝身边的人挥挥手，示意大家先走，自己要跟这位老朋友聊聊。

刘云涛踟蹰不前，费舍尔也朝他挥挥手，他最后只得垂头丧气地离开了。

赵曼玉随手拉过一把椅子，让费舍尔坐下。

费舍尔轻轻问了一声何时回国，姜波说等到新来的南美公司总经理确认双方的联合开发成功的文件后就准备启程。

费舍尔笑笑:"如果你们急着想回国的话,我明天就签字。"

姜波一愣:"什么? 你——签字?"

费舍尔指指赵曼玉,说:"这位是孚士汽车董事助理,专程送我来上任的。"

姜波一脸懵。

赵曼玉慢条斯理地说,费舍尔先生被委任为南美汽车公司的总经理,自己也已入职孚士总部快半年了。

姜波完全没想到自己离开华松一年不到,竟然会发生这么大的变化,满腹狐疑。

当晚,赵曼玉请姜波吃饭,席间讲述了过去发生的事。

费舍尔被发配到南美任职,是受到鲍尔闯祸的牵连。当初在衡山路酒吧,鲍尔认识了一个年轻的女子。结果,这个酒吧女缠着鲍尔要结婚,鲍尔吓得赶紧分手。

没想到这个酒吧女竟然找到了厂保卫科,说自己有一根价值上万的项链掉在一辆车牌号为0438的轿车上。保卫科一查车牌号,发现这辆车是鲍尔先生的专车,很坚定地表示不可能。

哪知这个酒吧女拿出了自己与鲍尔在苏州、杭州等地的合影,保卫科立马吓得向邹仁报告。邹仁只得要求保卫科带着此人去查这辆车。

鲍尔根本没有想到这个酒吧女会来这一手,一口否认说车上没有价值万元的项链。酒吧女见他不承认,要报警。这下鲍尔慌了,只得去打开车门让她去找。没想到,这个酒吧女郎坐进车里后当着众人的面说,这是我们玩"车震"的场所,不信,我可以找出避孕套。众人大吃一惊,只见这个酒吧女郎一脸奸笑,从手套箱的角落里拿出了一包被粘贴纸粘住的避孕套。

鲍尔见了掉头就跑。酒吧女郎转身从车里跑出来想去追,被保卫科拦住了。结果这个酒吧女歇斯底里大发作,保卫科只得无奈地叫来了警察。

费舍尔为了避免事情闹大,赶紧让鲍尔卸任回国。按理说这场闹剧该结束了,没料到董事会把费舍尔也调走了。

姜波悄悄问："费舍尔的故事收尾了，那你又是怎么回事呢？ 我知道，能在孚士总部担任董事助理可不是一般的能耐。"

赵曼玉笑了："我就知道你会问这件事。 坦白地说，这是个人隐私，外国人是不会问的，但你来问我并不觉得奇怪。 你应该知道，我父亲当年与博尔特先生在SKD时结下的友谊。 而波什特先生与博尔特先生曾是同一个职业技术学校的校友，经博尔特先生推荐，波什特先生聘用了我。"

"啊——？"友情竟然也能在刻板的奥国人之间产生作用，这让姜波感到很惊讶。 他曾听说赵曼玉博士毕业后，匆匆与自己的教授结婚，目的是想拥有奥国国籍，但半年过后就离婚了。 姜波无论如何也想不通，更难以理解一个董事竟然有权自己去聘用一个助理，忽然觉得赵曼玉很不简单。

"姜波，听说你一直没结婚？"赵曼玉显得很关心。

姜波摇摇头："没时间考虑。 听说你……"话未说完，赵曼玉也很坦然地接过话："是的，我已经离婚了。"赵曼玉从坤包里拿出一个皮夹，翻开后指着自己跟波什特的合影，比划着两个手指，示意自己已经跟他同居了。

姜波最后还是忍不住问："你究竟是他的私人助理还是未来的夫人？ 这可是两个不同的概念！"

赵曼玉仰天哈哈大笑："你呀！ 好吧，我两者皆是！"

姜波一晚上没睡，"是世道变了，还是赵曼玉变了？"脑海里翻来覆去想这个问题，头痛欲裂。

临走前，费舍尔先生要宴请中方开发团队。 姜波等人把联合开发的崭新样车清洗得干干净净，开到了费舍尔先生请客吃饭的大厅门外。

费舍尔先生走到这辆轿车面前，前后左右仔细观看，随后又坐了进去，盯着方向盘和仪表盘，用手轻轻地抚摸一阵，走出了轿车，语重心长地对姜波说："这辆塞普鲁斯车在南美国家是以出租车为主，中国人要把它改造成适合商务用的车，那是因为你们有政府订单的优势。 你们花了一年不到的时间开发成功，足以说明你们自身的能力！"

走进餐厅落座，他又对姜波说："回去之后，你们也只有一年多的时间要实现量产，这是一个不小的挑战。如今世界各大造车强国都看到了孚士汽车在中国的成就，已经争相进入中国，他们的车型都将是你们的竞争对手，如果你们能充分发挥这次联合开发的经验，继续在这款车的基础上改变出更多的新车型，我相信你们将很快成为中国汽车市场的领军人物！"

姜波怎么也没想到眼前这个铁面人物竟然也会说出这样煽情的话，令人瞠目。但他深知中国汽车行业能率先派出技术人员参与国际巨头的联合开发，这肯定是首创，但是否能成为中国汽车市场的领军人物，姜波心里打了个问号。

姜波并不知道，此时的华松孚士公司第二工厂已经落成，各个部门都扩充了人员，国产化小组也成为了一个专业科室，原先整车试验小组现在也升格为试验科，李振华正式被任命为整车道路试验队队长。

中国的汽车试车场只在海南省的琼海县有一个，这里也是李振华非常熟悉的地方。但因为环形道路是水泥砌成的，场地也已经老化，经常出现多处路面裂痕，试验车辆在行驶过程中剧烈颠簸，导致车窗玻璃与橡胶密封件之间出现漏风现象，也经常会发生车窗玻璃爆裂，使得毫无准备的试车员脸部受伤，不得不停止试验。

李振华把试验中发生的事故，如实向试验科长马博士汇报。马博士又向荣总汇报，要求尽快更换机器人车窗玻璃装配设备。

荣华正在为出现的一系列质量问题头疼，并未引起重视，只是表示等零部件质量趋于稳定之后再考虑更换设备。

已经来到西周的周志远眼看着卢建军天天往医院跑，厂里连个影子都见不到，就问孙艳，才知道他爸病情恶化，医院已经发了病危通知。

周志远一听着急了，马上说："那你跟建军赶紧结婚，我们老人的想法跟你们年轻人不一样。你们结婚了，他父亲也算了却了一桩心事，可以安心地走。还有，按老规矩，父亲死了，建军重孝在身，三年内是不宜办婚事的。"

孙艳为难地说："建军爸也一直在问，还说怕是熬不到我们结婚的那一天了。可眼下这么忙，哪有时间准备婚礼呀？"

"再忙，也没这事急，特殊情况就特办，一切从简，就在厂里的食堂办，我来张罗，你和建军叫上亲朋好友，来吃饭就是了，不要搞得那么复杂。"

孙艳觉得师父说得也有道理，现在也没有心思去搞那些讲究的排场，就按师父的意思，稀里糊涂地跟卢建军结婚了。

一周后卢建军的父亲亡故，卢建军忙着处理父亲的身后事，周志远不得不挑起整个工厂运作的大事，完成了设备安装和调试。等到卢建军办完丧事，设备也开始正式运营，周志远看到华宝工厂生产车间都是按姜波的要求设计建造的，比较规范，其他一些地方还存在问题，这是需要以后慢慢去整改的。

但是，炼胶车间的基础设施非常落后，工人没有任何防护设备，小小的车间里异味浓烈，连呼吸都十分困难。在这种恶劣的环境下工作，怎么可能身体不出现问题？

他马上提出给车间里的每个工人发口罩，但没过几个小时，这些口罩外面全蒙上了一层黑乎乎的灰尘，于是要求他们每隔四小时更换一次，但这不能从根本上解决问题。因此，不得不马上回到华松去向李博林求助。

李博林立即把关永明找来商量，想到当初引进了意大利一套油漆设备时，附带有废气回收装置。厂房炸毁后，这套设备也就废弃了。周志远觉得这套设备自己很熟悉，用来处理华宝的废气很合适，既然报废了，干脆卖给华宝。谁也没想到，这套设备早就被林国民看上了，卖给华宝后，郝亮马上就知道了，派集团组织干部处的处长程全根去调查，以未经上级批准、擅自出售国有资产为由，把设备收回；还要把离退休还有几个月的李博林和关永明就地免职。

张欢知道这事后，气愤不已，一路骂骂咧咧地去敲开郝家的大门。

郝亮一开门，就知道此人是为谁而来，装作镇定地请他进屋坐下。

张欢强忍怒火，直言不讳道："郝总，我说几句话就走，不用坐。我想问问你，李厂长把报废设备卖给华宝未经上级批准不合规，那么林国民低价从华松汽车厂买走的那些报废设备，是何总签字的，还是你批的条子？这合不合规？应该免去谁的职务？"

郝亮听了头皮一阵发麻，林国民买走的都是华松汽车厂金工车间和模具车间的关键设备，这些条子都是自己亲自批的。看来李博林把这一切都交代给眼前这个不知天高地厚的家伙了！

郝亮虽然经过各种大场面，但眼前遇上这种犟头倔脑的人，也不知道怎么应付，竟然有点不知所措了。

张欢看来自己戳到了郝亮的软肋，不依不饶道："我与云涛是上下铺的老同学，好朋友，都清楚各自的底细。关永明是我未来的老丈人，真要是有问题，那我可劲要整个明白！"这话里话外的让郝亮听了心里发毛。他赶紧装出一副笑脸，表示自己明天会询问清楚，给两个老厂长一个满意的答复。

张欢回家说自己已把郝亮震慑住了，李博林和关永明听了却显得很担忧，说你这种大大咧咧、无所畏惧的样子，虽然把郝亮震慑住了，倒不如说是给自己埋下了一颗定时炸弹。

李博林和关永明正式离休，集团专门为他们召开了隆重的欢送会，奖励李博林一辆孚士牌轿车，奖励关永明五万元人民币，以表彰他们在创办华松汽车厂时立下的汗马功劳，算是给他俩的职业生涯画上了一个圆满的句号。

周志远获知这一消息后才安下心来，立即将这套意大利设备运回华宝公司，跟邓老一起潜心研究，经过反复试验，采用吸附、焚烧、喷淋的步骤对车间的空气进行净化，达标后再排放。这让孙艳和卢建军心中终于放下了一块石头！

姜波带着团队从南美回国，跟着荣华一起去参观了规模宏大的新厂房和新设备，心里大大松了口气，梦寐以求的产能大提升终于要实现了，他脸上露出了少有的笑容。

荣华兴致勃勃地带着大家来到新厂大门口，说："你们都看到了，一切准备就绪，就等着你们的新产品登台亮相了！眼下世界各国的汽车企业纷纷涌入，法国、日本、意大利等企业已经在中国建立了合资公司。今后，中国的汽车市场将会百花齐放啦！"

姜波看到荣华脸上闪过一丝忧虑，便跟着他一起走进会议室，轻轻地说：

"荣总，我们在南美开发的产品与华松孚士的工程师是在同步进行的，所有零件的尺寸和技术要求，在通过认证后第一时间传输回国，工程师的准备工作很充分，不会影响明年秋天的新车下线！"

刘云涛也不失时机地说："现在各个职能部门都扩大了，原来的科室都升格为部，特别是质保部启动了国际质量管理体系。你看，是否能把采购部也扩大一下，金属和非金属采购要彻底分开，特别是一般采购再也不能与生产采购混在一起了！"

荣华朝刘云涛笑笑，说道："哈哈，你跟我想到一起了！"

"真的？"刘云涛大喜。

"大家请坐，我有几件事要宣布一下！"荣华表情开始有点严肃了，"穆勒先生马上要退休了，几个月前他就把扩大采购部职能的设想告诉了我。"荣华随即又叹口气说道："接替费舍尔先生的那个人有不同意见，但我还是支持穆勒先生的想法，采购部必须要立即扩大职能！"

姜波马上说："荣总，我也有个想法。我觉得我们应该要学习南美的经验，尽快建设和完善产品设计、试制和试验到认可等一系列的体系，只有这样，才能促进我们的产品开发进度！"

"你的想法也就是我要说的第二件事！这件事穆勒先生也跟我商量好了，零部件国产化小组必须要放在产品工程部的整体框架下运行，否则不能适应当今的发展！"荣华看着姜波说，"小姜，我知道产品工程部这副担子很重，我们认为也只能让你来挑这副担子！其他人，尤其是吴猛，听说在南美下了苦功夫，把CAD玩得很顺，那就抓紧把那些年轻人带动起来，争取在短时间内，把所有的零部件匹配认可，从你们回来到明年新车上市，只有短短的一年时间，时不我待啊！"

姜波回去后，什么废话都没有，把所有工程师都叫到了办公室，结果整个办公室内外都挤得满满当当，他看了一眼许多不认识的人，说："今天见到了很多老同事，也见到了新同事，我们在南美的时候，都是你们这些新老交替的工程师在接力，感谢大家的努力！现在我们回来了，远隔万里的同步开发，变成了面对面的接力开发，其重要含义就不用多说了。荣总给我们下了指令，明年的秋天新车下线！所以废话少说，每个工程师手上都有自己管辖的零部件，那么从今天起，其中最关键的就是装车匹配认可，然后才能进行道路试验，这是头等大事，切勿等闲视之！"

试验科长马博士第一个站出来说："姜经理，QS发动机怎么办？我们只完成了一部分零件的开发，还有很多零件没有认可，自动变速器也是个大问题，如果奥方突然变卦，我们该怎么办？"

"一切按照原来的计划执行，新车上市，除了沿用的零件外，必须要用我们自己研发的QS发动机！"

大家顿时明白，摆在大家面前的将会是一个非常严峻的难题！

远在海南琼海的李振华也接到了在三个月内完成避震器试验的任务。这个项目原来是第一代车型改型时准备国产化的，因为刘云涛急于离开国产化小组去当那个采购部经理助理，因而没有进行国产化试验。幸好第二代车型又沿用了这个避震器，只要实现原有的试验计划就能沿用。

海南是亚热带气候，中午和下午试车环道的温度高达八十摄氏度以上，柏油很容易融化，给试车带来很大难度。为了避开午间的高温，大家商议避开中午十一点到下午五点的高温时段，把试验时间改到晚上五点到早上十点，分两班制进行试验，这样反而会加快进度。李振华同意了。

经过一整夜的试验，上午十点，李振华准时驶下高速环道，对接班的刘晓军说道："后桥的减震器异响特别严重，要送进维修车间检查，否则不能再试验！"

刘晓军也感到一惊，急忙把车开到维修车间，叫来维修员检查。两人花了很长时间，还是没有查出什么毛病。

维修员嘀咕道，这个避震器被抱怨已经不是一次两次，自己也多次拆开检查过，没发现什么问题。可能是试车环道的拼接缝没有及时补上柏油，这些空隙就造成了车辆颠簸，引起了异响。刘晓军如实回去向李振华汇报，这才决定继续试验。

傍晚，刘晓军吃了半碗饭，随后拿着几个包子准备上车做试验。李振华说："这么热的天，你也不怕包子馊了？还是途中下来休息一下再吃吧！"说完便上前用饼干换下包子。

李振华这么做也是出于无奈。自己上车做试验也不敢多吃饭或者多喝水，就是担心途中憋不住要下环道，浪费试验时间，因此经常在身边带着饼干。

刘晓军接过饼干，说："这个避震器试验已接近尾声，要是我这个班头下来，没问题的话，那就完成了六万公里道路试验了！"

李振华还想再叮嘱几句，刚想张口就见他已经跳上车，以百公里的速度冲上直道，不到十几秒就接近了弯道，只见刹车灯亮起，车屁股突然甩出了一个黑乎乎的东西，随后车身就猛烈地扭动，忽然失去了控制，瞬间冲破弯道，撞破围栏，翻滚到试验场外的椰树林中……

"不好，出事了！"李振华大叫一声，飞快地冲向试验车道，跳下撞毁的围栏，扑到已经变形的试验车上大叫。正在试车的人纷纷紧急刹车，跳下车道，冲到试验场外，用双手不断拍打车窗喊叫，还有几个人拼命用力拉车门。

眼看引擎盖里不断喷出水蒸气，油箱也开始漏油，李振华一把抓住凹陷、变形的风窗玻璃用力一拉，玻璃碎片割破了他的手，他什么也不顾得，钻进去解开安全带，一手托住刘晓军的脑袋，一手抱住他的腰，吃力地将他的身体移到窗外。

"救护车，快叫救护车！"众人大叫。

姜波正在发动机工况实验室参加试验，忽然接到荣华电话说海南试验车出事故，吓了一跳，转身奔向荣华办公室，还没进门就听到会议室里传来一阵阵争吵声。

不一会儿走出了一个高个子外国人。"法兰克先生、法兰克先生！"后面跟出来满头大汗的张欢在大喊，只见这个叫法兰克的人头也不回，大步流星地往自己办公室走去。

"张欢，你回来！"这是荣华的声音。姜波曾听说费舍尔回国后，派来了一个罗马尼亚裔的人来接替，没想到在这里不期而遇。

"荣总，我哥来了！"张欢忽然大叫。

荣华匆匆从会议室出来："来得正好，来，快到我办公室去坐。"他随后转身对张欢说："别去听法兰克的，告诉董鑫，二厂所有的一切都是当初穆勒和费舍尔先生与我们一起制定的，不能让他随意改变！你赶紧回去，让下面的人别听这个'斯库'！"

张欢一听荣华也叫这个法兰克"斯库"禁不住噗嗤一声笑了。姜波还来不及问缘由，就见张欢朝他挥挥手，算是打了招呼，急匆匆跑下楼。

"荣总，海南事故严重吗？"

荣华说："刘晓军的腿断了，已经送到医院做手术了。法兰克认为是产品质量问题导致的事故，提出要收回产品认可权。还说'即时生产'只考虑了当时的生产环境而没有考虑现在的规模化生产，今后零部件厂要按照合格率计付费用，这不全乱套了吗？零部件有单独的质保和采购准则，可他偏偏要拿从运输科长转任物流科长才一年的董鑫开刀，说什么先从入库零件开始，所有的劳动体制、工资体制和保险体制都要结合起来考虑，要重新调整岗位。真是乱弹琴！"

姜波还是第一次看到荣华发脾气，心里也诧异："荣总，我想知道海南的事故是怎么发生的！"

荣华朝窗外指指："你去问李振华吧，他在质保部大闹，快去劝劝吧！"听到这儿，姜波有点吃惊。李振华不是一个蛮不讲理的人，怎么会如此无理取闹？他来不及多问，转身就驾车往质保部飞驰而去。

"你们凭什么说是刘晓军驾驶不当？我才是现场目击证人，我看见车屁股甩出了一个黑乎乎的东西，车辆就失去了控制翻出车道，后来才知道是减震器的支架断裂。你们竟然一口咬定是驾驶不当，你们的证据是什么？要是你们凭手上的外国高科技设备能诊断出来，那你们就把诊断报告拿出来！"

姜波对李振华非常了解，如果不是在现场亲眼看见，他是绝不会凭空捏造情节，便马上推门而入，拍拍李振华的肩膀："别大声嚷嚷，声音再响没人听也是白说！"

李振华一看姜波，感到自己的救星来了："哥，我说的句句是实话，这都是我亲眼所见，质保部不能睁着眼睛说瞎话。现在刘晓军昏迷不醒，质保部不能这样妄断呀！"

姜波问："你们判断驾驶不当，依据是什么？"

质保部经理无言以对，边上一位工程师说："我们检查了零件，没有发现断裂处有漏焊、缺焊和虚焊的现象。"

姜波冷冷地问："金相试验做了吗？询问当事人了吗？有没有查过监控录像？"

"对呀，我怎么忘了呢，试车场跑道是有监控的，我马上叫光头把监控拿来！"李振华惊叫。

姜波把手一伸，说："你别去，让质保部派人去。"

质保部经理很尴尬："姜经理，你也不用这样，大家都是同事，没必要把这事搞得这么僵，我们也是秉公办事，要是有什么地方做错了，你们尽管批评，我们一定有则改之。"

姜波说："金相试验都没做，就轻易给这场事故定性为驾驶不当，我认为不妥。"

李振华理直气壮道："告诉你们，华松孚士汽车公司自成立以来只有两个人通过 A 级试车员考试，就是我和刘晓军。你们凭什么说他是驾驶不当？"

质保部经理道："姜经理，你是公司的前辈，我们刚才也只是在分析。"

姜波说："既然是分析，那也要有分析的依据。你们的依据在哪儿？我建议你把减震器支架送第三方机构去做鉴定。至于海南试车场的监控录像，我建议你向荣总报告，请保卫科联系试车场去拿监控录像。"说完，拉着李振华走了。

姜波和李振华赶到医院探望了手术后的刘晓军，安慰了他的父母后走出病房，心里一下子堵得慌。新车型的零部件试验正在紧要关头，要是真出现质量问题，那可是要影响新车下线的呀！

回到公司,姜波去找荣华,希望他能把引发事故的减震器支架送去做鉴定,刚走到总经理办公室门口就看见售后服务部经理坐在等候位置上,便带着李振华也悄悄地坐了过去,问:"怎么,里面又在吵架?"

售后服务部经理压低声音说:"法兰克要我把避震器断裂的质量问题上报孚士总部,荣总不同意。你看,我手上这一堆资料都是质量问题,真揪心!"

姜波接过他手中厚厚的一摞报告,细细一数,水泵漏水、油泵漏油、刹车片寿命短、行李箱灯常亮等等,正好是国产化零件总量的百分之十,便紧张地问:"怎么会有这么多的质量问题? 这些零部件可都是新车型的沿用件啊,这不是要命的事吗?"

"产量翻了几番,配套厂都是连轴转,不出质量问题才真是见鬼了呢!"售后服务部经理抱怨道,"现在不仅是配套厂,连我们内部的质量管控系统都出现了问题,再不大力整顿,迟早要出大乱子! 所以这个法兰克坚持要先上报孚士总部,希望请总部的质保部门派人来督查!"

"法兰克是技术执行经理,关注质量问题理所应当!"姜波说。

售后服务部经理说:"法兰克怀疑是产品工程部和质量保证部门参与了配套厂的弄虚作假,海南试车事故就是根导火索。"

不一会儿,荣华怒气冲冲从法兰克办公室出来,招手把大家叫进自己的办公室,把门一关,说:"这个法兰克怪招频出,现在又要汇总各路数据报送孚士总部,要收回我们的产品认可权,想把企业内部管理的问题上升到产品认可权上来,他这么做会搞乱我们整个发展部署。"荣华指指售后服务部经理厚厚一摞报告继续说,"把报告放在我这儿,你先回家吧,今后凡是涉及产品质量问题,只能向我汇报。"售后服务部经理点点头,把报告放到荣华的办公桌,转身走了。

看到荣华怒气冲冲,姜波也颇感吃惊:"荣总,刚才我看了售后的质量反馈报告,怎么会有这么多质量问题?"

荣华很沉痛地说:"唉,不瞒你说,你走的这一年来,荣誉突然多了起来。什么'最佳合资企业''最大的三资工业企业''外商投资高营业额企业'……可质量问题也是一大堆啊，我承认我也有责任，刚开始看到这些奖状心里很高兴，现在一看到这些奖状，心里就堵得慌。小姜，我们不能再迁就了，不能因为新车要急着上市零部件质量就乱套，必须不惜一切代价杜绝漏洞，不能让国产化率上去了，质量问题却层出不穷。周市长说过多少次，质量问题是华松孚士汽车能否生存的关键所在，绝不能搞'瓜菜代'，现在你看看，产品认可权到了我们手里，验证时都拿好的来，正式供货就变了样，再这样下去我们如何生存？好不容易创造出来的成果，都被这些'瓜菜代'给祸害了！"

听到从荣华嘴里说出这番揪心话，姜波似乎感到眼下的困境在哪儿了。

不料，李振华插话道："荣总，我们搞试验的，就是要去发现问题，有问题不怕，就怕掩盖，最后到了用户手里爆发出来就是危机。"

荣华看了李振华一眼，没好气道："你的话虽然没错。但你也不能一口咬定不是驾驶不当，这也是主观主义。"

李振华一听就来气了："荣总，交接班时我就在现场，我亲眼看见了。不信，你就送奥国去做鉴定！"

荣华冷冷地瞧了他一眼，问："有必要吗？现在国内检测机构都具备国际认证资质，为什么要送奥国？"

姜波认真地说："我不反对。既然是产品质量问题，产品工程部是搞国产化的源头，那就从源头抓起，请质保部把所有存在质量问题的零件，全部拆散了，一个一个分析，追根溯源，一查到底！"

李振华很恼火："你们说了半天，还是没有说到点子上，我想说的是，减震器支架鉴定，不能由配套厂送第三方，谁能保证它不在背后捣鬼？"

未等回话，李振华又撂下一句狠话："我不管你们怎么抓质量，也不管你们担忧什么认可权，我要的是公道，要的是真相，否则，我绝不罢休。"说罢，一脚踹开门，走了！

"你看看，你看看，这就是老李的儿子，跟他老子一个样！"荣华气得浑身发抖。姜波赶紧解释，刘晓军与李振华一起参军，如今一起退伍，又在一起工作，战友受伤，心情可以理解。

荣华闻言嘟哝，那就由质保部送第三方吧。

姜波回家后就把结果告诉了李振华，岂料他还是不罢休："合资八年来，从上到下都崇洋媚外，现在又趁着新车型要上市，国产化零件的质量如此乱套，这样下去会得到什么结果？"

话糙理不糙，姜波也愣住了。

第 十 五 章

一个月后,华松孚士汽车公司召开了全国配套厂的质量工作会议。工会大礼堂正上方挂着"一切从零开始"的横幅,舞台上摆放着油、水泵、蓄电池、行李箱灯、收放机、启动马达、喇叭、离合器、刹车片和减震器等许多有质量缺陷的零件。

这是林冬梅第一次以厂长身份出席会议,走进华松孚士汽车公司的工会礼堂,就感到气氛不一样。她原来是前进附件厂生产弹簧的厂长,也是公司内部有名的穆桂英。从建设生产特区开始,姜波就提议将许多小厂合并到大厂,实现产业链集中。企业合并后,她不愿意到大厂当副厂长,却愿意去当生产特区的主任,用她那雷厉风行的风格大刀阔斧搞改革,顶着风险搞创新,最终把避震器研制成功了。老前辈退休后,她成了新一任汽车底盘厂的厂长。

舞台上所有的零件都拆散了,逐一摆在大家面前。甚至连一台原装进口的减震器总成都拆成几十个零部件。同样,国产减震器总成也分拆了,放在一起对比。舞台的照明灯都对准了所有的零件,坐在舞台下的工程师和供应商不时抬头观看投影仪上的数据,埋头在笔记本上做记录。

舞台前,荣华亲自手拿激光笔,对照投影仪上的数据分析道:"半年前,质保部就对上述零件做了详细分析,指出了这些零件的质量缺陷在哪里,半年过去了,这些问题依然没有解决。今天,我就请新上任的产品工程部中方经理姜波同志先来分析一下此次减震器质量事故的原因，我们将以此为契机，彻底揭开零部件存在的质量问题，来一次全行业的质量大检查！"

姜波走到台前："各位，请摄像机对准减震器支架的断裂处，看，断裂面就在这儿！"话刚说完，就见林冬梅就从包里拿出放大镜和手电筒走了上去，大家一看她上台，就知道好戏要开场了。

集团内部谁不知道林冬梅的鼎鼎大名，当初生产弹簧，没人敢淬火，她卷起袖子夹起弹簧就拿到炉子里烧，靠着手里的闹钟掌握时间，然后再放进装满冷水的柴油桶里冷却，硬是一步步把淬火过程和细节全部掌握，连男人看了都觉得脸红。现在，她竟然不管不顾地拿着放大镜跑到舞台上去。

林国民心里捏一把汗。他是林冬梅的堂弟，也是减震器支架的外包方，减震器断裂处就是支架与减震器的衔接处。他心里很慌，不知道这个断裂面究竟是否是自己厂里加工时存在的质量问题，还是底盘厂把支架焊接上去时出现的问题，要是后者那林冬梅就倒霉，要是前者，自己会吃不了兜着走。

荣华怎么都没想到林冬梅会主动走上台，便说："林厂长，你可以表达自己不同的意见，但没必要上台指手画脚吧！"

"不看清楚怎么表达意见？"

林冬梅二十多年来除了生产能手和劳动模范受表彰站在舞台上外，因为质量事故而亮相还是第一次，听到荣华这么说，随口顶了一句。她可不怕荣华说什么，但凡说到自己产品质量有问题，她必须要查个明白！便理直气壮地上台拿着放大镜仔细查看焊接处，刚想用手去抚摸零件表面，会场里忽然响起了吼声："住手，不准用手触碰减震器！"

众人大吃一惊，只见李振华大步流星跑到舞台上，一把推开林冬梅："这套减震器和断裂的支架是要送第三方的证据，任何人不能用手触碰，特别是你这个当事人！"

林冬梅被眼前这个怒不可遏的年轻人唬住了，稍稍一愣，说："小伙子，你不用紧张，我只是想摸一下断裂面有没有毛刺，我从事国产化这么多年，对减震器的特性和材质是有把握的,我可以负责任地告诉你,这个断裂面是受到强烈撞击后造成的,不是产品质量问题。"说完,她潇洒地捋捋自己额前的短发,昂首挺胸从舞台上走下来。

李振华一听这话更是控制不住自己的情绪,一把拉住林冬梅:"就凭你拿着放大镜照一下,就能判断不是质量问题?你这不是既当运动员又当裁判员吗?"

荣华发怒了:"李振华,这里是质量会议现场,不是菜市场,马上出去!"保安人员立即上去架住李振华就往外拖,李振华拼命挣扎。

台下又传来一声怒吼:"住手!"卢建军一个箭步冲上舞台,一把推开保安人员,瞪大双眼吼道,"请你们别用双手架起当过兵的人,这对战士是一种侮辱!松开手——振华,你我就站在舞台下,盯着这个零件装箱送走!"

姜波怎么也没想到卢建军也会出现在舞台上,质保部一见情况不妙,赶紧上台把零件装箱搬到了外面的车里。

荣华紧蹙眉头,会场里顿时一片寂静。

忽然,会场里传出一个女人的尖叫声:"这还了得,个体户竟来冲击合资公司的会场,真是岂有此理!"这个声音引起了一阵躁动,大家开始交头接耳议论起来,有的还在询问这个穿着暴露的中年女人是谁,怎么会说这种话。

林冬梅兀自一笑,她一听声音就知道,这是林国民办公室主任尹淑芬来救场了,否则自己还真不知道该怎么收场。

卢建军闻声回过头严肃地说:"请你记住,个体户也好,国营企业也罢,都是国家政策允许的合法经营者!"

"对啊,都什么时候了,还什么国有、个体,依法纳税的都是为国为民的人!"说这话的是汪聪。

这个汪聪,就是当初姜波到安远考察时遇到的厂长,也是最卖力搞国产化的。搞了好几年,厂里欠了银行上千万贷款,研发的新产品没有产量,最后连工资都发不出。上级不给钱,银行也不给贷款,他就搞起了集资,颠来倒去一折腾,最后在刘云涛的帮助下拿到了无息贷款,随即又搞国企改革,倒腾一阵之后，自己就成了股份公司的实际控股人。随着产量激增，一下子，汪聪成了当地首富！

坐在台下的电子仪器厂厂长郑春林，很气愤地站起来："大家都别争了，今天是华松孚士汽车供应商的产品质量会，都是检讨自己产品到底有没有质量问题，争什么国企个体的，有什么意义？"话虽不多，却掷地有声。

林冬梅被周围这么多人起哄，顿觉丢面子，匆匆收拾好自己的挎包说："我不想因为自己的产品成为大家议论的话题，既然已经决定由你们送第三方鉴定，那我留在这里已经没有意义了。一切等鉴定结果出来再说，如果是我们的责任，我林冬梅绝不推诿！"说完，把包往肩上一甩，转身走了出去。

荣华想拦她，被姜波制止了。因为姜波知道根本拦不住，这个女人是个硬茬，没有确凿的证据，休想让她低头。

会场里鸦雀无声，姜波用激光笔对着屏幕，指着一连串的数据大声问："售后服务部收到用户投诉最多的问题，就是发动机漏油。其中，前后油封漏油占比37%，油底壳漏油占比17%，缸盖罩壳漏油占比7%，这种现象已经存在很长时间，为什么一直未能解决？"

那个人称"书呆子"的发动机厂厂长，听到姜波说出的一连串数据吓了一大跳！他站起身冷冷地说道："发动机厂天天加班，工人们连传统的春节只能轮换着休息一天，这些情况你知道吗？还有，其他车间的工废、料废都能算作损耗，我们这里的零部件出现一点瑕疵就当成大事故，这既不合情也不合理呀。再说了，我们现在发生一点零部件质量问题，也都是进口商造成的，我们无非是向外方索赔，能怪到我们头上吗？"

姜波严肃地问："你是发动机领域的老法师，我记得你上任不久，因为一颗螺丝掉进发动机缸体的事，你当即下令全厂停产？这是为什么？"

"书呆子"顿时愣住了。

姜波见"书呆子"无言以对，马上说："老厂长啊，一丝不苟、精益求精，是我们公司的宗旨。质量问题没有内外之分，更没有进口和国产的区别。我明确告诉你，不管现在生产有多忙，三周内，您拿不出解决方案，我就勒令发动机厂停产整顿！"

"你敢！""书呆子"也发怒了。

荣华挥了挥手，让姜波暂停，表情严肃地说："在质量面前大家都是一视同仁！否则就无从谈'一切从零开始'！今天我宣布，我任公司质量小组组长，姜波为公司质量小组常务副组长。今天所有被点到名的供应商，会后立即到质保部去确定质量问题整改方案，到时候没有按时完成，一律中止供货。"

听了荣华的这番话，"书呆子"知道了问题的严重性，便没了声音。其他坐在台下的供应商听了头皮发麻，叽里呱啦嚷嚷起来。

郑春林嗖地一声站起身，说："别吵吵了，在大是大非的质量问题面前，我支持他们的做法！"说完，用手朝台上的姜波竖起大拇指，然后又高高地举起大拇指朝四周转一圈，表达了自己的态度。

众人一看此情此景，这才觉得此事不可小觑，悄悄往门外走去。

三周后，"书呆子"派人提交了解决方案，详细说明了解决方法。

前后油封口漏油是因为压住油封的钢制件太硬，压入时拉伤了油封。这个零件是从奥国奥林汽车公司进口的，大家都认为没问题，谁会想到问题就出在钢制件本身。于是便提出将钢制件改为塑料件，通过用手工制作的塑料件试验之后，发现这个问题是能彻底解决的。中方就向奥方提出了建议，改用中方的塑料件，得到了奥方的许可。

油底壳是进口件，奥国人生产的油底壳密封件存在三个问题。第一是密封件衬纸不合理；第二是衬垫材料存在问题；第三密封件的密封面狭窄。向奥方供应商提出了密封件衬纸改用油纸，不得使用瓦楞纸；密封件衬垫由原来的无石棉纤维材料改为橡胶集成板材料；最后又提出了加宽密封件的密封面，得到了奥方的同意。

缸盖罩壳漏油，是缸盖内的冷却液没有把残留的铝屑冲洗干净，导致夹具在夹紧时造成压痕，现在加大了冷却液的冲洗力度，再用压缩空气把铝屑吹净，很快就把质量问题解决了。

姜波看完方案，高兴得直奔"书呆子"的办公室。

"书呆子"看到一脸兴奋的姜波,显得有点不好意思,说道:"这里的装备从奥国搬过来后就一直没敢动过,它的自动化程度高,所有程序又都是奥国人搞定的,就算出现质量问题或者设备故障,也是发一个传真请奥国专家来修理。我们虽然也有维修人员,但他们已经养成了习惯性的依赖,导致我也逐渐变得消极懈怠了!"

姜波听完吓了一跳。这种习惯性的依赖将会造成多大的经济代价?他心里冒出一个巨大的问号,悄悄跑到财务部去一查,结果发现发动机厂的维修和索赔费用高得惊人!

他马上去找荣华,说道:"发动机厂崇洋媚外的心态非常严重,已经影响到我们的管理层,这样发展下去,大家只能沦落为单纯的操作工,会很危险的!"

姜波建议,要加快培养解决问题的专业技术人员,否则任其下去,隐形负债会越来越多。

荣华很快将这份报告拿到经管会讨论后决定,在各个厂区、车间建立专业维修小组。

成立维修小组的举措震动了公司各个部门,也惊动了老大难的油漆车间。

这个车间的中方经理原来是跟着鲍尔的,后来因为对"含汞废液"的事件一问三不知,被荣华撤职。

鲍尔被调回国,他才官复原职,被大家称为老面孔。而另一张老面孔,则是油漆车间的缩孔,这个难题一直是油漆车间的老大难。所以,很多人一讲起油漆车间"二孔",指的就是他这个老面孔和油漆缩孔。

"缩孔"在英文中叫做"crater",意思是"火山口"。它在油漆表面形成类似火山口的凹坑,凹坑破坏了局部的油漆膜,不但影响美观,也降低了防腐性能。这就犹如车身被石子击中出现一个凹坑,不修补的话就会有锈斑,时间一长锈斑就会锈蚀铁皮。

姜波一到油漆车间,就问"老面孔":"你们现在生产的油漆车身,百分之四十都有'缩孔'问题,怎么到现在都没有解决?你们每天靠手工修修补补，表面上是看不出了，但却没有根本性地解决问题。"

"老面孔"一脸苦相回答："这些年为了解决这个缩孔难题，我们什么办法都想过来了。从涂料、涂装作业、设备、环境进行了不下上百次的大检查，就是查不出原因。合格率不达标，工人的奖金也被扣除，大家都是怨声载道。这次既然姜经理来了，那正好来帮我们解决这个大难题！"

姜波没有多说话，带着工程师们对可能产生"缩孔"的诸多现象，进行了仔细的观察和研究。在显微镜下，看到大部分的"缩孔"中有一种含油性的金属物质，怀疑是涂料的质量有问题。再对涂料进行分析研究之后，根本找不到这种含油性的金属物质。说明不是涂料问题。一个月过去了，研究进入了死循环。

姜波想到当初一起搞SKD组装的博尔特先生，便与他通了电话，博尔特说，这个缩孔问题奥国孚士也存在，比利时的工厂还悬赏一辆奥林轿车、一套别墅来奖励解决这个难题的人。他还说，这个工厂平时没有缩孔问题，一到周五"可口可乐"运输车给车间补充饮料时就出现了缩孔。以至于车间经理干脆到周五就禁止可口可乐运输车补充饮料，缩孔果然消失了。

这听起来像一个笑话，但传到姜波耳朵，马上意识到这是冷热交变产生的原因。他带着工程师，拿着温度计在车间各个角落仔细观察、测试，发现在烘漆房进出口的冷热交界区，车身从烘烤箱里出来，要在这里停留三分钟，也正好是油漆成膜的敏感期，加上升降机的振动会随时飘落一些微小的颗粒物，与油状物质混合一起污染了漆膜，冷却后就形成了缩孔。

终于找到问题的症结，姜波马上要求"老面孔"对电器控制程序进行修改，缩短车身在这个区域的停留时间。不出所料，程序修改后，"缩孔"现象消失了。

"老面孔"觉得很惭愧，感慨地说道："这个程序谁也不敢动，所以就成了十年都无法解决的难题，你发现后就大胆修改，难题就迎刃而解，唉，看来要换张'新面孔'了！"

姜波笑着拍着他的肩膀："哪有什么'新面孔'，还不是你们提供了这么多年积累的经验,否则我们哪能这么快解决问题呢?"

听了此话,"老面孔"马上表示要全面检查整条生产线的生产工艺,必须按照实际生产情况来调整和修改,再也不能抱着老黄历不放了。

"老面孔"的问题解决了,模具车间还有难题未解决。

陈玲技校毕业后就被分配在这个车间当样板工。自从进入车间以后,她就发现自己的专业技术知识不够用,马上就去报考了华松交大的专业班学习,取得了大专文凭。

从南美引进的模具,经常出现冲压出来的零件与车身不匹配,全靠人工打磨,严重影响生产。大家一次次修改模具,多次试验后都不见效果。眼看着时间一天天过去,陈玲和大家一样,吃不好睡不着,整天为此发愁。她想,如果模具改不好,这个零件就只能长期从国外进口。要是重新开一副模具,将要付出几十万奥元。陈玲的父亲陈果然看到女儿在家常常发呆,就问其原因。陈玲说了模具存在的问题,她父亲听了笑着说,修改模具不就是少了一块焊一块上去,多了就挖掉一点,仔细打磨,让生产出来的零件看不到修改的痕迹就行了,还说,我们以前都是这么干的,也只有做了才知道行不行,坐着发呆是没有用的。该吃就吃,该睡就睡,老是坐着发呆有什么用。

陈果然原来就是华松汽车厂的老模具工,合并后就进入了冲压车间当了清洁工。陈玲听到父亲这番话,看似几句随便说出的话,却给陈玲带来了很大的启发。她思考再三,提出了一个大胆修改模具的方案交给了领导。这个方案最后被荣华看到了,觉得可以试一试。经过几个月的努力,在各个班组的配合下,陈玲终于把车身与其他冲压件不匹配的难题,彻底解决了。为此,她还被评上技术能手和劳动模范。

李振华从海南出差回来,专程去看刘晓军,推着坐在轮椅车上的刘晓军到街心花园里散步,说:"这次,我把监控录像带的拷贝交给荣总了,要是再没有回音,那肯定就不是隐瞒不报的问题了。"

刘晓军轻轻地说:"振华,说了又有什么用?我这辈子恐怕只能在轮椅上过了。"

李振华听了揪心不已:"你放心,只要鉴定结果出来,我一定要让公司给你装假肢做整容!"

"你想得真美好啊!"刘晓军禁不住苦笑道,"其实,结果早就出来了……"他慢慢垂下了头。

李振华听了大吃一惊,扶着他的肩膀,慢慢地蹲下来,盯着他的双眼问:

"你、你已经知道结果了? 你为什么不告诉我? 你究竟在怕什么?"

刘晓军长叹一口气道:"振华,我们是亲密的战友,也是好朋友,我的腿没了,脸上破了相,全身都是疤痕,我不敢出门,就算出门也要靠轮椅,我不敢脱衣服,脱下来会吓到人,可我要活下去,我要装假肢,要做整容,我还要娶妻生子,求你了,别再去找什么鉴定结果了,林冬梅赔给我五十万,这也是我这辈子唯一能支撑自己活下去的钱,你就让我安安静静地活下去吧!"

李振华一屁股坐在地上,看着这张再熟悉不过的脸,突然发现自己所做的一切都是徒劳的。 这个曾经的战友,竟然拿了五十万把自己给卖了……

李振华极度痛恨林冬梅,竟敢用金钱来收买刘晓军! 自己所做的一切不都成了脱裤子放屁吗? 回家后,他翻来覆去想不明白,发生质量事故就能用金钱去收买,那自己冒着生命危险搞国产化的意义又在哪里?

他连夜给姜波写了一封辞职信。

辞职信

姜经理:

林冬梅用五十万收买了刘晓军,我无论如何也想不通!

当初你跟我说搞国产化的意义不仅仅是节省外汇和降低零部件成本,更主要的是夯实和提升汽车行业的基础,所以我才愿意冒着风险去当试车员。

如今,发生的一切让我深深地失望。如果任由这种现象蔓延下去,必将成为汽车行业的重大隐患,也是违背我为之奋斗的初衷。

原谅我不能为这样的国产化卖命,所以我决定——辞职!

李振华

李振华写完信，把一瓶华松大曲灌进了肚子，喝得烂醉如泥。第二天醒来，他跌跌撞撞地跑到办公室收拾了自己的东西，把辞职报告交给周镐，让他代为转交，开着公司奖励给父亲的轿车远走高飞了。

　　周镐收到李振华的辞职信，没有交给姜波。他准备下班回家找李振华聊聊，刚踏进走廊，就听见李博林家里传来砰砰砰的锅碗瓢盆砸在地上的声音，赶紧三步并作两步跑进去，被躲在门外的关小艾一把拉住，示意他先别进去。

　　只听见李博林冲着夏荷在发脾气："你看看你的儿子干了什么，一边是花大钱搞国产化，一边是花大钱掩盖质量事故。我是干了三十多年的老汽车人，会不知道当试车员的危险吗？为了国产化，咬着牙把自己儿子的命都放在一边了，可他竟然连一件被金钱收买的事都瞒着不说，我儿子怎么会不伤心？你让他摸着良心好好想想，他对得起谁？"

　　关永明劝道："老李，你不能逮着谁骂谁！等小波回来问清楚不就行了？"

　　夏荷一字一句地说："老李，老姜去世后，你和老关把小波当自己的儿子一样关心照顾，是你们把他培养成了一个男子汉！他身上流着老姜的血，也保留着你们造国产车的初心，我相信他会对得起自己的良心！"

　　周镐想把口袋里的信掏出来给李博林，说姜波还不知道李振华辞职。这时李博林床头柜上的电话铃声响了，没人上去接，铃声响个不停，关小艾忍不住走进去拎起话筒吼道："谁啊，电话老是打个不停？啊——"这个"啊"字之后，关小艾拎着话筒没放下，紧张万分地说："我哥在荣总办公室里大吵大闹，让我们快去！"

　　李博林一把推开关永明，大声嚷道："肯定是为了振华的事，走，赶紧走，要是闹出大事，那个姓荣的准给小波穿小鞋！"

　　电话那头，张欢从秘书办公室里出来，感谢荣华的秘书把自己叫来，随后看到门外站着几个正在偷听的工作人员，赶紧把手一挥道"下班了下班了，都赶紧回家吧"，随即就走到荣华的办公室门口。荣华也站在门口，一副随时准备逃跑的样子，张欢心里不由得暗暗好笑。

房间中央的姜波两眼盯着坐在那里一声不吭的质保部经理问："避震器事故的危险性你比我清楚，为什么还认为这是国产化进程不可避免的失误？"质保部经理不敢回答。

姜波又走到钱勇面前质问："你刚才把我叫到门外，说过去自己年少轻狂，为此付出了代价，是郝亮慧眼识人，自己才找到出路。现在看到郝亮遇到难题，你要为其排忧解难。这五十万的赔偿是一笔天文数字，是你动足脑筋让林冬梅拿出来的，要我帮着尽快平息这场风波。你这说的是人话吗？"

姜波又跑到程全根面前："你是集团组干部处长，质量问题归你管吗？什么叫国产化进程中难免有失误？这是谁定的调子？是何总还是郝总？"

一直坐在边上的林冬梅嗖地站起来，气势汹汹冲着姜波叫喊道："你咋咋呼呼吓唬谁啊？我跟你说了多少遍了，这事跟何总、郝总没关系，钱秘书和程处长是来检查工作的，我碰巧在这里遇上了，他们好言相劝也是为了大局考虑，你怎么不问青红皂白见谁就怪谁？"说着就从自己身上的小包里拿出一张纸，在姜波面前晃了晃，"我是尊重你，特意让荣总把你叫来，把处理结果告诉你，可是你偏偏不知好歹，看看，这是什么？这是赔偿协议，刘晓军已经签了字，你还嚷嚷什么？"

姜波一看她手上晃着的协议，转身就去抢，不料林冬梅闪身躲开，姜波抓了个空，脑袋撞在墙上，嗵的一声，把大家吓得够呛，赶紧想去搀扶，门外的张欢早就抢先一步冲进去，一把抱住了姜波，强行把他拉出门外说："哥，既然有钱能使鬼推磨，你还跟他们说个屁？"

"不！这不行，绝不能这样做！"姜波还想冲进去，被张欢紧紧抱住。

第 十 六 章

两个 A 级试车员，一个残废一个辞职，少了领头人，琼海的试验突然停了下来。荣华急了，把姜波找来，怒斥这些试车员擅自停止试验，要追究这些人的责任。

姜波看到眼前发怒的荣华，心里五味杂陈。这个上任时口若悬河、满怀豪情的总经理，信誓旦旦地要在三年内实现 90％国产化率，结果打了自己的脸，在上级的压力面前，竟敢违背自己的职业道德甚至良心，把巨额赔偿当作了追究责任的结果。现在听到试车员突然停止试验，不问青红皂白就要严肃处理，这让姜波的心情难以平复。

等到荣华咆哮一阵之后，姜波表示了自己的态度，在发生了人命关天的大事之后，试车员突然停止试验不仅是因为缺少了领头羊，也可能是发生了突发情况，不能在没有了解清楚真实动机前就贸然下结论。

"你想包庇他们？"荣华觉得很惊讶。

姜波很想发火，但最终还是强压怒火耐心地解释道："现在企业内外的质量事故层出不穷，不能因为召开了一次质量大会就能彻底解决问题。更何况现在出了这么大的事故后一直隐瞒真相，当然会给试车员带来心理压力。如果以后再出了质量事故，还是用巨额赔偿手段来加以掩盖，这岂不是成了一个大笑话？现在大家看到的只是一个避震器支架断裂，要是再出现其他的质量问题呢？"

姜波没等荣华反应，马上又说："世上没有不透风的墙，否则这些试车员又怎么能突然停止试验呢？"

荣华愣住了。

姜波说道："荣总，事故已经发生了，继续掩盖已经毫无意义，我们必须把真相告诉大家，李振华辞职出走就是一根导火索，再这么遮掩下去，迟早会出大乱子！"

荣华显得有气无力道："你以为我心里好受啊，我也不同意这种的处理方式，可我又有什么办法，你没看到是程全根和钱勇亲自陪同林冬梅来的吗？这本身就是一个信号，这种恶性事故传到外面，对我们有什么好处？你也知道，上面要的是国产化率，下面要的是质量和成本控制，我就像是一只热锅上的蚂蚁！"

荣华忽然小声地说："我说一件令你想不到的事，安远驰骋滤清器的价格一直居高不下，现在有一家新的供应商的报价远低于安远驰骋，采购部想减少安远驰骋的供货量，结果这个汪聪带了一位当年在大别山打游击的老干部，冲进订货会场咆哮，说革命老区好不容易出了个像样的企业，你们不扶持，反而压制，是政治倾向有问题。"

说到这儿，荣华显得更无奈了，叹气道："还有那个上姚传动轴厂，它本来是造传动轴的，也不知道谁把不锈钢扎带定点给他们了，谁会想到一根食指长的不锈钢扎带，经过他们的加工就变成了一块二，其他厂家改成尼龙，具备同样的功能和效果，只要几分钱。结果这些情况反映到郝亮那儿，他来电说当年不锈钢扎带没人瞧得上，是上姚传动轴厂主动挑起了担子，现在改成尼龙的，就把人家给甩了，还讲不讲阶级感情？你说说看，一个要我讲政治倾向，一个要我讲阶级感情，我该怎么办？"

姜波听完哭笑不得。荣华随即又沮丧道："刘晓军的事故发生之后，我也想过要追究供应商的责任，可现在何国强把国产化甩手交给了郝亮，现在又是程全根和钱勇出面提出赔偿。我一看这架势就知道，所谓的追究责任也只能到这一步了，要是能为刘晓军争取点权益，何尝不是一件好事？"

听完荣华说的一番苦经，姜波既同情又觉得可悲，心想，这一切都是质量问题惹的祸！当初提出"一切从零开始"，企业内外都行动起来，质量问题大为改善，可就在大家感到高兴的时刻，偏偏出了这个避震器断裂事故。这难道只是偶发事故吗？他一边想一边从口袋里掏出两盒火柴，放在荣华面前说道："荣总，采用机器人安全玻璃的方案已经提交很久了，你迟迟不答应。你知道这个改进方案能减少多少危险吗？"

说完他把两只火柴盒里面的火柴全部倒了出来，先把一只盒子合拢，一巴掌拍下去，火柴盒压扁了。随后又顺手拿起桌上的透明玻璃胶，把另一只空火柴盒紧紧裹住，一巴掌拍下去，火柴盒稍稍崴了一下，慢慢地这只火柴盒恢复原样了。

随后，他轻轻地便把两个火柴盒推到了荣华面前："荣总，你也是老汽车人，我们刚才看到的这只压扁的火柴盒，就像人工安装的玻璃，里面有空气流动，受到挤压就变形。机器人粘结玻璃技术，就像另一只被胶带密封的火柴盒，里面的空气是不流动的，受到挤压不会坍塌，是密封性增强了整车刚性。孰轻孰重，你不会不懂！"说完，姜波头也不回地走出了办公室。他要马上赶到海南去搞清楚停止试验的原因。

荣华看着姜波大踏步走出房间随后，便把两个火柴盒都挪到了自己鼻子底下，上下左右仔细查看，很快脸色就涨得通红。

姜波来到琼海汽车试验场上，看着眼前这只像盛放清蒸黄鱼的腰子盆，两边长度近一百五十米，弯道五十米，斜度近四十五度，分为上中下三条试车跑道，最下面是百公里车速，中间是一百二十公里车速，最上面的跑道，行驶速度必须在一百四十公里以上，跑一圈就是四百米。

眼前的试验场地跟南美试车场是无法相提并论的，这里的环形道路都是水泥砌成的，水泥板块之间的缝隙全靠沥青密封。在烈日照射下，沥青就像泥浆一样顺着斜坡往下流，几指宽的缝隙就成了试车员的噩梦。驾驶试验车就如悬在半空中跳踢踏舞，六万公里的道路耐久试验就是在这种水泥砌成的跑道上完成的。

姜波忧心忡忡。一旦试验零件存在隐患，再次出现恶性事故肯定不能避免。

"姜经理，你让我担任车队长，我二话不说就担起责任，天天给大家磕头作揖，可他们还是不听，我没辙呀！"一个绰号叫光头的杨光，此刻已经替代李振华的职务，他看到姜波站在试验跑道边上，小声地对他说，"还是那句话，尽快把李振华辞职的真相如实讲给大家听，否则这个心结不解开，大家心里不踏实！"

杨光带着姜波走进食堂，看到陆续进来的试车员，让大家先坐下，不要急着吃饭，等到人差不多都到齐了，姜波说："弟兄们，我们这里的试车场，在中国是独此一家，这里的气候条件除了冬季试验外，都能满足气候、温度和湿度对零部件的所有要求。最近出了重大事故，连你们的队长李振华也辞职离开了。大家心里一直都期待着公布结果，我很羞愧，说穿了，因为我知道一旦说出真相，大家会想究竟是供应商技不如人，还是供应商故意弄虚作假，是不是用我们试车员的生命为代价来赌博！"

"没有一个试车员会害怕受伤！"一个试车员大声说，"自从踏上这条路，我们就知道自己是用户的守护神，但我们都想知道李振华辞职的真相，更想知道事故的结论！"

听到这位试车员说的话，姜波心里也一阵激动，心想，站在这里的试车员，大部分都是退伍军人，生来就有一股不怕死的勇气，当战士时用性命保卫祖国。当试车员时是用生命保护用户的安全！

一个试车员又说："我们退伍当了试车员，职责并没有大的区别，都是用生命保卫自己的'母亲'，我们毫无怨言。李振华作为在部队时的班长，何尝不知道这个原因？"

姜波指指心窝，说："他是这里受了伤，而且伤得很重。避震器支架焊接出现质量问题，厂商用巨额赔偿封住了刘晓军的嘴，被李振华发现了！"

"啊？"几乎是异口同声地惊叫，随即众人便鸦雀无声。

杨光不停地摇着头，说："这话任谁听了都会伤心！"

"弟兄们,我也有很大的责任,我没能当场抵制这种行为,我很后悔也很自责!"姜波终于把所有的事实真相统统告诉了大家,"这次质量事故,再次说明了我们的供应商在现场管理上存在着很大的漏洞! 我们的试车员就成了避免这些零部件故障而建立的最后一道屏障!"

姜波看着大家,继续说道,"前段时间公司内部展开了质量大检查,'一切从零开始',就是我们决心和意志的表现,只有把质量问题当作我们的生命,那样我们试车员的工作才有意义! 因此,从今天开始,维修车间拥有绝对的话语权,一旦发现有瑕疵,毫不犹豫拆掉,就算完不成国产化率也要保证试车员的生命安全!"

杨光第一个叫了起来:"好,好啊,我们早就盼着这一天了!"

众人纷纷说道:"早该把实际情况告诉我们,也不至于会闹成今天这个样子,我们搞试验就是要把隐藏的瑕疵和弊病暴露出来,要是担惊受怕就不会加入这个团队了!"

姜波看到大家没有埋怨,马上说:"现在我们在这里已经浪费了两周时间,这就等于国产化率又要延迟两周,国家又将付出外汇去进口零件,要是继续这样下去,我们的国产化之路又该怎么继续往下走?"

杨光站起身:"姜经理,你既然把话都说在明处了,大家都会理解。 但从明天起。 试车场管理处要对环道维修保养,接下去怎么试验?"

姜波向四周扫视了一眼:"我还是强调要走出去,道路试验不能仅局限于试车场的高速环道,也不能局限于试车场内的模拟道路,要大胆去跑真实路况,那才是真正对用户负责。 既然管理处要维修,那为什么我们不到国道、省道、乡村道路甚至山区道路做试验呢? 明天我带头,所有试车员全部出动做道路试验!"

第二天上午,姜波亲自带队驶上了通什山路。 这条山路总长二百五十公里,各种弯道一百五十多处,其中急弯就有五十三处,回头弯竟然有十处以上。 山路的北坡长一百四十一公里,最高坡度二十三度;南坡总长一百零九公里,几乎都是十二度的落差。 试验车就等于在左右摇晃和上下起伏的颠簸中行驶。而这恰恰是检验制动系统、转向系统、冷却系统、传动系统和避震系统性能的可靠性试验路段。

姜波开着第一辆车打头阵。光头手拿对讲机发出指令："我们即将进入亚热带潮湿气候的典型路段，请二号车准备六十公里冷却系统试验！三号车准备转向试验，特别是在回头弯上要注意转向系统是否有异响！四号车准备在长坡道试验刹车性能！"对讲机里传来试车员的回复后，大家驻车做准备。

看到一切准备妥当，杨光发出指令："车队保持每小时六十公里速度，出发！"

"等等，"有人在对讲机里突然喊道，"让我先下车尿尿，进入山区就不能下车了！"试验空调的矮个子试车员穿着羽绒服从车里钻了出来，一路小跑到椰树林里。

空调试验对试车员的最大考验就是忽冷忽热。上车前，车外温度五六十度，上车就不准开窗，闷热异常，温度瞬间就高达七八十度。由于空调试验不允许车辆在行驶中停车，试车员都是在试验前就穿上了羽绒服，绝不能等到车内温度降低再停车穿衣，这会给行驶中带来潜在危险。所以大家一看到矮个子下车拉开羽绒服的拉链后，就在对讲机里调侃起来：

"这个胖子，出门前就跟他说过，空调试验绝不能多喝水，他就是不听，一大早喝了三碗粥，害得我们的前期准备都白费了！"

"这都怪那个给他盛粥的小姑娘，两个小酒窝一旋，小胖子就不停地上前要粥喝！"有人开始揭短了。

另一个开始学着小胖子的口吻说道："胖子说，我是喝粥不是喝水！"哈哈哈，对讲机里传来大家的笑声。

光头忽然在对讲机里说了一句话："之前这些试验都是振华亲自做的，小胖子是第一次，大家还是多包容！"这话说完，对讲机就沉默了。

室外的道路试验与高速环道试验的不同之处不仅仅是路况，还有每辆车所做的试验要求不同，但行动统一却是管控行驶中发生意外的有效手段。

等到小胖子撒完尿回到车上，对讲机里就传来指令。"二号车把车门车窗重新打开,三十分钟后重新启动!"光头再次从对讲机里发出指令。

按照空调试验大纲要求,连续四个小时且里程要达到二百四十公里,室内的温度稳定在十二度左右才算过了第一关。岂料才行驶了三个小时,空调出风口出来的不是冷气。

"光头,空调出来的全是热风啊,咋办?"

"再坚持一小时,等试验结束后再检查!"

"那不是要把我蒸熟啦?"

"把羽绒服脱了!"

"早就脱了,只剩下裤衩啦!"

"你看看仪器上的温度表是多少度?"

"八十七度啦,屁股都发烫了!"

"大家注意,还有三十公里的颠簸路面,过了这段路我们就停车!"姜波发出指令。眼看车队就要驶出山区了,忽然三号车突然"嗵嗵嗵"地跳跃一阵忽然停下了。

"三号,你怎么啦?"光头从反光镜里看到了三号车突然停车,马上问。

"好像出问题了,后屁股出问题了!"做转向试验的三号试车员说。

"停车!"姜波马上命令。小胖子赤膊、穿着一条三角裤第一个从车里窜出来,顾不得自己大汗淋漓,弯腰去检查三号车的车屁股,仔细一看后边急忙站起身边大叫,"你们看,是减震器支架断了!"

"快,拿千斤顶顶起车身!"光头大喊。小胖子急忙转身从行李箱里拿出千斤顶,用力顶起车身,杨光趴下身子钻进车轮底下仔细观看,一会儿神色紧张地从车身下滑出来,马上对跑过来的姜波说:"姜经理,又是减震器断了!"

姜波听到"避震器断了"这五个字,浑身起了鸡皮疙瘩。"怎么又是它?杨光,告诉大家不休息了,马上把车拖回去检查,我来压阵!"姜波说完就带着试验车队驶出了山区进入省道。六辆车排成一列纵队,闪着双黄灯,一路向前。

省道上，全是各种卡车和三轮蹦蹦车，还有横冲直撞的载重卡车。省道的两边，每隔几公里就是一个正在建设的旅游度假区，再相隔几公里又是一个正在建设的大型酒店，试验车队仿佛进入了一个庞大的建设工地。

姜波拿起对讲机："大家注意，这里的交通很混乱，每辆车的间隔距离要再拉开十米，注意安全，尽快离开这里。"

忽然，行驶在前面领路的杨光从对讲机传来急促的呼叫声："大家注意，前方来了车队，速度很快，注意避让！"

姜波刚想抬起头看个究竟，突然一辆紧跟在自己身后的载重卡车开始吼叫起来，屁股喷着黑烟，猛地插到自己车前！

原来，这辆载重卡车嫌前面的车队车速太慢，想超车，硬生生拉出车头超过了姜波的车，准备再次超越前面的车辆，忽然看见迎面驶来一列粘贴着黑白蒙面伪装的试验车队，闪着双跳灯，像一条巨蟒一样疾驰而来，吓得急忙把车头往里一拐，没想到前面的轿车还拖着一辆故障车，速度更慢，载重车猛地一个急刹，姜波紧急刹车，结果还是撞上了！

而紧跟在姜波身后的另一辆载重卡车，因为盯着从身边疾驰而过的黑白蒙面车队，忘了前面的车辆已经急刹车，"砰"地一声撞了上去，硬生生把姜波的轿车夹在两辆大卡车中间，只听得"咯吱咯吱"一阵爆响，巨大的冲击力把姜波的轿车拱成一个铁团，把他卡在了方向盘和座椅之间无法呼吸，姜波胸口的肋骨一阵剧痛，右大腿的鲜血不断往外喷涌。

开在最前面的光头，忽然从后视镜里发现尾车不见了，两辆载重卡车停在原地，两个司机惊慌失措，在路上挥手呼救。

"不好，出事了！"经验告诉杨光，发生车祸了，他赶紧刹车拿起对讲机呼叫，"尾车出事了，所有车辆靠边停车！"

大家停下车，急奔到车祸现场，看见姜波的轿车被两辆载重卡车挤在中间！杨光大叫卡车倒车，可载重车司机早已吓得手脚绵软，根本无力爬上卡车，杨光一个箭步跳上去，挂上倒挡，猛踩下油门往后倒车。沉重的卡车吼叫着终于慢慢驶离了轿车的车尾。

姜波早已昏迷过去。大家从轿车的后备箱里拿出各种工具，硬是把挤压在姜波脖子和身体周围的铁皮一点点撬开，把他抬出来，飞快地送进了当地的医院。不料当地医院根本没有能力救治，只得将其包扎好伤口转送海口医院。

摄片显示，姜波断了三根肋骨，左大腿骨折，需要立即进行手术。没多久，一个护士急匆匆走出来："你们谁是O型血？我们这里的血浆不够，从其他医院调来不及了！"

杨光第一个卷起袖子说："我是O型血，抽我的！"听到姜波需要鲜血，五六个试车员纷纷举起手臂。经过七个小时的手术，姜波终于被推出了抢救室。

杨光马上打电话到产品工程部，周镐接的电话，杨光讲述了姜波受伤的经过。周镐得知此事，急得不知该怎么办，马上去找张欢和关小艾商量。小艾毫不犹豫地说："我马上去海南照顾我哥。"

张欢提醒道："这次哥伤得很重，不是三五天会好的。你在工会工作多年，这种事情怎么处理比较好？"

"看我这猪脑子，一急就把什么事都忘了，我马上向领导汇报，以工会的名义派人去护理！"关小艾拍着脑袋说完，就朝工会主席办公室跑去。

关小艾急匆匆走在路上，忽然看到从医务室配药出来的陈玲，问："病了？"陈玲摇头说："咳嗽，配了瓶药水。你这是怎么了，心急火燎的？"

关小艾这才大声说："我哥在海南出车祸了，伤得很重！我去找工会主席汇报，要马上派人去照顾！"

陈玲听了，砰的一声，手中的药水瓶掉在了地上，碎了一地，她脸色早已发白，过了好一会才缓过神，颤抖地说："小艾，派我去吧。"

"啊？为什么？"

陈玲憋了很久，终于红着脸说了出来："你、你应该知道，我一直喜欢你哥。要不是上回你告诉我赵曼玉结婚了，我、我……"

关小艾又气又急："啊呀，快急死我了，你说要去就能去啊？"话说到这儿，关小艾忽然眼珠子一转，"对了，我去找领导汇报，就说你是我哥的恋人，看他会不会批准！"

陈玲红着脸，眼睛也红了，此时她什么也顾不上了，连连点头，催促关小艾赶紧去汇报。

"姜波出车祸了？"工会主席惊得一下子站了起来，"这、这怎么办？那么远的路，不可能派年纪大的人去，也不可能轮换，这、这……！"

关小艾灵机一动，认真地说："我建议派陈玲去，她是我哥的恋人，只有派她去才能细心照料！"

"这个、这个……"工会主席不敢做主，到海南要乘飞机，他没这个权力批准，只得去向荣华汇报。

哪知荣华闻讯后，马上同意陈玲坐飞机去照顾姜波。

这次避震器是在实际路况试验中断裂，导致姜波身受重伤！试车员们再也忍不住了，集体署名向集团董事长何国强写举报信！

何国强接到举报信后勃然大怒，要求质量部门严厉追查。最后检验出的结果，这次事故还是支架与避震器焊接点存在着气孔，因而降低了焊缝金属的塑性，导致冲击韧性降低而断裂。

这说明林冬梅负有不可推卸的责任。何国强毫不犹豫将她撤职，让她到车间当工人。

林冬梅接到撤职处分决定，马上给郝亮打电话，希望他能帮忙想办法不要让自己去当工人。郝亮支支吾吾半天没答应。林冬梅一听就知道他要撒手不管了。

第二天，林冬梅来到郝亮的办公室，不慌不忙地从包里拿出一沓资料，指着一份清单说："郝总，这是你当年去国外采购二手设备的清单，总价一百多万美元。这些破设备其他工厂不要，你趁着建设生产特区，任命我担任生产特区主任，硬要我把这些设备接收下来。这些设备根本都不能用，一直躺在仓库里睡大觉。正是因为我接收了这些设备，导致在申请发展基金时遇到了种种困难。现在这套生产避震器的设备，是我带着厂里的那些工程技术人员

第十六章 303

想方设法造出来的。有些技术指标确实达不到华松孚士的要求。要是追根溯源一下，这个责任究竟是谁的？"

郝亮听了坐立不安，思考了一会，低声说："你看这样好不好，你干脆离开底盘厂，到林国民那里去当个副厂长。"

林冬梅万万没想到，他不仅不肯帮忙，还要把自己踢出华松市，一下子就呆在那里不知所措："你、你这是……"

郝亮看到林冬梅一脸错愕，安慰道："你先别急，听我把话说完。现在这种情况，你就是想留在底盘厂也只能当工人了。我知道你离婚后一个人带女儿，现在她要出国留学，你去当一个工人连女儿的学费也付不起，不要说其他费用了。好在林国民是你堂弟，我跟他说一下，你去了他是不会亏待你的，这个你大可放心！再说你女儿出国后，你也没什么好牵挂的，回老家正好陪陪你父母，不是挺好的吗？"

林冬梅早就知道郝亮与自己堂弟的亲密关系，否则林国民不会这么快腾飞。想到这里，林冬梅还是不放心地问："他不是民企，而是地方上的国营企业，你这不是让我去他那里分一杯羹吗？"

"看你这话说的。你的能力谁不知道？你可以把自己手上的业务带过去，你们一起干，我会想办法支持你们的。到时候业务范围扩大了，利润高了，他高兴都还来不及，怎么会不乐意呢？"

林冬梅听他这么一说，心想，看来这是目前唯一的出路，只能答应了。郝亮看到林冬梅同意了，悬着的心总算放下来了，高高兴兴地把她送走。

林冬梅这个当年的"穆桂英"，在权力和金钱面前，只能当了俘虏。

三个月后，姜波伤愈回到家里，得知马博士带领的团队与奥国人联合开发的 QS 发动机已经完成。

奥国人已经把 QS 发动机装在了新孚士样车上试验，显示这台 QS 发动机的低速扭矩比老孚士的发动机增加了 30%，所有的准备工作都已就绪，只等生产指令下达。

姜波吃好晚饭准备休息，徐中华来探望，说道："我今天是来向你告别的，自动变速器下马了，我也被调走了！"

"怎么回事？QS发动机与你研发的自动变速箱匹配很成功啊，怎么会突然要把你调走呢？"姜波听了徐中华的话很惊讶。

"奥国人不认可我们研发的自动变速箱，更不要说配套了。现在上面要追究责任，要找出谁瞒着奥国人把QS发动机技术数据给了我。"徐中华显得很沮丧。

姜波一愣，随后很坚决地说道："那你就说，是我支持你搞自主研发的，是我把所有技术参数给你的，我们就是要搞自主研发，就是想要掌握核心技术！"

徐中华长长地叹口气："北京代表处来兴师问罪，罗列了一大堆我们剽窃专利的证据，说要起诉我们。郝亮责令我们停止侵权，销毁所有研发产品，现在又把我调到集团战略规划部任调研员。你说说，搞自主研发这么多年，结果却是这个下场。不多说了，看来真要搞自主研发只有在中国人说话算数的企业里才能实现！"

徐中华刚走，马博士就敲门进来，慌慌张张地说："奥国孚士总部提出要把QS发动机送奥国认可！"

姜波听了几乎惊得差点滚到床下："什么？这样一来，我们所有的试验结果不就要作废了吗？"

马博士说："听说做出这个决定的是奥国总部新派来的赵曼玉。吴涛被免职后，她当了首席代表。"

"什么？吴涛被免职？"姜波一下子没反应过来，"赵曼玉来了？"

马博士忧虑道："过去就因为吴涛一直坚持在中国生产销售的产品由我们自行认可，所以我们才能飞快地走到今天。现在他被免职，这个赵曼玉就提出要把ＱＳ发动机认可权收回去！"马博士忧心忡忡地问，"姜经理，你知道这个赵曼玉是什么来头？怎么下手会这么狠？"

姜波忧心忡忡地说："这个你就别管了，做好自己的事就行了！"

姜波不顾自己身体还没有全部恢复，亲自出马与北京办事处派来的人进

第十六章　305

行谈判。提出如果再把已经在中国认可的工装样件送到奥国，于情于理都不合适。办事处的工程师说，发动机和变速箱是心脏，是轿车最主要的功能件，一旦出问题，前功尽弃，中国的验证技术不成熟，必须送奥国做试验。

从上午的僵持到下午的争吵，谁也不让步，一直持续到大半夜。姜波也发蛮劲了，跑到门外，拿起周镐送来的几十个面包分发给大家，说："今天拿不出一个方案，谁也别想回去。"

这些面包是姜波在下班前告诉周镐准备的，没想到他还准备了许多香蕉，看来是专门给办事处奥国人准备的。大部分到中国来工作的奥国人都有一种习惯，早上在家里吃好吃饱，中午就在餐厅吃一盆沙拉或者几根香蕉，晚上回家再大快朵颐。但现在已经大半夜了，大家肚子都饿得饥肠辘辘，姜波拿着香喷喷的面包如啖大餐，把面包和香蕉分发给办事处的奥国人，说，先填饱肚子，然后再继续谈。

熬到下半夜的奥国工程师这才吐出实情，要想获得孚士总部同意，必须先让驻京办事处确认这款 QS 发动机沿用了多少奥国零件。姜波醍醐灌顶，原来赵曼玉是来替奥国人锁定利益的。

姜波马上拿出这款新发动机涉及三百二十个零件的技术更改书，其中一百七十六个零件可以沿用奥国的，华松孚士汽车公司的技术人员已经设计了一百四十四个新零件，这些新零件就是起步的国产化零件。

第二天下午，赵曼玉带了几个随从走进了会议室，姜波当即把所有人请出会议室，只留下自己和赵曼玉。

没等赵曼玉开口，姜波就说："我们之间就不说客套话了，当初引进老孚士并不是因为奥方的产品有多先进，而是奥方在石油危机、投资失败的特定条件下才想出的开源节流之法。"

姜波继续说："这款老孚士进入了中国就大赚特赚。为了利益最大化，奥方把产品质量认可权授权给了华松孚士汽车，我们也是抓住了这个机遇，夜以继日、含辛茹苦，创造了不菲的成就，这些奥方都已经看到了。"

赵曼玉没吱声。

姜波又说："在南美，你也看到了我们的开发成果，但你没看到的是，这次联合开发的 QS 发动机也取得了成功。这可是一款老孚士发动机啊，是经过改造又焕发了青春，对奥方来说不是件大好事吗？为什么在这个关键时刻要收回产品认可权，意欲何为？"

"姜波，很抱歉，我必须纠正一下，我方并不是要收回所有产品认可权，只是针对目前的 QS 发动机。"赵曼玉冷冷地说。

"自动变速箱被你们扼杀了，QS 发动机认可权被收回了，这不等于卡住了我们的喉咙，新孚士竟然还要用老孚士的化油器发动机，那这款新孚士开发了还有什么意义？"姜波的嗓门忽然变得很粗，声音也很大。

"姜波，坦率地说，我很佩服你们的钻研能力，十几年不变的车型，被你们创造成一款轰轰烈烈的畅销车，确实让人意想不到。但你们这次开发 QS 发动机的目的不单纯，本来是让你们根据中国实际道路状况进行改进，也是为了锻炼你们的技术队伍。你倒好，借着这次开发，把发动机的保密参数交给了齿轮厂，又借着匹配变速箱的机会来获取自动变速箱的核心技术，想与新车型配套，这是绝不允许的！"

姜波很清楚徐中华已经通过自己提供的重要技术参数，写出了 TCU 和 ECU 的源代码，只要被认可，就证明我们的逆向设计是成功的，但没想到都被奥国人看穿了！

"曼玉，你应该知道我们的 QS 发动机低速扭矩性能高于奥国吧？"姜波还是尽量想挽回损失，逐渐缓和了语气。

"是啊，这种高性能的低速扭矩发动机，在毫无交通规则可言的中国道路上，更容易加塞，除此之外，你还能说明什么？"赵曼玉挖苦道。

姜波没想到赵曼玉竟然会这样嘲讽，很想发作，但还是忍声吞气道："曼玉啊，别的不说，就说这款塞普鲁斯，那么多年来也只在南美生产了十几万辆。而我们的目标一年就是十万辆！在这么巨大的利益面前，你觉得源代码和市场，究竟哪个重要呢？"

"两手抓，两手都要硬！"这句经常出自中方领导嘴里的口头禅，竟然会

第十六章　307

从赵曼玉口中蹦出来，让姜波也大吃一惊。

眼看没有回旋余地，姜波只得恳求："既然知道，那你就该网开一面吧。"

"各为其主，我也是身不由己！"

"你怎么能这么说？你有一张中国人的脸，黄皮肤，一颗中国心，明知我们掌握了源代码对即将上市的新车型有利，对加快占领市场有好处，为什么偏要收回QS发动机的认可权呢？"

"你擅自提供发动机和变速箱的技术参数已经违反了保密协议，还想通过逆向开发自动变速箱造成既成事实，这不仅是侵权而且是违法的，所以我们要坚决抵制，否则就要法庭上见了！"

姜波怒火万丈："既然你这么说了，那我也不客气，QS发动机一旦送奥国认证就不知猴年马月才能通过，那这款新孚士急着上市还有必要吗"说完，姜波一把拉开门，"都进来吧，能谈则谈，不能谈就散会。"随后自己双手往后一背，躬着背走了出去。

吴猛昂首挺胸地走了进来。他已经被调到质保部担任经理，这次是被姜波临时请来共同对付北京代表处的人，看见赵曼玉要走，急忙拦住："哎哎，你别走啊。他们都说你是拍板的，我呢，是这个项目的全权代表，你不在，他们又做不了主，到底谈不谈？"

赵曼玉走也不是坐也不是，狠狠瞪了他一眼，心想，你这个嘴上刚刚长茸毛的家伙，竟然还是个全权代表？她用奥语对一个高个子奥国人说："就按我的原则谈！"

"哈哈，好吧，那我们就别谈了，浪费时间没意义，散会！"吴猛也迅即用奥语回答。

马博士急匆匆跑来："别走别走，都坐下、坐下，接下去谈谈中止新孚士数据修正的时间节点！"

赵曼玉大吃一惊，这里还没谈完，姜波竟胆大包天要停止数据修正？这可是改变一个重大上市计划的大问题，要是一停，麻烦就大了。想到这儿，她马上对马博士说:"大家不要误会,我和姜经理还没有谈完,不存在中止数据修正!"说完朝高个子奥国人眨眨眼,随后就去追赶姜波。

"周镐,姜波在里面吗?"赵曼玉一路小跑到姜波办公室门口,看见周镐端着咖啡往里走,焦急地问。

周镐没理她,端着咖啡走进了办公室,返身还把门关上了。赵曼玉傻了眼,站在门外干着急。不一会儿周镐走了出来,又随手把门关上,用手在嘴唇上一竖,示意里面有人在谈话,让她不要吱声。随后他就像个守门神一样,一动不动守在门口。

不一会儿,荣华和法兰克大步流星地走来,看到赵曼玉站在姜波的办公室门外。

"赵女士,经管会没有批准中止新孚士的数据修正。马博士宣布中止数据修正是谁授权的?"荣华显得很焦虑。

姜波推门出来:"是我批准的。孚士总部决定要把所有QS发动机的工装样品送奥国认可,猴年马月才能获得认可都是个未知数,我们的工程技术人员不能把精力浪费在这种无休止的争论和等待中,只能先停下来!"

荣华完全明白姜波这么做的原因,随即就对赵曼玉诉苦:"唉,新孚士不仅要改面子,也要改里子,特别是要把老掉牙的化油器发动机换掉,否则赢不来市场!"

法兰克也很生气道:"姜先生,你无权决定中止数据修正!"

姜波冷冷地看了法兰克一眼:"那你说说接下去怎么办?"法兰克转头看着赵曼玉,似乎也有难言之隐。

姜波接着说:"既然你也没有主意,那就按原定方针办,已经通过华松孚士认可的QS样件,立即小批量供货,一旦海南极限试验任务完成,等到国家机械部技术鉴定后就正式上市!"

"我不同意。"赵曼玉很果断,"总部要求所有样件未经认证的产品不得上市,这是没有商量余地的。"

这下把姜波惹火了:"几年前,孚士总部签发的在中国生产和销售的汽车，均由华松孚士汽车质量保证部认可。这也是中外双方一致认同的'In China, of China'，我是不会忘的！作为产品工程部经理，有权批准在中国大陆试验认可的所有零件装车，你无权干涉！"

"那、那法兰克先生，我只能遗憾地通知你，涉及QS的进口零件，总部一个也不能供应。"赵曼玉也毫不退缩，说完转身就走。法兰克急忙追了出去。

荣华跺了一下脚，埋怨道："小姜，我反复说过做事要有策略，你却总是爱顶牛，自己究竟有几斤几两你心里会不清楚吗？搞僵了会影响大局，我们接下去怎么办？你很清楚，在技术上，我们一直是胳膊拗不过大腿，还是心字头上一把刀——忍了吧！"说完，也转身追了出去。

姜波长长吐出一口气，感叹道："穿上了洋服还当上了孚士总部驻中国的首席代表，连祖宗都不认了。"

下班前，荣华把姜波叫到办公室："小姜，他们坚守自己的底线，所以我只能退一步，同意将一百四十四个新设计的工装样品送孚士总部认可！"

姜波气得浑身发抖，没想到这个荣华竟会是个软骨头："你、你就这么退让了？那海南的极限试验还有意义吗？国家技术鉴定不要进行吗？"

"至少，我们有了一半的话语权，毕竟这个一百四十四个零件是中国开发的！"荣华的妥协竟然是为了保护这种话语权，顿时让姜波从心底里涌上一股悲怆，禁不住大叫起来："荣总啊，你要知道，这样一来，我们要获得TCU和ECU源代码的机会就会变得更加渺茫啦！"

"那我们还能有什么办法呀？"荣华也急了，不得已把吴涛到奥国去寻求上层帮助，结果被免职的详情告诉了他。

吴涛得知赵曼玉要收回产品认可权，与她产生了争论，随即又飞回奥国讨个说法。

高层认为，将QS发动机认可权交给中方，就意味着交出了电子控制喷射技术，这对奥方是个潜在威胁。

吴涛不同意这种说法。他认为，现在把老孚士发动机技术交给中国人，只会有利于产品升级，对正在大张旗鼓进军中国市场的各国汽车巨头来说，也是一个压力。没想到遭到高层严厉驳斥，立即被免职。赵曼玉一下子从商务代表擢升为首席代表。

听了荣华的这番说明，姜波这才感到他的无奈。这么多年来，荣华一直没有达到他自己声称的要实现 90% 的国产化率，不仅仅是因为国内基础建设存在的困难，还有国外的种种制约，现在这种状况，说轻了是退让，说重了就是无可奈何。

当晚，姜波来到赵曼玉居住的三角洲大酒店，请她喝咖啡。

姜波推心置腹道："曼玉，这么多年来，你知道我们都在为什么努力。无论站在个人的角度还是站在企业的角度，你都应该伸出手来帮一把！"

"别打感情牌。"赵曼玉喝了一口咖啡，"我受命全权处理 QS 发动机和变速器项目，并没有追究你向华松汽车变速器公司泄漏 QS 发动机的核心技术参数的责任，仅仅是要求停止侵权，把 QS 发动机的开发样件送到孚士总部去认证，你说，我是不是在帮忙？"

"这有什么区别？"

"当然有。QS 发动机是电子喷射技术，与老孚士截然不同。当初授权你们组装老孚士发动机，是为了出口来平衡外汇。如今是要把电子喷射技术用在这款 QS 发动机上，怎么可能让你们来认可呢？"赵曼玉压低声音道，"姜波，你别用这种眼神看我，我知道你想说这些都是欧洲正在淘汰的技术，好吧，就算是，那你们的国家也没有啊！"

"你们的国家？难道这里不是你的国家？"姜波还怀疑自己的耳朵听错了，"曼玉啊，才短短几年工夫，你说出来的话几乎让我不敢相信自己的耳朵。这几年，我们花了很大的代价，所有实验室设备都是从奥国引进，与孚士总部实验室基本保持一致，你们突然收回产品认可权，这些实验室的设备不就成为一堆废铁吗？你怎么不为自己的祖国想想呀！"

"别老学我父亲，动不动就家国情怀。"赵曼玉哼哼一阵冷笑，"南美联合开发只是一道开胃小菜，你刚吃完就想尝天下美食了。我告诉你，这跟造车是一个道理，凉菜才刚刚端上来，就想着要吃天鹅肉了，你还真以为能通过拿到了控制器的源代码就能逆向开发自动变速箱的控制器了？你呀，这些核心技术，你永远也别想拿到，别再痴人做梦了！"

姜波被气得很久都说不出话来。原本在圣贝尔纳多相见时，就已经发现赵曼玉的三观与自己不合，如今她竟当面会说出这种昧着良心的话，他顿时气得脸色铁青，憋了很久还是强忍着怒火说道："曼玉，我记得当初你出国前还口口声声说，出国留学就是为了要让自己回国更有底气，可现在，我听到的全是对自己祖国的一脸不屑，难道这就是你留学的收获？"

"哈哈哈……"赵曼玉仰天长笑，"那只能怪我当初太幼稚。出国后才知道中国与发达国家相比，差得不是一星半点。我看你还是理智点吧，识时务者为俊杰。总部派我来，不仅是要阻止你们的非分之想，还要劝告你们，别在抄袭的路上走得太远。老老实实跟在后面走，别想蚍蜉撼树！"

姜波心里一沉，这就等于是告诉自己——若想超速，后果自负！

一周后，姜波依然不甘心，专程飞到北京办事处找赵曼玉，想最后再去争取一下。在她的敞亮且宽大的办公室里，姜波发现里里外外都是奥国的传统装饰，就连走廊上放咖啡壶的长桌子都是整块的原木，一下子感到有点不适应。

"曼玉，我这次是专程来请你去参加 QS 发动机的道路极限试验，想让你了解 QS 发动机，以及电子喷射和化油器之间的区别。明年我国将实行欧洲的尾气排放标准，化油器轿车也将在未来的几年内停止生产。我认为，这次新车型上市最大的亮点，就是装上了 QS 电喷发动机。"姜波知道正面要求赵曼玉取消 QS 发动机送孚士总部认可不可能，便采用迂回的方式。

"那就尽快把 QS 送奥国验证。"赵曼玉说完这句话，斜靠在老板桌上看着姜波的反应。

姜波继续劝道："化油器已经落伍了，它不仅起动困难、怠速不稳、动力不足、油耗高，还屁股后面冒黑烟，这就是燃烧不充分的原因。所以近年来，我国在引进其他国家轿车时，都严格限制了使用化油器。电子喷射的优点是精确控制燃油喷射量、时间和压力，使燃油达到理想的效果，同时还能让发动机的动力性、经济性和尾气排放性能大大提高，这是一件利国利民的大好事。奥国孚士是在中国最早建立合资公司的，但总不能一直在中国使用在欧洲早已销声匿迹的化油器吧，趁着这个关键时刻迅速改变，继续领跑中国市场，难道不是更有利于双方深入合作吗？"

"别跟我谈技术问题，我也不想听。现在只需要你们老老实实跟在我们屁股后面走就行了！"赵曼玉不客气地回道。

"好吧，先不谈这些。"姜波只得忍气吞声，继续用期待的语调轻声问，"曼玉，还记得我们当初定下的目标吗？"

"目标？你还想跟我谈过去那些幼稚的目标？哈哈哈……"赵曼玉再次仰天长笑，"你不提也就罢了，你既然提了，那我问你，是否还记得我当初说过的'救人先救己'吗？"

当初赵曼玉确实说过"救人先救己"的话，还拿自己的同寝室为了脱离苦海，放弃读研，分别嫁给了黑人和欧洲老头作为例子。现在她自己是更胜一筹。

姜波说道："你有权选择自己的人生，我无权干涉。但我也给你一个忠告，在中国汽车工业的发展道路上，你可以当个旁观者，千万别当中国汽车工业的拦路虎，否则我这辈子绝不会放过你！"说完，站起身就往外走。

"站住，姜波，你把话说清楚！"赵曼玉追到楼下，冲着他的背影大叫道，"我什么时候成拦路虎了？我说的都是心里话，造轿车不是造卡车，那是需要顶端的工业基础，你这头犟驴为什么总是听不进去？你以为不忘初心就能解决任何问题，做什么大头梦啊你！"

姜波回过头笑着问："没有梦，哪来的初心？你活着的意义是什么？"

第十六章

第十七章

海南岛中部山区的阿驼铃，是典型的崇山峻岭，弯急坡陡，对制动性能、传动性能和发动机性能都是一个极大的考验。QS发动机的试验在姜波的带领下在这里如期完成，最终通过了国家技术鉴定。

但由于赵曼玉的阻挠，QS发动机还是没能配套。姜波只得无奈地将这辆新车装上了老掉牙的化油器发动机上市。

第二年的十一月初，是一个秋高气爽的日子。新孚士缓缓驶下流水线，新落成的汽车工厂里锣鼓喧天、彩旗飘扬，一片欢声笑语。许多来自供应商、经销商和用户代表纷纷站在一辆鲜红的新孚士面前合影留念。

姜波站在台下想，要是此刻穆勒和费舍尔先生也在该有多好啊！可眼下，穆勒退休了，接替他的人还没到，赵曼玉和法兰克成了现场奥方的主要领导人。

现在华松孚士汽车年产量已经突破了十万台，早已成为华松市的支柱产业。员工的收入已是其他单位员工的五倍以上，身上穿着的蓝色工作服都已成为华松市一张响当当的名片。甚至连那个没人看得起的二混子钟民，也被新桥镇的农民抢着当了自家的女婿。这些惊人的变化，几乎不可想象！

一个多月后，国家财政部宣布取消车辆控购证，彻底放开了销售渠道，这对即将上市的新孚士来说，简直就是一个惊喜大礼包。

新孚士上市后，引起了社会上的不同反响，坐在后排的人，对后排宽敞竖起大拇指，站在外面观看的人，对外形表示欣赏。但驾驶者却说，这辆看上去高大上的轿车，其实就是换了一个漂亮的外壳，开起来跟夏利、奥拓没什么区别，里面装的也是化油器发动机，屁股后面喷出的是一样的黑烟，油耗还很高。

由于国家政策放开，个人可以自由选择购车，东汽轿车、富龙、夏利和奥拓与华松孚士的老孚士和新孚士在市场上形成了激烈的竞争局面。

不久，汽车市场出现了新、老孚士销售下滑的情况，行业内部传出了一些绯闻，说"姜波与昔日的女友内外勾结"，把淘汰的发动机装到新孚士轿车上，才导致了新孚士在市场的销量下滑。

卢建军到东汽采购部参加采购会议，东汽采购部孔经理跟他说了同样的话，卢建军当即笑着问："你觉得一个产品工程部经理有这个能耐吗？"

孔经理哈哈一笑："我也是八卦，随口一说而已，别放在心上。QS认可权被收回，受损的不只是你们一家。我还听说，你爱人还到华松孚士兴师问罪，由此就传出了不少八卦！"

这话总算是说对了，孙艳确实是因为多锲带被搁置去找刘云涛讨个说法，不料被郝倩如知道后，跑进刘云涛办公室大吵大闹。若不是张欢及时赶来护送孙艳离厂，还不知道后来会发生什么事。

孔经理见卢建军不停地咳嗽，还以为他不高兴了，到了午饭时间便拉着他一起去吃饭，路上不断解释："别往心里去，我也是听上姚集团的尹主任说的。不过，听说他们与QS配套的零件也搁浅了，损失也不小啊！"

"上姚集团？"卢建军一愣，过去只知道同在一个地级市的上姚汽车传动轴厂，什么时候变成集团了？他心里使劲猜想，眼睛却不停地打量孔经理说此话的真正含义。

孔经理接着说："这个企业不简单，短短几年工夫就成了当地的纳税大户。政府又出面把一些小企业包括一家濒临倒闭的客车厂统统归拢到传动轴厂旗下，成立了一个门类较齐全的汽车零部件集团，你难道不知道？"

卢建军还真不知道这些事，他几乎把所有的时间和精力都集中在与各大汽车厂车的合作配套上，怎么可能会去打听这些消息。

听了这话他便尴尬地一笑："孔经理，你知道我为了业务经常东奔西跑，哪有时间去关心这些，要不是这次你签下我们的多锲带合同，我哪能松口气呢？"

孔经理与卢建军接触已久，知道他是个务实的人，便拍拍他的肩膀道："别客气，你的多锲带对我们来说是及时雨，以后但凡华松孚士汽车暂时用不上的，只要我们这里能用，都可以拿来，毕竟都是一个体系一个平台的！"

"哎呀，孔经理啊，没想到在这里遇见你了！"忽然，不远处一个打扮得非常时髦的中年女人摇曳着走来，"怎么，孔经理还亲自陪华宝的卢总去食堂吃饭呀？我看你还是别去了，去外宾餐厅吧，我们林总已经跟你们老总一起去了，走，跟我走！"说着就上去钩住他的臂弯。

卢建军发现眼前这位花枝招展的女人就是当初在华松孚士汽车质量会上叫嚷"个体户捣乱会场"的人，一看这架势就知道此人与东汽上下混得很熟，便赶紧转身离开。

"哎哎，卢总你别走，我来介绍一下，这位是上姚集团尹主任。"孔经理赶紧拉住卢建军不让他走。他知道眼前这个女人不好惹，常常动不动当着自己的面给总经理打电话，甚至话说到一半就把手机交给自己接听，这种仗着自己有后台，拉虎皮扯大旗的做法，任谁见了都讨厌，更别说要跟她到外宾餐厅吃饭了。

"我见过尹主任，在华松孚士汽车的质量会上！"卢建军露齿一笑。

尹淑芬略微仰头，笑盈盈地向卢建军伸出了手："没想到你还记得。怎么样，最近还好吧？不会再去华松孚士吵架了吧？"

卢建军心里一震，不知怎么回答，只得礼貌地伸手，不料自己的手被她握住后，手心却在被她挠痒痒，卢建军马上抽回自己的手说："……对不起，我还有事，先走一步。"

他怎么都没想到这个女人竟敢在大庭广众之下故意挑逗自己，心里产生一阵厌恶，未等孔经理反应过来，转身就跑了。

"看看，这就是个体户，上不了台面。"尹淑芬转身就对孔经理说，"你就别再搞一个零件分几家了，万一出了质量事故，人都跑得没影了，还是全部定点给我们吧！"

如果不是由于郝亮与东汽的老总是大学同学，引荐了林国民和尹淑芬，孔经理早就撒腿跑了，可眼下不敢，上姚集团走上层路线在东汽内部众人皆知，自己得罪不起，只得嘻嘻哈哈地陪着尹淑芬去外宾餐厅。

卢建军走出工厂大门，迎面看见汪聪和郑春林从出租车上下来。安远工厂被汪聪私有化后，成了当地著名的纳税大户，他走路都是一摇三晃的。汪聪一下车就看见了卢建军，马上认出来了："咦，这不是卢总吗，我们竟然在东汽见面了！"

大家因为在质量会议上的不期而遇结下了交情，时间一长也就无话不谈。但卢建军却发现郑春林跟以前完全不一样了，身着名牌西服，脚穿锃亮的皮鞋，胳肢窝下夹着一个公文包，正在付车费。他现在是合资企业艾什电子公司的副董事长，还兼着华松电子仪器厂的董事长，发福了，满面油光。他看见卢建军便颔首微笑，算是打了招呼。

卢建军赶紧伸出手："没想到我能在这里见到两位高人，幸会、幸会。"话说得很谦逊，但他心里不知为什么就是不愿意多交流。

汪聪拍了一下卢建军的肩膀："假惺惺的，这不是你的风格呀，啥意思啊？是不是还在为多锲带的事伤脑筋？"

卢建军反问道："你的发动机支架是否独占鳌头了？"

听了这话，汪聪脸上自然也挂不住："你呀，总是哪壶不开提哪壶！大家都知道，上姚集团横行霸道，现在也向我这里插上了一刀，你我的日子都不好过。当然，郑董跟我们不一样！"

"都是自己人，抬什么杠呀？"郑春林说。

汪聪故作神秘地问道："听说你媳妇还是姜波的师妹？那他怎么不愿意出面相助呢？是不是外面传说很多，这个姜波明哲保身？"

第十七章　317

卢建军这才知道在华松孚士发生的那点事早已传遍千里，自己只能装糊涂，但脚下还是马上转了向，临走还向他们挥挥手，示意自己有急事要去办。

刚刚走到出租车停靠点，他胸口一阵剧烈的疼痛，咳嗽之后，吐出一口痰，卢建军没在意，从口袋里掏出餐巾纸，擦了一下嘴角，发现全是血。又咳嗽了几声，再用餐巾纸擦了一下，还是血。他不知道是被气坏了还是支气管炎发作，把纸巾扔进了垃圾桶，坐车直奔机场。

卢建军带着满腹狐疑返回家里，看见孙艳正在哄孩子睡觉，他轻声地把自己听到的看到的事全告诉了她。

孙艳没心思听那些乱七八糟的闲话，转身把孩子放进里屋后，返身出来后认真地对他说："这次你一到东汽马上签到了合同，让我想明白了一件事，东汽要借力发力来竞争，那么已经进入中国市场的法国、日本汽车企业不想吗？更何况满大街的夏利和奥拓呢？ 建军，过去我们只把目光停留在华松孚士身上，动足脑筋为了实现零部件国产化，现在实现了，又遇上了抢业务、争份额，我们除了驻厂的技术人员，没有营销人员，也不会搞关系！ 现在我们也要改变观念，要组建自己的营销团队，拿着华松孚士颁发给我们的优秀供应商证书和产品质量认证证书，一个个去敲开各个汽车厂的大门，也要去抢业务、争份额，这样企业才能发展壮大！"

卢建军心里顿时豁然开朗，觉得孙艳有战略眼光，想得比自己远。

姜波也知道现在有很多人在传自己与赵曼玉的各种闲言碎语。 他根本没时间去考虑如何解释，只是想尽快完成 QS 发动机的认可。 这天，陈玲来探望，姜波说了一句："你别去信外面传的那些事，那都是谣言。"

"嗯，不要去管别人说什么，自己认准的事情就大胆去做，我支持你！"平时看上去沉默寡言的陈玲铿锵有力地说。

姜波吃了一惊，想不到她会说出这样意志坚定的话来，内心一阵激动。原以为她只是个细心温柔的小姑娘，对自己充满爱意，自己也不想辜负她，没想到她远比自己想得更坚强。 姜波顿时有了底气，说："好，我马上带队去奥国，盯着他们把 QS 发动机各项试验做完！"

姜波知道陈玲跟关小艾不一样，她是生在普通工人家庭，又是家中老大，既没父母疼爱，也没有哥哥的保护，还要想尽办法去照顾好两个弟弟，所以在她柔弱的外表内有一颗坚强的心，这是在生活中锻炼出来的坚强。

当时，陈玲从坐上飞往海南的飞机那一刻起，已打定主意，争取一切机会要成为姜波的贤内助。此时，她的内心更坚定了。

装着化油器发动机的新孚士在市场的销售情况，可以用昙花一现来形容，看到销量一天天下滑，市场被其他厂商占领，荣华急得像热锅上的蚂蚁，跟邹仁去商量，扩大销售团队，进行内部招聘，让能者居之。

张欢得知这一消息，去报了名。他觉得自己在物料科干了这么多年，也该挪挪窝了。经过面试，他很快拿到了到东北地区担任总监的调令。

张欢正在自己的办公室收拾东西，忽然听到楼梯口传来一阵吵闹声。走出去一看，许多仓库管理员团团围住了物流顾问汉斯。

原来，这个汉斯先生又抓住零部件紧急空运的机会，把自己需要的奶粉、咖啡和录像带再次夹在零件中运进中国。

一大早，他驾车去仓库找零件箱，逼着仓库工作人员撬开箱子，拿走自己的东西。管理员一看，没有零件号，肯定是夹带私人物品，这才吵到了办公室。

张欢好说歹说，终于把大家劝走了。

汉斯对张欢说："这是最后一次，我的合同马上到期了，也不想续聘了……"

张欢说："汉斯先生，我不管你合同是否到期，你占小便宜的习惯，已经说了你多少次，就是不听。要寄奥国奶粉完全可以，但必须通过正当的渠道，没必要做这种假公济私的事！"

"国际邮递时间太长，奶粉保质期短，再说、再说中国的奶粉……"汉斯故意没往下说，干脆脚后跟用力一并，来了一个奥国军人的立正姿势，"很抱歉，再也不会了！"说完颔首致歉，转身走了。

奥国人不守规矩的不止鲍尔和汉斯，还有一些不愿回国的专家，他们在中国觅到了自己的"温柔乡"。这些太太得知消息后去请求穆勒太太帮助。穆勒太太趁着在中国召开董事会的机会，带着这帮太太们专程坐飞机来到中国，直接冲进了华松孚士董事会的开会现场，吓坏了奥方董事会成员，只得当场答应让这些专家们合同期满后回国，不再让他们继续留在中国。

张欢望着汉斯远去的背影对郭襄说："既然不想再延聘，那就随他去吧。今后老厂和新厂的物流都归你和董鑫管，你们多费点心就是了！"

郭襄说："师父，你一走，再加上汉斯一走，我心里就更没底了。董鑫以前是搞运输的，现在管物流，我担心他没经验……"

"董鑫运输管理能力强，你的物料管理能力强，你们俩是强强联手，不是正好吗？物流的关键就是掌控安全库存，只有做到即时供货，没什么可担心的！"

张欢的话音刚落，就听见楼下大叫："不好啦，新厂冲压车间出人命啦！"一听到这种令人心惊胆战的话，张欢也顾不得已经收拾好的东西，跳下楼梯，驾车就朝新工厂疾驰。

新工厂冲压车间每天凌晨都要进行例行检修，是由车间的维修部门负责。按照流程，由清洁小组负责打扫清理后，才能摘除"正在维修、停止使用"告示牌。

上早班的人一见没有告示牌，顺手就摁下了启动开关，哪想到清洁人员还在机床下面清理。这些大型冲床都是联动工作的，机器预热后，模架就上下运动，其余的机床也依序运动起来。就在此时，忽然从机床下传来一阵尖厉刺耳的惨叫声，当冲压模架升上来时，陡然看见一大片模糊的血肉，操作人员随即瘫倒在地！

此刻，荣华正在奥国出差，听到消息后，马上要求邹仁全权代表自己处理重大事故。邹仁马上去找法兰克，办公室没人，秘书说，刘云涛陪法兰克去考察供应商了。

"邹总，发生什么事了？"坐在郑春林的小别墅里刚准备喝酒的刘云涛接到邹仁的电话，顿时傻眼了。

"陈玲的父亲死了？"刘云涛知道陈玲对姜波来说意味着什么，赶紧捧着手机走出餐厅，法兰克发现了他神情异样，马上跟出来问，刘云涛便把来电消息告诉了法兰克。

"开什么国际玩笑，谁会钻冲压机里找死？"法兰克无论如何不相信。

"真的，千真万确！回去，我们马上回去！"说罢，刘云涛就向郑春林表示歉意。

郑春林为难道："此时正是下班高峰，路上走不快，要不还是吃完饭再走吧！"

刘云涛说："品惠，你在这里陪法兰克先生，我必须马上回去，这不是小事！"刘云涛顾不上与郑春林争辩，转身驾车就走。

几个小时后，刘云涛回到了公司，一看办公楼下停着几辆轿车，就知道来了高层，刚想上电梯，就见张欢满头大汗从电梯里跑出来，忙问："情况怎么样了？上面来谁了？"

"何总、郝总都来了。当地政府也来了。"张欢说，"现在陈玲妈带着孩子正在新厂哭闹，劝也劝不回！"

刘云涛问："邹总在楼上吗？"

"在，他叫我去稳住陈玲。"张欢说。

"那你快去，还等什么？"刘云涛的话刚说完，电梯里走出了何国强、郝亮和邹仁。

"董事长，郝总。"刘云涛赶紧招呼，"我接到电话就赶回来了！"

何国强脸色铁青，严厉地问："你一个采购部经理最近老陪着法兰克跑配套厂干什么？"

刘云涛吓得支支吾吾说不出话。何国强又说："早就跟你说过，这个斯库根子不正，仗着自己曾在其他国家的汽车厂干过，到了中国就瞎指挥。他是管技术和生产的，商务经理没到位之前，只是临时代替一下，你竟然老陪着他到供应商那里谈什么价格和供货额度？告诉你，这是另一种'吃、拿、卡、要'，你千万不要向他学！"

"云涛,今天我要当着何总的面批评你,跟你说了多少次不要跟法兰克搅在一起,你偏偏要舔他的脚毛,他到配套厂去干什么? 供货份额和价格协议需要他去供应商那儿谈吗? 你是个明白人,明知他吃拿卡要,你还跟在他屁股后面,到底想干什么?"郝亮也训斥道。

刘云涛讷讷道:"可、可他要我去我怎么能说不呢? 要是、要是……"

何国强呵斥道:"你连自己岳父的话都听不进,还当什么采购部经理?"

等到何国强和郝亮都走了之后,邹仁也忍不住埋怨:"跟你说了多少次,别动不动就跟着法兰克往供应商那里跑,他任期将满,正愁找不着机会敲诈勒索呢,你跟在身后凑什么热闹!"说完重重地叹口气,急匆匆往二厂跑去。刘云涛一愣,也赶紧跟在邹仁身后一路狂奔。

突发的惨状,令人无法想象。 陈玲更是想不到这种惨祸竟然会落到自己父亲身上。 父亲自从到华松孚士工作以来,几乎天天跟自己一起上下班,在工作上也经常为自己出谋划策。 今天看到父亲的惨状,她悲痛欲绝,几乎昏倒。

张欢给远在奥国的姜波打了电话,告诉了他发生的惨状。 姜波获知情况后马上给陈玲打电话,安慰她道,悲剧已经发生了,无法挽回,要尽快从失去父亲的悲痛中走出来,把丧事先办了,让父亲入土为安。 姜波还向荣总提出要求,想尽一切办法尽快恢复陈玲父亲的遗容,举行葬礼。

陈玲最终还是听了姜波的劝告,在事故责任还未查清之前就给父亲举行了葬礼。

何国强匆匆从北京开完会就赶到追悼会现场。 追悼会结束后,荣华陪同何国强慰问陈果然家属时说:"这起重大安全生产责任事故的发生,与我疏于管理有关。 现在政府相关部门已经展开调查,一定会给家属一个交代!"

何国强握着陈玲的手说:"你父亲因人为的安全责任事故不幸去世,不仅仅是你们家里的不幸,也是集团的不幸。 你是家里的长女,要好好照顾你母亲。 组织上一定会给你们一个明确的交代!"

陈玲哽咽着谢谢两位老总,期待着早日能查出结果。

郝亮在集团管理层会议上提出免去荣华的职务。程全根拿出一份材料，列举了很多国产化进程中发生的质量事故，并说这跟荣华同志的管理不力有很大关系。

何国强听完大家的表态后说："冲压机安全责任事故调查结果是管理失误造成的！我同意大家的意见！"

没过多久，荣华被免去总经理职务，提前退休。

一周后，郝亮以集团副总经理身份兼任了华松孚士汽车公司的总经理。邹仁被任命为常务副总经理。郝亮明确告诉他，按照合同规定，商务和技术都归奥方管，我们的主要任务就是人事管理和生产销售，接下来要进行非核心业务外包，并且要抓深抓细。

邹仁明白这是郝亮最需要的降本增效业绩，现在要执行非核心业务外包，脑袋一下子就大了。他坐进办公室，一看到眼前厚厚一大摞生产、物流、采购、质保的手册，心里就烦躁。想来想去他还是把刘云涛叫来负责此项工作，毕竟他是郝亮的女婿，万一有什么三长两短，还可以推卸自己的责任。

郝亮觉得让自己的女婿参与到公司核心制度和流程制定中是件好事，这对他以后展开更高层次的管理工作很有利。等到各种流程制度修改完毕，郝亮才发现，在那些非核心业务外包过程中，程全根也在悄悄插手业务，这让他有点不知所措。

最后，郝亮决定成立"三产"，将这些非核心业务全部打包，把那些年纪大的老工人下放到那里去，这样既能降低生产成本，又能迅速降低人员成本。

过了几天，郝亮召集华松孚士汽车公司产品工程部和质保部科级以上的中方经理参加豪华型轿车定型会议。

郝亮开口就说："按照生产一代、设计一代、规划一代的原则，现在新孚士已经上市，豪华车型早就该定型了，但因为某些原因迟迟没有定型。今天希望大家把所有的想法都提出来，我们一起商讨解决，这事不能再拖了。上级领导明确指示，这款豪华轿车是迎接新世纪的产品，所以要用新世纪的眼光把豪华车的设计确定下来。姜波同志是南美联合开发的领头人，也是拉长车身的主要负责人,应该更懂得加长车身的意义和价值,能不能先请你谈谈这方面的建议,然后让大家一起集思广益来议一议?"

吴猛从包里拿出一张光盘,塞进了姜波笔记本电脑的驱动器,屏幕上显示出当年在南美拍摄的视频。这是塞普鲁斯加长车身时在现场拍摄的,完整地记录了在整个车身逐步拉长的过程中,操纵和转向系统的数据变化。

姜波不动声色地一边演示一边解说,大家都紧紧盯着屏幕上的数据变化,一直到轴距拉长到108毫米,整车操纵及转向系统都处于最佳状态,超过108毫米后,这些数据就会出现一些变化。

姜波把鼠标停在108毫米处说:"通过演示数据的变化,我想大家已经看清楚,塞浦路斯车身为什么拉长108毫米的原因。"

随后,姜波又把豪华车型拉长的模拟数据向大家演示,一直到100毫米,转向半径处于最佳状态。

最后姜波停止了演示,说:"刚才各位也看见了豪华车身拉长的过程,一旦超过了100毫米,各种数据就不理想,这就意味着会带来安全隐患。我们只能在不超过100毫米的范围内拉长。邹总设想扩大200毫米,甚至更长,我认为不切实际,就算我们自身具备了这个能力,奥国人也不会同意的!"

"汽车是铁皮造的,你说拉长车身增加了安全隐患,那就想办法增加它的刚度,有什么不可以?"邹仁很生气地问。

姜波苦笑笑,继续耐心地解释:"我们都知道,这款水滴形轿车,与过去的整车结构完全不同,不仅车身采用业内独一无二的激光焊接技术,发动机是更先进的涡轮增压技术和独立悬挂!"

"你别总是跟我说技术数据,我只想知道能拉长多少?"邹仁毫不客气地打断他的话。

马博士忍不住说:"根据豪华车型的技术数据,我们在模拟平台上尝试过,车身拉长的极限长度只能在100毫米之内。否则,整车的刚度和扭度就会受到影响,用户的安全也会受到威胁。"

邹仁气得两眼冒火,差点爆出粗口,指着马博士说:"你什么意思? 只能拉长100毫米喽？那还要你们开发人员干嘛？"

吴猛也很生气，但还是强忍着怒火说："拉长200毫米甚至更长，车身的刚度通过增加一块横隔梁钢板来解决。我们也在平台上做了尝试，结果不理想，质量认可不可能通过。如果要想达到邹总所说的要求，不仅要推翻原来的设计，还需要奥方同意，这个工程浩大，不是一两年能解决的。各位领导，汽车工程是一个系统化工程，车身和底盘是一套完整的体系，任何一个不合理的改动都可能会影响整车的安全。"

邹仁发飙道："你们怎么动不动就把一个小小的改动跟安全扯上关系了呢？吓唬谁呀？"

会议室里一片寂静。

邹仁看到坐在桌子正中央的郝亮脸色阴沉，马上气焰嚣张道："姜波，我告诉你，今天是内部决策会，能不能把车身拉长到最低限度120毫米以上？我只需要你告诉我，行还是不行！"

"不行！"

"那你这个产品工程部经理就别当了！换人！"

吴猛站起来说："邹总，汽车设计是讲科学的，哪有不管三七二十一说行还是不行，你是用权力来压制科学，如果行政命令能造出一辆车，那我们岂不是又回到了1958年造'雄鹰牌'？"

"你、你……"邹仁气得说不出话来。

郝亮没想到这个历史故事竟然成了这个毛头小伙子用来堵住邹仁嘴的理由，不由得浑身一震。

"别争啦，特定历史条件下发生的故事，不值得拿出来比较。"郝亮微微一笑，说道，"今天大家坐在一起只有一个目的，就是尽可能地拉长车身，使其能真正成为一辆豪华商务用车。上级领导已经多次提出，要尽快造一辆新型的商务用车，我看这款豪华车型就符合这个条件，可姜波同志一口否定不能拉长，是不是以偏概全了？"

"郝总，我从来没说过不能拉长，只是要扩大120毫米空间甚至更长是不可能的。"姜波还是很耐心地向大家解释。

郝亮突然显得高兴起来:"这不就对啦,能拉长车身,那还争论什么呢?"

姜波生怕郝亮听岔了,赶紧再强调一遍:"郝总,我们实在无法满足邹总无限扩展的要求!"

邹仁怒了:"你也太保守了,这怎么能去完成上级交给我们的任务呢?你要有创新思维,要敢于突破旧的框框,有时候还必须承担一些风险。大不了把钢板再加宽一些!"

马博士插话:"邹总,这个问题我们也考虑过了,增加一块横隔梁钢板的成本虽然不大,但超出设计规定还是会大大增加安全风险!"

邹仁朝郝亮看了一眼,见他没吱声,便说:"你别忘了,市场的反应就不是这个概念了。"

"那谁来承担风险呢?"吴猛忍不住说道,"这样的责任我们质保部承担不起!"

"还没干就怕这怕那的,那还要你们这种工程师干什么?"邹仁勃然大怒。

会场上顿时出现了令人意想不到的惊讶场面,大家不由得面面相觑。邹仁突然气急败坏道:"姜波,你们现在马上回去,一周之内要给出正确答案,否则就地免职!"

众人一看邹仁如此失态,觉得莫名其妙。为了增加这款商务车长度,竟然用行政命令来压制。姜波直到此时才明白,刚才所有的解释都成了空话。

"邹总,按照你的要求,我现在就可以给你答案——做不到!"姜波说完这话,毫不犹豫地大踏步走出了会议室。

姜波回到办公室,周镐看到他怒气冲冲的样子,赶紧询问:"哥,你是不是又挨骂了?"

姜波没心情跟他说刚才在会议室里发生的事,就没吱声。周镐看到这情形就知道自己猜得没错,气愤地说:"邹仁这个'娘炮',以前到我们这里来说话都是细声细气的，脸上还带着微笑。自从荣总走了，掌了实权，完全变了一个人，看我们哪儿都不顺眼，只要不按他的意见办，就用他那老公鸭嗓子咆哮。动不动就用下岗来吓唬人。这只笑面虎这样搞下去，公司早晚要被他搞垮！"

姜波觉得这样在背后说领导不好，看了一眼周镐，说道："你既然知道他会来咆哮，还快不回去工作？哪来那么多的废话！只要你技术过硬，管他下不下岗，到哪儿都能找到工作！"

周镐做了个鬼脸，一瘸一拐地朝资料室走去，继续去钻研奥国的技术资料。

第二天上午，邹仁把姜波叫来，告诉他拉长120毫米是底线，这是上级下的命令，不执行就要被免去职务。姜波说："我的任免是由经管会批准的，你个人不能做主！"说完转身走了。

邹仁气得哇哇乱叫，马上给郝亮打电话，把姜波说的话告诉了他。

不料，郝亮说："用人不能只用听自己话的人，也要用有能力的。要区别对待这些人，这是用人的技巧。你想一下，当初你让'啤酒瓶'策划装了化油器的新孚士上市，没引起什么反响，大家议论纷纷，要不是我替你顶着，结果会是什么？"

"郝总，这个方案是你批准的！"

"什么话？"郝亮在电话那头生气了，"我一个堂堂的集团副总经理，来替你把关一辆车的下线仪式？"

"那、那——"邹仁迟疑了很久才说，"你能不能把钱勇调给我？"

郝亮没吱声，随后就挂了电话。

邹仁觉得自己抱怨姜波的话没什么结果，反被质疑"啤酒瓶"策划的事，这不是打自己的脸吗？现在干脆抛出撒手锏，就看郝亮接不接招。

邹仁没料到，钱勇很快就来到华松孚士报到。他上任不久，邹仁约郝亮下周找个合适的日子一起吃个饭，想了解一下集团对装上QS发动机的新孚士重新上市有什么新想法。郝亮听了后说，一周后自己要出国考察，吃饭可以让他夫人参加。

邹仁稍稍愣了一下,马上说"好"。

过去,这个钱勇一直不入郝夫人的法眼,为什么这个时候却可以约在一起吃饭?

钱勇听了邹仁的话,立刻秒懂,马上行动起来。

这天晚上,钱勇亲自驾车去接郝夫人,轿车在一幢并不起眼的楼前停下,郝夫人走下轿车,一脸茫然地问:"这是吃饭的地方?"

钱勇伸手指向看似一扇门的方向,疾步上前轻轻拉开,里面原来是一座直达电梯,笑着说;"师母,请进电梯。"

引着郝夫人进入到了顶层,门打开,邹仁站在门口迎接。往前一看,宽敞的大厅、富丽堂皇的装饰,三面都是落地大窗,万国建筑博览群尽收眼底。

郝夫人走到窗前,眺望滨江星夜的灿烂美景,感叹道:"想不到还有这样观景的好地方!"

邹仁说:"嫂子觉得满意,以后可以常来。我们一定服务好!"

郝夫人朝邹仁看了一眼,问:"郝总来过这里吗?"

"没有没有,郝总喜欢美林阁的本帮菜。"邹仁嘴里这么说,心里却在想,郝夫人问这话是啥意思?随后赶紧解释,"这里是粤菜馆,口味不一样。改日有空还是要请郝总到这里来换换口味!"

"是啊,吃了一辈子的本帮菜,也确实该换换口味了!"她说着就看着周边的欧式家具,不停地称赞设计精美,做工细巧。

桌子中央是个自动旋转餐盘,八个精美的冷盘早已摆上,周边没有一个服务员。郝夫人兜了一圈,发现这间包房的墙上都被丝绒包裹着,显然是为了隔音。再往里走便是洗漱室。

"邹总,你选择的这个地方挺不错啊!"郝夫人从里面走出来,随即就在圆桌前坐了下来。她很奇怪,钱勇一个人来来回回走进走出,不一会工夫,热气腾腾的精致菜肴就端上桌了。

等到郝夫人吃完参翅、鲍鱼和燕窝后,钱勇马上递上一块热毛巾,她这才接过来抹了一下嘴，笑道："我没见到一个服务员，这菜又是从哪儿来的呢？"

邹仁指指钱勇，悄悄地说："这是他的杰作。钱总监，你向我嫂子介绍一下？"

钱勇马上站到她身边，笑着指指沙发后面一扇不锈钢门，示意菜肴都是通过这个微型电梯送上来的。

郝夫人走过去一看，回过头对邹仁笑道："不错，这个地方有点神秘莫测！菜肴味道更是一绝！"

听到这话，邹仁不失时机地说道："钱总监，你都听到啦，说明你功劳大大的！"

钱勇自从郝夫人走进门，一直到她吃完，自己一直都没坐下过，这会赶紧端起酒杯，弯着腰迎上去说道："师母，请允许我再次冒昧，我还是忍不住要喊一声'师母'，要是没有郝总，哪会有我的今天。现在又能得到您的赞扬，我心里有说不出的高兴。师母，我敬您一杯，你坐着，我干了！"话刚说完，仰起头刚想喝酒，就听见郝夫人包里的手机铃声响了，连忙放下手中的酒杯，双手从边上的沙发椅上捧着精致的小皮包，递到她面前。

郝夫人拉开拉链，从里面拿出手机。钱勇眼尖，一眼看到手机屏幕上显示"林冬梅"三个字，心里陡然一惊。

这个林冬梅已经滚蛋了，竟然还会跟这个老太太有联系？他来不及往下想，就听到老太太说道："是呀是呀，你的消息真灵通，我是跟邹总一起吃饭，对，还有钱总监！啊呀，早知道这里环境这么好，我就不让你回去了！对，以后一起到这里吃饭，好，就这么定了！"

挂了电话，郝夫人转过头对邹仁说："冬梅真能干，到了上姚传动轴厂才一年工夫，就帮林国民打了一个翻身仗，这回，她开始干汽车销售了。应该说，她的眼光很独特，看准了当下是资源稀缺时期，抓住资源就是抓住了金钱，再辛苦几年，肯定会成为汽车销售大王！"

邹仁和钱勇都听了一愣一愣的。只知道林冬梅辞职了，没想到转行了？

两个人还在回味郝夫人的话时，没想到她接下去继续说："邹总，听说冬梅还做了许多公关方案给你的老部下，结果都被打发回去了！"

邹仁听了一头雾水，这是什么时候发生的事，自己怎么从来没有听说过林冬梅做过什么方案？ 正在诧异时，郝夫人又说："没事没事，反正你的部下已经急流勇退，去澳洲定居了，算她聪明，要不然啊，哼哼！"郝夫人没有继续往下说，但没说的这些话，邹仁和钱勇都懂了。

邹仁忽然显得很谦卑，轻轻地恳求道："大人不计小人过，这都是我的工作没做好，我要深刻检讨。"说到这儿，邹仁又转动着眼珠子，"不过，我真不知道林冬梅做什么方案，我很好奇，她不是已经做汽车销售了吗，怎么还想转型？"

钱勇马上接上去说："那可能跟她的汽车销售有关吧，说不定是为了想搞个活动，借助华松孚士汽车公司的力量来进一步推动她的销售！"

郝夫人微笑着朝钱勇竖起大拇指："有眼力劲！ 看来，钱总监以后可以跟林冬梅好好合作的！"

看到时机已到，钱勇立刻从自己的包里拿出一只沉甸甸的盒子，送到郝夫人眼前，打开，里面是一只最新款的摩托罗拉手机。 郝夫人眼睛一亮，看到这只鸡蛋大小的手机很惊奇，笑了。

钱勇打开手机操作一番，随后又轻轻掀开手机使用说明书，夹在里面的是一根金条。 郝夫人稍稍一愣，随手接过，立刻感到分量不轻。 钱勇急忙把这个盒子连带手机都塞进"师母"的包里。

送走郝夫人后，邹仁觉得这个老太太对公司内部的了解在某些方面已经超过了自己，不由显得担忧。

钱勇心里却在暗喜。 过去服务郝亮，现在要服务好这个太太，唯有这样自己才有可能获得更多机会。

穆勒退休后，商务事务都由法兰克代理，现在孚士总部派来了一个叫雷夫的老头任商务经理。 大家背地里都叫他雷老头。 这不是因为此人的年纪而是他的长相，虽然他只有五十多岁，却长得像一个七十岁的老爷爷，高个子、满头白发，满脸笑容，一脸褶子。

他曾在孚士总部实验室与姜波相识，也一起交流过装载化油器发动机带来的失误。当时，姜波并不知道此人会被派到华松孚士汽车当奥方掌门人。雷老头上任后，马上让秘书把姜波叫去商讨装载QS发动机新车上市的事宜，姜波这才知道，雷老头何其人也。

钱勇主动去找林冬梅，商讨装载QS发动机的新孚士重新上市的公关方案，没想到林冬梅说："我也不懂什么营销方案，都是请人来策划的。现在你坐上了公关部总监的位置，手上又有几千万的预算，那我们就一起携手。我去成立一家专业的公关公司，你不用出钱，我给你百分之二十干股，我负责招人干活，你负责运营和指挥，如何？"

"那邹总呢？"钱勇有点顾虑。

"其他人的事你就别管了，我们就这么定了！"

钱勇想，自己刚说几句话，她就有这么快的反应。好像油锅已热，就等小菜下锅煎炒。说明她早就拿定了主意。

钱勇暗自庆幸，幸亏自己主动找上门，否则不知道以后又会出什么幺蛾子！

新孚士装上QS发动机上市活动，由林冬梅新成立的善美国际公关公司承办，造势活动搞得轰轰烈烈，在汽车市场上引起不同的反响，很快就在众多的竞争品牌中脱颖而出，产量从原先十万台上升到年产三十万台，渐渐占据了中国汽车市场的半壁江山。

邹仁正为新孚士重新上市取得的成果感到得意，郝亮把他找去，说何国强发脾气了，这次新孚士重新上市成功，要归功于姜波，是他带队到奥国总部去参与整个实验过程，验证了我们自己的所有试验都是正确的，让奥国人心服口服。我们过去用行政命令去压制科学是错的。

邹仁傻眼了，郝亮听了何国强的话竟然会掉转枪头，自己好人没做成，已成了坏人。

郝亮亲自出面，把姜波叫到自己办公室，笑着说："小姜，邹仁已经向我作了检讨。我自己也有做的不对的地方，脑子里光想着拉长车身，增加舒适度，却没有阻止邹仁蛮横无理的举止，我要向你检讨啊！"郝亮说完，打开一瓶依云矿泉水倒进杯子，递了过去，继续说道："听说你正在准备婚礼，婚后就来主持大局吧！"

第 十 八 章

李振华当年开着车离开华松市后就没了方向,东兜西转把车开到了自己最熟悉的海南。

这天,李振华正向海口方向驶去,突然天上下起了雷阵雨。他看见路边一辆抛锚的轿车,司机冒着大雨、撅着屁股在修车,旁边的老板用衣服兜住脑袋,急得直跺脚,见李振华驾车经过,立马拦住。

李振华停车一问,原来这辆破车被颠簸的路面震断了输油管,老板又急着要坐飞机赶到香港去洽谈一项融资业务,眼看登机时间临近,耽误了行程就彻底完蛋。

李振华二话不说,带着他就直奔机场。临别,老板拿出一张名片,还说,自己谈完业务回来要请他吃饭。

李振华没在意,驾车从海口转向三亚。他路上经过琼海,心里一颤,这是自己最熟悉的地方,不知不觉地就在路边停了下来,摇下车窗,探出脑袋朝远处的试车场观望,非常想看到正在飞驰的试验车,可被高大的椰树林挡住了视线,结果还是什么都没看到,失望地摇摇头,继续往三亚驶去。

进入三亚,看到的都是一幢幢烂尾楼。路边树荫下,摆着几个水果摊位,李振华感到口渴了,便把车往路边的树荫底下一停,呼啦啦涌上来好几个大妈,纷纷送出手中的椰子、菠萝,叽里呱啦说着当地土话,都说自己的水果既便宜又甜。

李振华走到最近的摊位，示意让大妈把椰子切开口子。大妈二话不说，从腰部抽出弯刀，三下五除二把五个椰子口全部切开了，伸手就要钱。

李振华无奈，只得掏钱，喝了一个，把剩余四个搬上车。

到了亚龙湾度假区，李振华把车停在海滩边，手上捧着一只椰子朝海滩走去，也想享受一下拂面的海风。几个穿着泳衣的老外，其中一个女的像是脚受伤了，一瘸一拐的很难受，嘴里叽里咕噜说一通英语，还用手比划着"hotel、hotel，大东海"，李振华听懂了，这几个男女想坐车去大东海酒店。

可李振华并不知道大东海的酒店在哪儿，只得尴尬地笑着摇摇手说"No、No"。这个女的从小包里拿出一张酒店的名片，指着名片后面的路线图。

李振华一看，这不就是自己刚刚开车经过的地方吗，马上笑着打开车门让这几个男女上了车，然后绕过几个圈子就来到了酒店门口。

只见一个穿着漂亮旗袍的女孩打开车门用英语说了一声"欢迎光临，请下车"。这几个男女这才相互搀扶着走下车，随后一个女士从包里拿出一张十元的美元，递给李振华，又塞给这个女孩一个硬币，随后才走进了富丽堂皇的酒店大堂。

李振华看着手里的美元，随口问女孩："这钱能在你们酒店里换成人民币吗？"女孩伸手拦住："跟我换，我给你五十元人民币！"李振华吓一跳，就几分钟工夫能换来五十元人民币？他满脸惊讶地看着女孩，这个女孩一看就知道眼前这个人不是黑车司机，是被人路上拦住的，便悄悄地对他说："你不是这里的特约车，赶紧走，被发现了钱要被没收的。"李振华一听，赶紧拿了换好的人民币驾车离开。

开到路边后，李振华把车停住，心想"这钱还真好赚，一眨眼就五十元！"越想心里越痒痒，便把车在边上的椰树下停好，悄悄走到那个女孩的不远处，低声问："你们这里需要出租车吗？"

女孩也压低声音说："我们有车队，其他想接客的车，要跟领导约定才行！"

李振华一听，机会来了，赶紧说："我连人带车为你们酒店服务，你们要吗？"女孩不敢回答，返身把里面一个大堂经理模样的男子叫了出来。

"想接活？长期还是短期？"貌似领导的男子话说完，就从口袋里掏出一张名片，"你有名片吗？留个联系方式，有需要就给你打电话！"

李振华顿时傻眼了，自己离开华松孚士时，单位给的BB机都交了，哪来联系电话。他只得摇头，表示自己去买一个。这个男子倒是干脆，顺手从兜里掏出一个BB机，说："先交两百元押金，这个给你用，接到信息立刻赶来，接送任何客人要给我分百分之三十！"

李振华心里直打鼓，这家伙真够狠的，一个BB机，押金就要两百元，车费还要抽成百分之三十！自己心里还没想好是否接受，酒店里走出一对外国情侣，东张西望找出租车，那个男子立即笑着指指李振华停在路口的轿车，随后一招手，要李振华把车开上来。

此时，李振华没再想什么，急忙把车开了过来，那个男子用英语问了几句，随后对李振华说："他们到南中国大酒店吃饭，你先送过去，两个小时后再去把他们接回来。"他随后拉开车门，一只手放在车门框上，恭敬地送他们上了车。

李振华不知道南中国大酒店在哪儿，一脸懵，探出脑袋问："南中国大酒店在哪儿？"

那男子顺手往前一指，那个房顶上有五角星的就是，也就几百米，但要从外面绕过去，再顺着海边绕个圈子，二十分钟后才能到那个地方，否则挣不了大钱！

李振华听着就来气，他娘的，这小子不是变着法子骗人吗？拿着BB机，押金也没给，驾车就直奔南中国大酒店。

两个外国人觉得不可思议，看着李振华，叽里咕噜不知说了什么，脸上却一片笑容，下车时掏出五美元给了李振华。

没多久，BB机响了，一看上面的信息，是催着要自己马上回去，有客人要去棕榈湾海边游玩。李振华找到一个公用电话亭，掏出几个硬币塞进去，

第十八章

拿起电话就拨通了对方，只听对方吼道："怎么还没回来，快点，客人等急了！"

李振华已经决定不回去了，自己要等那两个客人吃好饭，再送他们回酒店。几个小时后，两个外国人吃好饭，走出酒店就看见李振华在等着，心里一阵高兴，三步并作两步走到车前，说出一连串的谢谢。

李振华笑着没说话，就算说话人家也不一定能听懂。没几分钟，车就到了酒店门口，老外下车拿出两张十美元，一下子都塞进了李振华手里，连声说着谢谢！

等到老外进门之后，那个男子急忙从大堂里窜了出来，恶狠狠地骂道："你拿了老子的BB机，竟然回电话说不回来，现在接了老子的活，还不拿出回扣来？"

李振华什么话都没说，把BB机还给他，又掏出一张十美元在他眼前晃了晃，随后捏成一团，朝大堂里一扔，自己便驾车离开了。

这几个来回，让李振华清楚了，三亚马路上跑的出租车，基本上都是夏利和奥拓，坐的人很少。酒店都是进口车，专门到机场接送客人。

他驾车直奔机场，反复研究全国各地来往三亚的航班时刻表，第二天又去各个星级酒店摸行情，随后便去新华书店买了一本《英语九百句》、录音机和磁带，开始蹲守在三亚机场，一边学英语一边等外国客人，不知不觉一年就过去了，口袋里的钱也渐渐多了起来。

在三亚机场出口的接客处，四周都是穿着红衣镶嵌金边的酒店接待人员，只有李振华一个人是穿着花衬衣，左右手各举一块迎客牌，特别显眼。酒店专职接客的人都知道，他左右手上的牌子，都是用英文写着的五星级度假村的名字，这些度假村比较远，通常不会为了一两个客人派出专车去接，只有客人自己坐出租车前往度假村。

李振华找到了这些度假村的漏洞，举牌迎客就是为了捡漏，尤其是外国人。反正自己已经把《英语九百句》背得滚瓜烂熟，能安全把客人送到酒店，不仅车费惊人，还有不菲的小费。

这天，李振华一如既往过着捡漏的日子，结果等来了自己一年前送过的朴大亨。

这家伙一副人五人六的样子，穿着一身花花绿绿的衬衣，身后是两个大腹便便、貌似老板的客户，大摇大摆从机场出来。

朴大亨一眼看见举着牌子接客的李振华，老远就挥着手叫唤起来："哎哎，小李，来来，到我这里来！"

李振华一愣，只见朴大亨一个箭步跑到李振华身边，操着苏北话，说"这块、勒块"的，意思是"自己身后的客户是从香港来的，准备跟自己签约，是自己人生中最关键的人物，能将自己从水生火热中拯救出来，请小李一定要帮这个忙"。

李振华听了一脸懵，没等反应过来，朴大亨立即把夹在胳肢窝的小包交给李振华，豪爽地说："里面有三万元和一部手机，你替我干一个月，这里面都给你，干不干？"

李振华正在诧异，朴大亨已经转身对身后的人操着苏北粤语说："哎呀，我说过酒店有专车来接的啦，他还是不放心啦，坚持要来接我啦，这样啦，你们两个就坐酒店派来的面包车啦，这样大家坐着舒服啦！"说了一连串的"啦"字以后，他马上又变了声调对李振华说："走，去亚龙湾度假村！"

李振华好像有点搞明白了，一年前匆匆忙忙赶飞机，就是去找接盘烂尾楼的客户，一年后终于找到了。好在自己已经跑了一年的酒店的"专车"，三亚的路况早已摸透了，二话不说驾车就走，很快就到了亚龙湾度假村。

一个穿着清凉衬衣、眉清目秀的小姑娘已经等在酒店门口，朴大亨下车，一把从她手里接过房卡，又赶紧跑去面包车门外恭候两位客户下车，让行李员把行李送进房间，然后才走到大堂向小姑娘介绍道："这是小李，是我的专职司机。杜鹃，以后我要出差，你要办事就找他开车送你！酒店的事情都安排好了吗？"

小姑娘抿嘴一笑，刚想回话，忽然看见电梯门打开了，两个大腹便便的客人已经穿着泳裤，披着一件白色轻薄的浴衣走出了电梯。

朴大亨急忙迎上去，带着他们走进大堂后面的泳池，随后自己脱下衣服，穿着一条花短裤，跟着这些客人滑进了泳池。

李振华看着眼前的场景，好像进入了一个梦幻世界。

这个泳池就像一个巨大的烟斗，从"烟嘴"这里往下游，尽头就是"烟斗"，这个"烟斗"周围种满了各种高大的绿植，还吊着几张吊床，忽隐忽闪的灯光，更让人有种神秘感。"烟嘴"的边上，摆放着一溜的烤肉架，几个戴着白帽子的服务员正在忙碌着。

李振华还是第一次见到这种谈生意的，心里不免诧异。忽然，看见泳池里几个人指着酒店的玻璃窗嘻哈大笑。他回过头一看，原来玻璃窗里站着几个穿着三点式的姑娘在搔首弄姿。

不一会，各种烤肉都已准备就绪，那个叫杜鹃的小姑娘向玻璃窗内的人招招手，四个穿着三点式的小姑娘鱼贯而出。

其中一个年纪稍大的女子，腿粗屁股大，走起路来一扭一摆，径直走到了烤肉架，把各种烤肉、酒杯，各种啤酒、红酒、香槟酒，全部摆放在一张船型的桌面上，在几个服务员的帮助下放到了泳池里，轻轻一推，船型桌子便滑向了泳池中央。

几个在"烟嘴"边上摆弄各种舞姿的姑娘，见到堆放各种菜肴和酒的"桌子"已经入水，便也丝滑入水，推着餐桌朝"烟斗"游去。

看到这一切，李振华恍然大悟，原来他们是准备在泳池中边吃边喝边谈生意。他转过身问杜鹃："老板就是这样谈生意的？"

拎着一只黑包的杜鹃冷冷一笑："是不是谈生意我不知道，反正我的包里全是合同和图章。"她指指烤肉架，"抓紧自己动手烤肉吃，否则你都不知道何时能填饱肚子！"

当晚，杜鹃蜷缩在大堂的沙发上准备睡觉，李振华问："我们没有房间吗？"

杜鹃"哼"了一声说："想得美，赶紧找地方睡吧，明天一大早还要去看楼盘。"

天还没亮，杜鹃就把李振华叫醒，催促他赶紧备车准备出发。李振华牙也没刷、脸也没洗，撸了一把还在淌口水的嘴角，急忙挟着小包跑出去。

杜鹃悄悄从黑包里拿出一个小面包和一瓶矿泉水递给李振华，他这才漱口、抹脸，一口就把小面包吞进肚里，忽然感到嘴里有种发酵的味道，想必这个小面包已经在她的小包里放了一夜。

李振华驾车沿着海边绕了一大圈，到了一个别墅小区，那两个香港老板把朴大亨的三十栋烂尾别墅都看了个遍，然后回到海口又看了一个烂尾的楼盘。

两个香港客人叽叽咕咕说着让人听不懂的粤语，朴大亨悄悄让身边的杜鹃翻译，李振华这才明白，这些客户对看到的两个烂尾楼盘都不满意。

朴大亨有点急了，急忙拉着他们走向自己的办公楼，笑着说："别墅和楼盘加上这个已经建好的办公楼统统给你们，只要这个价格！"说着就伸出一只手，笑眯眯地问："如何？这样你们满意了吗？"

"五千万？开玩笑啦，这种楼盘值吗？"两个客户又低声交流，最后什么话都没说，当天就从海口飞回香港。

李振华把客户送走后，朴大亨坐在车上垂头丧气，回到自己的办公室，看见里面坐满了人，全是来讨债的。

"朴老板，按照抵押贷款的合同规定，你贷款期限今天到期，要是今天还不出，两栋抵押的楼盘就要被银行收回，"第一个说话的是银行的人，他把一张支付抵押贷款的通知书放在桌上，直截了当地说，"如果你不同意，我们法院见！"说完就转身就走了。

银行的人一走，一个貌似有点身份的人就坐上了办公桌，说："老朴，这个公司一开始是你我两个人合股开的，后来你答应把我的股权转让给你，但至今没见到一分钱，现在银行来讨债，不能让我跟着你背锅吧？你赶紧把这张协议签了，三亚的别墅归我，咱们就两清了！如果你不签，那我今晚就把你扔进大海里！"

朴大亨一把眼泪一把鼻涕解释了大半天，没人理睬，眼看门外几个膀大腰圆的家伙要冲进来动手，只得在协议上签字，按上了手印，还盖上了公章。

等到这些人刚走，又进来几个人，其中一个领头的人说："我们商会把集资的资金借给你，现在你的合作伙伴跑了，你请来的投资人也没签下什么协议，银行又要收回贷款，你借我的钱什么时候还？"一边说一边也从包里拿出一张协议，说："签了吧，这栋办公楼归我们了！"

朴大亨气得大声吼叫："当时借款是你们主动找上门来的，这回看到我遇上难题了，就落井下石，你们这种套路就是害人！"

"都是你情我愿的事，哪来什么套路！"商会的人笑着说，"我们都是按照协议来的，具有法律效力。今晚你必须离开这里，你看楼下，不要等到我们的人冲进来你才离开！"

朴大亨一屁股坐在沙发上，双手抱着脑袋，听到门外熙熙攘攘的声音，看到几个满脸横肉的人正在走来，只得忍气吞声签了字。

随后他指挥杜鹃和李振华收拾东西，自己打开保险箱，拿出里面一包被报纸包住的钱，用挂在衣架上的西服一裹，匆匆下楼坐上李振华的车。

杜鹃问："我们现在去哪儿？"

"还能去哪儿？"朴大亨气急败坏地说道，"只有一条路了，冒死也要闯一闯。杜鹃，现在只能辛苦你了，仓库还有大批材料，这是我的老本，你要把材料看紧喽。你放心，我现在赶到文昌去，唯一的办法就是把那里的别墅卖了，我肯定会东山再起的！"

到了仓库，李振华借着月色一看，大约方圆十来亩的土地上，原来是一个破旧不堪的仓库，只有一个小小的门房像是新建不久。

连夜赶到文昌的别墅群，四周一片寂静，驶进烂泥路，好不容易开进别墅群，就看见一个老头孤零零站在一辆破旧的轿车面前。

朴大亨和那个人一见面，叽里呱啦说着晦涩难懂的苏北土话，李振华一句也没听懂。到了后半夜，李振华困得不行了，靠着座椅迷迷糊糊。

不一会，老头来叫他到别墅里面去睡觉，李振华跟着走进一栋没有门窗的毛坯别墅，借着月光走进一个房间，突然看见草席上一个圆光铮亮的脑袋在月光下泛光，吓得他"嗷"了一声退到门口，把睡着的人也惊醒了，"怎么啦？出什么事了？"一听这声音是朴大亨，他身边草席上还有一个假头套，李振华这才明白，原来他是秃子！

第二天醒来，老头的破车不见了，朴大亨也不见了。老头说，他又去香港了，要去找那几个人，准备把这里搭进去卖了，让李振华跟他守别墅。

半年后，眼看春节要到了，终于听到朴大亨找到买主了！李振华松了口气，想想自己跟着他里外扑腾了半年多，除了包里的三万块钱和一部手机，其他什么都没有，起身向老头告别，说："你们的日子也不好过，我就不等老板回来了！"

老头说："你去海口吧，他已经回来了，正在办理手续，我也要回老家了！"

李振华听老头的话，转身就驾车往海口赶。李振华到了仓库，看见一群人围着朴大亨，要把他五花大绑起来。

李振华大惊，冲过去，把朴大亨拉到自己的车上。那些人一看来了个帮手，不管三七二十一，上去就把车窗砸碎，又把朴大亨拉出来一顿暴揍。

李振华见状不妙，赶紧拉着朴大亨躲进乌漆麻黑的仓库，到了里面，朴大亨直接往仓库角落的厕所跑，转身锁紧了厕所门。

李振华一愣，只得从仓库的破墙洞里钻出来，从小包里掏出手机，拨打了110，警察赶到才把朴大亨解救了出来。

第二天，李振华满脸憔悴、垂头丧气地往仓库走去。

"找谁？"仓库门口的门房里探出一个脑袋。

李振华赶紧说："不认识了？我是小李啊！"

"哦，是你啊！"杜鹃这才说，一夜之间，仓库里所有的材料都被抢光了，朴大亨彻底破产了。

因为自己身边有一大堆图章，所以只能在这里等！

李振华一听也愣住了，原来昨天发生的事并不是偶然的。幸好自己包里还有三万元，决定先去把车修好。

第十八章

偌大的海口市竟然找不到一个专业的轿车维修店，路边一些修理铺根本没有华松孚士轿车的门窗玻璃，无奈之下他只得乘摆渡船，到海口对面的湛江特约维修站维修，不料遇见了正在搞市场调研的张欢！

李振华喜出望外，没想到自己漂泊在外近两年，不仅遇见了假冒大佬的朴大亨，还遭到了各种各样的讨债恶霸，现在遇见了亲人，顿时激动万分。

原来张欢被调到了东北后，很快就发现了东北与南方的用户需求差异很大，东北稍微有点钱的人都喜欢买日本的二手车，再加上东汽轿车有着天时地利的优势，华松老孚士轿车竞争不过它，唯有新孚士轿车还算有点市场。

华松孚士的销售策略很古板，偏要新、老孚士轿车一起搭配销售，老孚士与东汽轿车的竞争并不具备优势，库存就多。那些销售人员吃惯了大锅饭，整天坐在店里嗑着瓜子唠嗑，反正混一天就是两个半天。这才造成了东北销售量在整个华松孚士的销售榜上总是倒数第一，而广东却常年排名第一位。

张欢决定南下取经。一个多月下来，他走遍了整个广东省，最后才来到广东最边缘的海滨城市——湛江。这里的销售人员会主动到各个商场、车站、码头设摊，这让张欢大开眼界，连续几天跟着这些销售人员跑遍了各个城镇，最后回到湛江维修站总结经验时，遇见了李振华来维修轿车，自然也惊喜不已。

张欢问："你怎么不在海口维修？"

李振华说："海口哪有华松孚士的维修站，都是些路边摊！"这句话引起了张欢的注意。

李振华看到维修站里人来人往热闹非凡，前来提车的络绎不绝，就说："我要是在海口有这样一个维修站和销售点那该多好啊！"

张欢说："你这样东奔西跑也不是件长久的事。我找机会到海口去看看，你能不能干这行？"

张欢跟李振华约定了三个月之内抽时间去考察。

回到东北后，张欢便把主管各地销售的经理们召集起来，详细介绍了自己在广东的所见所闻。他说："我走过的地方比较多，还是举个自己亲自参与的例子吧！大家都知道广东人的习惯是早茶、午茶、下午茶，晚上还要宵夜。不像我们这里，两个大馒头、一碟小咸菜，再加一碗粥就糊弄了一顿。味道咋样，我就不说了。我到了那里以后发现，它们的门店位置跟我们基本相同，都是在比较偏远的地方。这跟我们过去的销售对象都是有控购证的单位，还有一些出国留学回来的人员用美金买车有关，因为销路不愁么。"

"是啊，我们过去就是这样的。"市场部经理说。

边上一个销售经理说："现在完全不同了，国家早已取消控购证，放开销售渠道，单位和个人都可以选择购买，你看看我们店里，每天有多少人进来？"

另一个销售经理说："我管的那个地方，更是没什么人，甚至还不如隔壁轮胎充气店的人多！"

张欢苦笑道："门店用门可罗雀来形容确实不为过，那为什么这些广东人，每天照样早茶、午茶、下午茶和宵夜呢？难道没有生活压力吗？"

"听说那里的人，家里都有人在国外，钱多！"又一个销售经理自言自语。

"钱多？那还出来干啥活？人傻呀？"市场部经理嗔怒了，"不动动脑子，老想着人家钱多，就算钱多，关你屁事？"

张欢这才慢慢把话说开了："说实话，当时我也很好奇，天天跟着他们出去走访市场。你们猜我发现了什么？"

众人一头雾水，几乎异口同声地问："发现啥了？"

"套路！"张欢说出两个字后，看到大家都莫名其妙地盯着自己，随后才笑道，"他们的销售套路与众不同。十个销售人员分成三组，组长是领头人，也是市场信息分析员。这个家伙不买车，却天天开着车，在整个湛江市的各大商场、市民广场、车站和码头兜圈子、站桩子、发名片，主动跟有需求的潜在客户建立联系，甚至还会让这些潜在客户乘坐或者驾驶自己的车在周边兜一个圈子。到了第二天，他就会给各个销售小组发布指令，把车运到什么地方，跟什么人接头。等到我离开的时候，他们这些销售小组已经发展到抢地

第十八章 343

盘了，商场、广场、码头、车站都形成了自己固定的销售网点。我估计啊，再过几个月，那个原来的门店就变成仓库了，销售网点全洒向了热闹的地方。"

"怪不得天天早茶、午茶、下午茶，晚上还宵夜，原来是这么挣钱的！"一个销售经理嘀咕起来。

市场部经理纳闷道："兜圈子发名片能理解，站桩子是咋回事？"

张欢跑到门店门口把一张宣传海报拿了进来，拉过一把折叠椅，把宣传海报往椅背上一放，人站在椅子边上，做出一副发名片的样子，说："这就是站桩子、发名片，华松人叫打桩模子！"

所有的销售经理都吃了一惊。

张欢随后往椅子上一坐，问："弟兄们，想不想吃香的喝辣的？"

"谁不想？傻呀！"市场部经理第一个说。

坐在边上一直默不作声的销售部经理哼哼道："说想，当然容易，要说做，我看很难！"她朝四周看看，继续说道，"我干这行八年了，这个店就是华松机电集团投资开的。过去是人家求着咱们要尽快提车，现在是要让咱们这些员工去求人来买车，能行吗？"

市场部经理不吱声了。几个销售经理也不说话了。张欢说道："我回来后，跟销售部经理商讨了很久，都觉得再这样瞎混一天两个半天，肯定会完蛋，还不如出招救自己！"

"什么招？"市场部经理问。

张欢终于把自己的想法说出来："黑吉辽分片包干，辽宁属本地化销售，销售人员每月只有底薪，销售一辆提成一百。黑龙江和吉林属于外地，出差一天补助一百不包吃住，也是底薪加提成，销售一辆提成二百，三个月回家一次，来回路费报销。这只是我和销售部经理临时想的招，还没有最终定，听听大家的意见再决定。要想吃香喝辣的，我觉得只有先干起来再说。"

市场部经理举手说："我愿意，黑龙江和吉林随便派！"

销售部经理也举手道："本地、外地我都愿意，只要能挣钱就行！"

一些销售经理嚷嚷道："那我们之前包干的销售区域呢？是不是都交出去？"

"都别说那些包干区域了，要是真有这能耐，你摸摸自己兜里钱是多了还是少了？"销售部经理嘲讽道。

见大家不吱声了，张欢说："废话少说，明天就开干，咱们都是摸着石头过河，总会摸出门道的！"

没多久，黑、吉两地团队组建完毕，张欢带着黑龙江团队率先出发，市场部经理带队到了吉林。

一个月之后，张欢回到东北大区总部，从本地人员抽调了几个带到了黑龙江。又过了一个月，回到总部再抽调了十个人。黑龙江销售团队开始形成小型的销售规模，这让张欢暂时松下一口气。

到了第三个月，黑龙江的销售远远超出了吉林和辽宁的销售数量。外派的销售员兜里有钱了，回来休假就请客吃饭，把那些完不成销售指标的销售人员馋得流口水。

负责本地销售的销售部经理急得眼泪都出来了，她对坐吃等喝的娘们说："完不成销售指标的不能老坐在店里，早上拿着扫帚把大门口打扫三遍，下午到维修车间扫垃圾，下班前把门窗擦一遍。否则就扣工资！"

老娘们对老娘们就得用狠招。这个指令一下，这帮老娘们急眼了，回家就向老公诉苦，结果老公把自己单位里想买车的人拉来，又把左邻右舍给请来，最后把亲戚朋友都拉到门店里来了。这样一来，门店生意逐渐兴隆起来。

没想到销售部经理又使出一招，要求所有人员包括财务人员都要有销售指标，哪怕是食堂做饭的阿姨大叔，一个月至少要带三个人进店。众人都傻眼了

销售部经理不按套路出的牌，效果也不错。渐渐地，每个人身上都有了压力，释放压力的唯一办法就是完成销售，多拿提成。这样一来，人人都成了销售员。

在总结会上，市场部经理介绍了自己的经验，他说道："收入与销售业绩挂钩提高了销售人员的积极性；让老客户带着新客户上门也是业绩的体现，也要有奖励，只是多少的问题；还有一点更重要，每个月，每个销售员手中增加了多少潜在客户，有没有持续沟通和交流，有没有转换成新客户，这也是考核指标的关键一环。"

张欢听了很高兴，说："这是在实践中摸索出来的经验，推广下去肯定会有更好的效果。"东北的销售局面渐渐打开后，张欢专程到海口去考察。

走到李振华所在的门房，他一眼看中了这个破仓库的位置。它不仅在路边，而且不远处就是个加油站，仓库面积虽然只有近千平方，但门口的场地非常宽敞，很适合建维修站和销售门店。

回到东北，张欢马上把海口的汽车市场情况向公司作了专门的汇报，还为李振华申请到在海口建设华松孚士汽车的维修和销售门店的名额。

李振华转身回去找父亲，李博林一听，建维修和销售门店起码要三四百万，自己几十年积累才六十万。李振华说，这几年自己在海南开黑车挣了十几万，加上在华松孚士的工资合在一起也有二十万左右。想来想去只有去找关永明和姜波借钱。

李博林说："小艾和张欢结婚后，她已经调到集团下属的转向机厂担任工会主席，还想在市区买房子，肯定拿不出钱。姜波的母亲退休后，一直在市区照顾自己的老母亲，姜波也想在市区买房子，不合适。不过，听说你的老连长的企业办得不错，要不你去试着问问？"

李振华拿起电话找到老连长，把自己想在海口建一个维修和销售门店的事详细说了一遍。卢建军说，自己要跟孙艳商量一下，尽快给他一个回复。

孙艳听了卢建军的话，就说："我大学毕业进厂就一直受到老厂长的照顾，你能顺利建厂也是老厂长冒着风险，让我师父提前退休到了这里。李振华这个忙，我们一定要帮。但是借钱，我总感到有点别扭。赢了另当回事，亏了呢，你上门去讨债？我看这样，我们投资入股，不参与经营管理。振华不是说建站要三四百万吗？我们就占40%的股份，亏了一起承担风险！"

第二天，卢建军就赶到新桥镇李博林的家里，交给李振华一箱子钱，打开一看是两百万！再听了卢建军一五一十把孙艳的话一说，当即就写下了合作协议书，双方签字画押。

李振华带着父亲回到海口，马上去注册了一个海南振华汽车销售服务有限公司。杜鹃利用自己手上掌握的公章，与李振华签了个租赁协议，这样公司就有了真实的办公地址。

这时朴大亨出现了。原来这家伙又被另一批追债人抓住，差点被淹死在海里，他答应用最后一栋没建完的烂尾楼换自己的性命。

他来找杜鹃，为的就是要回自己的几个图章去办理手续，看见大货车正在陆续地卸下轿车，而门房口早就排成了长队，正在办手续接车。朴大亨眼睛一亮，当即就问杜鹃要租金。

杜鹃毫不含糊，说这个仓库是临时出租的，只收了半年的租金，等赚够了你欠我的工资，就把仓库还给你。

朴大亨不是傻子，这个仓库当初拿下时，是个堆放菠萝、椰子和香蕉的仓库，年久失修千疮百孔，自己接手后进行了修补，在仓库门口又建了个门房。现在一听杜鹃这么说，便觉得自己拿回仓库也没什么用处，便缠着杜鹃让李振华买下这个破仓库。

李振华跟着朴大亨一段时间，整天担惊受怕，但也学会了生意经。见朴大亨主动找来，正适逢其时，便追讨车辆损失费和人工费，经过一番讨价还价，最后这座近千平米的破仓库，加上外面八亩的场地，以十万元成交，扣除杜鹃半年多的工资，再扣除李振华的车辆维修费，付了八万八千元，钱货两清。

办完所有手续，朴大亨走了。杜鹃也在收拾行李，李振华悄悄问："杜鹃，我这里正缺人手，要不，你跟着我一起干吧？"

杜鹃一听，眼睛一亮，大声说："好，我就跟着你干！"

李振华马上招来施工队，热火朝天地干了起来。

维修站和销售门店建起来后，华松孚士汽车的销量也随即上升，从三亚等地来的客户越来越多，李振华的口袋也越来越满。

郝亮兼任华松孚士汽车公司总经理后，除非有重要的事，一般很少来华松孚士上班，基本上都是由邹仁到集团来汇报工作。长此以往，对华松孚士的工作开展很不利，所以上级决定另派人选担任华松孚士的总经理。

这天早上，还未到华松孚士汽车公司员工的上班时间，有一位身材魁梧的中年男子早早来到了公司，刚想进门，被守门的保安拦住了，不让进。他就在门口一边抽烟一边观察上班的员工走进公司大门，驾车上班的，因为风窗玻璃下插着一块标识牌，保安见了主动抬起栏杆，然后一个标准的敬礼，一看就知道开车进门的是个干部。

不一会儿，邹仁带着一行人急匆匆奔到门口，很快何国强和郝亮的轿车分别驶来了，原先的两个保安已经变成了一个班的保安，早早地抬起了栏杆，立正、敬礼。

何国强到了门口，下车四处寻找，问："高总呢，他不是早到了吗？"

"啊？"邹仁大吃一惊，急忙四处查看。忽然看见保安的太阳伞下站着的人就是高振雄，急忙撇开周围的人一路小跑，"啊呀，我的老领导啊，刚刚电话里还听组干部同志说，上级新派来了一位机电局的副局长来担任总经理，没想到是您呐！"

邹仁转身对身后的保卫科长怒斥道："你是怎么搞的，难道没接到我的电话吗？告诉你有新领导上任，你怎么能不亲自来迎接呢？"

何国强笑嘻嘻地对高振雄说："门难进，进门难，我看这是给你一个下马威啊！走，老高，咱们边走边聊吧！"说着就陪着高振雄往生产车间走去。

何国强自从让郝亮兼任华孚士汽车的总经理后，总感到国产化率虽然提高不少，但质量问题依然层出不穷。上级也发现了这个问题，决定把高振雄派来狠抓质量管理和产能提升。

郝亮接到通知也有点狐疑，自己才兼管半年多时间，一切都是在正常轨道上运行，怎么会突然调人来？程全根告诉他，现在外面有很多传言，说豪华车型迟迟无法定型，就是因为要盲目拉长车身，说他是躲在邹仁幕后的操纵者，也是刘云涛背后的指挥棒，可能就是因为有了这些传言，上级才决定派人来加强领导班子。

邹仁对着保卫科长发怒，何国强和高振雄都觉得不舒服。郝亮低声责备："我一大早就关照程全根，通知你亲自在门口迎接，你倒好，把责任推到保卫科长头上，这就是你的态度？"

"郝总，当初要不是我被他推出机电局，说不定我也……"邹仁话没说完，便附在郝亮的耳边说，"放心，我对他还是比较了解的，虽然他的年龄比你我都年轻几岁，但他这人啊，除了喜欢较真外，具体的事务根本不会细问。"

郝亮闻言惊诧："我怎么听说他是个事无巨细的人？"

邹仁一愣，随即跟上郝亮的脚步，说："别看他以前是我的处长，但我觉得他还是一副老样子。"话刚说完，他又赶紧拉了一下郝亮的袖管，"你才兼任半年，上级怎么会突然把他调来呢？这悄没声地来这一手，我心里一点准备都没有！"

郝亮指指走在前面的何国强低声对邹仁说道："老头子突然把我撩一边，别人都以为是我造成豪华车定型延期受到的惩罚，其实你我都知道，还不是他口口声声说要拉长车身吗？"

邹仁气愤道："老头子拉人给他垫背，以后我们要更加小心了！"

郝亮摆摆手，不再说话，大步朝何国强和高振雄身边走去。

参观完所有的车间，高振雄又在何国强、郝亮和邹仁的陪同下，到奥方经理的办公室逐个去拜访。

高振雄曾就读海江大学船舶动力系，毕业后在远洋公司驻外办事处工作过几年，英语非常流利，因此在主动介绍自己时，还不忘客气地说一声"请在以后的工作中多支持"之类的客套话。到了午餐时间，雷老头主动邀请他们一起到外宾餐厅吃饭，高振雄一把握住雷老头的手，说一起到员工餐厅吃饭吧！

雷老头笑了，连连点头，跟着高振雄一行到员工食堂就餐。吃完午餐，何国强和郝亮赶回集团开会，向雷老头和高振雄告别。

下午，高振雄坐在会议室里，手拿中方干部名单，一个个点名，要求他们自我介绍工作职能和眼下正在进行的工作内容。结束后，天色已经黑了，他这才指着手上的销售报表问道："有个问题想问问，东北大区的市场销售怎么会在这几个月里暴跌？请销售部总监详细解答一下！"

邹仁感到不对劲，怎么画风突变了？原先高振雄不关心过程，只关注结果，突然问起具体细节，这让销售部总监尴尬不已。

邹仁不敢怠慢，抢先把现在海江省销售的糟糕情况详细汇报了一下，说自己已经把张欢从东北调回南方，希望他能把在东北销售的成功经验复制到南方。

高振雄皱起了眉头，南北的销售环境不同，怎么可能复制东北的经验呢？邹仁说，东北销售形势好，是因为张欢把积压的库存外移到偏远城市，所以才实现了销售利润双丰收。高振雄朝邹仁看了一眼，指着销售表说，我没看到库存外移啊，难道报表有问题？

邹仁支支吾吾说不出来。销售部总监赶紧说，张欢趁着海口建维修门店时，把东北库存转移过去，这就是一个特殊政策。

高振雄忍不住笑了："这个说法倒是挺新鲜的。我听说云南的三四线城市至今都没有销售网点，要买车就必须到地级市或者省城，那你们有什么特殊政策呢？"

邹仁讷讷道，公司规定不准移库，也不准跨省销售。

高振雄哈哈一笑："哦，我明白了，你们这是画地为牢，大家都必须在一亩三分地里翻跟斗。东北移库跨省销售，就是特殊政策支持，这个销售政策是你定的吧？"说完，高振雄扭转脑袋看着邹仁。

邹仁连忙说："不不，这个政策不是我定的，是大家讨论决定的。"

"画地为牢搞销售，那是刚刚成立时资源紧缺。现在是竞争年代，你们还停留在过去的思维模式中？销售形势好的话那还好说，销售形势不好就压库存，反正压的都是国家的钱，你们难道不心疼吗？"高振雄挥挥手中的销售报表,"这份销售报表,请你们自己仔细看看,究竟是怎么回事,请你们给我解释清楚!"

"这段时间是销售淡季,所以库存相对多了些!"邹仁小心翼翼地说。

高振雄把手中的报表挥得刷刷响:"淡季? 与去年同期相比,今年的库存多了好几倍,是淡季的原因吗,能解释得通吗?"

邹仁紧张了,在场的人都不敢说话。 高振雄点上一支烟:"销售形势每年都在变化,南方跟北方更是不能类比。 海江省是沿海发达地区,你把张欢调回来是想复制东北移库的经验吗? 邹仁——邹总,请你马上通知张欢,我要跟他谈谈,我想详细了解一下情况!"

邹仁愣住了。

都说新官上任三把火,张欢也不例外。 他调到南方后就到华东大区汽车销售中心报到,随即就接连几周到周边的地级市和县城考察,随后又连夜赶回了销售中心开会。

黄助理急匆匆推门而入,说接到了海江省梅花集团的求助电话,温江市一家销售门店轿车售罄事件,急需车源支持。

张欢觉得很奇怪,需要车源只要在系统上订购就行,怎么会打电话求助呢? 他越想越觉得奇怪,带着助理驾车就往温江赶去。

在路上,黄助理说,前几天中央电视台播出了一条新闻,在海江省温江市发生一起严重车祸,因为当地修路,大卡车走走停停,跟在后面的一辆老孚士轿车也走走停停,但跟在轿车后面的大卡车司机因为开长途太劳累,忘了熄火就睡着了,刹车一松,车辆往前移,结果把轿车挤在两辆大卡车中间,硬生生把轿车压成一个大铁球,但里面四个人竟然一个都没死。 就是这么一条简简单单的车祸新闻被央视报道后,当地的媒体也接二连三地进行了各种采访,立即在温江市引起极大的轰动。

温江人特有的敏感神经立刻被吊了起来,认为这是神车,不同凡响,能救命。 很快,温江唯一一家销售华松孚士轿车门店的所有车辆都被销售一空,最后连样车都被用户抢走了。

张欢和黄助理赶到门店时已近傍晚，看到从空荡荡的展示厅走出去的客户，转眼就被隔壁的丰田销售员拉去了。急忙问销售门店的经理，为什么不及时补充资源？经理说，向总部发出订单后，最少要三天后才能到货。本想通过自己集团旗下的销售门店调拨资源来满足客户需求，可华松孚士销售总部不同意，认为这是违反跨区域销售的规定，违者就要罚款。

"哟，这不是黄助理吗？什么风把你给吹来啦？"这个女人一眼便认出了黄助理，笑着向他走来，"我叫林冬梅。你就是新来的总监张欢吧？"

"是我。不好意思，林总，我刚到海江，出来走访市场。"张欢觉得很惊讶，刚到华东大区没几天，她就已经知道自己是谁了？

"刚从东北调回来也不休息几天？真是敬业啊，来，别傻站着，到店里喝杯咖啡。"她一边笑着一边请张欢到华松孚士的销售门店落座，"黄助理，这就是你的不是了，张总来视察，你也应该给我打个电话啊，你看，要不是我在下面检查工作，还不知道张总驾到，真是的，张总，抱歉啊！"

"哪里的话，林总的梅花集团早就如雷贯耳，今天亲眼所见，真是名不虚传。"

"张总既然说了此话，那我也就不客气了。海江省所有进口和合资企业的轿车，梅花集团都是第一大经销商。"她抡起手臂转了一圈道，"这里只是我棋局中的一个棋子。"

"林总真是大手笔啊！"张欢感叹道。

"哈哈哈，小打小闹没意思，要干就干大事。张总，你不会是因为车祸新闻来的吧？"林冬梅莞尔一笑，把话题转到正面，"这真是个奇迹啊，一辆车缩短两米，四个人一个都没死，我一听到这个消息就知道是个天下奇闻，必须抓住机会宣传，所以就召集当地的新闻媒体报道，很快央视也转播了，当地老百姓很迷信央视，把这车当作了神车，背着钱来买，一下子把车库掏空了。我想把集团旗下的孚士汽车调来，可总部却说我违反了跨区域销售的规定，要罚款。你说说，这是什么狗屁规定？别的地方有车卖不掉，我们这里却没车可卖。再说了，这些车本来就是我集团统一进的货，换了个门店销售都不行？这不是自己打自己的耳光吗？你再看看人家丰田汽车，一看到此情此景，立马迅速反应，说凡是已经订购了孚士汽车交了定金拿不到车的，只要拿着退订单复印件，到这里就能优惠三千！这才是竞争！哪像你们呀，一副大老爷的样子，动不动还罚什么款。我告诉你啊，再这样下去，我就不做你们的代理商啦！"

张欢像被狠狠打了脸，但又不得不否认她的话说得很在理。现在早已不是当初的资源稀缺年代，就算有车也要勤吆喝才能卖，特别是在江南地区更是如此。他一路走来时，经过各个华松孚士汽车销售的门店，一辆辆新车都停在门店场地上，到了这里才发现，停车场空空如也，便赶紧说："林老板，来的路上我都看到了，我觉得你完全可以调动现有资源啊，再说这些门店原来都是你的，总部没理由阻止！"

"这话可是你说的？"林冬梅说，"不罚款？"

"我张欢向来说话算话。"张欢梗直的老脾气又上来了，"我作为华东大区的销售总监，有权这么处理！总部要罚款，让他们来找我！"

林冬梅大喜："好，张总，就等你这句话呢。我早就听说你在东北打出一片天地，就是不受条条框框的约束，是个爷们，有魄力！好，那我马上就把所有的车调过来，保准不出三天全部卖空！不过，你也要赶紧向总部汇报，我从前天开始到现在，已经卖掉了六十七辆。这还不包括东汽和富龙品牌的，要全部加起来，早已超出一百辆了，你说说，海江省哪家门店有这种销售势头啊，这就是传播的力量！"

没想到这起车祸的宣传报道始作俑者，竟然会是梅花集团，更没想到宣传的效果会出奇地好，这也是张欢搞销售以来第一次遇见这么神奇的事，不由对她刮目相看。

张欢马上说："林老板，我张欢搞营销也是这几年才学的，刚刚调到南方，听说这里发生车辆售罄，特意赶过来看看，却让我见到了传播的魅力。林老板搞营销确实有讲究，这个学问还真值得我认真学习，今后海江省的销售还需要你多多支持！"

林冬梅傲气地昂起首："你这话算是说到路子上了，相互照顾，双赢么！走，去看看丰田的销售！"

张欢跟在她身后，乖乖地走进了边上一个富丽堂皇的丰田品牌店，发现大厅中央的空地上摆放着发动机、轮毂、轮胎等等供大家参观，而且每个零件前面还有一块展示牌，上面写着零件的材质、功能和价格。

一个三面都是透明玻璃的房间，沿着玻璃摆着一圈沙发，像一个会客厅，实际上是客户休息室，在这里既能休息又能观察自己爱车的维修进程。

张欢刚在沙发上落座，很快就有几个穿着米色套装的漂亮姑娘端着咖啡进来，后边还有一个穿着深色西服类似经理模样的年轻女性，推着一辆小车，上面摆满了各种小吃和水果，逐一摆在张欢和林冬梅之间的茶几上，然后慢慢退后几步，鞠个躬，转身走了。

张欢掉过头，透过透明玻璃看到一辆辆正在维修的轿车，而在玻璃墙上，还挂着的一台巨大的电视机，能清楚地看到正在维修车辆的进展。 一切都是透明的，一切又都是那么亲切、自然和贴心，这是整个华松孚士汽车的门店都没有的。

"张总，在这个门店边上，还有一家正在建设的松美汽车销售店。 这也是你们华松集团刚刚签署完合资协议的美国品牌，可能你不会想到，他们的合资协议刚签署，全国经销商网络的考察就已经结束了，效率多高啊。 我呢，又成为海江省第一个签约的代理商。"

张欢很感叹林冬梅的胆魄，马上竖起了大拇指。

林冬梅继续说："我也刚刚从美国考察回来，他们的服务比丰田更透明，维修之后还会打出来一张明细表，可以对照查询，也可以提出质疑。 更令人叫绝的是，4S店里买车还可以贷款。 我相信松美汽车的超前意识，肯定会成为引爆销售市场的核弹！"

"销售汽车还搞金融？"张欢很惊怵。

林冬梅喝一口咖啡："是啊，金融帝国出手就是不一样。 尽管华松孚士是中国最大的汽车合资企业，但其实在销售领域早就落后了，应该要向丰田学习,也要学美系,再不学习呀,往后只能学思密达了。"随后就笑嘻嘻地拿起盘子里的小点心,目光注视着点心上的标签,咧嘴哈哈大笑起来。

张欢随着她的笑声,把目光投射到点心的塑料包装纸上,就见上面贴着一张心形的纸条,写着"吃我,你会很快乐"。他心想,这个女人把心理暗示都用到接待上了,可谓用心良苦。

张欢端起咖啡啜了一口,笑道:"华松孚士,不,孚士汽车确实在营销方面跟不上日系和美系,今天你的一番话和眼下的接待方式确实令我茅塞顿开。林老板,要是不嫌弃,以后我专门来向你讨教营销方面的技巧……"话音未落,口袋里的手机响了,他赶紧拿出来接听,里面传来邹仁那又尖又细的声音。听罢,张欢立即起身道:"不好意思,林老板,公司有急事,要我马上回去,这样吧,今天发生的事,我回去就向领导汇报,争取尽快满足你的销售需求!另外,也请你放心,有我张欢在,罚款的事绝不会出现!"

"好啊,有你这句话,我们朋友就交定了!你这么急回去,是不是新来的高总找你呀?"林冬梅扬起了眉梢,"吃了饭再走吧?不急这点工夫!"

"高总?对不起,我还真不知道谁是高总。吃饭就免了,抱歉,我先走一步!"尽管邹仁没在电话里说是谁急着要见自己,但听出来是一个比邹仁级别更高的领导要见自己。所以,张欢在说了一连串的抱歉之后,带着黄助理急匆匆驾车走了。

路上,张欢一直在想,这个林冬梅究竟是何许人也,竟然在自己接了电话之后就知道是高总要见自己?

第十八章　355

第 十 九 章

第二天一大早，张欢坐上电梯上楼，抬眼就见小会议室里烟雾缭绕。

姜波正面对大门在讲解着什么，见到张欢出现在门口，颇感惊讶，就在姜波愣神的当口，正在抽烟的高振雄站了起来："是张欢吧，我叫高振雄，是我把你叫来的，来，请坐。说实话，这么急把你叫来，是因为我刚上任，看到原先销售成绩很好的东北大区突然销售数据骤降，心里很纳闷。姜经理，你先暂停一下，来，张欢，你给我们介绍一下具体情况，实话实说！"

张欢紧张地朝四周一看，不是总监级别的，随后把眼神停留在这位身材高大、说话和蔼的高振雄身上。他显得有些犹豫，特别是邹仁一双贼眼，像老鹰见了食物一样盯着自己，而那个销售部总监早就低下了头，暗暗感到情势不妙。

姜波走上前，轻轻拍着他的肩膀："有一说一，还犹豫什么？"

"那好，我就实话实说。"张欢经过几年的市场历练后，对这种场合丝毫不怯，坦率地说道，"一枝独秀的时代早已过去了，但我们的销售模式还是一成不变，我觉得这就是销售骤降的根本原因！"此话一出，众人脸色骤变，特别是邹仁的脸色涨得像猪肝。张欢并没有注意到大家的眼神变化，张嘴就来，"我们现在就连一个汽车销售集团统一采购的车辆也不许转到其他门店销售，否则就要罚款，这种属地化销售是何方神圣定的策略？这不是自我封闭、画地为牢吗？"

销售部总监忍不住怼道："你这算什么话，我们是中国汽车市场的领头人，市场规范原则就是我们领头起草的，当然要遵守！"

"遵守？你以为我们还是刚刚合资的时候？"张欢气不打一处来，伸手一指，"你要么脑子进水养鱼了，要么就是个睁眼瞎！汽车市场早已今非昔比啦，你怎么还张着大嘴胡咧咧？"

姜波赶紧制止张欢："有话好好说，不能人身攻击！"

"这算什么人身攻击？充其量是响鼓用了重锤！我看这个重锤用得还不够，还要继续捶！"

高振雄夹着香烟的手在发抖，直到烟屁股烫到了手指，才急忙扔掉："说，继续说，没什么可怕的，共产党人最不怕的就是说真话！"

张欢这才发现周围的气氛有点不对劲，只有姜波的脸上露出笑容，仿佛在鼓励自己往下说，便再次鼓起勇气道："很明显，南北用户的需求各不相同，之前南方是新老孚士都供不应求，东北是老孚士有库存，现在东北的新孚士销售也不畅，老孚士库存越积越多，而我们的搭配政策却还是一成不变。高总，我昨晚就是从温江市赶回来的，那里发生了一辆事故车的奇迹，被央视当成了车祸新闻，结果当地经销商的新老孚士全部售罄，展示车也被买走了，可总部依然不同意从这家销售集团的其他门店调车去支援，导致客户去买了其他厂商的品牌，就在我从抵达到离开的那段时间里，就失去了八个客户！"

"还有这种事？"高振雄再次吃了一惊。

张欢把自己看到的听到的全部复述了一遍，最后又说："海江省的有钱人大部分喜欢奔驰，但海江省富起来的小商小贩多，很喜欢我们的新老孚士，尤其是温江市的用户，他们认为老孚士皮实，新孚士适合商用。当央视新闻播出后，老百姓更是奔走相告，这个免费的广告效应多好啊！"

高振雄点起一支烟，抬腕看表："看来，从你昨晚回家至今，销售门店又在失去用户，而我们还坐在这里争论不休！"

"是的，没想到会遇到这种千载难逢的好机会，不不，我不是说车祸，我是说……"

"我明白你的意思。"高振雄用劲抽烟，吐出一大口烟圈后，皱起了眉头，"说得没错，确实是千载难逢。换句话说，我们坐在这里讨论，那里正在失去客户，而且这些客户都是因为我们那些自以为是的策略失去的！"

"看到这一切，我真的是心疼。"张欢又忍不住了，"上任几个月来，我已经走遍了整个海江省所有的地级市，令我感叹的是，但凡在华松孚士销售门店边上，总会有丰田4S店的身影。昨天，就在温江市的销售门店边上，还在建起了一家松美汽车4S店，这个连工厂都还在建设的公司，竟然已经开始建销售门店了！这就是抢市场、抢客户，这才是做生意！离开温江前，我听到丰田4S店有人说，凡是退掉华松孚士订单的，只要拿着复印件就能在丰田门店拿到现货，还能获得三千元的优惠！"

高振雄脸色铁青，又点起一支烟，深吸一口，对着会议室里所有的总监扫了一眼，轻轻用手指敲打着桌子："邹总，你是合资企业初创时就身居高位的人，这些情况你听说过吗？还有你，销售的总监，我来之前就听说你一直在下面跑基层，了解市场，你都了解了些什么？"

邹仁和销售部总监低头不语。张欢一见他们那种一脸愧疚的样子，心里暗喜，看来他们是遇上硬茬了。

过去他们张口闭口自诩为中国汽车市场的老大，其实就是戴着有色眼镜看世界。张欢正在暗自思忖，高振雄忽然高声说："你们这种莫名其妙的表情真不知道让我说些什么好。我虽不是造车出身，但知道制造企业的关键是抓技术、抓产品和抓市场。现在，我们的技术和产品依赖奥国人，庞大的中国市场是靠我们的政府在支持和用户的信赖。过去一枝独秀的年代我无从评价，现在世界各国汽车品牌纷纷涌进中国，东西南北中到处都在建汽车厂，早已百花齐放，你们还在自诩为龙头老大？"高振雄一边咳嗽一边训斥，"对，没错，过去是老大，国家每年花大量的金钱送你们出国考察，飞机头等舱，宾馆五星级，进出有专车，今天我就想问问在座的各位，你们经常到汽车强国考察，也到我们隔壁的日本看过，他们的二手车市场和维修店都已经开到加油站边上了,你们难道不知道吗?"

说到这儿,高振雄咳嗽了几声,继续说道:"我上任前也专门跑了一趟欧洲,回来后又专门跑了一趟长三角。坦率地说,各种品牌的经销商早就倾巢而出搞销售了!只有我们的人坐在大堂里谈笑风生!市场是汽车厂商博弈的战场,用户则是我们的上帝!失去了市场,失去了用户,我们就要被扒光裤子晒屁股!张欢同志所说的一切,我听了汗颜,更觉得可气!你们竟然个个无动于衷,一点紧迫感和羞耻感都没有,脸上还露出一副无所畏惧的样子,真是令人匪夷所思!"

高振雄突然转过身对着邹仁说道:"你曾是我多年的老部下,其他人我还不熟,只能先对你不客气,限你三天之内,把那些狗屁不如的条条框框和约束条件统统删掉,要是遇到下面来抵制,那就把抵制的人统统挪走,要是挪不走,我就把你挪走!"说到这儿,高振雄随手指着销售部总监说:"你别再开会了,马上向温江市调配资源,明天上午资源必须到店,否则你就引咎辞职!张欢,你先去我办公室休息一下,我开完会再来跟你沟通。"

张欢早已被高振雄那番话吓出一身冷汗,闻言便赶紧起身走出会议室。一想到这个新来的总经理六亲不认,颇有包青天之威,心里不由一阵暗喜,便迈着得意的步伐,昂首走进总经理办公室。

办公室的变化不大,只是柜子上多了一个咖啡机。他正在东张西望时,门口探进一个脑袋问:"请问,你找谁?"

张欢一转身,竟然是赵曼玉!"俺的娘哎,你、你咋会在这儿?"他声音里显然带着万般惊奇和不可思议。

"我也没想到会是你。这么说,昨晚邹总心急火燎打电话,就是在催促你回来喽?"赵曼玉灿烂地一笑,"我现在是孚士总部驻京代表处的首席代表,到这里来开会不是很正常吗?"

张欢恍然大悟,马上解释自己被调回华东大区负责销售,以后还希望她多支持商务政策。

赵曼玉笑道:"看来你越来越像生意人了,一听说我是首席代表,马上就来要政策，这哪像当初的你呀！ 这样吧，既然高总在开会，你到我的临时办公室来喝杯咖啡！"

话音刚落，高振雄大步流星走来，见张欢正与赵曼玉聊天，便介绍："这是代表处的首席代表赵小姐，这位是……"

赵曼玉笑了："高总，我已经认识张欢很多年了。"

高振雄一愣，随后也笑了："哦，对对，你也是子弟兵。"

赵曼玉点点头："张欢，等你跟高总谈完公事，到我这里喝杯咖啡吧，很长时间没见了！"

等赵曼玉走了，高振雄随手关上了门："你们很熟悉？"

"是的。 一个穿着西装、换了国籍就说自己不是中国人的旧交！"张欢嘟哝道。

高振雄哈哈大笑："看来你们也怼过了？"

"是我哥跟她交过手，她不仅收回我们核心零件的认可权，还导致我们QS发动机晚一年上市，现在来，肯定是又想搞什么鬼名堂！"

"你哥？ 谁啊？"

"姜波就是我哥呀！"张欢把前因后果说了一遍，高振雄频频点头，随后递上一支烟，"来，抽烟，我这烟是骆驼牌的，很冲，不知道你习惯吧？"

"我喜欢冲的。"张欢拿起高振雄的骆驼牌香烟赶紧就猛吸几口。

"哈哈，年纪轻轻的，烟瘾还挺重。 来，你说说，现在紧急调资源去应对，会扭转温江市的销售吗？"

张欢看着满脸期待的高振雄，说："尽管温江市无车可售的情况短时间能改变，但整个海江省是否会因为这次车祸新闻带来转机，这个我还真不敢说。 但我认为温江市能利用这次车祸发生的奇迹，大搞宣传确实给我们带来了启示。 酒香不怕巷子深早已是过去式，如何利用新闻媒介搞好宣传，也是一个值得认真思考的问题。 要是趁着央视新闻的余热还在，换个思路，搞个活动，组织海江省的新老用户到公司来参观，让他们'回娘家看看'产品质量是如何保证的，增加用户对产品的信任，促进我们的产品销售，或许会带来意想不到的效果。可能也是对我们公司宣传部门的一次大考,更是一次积累经验的大好时机。"

高振雄掐掉手中的烟蒂,说:"你去做个策划方案,我来批,让公关部门去执行!"

张欢显得有点尴尬地说:"高总,我这只是一个想法,要形成具体方案还是有难度的!"

高振雄笑了:"你把刚才说的整理出来不就行了吗?难道还要请什么广告公司去策划?去,拿出策划方案来,我会交给公关部去具体细化并执行的!"

张欢哪里会想到高振雄说话和办事会这么雷厉风行,心里一惊。他连赵曼玉的门口都没看一眼,就匆匆地顺着楼梯狂奔而去。

高振雄笑眯眯地点起了烟,把秘书叫来:"你去把张欢的档案拿来,这个小伙子有思想有能力,敢说真话,放在下面可惜了!"

张欢当晚就赶回华东大区销售中心——杭桥市,连夜组织人员策划,紧紧围绕海江省的销售困局,统计目前销售的难点和痛点,然后策划了一个邀请温江市的所有新老用户"回娘家看看"活动策划方案。

张欢布置完,马上又与林冬梅通电话,表示自己想第二天去拜访她。林冬梅一口允诺。

第二天他就驾车直奔温江市,结果却只见到了尹淑芬。

"很抱歉,张总。昨晚你跟林总通电话时,她正在香港转机,没好意思回绝你,交待我来接待。"尹淑芬说谎从不打草稿,张口就来。实际上是林冬梅根本看不起初出茅庐的他。

张欢心里挺纳闷的,此人原来不是林国民的办公室主任吗?怎么还当上了林冬梅的管家呢?看来此人还真不可小觑。

张欢犹豫了一会儿说:"我们准备搞一个大规模宣传活动,争取把失去的用户找回来。先从温江市开始,这个,你能做主吗?"

"别说温江了,整个海江省,我起码也能做一半的主。"尹淑芬开始吹牛皮不打草稿了。

张欢不想听她胡诌，赶紧一五一十把自己的设想说了出来。其实尹淑芬并没有林冬梅给她的尚方宝剑，还以为是一般的接待任务，听到张欢把整个策划方案全说了出来后，顿时傻眼。别说调动全省的既有客户和潜在客户，就是眼下温江市门店，她也是两眼一抹黑。

于是她只得装腔作势地王顾左右而言他："张总，实现这个宏大的计划需要钱的，就算这里的工作人员不要钱，招募既有客户和潜在客户，也需要有各种优惠政策去兑现，否则没人愿意参加的。"

张欢说："这个不用你们担心，具体执行方案会有公关部门跟你们对接。那些既有客户和潜在客户都是你们的宝贵资源，如果把这些资源利用好了，对你们今后的销售和维修都是有利的，至于那些愿意驾车前往华松孚士汽车公司参观的，油费和车辆保养费全部由我们公司承担。"

"哟，张总，现在的客户可不是当年，个个都是势利眼，没有实惠是绝对不肯去的。你想想，从温江到华松，来回要三四百公里，油费起码也要几百元，保养嘛，少说也要四五百。这样吧，每辆车你给我一千元，其他费用我们就自己消化了，这些车辆和人员全部包给我们来组织。我不敢多说，至少一趟三十辆以上，你看行吗？"

张欢很干脆："那我把整个海江省都包给你们，你们起码要组织五百个既有客户或者潜在客户，分十次完成'回娘家看看'的活动！"

尹淑芬马上把门店的经理找来，让他仔细算算，销售经理掐指一算，如果在出发前与当地加油站谈好折扣，起码一辆车能节省二三十元，车辆保养不能在当地搞，全部转包给华松孚士所在地的新桥维修站，三滤和机油全部从梅花集团带过去，只支付新桥维修站的人工费，就算人工费涨百分之十也是合算的。他悄悄附在尹淑芬耳边一说，她便喜笑颜开地对张欢说："那行吧，不过，张总，这些人员的午餐可要你们解决的。"最后她还是没忘在午餐上添上一笔。

张欢有点不耐烦，说："不是跟你说了吗？具体方案由公关部跟你们对接！"

一周后，温江销售经理组队，尹淑芬亲自领队，首批四十多辆私家车浩浩荡荡驶入了华松孚士汽车公司汽车一厂，而等在停车场附近的维修人员，马上为所有车辆做免费维修保养。

这一阵势，立即被钱勇邀请来的媒体全部拍摄了下来。

第二天，温江市的媒体率先发布了这条新闻。随后，海江省的新老用户也蜂拥而至，各路媒体连续一个月在传播华松孚士汽车公司回馈老用户、参观生产线的新闻，渐渐地全国新闻界都惊动了。

张欢也算了一笔账，连续一个月来的回馈用户活动，来了近七百辆轿车，支出了近七十万元，但海江省的销量竟在一个月内超出五千辆，一下子跃上整个销售系统的前列，他脸上露出了这几个月来少有的笑容。

海江省的销售颓势扭转过来后，高振雄想复制这种回馈用户的促销模式。

张欢坐在高总办公室里抽着烟，轻轻地说："这个活动起到了事半功倍的效果，社会上的反响确实很大，但销售是在终端，不是在工厂，要想把销售做好，必须依靠终端，应该学习日本的整车销售（Sale）、售后服务（Service）、零配件供应（Spare parts supply）及信息反馈（Survey），因为这四个功能的英文开头都是S，在日系车的体系里都习惯叫它4S店。华松孚士早已具备了这些条件和能力，也占尽了天时地利人和的优势，却一直没有实际行动，这次的活动给所有人提了一个醒。"

高振雄吐出一口烟，点点头，让张欢继续往下说。

张欢说道："高总，现在全国各地汽车厂商奥林、捷塔、夏利、富龙，甚至云雀的轿车都在模仿这次活动。如果再去复制这种活动，显然效果不会理想，必须从内部进行改革，站在用户角度考虑问题，改变过去的技术导向为市场需求导向，彻底解决市场终端的需求难题！"

高振雄点头表示同意，随后又点上一支烟，说道："现在形势不一样了，华松集团上市后，零部件公司正在大规模发展，松美汽车公司也在飞速发展，我们必须要抓住这个机会，去迅速拓展我们的营销系统！"

张欢眨着眼睛问:"你的意思是,我们马上就要跟奥国人合资,成立汽车销售公司?"

"对!"高振雄说,"机遇是稍纵即逝的,时不我待啊!"

"高总,这可是一件大好事,我张欢随时听从召唤!"张欢说道,"不过,我听说松美汽车销售公司成立后,还搞什么贷款买车,这比日系4S的观念还要进一步。最重要的是,它还'傍大款',专找华松孚士汽车公司的经销商谈合作,这不就是要跟我们对着干吗?!我还听说,东汽也成立了汽车销售服务公司,将销售和售后服务都独立出去。"张欢一股脑儿全说了出来,"要是我们搞合资,能不能把这些先进的理念全包罗进来?"

高振雄的眉毛跳动了一下,发现自己的判断果然没错,张欢是个性情中人,说话直来直去,脾性与自己正对路。便咧嘴一笑,眉毛也舒展了:"你说得很好也很对,赵小姐就是为此而来的,已经找我谈了很多次,他们就是想搞合资销售。"

张欢笑了:"呵呵,想当年合资时,奥国人认为中国是计划经济,定价和销售全是政府说了算,就一股脑儿把销售责任全压到我们身上,现在看到中国市场经济热火朝天、蓬勃发展,销售形势也是一路看涨,又想要搞合资销售公司,不就是来抢钱吗?"

高振雄故意试探道:"你觉得奥国人的提议合情合理吗?"

"现在看来,这也算是合情合理。毕竟我们改革开放这么多年,他们已经眼见为实了,心里踏实了,但这肚子里边老痒痒,挠又挠不着,难受啊。天天看俺们吃肉,他连汤也喝不着,嘴不馋吗?"张欢忽然把眼珠子一转,"不过,我们可以用产品认可权来讨价还价!"

"哈哈,交易……"高振雄大笑,"看来,这几年你在外面搞销售,还真学会了做生意!既然是做生意么,就要实现双赢,我们退一步,他们进一步,有钱大家赚。借此机会引进先进的销售理念和销售方式,建立我们自己一体化的营销系统,贴心地为中国用户服务。"

邹仁拿着一沓文件敲门进来,一见高振雄正在与张欢谈话,还以为在谈干部调动的事，笑眯眯地问："张欢，高总给你透底啦？怎么样，马上要升官啦，怎么还是一脸糨糊？"

张欢丈二和尚摸不着头脑："我正在跟高总探讨销售公司的事，怎么就变成升官了呢？"

高振雄知道邹仁的目的，集团要抽调张欢去支援松美汽车公司，便说道："邹总说得对，集团要调你到松美汽车公司去，我看不行，华松孚士汽车销售公司即将成立，你还有重任。这样吧，趁着目前的热乎劲，你赶紧组织一下沿海地区的销售公司，我们一起到东北和华南两地去实地考察和学习，回来好好讨论一下将来的销售模式！"

邹仁愣住了，张欢调到松美汽车销售公司早已向郝亮交了底，现在突然被高振雄一口否决，结果这个"大嘴巴"送不走了。

张欢不知内情，来不及多想，立即答应："好，我马上去办！"

张欢刚刚回到办公室，桌上的电话铃声就响了，拿起来一听，是钱勇打来的，说此次考察活动规模庞大，邹总要求公关部全力配合，在你们所到达的城市搞一些宣传活动，烘托一些气氛。

张欢并没在意，只是说了一些感谢的话就挂上了电话。他正在绞尽脑汁想，到底去哪些销售落差比较明显的城市考察呢？钱勇敲门进来，神秘兮兮地说："张总，这是你上任前的第一把火，未来我们还会在各种活动中配合。我想，只要你第一把火烧得旺旺的，高总就会刮目相看。我去定你们乘坐的航班，包括到达后接送。你放心，我会一切都安排好的，你不用操心！"

张欢不知道该怎么回答，自己跟钱勇只在"回娘家活动中"有过接触，彼此不熟悉，只知道他曾经是姜波的同班同学。这会儿，他一会儿电话，一会儿又主动跑来说这说那的，心里有一种说不出的感觉，刚刚在高总办公室说的话，怎么会这么快传到他的耳朵里？张欢这回真是一脑门糨糊了。

当晚，郝亮把刘云涛叫到自己家里，说："集团要抽调干部去支援松美汽车公司的采购和销售，我认为你去松美汽车公司采购部没有意义，还是去销售公司担任总经理合适。采购要么得罪人，要么抬举人，你已经干了这么多

第十九章　365

年,干老本行意义不大。当销售公司总经理对你将来的升迁有好处,再说现在引进的都是高档车,比华松孚士的豪华车都气派,有的一拼。拼好了,升迁的道上就多了一个台阶!更重要的是,销售公司总经理还是管理委员会成员,要参与整个公司的决策,这才是最重要的!"

刘云涛很开心,当即表示同意。

一周后,华松孚士长三角的经销商集中从华松机场出发。张欢怀着忐忑不安的心情,跟着高振雄一起登机,没想到整架飞机上的座椅头枕竟然全部换上了印有"回娘家"活动的广告布头枕,还印上了一句当时最时髦的话"常回家看看"。

座椅的杂物袋里是一本厚厚的航空杂志,封面上竟然是高振雄接受媒体采访的大幅照片!

"张欢,这是怎么回事?"高振雄拿起一本杂志,指着封面上的照片问,"才几天工夫,我们的'回娘家'活动就登在杂志上了?"张欢顿时惊得目瞪口呆。看来,这个钱勇的能量还真不小,短短一周内,竟然把飞机上的广告都安排得妥妥的!

"搞公关的么,抓热点也是一个重要职能。"张欢赶紧搪塞。

"公关部邀请了航空媒体记者?"

"具体的细节我没问,要不我去后面把钱勇叫来?"张欢硬着头皮。

高振雄连连摇头:"算了,勤吆喝是对的。这点确实应该要向松美汽车公司学习!"

张欢马上提议请公关部把这次"回娘家"活动制作成一个影视短片,放到所有的销售门店播放,让每一个进入销售门店的潜在用户都能看到。

张欢说:"过去销售门店放的宣传片都是些专业术语,普通老百姓很难听懂看懂,这次要把晦涩难懂的技术语言变成大家喜闻乐见、通俗易懂的语言。让大家一听一看就完全明白,别说那么多废话!"

"是啊,过多的技术语言反而让人生厌。"高振雄笑道,"要用老百姓喜闻乐见的语言来诠释技术,就像做一道鱼香肉丝一样,从切肉丝、腌制,到入锅油温的掌握，再煸炒，加醋、糖、酱油味精等调料，最后勾芡出锅装盘，上桌前撒上几颗葱花香菜，一盘美味佳肴亮相了。这样就让视觉、听觉、嗅觉和味觉全部展现了，岂不美哉？"

"对，用五到八分钟，将四大总成的核心技术全部浓缩在这个短片里，让观众一看就懂，口碑传播的效率会更高。"

高振雄哈哈大笑："是啊，从一张铁皮进去，到一辆轿车出厂，整个制造过程就是一辆车的诞生过程。对企业来说是个庞大的系统工程，但对用户来说就是个信任的过程。"

说完他习惯性的从口袋里掏烟，抬头一看这才觉得自己在飞机上，又把香烟放进了口袋。他喃喃自语道："这个短片一定要精心制作，这是我们跟用户建立互信的桥梁！"一边说一边随手翻阅杂志。忽然，高振雄手中的杂志全散架了。仔细一看，这本杂志湿漉漉的，还没有完全粘牢，就这么随手翻了几下竟成了零散的书页。

高振雄不解地盯着这本杂志看了很久，又翻来覆去地看了一遍，随后不动声色地把杂志合拢，塞进了杂物袋，慢慢地闭上了眼睛，轻轻地说："幸好这班航班绝大部分都是我们各个销售大区的人，要是别的乘客看见了会怎么说？"

张欢听了恨不得马上跳下飞机。他完全没有想到，这个钱勇奉承拍马竟然会发展到如此令人恶心的程度，简直不可想象！

1998年12月，华松孚士汽车开启了员工购车优惠活动，新、老孚士轿车全部七折优惠，瞬间震动了整个华松市。几个月后，新桥镇呼啦啦涌出来许许多多新、老孚士轿车。

此时的新桥镇，一到下班时间，道路及其拥堵，连自行车都无法前行，马路上喇叭声不断，行人骂声不停。特别是进入各个小区的路口，你抢道我占路，大家互不相让，随后就下车吵架，只差动手打架。各个小区也很快成了停车场，那些没有找到车位的，便挤进了绿化带。

于是，各个小区也迅速在门口建起了岗亭、竖起了栏杆，随后又不断地缩小各个居民楼前的绿化带，用白线划出了一个个固定收费停车位。那些后来买车的，来不及购买固定车位，只能停在大街的道路两边，停一夜收费五元。

随着华松孚士汽车公司的不断扩张，全国各地的配套企业纷纷入驻新桥镇，征用了当地农民的土地，建起了新工厂，整个小镇的人口迅速增长到二十万以上。

农民获得了不菲的经济补偿，当地政府不失时机地兴建了大量乡村别墅。搬迁到这些农村别墅的农民，摇身一变又成了各大企业的工人。

这个小小的新桥镇根本容不下如此庞大的人口，只得不断往外扩大。原先周边的乡村，在短短的几年内都变成了各种高大上的小区。

眼看着周边高楼林立，各种羊肠小道变成了四通八达的六车道大马路，那个有着浓郁江南风韵的千年古镇，竟已成了大马路的一个边边角角，再也找不到当年一星半点的古韵。

随着一大批高档的夜总会、多家五星级酒店、保龄球馆、民营银行、金店、市民公园等等如雨后春笋般建了起来。那些名字稀奇古怪的饭店，也因其口味独特吸引来自全国各地的新居民。开在角落里的桑拿房、洗脚店，一到晚上闪烁着迷人的光芒，无声地召唤着有需求的消费者。

那个原先并不起眼的乡村小镇，已焕然一新，正在变成一座现代化的汽车城！

第 二 十 章

豪华轿车已经进入冬季试验阶段，姜波亲自带领试验车队赴黑河进行冬季试验。

元月三日，凌晨四点三十分，姜波准时与杨光穿着厚厚的羽绒大衣走出旅馆。此时的气温刺骨钻心，温度已达零下四十一摄氏度。扑面而来的寒气，犹如万把尖刀直刺脸庞，扎得人龇牙咧嘴，脸上的皮肤痛得就像要裂开一样，嘴中呼出的一团团热气，瞬间就在空气中化成雾。走在冰冷刺骨的雪地上，头发、眉毛、鼻孔、胡子及所有外露的地方，很快就被寒气逼得结霜、结冰，如果没有足够的毅力，几乎不敢在这种恶劣的环境中行走。

姜波拿着测温表和车钥匙，杨光扛着价值六十多万的测试仪器，艰难地走到露天停放的试验车边上。虽然只有三十多米的距离，平时走路只要几十秒，但在零下四十一摄氏度的环境里，他们顶着刺骨的寒风，像只大鹅一样，一摇一摆走了整整十五分钟。姜波因为大腿受过伤，走得很慢，鞋底已经与冰雪冻结在一起，走一步挪一步，还要时刻注意脚下被大雪覆盖的石块和凹坑，好不容易走到车门边，打开电子门锁，用力拉开车门，迅速脱下手套，拍打掉手套上的冰碴，否则稍不留神连皮手套都会被门把手粘住。钻进冰库似的车厢后，身上的羽绒大衣就像一层塑料纸，不断发出咯吱咯吱的声响。

等到所有准备工作做完，姜波才从羽绒大衣里掏出对讲机，呼叫试车员来试车。 自从在海南出事故之后,试车员对姜波带队感到一种压力和担忧,不是因为他作为一个领导亲力亲为,而是担心他身上的老伤承受不了极寒天气。

试车员在冰天雪地的走路姿态各异,有像溜冰滑过来的,也有小步跑来,还有的是小心翼翼地一步步挪着,只有小步跑来的人才会摔个大跟头,其他人都安然无恙来到车前。 看见摔倒在地又艰难爬起来的试车员,姜波知道这些人是新来的,马上提醒:"天寒地冻不能跑,也不能大踏步,学企鹅,双手左右保持摆动平衡,小步慢走,这样才踏实。"

冷启动开始了,每辆车像个听话的孩子,一次启动成功。 五分钟后,熄火,停留十五分钟再启动,还是一次性成功,反复多次之后,姜波松了口气:"好,冷启动成功,现在回去吃早饭,一个小时候后出发去冰雪路面做 ABS 刹车试验。"

大家匆匆回到旅馆吃了早饭,又双手捂着脸钻进了车里,跟随姜波往靠近俄罗斯边境的黑河水库驶去。

黑河水库位于黑河市的西北角,盘山绕道近四十公里后就能看见群山环抱的水库。 它的占地面积约一百亩,水面最宽约两公里,最长约八公里,是一个天然水库。 此时的水库冰厚近两米,最薄处也有五十公分。 姜波下车沿着冰层走一圈,回头对杨光说:"这里曾有人砸开冰窟窿钓过鱼,沿岸的冰层经不起车轱辘碾压,这里都不能试车,要全部绕到东面。"

杨光想,绕道东面又要翻过几个山梁,多跑几十公里,便下车走到水库边上去查看,刚走到砸开的冰窟窿边上,就听得脚下传来一阵嘎嘎的碎裂声,吓得掉头往回跑。 姜波忍不住笑了:"听到嘎嘎响不要紧,等你听到噼啪声再跑就来不及了。"

回到岸边,杨光回过头再仔细瞧瞧刚才的冰窟窿,发现这个冰窟窿碎裂面积很大,冰面破坏得很厉害,风险很大。 车队只得绕道东面,再驶入水库。

装有 ESP 的豪华车在冰面上的路试顺利通过。 姜波随即就要求做主动安全系统对比试验,试车员们纷纷主动上前请缨。

姜波笑了："过去做试验，我们都没有用视频记录下来，这次三款车的试验都要有专人拍摄，完整地记录着三辆车试验的真实状况。这是为了让那些有质疑的人亲眼看看，没有 ABS 的车，在冰雪路面上刹车会出现什么状况，有 ABS 的会出现什么状况，现在装了 ESP（电子车身稳定装置）的轿车，在冰雪路面刹车又会出现什么状况，用事实来说话！"

"走，上车！"杨光豪气地喊道。

杨光主动去试验豪华轿车。

装有 ESP 的豪华车在冰面上以每小时六十公里的速度疾驰，到达六十码速度时，杨光一个急刹车，奇迹出现了：冰面上，无论是驱动轮还是从动轮，都在一紧一松地向前滚动，溅起一片片冰雪，从刹车到完全停稳，短短十几秒，车辆在冰面上靠着惯性向前移动了几米后就隐隐地停住了，丝毫没有出现漂移或甩尾的迹象，大家不由自主地欢呼起来。

另一个试车员驾驶装有 ABS 的新孚士轿车，也在六十码速度时踩下刹车，但四个车轮一紧一松，继续往前移动，车尾有明显的左右晃动，在继续向前移动几十米后，才慢慢停了下来。

大家看到眼前的场景，又看看停在一边既没有装 ABS 也没有装 ESP 的老孚士，没有一个人敢上前去做试验。

姜波招手把大家叫到自己面前："弟兄们，如今的 ESP 已经把 ABS 防抱死和 ASR 防侧滑的功能都融合在一起了，这就是一种很大的技术进步。在国外，这些先进的装置只装在高档车上，我们把它移植到豪华车型上，就是为用户的安全再加一道保险，从这个意义上来说，这次试验就是为了给驾乘安全树立新的安全标准，具有里程碑的意义！"

大家听了虽然激动，但还是没人敢上前去试验这款老孚士。

姜波丝毫没有犹豫，走上前拉开车门坐了进去。杨光赶紧过来阻止："姜经理，还是我来做试验吧！"

他话虽然这么说了，声音却是颤抖的。

姜波笑笑："我也是个具有 A 级试车员资格的人，你不要争了，用摄像机完整记录下三辆轿车试验的真实场景,把这些真实的影视资料带回去给领导们看看,给用户带来安全,轿车应该装备什么样的先进技术装置最合适!"说完,关上门,一脚油门就往前疾驰。

到了六十码的速度时,姜波一脚刹车,结果这辆老孚士向前移动了几米突然失控,疾速滑向路边的雪堆,随后又翻滚到一堵雪墙上!

众人惊叫着奔过去,有人跑得太快摔倒了,有人像溜冰一样飞速滑出很远,更有的跌跌撞撞连滚带爬!

姜波摇摇晃晃推开车门,从雪墙上滑下来,气喘吁吁地说:"这回大家都看明白了吧,EPS 系统应该是今后所有轿车的标准配置!"说完这话,裤脚管里热乎乎的,他低头一看,发现脚下已经流出一股鲜血,暗叫不好,海南打钢钉的地方出现了问题。很快,姜波的大腿肿胀起来,疼痛无比,"杨光,来扶我一把!"

所有试车员都奔到现场,看见他的裤脚管里渗出了鲜血,大腿里面竟然窜出一块钢板!糟了,海口受伤装的钢板经受不住猛烈的撞击,断了,整个大腿都肿了起来。

大家连忙把姜波送往黑河医院,由于条件有限,只得给伤口减压,简单包扎后,又从黑河坐飞机到哈尔滨,再转机回到华松。

最先得知这一消息的是陈玲。接到杨光的电话,她马上赶到机场,见到姜波被担架抬出来时她眼泪就控制不住流了下来:"叫你别再去做试验了,你就是不听,你看看现在哪有一个当领导的亲自去试车?"

"同样的车道,一样的车速,不一样的系统,对比非常明显,装备了ESP,用户的驾乘安全就有保障了!"姜波这么回答陈玲。

张欢与关小艾也赶来了。张欢说:"哥,试车不是你的岗位啊,都人到中年了,怎么老想着往前冲呢?"

关小艾也是带着这种埋怨和痛惜,一路上叨叨不停。

姜波被送进了手术室后,高振雄也急匆匆跑到:"怎么样?送进去做手术了?"

"是的，高总。"陈玲哽咽道，"冬季试验本是试车员的工作，你为什么要让他去……"

"陈玲啊，马博士带着团队到奥国培训，那么重要的冬季试验没人指挥可不行啊！"

张欢说："高总，我不理解，你是集团副总还是公司总经理，对这种新科技应该有话语权啊，怎么还……"

高振雄闻言沉默了。他知道这次技术大升级投入巨大，一旦失败，后果不堪设想！姜波才迫不得已亲自上阵！

关小艾自从与张欢结婚后，特别是从东北调回来后，每天回家就听他叨叨个不停，各种不满和抱怨从张欢嘴里喷涌而出，于是便一脸苦笑地说道："过去我哥总是跟奥国人争话语权，没想到现在还要拼着命去跟自己内部的人去争，真不可思议！"

这种嘲讽的话竟敢当着高振雄的面说，除了关小艾之外不可能有其他人。这倒并不是她已经从转向机厂的工会主席升任为党委书记，说话的口气也变得咄咄逼人，而是觉得有必要把张欢心中对现状的不满，借着这个机会表达出来，让眼前这位总经理好好反思。

高振雄很严肃地看了一眼关小艾，直言不讳道："你说得没错。话语权确实需要靠争取，但也要有事实依据。我们现在要投入的新技术也意味着要有新投资，有些目光短浅的人看不到这一点。姜波是想用自己生命安危的事实去告诉这些人！"

关小艾故作诧异道："我还以为你把张欢调回总部，是为了解决夫妻两地分居，没想到是为了帮你改变当前的困境！"

"我相信能！"高振雄大声说，"人家都在进步，只有我们停滞不前，不进则退，这个道理你还不懂吗？"

关小艾言不由衷地笑了："高总，他可是个愣头青，到时候你可要多担点风险！"

高振雄没说话，拿出一支烟，慢慢走到门外，点燃后大口大口抽了起来。

卢建军常年为了业务在外奔波，脸色越来越难看，特别咳嗽老是不断。孙艳非常担心，让他去医院检查一下。卢建军不以为然，说自己支气管炎发作，胸口堵得慌，吃几片药就好了，等自己这次出差回来再去医院拍个片子看看。

出差前，卢建军把弟弟妹妹叫来，对卢建国说："现在老零件每年降价3%，企业已经没利润了。只有靠开发的新零件，你为什么不去参加零部件开发？整天埋头在自己的小天地里搞什么软件开发，这是华宝公司的业务方向吗？"

卢建国不服，顶了一句："你没看到整个工厂的设备程序都变了？你没看到炼胶已经不用人工而采用自动化设备了吗？你没看到生产流程都是自动化的？这些都是我的功劳，你怎么一点都没看见呢？当初你说过我业余大学毕业后就送我出国留学，现在我已经从正规的大学读完研究生了，还是没送我出去。我喜欢搞自动化程序控制，搞出来的这些巨大变化和成就，你就是视而不见，偏偏要我参加零部件设计，我一走进去就头晕！"

卢建军听了唉声叹气道："我知道你兴趣不在产品设计上，可设备改造也不是天天有的事，你要把精力放在主业上！"随后又转过头对妹妹说："还有你，海燕，我也要说你几句，不能整天在家里抱怨，要主动去跟银行沟通，争取每一笔贷款的利息要降到最低！"

卢海燕也顶嘴道："我不是不出去，那些银行咬定利息不放松，我也没办法。外面的欠款讨不回来，催了无数回，都说马上付，结果还是一个空心汤圆。资金的窟窿越来越大，银行利息越滚越大，再这样下去，发工资都困难！"

卢建军很无奈道："好吧，我把该说的都说了，接下去我要出去讨债，你们都各司其职，管好工厂！"

卢建军出差回来，把讨回来的承兑汇票交给卢海燕，忽然又接到王品惠的电话，要他亲自去进行商务谈判，说经过评估，上姚的多锲带供货价比华宝便宜，因此要华宝也按照便宜的价格供货。

卢建军一听，顿时就傻眼了。他想亲自开车去找王品惠，但身体明显感到力不从心，便要求卢建国开车送自己去华松孚士采购部去谈判。卢建军反复强调，自己是按照目标价开发的，因此就大胆投资了，合作协议规定三年后开始降价，现在供货才一年，突然要自己降价，这不是欺负人吗？

王品惠说，你老产品供货到现在，早就收回投资了，现在就是净利润。卢建军强调，老产品年年降价，现在已跌到了成本价，哪来什么利润？

哀求了半天，王品惠还是坚持要降价，卢建军气得说不出话来，但看他的神情举止像是在暗示什么，转身就叫卢建国回车上去拿皮包，说要修改供货协议。

卢建国不明白，皮包里哪有什么协议啊，只有准备出差的五万元，怎么……他不敢继续往下想，连忙从车上拿起装有五万元现金的包，匆匆走回办公楼。

就在卢建国来回这十多分钟的时间里，办公室里气氛已经大变，王品惠正在得意地向卢建军展示一大堆成本控制的书籍。

等到卢建国把皮包放在桌前，卢建军便从包里拿出厚厚一包钱说，这里面是你要变更的协议，等你修改好我来取。

回到家里，孙艳发现卢建军咳嗽越来越厉害，痰中有血丝，马上带着他去西周医院做检查。医生对孙艳说，这是长期吸入有害物质造成的肿瘤，你最好别再耽搁，马上去华松市最好的医院去深入检查一下，或许还有更好的治疗办法。

孙艳一听就知道卢建军病情的严重性，马上想到张欢妈妈当初患肿瘤是师兄妈妈治好的，马上给姜波打电话。姜波接到电话后跟母亲说明了情况。夏荷跟自己的徒弟——现在的外科主任联系，让他预留床位，做好手术的准备。

卢建军到医院检查，结果是肺癌晚期，已经无法手术。夏荷非常无奈，只能把这情况告诉孙艳。虽然孙艳早已有思想准备，但没想到病情已经严重到这种地步，连手术的机会都没有了。

卢建军脑子想的不是自己的病情，而是以为王品惠同意了暂缓执行新规定，没料到，一个月后，华宝的多锲带供货额度仅剩下一万套配额，比原先规定的额度减少了四万套！

卢建军躺在医院的病床上愤愤不平，眼看投资最大的业务一下子缩减，银行的贷款利息又还不上，收回来的资金连发工人工资都不够，在病情的恶化和心理负担增加的双重压力下，没过几个月就溘然去世。

孙艳悲痛欲绝，卢建国和卢海燕顿时觉得整个天都塌了。

丧事刚结束，厂里的工人开始盯着卢建国发拖欠了几个月的工资。姐弟俩吓得不知所措。周志远只得站出来对大家说："华宝公司拖欠工人工资的事是第一次发生，这是因为主机厂拖欠我们资金的原因！"

这些农民工哪会管这些，一把揪住周志远的衣领吼道："你算老几？轮得到你来说话？这个厂是卢家的，卢建军死了，还有他的弟弟和妹妹，让他们出来！"

"对，再不发工资，我们就不干活！"

就在这时，一个货车司机把货车往厂门口一停，说："华宝公司已经欠我三个月的货车款了，今天不给钱就不送货了！"

周志远听了心里发毛，及时供货是每一个供应商必须做到的，要是突然停止供货，那可真是个大事了。他连忙给司机磕头作揖，求他立即把货送到华松市。

司机跺脚吼道："给钱就送，不给钱就不送！"

华宝公司发生罢工事件，让卢建国、卢海燕和周志远都想不出什么招数来解决。眼看停产已经好几天了，仓库的库存即将运完，如果再不生产，就会影响主机厂生产。

晚上，卢建国和卢海燕跑去找嫂子求助。卢建国说："嫂子，已经拖欠工人三个月的工资了，公司又没钱，我们不知道该怎么办！"

卢海燕说："嫂子，建国跟我把自己的钱都凑在一起，还是不够发一个月的工资。现在全靠大壮一个人在外催讨，就算讨回来，都是承兑汇票，最短的六个月，最长的一年。我哥之前就说过，贴息兑现就等于把利润全交出去了。所以我就一直压着不敢去贴息兑现。现在工人罢工，库存已经没有了，原材料又不能断，我只能征得供货商同意，把承兑汇票转给他们，但这样下去总不是个办法。"

周志远推门进来，手里拿着一张存折，说："海燕，这是你哥每个月发给我的工资，这十多年来都没动过，你拿去，再把你们凑的钱合在一起，先给工人们发一个月的工资。"

孙艳愣住了。

"师父，怎么能拿你的钱，这可是你十几年的心血啊！"孙艳赶紧上前搀扶住自己师父，眼含热泪道，"这个工厂要是没有你，怎么可能有今天？这钱绝对不能要！"

"现在已经不是要不要这些钱的问题，而是这个工厂能不能活下去！"周志远说，"这个家底是建军的爷爷开始赚起来的，是建军的父亲呕心沥血、没日没夜的炼胶，又是建军把这些橡胶制成了产品，我只是一个为产品质量把关的老头，有什么舍不得的？他们爷孙三代都走了，工人们拿不到工资罢工，整天逼着两个孩子发工资，你让他们怎么办？总不能看着祖孙三代人付出的心血，就这么白白地流干了呀！"

扑通一声，卢建国跪在孙艳面前哀求道："嫂子，你救救华宝公司吧，救救我们吧，这不仅是我们祖孙三代的心血，还有你的心血呀！"

卢海燕也跪在了孙艳面前，双手抱着孙艳的膝盖，说道："嫂子，我知道你现在是主管整个县的工业副县长，肩上的担子比这个公司重。可是，我不懂工厂管理，建国不懂产品设计，师父年岁已大，你叫我们接下去怎么办？我去找过银行，他们说，因为华宝公司的贷款很多都没有还上，除了把工厂抵押，别无他法！"

"嫂子，我哥说了，工厂绝对不能抵押，万一外面的欠款讨不回来，这个工厂就要被银行收走，这绝对不行啊，这是卢家几代人的心血啊！"

孙艳看到卢家姐弟跪在自己面前，师父又颤颤巍巍地在一边哽咽着，她彻底惊呆了。孙艳想起了自己的公公系着毛巾炼胶,又想起了丈夫戴着厚厚的口罩在生产产品。师父来了之后,开始着手改造工厂环境,卢建国放弃继续深造,回到工厂帮助师父一起改造设备。卢海燕天天忙着厂里的各种事务,至今未婚。她的眼泪就瞬间涌了出来。她万万没想到,自己竟然会在人到中年时,再一次遇到对自己人生作出艰难的选择!

第二天上午,孙艳一大早赶到华宝公司,看到整个工厂冷冷清清,机器停止运转,工人围在厂门口喝茶聊天。

孙艳把车停在办公楼前,工人们立马围了上去。

孙艳往台阶上一站,说:"我不说自己是谁,大家都已经知道。对,没错,我就是这家厂的老板娘!"

说完,她站到了台阶的最高处,指着工厂说道:"大家都知道这家厂是卢家的,我是卢家人,当然也是我的。这里面的一草一木都是我们卢家付出的心血,年纪大点的都应该记得,橡胶厂是怎么搬迁到这里来的?西周山庄是怎么建起来的?你们这些年轻人,大部分都是老橡胶厂工人的子女,是我公公把你们带到了这里,是我丈夫亲手教你们操作机器,是我师父教你们怎么维护保养设备!"

孙艳看到周围鸦雀无声,又说道:"华宝公司从开业到现在,从来没有拖欠过你们一分钱工资。最近几个月,汽车市场竞争激烈,各个主机厂都面临资金压力。有的厂拖欠了我们几年的货款,还不停地要求降价,我丈夫为了这个企业,不是奔波在寻找业务的路上,就是奔波在讨债的路上,付出了生命的代价。如今他尸骨未寒,你们就这样大吵大闹、停工停产、聚众闹事,请你们摸着自己的良心问问,这样做对得起谁?企业垮了对你们有什么好处?我告诉你们,从今天起,我不当西周县的副县长了,来当这个工厂的厂长!现在我给你们三个选择:第一,愿意跟我干的,马上回车间干活!第二个选择,不愿意干的,马上写辞职报告,然后到财务部领钱走人。最后一个,不想辞职,又想在这里挑拨离间、煽风点火的,立即开除。我给你们十分钟时间,时间一到,就别怪我不客气!"

许多人赶紧往车间跑去，还有些人虽然嘴里嘟嘟囔囔，但还是一路小跑，追上了前面的人跑进车间。留下几个干瞪眼的，大胆问道："孙县长，你真不干县长来干厂长了？"

"对，我孙艳说话算话，从今天起，我就是这里的厂长！"孙艳一脸硬气。

这些人鼓掌大叫："我们有希望啦，孙县长来当厂长啦！"随后一路小跑一边大叫，兴奋之情已溢于言表。

一直站在一旁的周志远看到这个场景，悄悄地抹着眼泪，点点头，心里赞道：这种不堪的场面只有孙艳能力挽狂澜啊！

孙艳转过身对卢海燕说："今天工人能回车间干活，不是因为我说的狠话，而是他们对工厂、对我们卢家心存希望。你马上把我们凑齐的钱，去给工人们发工资，我们绝不能让工人失望！"

当天，孙艳辞去了副县长的职务，这个出乎意料的决定在整个西周县引起轰动。

孙艳来到厂里，没有走进总经理办公室，而是先到财务部，让卢海燕拿出所有的承兑汇票到银行贴息兑现。卢海燕惊讶得瞪大了眼睛说："嫂子，这几张承兑汇票还有六个月到期，汇兑要按照年利率，收七个点，比贷款利率还高！"

"这个损失已经无法计算了，我们现在急需把拖欠工人的工资都发了，绝对不能再影响生产！"说完，孙艳就往总经理办公室走去。

卢海燕紧紧跟在她身后，惊恐地说："嫂子，我哥好不容易讨回来的这些承兑汇票，这要是送进银行兑现，一下子就损失了7%，这可是一年的利润啊！"

孙艳推开总经理办公室的门，顿时一阵悲伤袭上心头。看着熟悉的一切，她感到巨大的压力，脚步变得越加沉重。

卢海燕看到后心里一阵酸楚，悄悄地离开了，拿着承兑汇票去银行兑现。

第二天，孙艳带着西周山庄的产权证明到银行办了抵押贷款，让这个曾经破败的老厂，后来经过改造变成的一个美丽的山庄去发挥更大的作用。

拿到贷款后，孙艳马上让卢海燕支付了拖欠供应商的货款。回到办公室还没坐下，沈大壮敲门进来，几乎是带着哭腔说道："这次又白跑了。几家主机厂都说没钱，连承兑汇票都不给！"

孙艳马上把卢海燕叫来，与沈大壮一起核对向供货厂商发出了多少产品和开出了多少发票，又仔细分析这些厂家的销售情况，最后决定带着沈大壮踏上讨债之路。

第一站就是东汽。因为沈大壮常驻东汽，认识采购部孔经理，也认识总装车间佟爽主任。孙艳要沈大壮去请他们帮忙，把财务部经理请到花园饭店吃饭。

当晚，孙艳见了财务部经理就说："我是无事不登三宝殿。这几年，汽车工业飞速发展，你们和我们都遇到了资金困难。供应链是主机厂的关键，要是出现问题，对主机厂来说不是一件好事。东汽欠了华宝近亿的资金，让我们也陷入了困境，开发缺乏资金，原材料供应资金短缺，要是再这么下去，迟早会影响主机厂的大局！我今天来，就是来恳求财务部能网开一面，尽快把拖欠的资金给我们，否则我们真不知道接下去该怎么办！"

财务部经理已经从孔经理和佟主任的嘴里听说了孙艳的背景，见孙艳一上来就开门见山，也实话实说："非常抱歉，这几年公司确实出现了资金周转问题，不过，华宝公司的货款确实拖欠的时间太长了，我明天就去想办法处理！"

佟爽端着酒杯站起来，说："我是海江人，跟卢总是老乡。这么多年来，卢总为我们提供的产品从来没有出现过任何质量瑕疵，一直是我们的优质供应商。既然财务部经理同意拨款了，那我代卢总敬你一杯，你们随意，我干了！"说完就一口把杯中的白酒喝干了。

孙艳一见，也端起酒杯站了起来，说："感谢佟主任，我也感谢孔经理和财务部经理，今天我们是第一次见面，相信以后还会有更多见面的机会！我也干了！"

经过几个月的连续奔波,再加上沈大壮悲情和豪情的叙述,确实打动了很多人,陆陆续续讨回来一些欠债,华宝终于度过了最难熬的时光。

华松孚士对国产化零件供货达到一定的数量后,实行每年降价3%,并且要连续执行三年。这种做法已经让供应商非常不满,采购部还会找各种理由再让供应商降价。这种一降再降的强行降价方式,使得供应商几乎没有利润,苦不堪言。

于是,一些有实力的配套厂干脆到国外设厂,将国内的零件出口到国外,与本来进口的零件组装成模块,摇身一变就全成了进口件,价格不降反升。

第一个提出价格上涨的就是上姚集团,紧随其后的是安远驰骋,接下去其他供应商也接二连三地提出了价格上涨。

这个信息传到孙艳的耳朵,马上引起了她的注意。她觉得这些供应商这么做,既能增加产品的不可替代性,又规避了国产化零件每年降价的强行规定,真可谓是挖空心思、动足脑筋。但自己没这个实力,也没有有核心竞争力的产品。师父虽然有制造方面的经验,却没有创新的技术能力,除了埋头苦干,别无他法,这样下去是没有前途的。要想走出一条新的发展道路,唯有高薪招聘科技型人才,把工厂带出困境。

她把卢建国、卢海燕、师父、沈大壮一起叫来,说道:"我们现在已经讨回来一些债务,银行的贷款也马上要下来了,暂时可以渡过难关。但要生存和发展,必须要有懂技术、懂生产、懂管理的技术厂长,否则,华宝公司是不可能取得新的成就的!"

最后,孙艳把自己准备高薪聘请厂长的事对大家说了,沈大壮马上想到了曾在东汽遇见的总装车间主任佟爽,说他是海江省上姚人,大学毕业后一直在东汽工作,父母年岁大了,他很想回老家照顾父母。

孙艳马上与他通了电话,彼此聊了很多,也很投机,便邀请他春节回家过年的时候,到华宝公司来参观考察一下。

春节过后,佟爽如约到华宝,在孙艳、周志远和沈大壮的陪同下进行了详细的考察,也提出了发展金属橡胶零件的想法。孙艳听了他的想法,正合自己的企业发展需求，一口答应。

佟爽一看，自己的想法能在华宝公司实现，也圆了自己一个创新梦，便答应来华宝工作。

佟爽上任不久，就来找孙艳，说卢建国是一个对自动化程序有独到见解的人才，放在厂里可惜了，应该要把他送到国外去学习。还说，现在金属橡胶件是行业的金元宝，应该要抓紧机会寻找这方面的技术和合作对象。

孙艳听了佟爽的详细解释，没丝毫犹豫，立刻同意佟爽的建议，把卢建国送往奥国舒尔堡大学去学习计算机，随后就带着师父和佟爽去向师兄求助。

姜波看到孙艳又像回到了当年在华松汽车厂的样子，一头短发，精神矍铄。而师父却显得越加憔悴。得知眼前这位中年人就是孙艳新聘任的技术总经理，他连忙握着佟爽的手说："总算盼来了接班人，这是我师父想了多年的大事啊！"

佟爽显得很难为情地说："姜经理，不瞒你说。我当初当这个车间主任也是歪打正着，在北美拆迁设备时，在车间的角落里发现了那些多功能油漆喷头。那是奥国人一股脑儿打包给我们的，没想到那些箩筐里竟然有当时世界最先进的产品。可能就因为我的发现立了功，回来就被赶鸭子上架，当上了车间主任。可我是学设计的，只能边学边干了，没想到一干就是九年！"

姜波记得，当时确实流传着东汽合资时的一个奇迹。有个工程师发现了油漆生产线上最有价值的喷头，能通过计算机软件在一秒钟内自动清洗并更换，可以同时给不同的车型喷涂不同颜色的油漆，这种喷孔极为细密，肉眼无法看见，是实现柔性生产的关键，国际市场上一个喷头就要一万多美金，是合资过程发现的最有价值的东西，而且这种高科技产品，西方对中国是严密封锁的。

姜波起身又一次握住佟爽的手："没想到这个功臣原来是你呀！"

佟爽脸颊微红，连忙把自己想干金属橡胶件项目的事说了一遍，说："我在奥国培训时参观过道科特公司，这是个为保时捷配套的大公司，传感器和金属橡胶是他们的强项。"

孙艳马上接话："师兄，搞金属橡胶件技术要求高，投入大，但我们想抓住这个机会尝试一下。我和师父都觉得，不能一直围绕着老产品兜圈子，必须有创新发展的思维，这样才能为企业带来后劲，要是成功了，我们以后还想跨行业搞电子产品，所以……"

"好啊，这是好事！你们过去一直是围绕着国产化兜圈子，现在有了基础也有能力了，想去提升、拓展新技术，这是好事，我马上让人准备一下进口金属橡胶件的技术资料！"

周志远说："我们现在还不具备独立试制的能力，想通过你与斯图加特建立联系，与他们探讨合作的可能性！"

"没问题，道科特公司的 CEO 已经来过两次了，都是我接待的，我给他打电话，就说你们近期会派人去！"姜波说。

"不，不是近期，而是后天的飞机。"佟爽很坚定地说，"据我了解，华松机电集团的高层要陪上姚集团的老总去考察了。我想尽快去！"

"啊？还有这样的事？"姜波抬腕看表，说道，"现在是奥国的早上上班时间，我马上打电话！"

当佟爽来到这个位于欧洲中南部的斯图加特小城，远远就看见了当年在这里参观过的道科特科技公司大楼，精神为之一振。

这个大楼的顶上，左边是一只巨掌托举着一个擎天柱，在上下移动；右边是一块不锈钢板上镶嵌着五颜六色的灯管。不知情的人还以为这是一幅不锈钢抽象画，但业内的人都知道，这两个是道科特公司的招牌产品——独立悬挂的金属橡胶件和电子传感器。

大楼门前有一条宽敞的车道，但未经允许不得驶入。行人要走进这座大楼，只能走中央草坪上碎石路面的小道进去。

就在佟爽刚刚踏上小道时，玻璃大门自动打开了，上姚集团的林国民和另一个满脸笑容头发花白的男人从玻璃门内走了出来，一辆奔驰轿车悄无声息地停在了台阶下，几个奥国人与上车的人握手告别后，轿车便疾驰而去。

等到送别的人走进玻璃大门内，佟爽这才站在路上拿起手机打电话，结果，玻璃门内的人很快又返回了。

佟爽急忙从小道中走了出来，迎着一位两鬓斑白、脑袋中间都已谢顶、戴着一副金丝边眼镜的老人走去。

"佟先生，你何时到的？ 说好我们派车去接你，怎么这会儿你——"说话的是这家公司的 CEO 麦克斯先生，他的动作虽然有点夸张，但却一直热情地握着佟爽的手走进办公室，然后对门外的秘书说，"两杯咖啡，谢谢！"

秘书送咖啡进来，悄悄放在茶几上退了出去。 麦克斯先生顺手关上门，说："你晚来了一步，我刚送走了华松机电集团的郝总和上姚集团的林总，道科特公司已经跟林总达成合作意向了。"

说到这里，麦克斯先生的脸涨得通红，兴奋起来，"据我掌握的信息，许多汽车电子科技公司都在寻找中国市场，而且有的已经合资了，我们也一直寻找机会，这次终于抓住了！"

"你不是答应姜先生愿意跟我谈合作的吗？"

"当然愿谈，可是从合作实力和背景来看，我们更重视林先生，他的背后有华松市的机电工业集团，你呢？"

佟爽惊得目瞪口呆，但摸着手中的公文包，心里却不由对姜波和孙艳的未雨绸缪感到钦佩。

原来，那天姜波把他们送出门时说，既然上姚集团通过集团高层去找这个门路，那我们也要做好备选方案，不能在一棵树上吊死。 因此在佟爽的公文包里，不仅有道科特公司的资料，还有另外两家备选公司的资料。

佟爽听到眼前这位 CEO 如此话语，不禁暗笑，一切都在预料之中，觉得自己再耽搁下去已经毫无意义，起身告别，转身就到另外两家公司去进行交流。

经过多轮交流，佟爽与两家都达成了初步的合作意向，邀请这两家公司分别来到华宝公司参观考察，最后选择一家符合自身发展要求的企业，签署了引进金属橡胶件技术的合资协议。

一家崭新的、投资巨大、技术含量很高的金属橡胶件合资公司，很快建起来了。

  一年后,孙艳在师兄的支持下,与华松孚士汽车公司签署了试制协议,把与独立悬挂相关的所有橡胶零件列为优先级试制项目,华宝公司从此迈入了一个向高新技术发展的道路。

第 二 十 一 章

豪华轿车认可程序的步伐加快了，新产品的小批量供货已经开始。接下去，迎接新世纪的营销大案就成了关键中的关键！

钱勇顿时感到压力山大！

刘云涛担任松美汽车销售公司总经理后，脑子里想的也全是应对华松孚士豪华轿车的各种策略。他手上握着一辆迎接新世纪的高档轿车，而且这辆高档轿车的车身更宽大、价格与华松孚士的豪华轿车基本持平。但他不甘心，想要在营销大案中寻找突破，争取把价格再提升几千元！

刘云涛当初让王品惠接替自己位置，就是想让他源源不断提供华松孚士的轿车价格情报。自己带走丁鹏，则是为了让他到美国去培训，回来担任市场部经理。没想到，王品惠倒是不负期望，这个丁鹏让他大失所望，他所策划的营销方案，每次都被老外否定，这让刘云涛非常头疼。

眼看华松孚士汽车迎接新世纪的营销大案就要出台，松美汽车销售公司的营销方案至今没有下文，刘云涛更是心急火燎。

在岳母的提示下，他带着满腹的疑惑去找林冬梅。

钱勇接到电话也急匆匆赶到华松大厦，没想到在善美国际公关公司的贵宾室里见到了正襟危坐的刘云涛。

林冬梅站起来哈哈大笑："缘分真奇妙，共同的需求把八竿子挨不上边的人牵在了一起！"

钱勇朝林冬梅看了一眼，委婉地一笑："林总怎么能这么说话呢？过去刘总在华松孚士汽车是根顶梁柱，现在是松美汽车公司的擎天柱，我从头至尾都只是一个跟班的，今天是你给我们创造了机遇，这才有了缘分！"

刘云涛没说客套话，直接开门见山："大家都知道新孚士上市仪式搞得不错，听说就是善美国际策划和执行的，业界对这个成立不久的善美国际闪耀登场、一鸣惊人都颇感吃惊。我也是到处打听才知道，原来有一个来自业界的公关大咖在谋划，没想到就是你！"

听到刘云涛说这话，钱勇心里有点发毛。林冬梅事先没在电话里说清楚，自己还以为来讨论什么大案，现在听到刘云涛这么说话，心里就知道他也是来参与谋略的，便说："刘总，我只是一个客户，向善美国际提出了自己的设想、思路和要求，哪来什么专业和业界，应该说，林女士才是跨界最成功的商界领袖啊！"

钱勇把话题转到林冬梅身上，嘴里不停地解释："善美国际虽然是个新成立的公司，但毕竟从美国、法国和新加坡引进了许多优秀的公关人才，这可以从他们刊登的广告上就可以看出来了。我当时也选择了好几家公司，最后才确定选择善美国际，因为他们的方案更适合新孚士重新上市！"

"冬梅都跟我说啦，你就别再编了！"刘云涛笑着站起来，"冬梅能懂什么叫公关？懂的话会离开华松机电集团吗？你以为我是冲着善美国际为华松孚士做的成功案例来的吗？不，我佩服的是，你这个人既能当运动员又能当裁判员！这番神操作倒还是颇让我感到意外的！"

林冬梅出来打圆场："云涛，钱总是自己人，彼此就不必再绕圈子！"她为刘云涛续上咖啡，又给钱勇续上矿泉水，随后坐在两人中间轻轻地说道："你们两家都是赫赫有名的大公司，两位手上都握有不菲的预算，这块肥肉是绝对不能落到别人手里的。但按照行业的惯例，善美国际不能同时为你们两家服务，所以我才把两位找来仔细商量一下。"

钱勇迅速转动了几下眼珠子，笑着说："这好办，找个托，名义上由他们做，实际上由我们自己操控！"

刘云涛不动声色，冷冷地说："看来，你把汽车零部件的业务外包也用到这上面去了？真是能融会贯通啊！"

钱勇露齿一笑。刘云涛随后伸出一个小指头："我不管你用什么托，我只有一个要求，华松孚士豪华车上市的整套方案，必须要在第一时间让我看到。"说完，他站起身就走了。

看到刘云涛趾高气昂地走出贵宾室，钱勇又气又恨。当年要不是那个姓郝的小女人把自己看成武大郎，自己早就不是现在的自己了。可是事与愿违，既然现在事情到了这一步，那只能骑驴看唱本——走着瞧了。不过，他还是暗自庆幸早已组建了这个"托"的公司，要不然自己也不知道该怎么办。这回，钱勇想到了该怎么利用好这个"托"，要让这个"托"去发挥最大的能量，去紧紧抓住那个"西门庆"——刘云涛！

张欢按照既定计划，委托善美国际公司在大小媒体上刊登新闻和广告。一夜之间，豪华轿车的涡轮增压、空腔注蜡、激光焊接、独立悬挂、EPS安全系统等等一连串的新名词，连篇累牍在各类媒体上狂轰乱炸，消费者就此记住了这款全新技术的产品。

第二天，华松市大小马路、公交车身、大型商场等等的广告牌上，则全是众仁广告公司发布的松美汽车广告，甚至在电视剧开播前，也连续不断插播松美汽车的广告。

众仁广告公司一夜之间家喻户晓，消费者记住了这家广告公司，也记住了这辆即将诞生的——"世纪大道"轿车！

迎接新世纪第一缕曙光只剩最后一天，张欢终于带着团队驾着豪华车来到了温江市塘石镇，检查完最后的工作，已经到了豪华轿车驶上光明顶的时刻。

张欢把车开到了山顶下的台阶口，仰望着高高在上的山顶，心里一阵发毛，看着大家正在手忙脚乱地给几十级台阶铺上一个个沙包，起码有二十五度陡坡。如果是四驱，或许还能勉强凑合上去，但自己手中这辆轿车却是前轮驱动。这么高的坡度，一旦沙包破裂，轮子就打滑，边上就是深不可测的大海，掉下去后果不堪设想。

此时，当地的渔民穿着传统节日的盛装，已经安静地坐在地上，就等着黎明的曙光。远处的大海一片墨绿色，海风也静止了，静得让人窒息。

硕大的山顶广场已经围满了观摩的人群，半山坡的台阶上，还陆续有人攀登上来，周边的武警战士个个神情严肃地保护着登山上来的行人。

张欢心想，驾驶这辆豪华轿车停在大理石碑下迎接新世纪曙光，要是直播出去将会产生多大的广告效应啊！但是台阶太高也太陡，工作人员没一个人敢开。

张欢决定自己驾驶这辆车沿着悬崖边上陡峭的台阶，驶向山顶的曙光园。轿车行驶到约莫二十度时，沙包破裂了，前轮开始打滑，轿车渐渐侧滑到悬崖边，只差一米就要坠入大海，众人顿时惊叫起来。

只见几个武警战士飞身跳了下来，拼命用肩膀顶住滑落的车身，硬生生扛起了近两吨重的轿车，围观的群众也纷纷伸出援手，硬生生把这辆具有纪念意义的轿车推上了山顶。

张欢推开车门走出来，双腿打战，浑身上下早已湿透，后怕地朝四周看了一眼，随即悄悄走到山下的村民家里擦脸、擦身，换上了一身浅蓝色的工作服，又去检查东宏网的直播线路。

这是新千年第一次全球网络直播，采用的却是农民家里的电话线路。为了防止围观的群众扯断地上的电话线，张欢晚上没睡，带着几个人坐在遮盖电话线上的蒲包上，静静地眺望着大海，期盼着一轮红日从东方升起。而在山顶另一边，一辆价值几百万的卫星直播车上，东宏卫视的工程师们彻夜未眠，不停地修正卫星信号飞临头顶上的时间表。

这是中国媒体第一次采用全程卫星传输和网络直播的形式，向全国观众发布新千年第一缕曙光升起的光辉时刻。

东方渐渐出现了鱼肚白，不一会儿，露出了棕色、橙色，一眨眼的工夫就出现了一弯红色，天空顿时变得亮堂了。

忽然一轮红日喷薄而出，山顶上锣鼓震天，所有的号角对准了东方，所有的目光注视着东方，所有的镜头都聚焦在东方。张欢立即抓住这一瞬间，拍下了一张又一张难忘而又珍贵的照片——一辆华松孚士的豪华轿车，正昂首挺胸迎接新千年初升的红日！

仪式结束后，张欢指挥车队，向杭桥的市民广场驶去，那里将趁着迎接新世纪的高潮，展开一场声势浩大的品牌推广活动。

刚刚驶入广场，张欢一看马路电线杆全挂满了"无息贷款——松美汽车开回家"的巨幅广告横幅！还有许多广告旗插到了华松孚士汽车的展台边上，而自己通过善美国际发布的广告，在这些铺天盖地广告面前却显得非常稀少和渺小。这些摆出的阵仗远远超出了张欢的想象，观众都纷纷拥到了松美汽车的展台。

最气人的是，华松孚士汽车的展台前竟然空无一人！

张欢马上派人把坐在咖啡吧里喝咖啡的钱勇找来，要他赶紧指挥广告公司的人，把插到自己展台的众仁的广告拆下来，用彩带把周边围成一个圈，派出保安人员在周边维护。

这么一来，众仁广告公司的人不干了，直接把广告横幅挂到了华松孚士展台的正对面，隔着中间的观众席，与整个舞台隔空相望，形成了对垒。

这时，对面的市民广场开始锣鼓喧天，美女歌舞，现场出现了一片欢腾的景象。那些震破耳膜的高音喇叭直接盖过了华松孚士汽车展台的声音，张欢顿时呆住了。

眼看对面市民广场上的人群都围在松美汽车展台，张欢急得满头大汗。钱勇悄悄走过来附在张欢耳边低声说，去买高音喇叭吧，跟他们对着干！

张欢不同意，要求钱勇去松美汽车展台进行交涉，甚至提出各退一步的方案。不料，钱勇回来后说，对方不同意。他们认为双方隔着一条马路，没有什么影响。

张欢气急了，大步走到对面的市民广场，抬眼就看到一辆深蓝色、高度比华松孚士矮，但宽度却比孚士豪华轿车要宽很多的高档轿车。

这辆轿车敞开着四扇车门，边上站着几个美女，手拿着麦克风，边讲解边邀请围观的群众分别坐进去感受前后排宽敞的空间。

张欢谨慎地沿着这辆车兜了一圈,内心产生了不小的压力。虽说他曾经在海报、电视上、广告里看到过这辆轿车,但亲眼所见,还是略感震撼。

这辆轿车前格栅圆润,两只椭圆形的前大灯,引擎盖上还竖起一只凤凰翅膀,让整个车型顿时就显得张扬起来。整车的线条也十分饱满,把这辆轿车的大气和阔绰显示得淋漓尽致,这将是自己今后的竞争对手!

等到张欢连续兜了几个圈子后,围观的人群渐渐散去。几个拿着麦克风的小姑娘赶紧跑到遮阳伞下喝矿泉水,看来是到了幕间休息时间了。连续几次,张欢基本掌握了时间差,刚准备转身回去布置,抬头就看见了丁鹏!

"哈哈,不是冤家不碰头啊,找了半天原来你就跟在我身后?"张欢张嘴一笑道,"怎么样?给不给我时间和空间?"

丁鹏双手一摊,摇摇头,"你搞你的活动,我做我的市场推广,两不搭界,哪来什么时间和空间可言?"

"兄弟,你看你叠着那么多的高音喇叭,分贝早就超出国标好几倍啦!"张欢指指丁鹏塞着的耳塞道,"你看你自己塞着耳塞,周边的行人怎么受得了?"

丁鹏装作没听见,随手拔下了耳塞问道:"你找我什么事?"

看到丁鹏装模作样的样子,张欢就来气,笑着伸手推了他一把:"哟,看把你能耐的,装什么装?咱俩还不都是一根藤上的蚂蚱,现在咋了?你现在飞到另一个藤上,就不认自己过去的朋友了?"

丁鹏忽然装作恍然大悟的样子,大叫道:"啊呀,原来是张总啊,真是大水冲了龙王庙。哦,刚才那个钱勇来找过我了,说要让我停下音乐,我没同意。这怎么可能呢?我们搞市场推广,就是需要有点气氛。你们搞展示搞活动不也是要这样的吗?我这里停了,你那里起来了,此起彼伏?这算什么事呀!"

张欢一把拽住他的胳膊拉到一边,嘴巴抵住他的耳朵说道:"你别给我装,你应该知道我的脾气,别以为我当了销售公司总经理就会像你一样装,我

第二十一章

才不会！我就是个卖车的，要是把我惹急眼了，转手就把你扔进西湖里！现在你我各三十分钟，你停了我上音乐，我停了你才能开始。咱们互不干涉！"说完他转身就走。

"你威胁我？"

"威胁？"张欢停下脚步，转身，一伸手就捏住了丁鹏的小胳膊，丁鹏感到一阵钻心的刺痛，哇哇叫唤起来。

"你、你打人？"丁鹏脸色发紫，嘴唇发青，哆哆嗦嗦拼命挣扎。

张欢顺手一拧，丁鹏的胳膊立马成了麻花，马上求饶："哥、哥，你别这样，松手、松手，哪有你这样动手动脚的呀，有话好好说呀！"

张欢慢慢松开手，又顺手撸了几把，随后在他肩膀上拍了几下，立马又把丁鹏疼得龇牙咧嘴道："行了，行了，听你的还不行吗？"

"五分钟后，我那里的音乐声起，你就安静地等三十分钟。随后我停了你才可以重新响起你的高分贝！"张欢一字一句说完后，一个箭步飞奔过马路，挥手让一直等待的广告公司开始播放音乐。

悠扬的轻音乐慢慢响起，市民广场顿时沉浸在一片令人心旷神怡的乐声中，慢慢地，一批一批的人群开始往广场走去。

张欢回头看看对面毫无动静，感到时机已到，跳到藏在展台后面的豪华轿车上，启动车辆，随着油门轰响，嗖地窜了出去，在舞台前滑出一个漂亮的弧形，又稳稳地停在了舞台侧面伸出来的两块跳板前。

围观的人群哪见过轿车在广场上会有这种表演，纷纷惊叫着围了上去。只见这辆流线型轿车，在午后的阳光下，闪烁出一道绚丽的光芒，在缓慢地驶向舞台上，银色的光线随着轿车的上升，在慢慢移动，冬日的太阳光柔和地洒向整个侧面的车身，把水滴型的车顶弧线完美诠释了出来，众人情不自禁地叫了起来："哇，真漂亮的弧线啊！"

"真像一朵初开的玫瑰花蕾！"

"灵动，优雅，那弧线就像天鹅的脖子！"

就在众人的纷纷议论中，刹那间，展台后面的左右两侧，分别驶出五辆不同颜色的豪华型轿车，滑出一道道弧线，稳稳地排列在舞台两侧。

所有轿车的车门都打开了，身穿浅蓝色工作服、戴着雪白手套的司机像一个个保镖守候在轿车身旁。正在舞台上翩翩起舞的美女们呼啦啦跳下了舞台，摇身一变全成了现场解说员。就在所有人群的目光都注视着豪华轿车时，张欢悄悄从舞台上的轿车里钻了出来，几个大步就跳下了舞台，随后就站在一边笑眯眯地看着兴趣盎然的观众。

此时，舞台的屏幕上开始演示豪华轿车的各种配置，观众们仔细听着讲解，焦急地询问价格，更有的想现场就掏钱买下轿车。

钱勇有点不知所措。舞台上的演员跳下来充当讲解员，这根本就不在剧本里头的，完全是刚才张欢把这些演员临时召集过去忽悠的。他看到那些舞蹈演员的嘴巴所说的与眼睛所看的不在一个节拍上，完全是听了音响里怎么说，她们就跟着怎么说，围观的群众哪里还顾得上听和看，你挤我我挤你，拼命想坐到车里面去享受一下。更不要说，那些急于买车的群众，拉着司机不停拉呱，好像只有这些真正的华松孚士的人才能给自己最大的帮助。

张欢不失时机地拿起话筒，站在舞台下诉说着刚刚走过的旅程，让录像机回放轿车驶上山顶的录像。

众人看着录像都捏着一把汗，直到这辆轿车驶上光明顶，被新世纪的第一缕曙光轻吻、抚摸，一道嫣红的弧线开始耀眼起来，突然一轮红日瞬间跃上了天际，万丈阳光照射在这辆轿车上，顿时闪现出绚丽的色彩，众人这才惊叫着拍起手来。

这一切，被一个坐在市民广场露天咖啡吧的老板看得一清二楚。此人就是刚刚开始造汽车的老板黎大福。

他指指正在介绍的张欢说："这个人才是做营销的料，神情自若，既沉得住气，又压得住台面！"

两台对垒戏唱完了，张欢带着车队准备返回华松市，车队离开时，马路对面的松美汽车车队也在离开。一个车道挤进两队车，张欢开窗伸手示意后面的车队暂缓，让松美车队先过。看见丁鹏从窗口翘起一根大拇指，张欢也伸出大拇指。不承想，丁鹏突然把大拇指往下一翻，气得张欢差点开车撞上去。

当晚，当地电视台把市民广场的同台竞争画面播放了出来，同时还把同台竞争戏说成是兄弟阋墙、同室操戈。

华松孚士豪华车上市后，在社会上引起极大的反响，也时刻牵动着孙艳的心。她想，如果自己厂里的零件能搭上这班顺风车，那离公司腾飞的日子就不远了。但是这些已经通过质量评审的零件迟迟没有经过现场质量评审，导致一直无法生产，华宝陷入了困顿。孙艳觉得不能再等待下去，决定去找师兄想办法。

姜波获知这一消息后就想，卢建军是埋头在老产品中苦干，孙艳是钻进新产品里巧干，两个人的思维模式不一样，但新产品的现场评审迟迟没有进行，必然会把孙艳的巧干变成了白干。

姜波主动向高总提出，自己想亲自带着质量保证部、采购部和产品工程部的同事，一起参与新产品的现场生产质量评审，加快对所有新产品的认可进度。高总马上表示同意。

那天正好是午饭时间，两辆轿车驶进华宝公司，让周志远吃了一惊，赶紧给孙艳打电话，没想到孙艳正在与原材料供应商谈判，赶不回来，要师父先把大家都带到饭店吃饭。

周志远想，一来一去几个小时，浪费时间，便把姜波拉到一边说：“小波，我看中午大家就将就些，我让食堂里再炒几个菜，晚上等孙艳回来再请大家吃顿好的！"

姜波听了摇摇手道："我是故意不告诉你们的，就是担心吃吃喝喝耽误工作。这次华宝公司要认可的新零部件多，今天还不一定都能全部干完，大家既然不想吃，那就留着肚子晚上吃吧，现在赶紧工作！"

听了姜波这番话，工程师们也不敢怠慢，急忙跟在佟爽、沈大壮和周志远身后，分别向各自要检查的部门和车间走去。

到了傍晚，孙艳匆匆赶来，虽然是一脸的疲惫，看见师兄便责怪道："事先也不说一下，害得师父提心吊胆。"

姜波嗔怒道："我就是看不惯有些人，还没出门就事先通知，到了工厂检查工作就吆五喝六的，把自己当成大爷！"

佟爽则说："姜经理，中午吃饭时大家脸色都不好看，下午的现场评审虽然结束了，但还有明天的检查，要是找岔子，苦了的还是我们工厂。"

"只要不是质量问题就用不着担忧。"姜波说。

周志远指着远处的大山深处说："你知道吗？今晚我们都去山里面吃饭睡觉，那里曾是建军父亲的一个胶鞋厂，经过几年的改建，改头换面成了一座度假村。"

姜波听了一愣，随后就笑了。周志远意犹未尽道："建军活着时，一有空就带着人到山庄推平了山坡，沿着曲直的山道开出了一条能进出车辆的大道，还把小溪里的石头搬到了路边，做成了漂亮的围堰，最后又把那些千奇百怪的石头搭建成假山，景观是美不胜收啊！"

程序审核告一段落后，大家就驾车前往周志远所说的西周山庄。姜波驾车开在最前头，周志远坐在他身边引导，一路兴高采烈地介绍。

几辆轿车沿着山区的小道一路驶去，沿途看到的全是云雾缭绕着山峰，山顶的雄姿若隐若现。落日的余晖穿过山峰，把山峰下村庄里的袅袅炊烟也映射得绚丽多姿。姜波这才觉得，原来这里的山庄如此秀美，怪不得师父这么留恋。

晚饭时，一桌当地的农家菜，还有许多未曾见过的小海鲜，几瓶花雕下肚，大家吃得心满意足。

佟爽给每个人发了一个信封，到了姜波面前，犹豫了一下，随后也放下了信封。

周志远向大家招招手，领着大家朝歌舞厅走去。

姜波愣住了，孙艳上前替他拿起了信封，带着他慢慢走出餐厅，来到曲径回廊，指着那些奇石垒成的假山，溪流边的亭台楼阁一一介绍。

原来这里很多的建筑材料，都来自卢家的祖屋，怪不得一踏进这个山庄，就有一种古建筑的风韵。

孙艳继续介绍，最早是建军的爷爷想在这里修建一个养老院，后来爷爷去世了，他父亲也走了。建军就按照他们的意愿，慢慢改造，想把它变成一个山庄。可惜，建军走了，最后还是孙艳接手后就慢慢改造成现在的度假村，让它发挥更大的价值。

姜波指着池中翩翩起舞的一条小飞龙，又指指围墙上的巨龙雕刻，笑道："看来，你没少去城隍庙，这里的围墙都是龙墙，不时有一条游龙盘桓于高墙上，这不就是把城隍庙的经典搬到这里来了吗？"

孙艳笑道："这不是我的杰作，是建军。他对华松有着深厚的感情，拍了很多照片。他走了，我就按照他的遗愿，慢慢地让那些手艺人去一步步雕琢。"

"学会了经典，也带来了糟粕！"姜波的眼光留在了孙艳手中的信封上。

孙艳一愣，慢慢抬起手中紧握着的信封，轻声地说："师兄，现在流行'小额、合理、必需'，这些红包虽然没几千块钱，但也是没有办法的办法。建军曾告诉我，但凡到配套厂去的人越多，这家厂的生意就越好。上姚集团每天人来人往，当地的大酒店都成他家的宿舍和餐厅了，结果一个小厂变成了集团。"

"钱，我是绝对不会拿的。你给了其他人多少我不知道，也不想知道。"姜波生气地说。

孙艳说着便在廊檐下坐了下来，把信封往廊檐下的椅子上一放，说道："这个红包我知道你不会拿的，我故意拿在自己手里，也是不想让其他人觉得尴尬。希望师兄能理解我的苦衷！"说到这儿，孙艳又岔开了话题，"不过，师兄刚才在餐厅是不是有新的发现？"

姜波摇摇头。

孙艳说："西周山庄除了那些养花弄草、打扫卫生的人，没有专门的厨师，也没有服务员。只要有客人来，厂里食堂的炒菜师傅和年轻员工下班后，就来这里兼职，就能多拿一份工资。"

姜波听了觉得不可思议，问道："那平日里有客人怎么办？"

孙艳笑了："这里比较偏僻，上班时段很少有人来，节假日来的人比较多。我们也曾请过专门的厨师，结果游客对那种宾馆里的菜肴不感兴趣，反而对厂里炒菜师傅的手艺大加赞赏。因此我们平日里只接受预约，也方便我们食堂里的师傅和工人有时间来兼职。我们把主要精力放在了环境设施和菜品的质量上。我们的菜都是最新鲜的，绝对没有隔夜菜。我们山庄的运营成本比其他饭店低得多，在市场上有竞争力。现在的利润比较可观。"

姜波笑了："这倒是一个两全其美的办法！"

春节前，张欢忽然接到林冬梅亲自打来的电话，邀请他到上姚来商谈订购一千辆豪华轿车的事宜。

在集团的销售策略会议上，高振雄为郝亮要搞强行搭售一事争得面红耳赤。何国强又找不到其他的销售办法，只能同意郝亮强行搭售的策略，一辆豪华轿车搭售两辆新老孚士。现在张欢接到电话当然很高兴，这意味着两千辆的新老孚士就有了出路。

于是，他兴冲冲驾车直奔上姚，停好车就大步流星地走进了富丽堂皇的上姚大酒店，向笑容满面的林冬梅伸出了双手。

"张总，总算把你盼来啦！"林冬梅握着张欢的手不停地摇晃，"不好意思啊，你到上姚来了很多次，一直就没能碰上。你来的时候我出差，你走的时候我回来，看来还是缘分没到啊。再不把你请来，看来又要错过机会了。所以，我把所有的事推得一干二净，专门来陪张总！"

张欢笑嘻嘻地跟随她走进大酒店的包房，房间里装饰得金碧辉煌，墙壁上挂着仿真的西洋画，迷人的小灯灯光直射在画上，一眼就能让人看清这幅画的精华，桌上摆放着烫金的餐具，就连酒杯上都有一圈烫金。

"张总，"林冬梅拿着红酒杯说，"淑芬说你是海量，我林冬梅没酒量，只能抿一口，算是表示一下，还请海涵啊！"说着她拿着酒杯与张欢碰了一下，啜了一口便开门见山，"这次你们即将上市的豪华轿车，听说是有差异化配置的？"

第二十一章　397

"对，针对不同的客户，当然有不同的应对策略。"张欢说，"林老板，我已经听尹主任说了，这次你想大批量采购，不过你也知道，这次豪华轿车是有搭售政策的，除非你得到郝总的批准！"

"政策是上面订的，执行的在下面。"林冬梅讪笑地望着张欢说："现在已经不是十五年前了，现在卖一辆车只要不亏本已经是上上大吉了。所以我说啊，现在搞这种搭配已经完全不合时宜啦！"

"是啊，你看看我们集团下面正在销售的其他品牌轿车，哪有这种情况？"林冬梅的话刚说完，尹淑芬也不失时机地插嘴道，"松美汽车也是你们集团下面的合资品牌，人家就不那么做，而是用免息贷款来吸引用户。不过，你们这次也算是学乖了，搞了两种配置，既然搞了差异化，可为什么还要搭配呢？这不是脱裤子放屁吗？"说完自己也忍不住笑了。

林冬梅笑道："淑芬这张臭嘴，说话也不看对象。张总，实话跟你说吧，对华松孚士我还是有感情的。当初我就看好华松孚士会大跃进，会腾飞，所以我宁愿不当副厂长也要去当生产特区主任，为的就是想跟华松孚士一起腾飞。不过，我不后悔，卧薪尝胆搞汽车销售获得了成功，谁会想到，刚刚含辛茹苦挣来的钱，一夜之间又回到了原点。眼下除了那些花花肠子的门面，现金流已经成为最大的难题。要不是其他品牌支撑着我，这梅花集团就成了发霉集团。所以我说，华松孚士要是再不让我赚钱，太说不过去了！"她喋喋不休地讲起自己多年的亏损，差点要落泪了。

张欢说："林老板，我很清楚你这十几年好不容易打出来的天下，可现在面对这个政策我也无能为力。毕竟这是集团的决定，我只是个执行者而已。"

林冬梅给张欢夹了一筷子菜，说："张总，这些情况我都知道，我是希望通过此次豪华轿车的销售，提振梅花集团所有员工的信心，否则再这样下去，完不成销售指标的员工不仅只能拿底薪，很快就会出现离职潮。就说前阵子发生的事吧，温江的一个销售经理把一辆积压的老孚士，低于你们规定的价格卖了，但没想到这个所谓的客户，竟是你们公司请来的第三方，是个专门来找茬的，竟然像真的一样付了定金，结果把双方的对话全部用袖珍录音机录了下来，结果呢，证据坐实了，还被罚了一万元。这就是你们的市场导向和营销策略？"

张欢听了这话心里也感到很憋屈，说道："林老板，今后我们只会定销售指导价，再也不会锁定价格了。"

"晚啦，影响已经传出去了，要想挣回这个脸面，只有趁着豪华轿车上市去改变。否则，这个诟病永远都不会消除！"林冬梅气咻咻地说。

尹淑芬趁着给张欢倒酒的机会，悄悄用膝盖碰了一下张欢，示意他尽快转过弯来。

张欢一愣，顿时明白了尹淑芬的意思，笑嘻嘻地说："这样吧，我再想想办法，看看怎么能把搭配给你们的车减少一点比例，不搭配我肯定做不到。"

林冬梅笑笑："我知道张总会有办法的，要不然李振华怎么能雄霸海南呢？"

听了这话，张欢心里很窝火，便把红酒杯往桌上一推，对尹淑芬说："喝红酒不得劲，咱俩干白的！"

尹淑芬一看这架势就明白，张欢是不想听过去，赶紧朝林冬梅眨眨眼。

林冬梅很知趣，借故走到卫生间，随后手里拿着手机出来："张总，家里来电话有急事，你们慢慢喝，我就不陪了！"说完，她歉意地握着张欢的手，使劲摇了摇，转身就走了。

林冬梅走到门口又把尹淑芬叫出来，顺手从自己的小包拿出两支铝管，悄悄附在她的耳边嘱咐几句，做了一个抽烟的动作，随后就走了。

尹淑芬马上把两支铝管放在身后，回到座位上，装作打开小包去取纸巾，顺手把两支铝管放进包里。随后她习惯性地解开了绷得很紧的纽扣，露出了雪白的胸脯说："大老板走了，我们终于可以放松了，过去的事就不提了，来，今晚我陪你来个一醉方休！"

张欢把门关上，嘻嘻一笑："过去？是啊，过去我一直有个疑问，当初只知道她到上姚传动轴厂当了副厂长，怎么又去搞汽车销售了呢？这钱从哪儿来的，总不会也是上面拨款的吧？"

"开什么玩笑？她岂肯当老二啊，一直把自己当成老大，后来他弟弟没办法，看到汽车销售来钱快，就同意她下海了！"尹淑芬说，"这钱全是她弟弟想办法担保贷款的，资源都是郝亮批的条子，否则哪来现在的局面啊？"

这回，张欢终于把梅花集团的资金、人脉、资源链条串联起来了。

尹淑芬悄悄地说："她可厉害了，当初要不是她胆大包天，怎么可能有今天？连他弟弟都怕她。幸好她不管厂里的事，否则我们这些人早晚都会被她折腾死！"

"有这么严重吗？"张欢很好奇。

"但凡她嘱咐的事要是办不好，轻则被骂，重则被开除呢！"尹淑芬悄悄说道，"在梅花集团，没人敢对她说个'不'字。"

张欢看了一眼尹淑芬，也装作小心翼翼地问："听你话里的意思，她今天是故意把谈判的权力交给你了？"

尹淑芬笑笑，故意岔开话题，说道："老规矩，喝了这杯酒，上楼去做个按摩？"

见张欢点头，她随即就打了个电话，叫来熟悉的领班，随后又从门后拖出一个旅行箱。

桑拿中心的位置非常隐秘，位于酒店管理楼层的最尽头，只有走到尽头才能看见边上有一道门，不注意的人还以为是员工专用通道，实际上就是桑拿中心的入口，必须有人先打电话通知，这道门才会打开。

张欢到这里来过好几回，算是这里的常客了。一进去，里面的人立马恭恭敬敬地向他鞠躬，随后便把他领到了一间很大的房间，里面不仅有沙发、电视、游戏机，还有酒柜、冰箱，宛如一个豪华客厅。拐个弯进去就是一个换洗衣服的小房间，再推开一道门是一条长长的走廊，拐几道弯是一个汗蒸房，再进去就是热气腾腾的冲浪浴池。

尹淑芬趁张欢到里面的房间更衣，便把行李箱放到沙发边上，故意拉开箱子的拉链，露出里面捆扎好的一沓沓现金，随手从酒柜里拿出香槟，取出冰桶，把香槟放进去，开始削水果皮。

"张总，听说这里来了几个俄罗斯美女，要不要试试战斗民族的按摩手法？"尹淑芬开始按照林冬梅的嘱咐说话了。

更衣室里传来张欢嘴里发出的嗡嗡声："我早就跟你说过，喝酒唱歌都行，唯独这按摩我是坚决不去的。淑芬，时间不早了，你早点回去吧，我洗完澡后自己上楼睡觉！"更衣室的门砰地一下关上了，发出一阵巨响，似乎在表达着不满。

"张总，你这不是为难我吗？任务没完成，回去怎么向林老板交代？我看这样吧，你把搭售改成一比一吧，这样我也能回去交代！"

张欢从房间里探出头，朝尹淑芬瞪了一眼，穿着浴袍坐到她面前："我们认识也有好几年了吧，你难道不知道我的为人吗？能帮的我会不帮吗？可现在这事不是不帮，而是实在帮不了！"

尹淑芬把水果刀往桌上一放，说："刚才你也听到了，梅花集团现在很困难，再不盈利的话，这日子真的很难过。这次，还请你高抬贵手，我们已经收了几百万订金，进货一千辆豪华轿车也是板上钉钉的事，其他车辆就搭一千辆，你看成吗？"

尹淑芬顺手摊开了行李箱，露出了几大捆人民币："张总，这里是一百万，要是不够，再给你拿点！"

张欢顿时脸色骤变："早就告诉过你，我这人软硬不吃。"张欢此刻已经完全没有了耐心，觉得自己被侮辱了。

"真是个怪人，洗桑拿不按摩，给钱你又不要，实在搞不懂你！"尹淑芬生气道，"不过，我可提醒你啊，林老板是从来不主动打电话请人喝酒的，这次也是给足了你面子，你真要是回了林老板的好意，那以后怎么做朋友？别忘了，她可是有背景的！"

"背景？做事靠背景是永远走不远的！"听到尹淑芬用这种口吻威胁，张欢笑了，"尹主任，我还是一句老话，要是让我放弃企业的利益，除非杀了我！"

尹淑芬本来就不是一盏省油的灯，更不是一只鹦鹉学舌的好鸟，一看事情僵到这个地步，知道已无法挽回，便板着脸站起来："还真被林老板猜到了，看来，咱们就只能骑驴看唱本了！"说罢，她气得起身拉着行李箱就走出了门外。

跑到门外走了几步，尹淑芬突然想起林冬梅的吩咐，赶紧从包里拿出一支铝管，看了看，想重新走进房间，推了推门，发现里面已经反锁上了。

尹淑芬气得一跺脚，转身跑到楼梯口，从口袋里掏出打火机点烟，猛吸几口，被呛得大声咳嗽起来，随手在墙壁上掐灭烟头，又朝这支粗粗的香烟上吐了几口痰，恶狠狠地把烟蒂扔进了垃圾箱，转身就坐电梯走了。

张欢洗澡刚洗到一半，就听到一阵敲门声，还没等到他反应过来，一个服务员用钥匙打开门，几个警察冲了进来，指着门外一个服务员手中抱着的垃圾箱，望着浑身湿漉漉的张欢问道："这里面的烟头是你的吗？"

"什么烟头，我在洗澡啊，怎么回事？"张欢一愣，连忙摇头，手忙脚乱地穿上衣服地问，"你们这是？"

"例行检查，请配合一下，跟我们走一趟！"当下几个警察又四处查找，反复几回，结果没发现异常，便让服务员抱着垃圾桶跟着一起走了。

张欢纳闷了，这是咋回事？要我去干吗？他手忙脚乱地穿好衣服，拿起自己的皮包，跟在警察屁股后面问："你们例行检查跟我有啥关系？凭什么要我配合你们检查？这是搞什么名堂？"

警察说："我们在执行公务，请你配合！"

张欢干脆在走廊里站定不动了，说道："这我就搞不懂了，我好端端在洗澡，你们冲了进来，我连裤子都没穿，你们就说要我配合，这算是哪门子道理啊？"

"我再说一遍，请配合我们调查，否则我们将动用戒具强制执行！"

这回，张欢彻底傻眼了，还以为真发生盗窃和杀人案了。到了楼底下的保安室，张欢被关在隔壁的小房间里几个小时。

警察一直在监控室查看录像，来来回回好几遍，最后哭笑不得地走出来说:"对不起,我们搞错了。没事了,你回去吧!"

张欢被警察这么一来一回的折腾后,心情大乱,不知道此时该做什么好。他晃晃悠悠走到大堂咖啡吧,刚在沙发上坐下,屁股还没坐稳,一个服务员已经站在他面前,手里拿着一份账单,示意他要去前台结账。

张欢一愣,在这里洗桑拿已很多回,结账还是头一次,一看账单,一千三百八十元! 他一下子就蒙了,幸好自己包里有张信用卡,没想到这会儿派上用场了。

刷完银行卡回房间,竟然打不开房门,打电话到前台一问,需要自己去前台重新登记付费。 张欢气得脑瓜子嗡嗡响,到了前台,干脆就把房卡交了,说自己不住了,跑出酒店大堂,打开车门坐进去。 刚坐进车,车身忽然一歪,吓得他连忙从车里钻出来,一看,右后轮的轮胎竟然不翼而飞,被几块砖头垫着!

张欢气得头昏脑涨,不得已,他只能向孙艳求助,把自己的情况说了一遍,让她派人派车到上姚大酒店接自己。

孙艳闻讯,连夜带着佟爽和沈大壮赶到上姚大酒店停车场。 当听到张欢拒绝了林冬梅和尹淑芬的讹诈后,出现了一连串的状况,他们不禁警惕起来。

回到西周工厂,孙艳带着他直奔周志远的房间,张欢把经过重复了一遍,周志远拍着脑门大喊:"不幸之中一大幸。"

张欢狐疑,周志远说:"你是一个没有邪念的孩子,总把一切想得很完美,可现实并非如此! 一个女人领你去那个地方洗桑拿,会是个好地方吗? 好在你什么事都没干,难道不是大幸吗?"

张欢这才恍然大悟。

春节期间,何国强收到了来自各个不同部门的领导、朋友和老同事的电话,都是来求购豪华轿车,希望能批个条子,早日买到轿车。

春节过后,何国强来到高振雄办公室把情况一说,高振雄马上把张欢叫来。

"张欢,何总来向你求助啦!"高振雄笑着点燃香烟,把一张清单递给了他,"这些清单里的车辆,你能否一次性解决?"

张欢一看清单,一共是三十二辆豪华轿车,马上挠头皮道:"这些需求都是来自全国各地的,让他们直接到当地4S店买就行了!"

何国强笑了:"谁不知道买车到4S店? 现在所有的4S店都要加价,有的店还要先付定金,三个月后才能取车。 他们无非是想既想省钱又要马上提车! 我也实在没办法,这些人,有过去的老领导、老同事,也有现任的领导,唉!"

"这好办,我分别给所在地的4S店老板打电话,让他们不准加价先把车卖给这些领导。"张欢说完就偷偷笑了,"不过,话说回来,这等于是抢这些老板裤兜里的钱,他们肉疼得很!"

高振雄说:"我们想办法给他们补上缺口吧!"

"不行啊,"张欢摇头,"郝总规定,一辆豪华车必须搭新老孚士各一辆。这些老板是把豪华车赚来的钱,搭在新老孚士的降价上来求得平衡。"

何国强叹气道:"唉,我也没想到会出现这种局面,当时也想不出其他办法,就只能先这么干了!"

高振雄说:"春节后我们是双班生产了,再这样下去就只能三班生产,希望能够满足全国各地的订单!"

"这几天,政府机构也不停给我打电话。"何国强说,"现在看来不仅个人需求旺盛,公务车的需求也很大呀!"

高振雄笑着对张欢说:"你要马上成立大客户部,专门服务这些大客户。"随后他掐灭烟蒂,侧身望着何国强说道:"何总,眼下我们的产量满足不了旺盛的需求,是不是请松美汽车业也参与一下大客户的需求?"

何国强嗯了一声,说:"他们早就行动啦!"

高振雄看了一眼张欢,似乎在鼓励他把藏在心里的话说出来。

张欢犹豫了一下说道:"何总,我有个建议不知该不该说!"

"说呀,这有什么关系?"何国强喝了一口茶,"我已经听了不少,你但说无妨。"

"搞强行搭售，这样对推广豪华车不利。"张欢说，"你看松美汽车搞的贷款销售，一下子把高档车全推销了出去。我们搞搭售，4S店的老板们怨声载道，原先好不容易树立起来的信心，一下子就要搞没了！能不能换一下思路，换一种打法？"

何国强很感兴趣，两眼盯着张欢，显然是鼓励他继续说下去。

"最早的出租车都已经在逐步淘汰，这些出租车公司都希望我们的新老孚士能成为出租车的首选，就因为价格的问题迟迟没能谈下来。"张欢坐到了何国强对面继续说道，"要是我们能根据出租车公司的要求，把一些不是出租车必备的配置减少，价格就能低很多，这样他们就能接受。"

何国强眼睛一亮："有道理！你继续说！"

张欢马上说："我走访了华松市出租车公司，最近几年，他们要淘汰的出租车有几万辆，而且这些淘汰的车都被出租车公司卖到了三四线城市，收入不菲。只要再贴上几万元就能更换一辆新车，如果我们减少了配置，就能满足出租车公司的价格需求，这难道不是一个好买卖吗？"

何国强恍然大悟："哦，你不想搞强行搭售，原来有这个目标市场在垫底？"

高振雄也笑了："何总，其实这个想法，张欢从迎接新世纪第一缕曙光回来后就有了。杭桥是海江省的首府，又是旅游大省，出租车都是来自全国各地生产的大小不一的车型，他们一直想学华松市出租车市场的模式，也找张欢谈了好几次，就是一个价格问题。"

张欢说："随着豪华车生产规模的扩大，松美汽车无息贷款销售高档车，人们的目光都开始聚集在这些豪华和高档车上。如果我们继续搞强行搭售，迟早会成为经销商的累赘，甚至还会给我们推广豪华车带来困扰。所以我又走访了全国各大出租车公司，都发现他们要淘汰落伍的出租车，这就是我们关注的重点目标！"

何国强伸手向高振雄要了一支烟，拿在手里却不抽，随后又还给了高振雄，说道："老高，这是未雨绸缪啊！我眼下只看到豪华车上市之后供不应求,却没看到百万产能实现后,市场的应对策略。但张欢看到了,也想到了如何应对,这是我的失策啊!"

高振雄坦言:"何总,眼下产品工程部正在对新老孚士开展减配工作,估计下个月就会有新的结果。只是郝总那里还需要你去做工作!"

何国强点点头,道:"这是战术问题,需要尽快拿出决策!老高,我延长任期的时间也快到了,你们要抓紧,争取在我离任前,把这件大事定下来!"

两个整车制造企业,两种不同的销售方法,把整个中国汽车消费市场搅得火花四溅,这种商业竞争,逐渐让人们司空见惯。

唯一不同的是,张欢透过这种表面的竞争,窥探到了更多的渠道、更多的销售方向,出租车市场就是一块大肥肉!

六个月之后,减配的出租专用车诞生了。何国强参加了华松孚士汽车在华松市的文化广场举行的首届出租专用车展览会,并为展览会剪彩。

展览会很成功,全国各地的出租车公司纷纷来参观,很快签订了供需合同。没过几个月,华松孚士出租专用车在全国各地遍地开花,尤其是在一线城市的机场、码头、车站和商场,华松孚士出租车几乎成了一座城市繁荣的象征。

第 二 十 二 章

　　新老孚士出租专用车在全国出租车市场获得胜利，强行搭售政策取消，给豪华轿车的大力推广带来了契机。所有的工厂都在三班制生产，产能已经扩大到年产一百万台以上。零部件厂商也日夜加班加点，甚至有些零部件厂不得不把并不重要的零件外包出去，也只有这样才能满足产能的需求。这是中国汽车工业发展中绝无仅有的辉煌时刻。

　　一天，张欢刚准备完明天要出差的资料，准备下班回家，忽然接到售后服务部总监的电话，说有一辆豪华轿车的车身变形，可能是质量事故引起的。

　　张欢急忙给姜波打电话，询问整车试验时是否遇到过车身扭曲的现象。姜波回答说"没有"。

　　张欢马上把售后服务部反馈的信息告诉了姜波，问能不能去查看一下试验数据。姜波马上通知整车实验室准备数据，自己也立即赶过去。

　　到了实验室，姜波和张欢仔细审看了所有试验数据，特别是在扭曲试验中，仅出现了一次轻微的弓背现象，这是在刚度的偏差许可范围。因此质保部同意批量生产。

　　这时，高振雄也打来电话询问豪华车质量事故的问题，马上要求他们到自己的办公室来。

　　放在大家面前的是几张传真，上面有一辆豪华车的正面和侧面照片。

根据描述，这辆车的横隔梁扭曲，导致车身侧围变形！

姜波大吃一惊。这种现象只会在极端事故——突然跌进巨大的凹坑中才会出现，怎么会在海江省的沿海城市里发生呢？

高振雄指着传真中的照片说："维修站发来的信息说，这辆车刚买了半个月，在山区道路上行驶，由于路面不平，驶下山道后就出现了这种状况。你们说，是不是我们的产品质量问题？"

姜波仔细盯着传真看，说："当初郝总和邹总坚持要求拉长车身到120毫米以上，我没同意，最后拉长到100毫米。所以，我认为整车质量是绝对没有问题的。"

张欢疑惑地问："当年'三产'成立时，邹仁把小冲压件全部外包了，会不会趁着现在产能提升，偷偷地把大型冲压件也外包了？"

高振雄听后很紧张，马上打电话询问吴猛横隔梁有没有外包件。吴猛回复有的，而且是刚刚通过质量认证后供货的。

高振雄急忙问姜波："这个情况你知道吗？"

姜波回答："不知道！"

高振雄脑袋一阵发痛，急忙要求吴猛带着团队回公司。

姜波担心夜长梦多，提出先带张欢到现场去了解情况。高振雄同意了，临行前特别关照："此事非同小可，一旦发现横隔梁断裂是质量问题造成的，要当机立断召回！"

在行驶去上姚市的路上，张欢焦虑地问："哥，这根横隔梁是安全件怎么会突然外包，而且还通过了质量认证呢？"

姜波也不知道究竟发生了什么事，无言以对。

当晚十点左右，姜波和张欢已经站在洮州维修站的车间里。他们发现这辆横隔梁弓背现象特别严重，轮胎没有爆裂、钢圈没有变形，车身侧围略微侧斜，左右两边的翼子板都出现了细微的裂缝。

正当姜波和张欢蹲在车身下仔细查看车身大梁是否变形时，忽然围在身边的维修站人员全都站了起来，张欢一抬头便愣住了：林冬梅系着一条真丝围巾,嘴上抹着口红,戴着一副宽边的浅灰色墨镜,在众人的簇拥下来到了维修车间! 他脑海里马上蹦出:"这里是林冬梅的地盘!"

维修站的头说:"这是我们老板。"

姜波也是一脸狐疑:"冬梅? 你这是……"姜波早就听张欢说过林冬梅是梅花集团的老板,没想到这个维修站也是她的。

"久违了,姜总,没想到在这儿见面了啊!"林冬梅主动握住姜波的手说,"大老远把你给惊动了,真是没想到啊!"

"这、这个维修站是你的?"姜波差点语无伦次。

"是啊,整个海江省所有地级市的华松孚士4S店都是梅花集团旗下的。姜总,你可别用这种眼光看我。 你应该了解我是个什么样的人啊!"林冬梅笑了,把手朝东方一指,得意非凡道,"当初我不当副厂长去当了生产特区主任,你也是用这种眼神看我。 一晃都过去十多年啦,你怎么还是老眼光啊! 哟,这不是张总吗,听说你与松美汽车搞对垒,都上电视啦!"

这话让张欢气不打一处来,冲着她就嚷嚷:"看你幸灾乐祸的样子,你巴不得我们干仗吧?"

"说话别那么冲,我林冬梅也是为你们着想,别好心当作驴肝肺。"林冬梅说完就板起脸,"别忘了,我可是你的大用户,海江省的销售要是没有我,你的销售业绩能上去吗?"

姜波赶紧劝道:"冬梅,别争了,你知道我们急着赶来为什么,现在就是直接针对问题找原因。 你也是老法师了,你说说,这辆车在什么样的路况下会出现这种状况呢? 到底是质量问题,还是设计问题,抑或是材质问题?"

张欢梗着脖子说:"跟她说有什么用,还是少费口舌,马上去事故现场。"

"嘻嘻,大路朝天,我又没拦着你,要去就去呗!"林冬梅冷冷一笑,随即就露出一脸不屑的样子,抬起下巴示意维修站的站长带路。

现场是一个山坡急转弯道,路面正在维修,到处都是坑坑洼洼。 如果是白天,驾驶员自然会很警惕,也会绕着走。 但到了晚上,轿车前大灯不会拐弯，直到轿车拐到直线后，赫然发现前方是一个急陡坡，而且又是维修到一半的坑洼道路，刹车都来不及，只能硬生生冲过去。

这就等于在蹦蹦床上跳舞，其刚度和力度远远超过设计要求，就算载重卡车也会散架！

回到维修站，林冬梅听了站长的汇报，忽然轻声地说："这事啊，我看还是简单处理比较好。对用户说，不是车的质量问题。对保险公司说，是车辆出险，由保险公司赔付。"

姜波愣住了。

"一个堂堂的集团老总，竟然会说出这种话，丢不丢脸？"张欢脸色铁青，差点把最后一句话也骂了出来，"世上哪有你这样不要脸的女人？"

"这种万里挑一的事故，偏偏让我们这里的用户遇上了，那还能怎么办呢？要说是质量问题，传出去名声好听吗？保险公司知道了，会赔吗？让用户知道了，还会买你们的车吗？"林冬梅狡黠地笑笑说，"我看啊，这事还是让我来帮你们解决，你们只要付一个零件钱和维修费！"

张欢终于按捺不住了："亏你还是从华松机电公司出来的高管，竟会说出这种话，还要脸吗？"

"你不会生活在梦幻世界里吧？在这个现实社会中，脸面能值多少钱？"林冬梅恬不知耻道，"但凡把脸面当招牌的，最终就毁在脸面上！"

这话从林冬梅嘴里说出来，简直就是朝姜波敲了当头一棒。此时姜波确信张欢曾对自己说过的"骑驴看唱本"，就是林冬梅在上姚大酒店撰写的剧本。张欢要是钻进这个剧本，那就真成了丑角。

"冬梅，人在做天在看，我们必须要凭良心做人做事。你刚才的建议我不会接受，更不能逃避责任，这不是华松孚士的企业精神。"姜波话刚说完，吴猛的电话就打来了，说这根横隔梁的生产商是上姚集团，送样时材料试验是合格的，供货时材质变了！姜波听了顿时就惊呆了。

林国民也接到了吴猛的质问电话，知道大事不好，急忙带着尹淑芬匆匆赶来。看到林冬梅也在现场后，他心里有点发怵，低声说："姜总，这根横隔梁是我们刚刚供货的，才供了一万套，怎么会有质量问题呢？"

林国民希望林冬梅帮自己说话，岂料她嚣张地说："看我干什么，你们有什么可担心的，真正要担心的是他们自己！"

在去上姚集团的路上，张欢接到了郭襄的电话，说盘查库存后发现，这个批次的横隔梁钢板配套生产了一千辆轿车，已经出厂五百辆轿车，还有五百多辆轿车正准备明天出厂。

张欢马上要求郭襄将这个批次零件配套生产的车辆全部封存，随后就给销售部门打电话，立即发出召回指令。

到了上姚集团的生产车间，里面虽然灯火辉煌，但显得冷冷清清。车间的布置倒是像模像样，冲压、焊接、检验一条龙，一看就知道是个小型规模的厂家。检验台前，一个身材娇小眉清目秀的姑娘，怯生生地站在现场讲解生产和检验过程。

等她详细介绍完生产流程和质量控制体系后，姜波也似乎找不出现场生产过程中的毛病，随后便来到林国民的办公室，对林国民说道："请把横隔梁材料的所有技术参数给我看看！"

林国民马上打电话让人送资料。

姜波仔细审阅了材料的技术参数，又跟吴猛通了电话，查看了供货清单，确认是上姚集团变更了材料供应商！

一听这话，张欢顿时气得火冒三丈，嗖地一下站起来说："我就知道你们这种企业不会干出什么好事！"

林国民低声说道："姜总，我们只是更换了价格更便宜的材料供应商，想实现利润最大化而已！"

姜波说："按照规定，送样认证时是什么材料，供货也必须是同样的材料。更换材料供应商后，这个供应商提供的材料也必须再次送样认证，你为什么没按规定做呢？"

"对不起，我失误了、失误了！"

"失误？现在才知道失误？你作为华松孚士的零部件供应商，不会不知道原材料更换必须获得产品工程部批准，必须要经过质保部认可吗？你这样做纯粹就是不负责任，是典型的不顾用户的生命安全，你这种偷梁换柱的恶劣做法，就根本没有把用户的生命安全放在首位，是草菅人命！"张欢喋喋不休地指责林国民，最后还大声宣布，"从今天起，停止你们工厂所有产品供货，入库的零件全部封存，在没有得到质保部重新认可之前，中止你们的供应商资格！"

林国民听了吓了一大跳，气急败坏地拍着桌子吼道："我仓库里已经有了三万套库存，你这一叫停，工人就得回家，造成社会不安定，这就成了政治问题！"

"你还知道政治问题？现在已经销售出去的五百辆轿车要马上召回，还要全部封存尚未销售的轿车，否则就会给用户生命安全带来隐患，这才是最大的政治问题！"脸色铁青的张欢不依不饶地盯着林国民喊道，"你们本来就没有冲压件的制造资质，仗着背后有靠山才拿到了这个项目，现在别说你有三万库存，就是三十万也照样停止你供货！"

林国民双手撑着办公桌慢慢站起来，阴阳怪气地说："既然你知道我有背景，那我也告诉你，过去我们是没有冲压件资质，并不等于我们这辈子就不会有！你就别用这种大话来吓唬我，我林国民可不是被吓大的！"

眼看双方剑拔弩张，一场激烈的冲突就要发生。姜波急忙劝阻，并且要求林国民先暂时停止生产，等待质保部最后的评审结果，随即就急匆匆拉着张欢离开了上姚集团的工厂。

一上车，姜波就埋怨起来："张欢，停止供货不是你的权力，中止供应商资格更不是你的权限，你明知道林国民有后台，还故意这么说，这不是给自己找麻烦吗？"

张欢憋不住了："哥，现在我全明白了，什么'骑驴看唱本'，全都是设计好了来坑人。"

天亮时分，姜波和张欢走进高振雄的办公室，发现他睡在办公室的沙发上，于是便把昨晚检查和发现的情况详细汇报一遍。

高总虎着脸问:"停止供货、中止供应商资格是你张欢应该说的吗? 谁给你这个权力? 还要不要管理制度? 我不后悔提拔你,但很害怕你这张大嘴口无遮拦。 挂红牌是质保部的权力,中止供货是采购部的权限,你装什么大喇叭? 现在上级都已经知道了,你张欢在滥用权力! 一个干部,特别是一个企业高管,说话是动脑子还是使性子? 你还是回家好好想想吧!"

"可是高总——我实在忍不住了,他们这样做是害人害己,更重要的是把我们好端端的品牌给毁啦!"

"你差点把我也给毁啦! 一小时前,何总还把我一通臭骂,要是我回家了,还有谁能保护你? 现在、立刻、马上回家去好好反省!"高振雄一番严厉的话,着实把张欢吓了一大跳,没想到几个小时前在林国民面前说过的话,这么快就有了反馈。 最后在姜波的劝说下,张欢闷闷不乐地回家了。

早上一上班,高振雄就通知相关部门负责人开会,等到所有部门的经理到齐后,他说:"现在已经查清楚了,这次重大质量事件,是一起从上到下的违规违纪行为带来的严重后果。 采购部王品惠没经过产品工程部批准,擅自给上姚集团下达横隔梁生产指令,甚至还进行了大批量采购,这是违规的。 我宣布,请质保部按照规定,立即给上姚集团挂红牌!"

高振雄随后指着王品惠说:"即日起,你停职检查,接受纪委调查!"

纪委卢书记当即起身带走了王品惠。

就在众人发愣的时候,高振雄又侧脸看着坐在身边的邹仁说:"你,邹仁同志,在这起违规事件中负有重大的责任。 你在没有经过经管会的同意下,跳过产品工程部和质保部,指示采购部把横隔梁的生产放到了上姚集团,这是无视组织纪律、严重的违规违纪造成的重大事故,即日起你去向上级纪委做检查!"

邹仁一听就傻眼了。

郝亮大清早接到林国民电话后就知道事情不妙。 当初他决定把非核心业务外包出去,是个减轻人员成本的好机会,而且还能改变小冲压件占地太大的弊病,没想到邹仁一甩手就把这些冲压件全部都交给了林国民去试制,自己当时也吓出一身冷汗。好在林国民很快根据自己的要求大力投资，还聘请了专业人士扩建了一个比较像样的冲压车间，才算是躲过一劫。

谁会想到躲过了初一躲不过十五，邹仁竟然在产能扩大的时候，又擅自把安全件——横隔梁去交给林国民生产，而这个林国民为了获取更大的利润，竟然供货时还偷梁换柱！

于是他在上班前赶到办公大楼底下恭候何国强想解释，话还没说完，何国强铁青着脸冷笑道："邹仁胆大包天，走，去华松孚士现场办公！"

何国强一行还未踏进会议室，就听见里面传来高振雄宣布邹仁马上去接受上级纪委调查的声音。

"高、高总，我是由集团任命的，停职反省轮不到你来宣布吧？"

"我批准的。"何国强大步流星地走进来说，"请你立即收拾东西跟纪委的同志到集团去'喝茶'！"

邹仁做梦都没想到，高振雄和何国强里应外合，竟在大庭广众之下宣布自己停职，顿时脸色苍白。

站在门外的集团纪委副书记程全根正在梳头。他一直有个习惯，遇到特殊情况总会不由自主拿梳子梳头，掩盖内心的紧张。

此时，他已经把梳子塞进上衣口袋，朝邹仁招招手，示意他尽快出门。邹仁向郝亮投去惊恐一瞥，郝亮却视而不见。

看到邹仁被程全根带走，整个会场顿时显得肃静。

何国强随即转头找张欢，厉声问："张欢呢？他一个销售公司总经理怎么能擅自对供应商下达停产指令？"

高振雄听了何国强这番话，马上让秘书去找张欢，自己准备再次当众解释一下，便点上一支烟，说道："何总，请允许我发表一下个人意见。我认为，张欢在现场也是忍无可忍说了错话。因此，我已经勒令张欢同志停职反省！"

"干出这种无法无天的事，就应该立即免职！"郝亮气愤地说。

高振雄点上一支烟，不冷不热地说："请郝总放心，基层干部的管理，我会严格把控好的！"

高振雄和郝亮的对话，让何国强感到十分尴尬，他只是想把张欢训斥一顿，并没想把他撤职，刚准备说话，郝亮又大声说："高总，我提醒你，对张欢这种目无领导和组织纪律的人必须要严惩！"

高振雄掐灭手上的烟蒂，又从烟盒里抽出一支烟，点上，狠命抽了一大口，慢慢地吐出烟雾，轻声地笑道："郝总，我一大清早就向何总汇报过了，没必要在这里再重复一遍。我只想强调，昨天晚上质保部的同事都下班回家了，跟我一起讨论工作的只有姜波和张欢。大家都想在第一时间查出质量问题的缘由，因此我就让他们先行一步。当然，随后质保部和售后部门的同事也赶回了厂里，大家查了一整夜才查出了整个过程中存在着违规的事实！张欢可能就是听到了这些话才会发火的！"

郝亮又冷不丁地问："高总，停止供货、中止供应商资格是你授权给张欢的吗？"

高振雄脸色骤变，把没有吸完的掐灭了，说："关于这点，我也一大早就已经向何总汇报过了，要我再重复一次吗？作为一个党培养多年的干部，我坚信自己这点原则还是有的。如果你发现我违反了组织原则或者国家法律法规，本人愿受党纪国法的严惩！"

"高总言重了！"程全根让纪委的人把邹仁带走后，自己又回到了会议现场，听到两人的对话，马上插嘴，"郝总的意思是，邹仁和王品惠存在着弄虚作假、欺上瞒下和违规违纪的行为，必须接受停职检查。张欢的言行，是对供应商强行霸道的行为，对我们集团造成了很大的负面影响，这难道就不该追究了吗？"

一直在倾听的姜波，终于忍不住站起来说："何总、郝总，张欢确实说了一些气话，我也在场。看到产品毁在不负责任的供应商手里，任谁都会生气，说了些过分的话也情有可原，再说他的性格就是大大咧咧的，说话不带阀门，拧开了就像水龙头一样哗哗地往外流，但绝不是故意的。请何总和郝总原谅一次吧！"

第二十二章

"原谅？那他在上姚大酒店被警察给抓起来也要原谅吗？"郝亮此话一出，在场的人都惊呆了。

高振雄闻言大吃一惊。何国强也愣住了。

张欢已经被高总的秘书叫来了，一直坐在门口等召唤，听到这里就起身站到门口，大声说："是的，那天晚上我在洗桑拿，警察冲了进来，说要让我配合检查。我跟警察去了。过了好几个小时，他们看完录像，就说搞错了，让我走了！这些都是当时真实发生的情况，也有酒店的视频录像，可以派人去实地调查！"

众目睽睽之下，何国强也转过头疑惑地看着郝亮，意思是你这消息是从哪里来的？见郝亮没吱声，何国强问："你怎么会跑到上姚去洗桑拿？"

张欢把详情叙述了一遍，自责道："我偏听偏信了，还以为这样能多销售几千辆轿车，所以就去了，这确实是我的错，一切后果由我承担！"

郝亮见自己的目的已达到，便呵呵一笑，不再说话了。

"高总，这些话你都听见了？"何国强痛心地问。

高振雄板着脸说道："张欢，即日起，你停职检查！"

张欢听完，头也不回地走了。

"这件事请高总马上派人去调查一下，我们不能冤枉一个好人，也绝不能放过一个坏人！"何国强接下去说，"现在说说横隔梁外包的事，邹仁为什么会这么大胆呢？有没有里外勾结？我觉得要好好查查！"

高振雄脸色铁青，双手往胸前一抱，说："我建议集团纪委先从我上任前后倒查一年半载，上上下下里里外外都好好查一查，究竟有多少零件借着降本增效的由头外包出去了，是怎么外包出去的，是谁牵的头？有没有违反程序？是谁批准的？到底是我们自己没能力生产，还是有人想借鸡生蛋？所有在座的干部也都要回去展开自查。为了避嫌，我即日起回避集团纪委的调查，请华松孚士纪委直接向何总和郝总报告！"

当晚，王品惠离开纪委办公室，心里只有一个念头，不能就这样算了，自己什么都没捞着，就被撤职，替别人背了黑锅。王品惠心里很清楚，当初自己是刘云涛的小卒子，后来成了邹仁的工具人。如今邹仁被叫去"喝茶"，刘云涛要是不肯帮自己的忙，那就别怪他王品惠不客气。

他坐在车里反复思忖，决定给刘云涛打个电话再行动。他驾车到加油站加满油，随后到隔壁公用电话亭打电话。他双手捂着话筒说："刘总，我知道我现在用手机给你打电话，你是不会接的，你可以不说话，也别挂电话，这对你没什么好处。大批量采购横隔梁的事，是林国民借你的名义要我去做的，现在出事了，我要去找林国民讨个说法，你自己看着办！"

林国民接到刘云涛打来的电话，马上把尹淑芬找来，要她无论如何稳住王品惠。

尹淑芬一口应允。

林国民是她的恩人，当然她要义不容辞。当初尹淑芬凭借美貌嫁给了当地富豪，也就是林国民的表哥，哪知道这个富豪纵情声色死在了石榴裙下，走投无路时，是林国民收留了她，让她在厂里负责与大客户的业务对接，王品惠就是她在业务接触中交上的朋友。

三杯酒下肚，尹淑芬的脸颊绯红，习惯性地解开了勒得很紧的衣扣，露出了半个胸脯，笑眯眯地说："咱们认识也不是一天两天了，我还是打开天窗说亮话，不要以为邹仁被请去'喝茶'，你被停职反省天就塌了。告诉你，邹仁不会有事的，你呢，也不用焦虑，会有人罩着你！"

王品惠并没有接她的话题，而是说："你是站着说话腰不疼，当初是你逼着我去缩减华宝的份额，还答应给我佣金，至今一分都没兑现，结果却把卢建军活活气死了！"

尹淑芬没回答，王品惠又忿忿道："林国民借刘云涛的名义要我大批量采购横隔梁，还是没给我一分钱！现在又胡诌什么有人会罩着我！谁？不就是刘云涛和郝亮吗？他们见了何国强连屁都不敢放，还敢说罩着我？"

尹淑芬心里一惊，他说的话确实不假，华宝的份额缩减后，本应该全部由上姚集团供货，结果刘云涛半途中又截回去一半。所以林国民一赌气也就没兑现回扣。现在听他这么一说，她赶紧表示歉意："王经理，你那笔钱，我是

第二十二章　417

一直留着的，只不过当时出现了点意外才……"

"意外？ 谁信啊？"

尹淑芬觉得王品惠胆子够大的，事到如今还敢来要钱。

"唉，你不知道我的难处呀！"尹淑芬开始诉苦，"现在的银行不像过去，领现金有限额，还要填各种表，说明各种理由。我也是天天编造理由，还要一大早派人到银行排队。再说，我们是国企，怎么入账也是个问题，总得找个合适的理由才能去办。"

"别跟我说那些没用的，我要看到真金白银！"王品惠恼怒道。

尹淑芬顿时吓得支支吾吾，觉得此次王品惠来拿不到钱是不会罢休的。她借故跑到门外给林国民打电话，随后就笑眯眯进来说道："明天我就去给你买两百万储蓄式保险，保准不耽误你一年后提现！"

王品惠微微一笑，伸手在眼前尹淑芬晃来晃去的大腿上狠狠拧了一把，把她痛得直骂人："你这死鬼，还吃老娘豆腐！"

"只要你把保险的事搞定，我也不再去追究你们搞的鬼了！"

尹淑芬听了这话，总算松了一口气："那好，一言为定。今晚睡个好觉，明天我就把钱给你送来！"

没料到王品惠一把搂住她的脖子："既然说定了，你今晚就别走了……"

尹淑芬听了吓得手足无措。她拼命想挣扎，却始终摆脱不开那箍紧自己脖子的双手……

第 二 十 三 章

何国强退休前去找高振雄,说调查结果已经出来,证明张欢是被人陷害的,他是个搞销售的人才,虽然被停职,但也要把他放在一个合适的岗位上。高振雄答应了。

郝亮接任董事长兼总经理后,不停地在大小会议室拿张欢举例子,把他当成了一个典型的坏蛋。高振雄想要恢复张欢销售公司总经理职务,郝亮不同意,两人多次在会议上发生激烈争吵。

这种状况让张欢知道了,他心里万般纠结,也陷入了无尽的烦恼之中。

郝亮想到了一直坐在纪委小会议室里写检查的邹仁,觉得也应该把他的事赶紧做一了结,否则继续呆下去,迟早会被人查出其他把柄。

他把邹仁叫到自己的办公室,倒了一杯茶,显得一副推心置腹的样子轻轻地说:"老何退了,但纪委的人还在没完没了查你的问题,只要被他们抓住任何一点鸡毛蒜皮的小事,说不定又会大动干戈。我想,你家里人早就到了国外,趁着现在纪委的人没来找我汇报你的事,你还是赶紧写提前退休申请,我马上批准,这样你就能出国跟家人团聚。"

邹仁听了一愣,问道:"这话说起来容易,退休、出国,可我出国后靠什么生活? 这么多年来,我都是听命行事,就这么一走了之?"

郝亮说:"这些我都考虑过了,只要保证你安全落地,其他的一切,我都会安排林国民为你准备好,钱,更不是你要担忧的问题,放心好了!"

邹仁最终还是听了郝亮的话，写了退休申请，出国了。

邹仁一离开，高振雄就向集团管委会提出要提拔姜波担任公司副总经理。钱勇闻讯心里很不爽，论学历和能力，自己都不比姜波差，凭什么提拔他？想着自己这十几年来一直为郝家卖命，只要把姜波这个拦路虎踢开，让郝夫人在郝亮面前吹吹风，这条升官之路就畅通了。

当天，他趁着午休，悄悄又给郝夫人送去了一根金条。他想起同学聚会时郑春林说过，产品工程部派人到主机厂指导工作，自己发过许多消费卡，金额不少，于是就写了匿名一封举报信到集团，说姜波收受了巨额贿赂。

郝亮在集团高层会议上公开了这封信，并强调对这种贿赂行为一定要查个水落石出，然后就提出把刘云涛调到华松孚士汽车担任副总经理。

高振雄无语，只得同意，回去后马上让纪委展开调查。

结果是华松电子厂生产的零件出现了问题，郑春林请姜波帮忙，派了产品工程部和质保部的工程师来协助，最终查出了问题并帮助解决了。为了表示感谢，郑春林让姜波转交了一万元的消费卡分给前来帮助的工程师们，姜波自己一张都没拿。

钱勇得知消息后，几乎厥倒。自己忙了半天，替刘云涛做了嫁衣！这时他终于明白了，十几年死心塌地为郝家卖命，都是一场空欢喜！

钱勇独自坐在家里喝闷酒，渐渐地他脑瓜子开窍了，靠别人不如靠自己，那就干脆自己把这个"托"公司做大做强，不能只做善美国际的"二传手"。

想到这儿，钱勇马上开始动作。

众仁广告公司网上招聘的要求很特别，不仅要求写明学历，还要写明身高、体重。只有满足了这些条件，才让人到公司来面试。只有入得钱勇法眼的人才能被录取。

一天，一个留着长辫子的女孩前来面试，引起了钱勇的注意。她不仅身材高挑、皮肤雪白，特别是两只会说话的大眼睛，让人感到特别亲切。

钱勇翻看着她的简历，问："林芳，你老家哪里的？"

"海江省西周县的！"女孩清脆的声音让钱勇心里一动。

"西周？"

"对，西周县最出名的就是华宝汽车零部件公司。"那女孩笑道，"我姐就是华宝公司的老板，给华松市两家汽车厂搞配套的！"

钱勇心里咯噔一下，华宝公司早就如雷贯耳。他马上问道："你姐是老板，你又是学会计的，为什么不回去当她的助手呢？"

"我可不想回西周，想自己在外闯一闯，掂量一下自己的能力有多大！"

钱勇笑了："我们这里是广告公司，服务的客户都是汽车企业，涉及的服务内容很多，你又是学会计的，怎么会想到广告公司来应聘呢？"

"并不是学这个专业就必须要从事这个职业啊！"林芳说道，"我觉得我符合你招聘广告上的所有要求，就想来试试！"

"我出这么高的薪资让一个新人来试试？"钱勇说完就合上了招聘资料，"你找错了地方！请回吧！"

"你大概没仔细看到过我的简历吧，我实习的时候，不仅参加过华松市各大车展的活动，还组织过各类活动。"林芳笑眯眯站起身，昂起头，走着猫步朝门外走去。

"等等！"钱勇叫住了林芳，"你被录取了！"

林芳也一愣，忽然一个漂亮的转身动作，扭着腰走到钱勇面前，慢慢弯下腰，笑嘻嘻地问："录取了？什么职位？具体干什么？具体薪资多少？"

钱勇伸出一双手，道："这个数，当我的助理，协助我处理公司的所有事务！"

林芳笑了，笑容很灿烂。

华松孚士汽车又到了规划新产品的时间节点，现在三代车型都已生根开花，这次新车型，奥方拿出了一款家轿，市场调研结果很不好，所以迟迟没有定下来。

郝亮心急如焚，决定亲自带队前往南美考察。从下飞机到进工厂参观生产线，大家争论不断，直到中午走出南美的工厂大门，又看见马路上那些"朋克族"驾驶着GOLE，车窗大开，驾驶台上放着一个四喇叭收放机，一路驾驶一路播放着震耳欲聋的迪斯科，郝亮如鲠在喉。

高振雄指着马路上那些GOLE，哭笑不得地问："这就是要引进中国的家轿？在中国的马路上也这么肆无忌惮？郝总，你心里其实很清楚，这款车根本就不适合中国人的审美观，也不是像奥国人吹嘘的中国家轿！"见他不吱声，高振雄继续说，"都合资十八年啦，我们不能什么事都任由奥国孚士总部说了算，这样下去怎么行呢？"

郝亮道："决定权不在我们手里，因此我们之间再怎么争论也解决不了根本问题。"

"Products produced in China must meet the needs of Chinese people（在中国生产的产品要符合中国人的需求），姜波为此争执了十几年，你也很清楚这些道理，中国的市场只有中国人最有发言权。可你却听不进去！"高振雄憋不住了，口气越来越严厉。

郝亮说："奥国人说了，除了这款车型没别的，除非华松孚士再等三年。你说，我们该怎么办？"他说完就在厂门口站定，慢慢转过头朝四周看了一遍，随即又朝刘云涛看了一眼，见他没有任何反应，又瓮声瓮气地说："目前我们的三款产品在市场上供不应求，去年集团就决定在全国各地扩建工厂，实行属地化管理和属地化生产和销售。如今工厂都已落成，就等着生产，要是不同意，奥国人又不给我们新车型，我们拿什么去生产？那些新建的工厂怎么办？"

这话一出口，高振雄也被噎住了。

姜波觉得站在厂门口大声争论会引起众人的关注，赶紧带着大家走到马路对面的牛排馆坐下，为大家每人点了一份牛排。

这里是姜波熟悉的地方，也是当初自己带着团队打拼时，唯一休闲的地方，虽然有种亲切感，但此时他心里却沉甸甸的。

等到大家都坐下来之后，姜波说："当初我和云涛一行到南美，不仅学到了车身加长的窍门，也学到了开发的理念，那就是适合市场需求的产品才是最有价值的。没想到这次来，奥国人竟想把这款在拉美已经陷入困境的车，像塞普鲁斯一样在中国获得重生。他们难道不知道现在的中国早已不是过去的中国，用户都在成熟，消费理念也在更新，曾经成功的经验不可能再次复制！"

此时的刘云涛已经完成了角色的转换，说话好像很有底气："当初美国人为了占领市场，什么新产品都愿意拿出来，甚至新技术也敢全盘托出，目的只有一个——占领市场。可这奥国人呢，明知不可为却偏要为，我看还是让他们撞了南墙再说吧！"

"云涛，我们现在不是在讨论奥国人和美国人的做事方法，而是考虑自己的权益在哪儿，明明知道这款轿车不适合中国市场，却偏偏要引进，到头来受害的只能是华松机电工业集团！"

姜波转身又对郝亮说："郝总，你说'在产品的选择上，我们没有话语权'，我想请问，你有没有在产品决策会议上提出异议？"

刘云涛很紧张地看着脸色发白的郝亮，发现高振雄也正在严肃地看着他。刘云涛有点惊诧，想从中调和，但又不敢开口。在高振雄面前，他始终感到有一种强烈的压力。

犹豫了好半天，刘云涛终于讷讷道："我觉得这款车要想在中国获得成功很难！"话刚说完，看到郝亮眼睛一瞪，他的脸色顿时煞白了。

郝亮突然觉得自己力挽狂澜把他安排到华松孚士的副总经理位置上，他竟然不替自己打圆场，反而说了这种话，让他感到很郁闷。郝亮便深深叹口气，显得万般无奈道："问题是我们提出任何异议，他们都是不理不睬，要是这次提出更换产品，他们干脆不给了怎么办？难道要两手空空地回去，这岂不成了华松机电工业集团的一大笑话？"

高振雄和姜波相视一眼，仿佛要当着众人的面吞下一只苍蝇，一股恶心涌上心头。

姜波再也忍不住了，执拗道："我宁愿空着双手回去，也不愿接受这样的产品。高总，我要改签机票，明天就回国，国际车展马上要开始了，还有很多工作等着我们呢，谁喜欢去旅游谁去，反正我不去！"

郝亮顿时气得脸色发白。此时他才意识到，如果这次在华松国际车展上展示这款家轿，观众看了之后不屑一顾，甚至冷嘲热讽，那就惨了！他苦笑笑，把眼光转向了自己的女婿，似乎在说，接下去就要看你的啦！

大家带着万般的无奈回国，高振雄和姜波只得迅速展开引进后的各种准备工作。

国际汽车工业展览会在华松市滨江的国际博览中心隆重举行，来自23个国家和地区的730家展商，带来了300多辆展车，其中100多辆展车是直接从国外运来的世界名车。但突然爆发了SARS，让所有参展商噤若寒蝉。

这个半年前在佛山市发现的首例患者因出现了肺炎的症状，但又不是典型的肺炎，所以症状被称为非典型肺炎，"非典"是当时中国媒体普遍对其的简称。一时间，整个中国一听到咳嗽声便唯恐避之不及。所以，"非典"一来，一夜之间所有人躲在家里不敢出门。

为了防止疫情扩散，滨江国际汽车工业展览会关闭了。

最失望的要数张欢了，这是他离职到民营汽车企业后，第一次要在大庭广众之下亮相，却因为疫情不能如愿。

张欢辞职的情况被黎大福知道了，他马上进行了一番详细调查，最后确认张欢是被人陷害的，便亲自邀请张欢到新成立的极灵汽车公司担任销售公司总经理。

这本来是张欢第一次代表极灵汽车站在舞台上，向各界宣布极灵汽车为老百姓造车的极好机会，但事与愿违，突发的疫情让他失去了这个机会。

同样，来自奥国道科特公司的展台也因此被关闭，刚刚跻身道科特公司亚太区总裁的赵曼玉也想在此次会展中崭露头角，却因为疫情不得不准备打道回府。

此时，她戴着口罩站在会展中心的大门口，怅然若失，却与摇头晃脑走出会展中心的张欢不期而遇。

"张欢，没想到在这儿遇见你了！"赵曼玉摘下口罩，欣喜若狂地迎上去，"听说你从华松孚士辞职了，怎么在这儿啊？"她一双手早早地伸了过去，紧紧握住还在满脸诧异的张欢的双手。

张欢也没想到在会展中心门口遇见赵曼玉，惊讶地问道："你不是离开奥国孚士了吗？怎么又回来了？"他当然很不满意赵曼玉如此的问话，随即也毫不客气地回怼。

"你这话真不友好，中国是我的故乡，我怎么能不回来呢？"

"哈哈，怎么现在又想起故乡啦？"张欢一边回答，一边抽出手。想起当年她那种得意忘形的情景，自然嘴上就不依不饶，"拍马屁挨了马一脚。怎么，这次想必是换了新身份了吧？"

"你没必要绕着弯子来骂我呀，好吧，我不跟你计较，都是同命鸟，何必见面就争吵。你不也换了身份吗？"赵曼玉尽管心里不爽，但眼下回到中国后，且不说姜波，就连刘云涛都不愿意接自己的电话，自己成了孤家寡人。于是她上前拉着他的手说，"走，这里一会儿医护人员又要来驱赶了，到我车上去喝杯咖啡，站在这里不安全。"边说边拽着张欢走到停车场，登上了一辆奔驰房车。

张欢一上车就惊呆了，有床有沙发还有厨房："真阔气，老外的身份就是高人一等。"

赵曼玉端上咖啡，往沙发上一坐："你就不要这么怼我了，你们总以为收回QS发动机的认可权是我的个人行为，实际上这是总部的决定，我不做肯定也会有人来做。算了，都过去了，再谈也没有意义。你怎么样啊，听说你到一家汽车厂当销售总经理了？"

张欢笑道："你是属猫头鹰的啊？"

"张欢，你原来不是这样尖酸刻薄的，怎么变成这样了？"赵曼玉不高兴了，"我们之间并没有利益冲突，你怎么把我也当成仇人啦？"

"仇人？我的仇人是我自己。说吧，是不是我哥都告诉你啦？"

"这话听了好别扭，我和姜波过去曾经是恋人不假，虽然没有走到一起，但也不是仇人。怎么，听你这话，难道你跟你哥反目成仇了？"

"谈不上，但却是他迫使我下决心辞职的。"

赵曼玉感到事情很蹊跷:"这怎么可能?"

"那还有假?"张欢在沙发上跷起了二郎腿,把事情经过说了一遍,说道,"我哥说了,郝亮在会上使出这招,就是想让所有人都怀疑我不是个好人。算了,不多说了,此处不留人自有留人处。既然极灵汽车重用我,这何尝不是一种机会? 说不定我还能在民营企业里发挥特长、展翅飞翔呢!"

赵曼玉诧异地问:"极灵汽车是什么时候冒出来的? 我怎么没听说过?"

张欢自豪地伸出三根手指头:"要让老百姓都买得起的车,所有成本压到极限,这个价才是老百姓能接受的。"

"开什么玩笑,三万元? 一辆摩托也要几万,你以为造玩具呐?"

张欢还想解释,忽然口袋里的手机响了,传来的却是当下流行的韩语铃声"巧克力——哟"。

"真搞笑,你怎么也玩起韩国人的电话铃声了?"赵曼玉笑了。

"现在韩潮来袭,再说新买的手机都是韩国产的,电话铃声当然也要用韩流的,怎么样,很潮吧?"

赵曼玉很惊讶地盯着他:"这么说,你还喜欢韩剧?"

"我? 才不,是小艾,我老婆喜欢。"

口袋里的"巧克力哟"的声音一阵接一阵,张欢掏出手机接听:"小艾,短信我已经收到啦,对,我已经给你买了新手机。好的,会注意的,你放心,会展中心都关门了。对,今晚就回杭桥。等我下周回家就把新手机给你,好,就这样,我们回去就QQ再聊吧!"

"QQ聊天?"赵曼玉有些惊讶,"我只知道MSN有这种聊天软件。"

张欢晃了晃手机说:"这次疫情爆发,PC上的QQ聊天软件一下子就蹿到了天上,现在所有人都不敢出门,拼命下载这个软件,只要在QQ发信息就行,多好呀!"

"疫情竟然会滋生了另一种产业? 不可思议。"赵曼玉赶紧凑上前,"让我看看,这是什么软件?"

"来,我给你演示一下。"张欢打开笔记本电脑,逐项演示给赵曼玉看。

"看见了吧，这些功能都是免费的，我每天晚上都是这样跟老婆聊天的！"

赵曼玉的脑海里一直在闪烁刚才张欢与关小艾通话的幸福样子，听到他现在这么说，便情绪低落地说起自己的往事："当初合同到期后，公司没有再续聘，我只能回家，情绪极其低落。波什特先生早已退休，整天养花弄草，两人之间也没有共同语言，眼看这种局面维持不下去，波什特就去找昔日的商业合作伙伴寻求帮助，让我加入了道科特公司并担任了亚太区总裁。当晚我俩坐在一起喝酒庆祝，波什特多喝了几杯，上厕所摔倒，突发脑溢血溘然离世。我也失去了唯一的靠山，好在有了新工作，否则还真不知道该怎么活下去。"

听到赵曼玉如此哀怨的叙述，张欢产生了些许怜悯。

"唉，往事不堪回首。不过，我还是很想得开的，事在人为么！"赵曼玉说，"张欢，你也别发愁了，先在这个民企里混混，等到我那里稳定了，你就过来帮我，这个世界总会有一个适合自己的职场！"

"我？帮你？"张欢笑了，"我可不想卷入你的套路！"

"你呀，怎么还是嘴上不饶人啊！刚刚我已经跟你说清楚了，你怎么还不依不饶啊？"赵曼玉说，"告诉你一件事，孙艳的手下有一个叫佟爽的，与郝亮和林国民一前一后到道科特公司，最后老板选择了上姚集团，你应该知道这是为什么吧？"

听到她说起郝亮，张欢一肚子气。"这很不正常！"张欢脱口而出。

"这也是改革开放二十多年来出现的新鲜事吧，合作看后台而不是看自身实力。"赵曼玉停顿了一下说，"我也是第一次领教！"

张欢心犹不甘，喋喋不休地向她讲述了华宝十几年来的成就，还把师父到华宝公司坚持创新的故事说给她听，最后才说："孙艳跟云涛之间的怨恨我不用多说，你肯定知道得不比我少。不过我还是要多说一句，华宝是中国汽车工业不可多得的优质配套资源，一直在不断自主研发新产品，已经走在了零部件行业的前列。我想，你是在这个行业摸爬滚打这么多年的博士，不会不清楚'底蕴'两个字的含义吧？"

"我清楚有用吗？"赵曼玉凄惨地一笑，"对道科特公司来说，它看中的是后台——华松机电集团的总经理是郝亮！几乎所有来中国搞商务或者开公司的外国人都说，选择合作对象的前提一是看市场，二是看后台，难道你能否认吗？"

张欢低头无语，心想，看来我们还是话不投机半句多啊，便把头摇得像货郎鼓一样，起身欲走。

"等等，"赵曼玉从抽屉里拿出一个精致的礼盒，"几年前我到北京任职时就带了这几件礼物，阴差阳错一直没机会当面送给你们。这是一支万宝龙碳素笔，送给你，希望你在新的岗位上龙凤飞舞、挥洒自如！"

张欢随手从口袋里掏出买给关小艾的新手机："来而不往非礼也，本来是给小艾买的，先送给你，我再去买。把你的老诺基亚扔了吧。"

赵曼玉接过手机，怔了一会儿说："张欢，好不容易见了面，到我房间喝一杯，再好好聊聊！我对眼下的局势多少还有点迷茫，希望你能帮我答疑解惑！"

张欢一看赵曼玉非常期待的眼神，也不好意思拒绝，就随她来到酒店。

走进这座富丽堂皇的大酒店，张欢看花了眼，等到再踏进豪华的房间，迎面的落地大窗外，是蜿蜒流淌的浦江水，江的对岸是灯火璀璨的万国建筑，只是看不到路上的行人。

"哇，你这房间可真奢侈，一夜少不了几百美金吧？你看，面对万国建筑和波光粼粼的滨江，坐在这里观景真是绝美的享受啊！"张欢像个孩子似的，乐呵呵地往窗台上一坐，贪婪地看着窗外的景色。

实际上，赵曼玉到北京上任后，姜波远离了她，唯有张欢还时不时能与自己聊上几句，虽然谈不上知心，但至少在当时的环境中，没有歧视。赵曼玉从冰柜里拿出一瓶矿泉水递给张欢，自己走进了卫生间。

不一会儿，她从卫生间里走了出来。

赵曼玉换上了一身米黄色的真丝睡袍，脚上穿着一双绣着熊猫图案的拖鞋，雪白的肌肤、凹凸有型的身材、精致的妆容，浑身散发着奥国猎豹香水味，让张欢显得有些不自在。毕竟自己跟赵曼玉的关系不像姜波，顿时他就显得拘束起来。

赵曼玉又从冰柜里面拿出一瓶香槟款款走来，远处一股沁人心脾的猎豹香水味也随之飘然而来。他马上想起当年姜波回国时，在机场的免税店到处寻找香水，最后在一个角落里才找到，如获至宝带回了国内。没想到赵曼玉至今还在使用这种香水。

砰的一声，香槟打开了，一股清新的酒香伴随着四处飘逸的猎豹香水味，张欢有点陶醉，接过赵曼玉递来的香槟一口饮尽后，"啊"了一声，"这法国香槟真好喝！"

赵曼玉笑着又给他倒满："酒不醉人人自醉！"

"好好聊聊"便是喝着香槟开始的。张欢带着忧郁的神情说道："你知道我为什么会被郝亮盯上的吗？"话刚说完，他就一口饮尽杯中酒，把酒杯往茶几上一放，滔滔不绝地把自己怎么到郝亮家中讨个说法、回绝林冬梅的行贿、在上姚酒店被警察逮住、在林国民办公室争吵的事又详细说了一遍，最后问道："你说我做错什么了？这个郝亮怎么能听了林冬梅的胡说八道，就跟着信口胡说呢？"这话就像是在问自己。

赵曼玉也抿了一口香槟，说："看来你是得罪了林国民，可你明知他后台，为什么要去得罪他呢？我跟你说句实话，在欧洲，有技术就会有人找上门来合作，但在中国就不同，必须要找有后台的企业，那样才会有前途！"

"呵呵，你能这么理解，看来太阳还真是从西边出来了！"

"你呀，就别嘲讽我了。我落魄了几年，也总算悟出点道道，现在的世界汽车工业都是围着中国在转，各大知名的汽车零部件企业都纷纷涌入中国，整个格局都已经变啦！这几年，中国零部件企业也发生了天翻地覆的变化，特别是人的思想观念变化得更快，要不然自以为是全球顶级的汽车金属橡胶件和传感器鼻祖的道科特公司，为什么会跟随上姚集团的指挥棒转？你呀，也应该要紧跟时代啦！"赵曼玉停顿了一下，"说实话，我能回中国来主持这个合资企业，也是因为中国有强大的吸引力！"

"这话我爱听。"张欢把杯中的香槟一饮而尽，赵曼玉给他倒满，张欢再次一饮而尽，说，"你当初要是认识到这一点，也不会跟我哥闹得这么僵。自己充大个，最后却没落着好！"说完，他顾自拿起酒瓶给自己杯中斟满，又是仰起脖子一饮而尽。

赵曼玉说："香槟是品的，不是用来灌醉自己的。你要是想喝烈酒，我这里有威士忌。"她指指装饰柜下的小酒柜。张欢毫不客气地把酒柜里的洋酒打开，全部倒进一个大杯子，又是一饮而尽，重重地叹口气，一屁股坐在窗台上。

赵曼玉低头拿起桌上的客房送餐单，说："这份菜单上除了牛排和鸡肉，就没有什么下酒的菜肴，要是不嫌弃，我就让酒店送餐过来？"

"我对吃不讲究，能填饱肚子就行！"

酒店服务员推来一辆小车，两份牛排、两个鸡腿、一盘面包，外加一瓶红酒。赵曼玉递上一张五欧元的小费，服务员忙不迭地躬身致谢，并轻轻关上了房门。

赵曼玉把两个酒杯都斟满，说："吃一堑长一智，我现在是认清自己了，还是安安心心做好本职工作，挣点钱养老，这也算是自己悟出了生活的真谛吧。"

张欢看着窗外的景色，轻轻地说："当初我离开华松孚士时也是这么想的，但进入这家公司之后想法就完全变了。别看这是家小公司，老板是造摩托出身，但他的目光远大，意志坚定，偏要造四个轮子的轿车，现在果然做到了。这辆车虽然让人看了觉得有点搞笑，也进不了大城市，但在广大的农村却有市场，我相信随着需求的扩大，再去引进专业的造车人才，特别是像我这种在奥国培训过的专业人士，别说国企，就算世界名企也会被超越！"

赵曼玉哈哈大笑："GOLE已经在南美淘汰了，华松孚士还要去引进。我在展台看过你所说的三万元的车了，连GOLE都不如！"

"GOLE？"张欢忽然警觉了，当初为了引进这辆车，说是为了造一辆属于中国人的家庭轿车，自己带着团队搞了很长时间的市场调研，调查结果都说 GOLE 不是中国家轿的首选。想到这里他马上问，"曼玉，引进 GOLE，你应该早知道详情了吧？"

"当然。"赵曼玉耸耸肩，反过来质问，"郝亮敢反对吗？说句实话吧，在产品的布局上，你们永远不会有话语权。"

赵曼玉忽然又显得傲慢起来："引进 GOLE 是不可能改变的，还是那些老套路，先参观生产线、座谈，随后就去旅游，顺着亚马孙河兜一圈，都在这次考察的范围里。对中国人来说，到地球的另一端免费旅游一趟也是人生难得的机遇，更别说有吃有喝有玩，还有专人陪同，谁会说不？"

听到最后这些话，张欢觉得她又开始出现满脸的不屑，火气不小："听你这话我就来气，难怪你爸妈退休后到了奥国，也被你气得打道回府！"

赵曼玉顿时被张欢的话呛得脸色煞白，这才觉得自己说话太过火了，很长时间内竟然也说不出话来。

看到张欢把眼睛睁得大大的，满脸恼怒，恨不得一口吞了自己的样子，赵曼玉这才忍不住把藏在心头的往事说了出来：当时导师特别关心和照顾自己，所以她一毕业后就选择跟他结婚。可没想到这个导师是个伪君子，与多名女生乱搞关系，被发现后二人就离了婚。在自己情绪最低落的时候，父母来到了奥国，找到了当时在 SKD 组装的博尔特先生帮忙，最后又在博尔特先生的帮助下，找到了当年技工学校的校友——波什特先生，才让她在奥国孚士董事会秘书室谋到了一个私人助理的职位，专门协助波什特先生处理与中国有关的业务。

为了抓住这个后台，她便不顾一切地与波什特先生同居，也正是因为这个原因，父母一气之下回国了。

张欢听完后便默默地拿起酒杯，小声地说："这些事你早该告诉我们……"

"告诉你们又有何用？我这是自作自受啊！"赵曼玉擦着眼泪，端起酒杯，一饮而尽，晶莹的泪珠随即又在眼眶里滚动。

随后她斜靠在沙发上，左手托着腮，右手轻抚酒杯，吁了口气道："我喝多了，也不知道为什么，今天突然跟你说了那么多的话！"

"放心，我不会对外说的。"张欢觉得她很可悲，她心里窝着一肚子怨气没处发泄，在中国人面前还要装出一副道貌岸然的样子，想想也是好笑。如今看到她倚靠在沙发上一副悲切的样子，顿觉可怜。不一会儿，赵曼玉便没了声音，定睛一看，她已经靠在沙发上睡着了。

赵曼玉的脸上挂着泪珠，眼睛却已经闭上了。她的睡姿奇特，斜靠在沙发上，一手托着脑袋，一手捂住胸口，一条雪白的大腿搁在扶手上，真丝的睡袍早已滑落在一边，另一条大腿搭在地上，脚上的熊猫拖鞋早已滚到了一边，涂着血红指甲油的脚趾头懒散地分开，犹如五朵小花瓣。

张欢仔细观察她的呼吸此起彼伏，似是饮酒过量后的喘息，鲜红的嘴唇因为喝了酒，唇膏被粘掉了不少。她歪着脑袋，犹如一座沉睡中的雕塑。

张欢很感慨，这个精致的女人，无论身材还是长相，都属女性中的佼佼者，浑身充满着一种成熟女性的魅力。

可惜的是，为了实现自己的梦想，她竟毫不吝啬地把自己当成交易品。他不忍心就这么让她睡在沙发上，跑去掀开床单，摆好了枕头，随后走到她身边轻轻地呼唤："曼玉，时间不早了，上床睡吧！"她从鼻腔里嗯嗯了几声，却没有睁开眼睛，只是慵懒地伸出双手，期待着有人抱她上床。

张欢犹豫了一下，还是轻轻地抱起了她，把她放到床上。赵曼玉没有松开手，十指紧扣着张欢的脖子，把他紧紧地压在自己胸脯上。张欢有点晕眩，被沁人心脾的芳香以及成熟女人身上特有的诱惑力吸引，一股热流瞬间在自己身上涌动起来，张欢急忙闭上眼，轻轻地把脑袋贴着她的脖颈，忽然耳边似乎传来了关小艾严厉的呵斥声。

他猛地惊出一身冷汗，用力掰开她的手指，但又不忍心自己的粗暴弄疼了她，便又轻轻地，一根手指、一根手指地掰开，随后又把她的双手放进床单里，蹑手蹑脚地拉过床单盖上，仔细查看了一遍，检查自己有没有遗忘的东西，随后才踮起脚尖走到过道，关上灯，打开房门悄悄地走了。

GOLE 这款所谓的家轿，在南美即将淘汰，现在却要在中国落地，上级还要求将它大规模推向市场，刘云涛很紧张，怎么推？ 如何推？ 推了以后的反应又会如何？ 他心里一团乱麻，实在没有办法，只得去找钱勇。

当天晚上钱勇把刘云涛请到了善美国际公关公司的贵宾室里，林冬梅微笑着迎接他。 过了一会儿，钱勇叫来了一个漂亮姑娘。

刘云涛浑身像触电一样，这个长辫子姑娘太像当年在校园里的孙艳。 刘云涛目光呆滞，脑海里浮现过去和孙艳一起时的景象。

这一幕钱勇看在眼里，记在心里。 他让姑娘到刘云涛身边去演示营销方案。 姑娘拿出了笔记本电脑，站到刘云涛身边，慢慢蹲下，轻轻地说："刘总，我现在是不是能给您演示一下 GOLE 这款车上市的营销方案？"

刘云涛连连点头，说："行、行，不用投放到屏幕上了，就这样说吧！"

林冬梅悄悄站起来，慢慢走到沙发的背后，仔细端详这个聪明伶俐的姑娘，随后朝钱勇投去欣慰的笑容。

钱勇见状也马上起身，一起站在刘云涛身后，听姑娘轻声细气地给刘云涛讲解。 刘云涛从始至终都是满脸笑容，这种表情在林冬梅和钱勇的多次接待中是绝无仅有的。

晚上吃饭时，小姑娘坐在刘云涛身边，不停地给他夹菜倒酒，两人甚是投缘，一种久违的快乐感瞬间充满了刘云涛的全身，很快他就把钱勇珍贵的法国红酒喝个精光！

华松市著名的滨江大厦，高三十二层，面对色彩斑斓的滨江大道，世界各国的大公司都在这栋楼里办公，善美国际也租赁在这栋楼里。

众仁广告没有这个实力，但也在这栋大楼边上的一幢楼的四层租了一个角落，只三十多平米；隐藏在周边几个省的"托"公司，也是这种规模。

这栋商务楼只有十二层，但颇具特色：八层以上是酒店，八层到三层是商务楼，二层是高档酒楼、KTV，还有顶级的粤菜馆。 底层则是热闹的夜场——酒吧，到了晚上人声鼎沸、热闹非凡，与隔壁高大上的大厦形成了一个完美的搭配。

晚饭后，钱勇提议到隔壁的 KTV 唱歌，林冬梅第一个表示赞同。林芳也笑眯眯地向刘云涛发出邀请，刘云涛二话不说就挽着林芳的手，依偎着走进了豪华的 KTV 包房。

华松孚士汽车公司的轿车专用试车场落成典礼，是由善美国际和众仁广告公司联合执行的。

刘云涛是这次落成典礼的主持人，林芳看到了这位风度翩翩、令自己心仪的英俊男人站在舞台上的风采，心里也洋溢着一种自豪感。

落成典礼仪式结束后，林芳悄悄撤了。

一些参加落成典礼的各大汽车厂商都去找姜波想要签订租赁试验场搞新车试验。姜波一口答应，他认为这对推动中国汽车工业进步有极大益处。

等了大半年，张欢第一个跑来租赁试验场。这也是张欢离开华松孚士汽车公司后，第一次与姜波面对面坐在了一起。

"哥，这可是你们自己在报纸上大肆宣扬的共享国际一流的试车场，我们按规定付了钱，租用了你们场地一周，请你让所有人员离开试验场地，我们要做封闭试验！"张欢语气坚定。

姜波没有回答他的话，却热泪盈眶地责备道："张欢，你悄没声地把家搬了，我打你手机总是关机，是怎么回事？"

"换号码了！"张欢的精气神十足。

姜波赶紧将张欢的新手机号码输到自己的手机上："二十年的兄弟情谊，就变得这么冷冰冰？"

"哥，现在不是叙旧的时候，找机会再聊，请通知你们试验科马上让道吧！"张欢说。

姜波随手拍拍张欢的肩膀："走，先去看看你的车！"

"不行，还在保密阶段。这一周的时间是我们租赁的，根据双方的协议，你们的人无权进入试验场，你也不例外！"

姜波傻眼了："我都不能去看看？"

"对，要看，那就等市场上见！"张欢刚把话说完，姜波也不客气地回道："就、就你这款号称三万元的车要跟我们竞争？"

"对，完全正确。就跟你们所谓的家轿竞争！"

姜波眼睛瞪得大大的，再也说不出话来。

"请你赶快给试车场打电话吧！"说完，张欢握了一下姜波的手，信心满满地向试车场走去。

华松孚士汽车公司的试车场，是当时国内第一个轿车专业试车场，也是国内首次采用沥青混凝土路面高速环道的试车场，路面无接缝，噪音小，驾驶舒适，符合环保要求和高速公路未来发展趋势，更是突破了软土基上无法建设高标号高速公路的历史。

张欢是要借助这个国际一流的试车场来给自己的三万元轿车扬名立威！这让姜波实在无法想象。

郝亮获知极灵汽车到试车场来试验，气得大发雷霆。他马上赶到华松孚士找高振雄和姜波，质问是怎么回事？

姜波直言，当初建设之前就有一个目的，那就是欢迎全国所有汽车厂家来这里试验，共享国际一流的试车场。

郝亮当然知道这一缘由，但是不明白为什么第一个来试验的竟然是从华松孚士辞职的张欢，这不是故意打自己的脸吗？

高振雄和姜波不以为然，他们认为，中国的汽车工业要发展，肯定会有竞争，也只有竞争，企业才能发展，更何况是民营企业。

郝亮不想与他们争论，直接指示，今后不允许民营企业和其他国有和合资企业来做试验，彻底关闭了所谓的共享环节。

姜波哪里知道，张欢并不是单纯为了试验这款车的性能而来，而是想借着国际一流试车场的招牌和噱头，来吸引市场用户的注意力。

为了让这款三万元的轿车能进入寻常百姓家，张欢绞尽了脑汁，想借助这个世界一流的轿车专用场地做背景，来达到自己想要的轰动效应。

张欢很清楚这款轿车在华松市区的消费群里不可能占有地位，但在郊区以及乡村的人群中就有可能会找到需求人群。

因此他在上市前做的各种营销方案里面，从来不涉及闹市中心，也不选择电视广告。而是利用假期，在各大专院校中招募放假的学生去乡镇、商场发传单，发一张一分钱，每人一千张，还把散发小广告的人群安排到各个楼宇门口。甚至还招募了走街串巷的民工，穿着印有各种极灵汽车Logo的玩偶，沿着各个街道一路吆喝，把华松市的一百多个乡镇搅得昏天黑地。

一时间，每逢周六周日，华松市各个郊县的商场、市民广场到处锣鼓喧天彩旗飘扬，搅得整个华松孚士刚刚上市的GOLE无人问津。

终于，华松市乡镇的市场大门被撬开了。

随后，张欢又挟着这股雄风在每个县城开出了一家4S店，接受上门试乘试驾，还接受预约上门服务。

成功之后，他又带着团队杀向海江、苏宁等沿海城市，把这种传播模式来一个拷贝复制，很快GOLE轿车在其他城市也逐渐销声匿迹了。

这个令人猝不及防且俗不可耐的坊间套路，很快被夏利、富龙、赛欧、派力奥等车厂商所仿制。所不同的是，这些轿车所在的城市，开始陆续推出了汽车销售大卖场。

这是受到了北京亚运村汽车交易市场的影响，全国各地都纷纷建起了汽车大卖场，这种变化让许多人一下子难以接受。毕竟这是高档耐用消费品，摆在广场里像卖菜一样任意吆喝，任谁都觉得不可思议。

华松市也很快在各个郊县建立了各种形式的汽车交易市场。短短一年时间，各大汽车厂商把这些交易市场的交易数据当作了市场的晴雨表。

随后又纷纷推出了各种紧凑型车，而且还送油、送保险、送保养、送促销大礼包等等，掐指一算，车价掉了一万以上。

除了各种送，还有各种优惠，为了抢占市场，各大轿车厂商开始陷入了无序、恶意的竞争，各大厂商马上又不得不减少配置，大幅度降低车价来应对。

这种恶意竞争导致各类轿车质量问题频出，婚礼轿车被撞后拦腰折断，进口越野车刹车油管断裂，高级轿车安全气囊失效等等各种事故层出不穷，更要命的是各个汽车厂商又推出了低配、标配和高配的三种选择。命贵的买高配，小商小贩就低配得了，反正是替代自己的脚丫子。

就在这一通狂风暴雨般的组合拳开打之后，张欢很快就代表极灵汽车对外宣布，从此不再造三万元以下的轿车，公司的发展战略从价格制胜向品质制胜的方向实行重大转型。

几天后，张欢又代表极灵汽车对外宣布在香港股市荣耀登场！

这种从坊间套路到一连串不按常理的出牌，让刚刚担任副总经理的刘云涛晕眩不已。

他很诧异，张欢像耍猴似的耍出一套组合拳，把自己的美式销售模式彻底打乱，这让他感到很气馁。

刘云涛想，这个老同学、老朋友，竟然会用各种乱七八糟的坊间套路打乱自己的缜密布局，想来想去最后实在没招了，只得又拿出自己最崇尚的公关第一、广告至上的办法，搞起了铺天盖地的广告宣传！

此时的华松孚士汽车公司财大气粗，荣誉等身，根本不在乎花费巨资在全国各大媒体投放广告，连续轰炸几个月之后，善美国际和众仁广告赚得盆满钵满，大城市里根本见不到号称"极灵三万"的轿车，似乎只有在偏远的乡镇还有它的身影。

GOLE家轿，竟然在这股广告雄风裹挟中，开始有了销量。

刘云涛见此状况，立即又让林芳策划了全国经济类媒体记者试乘试驾活动，想借助媒体记者的笔杆子，描绘出一幅华松孚士的绚丽彩图。与此同时在GOLE试乘试驾途经的城市，大搞"GOLE拉美风情"巡演，以至于一段时间以来，桑巴舞风靡了全国各大城市酒吧。

看到GOLE的销量在逐月上升，郝亮脸上也露出了笑容。

不过，刘云涛还是很担心的，每天看到GOLE的销售报表，全国各地销量全部加起来，最多一天的销量，也只有百位数！

这么大的广告投入，收到的却是这种效果？刘云涛这才觉得高振雄和姜波的眼光毒辣，一眼看穿了消费者的心态，如此下去，GOLE只能落败！

钱勇却不是这样想的，他正在为众仁广告公司获得的巨额利润洋洋得意，觉得起用林芳是棋高一着，取得了意想不到的效果。为了紧紧抓住刘云涛，他心生一计，让林芳去邀请刘云涛来放松一下。

当天晚上吃好饭，钱勇带了两瓶人头马，来到自己最熟悉的KTV包房，打开人头马，笑道："人头马一开，好事自然来！这个广告词好，说到我心里去了。来，刘总，咱们干一个！"

刘云涛不高兴了："你是好事自然来。我惨了，这种销路，接下去怎么办？"

"这不是还有林芳吗？"钱勇喝干了杯中酒，对林芳说，"你把接下来的方案给刘总说说，下一步该怎么向全国二三线城市推广！毕竟，华松市是全国最大的魔都，豪车遍地都是。这才是一个根本策略的转变！"

刘云涛脑筋一转，觉得也有道理，边喝酒边听林芳策划。特别是听到在二三线城市演绎拉美风情的"桑巴舞"，他的眼睛开始有了亮光，渐渐地两个人越喝越多，很快便把一瓶人头马喝完了。

钱勇见状，悄悄打开另一瓶，趁人不注意把手中几颗春药丸放了进去，轻轻摇晃后，又给刘云涛倒满了，随后自己装醉，摇摇晃晃走到厕所里呕吐，又洗了一把脸说自己要出去吹吹风，清醒一下。过了半个多小时，他兜里藏着一张房卡走了进来，忽然看到刘云涛扑在林芳肩膀上哭泣，顿时惊出一身汗。

林芳悄悄说："让他哭吧，没想到刘总这么可怜，不仅被丈人责备，还要遭到老婆的鄙视，一点家庭地位都没有。"

钱勇一愣，林芳也喝了那么多酒，竟然脑子这么清醒，惊怵地问："他、他都跟你说什么了？怎么会说到这些事？"

"每个人心里面都会藏着各种各样的委屈，只是找不到一个发泄的窗口。"林芳说，"今天他喝了那么多酒，加上GOLE的推广不理想，心里憋屈，忽然有了倾诉的机会，我又是一个倾听者，让他说、让他哭吧，这样他反而会舒服些！"

"你、你喝了那么多酒没事吧？"钱勇惊讶得说话也不利索了。

"我？"林芳摇摇头，"在家喝黄酒喝惯了，这点小酒算什么！"

钱勇悄悄拿出一张房卡，说："今晚不能让刘总回去了，否则他老婆肯定把他赶出家门！等会，你照顾刘总一下，让他回房休息，我明天早上来接他！"

林芳不知是计，点点头，接过了房卡。

第二天醒来，林芳不见了。等到钱勇来接时，刘云涛这才发现自己落入了钱勇的圈套，心里懊恼无比。

三个月以后，林芳发现自己的"老朋友"没来，悄悄去买验孕棒，发现自己怀孕，想了几个晚上，决定去告诉刘云涛。

这个消息让刘云涛听了吓了一大跳。自己一生中最看不起的就是那些到处仗势欺人、作威作福、七搞八搞的男人，结果自己却成了自己最讨厌的人！顿时他内心充满了无尽的痛苦和懊悔！

钱勇发现了林芳不停地呕吐，也吃了一惊，一问才知，林芳"中枪"了！这让钱勇喜不自禁，他一下子抓住了刘云涛的把柄。想到这里，他主动去找刘云涛，把林芳怀孕的事一说，还提议让林芳以出国留学为名尽快出国，否则会出大事！

刘云涛万般无奈，只得去跟林芳商量，得到了林芳的同意后，她在钱勇的亲自安排下，登上了飞往瑞士的飞机。

一个周末，郝亮把刘云涛带到了半岛小院。原先这里是上姚集团的一个破仓库，后来郝勇到了上姚之后，林国民帮他搞了个生活服务公司，把这里彻底改造了。沿着河岸砌起了石坝和围墙，还建了三间瓦房，专门找人把半岛延伸出去几十米，搭建了一个人工小岛，建成了一个弧形的墓园。从空中鸟瞰，就像一个巨大的逗号。郝勇把父母和二哥的坟墓迁移了进来。每逢清明时节，全家都会到这里祭奠。后来企业改制，林国民干脆趁着机会把这个小岛划到了郝勇的名下，成了郝家的财产。

郝亮走到小院刚坐下就开口了："听说众仁广告公司是善美国际的'托'？"顿时把刘云涛吓得魂飞魄散。

郝亮从眼梢里观察到了他的表情变化，马上又说："表面上看善美国际风风火火，其实背后都是这个众仁广告在策划。听说，让这个众仁广告作为善美国际广告的代理是你出的主意？"

刘云涛脑袋发懵，赶紧回答："善美国际的事，我是后来才知道的。反正是一级供应商向二级供应商转包，跟我们汽车零部件行业一样的模式。"

"听说，这个善美国际是钱勇一手策划办起来的？"郝亮突然又问。

"这个、这个，我还真不知道！"刘云涛嗫嚅着说不出话来。

郝亮在偌大的房间里来回走动，时不时停下脚步，在一块高一米五、宽两米二的影壁前站定，仔细看着底座那朵云彩般的大理石，贴脚是一圈黄铜镶嵌，让人感到铜墙铁壁，眼睛却早已瞄向刘云涛。

郝亮声音低沉道："不过，林家在我困难的时候帮了忙，你能帮林家也不是不可以！"

这时，门外响起了脚步声，刘云涛抬眼一看是林国民和林冬梅走了进来，不由大吃一惊！郝亮也暗暗吃惊，自己到这里来，除了家里人，别人都不知道。

"刘总，幸会啊！"林冬梅已近六十，但依然是一副桀骜不驯的老样子，戴着一副始终不离眼睛的浅灰色墨镜，遮盖着眼角刀刻般的皱纹，脖子上系着一条粉色的真丝围巾，走起路来依然脚下生风。

她上前握着刘云涛的手说，"从九三年质量会议至今，一晃十多年啦，今天听说郝总找你聊天，我就赶来凑个热闹。"

她实际上是一大早接到了钱勇的电话，说前段时间互联网上传出华松电子的继电器事件，今天突然之间又变成了横隔梁事件，这样传下去郝亮要倒霉。她得到这个消息后，马上跟堂弟联系，又让人上网一查，结果几乎所有的汽车论坛已经炸锅了，这才给郝家打电话，郝夫人说，一大早刘云涛就接郝亮到半岛小院去了。她这才急忙赶来。

刘云涛握着林冬梅的手惊讶得说不出话来，目光竭力地在林国民和郝亮身上寻找答案，但很快被郝亮打断了："冬梅，你就别跟他客气了，你是前辈，他是晚辈。云涛，明人不说暗话，冬梅离开华松机电后一直在海江省搞汽车销售，她就是社会上流传已久的海江省汽车销售大王。不过现在她已经把销售集团转让了，如今是上姚集团的大股东，也是民企入股国企的典型。现在国民掌管上市公司，合资公司则由冬梅掌管，只是从不对外宣称而已。今后你要把这两块业务分开操作，胳膊肘要往合资公司拐过去，这是林家姐弟以后发展的大头。你明白我的意思吗？"

刘云涛听了，惊得目瞪口呆。

"云涛，问你话呢，怎么不回答？"听到郝亮的追问，刘云涛这才回过神，马上说"好的好的"，心里却惊恐起来。

林国民见他们还在念旧般地絮叨，急忙打断道："郝总，出事了，不知怎么搞的，前段时间网上流传华松电子继电器被奥国枪毙，今天早上又铺天盖地传出横隔梁事件，这样传下去要出大事的！"

"啊？"郝亮大吃一惊。

第二十四章

华松电子仪器厂生产了一个不起眼的继电器，连续五次送到奥国验证都被验证为不合格产品，已经成为行业内的笑话。

突然有一天，周镐接到了送样认可报告，仔细研究了一番，悄悄撕开了继电器上艾什的司标，发现下面的钢印是华松电子仪器厂——原来是"偷梁换柱"！这个最初在产品工程部国产化小组负责管理资料的小伙子养成了收样、送样记录和分析的好习惯。他不仅从厂商、零件种类、型号、规格、整套还是部分改进做好分类统计，还把是否通过验证的零件都做了标记，从而形成了一份完整的国产化率统计报告。

他知道艾什电子根本不生产继电器，怎么会送样呢？这就是让他感到好奇的原因。现在揭晓了秘密，他便赶紧隐瞒下来，向负责装车试验的奥方经理提交报告，说可以进行装车试验。结果被这位上司发现了端倪，认为这是欺骗行为，于是找到姜波严加指责。

高振雄得知这一消息，沉思良久，觉得有必要把华松电子仪器厂总经理郑春林叫来，让他当着奥国人的面作出详细解释。

华松电子仪器厂工程师们因为连续送样不合格，心里极其愤怒，在企业的内网上进行了抱怨。不知被谁把这种抱怨发布到电子仪器的论坛上，很快引起了其他工程师的共鸣，迅速蔓延开来，甚至成为一些小报的信息源。

郑春林知道后并没有抱怨，只是迅速关闭了内网，终止了内部沟通渠道。现在接到通知，要当面向奥国经理们解释，他心里窝着一肚子火。

姜波在小会议室拿出了五次送样的详细数据，逐一分析和说明，但被技术经理多次蛮横无理地打断，甚至还不允许讨论SOP，只是强烈要求严厉追究华松电子仪器厂的欺诈行为。

看到奥方如此对立的情绪，郑春林只得用英语笑眯眯地问道："既然你们不同意SOP的理由是因为换了标，那你们有没有想过，为什么换了标就通过认可了？这个继电器连续五次送样了，难道问题不是在总部的实验室身上吗？如果不是，那就请你们告诉我，为什么会有这份认可报告？"

听到对方用流利的英语犀利提问，雷老头深感震惊。技术经理除了坚持不同意这个零件SOP，依然坚持要追究欺诈行为！

这让郑春林气不打一处来，当场教训起来："进口的继电器价格昂贵，而国产化的继电器价格便宜，特别是所有零器件都还是百分百中国设计和制造，并且已经配套中国各大汽车企业，甚至连欧美的其他汽车品牌也在使用，为什么到了你们手中就不能用呢？我想问问，是不是我们的产品比你们的产品价格便宜了几十倍，夺走了你们的进口份额，所以你们才觉得不可思议？"

雷老头听到这话也气愤地表示，这是侮辱，逼着要他道歉。

郑春林依然不卑不亢地用英语说："可以，只要你们的价格与我们的平起平坐，那我就当场道歉！"

雷老头顿时无语。

高振雄只跟郑春林见过几面，知道他工作作风雷厉风行，现在一看果不其然。郑春林据理力争，把奥方气坏了。

眼看成了僵局，高振雄赶紧打圆场，表示先同意奥方的意见，给出了一个时间段，想让奥方有个台阶下。

岂料技术经理恼羞成怒，站起身撕掉SOP批准单，转身离开了会议室。高振雄也没想到此人会如此狂妄无礼，站起身想拦，被雷老头劝了回来："高总，我们还是坐下来再商讨一下，大家不要搞僵！"

"雷先生，在中国生产的产品当然要符合中国用户的需求。"郑春林大声说,"奥方以继电器的外形尺寸超过了设计要求一厘米为由而拒绝,这是解释不通的。因为这个零件并没有干涉周边的任何零件,其他厂家都使用至今,从来就没有收到过不良的反馈,为什么到了你们的手里就变成不合格? 我认为这不是一个简单的问答题,而是奥方对中国电子产品的遏制,这是不能容忍的!"

忽然,秘书跑来说,集团来电话,要你们马上去汇报刚才发生吵架的事。高振雄微微一笑,对雷老头说:"你的同事直接向我的上司告状了。 走,小姜,我们也该把这几年积累下来的问题好好谈谈了!"

雷老头摇摇头,表示自己不去。

"我去,此事因我而起,我也有话语权!"郑春林很严肃地说。

由于走得急,姜波只带上了继电器送样资料和数据报告。 汇报完毕,郝亮也满头大汗,这几年旗下配套企业不合格的零件不胜枚举,原来是奥国人不仅控制着中方的研发,还抓住了中国零部件认可过程中的细枝末节。 为了彻底搞清楚旗下企业送样不合格的零件情况有多少,他要求暂时休会,希望姜波将多年来不合格的送样零件全部综合起来,连夜再作一个专题汇报。

一直坐在会议室外等候的郑春林,闻讯也急忙赶回公司去拿材料。

高振雄知道姜波走得急,手头带的资料不够翔实,催他赶回公司去拿。

不料此时手机响了,姜波一看来电显示是周镐,心里就有底了。 事实也真如姜波所料,周镐看到姜波急匆匆带着样件走了,没有带其他资料,赶紧把所有资料打印出来,随后就驾车赶到集团。

姜波从楼下返回会议室便朝高振雄笑笑,随后就把打印好的资料逐一发给所有参会领导,打开U盘向大家展示二十年来的送样试验数据,一张张完整的零部件送样分析报告展现在大家面前,一连串触目惊心的数据,涉及厂家、金额、数量等等,全部一一展示,其中三次以上不合格的零件就有一百多种,而且这一百多种零件至今还有几十种不合格,核心零件就更不要说了,只能继续依赖进口。

展示完毕,整个会场鸦雀无声,气氛显得很沉闷,郝亮做梦也没想到,姜波竟然把何国强上任以来，所有涉及不合格的零件统统暴露在大家面前，这些事又都是自己亲自管的，这不是打自己的脸吗？

在座的干部却是既惊讶又欣喜。

郝亮根本没想到会出现这些情况，顿时就觉得自己吞了一只蚂蚱！这次姜波终于揭开了一直遮盖着的遮羞布，大家的目光都集中到了郝亮身上。

高振雄见状语重心长地说："大家都知道，前段时间，我们一直把主要精力集中在抓贪污腐败的案子上，忽略了对新技术应用领域的竞争，浪费了宝贵的时间。现在整个领导班子都进行了大调整，我们就可以腾出手来抓技术创新。我想大家肯定记忆犹新，当初 QS 发动机为什么不允许我们自己认证？奥方说我们的验证技术不过关，实际上是担心我们掌握研发自动变速器的 TCU。现在看来，这种担心已经蔓延到其他领域了，软件的源代码我们不可能再拿到，连一个小小的继电器也不让你认可，因为它是百分之百的国产件！具体情况，我想请各位领导允许华松电子的郑春林总经理来向大家解释！"

郑春林站在会议室的一角，郝亮示意他坐下说，但他还是坚持站着，拿着激光笔，指着屏幕上的资料逐项说明继电器被拒绝认可的原因，强调道："严谨、一丝不苟是奥国制造的工艺特点，也是我们一直不懈努力学习的方向。但是继电器的体积比设计标准大了一厘米，却屡次送样以不合格告终。公司的工程师反复与进口零件进行对比，除了超出一厘米，其他质量标准并无差异，怀着不服输的态度，擅自换上了合资公司的司标，结果被通过认可了。当然，我承认我们的工程师这样做是有错的，但错的根源不在我公司，而是奥方的技术霸凌！这样下去，以后一旦对方断奶，我们就得哭爹喊娘！"

郝亮问："除此之外还有其他问题吗？"

"有！这个进口继电器价格是三十八欧元，国产的只要二十三元人民币，这难道不是利益诱惑造成的后果吗？所以，我借着今天这个机会，还是要继续呼吁，认可权不在我们手里，是我们造车人的耻辱！如果我们不能把产品认可权上升到自主权的高度上来认识，那我们还妄谈什么创新开发？"

郝亮马上说:"我完全同意。今天姜波和郑春林同志拿出的数据给我们上了一课。过去总以为产值利润提升了,工厂、装备都得到了全面更新,行业改造就完成了,所以拼命想着扩产能,却没料还是被卡着脖子过日子!"

高振雄看着郝亮一直在一口一口啜着茶,没有想继续往下说的意思,就直截了当地指出:"继电器这件事,最早是从内网上传到外网的。这种方式确实不妥当,但还是事出有因。可现在互联网上在流传横隔梁事件,这绝对不是炒冷饭!"

郝亮心里咯噔一下。

高振雄说道:"从目前披露的消息来看,横隔梁这件事还没完,看来有人是知道内情的,现在正在源源不断往外传送各种惊人的消息,这个人是谁?这难道不值得我们在座的警惕吗?"

郝亮马上说:"请总经办马上成立舆情控制小组,迅速查明消息来源,要是查到这个发布消息的人,马上要交给警方!"

郝亮转眼又说:"继电器这件事等几天管理层讨论一下,我们也要有对策,否则会对我们以后的发展很不利!"说完就草草结束了会议。

郑春林走到楼下问高振雄:"高总,过几天姜波到奥国去参加平台战略会议,你去吗?"看到高振雄摇摇头,他说:"好吧,那我只能单枪匹马去奥国了,要找他们实验室的头头脑脑好好聊聊,我可不想等,也不愿意这么稀里糊涂被奥国人糊弄了!"

姜波笑了:"你准备去大闹天宫?"

"谁怕谁啊?"郑春林说道,"我们虽然有错,他们呢?难道就这么傲慢地昂首而去?郝亮说想对策,我可等不及,实在不行,我就坐在孚士堡的楼底下唱'窦娥冤',看我不折腾死他们!"

高振雄听了哈哈大笑:"你勇气可嘉,但你去找谁讨这个说法?你这个'窦娥'无处申冤啊!"

"啊?高总,难道就这样算了吗?"郑春林顿时像打足气的皮球被捅了一刀,一下子泄了气。

姜波参加完奥国孚士总部的全球产品平台战略会议后就赶回公司，他回到办公室，马上把所有科室经理都叫来，把孚士总部的A、B、C三个平台战略告诉了大家，说我们的车型都是B级车平台，所有车型马上要在这个平台进行改型，我们要紧紧抓住这个机遇，积极主动参与改型，这样就拿到了技术话语权。

三个半月后，奥国孚士终于开放了设计权限。姜波一看，竟然是一辆轿车的踏脚板橡胶垫和车尾导流板的塑料件，这两个零件根本不在整车设计中，而是属于售后的精品附件，他气得拍桌子大骂。

那天，周镐趁姜波不在办公室时，悄悄把从奥国孚士实验室退回来的空调管道净味器报告放在桌上。

这个空调管道净味器是华宝公司采用电离的方式去除管道的霉菌，经过了长达三百六十五天、每天二十四小时不间断连续试验，从抗老化到耐久性试验，从电器性能试验到杀菌效果试验，所有的技术标准均超过了国标，完全突破了紫外线人机不能共存、只能杀灭表面细菌的局限，结果还是却遭到了奥国孚士总部的无情拒绝。

过了没几天，周镐再次递上送样申请单，问："极灵汽车已经应用了这个产品，市场反应很好。其他品牌也开始用了，我们是否继续送样？"

姜波心里苦笑，但觉得苦笑解决不了问题，只能拿出狠招，便毫不犹豫签字同意继续送样。

事实上，奥国孚士总部敢这么做，就是抓住了中国环保部门至今拿不出一个祛除车内八大污染物的国家强制性标准。十多年来仅靠一个推荐性标准在指导企业生产，这也导致了各大汽车企业无所顾忌，反正在送样检验前用烘烤的形式就能暂时把塑料粒子挥发物去除，装车后再挥发出什么异味就不管了。买车的人能有几个人搞得懂五苯三醛的危害，更不会明白这些危害都是要命的致癌物。

六个月后，姜波再次收到奥国孚士总部实验室的回复——"拒绝"。

姜波终于忍不住了，在项目评估会上拿出了对比数据说道："进口车和国产车在试验室的测试数据基本相同，在太阳底下暴晒后的结果也基本一致，大家都存在同样的甲醛和苯系物超标问题。 不能因为整车装车后挥发出什么异味、什么有害物质就不管了！"

姜波指着试验的照片和签字确认一栏道："这个技术是我们的供应商经过七年研发获得的国家发明专利。 如今，这项新技术产品已经在其他整车企业得到了应用，有着非常优异的功能。 但我们还是为了满足奥国孚士的要求，连续三年在整车实验室经过了一百二十四项技术指标验证，又经过两个夏季的整车室外实测数据验证，再次证明了这个产品在五分钟内就能祛除车内持续挥发的八大污染物，有明显的效果，中奥双方工程师也都签字确认了，产品也封样了。 中方当然希望能尽快应用这项技术，也希望奥方能站在公正、公平、公开的立场上来加以评判。"

技术经理皮笑肉不笑道："试验数据报告我都看过了，但这涉及产品的平台战略，所以暂时不予考虑，我建议还是先让香氛系统尽快应用起来吧。"说完就转身走出了会议室。

姜波忍不住喊了起来："香氛系统不就是掩盖异味的遮羞布吗？ 就算安装这个所谓的香氛系统，不也是同样要涉及平台战略吗？ 我看你就别遮遮掩掩了，说白了，这个香氛系统是你们欧洲产的，所以你们说能用就用，而中国产的就算是国家发明专利也不行，这难道不是你们技术垄断的手段吗？"

技术经理端着咖啡走进会议室，严肃地说："你没有权利指责平台战略。"

姜波站起来欲发作，被高振雄拦住了，说："先生们，如果你们还不改变这种霸权作风，那我们也要否决你们的产品准入！"

技术经理脸色铁青道："高先生，你这不是在合作而是威胁。"

高振雄也怒了："威胁？ 我建议你去仔细阅读一下合同条款，上面白纸黑字写得清清楚楚，技术变更是根据中国市场变化的产物，双方应站在中国市场的角度上予以支持。 这是双方签字生效后具有法律效力的条文。 请问，你读了吗？"

"对不起，我只对整个平台战略负责！"技术经理也失态了，站起身，准备不参加会议了。

"请稍等一下。"姜波拦住他说，"既然你说到了平台战略，那我还想问你，GOLE是你们全球战略的一部分吗？我们不同意引进，你们却偏要推销，现在你看看，这款车刚上市就在中国市场上偃旗息鼓了，你怎么解释？是不是你们急于想把不成功的产品推销到中国来，掩盖你们的失败？"

这位被中方称为技术权威的技术经理顿时被噎住了。

经管会出现这种剑拔弩张的场面，雷老头也是司空见惯了，几乎每次涉及技术变更或者新产品项目，都会出现这种令人不安的局面。

雷老头决定不再装聋作哑，喝了一口咖啡，说："先生们，请不要争执，营销是策略，平台是战略，GOLE不是平台战略的失败，是营销策略的失败！"

刘云涛闻言惊呆了，这不是把责任推到自己身上了吗？他马上反驳道："这怎么变成市场的营销策略失败呢？你们在南美搞裸车选装，搬到中国来也要搞这一套，你们一味地认为中国的市场跟南美一样，但没想到中国的经济发展已经远远超过了南美，中国的用户早已对家庭轿车有了自己的概念，对你们号称的中国第一家轿嗤之以鼻，事实已经给你们上了一课，而你竟然推卸责任？"

姜波也说："当初引进GOLE我们就说得很清楚，中国市场很难接受拉美的'裸车和选装'，你们就是不听。说得再直白一点，你们只考虑自己的利益，根本不顾中国的国情和中国人的购车喜好，拼命把在拉美滞销的大量零件出口到中国，组装这种所谓的家庭轿车。现在整车卖不出去，却倒过来指责我们市场营销策略的失败，真是岂有此理！"

高振雄气愤地说："今天的中国不是二十年前了，绝不允许你们为了一己之利来损害中国，如果你们坚持要这么做，那我们就拒绝去参加奥国车展！"说完他拿起茶杯在桌上一掷，砰的一声，玻璃碎片四溅。他转身而出。

高振雄第一次在高层会议中做出这种举动，姜波也大步流星地跟了出去。

奥方彻底惊讶了。

刘云涛虽然有点懵。在他的记忆中，高振雄是威严的，而姜波一直是温良恭俭让的，如今都一反常态变成狠人了。等到他慢慢抬起头，陡然看见眼前晃着的白发和满脸褶子，顿时吓了一跳，原来雷老头已经顶着自己的脑袋。

"老雷，你刚才说的话，实在是欺人太甚啦！你们搞技术霸权，我们就不要尊严吗？你们口口声声说，公正公平一视同仁，结果呢？我跟你们合作到现在，还是第一次跟你们产生争议，也希望是最后一次。"刘云涛抬起头看着眼前的雷老头说，"事到如今，大家都退一步。我们不上新零件，你们也不要把香氛系统装上去。"

最终雷老头只得点头同意。

这一年的国际车展在欧洲的法兰克福举行，当一面鲜艳的五星红旗在广场上飘扬时，欧洲人才恍然大悟：中国人来了，中国汽车来了！

七十多岁的周志远第一次出国，下了飞机后连时差都没倒，就兴冲冲跟随姜波和孙艳坐车来到国际车展的广场。下车后，他从左看到右，再从右看到左，来回看了好几遍，盯着熟悉的五星红旗，问："姜波，是不是世界上所有国家的国旗都会插在车展的广场上？"

"不，只有参加国际车展的国家才有资格。"姜波很认真地说。

周志远一拍大腿："好样的，张欢这条路走对了，给中国人长脸啦！"

姜波、周志远和孙艳来到了一个非主流品牌展馆的拐角，这里的面积虽不算小，但因为是拐角处，并不引人注目。

舞台上硕大的背景板中央是一个地球，周围是五只展翅飞翔的凤凰，展台上分别摆放着五辆轿车，有跑车"中国凤"，更有新一代的"中国豹"。

只见在喧天的锣鼓声中，一群京剧演员正在表演"长坂坡"。不一会儿，音乐声停了。张欢在追光灯下，大步流星走上了舞台中央，用流利的英语宣布中国极灵品牌发布会揭幕。

周志远激动地看着黎大福亲自上台，揭开了覆盖在"中国凤"身上的五星红旗，展台前世界各国的记者举起相机，顿时闪光灯闪成一片。

随后，张欢手拿激光笔，对着屏幕上的各种配置，用流利的英语讲解新款轿车的性能和各项配置，并开始向来宾们介绍"中国凤和中国豹"的各种最新配置，还特别自豪地请出了自动变速箱的设计师——徐中华。这让姜波等人大吃一惊！

等到所有产品介绍完毕，张欢走下舞台，看见师父、孙艳和姜波站在一起，激动地上前握着师父的手，指着舞台上的图案说："师父，你看到背景板上五只凤凰了吗？从今往后，它们将在整个地球上翱翔！那可是我们当年在小花园幻想的凤凰涅槃啊，今天实现了！"

"太帅了！"周志远骄傲地说道，"这才是我的徒弟！"

张欢得意道："师父，这几年我一直在海外跑市场，现在已经在国外设了几十个分销商，还建了一百多家服务中心，已经出口了上万辆轿车。明年，我还将到其他国家去建分销商，去建更多的服务中心，让中国自主品牌走遍全世界！"说着说着，他就唱起了，"我的未来不是梦！"

姜波见他的得意样，就来了一句："你就臭美吧！"

张欢一听便装作一副委屈的样子："师父，我哥又寒碜我了！"

"师兄逗你玩呢，还装什么装呀？"孙艳笑了，"师父，舞台上这五辆车都有我们华宝的零件，我们也要跟着极灵汽车去翱翔世界！"

正说着，姜波看见一个头发灰白的奥国老头走上了展台，非常认真地钻进极灵汽车，上上下下地仔细端详内饰和各个功能件，特别是对这辆车的整车控制系统很感兴趣，还用手机一一拍摄了各种功能。远远看去，一个熟悉的身影忽然跃入了眼帘，姜波赶紧上台喊道："费舍尔先生！"

费舍尔也很惊喜，一把握住姜波的手，又把轿车里的人叫出来向姜波作了介绍，姜波这才知道，这个钻进轿车仔细研究的人，将是新任的奥方技术经理——冯德考斯先生。

姜波当然很期待新来的技术经理能改变蛮横无理的作风，与他握手时表示了欢迎，并期待能更好合作。

国际车展结束后，费舍尔和冯德考斯被派到了中国，分别主管奥国孚士中国投资公司，后者担任华松孚士的奥方技术经理。

费舍尔在上任仪式上滔滔不绝地讲解了自己在国际车展的所见所闻以及今后的计划，示意要收回失去的市场份额。

几个月后，郝亮宣布，华松机电集团要马上成立自主品牌的荣耀汽车有限公司，高振雄兼任总经理，姜波任常务副总经理；任命刘云涛任华松孚士汽车公司总经理，吴猛任副总经理。

姜波向刘云涛提出，要从华松孚士抽调有经验的工程师。刘云涛不同意。

姜波耐心解释，如今终于有了自主品牌，可以展开拳脚了，大家都应该站在国家利益的高度上齐心协力，尽快实现中国自主品牌轿车上市。

刘云涛急了："师兄，你的队伍齐全了，我的队伍都散了，今后还怎么搞开发？你也应该站在我的生存和发展角度考虑一下吧？队伍散了，人心就乱。师兄，我可是刚刚坐上这个位置，你突然抽掉我屁股下的凳子，这不是让我坐个屁股墩吗？"

两人在办公室里争得面红耳赤，结果双方闹到了集团。

郝亮好不容易实现了人生中的一大飞跃，当然把研发自主品牌和新能源汽车作为头等大事。这是他最后几年的重要政绩，也是职业生涯的里程碑。

他严令刘云涛要站在集团大局考虑，迅速补齐自主品牌的技术研发力量，这让刘云涛叫苦不迭。

就在大家喜气洋洋过完大年时，一场金融危机突然爆发，各大汽车公司纷纷停产。

赵曼玉第一时间接到斯图加特发来的中止北美零件订单的邮件，立即赶回奥国。

一周后，孙艳也陆续接到了东汽、松美汽车，还有北汽、广汽、富汽、极灵汽车的减产计划，堆积如山的零件库存顿时成为巨大的经济负担。

第 二 十 五 章

一天早上，丁鹏急匆匆来找刘云涛汇报，说："很多4S店老板来电话询问，横隔梁事件究竟怎么了，这几天网上全是这些负面信息，是不是横隔梁又出事了？"

张欢辞职后，丁鹏被刘云涛调回来担任销售公司总经理。平时他一直在销售公司上班，这回像中了邪一样，一跑进来就大呼小叫。

吴猛也是第一次面对突如其来的负面消息，尤其是对互联网论坛的负面传播，一点经验也没有，便说："刘总，要不去找钱勇？他是公关总监，经验肯定比我们足，也一定会有更好的办法！"

钱勇听到叫自己谈舆情，心里暗自得意，觉得自己的策略成功了，走进刘云涛办公室就说："没必要在乎这些小网站和小论坛，那都是些藏污纳垢的地方，建站成本极低，博眼球的本领却很大，传播速度快，让人防不胜防，副作用巨大。"

众人心中为之一震。

"4S店都把我的电话打爆了！"丁鹏问，"你手下的广告公司和公关公司，有没有专门应对互联网的？"

"不知道，我想办法去问问。"钱勇故意叹气道，"既要熟悉网络媒体，又要了解这些网站和论坛的特性，还要与这些网站的头头脑脑保持着密切关系，估计代价很大！"

"钱的事你就不用担心!"刘云涛很认真地说。

过了几天,钱勇向刘云涛汇报:"我已经了解过了,都是些小网站和小论坛,他们都是靠炒负面起家的,就像香港的狗仔队,到处去挖陈糠烂谷子,拍摄一些可以炒作的照片大肆宣扬,只要有任何一点破绽,都会成为他们炒作的热点,我们是防不胜防的。"

刘云涛打断他的话:"这些我们都知道,我们想知道你有什么招数?"

"找了很多公司,都说唯一的办法就是'灌水'!"

刘云涛听了一头雾水,马上又把丁鹏找来,问道:"你说说看,网络灌水是怎么回事?"

丁鹏一听,这不是就网上炒作吗? 便把自己在松美汽车的那一套搬了出来,高谈阔论一番控制网络舆论的手段和办法,最后使出撒手锏"恩威并用,各个击破"。

刘云涛还是第一次听说采用这种手段,有点恐惧道:"难道这种负面舆论不能举报吗?"

"可以啊,每个网站都有举报邮箱,也有举报电话,有用吗?"钱勇哈哈一笑,带着一种不屑说,"邮箱是自动回复,电话是无人接听,就算好不容易有人接听,回答永远是请等待我们的回复! 结果就是杳无音讯。"

钱勇走后,刘云涛又把吴猛叫来,三个人如此这般一研究,都陷入了困境,不得已又把钱勇找来,寻求他的帮助。

钱勇干脆说:"你们如果不同意这么做,那就报警,通过公安局去查!"

"这不是把事情搞大了吗?"刘云涛心里一惊。 这些所谓的丑闻,有真有假,真要是报警,那不正好是警方查案的线索吗? 这事真要查起来,上姚集团要倒霉,自己的岳父更要倒霉!

丁鹏怂恿刘云涛赶紧拍板,先让钱勇赶紧去找公司来应对这些网络舆情。

钱勇一听丁鹏支持自己的想法,心里高兴极了,回去就让众仁广告公司向下面的"托"公司发布指令,让这些"托"再去找"托",要遍地撒网。

钱勇念念不忘要丁鹏负责筹集现金,说这些"灌水"的全部要收现金,不能通过签署合同和转账。

丁鹏只得同意去想办法。

三个月之后，几千万花了出去，互联网上传言的横隔梁负面信息也被压了下去。钱勇拿着一沓清单放在了刘云涛面前，说那些发送这些负面信息的区域，经过不断查证和核实，全是华松孚士汽车员工居住的区域，王品惠和程全根都居住在这个范围内。

钱勇解释，真要查出这些发送信息的人，只有找到IP。电信局负责把电缆铺进小区，随后又分配到各个楼栋，进户的IP才是唯一的终端，但必须通过公安局或者电信运营商，才能知道发帖人的IP。

钱勇为了自己多赚钱，提出了按照效果计费，要求下面的人自己也去当老板。这样一来，这些人起劲了，转身跑到学校去找学生兼职，还有的还跑到网吧找键盘侠，以发帖一条给五毛钱为噱头，每天结账一次；教授他们如何利用各种搜索引擎设置关键字，以每一分钟搜索一次的频率进行二十四小时搜索。只要搜索到关键内容，不管三七二十一，就把储备在数据库中的各种乱七八糟的帖子全部灌上去，直至被版主禁言。

没过多长时间，全国各地出现了各种各样的"五毛党"，许多汽车论坛的服务器被攻陷，网友的各种举报也涌向了公安网警。

结果公安网警很快从各种线索中查出了眉目，发现其中有一条关键的横隔梁信息来源出自众仁广告公司！

刘云涛获知信息后问钱勇，钱勇摇头说，自己根本不知道这回事，就算是众仁广告公司干的，只是一个"托"公司而已，跟自己也没关系！刘云涛哑巴吃黄连——有苦说不出！

这些信息都汇总到了郝亮的桌上，他当即把刘云涛、吴猛和丁鹏叫到集团开会，当着高振雄的面把他们佂狠狠批评一通，最后又提出口头警告处理！

刘云涛、吴猛和丁鹏垂头丧气回到公司，刚刚坐下来，吴猛就提出，自己不习惯整天被这种稀奇古怪的乱事搞得七荤八素，内心承受不了，主动提出辞去职务，宁愿回质保部去当个工程师。

郝亮认为吴猛这种人经不起压力，不能胜任，很快批准了。高振雄一见这种状况，马上提议要到产品工程门去选派一个技术干部来当副总经理，郝亮只得同意。

姜波获知这个消息，马上去找吴猛，提出让他到自主品牌来负责产品设计。

吴猛一听当场表示愿意。姜波说，自主品牌公司刚刚成立，待遇比华松孚士差一半，不要去了以后又后悔。

吴猛说，只要让自己去干技术工作，待遇差也没关系，只是担心自己单枪匹马没有试制部门配合。

姜波对他说，自己正准备把周镐调来。这么多年来，周镐在华松孚士进步很大，手上的技术活又是自己师父亲传的，这么多年来一直努力学习奥语和英语，理论知识比现在那些试制人员高很多，他们二人正好是搭档。

吴猛听了更加高兴，接到调令后马上就投入了工作。

钱勇本来得知吴猛主动辞去职务，上面正在选人接班，觉得自己的机会来了，便打电话对刘云涛说，自己要当副总经理，否则就把林芳叫回来。

刘云涛听了吓得浑身发抖。他一直不相信只跟林芳过了一夜，她竟然会怀孕。自己趁着到奥国开会期间，专程赶到瑞士做了一个亲子鉴定，结果证明这是自己的孩子。如今钱勇在这个节骨眼上来要挟自己，他感到浑身上下被拆散了一样，决定休假回老家。

九月，早已过了台风季节，但狂风暴雨还是说来就来。

姜波一大早就接到了刘云涛的短信，说他即日起休假。

"陈玲——"姜波一边穿衣服一边叫，把正在厨房做早餐的陈玲吓了一大跳。

"轻点，妈还没起床呢！"陈玲匆匆从厨房出来，示意姜波小点声。

姜波大叫："云涛发短信来说休假了！"

"啊？"陈玲也惊呆了。

"云涛真是犯混了，领导干部休假是自己说休就能休的吗？他难道不知道自己这种行为方式不符合领导干部的行为准则吗？他还以为自己在学校吗？"姜波一边埋怨一边去刷牙洗脸，连早饭也来不及吃，转身就驾车向公司驶去。

新成立的荣耀汽车公司距离华松孚士汽车公司相隔只有十五公里，沿途都是一座座汽车零部件仓库，早已形成了一个规模庞大的物流区。

而眼下强劲的狂风暴雨已经掀翻了仓库屋顶的彩钢瓦，沿途的马路上到处漂浮着各种包装盒、塑料袋。原本十几分钟的路程，姜波足足开了一个多小时。好不容易进厂，他忽然看见工人们正挽起裤脚管蹚水走进车间。

姜波心急如焚，赶紧停好车就向车间跑去，忽然看见一个熟悉的身影正在搬运沙袋堵住台阶，防止大水溢进车间，这是周镐。看到周镐佝偻的身影正在吃力地搬着沉重的沙袋，姜波心里一阵激动，赶紧奔过去，不料周镐说："哥，这里都已经垫高了，不会进水，你去办公室吧，我把早饭放在桌上了！"几乎不用过多的话语双方就能明白各自的心思，姜波就是因为太了解周镐了，所以才坚持把他带进了荣耀汽车。

就在这时，秘书匆匆跑来，叫姜波赶紧回办公室，说集团来电话。姜波跑进办公室拿起电话，是高振雄从集团打来的："姜总，我收到短信了，对，刘云涛突然提出休假了！"

还没等姜波回答，电话里传来了郝亮的声音，看样子他是抢过了电话："小姜，我是郝亮。现在看来你这个小师弟政治上还不够成熟，舆情问题，我提出了口头警告，他就像受了天大的委屈。这怎么行呢？你找个时间跟云涛通个电话，让他尽快回来！"

东北的秋天来得早，九月下旬已是满山红叶了，山川大地也被渲染得灿若云霞。刘云涛的老家靠近松花江的支流，相隔十几里就是一个只有几十户人家的刘家屯。这条支流把绵延不断的丘陵一分为二，一边是轻轻流淌的清澈河水，另一边则是红松林映衬下飘扬着袅袅炊烟的刘家屯。

自从回家举办婚礼匆匆一别，刘云涛已经十五六年没回家了。如今一个人再次踏上这片熟悉的黑土地，他忽然感到一种前所未有的惬意，仿佛所有

第二十五章

的忧愁和苦恼都在家乡的土地上烟消云散了。

坐在田间的水渠上,刘云涛想起自己成了钱勇手上腌制好的一条咸鱼,随时需要就可以拿出来尝一口咸淡,心里越想越悔恨。想到这里,他顿感身心俱疲,倒在了水渠旁的柴垛上。

秋天的渠水已近枯竭,刘云涛的眼神里充满了失落。

"云涛,是云涛回来啦!"路过的人看见了刘云涛,马上大呼小叫。

众人听到是刘家的儿子回来了,纷纷从家里探出脑袋,有的端着饭碗,有的系着围裙,更有来的手里拿着铲子就跑了出来喊道:"云涛啊,吃饭了吗?咱家刚熬好大碴子粥,热乎着呢,可香了,来吧,可劲造!"

刘云涛被众人簇拥着,虽然有一种久违的亲切感,却怎么也提不起精神,闷着头急匆匆往家里走去。

十五六年过去了,刘家屯到处都是漂亮的二三层小楼,只有自家的破瓦房依旧。刘云涛见了心里特别辛酸。

在众人众星捧月中跨进家门,刘云涛突然愣住了。

"爸、妈,我回来了。"他忽然看见父亲坐在轮椅上,两眼呆滞,赶紧扔掉手中的行李扑到父亲怀里,"爸——你这是怎么了?"

"涛儿,"刘母泪眼婆娑,"你爸瘫痪三年了,怕你牵挂,不让说。"

刘云涛大吃一惊。刘家屯的父老乡亲这才七嘴八舌地把实情告诉了刘云涛。原来三年前的一场特大暴风雪,把刘家屯百分之九十以上的破房子都压垮了,卧病在床的刘父是被大伙救出来才得以活命,两个姐姐得知消息赶回老家,想通知弟弟,被父亲止住了,说你弟弟正在忙大事业,别去打扰,后来父亲就一直寄居在大女儿家里。

直到第二年春天来临,所有倒塌的破房子原地起高楼,刘父才决定把破瓦房改造一下。

"老村长,我爸能有今天全靠大伙,云涛我没齿难忘。"刘云涛跪在了老村长面前。

第二天,刘云涛决定要答谢父老乡亲的救命之恩,把家里的一头老母猪拉出来，叫来了当屠夫的大姐夫，又想把二姐和二姐夫也叫来，大姐说他们全家都到深圳去打工了。

刘云涛顿时愣住了，这才明白刘家实在太穷了，二姐和二姐夫都没有手艺，只得出去打工。

刘云涛看见大姐夫细心照顾父亲，心里很感激，端起酒杯说："大姐、大姐夫，这么多年来全靠你们伺候我爸，云涛我谢谢啦！"

大姐笑了："自家人不说两家话，这两年家里经济好转。你想想，自打你娶了媳妇后，刘家屯可高兴了，都说刘家的儿子有出息，大学毕业还在大城市娶了媳妇，也是刘家屯的福分。"

刘云涛一言不发。大姐这番话，又勾起了他的回忆。眼下父亲瘫痪，家里全靠大姐和大姐夫照顾，这让他感到很愧疚。

见弟弟不吱声，大姐问："小弟，你这次突然回家，是不是家里有什么事发生了？"

"不、不，没事，就是突然想家了，想回家看看！"刘云涛怕自己的沉默引起大姐的猜疑，马上坐直身子认真地说。

"涛儿，咱家孙女快高考了吧？"刘母问。

刘云涛嗯了一声："妈，你不用操心，她家老有钱了，就算考不上，也会送到国外去读书。我跟倩如能一口锅吃到现在，就是因为有了你孙女。要不然，当初倩如知道那根金链子是镀金的，早就散伙了。后来还是老丈人偷偷地塞给我钱，去买了真金白银！"

"这话听起来，老丈人对你还不赖。没事，不就是被她发现咱家里穷吗，这算有罪吗？"大姐夫突然问。

刘云涛不知道自己该哭还是该笑，只得说道："岳父确实对我不错，但我也是他手中的棋子，哪儿需要搁哪儿。这几年，要不是我顶上去，老丈人能这么安稳吗？"

大姐夫听了这番话觉得有点不对劲，但当着全家人的面又不敢再继续追问，满腹狐疑地看着小舅子发愣。

连续好几天，大姐夫总是感觉刘云涛每次都欲言又止，他趁着出去给人杀猪，让刘云涛跟着去当帮手，完事后大姐夫骑着小电驴，带着他到了一个沟渠旁坐下，点上一支烟问："云涛，那天你说'全靠你顶上去，否则他会不安稳'，这是咋回事？"

刘云涛犹豫了半天，只是说自己能有今天都是父母培养的结果，别人家都盖了新房，只有自家还是那间破瓦房，作为家里唯一的男子汉，却没能给家里做点什么。说着说着，他眼睛就红了。大姐夫见状也就不再追问了。

第二天，趁大姐夫又出去找活，刘云涛把自己的皮包翻了个遍，除了一些出差的补贴，报销后就一直放在自己随身带的包里。他翻来覆去找，终于找到一张不起眼的浦发银行卡，还找到一张工商银行的信用卡。这张信用卡是跟工资卡一起发放的，也是绑定自己和郝倩如的手机，只要一动账，郝倩如就在几秒钟内知道自己动用了这张信用卡，一回家就会询问这些钱用在哪儿？干什么用了？

从此以后，这张工商银行的信用卡就再也没用过。而那张浦发银行卡是自己参加工作后，公司把每个月饭卡里面剩余的钱，自动转到这张卡里去的，一个月最多就是上百元。调到松美汽车公司后，刘云涛也没去办新的卡，让膳食科把饭卡里剩余的钱自动转到这张卡里。唯有这张被称为"吃饭的卡"，郝倩如压根不关注。

第二天，刘云涛悄悄跑到乡里的银行一查，发现十几年来，这张卡里也积累了几万元。这让他欣喜若狂，连忙全部取出来。

捧着这些钱，他走到刘家屯村口时，一眼看到全村都是二三层的小楼，唯有自己家的那间破瓦房在这些小楼中显得另类，心里不免一阵难过，心想，自己是堂堂的合资公司总经理，年薪超过百万，手中竟然只有十几年饭卡里剩余的钱。

刘云涛沉默了，越想越伤心。当初抛弃初恋，进入了豪门，升了官，却又不知不觉跌入了陷阱。如今生了儿子，可自己哪有能力去为这个儿子创建一个温馨的小家！眼看着钱勇拿着各种名目繁多的项目获取少则几百万多则几千万的经费，虚头巴脑地忽悠一阵，最后，又拿着各种幌子来自己面前晃悠，说是圆满完成了任务，现在竟然开始威胁自己，这种憋屈已成了压在刘云涛心头的一块巨石！

想到这儿，一种无奈、一种郁闷、一种痛苦全部汇聚起来冲向胸腔，刘云涛终于忍不住了，捧着手上的钱，趴在柴垛上号啕大哭！

当晚，刘云涛在村里的小饭店买了一些肉菜和酒，把口袋里的钱全部拿了出来。他哽咽着说，自己愧对父母，也对不起大姐和大姐夫，手上这点钱，只能请大姐夫帮忙把自家父母的房子再改建一下，只求牢固，能让父母住得安稳。

大姐夫一愣，一个响当当的合资汽车公司总经理竟然只拿出三万块钱？便朝自己的老婆看了一眼，一句话都不说。

母亲听了、看了，心里也很不舒服。自己从小含辛茹苦把儿子养大，考上大学还出了国，有出息了，怎么就拿这么点钱改造房子？但看到儿子哽咽着说不出话，心里顿时就咯噔一下，心想，儿子能在大城市立足就已经很不容易了，孙女马上要读大学，花钱的地方很多，就推搡着不要。

刘云涛一听，立马跪在父母面前泪流满面道："儿子不孝，儿子无能，今生不能尽孝，来世不能安生！"

父母一听就吓坏了，赶紧收下钱。

大姐和大姐夫马上把刘云涛搀扶起来，说道："小弟，你可不能这样说，你是咱们这个屯甚至这个乡和县里唯一一个到国外学习的高级知识分子，千万千万不能为了这些金钱而灰心丧气。咱们家是穷，孩子又多，但不要紧，只要自己努力，好日子还在后头呢！"

这时，刘云涛的手机铃声响了，一看是"未知来电"，他就随手摁掉。不一会儿，电话铃声又响了，连续几次，他不得不接听，"喂。"就这一声"喂"，对方说出来的声音，立马把他吓得跳下炕，急匆匆跑到门外小声说："你怎么会在这个时候打电话来？不是说好了只在QQ上发信息吗？"

对方很严厉地说："钱勇来过了，给了我二十五万美元，说是你让他亲自送来的！我知道你这辈子不容易，我也没有责怪你，但儿子是你的，你不能不管！当初要不是钱勇把我送到瑞士，我怎么会有今天？他现在有难处，你不能忘恩负义，一定要想尽办法帮帮他！"

刘云涛听了满头大汗，支支吾吾半天再也说不出话来。他一下子就坐在了地上，大冷天的，一会儿屁股就被冻住了。

大姐夫走出门，一看他捂着脸在抽泣，顿时感到不对劲，一把就把他拽起来，刘云涛后屁股的裤子被撕掉了一大块！

第 二 十 六 章

孙艳驾车带着周志远直奔新桥镇。她接到老厂长电话，说他乔迁之喜，邀请大家到自己的别墅来吃饭叙旧。车一开进华松市，孙艳就不由自主地开到了老孚士工厂门口。

周志远问："你怎么把车开到这儿来了？不是说好到李博林的别墅吗？"

"对不起，师父，不知为什么，一到华松，脑子里就忘不掉老娘家，就是想来看看。"孙艳说。

看到宽敞的大门两边竖起了两顶巨大的遮阳伞，伞下站着两个精神抖擞的保安，她脑海里就浮现出当年华松孚士汽车公司成立时的模样。现在已是物是人非，旧貌换了新颜。

正对大门的，是孙艳非常熟悉的那块黑色大理石奠基碑，背后是一棵像一把巨伞般的松柏。

在这棵松柏的背后是一条人工湖，湖里许许多多的小鱼在穿梭嬉闹；人工湖的左边一楼是食堂，二楼是工会礼堂，三楼是办公室。人工湖的右边是焊接车间，再往焊接车间的后面走去，就是封闭式的油漆车间。

正对着湖面的就是总装车间。这里曾经是自己和师父第一次将集装箱的SKD零件用最原始的办法卸下来的地方。

孙艳坐在车里定神观看这条静谧却又令人心旷神怡的道路，只见四周全是各种鲜花和树木，再也找不到当年那种破败、凋零的痕迹，整个工厂就像一个大花园。空气中再也没有过去的油污和酸臭味，散发的都是淡淡的花香，耳朵里听到的全都是鸟儿的欢叫。

孙艳指指远处矗立的烟囱，轻轻地说："师父，我还想去看看造豪华车的厂房！"

周志远点点头，没吱声。他知道，在孙艳的心中永远珍藏着一个造车梦。于是他把脑袋靠在车窗上，看着眼前那一条像缎带一样的高速公路蜿蜒地伸向远方，呜呜呼叫的车辆疾驰声，一阵阵掠过他的耳膜。

郁郁葱葱的绿植、造型各异的欧式别墅、崭新的高楼大厦、琳琅满目的商场橱窗，让周志远看了感慨万千。

来到生产豪华车型的汽车三厂门口，看到规模宏大、气势磅礴的现代化跨跃式联体厂房，白色的墙柱，蓝色的顶棚，墙面全部是银灰色的铝合金，整洁的厂区道路上，全部用醒目的油漆画着左右转、直行标记和人行道。厂区中央的喷水池，喷射的水柱高达十多米，那清凉的水滴随风起舞，飘洒在人的脸上，颇让人感到欢喜雀跃。

孙艳兴奋地说："师父，我们进去看看？"

"我退休，你辞职，能进去吗？"

"我给陈玲打电话，他不像我师兄那么忙，或许还能给我们当个导游！"孙艳激动得不管三七二十一，拿起手机就给陈玲打去电话。

陈玲现在是模具开发中心总监，接到孙艳的电话欣喜若狂，急忙跑出来迎接。不一会儿，她给接待部门电话，要求派一辆电瓶车，请接待人员驾车驶进了全玻璃的接待大厅。

孙艳不敢相信自己的眼睛："这、这就是总装车间的入口？"

"对呀，你看，大厅里停的都是已经上市的车辆。你再看，那里还有一辆解剖车，整辆车的内部结构让来参观的人一目了然。"这回轮到孙艳像刘姥姥进了大观园，东张西望，满脸惊讶："师父，我怎么突然像失忆了，再也想象不出当年的场景了！"

电瓶车驶进冲压车间，一眼看见一卷卷钢板经过开平、剪切，又自动进入了大型的自动冲压机，随着冲压机的上下冲压，一扇扇车门、侧框、引擎盖就被输送进了焊接车间。

焊接车间里，机器人自动焊接机喷洒着焊花，星星点点的焊花飞溅，就是看不到一个人。

在自动激光焊接工段，陈玲让接待人员停车，自豪地告诉他们，这是目前中国汽车工业独一无二的激光焊接技术，能在几分钟内把整个车身都焊接成一个钢铁堡垒；再往下就是全密闭的油漆车间，里面还有一个空腔注蜡，不仅防水还能防腐，但那里是封闭作业，参观人员都看不见。

最后来到总装车间，又看到一个个机器人把车门、仪表板和座椅像变魔术一样，整体塞进了车厢内，几个工人钻进去"叮叮咚咚"几下，这些最难伺候的整车仪表盘就安装好了。

孙艳惊奇地问："这就是模块化装配？"

陈玲笑着点点头。周志远耳背听不清她们的对话，眼睛早已被看到的一切激动得盈满了泪水。

孙艳内心也波澜起伏。当初他们大学毕业后来到华松汽车厂时曾经立下过的誓言，一定要把华松汽车厂建成现代化的企业，现在梦想成真了。

眼下这座规模宏大的汽车工厂已经竖立在自己面前。想到这儿，孙艳颇感惆怅，悄悄问周志远："师父，这就是我们追求的车魂？"

"不，车魂在小波和张欢那儿！"

"嗯，对，自主品牌才是我们的车魂！"孙艳很认可，"这是当年师兄反复说过的，我始终铭记在心！"

"孙艳姐，要不是你们两代人的努力付出，哪有我们的今天？姜波说过，希望一直都在，就看你是否继续努力去追求！"陈玲悄悄把孙艳拉到一边附在她耳边，"我是刚坐完月子就来上班了，新模具一批又一批地开发，我哪能放得下呢！"

孙艳说："孩子交给大姆妈带了？"

"是的,两个妈妈都争着帮我带,天天吵得不可开交。"陈玲又附在孙艳耳边说,"看来还要再生一个,否则家里摆不平!"

"哈哈,还想生一个?"

陈玲点头笑道:"我希望能生仨小子,将来长大了都去给我造车!"

周志远虽然耳背,没听清楚孙艳和陈玲叽叽喳喳地说些什么,但听到了仨小子都去造车,马上说:"仨小子造车哪够,当年我们是陈克敏、老李、老关、广志和我,五虎大将都不行。你看现在,小波、张欢、云涛和周镐,四个小子,再加上小艾这个假小子,才五个,要是算上孙艳那个在奥国搞研发的小舅子卢建国,才六个。你们看看眼前这规模宏大的架势,这些人哪够啊?不过,今非昔比啦,敲敲打打已成历史,现在都是现代化和智能化,我们这些大老粗已经被彻底淘汰啦!"

孙艳和陈玲听了周志远前言不搭后语的话,忍不住哈哈大笑起来。

老人耳背,有时候对儿孙辈来说,未免不是一件好事。他或许只听见了自己特别留意的,所以就能很快接上嘴。不想听的或者听不清的,根本无所谓。所以看见她们哈哈大笑后,他也跟着爽朗地大笑起来,不料嘴巴张得太大,假牙掉了出来,差点落在地上。周志远眼疾手快,一把抓住,迅疾往嘴里一塞,用手捂住嘴巴,把假牙又装了进去。

当晚,踏进李博林装修豪华的别墅,李博林和周志远这两个老搭档见面就抱在一起手舞足蹈,喋喋不休地诉说过去。孙艳想,屈指一数,师父离开新桥镇已经十几年了,若不是因为李博林心急火燎恳求他们来商谈大事,师父几乎不愿再踏入这个曾经让自己伤透心的地方。

李博林家里的装饰风格与众不同,客厅的立柱是枣红色的,玄关是洁白的大理石,色彩对比非常强烈。

楼梯的台阶是花岗岩的,扶手是柚木的。房间布置得很雅致,洁白的床单、绣着凤凰牌轿车的枕头,墙上挂着雄鹰牌、华松牌和孚士轿车的照片。

桌子和茶几上都是各色各样的车模,简直就像个小型展览馆。甚至连卫生间的洁具龙头和门把手都是设计成汽车轮胎和车门把手,但都是用黄铜手工打造的,既怀旧又奢侈。

孙艳感叹道:"老厂长,等我有空、有闲又有钱了,也把家里改造一下。"

李博林嘟哝道:"这都是振华搞的。你以后要是搞装修啊,还是搞点温馨的格调,这里的怀旧感太强了!"

"什么?你说什么啊?"周志远用手把耳朵竖起来,孙艳赶紧贴近他的耳边再大声说了一遍。这回周志远听明白了,马上笑道,"老李啊,振华是想唤起你年轻时的活力啊!"

"我早就落伍喽,哪来的活力,只有你老周活蹦乱跳的,还在西周安了家!"李博林乐呵呵地说,"我说老周啊,你儿子周镐把孙艳的小姨子娶回了家,你呢,不想回新桥了?"

"啥?你说啥?大声点,我听不清!"孙艳重复了一遍老厂长的话,周志远这回沉下了脸,"我家就一间老房子,儿子结婚了,我只能住在西周!"

李博林说:"听说周镐两头跑,平时上班住在新桥,周末就奔西周?"

周志远还没来得及回答,就看见姜波和陈玲踏进了大门。

一进门,姜波就奔到周志远身边:"师父已经到啦!大老远的把您请来,让您受累了!"

"小波,我听说云涛患了抑郁症?"周志远显得非常焦急地问。

"老厂长,我们也到啦!"打断说话的是张欢,后面跟着关小艾。一进屋他就从口袋里掏出袖珍助听器,走到周志远身边给他戴上,"师父,在奥国车展,我就发现你的听力不行,买了助听器,一直没时间给你送去,来,戴上试试!"

姜波庆幸张欢及时到来,否则都不知道怎么解释刘云涛的事。

周志远欣喜地捂住耳朵:"刚才一进门,都是嗡嗡声,一点都听不清楚,就像当年在总装车间敲水落槽的回声!"

"这里房子回声有点大,你戴上助听器再听听。"孙艳听到师父这么说,赶紧退到几步远的地方,"师父,这回你能听清吗?"

"听得清,听得清。孙艳啊,早就听你说张欢给我买了助听器,我是一直盼啊，今天终于盼来了。"周志远噙着泪一边点头一边说，"我本以为自己老了，不中用了，耳背，背驼，什么都背。啥事也干不成。现在我又耳聪目明了，还能再干几年！"

"师父，是我不好，一直忙工作，把这事给忘了。要不是小艾提醒，我这脑子……"张欢表示歉意。

"小艾，你爸妈怎么没来呢？"李博林一直站在门口等着关永明，却一直没看到，回过头问。

"我妈病了，孩子也没人照顾，全靠我爸呢，实在走不开，让我们代表了。"

"老关和云涛没来真遗憾，否则就全齐了！"李博林叹气道。

张欢说道："没事的，等以后他们有空，我带他们一起来！"

周志远问："老李，今天是你的乔迁之喜，也该跟我们说说，你怎么会搬到这个大别墅来的吧？"

李博林一听，便得意地把自己到海口后如何帮儿子建起了4S店，又怎么与日本人合作建起了丰田、本田的4S店，后来又成立了出租汽车公司，还成立了汽车租赁公司，带动了整个海南的汽车和旅游市场，很快在海南形成了集汽车销售、维修、出租和租赁的大集团，并以振华文旅集团的名义在香港上市。

大家听了这才明白，李博林有今天，全是因为与汽车有关，算是从另外一个角度圆了自己的一个梦想。

孙艳对这一切当然心知肚明，特意关照李博林不能把自己投资李振华的事告诉大家。李博林心里也明白，孙艳不想让大家知道这是她和卢建军投资的功劳。

看见大家听完李博林说的话后都沉默了，张欢故意大声问孙艳："听说你早就把晶晶送走了？"

"对，送到奥国去读书了！"孙艳答道。

"初中毕业就送走？你还真狠心啊！"张欢说。

孙艳不知是计，便说："建国出道晚，三十多岁才到奥国留学，就算再努力还是跟不上一流的技术。但是他具备了与他哥哥一样的潜质，勤奋、努力、不怕吃苦，所以几年后他网罗了一大批志同道合的软件工程师，创立了电子技术研发中心，现在不是跟你合作得挺愉快的吗？"

张欢点点头，说："确实，他的整车控制系统对国内的轿车来说，还是顶尖的！听说，他现在正在研发智能控制系统？"

大家这才明白，孙艳的目光还是那么长远。姜波突然对卢建国创办的电子技术中心很感兴趣，马上悄悄地问孙艳详情。孙艳只得把实情告诉了师兄。

"建国要让晶晶尽早出国去留学，就是希望晶晶将来能考上世界一流的大学，使我们的事业后继有人！"孙艳偷偷朝姜波看了一眼，问，"师兄，听说周镐也想到奥国去研究智能控制系统？"

周志远听到周镐两字，立马警惕起来："怎么回事？去奥国干吗？那自主品牌还怎么搞？光靠小波一个人怎么行？一个好汉三个帮，一个个都走了，让小波怎么搞自主品牌？真是的，别走，都别走，走了的都赶紧回来！"

张欢悄悄附在姜波耳边说："哥，我们已经与卢建国签订了合作协议，准备把他在汉堡的实验室全部搬到中国来！"

姜波很惊讶地问："你们达成了协议？"

张欢说："哥，我早说过了，中国的汽车行业是三驾马车，合资企业、国营企业和我们的民营企业。但是要想真正实现弯道超车，还得要靠民企。合资企业主动权不在中方，国企的节奏又慢。我还是一句老话，你别再去奢谈什么技术空心化了，坐在台上的官僚们，脑子里想的只是如何坐稳自己的位置。你看看，你斗了二十多年，结果怎样？这一下子就把你扔到了自主品牌，要是把郝亮惹毛了，撤了你。哥，要不你也到民企来吧？"

姜波闻言愣住了。

张欢忽然兴奋起来，说道："十年前，民企的市场占有率不到合资企业的二十分之一。现在你看看，三分天下有其一，无论是燃油车还是油电混动，

第二十六章

甚至纯电动车，我们都有了，你知道这是为什么吗？因为我们的设计开发人员都是从华松孚士、松美汽车和东汽挖过来的。他们在这些大企业里看不清自己今后的发展方向，技术能力又得不到充分发挥，再加上那些不懂市场、不懂汽车的官僚们喜欢用屁股指挥脑袋，所以他们才毫不犹豫地奔向民企！"

看到大家都用惊奇的目光盯着自己，张欢更加得意了："这些人到了极灵汽车后夜以继日、挑灯夜战，在短短的时间里就设计出了多款新车，我们就是靠着这些年轻人去纵横世界，最后全资收购了欧洲的名企。如今这个品牌已经驰骋中国大地！你们呢？你说这有可能吗？哥，我还是套用鲁迅先生的话'怒其不争哀其不幸'，说到底，中国汽车的车魂只能在民营企业里诞生，这就是中国汽车品牌发展的现状！"

"你太狂妄了吧，你也是从华松汽车厂一路走到合资企业，现在又来到了民营企业，岂能这么诋毁我们的产业支柱？"李博林听了很气愤。

周志远却一直没吱声，他已经在法兰克福的国际车展上看到了民营汽车的独特风采，知道了张欢心中的坐标。

"我不是诋毁，也根本不愿意诋毁。"张欢急了，"华松孚士是我的老娘家，看到它现在这个样子我很心痛。说到产业支柱，难道我们不是了？同样是交税，同样是造福一方，我们是拿着股民的钱，一个钢镚当两个花，处处想着降低成本。就说周镐吧，他提出搞纯电动车并没有错，也是想降低成本一步到位，就算他认为油电混动不是新能源的发展方向是一己之见，那也没必要被打入冷宫吧？"

这话一下子戳到了姜波的心。大家顿时鸦雀无声了。

李博林见大家神情异样，随后又看了看身边的周志远似乎坐不住了，马上笑着说："今晚我搞了个新名堂，自助餐，大家想吃什么自己拿，边吃边聊，反正我就是想请大家畅所欲言，来，请上菜吧！"

随着李博林双手一拍，从厨房里走出两个保姆，端着菜盘走到了饭桌前逐个放下，又一溜地摆下筷子、汤勺、叉子和盘碗。

"老厂长，你这是摆得什么谱啊，把饭店的自助餐搬到家里来了？"关小艾见大家的脸色有点呆滞,笑着说道,"大家还是边吃边聊吧!"

见大家都坐着不动身,张欢急得飙出了一口东北话:"这是干哈呀都板着脸,谁在家呆得五脊六兽的,没事跑这儿来扯犊子啊? 俺们不就是来参加乔迁之喜的吗? 喝酒、喝酒!"

李博林干脆直着嗓子喊道:"佟爽啊,你和大壮就不要再躲在厨房了,出来吧,一起吃饭,有什么话就当面说给大家听,也省得我传话传错了!"

看到佟爽和沈大壮从厨房里走出来,孙艳也被搞糊涂了。他们是前天接到电话说密封条有瑕疵,准备挂红牌,所以就急匆匆驾车赶到华松孚士汽车公司,这几天一直没给自己来电话,因为是佟爽和沈大壮亲自去处理的,孙艳也很放心,就没再过问,没想到他们会出现在这里。

佟爽拿出一支录音笔,笑道:"接到要挂红牌的电话,我和大壮到了厂里到处问,谁都不知道华宝产品要挂红牌。等到中班换班后才发现有人摁下了停止键,一个年纪大的人对生产线的人说,密封条有裂痕。我和大壮赶过去一看,明显是用美工刀割的。我打开了衬衣口袋里的录音笔,偷偷录下了自己跟他的对话。你们听听!"

大家听完了录音,这个叫嚣自己是老物流的钟民,不就是当年的二混子吗?

关小艾禁不住大笑:"佟总,你真是个大能人,还能用'神来之笔'降服这个二混子啊!"

佟爽又把自己与老孚士工厂厂长郭襄的对话,以及当天晚上警方带着钟民来指认犯罪现场的情况说了一遍,最后警方又把这个二混子带走了,大家方才如释重负。

"我都听清了。"周志远嘿嘿一笑,指指耳朵里的助听器,"你们就是为这事来找老厂长的?"

沈大壮说:"不是,昨天下午那个接替钟民工作的王品惠来找我,希望我把这事大事化小小事化了,让钟民给点赔偿就算了,否则一坐牢,他家人就会找上门来,到时候也够华宝喝一壶的!"

第二十六章　471

大家听了这话都瞬间一愣。

等到那两个保姆收走了所有的餐具，把剩余的饭菜都打包好放进冰箱，二人悄悄撤离后，整个客厅突然安静下来了。

周志远说了一句话："没想到这个王品惠还没被开除，竟然当上了送料工？"

姜波说："这个家伙买的保险全部用的现金。警方查了很长时间，他一口咬定两百万现金是自己几十年的积蓄，查了他所有的银行卡，他确实在那段时间里陆陆续续取出了两百万现金！"

众人也是倒吸一口冷气，怎么也不相信这个家伙会用高额利息的储蓄保险方式来保护自己，也算是了解了这一行业的奇闻。

于是，众人聚在一起商讨对策……

第 二 十 七 章

郝亮从国资委开完会回来，突然召开集团高层会议，宣布调整下属企业领导班子，免去了高振雄兼任的荣耀汽车公司总经理职务，任命刘云涛为荣耀汽车公司总经理；丁鹏任华松孚士汽车公司总经理，产品工程部总监任副总经理兼销售公司总经理。

当晚回家，郝亮告诉刘云涛："外面的传说我都听到了，趁着这次基层干部调动，你去自主品牌，以免姜波干扰油电混动轿车计划。你去之后，一定要坚定不移地坚持混合动力轿车上马，成绩出来了，就能堵住别人的嘴！"

郝亮又说："我知道你对我有抱怨，没有站出来帮你说话。如果你现在还有这种想法的话，说明你很幼稚。你想想，我是集团董事长，这种乱七八糟的传说能当回事吗？"

说到这儿，郝亮喝口水润润嗓子，继续说道："那些所谓的举报信，我也看到了。我对纪委副书记程全根说过了，法庭讲证据，纪检委也要讲证据，不能拿着这种成本极低的举报信，花费巨大的资源去调查，这不成了笑话吗？"

刘云涛从东北回来才知道，众仁广告被查后，警方找到的法人竟然是个出钱请来的老太太，她说自己是在保姆介绍所里认识招聘的人，听说自己不用干活，只要挂个名就能拿钱，就同意了，警方听了也是哭笑不得。

刘云涛想，林冬梅本来就是来捞钱的，高薪请来的高鼻子一走，接下来就人去楼空了。众仁广告本来就是个"托"公司，所有的钱早已转移！查封众仁广告对钱勇根本没有任何影响。

都说人狠话不多。郝亮这些不多的话语，却让刘云涛感到了一种无穷的压力。他觉得混合动力和纯电动，自己跟姜波争论了不止一次，最后还是认为长痛不如短痛，在自身技术储备没有完成前，坚决不搞混合动力。可是现在岳父的旨意就是要把混合动力先搞上去，这等于逼着自己要违背与师兄达成的共识，这会让姜波产生什么样的心理呢？

刘云涛只能咬牙上任，见面后就把一张油电混合动力新能源汽车上市的时间表放在姜波面前，自己只说了一句话：我上任时在集团立下军令状，没有退路可言。

姜波犹如遭到当头一棒。在车型、生产线和技术都是空白的情况下，刘云涛竟然会签下军令状，要在一年内上市？他顿时在脑海里涌上一股不祥的预感，决定单独去找高振雄理论一番。

新桥镇上的三角洲大酒店，高振雄并不陌生，走进包房前，他就看见了坐在大堂餐厅角落的周镐正在埋头喝茶。

他过去一直不理解姜波为什么到哪儿都喜欢带着这个残疾人，曾经有好几次想问个究竟总是找不到机会，这次他刚想张口问，却被一个进来的服务员打断了："请问可以点菜了吗？"

姜波说："点吧，点你们这里最拿手的好菜。"

"没必要，就按照他们这里的最低标准点吧。"高振雄早就知道姜波找自己无非是讨个说法，便故意岔开话题，"我看到外面坐着的周镐，那个人就是你师父的儿子？"

"是的，他担心我喝酒，坚持要来为我开车。"姜波回道。

高振雄诧异了："你是出了名的烟酒不进，他怎么会知道你今晚要喝酒？是不是已经知道你跟师弟闹矛盾了？"

"高总，我不是反对混合动力轿车上马。你看看，现在车型没定，生产线也没落实，技术人员脑子里都是一片空白，仓促宣布上马混合动力，这么大的投入下去，一旦失误，后果不堪设想！"姜波焦虑道。

高振雄点上一支烟，慢条斯理道："看来你还是坚持一切都要等到万事俱备。你也应该看看，现在造车新势力风起云涌，全国各大汽车厂家都在上马新能源轿车，尤其是你那个师弟张欢把整个极灵汽车搞得风生水起，唯有我们华松机电集团还在研究中，这能行吗？当然不行，我们等不起！我知道你心中承载了老一辈造车人的梦想，希望在汽车工业完成技术转型之后实现它。但你这种只认死理、抠细节的毛病，有时候是会耽误发展机遇的！"

"耽误发展机遇？高总，从造车的历史背景来看，奥国造车业始终是我们的老师，为什么他们迟迟没动静？是他们不作为吗？不是，他们也是在细心捉摸，反复研究。"姜波很认真地向高振雄解释。

"如果要搞混合动力，对奥国人来说易如反掌，为什么迟迟不动？是抠细节吗？是认死理吗？都不是，他们也是在摸索整个市场。"说到这儿，姜波又详细向高振雄介绍了师父的儿子，几十年来是如何从一个懵懂少年成长为自己的左膀右臂，不仅自学奥语、英语，就连计算机编程技术都是边学边干，如今已经成为一个编程高手，正在带着团队试制整车集成控制系统。

高振雄又接上一支烟，说："小姜，我说的认死理、抠细节不是指你在零部件的研发上，而是针对产品的发展方向。混合动力轿车和纯电动轿车究竟哪一款才是新能源的发展方向，现在是仁者见仁智者见智。没错，东汽的混合动力上马不久产销量落差很大，这确实是个教训，但我们也不能因噎废食。再说了，你也了解集团的底细，我们的纯电动与油电混动的技术储备都是一个很大的空白。但从供应商的角度来说，油电混动已经具备了配套能力。"

"你说的是上姚集团引进的二手混动系统吧？那我就实话实说。"姜波将一瓶刚刚启开的红酒给自己倒了一杯，一饮而尽，"发动机和变速箱继续存在，再添加一个插电系统，两套装置混合使用，代价又高，效果还不见得理想，这种模仿抄袭的苦头我们吃得还少吗？"

这时服务员正好端菜进来，一看一瓶红酒只剩一小半，忙问，是不是再加一瓶？"姜波毫不犹豫举起两根手指，来两瓶。

服务员一愣，忙退了出去，菜都没上齐，一瓶红酒就已经没了，看来自己今天推销这款红酒的回扣要赚翻了。不一会儿，两瓶红酒又端了进来，服务员迫不及待地启开酒塞，马上把酒倒进了醒酒器。

高振雄说："集团眼下确实不具备纯电动车的核心技术，油电混动至少在技术上是成功的，供应商也确实具备了这个条件，要是能拿过来用，对我们启动新能源战略也是一个技术支撑，也能补齐新能源轿车的短板。"说罢他也拿起酒瓶给自己倒了半杯。

姜波本来就不胜酒量，连续几次一饮而尽，舌头已经开始打转了："高、高总，国家的新能源战略目标，我姜波当然会无条件服从。但你想想，低速用电、四十公里往上就要用油，这算哪门子节能？话再说远一点，当初在合资前，奥国孚士为什么突然会提出更改产能协议？不就是能源危机造成的投资失败吗？中东战争为了什么？不还是石油惹的祸？"

看到高振雄不说话，姜波继续说道："我个人认为，国家的新能源策略不仅仅是为了环境清洁，更主要的是为了节省能源，是想把命运掌握在自己手中！现在风电、水电、核电都已经搞得风生水起，中国新能源汽车弯道超车的机遇也来到了，这是发展纯电动轿车的极好机会，可郝亮根本不愿听。电能，它不需要发动机，也不需要变速箱，那个被外国人控制的 ECU 和 TCU 源代码，统统都不需要了。现在智能网联、集成控制系统和蓄电池都是我们中国人制造的。那、那么我们的电动汽车还需要什么呢？就是如何增强蓄电池的续航里程和便捷的充电桩，这才是关键。只要继续沿着这条路走，肯定会实现超越。高总，造车，我们已经输在了起跑线上，电动轿车就是实现弯道超车的最佳捷径，撞向终点线也只是一步之遥，你说，我这是在认死理、抠细节吗？"

姜波突突地说了一连串话，把高振雄也说懵了。

高振雄不得不承认姜波的想法是有道理的，但集团存在的几大软肋也显而易见，这是不得不面对的现实。

高振雄说："小姜，电动轿车的技术储备情况，你应该比我更清楚，就连奥国孚士也是在摸索中，更不要说我们自己的技术能力跟不上。电动轿车的集控系统，说穿了就是整车的智能控制系统，把所有的功能都延伸到车内，这就是核心是灵魂！目前它和蓄电池都是我们的软肋，既然没有必胜的把握，那硬着头皮上肯定会陷入困境。"

"高总，技术成功若不能转换为市场效应，岂不是空欢喜？"姜波越说越焦虑，"从世界各国对混动轿车的推进速度来看，从开始的狂热到失望只有短短的三年时间，如今国外还在生产这种轿车的企业已经屈指可数，要是我们开始大量制造，价格比油车都高，中国市场会答应吗？高总，我认为郝亮之所以敢这么做，就是抓住了上姚集团引进的那套二手设备，要是我们陷入困境怎么办？"

高振雄听到姜波最后这句话，顿时惊怵了："听得出来，你对上姚集团很不放心！"

"对，我很担忧。"姜波迫不及待地说，"如果我们仓促上马，命运不还是掌握在别人手上吗？"

姜波说完又端起酒杯深深地喝了一口，叹气道："高总，这是一套二手设备，生产的那些混动装置都已经过时了，一旦装在我们的车上，市场反馈差，我们该怎么办？"

高振雄缓了口气，啜了一口酒，轻声地说："现在的华松机电集团虽然已经不是三十年前的机电工业公司，而是数量级翻了几百倍的大型集团！我们是国企，不可能像那些受各类资本蛊惑的民企一样，胡编乱造，信口开河。作为国家的企业，而且是产业支柱，历来要承担国之重任，越是在面临困难时，越要冷静。我认为，现在我们已经看清楚了未来发展方向，不进则退，混合动力至少在技术上是成熟的，能在新能源汽车的征程上扬帆起航，那我们为什么不可以借此起步呢？"

姜波顿时脸色绯红，突然问："要是上姚集团那套老掉牙的二手混动系统生产设备出现故障，我们怎么办？"

"谁能说新设备就不出问题了？"高振雄被姜波顶撞得哭笑不得，只得再次告诫，"小姜，我们都是共产党员，都应该具备攻坚克难的勇气，不能什么事都没干，先找出一大堆理由来推诿，这不是实事求是的态度！"

"高总啊，三十年前我们刚刚走出十年浩劫，百废待兴，只能用市场换技术，现在整个行业都脱胎换骨，实力不同了，我们应该站位更高、目光更远，只要不选这种二手货，我当然会无条件执行！"

"你非要等到万事俱备才去执行，这是典型的保守主义！"高振雄神色严峻道，"古今成大事者，不唯有超世之才，亦必有坚忍不拔之志。我们要有承认落后的勇气，也要有义无反顾勇往直前的毅力。要是能借助油电混动起步，为纯电动汽车技术储备赢得宝贵的时间，再去迎接智能汽车发展的大格局还会难吗？今天我也想借此机会告诉你，如果你就从现在开始筹备电动轿车的技术，你一年内能准备好，那就一年内启动，两年后能准备好就两年后启动，你有这个信心吗？"

"这、这是真的吗？"

高振雄坦言："我在刘云涛立军令状的会议上就说过，即日起启动电动轿车技术储备，他没告诉你？"

"这个刘云涛，把上市计划一扔，什么话都没跟我说。"姜波翻了一下白眼，显得很无奈。

"你这话提醒了我。听说他妻子正在闹离婚，你也要体谅他一下！"

"啊？"姜波第一次听到这个消息，不由大吃一惊。

高振雄看到他很惊讶，马上提醒道："你呀，别再纠结了，混合动力和纯电动，哪个成熟就上哪个，而且要快，刘云涛也是箭在弦上不得不发。在这种节骨眼上，你除了在产品发展方向上要支持他，在其他方面也应该多关心他才对！"

这顿晚饭，在高振雄与姜波的争论中结束了。高振雄一走，姜波显得很失落，坐在房间里低头不语。

周镐蹑手蹑脚进来："哥，我在外面听了高总这番话，明白了你当下的困境!"

"不是困境,那真的是现实啊,我们不能再理想主义了。在目前情况下,再把纯电动轿车当作首要任务显然是不切实际的。"姜波随即又叫来服务员要了一瓶红酒,自己给自己倒满,一饮而尽,"高总说得对,你我身上都承载着父辈的梦想,但真要去实现它,确实是一个艰难而痛苦的过程,既然一口吃不成胖子,那我们就继续砥砺前行吧!"

"哥,那——我、我就不能陪哥前行了。"周镐喃喃地说。

姜波一愣:"你——什么意思?"

周镐摸着几乎秃顶的脑袋,很认真地说:"哥,自从建国把这套欧版的集成控制系统给我测试,我就发现了里面存在着很多设计,不符合中国用户的使用习惯,为了修改这个程序,也就是高总说的核心,我几乎熬成了秃子。现在既然决定油电混动先上马,那这个纯电动的智能集成控制系统也注定无法开发下去,我还是到汉堡去继续研发吧!"

"咣当"一下,姜波手中的酒杯掉落在地。这种失态在姜波身上很少见,他自己也为此一愣,随后轻轻地问:"你——决定了?"

周镐非常认真地点点头。

原定混合动力轿车计划在一年后上市,结果八个月后就匆匆上市了,没想到还连续六个月销量一路狂飙。这可把刘云涛乐坏了,马上提出加班加点生产,姜波坚决反对。

郝亮气咻咻赶到荣耀汽车公司召开中层以上的干部会议,当众指责姜波:"突破造车新势力的包围圈,是集团上下努力的结果,也是一件意义非凡的大事。你作为一个从合资企业走出来的企业高管,理应看到新产品上市之后,用户对国企品牌的追捧,这就是用户对国企力量的信赖,更是广大用户对国企品牌的厚望,而你却在踟蹰不前,整天盯着一点点瑕疵忧国忧民,这就是你对待新能源汽车的态度吗?"

郝亮几乎在声嘶力竭地吼道:"你看看,这六个月来,销量一路领先,市场上对荣耀混合动力轿车的呼声很高,4S店都没有库存,到处都在求爷爷告奶奶要资源，这不是又回到当年孚士牌上市的情景了吗？你怎么还要反对加班生产呢？你这种违背市场需求规律的态度极其危险，错失了市场的需求机遇，你要承担责任的！"

郝亮口气严厉地说完这些话，故意朝高振雄看了一眼。高振雄装作没看见，顾自点起烟，深深吸一口，朝着天花板吐出一串烟圈。

窗明几净的会议室里，坐在桌前那些干部们傻愣愣地看着台上领导，一个在发飙，一个在抽烟，俩人似乎并不默契。

姜波心里非常明白，前几个月出厂的油电混动轿车大部分都是配售给供应商的，真正卖给市场用户的并不多，况且这款新能源车的定价过高，供应商就一直在抱怨，市场反馈也并不佳。

后来又经过一番狂轰乱炸的广告之后，市场稍稍有了点反应，但销量还是无法与民营企业相比，甚至还不如极灵汽车。如果在这个时候加班生产，一旦积压，后果不堪设想。

因此，姜波又进行了一番市场调研，决定采取循序渐进的生产方式。但此刻，刘云涛什么话都听不进，一味要求加班生产，两个人对市场的认知的矛盾也瞬间爆发。

郝亮选择在这个时候出面，就是要为刘云涛撑腰。

姜波觉得此时再保持沉默，等于是默认了郝亮的指责，但要是坚决反驳又担心郝亮会因丢了面子而恼羞成怒，便咳嗽一声，说："郝总，新车上市至今，每日产量一百台，一个月累计生产两千三百台左右，前两个月的产品基本都销往全国各地的供应商，流向市场的并不多。最近几个月内流向市场的多了起来，这都是大家喜闻乐见的。但我们也收到了市场用户的反馈，普遍抱怨售价过高，跑高速的耗油超过正常的汽油车。民营汽车企业又开始大幅度降价，这等于是在向我们发出警告！"

郝亮也知道，极灵汽车突然大幅度降价，就是冲着荣耀的混合动力汽车来的。按照以往的市场销售惯例，狂热过后是有个相对稳定的静默期，如果在这个时候去加班生产，增加库存，只能给自己背上包袱。但郝亮的目标不是这些库存，而是想在自己离任前，让刘云涛获得政绩，能接上自己的班。想到这里，郝亮没有再说话，两只眼睛紧盯着自己的女婿。没想到刘云涛低着头，一言不发。

姜波又说了："增加一个班次只是一个月增加了两千多台，对集团来说是小事，对荣耀汽车来说经济压力也不大，但这些产品压到经销商的仓库里就会成为大问题。但荣耀汽车的经销商体系不如华松孚士那么稳固，全国加上正在建设的门店，也只不过三百二十八家，一个门店要是压上十台，加上原来每个月的一百台燃油车，这是个什么样的体验？经销商就算把这些车都抵押给银行，光利息也够他们喝几壶的，承受不起怎么办？到头来收获的只是赚个吆喝？"

高振雄连连点头。

郝亮忍不住了，也学着姜波的样子，轻声咳嗽一声说："市场竞争也不是一天两天的事了，前六个月销量一路上涨，这个月才出现微幅下调，这是市场的正常反应。我看先尝试增加一个班次的产量，三个月以后再看市场的变化，不就是增加一万多台吗？这点资金压力会受不了吗？但凡搞实体经济的，尤其是我们搞汽车的，见惯了大进大出，大不了再跟银行谈一下，把贷款利息再降低一些，要是中行不行换工行，工行不行换交行，再不行就换民营银行，融资也是一门生意啊，你是不是也去学学啊？"

这话不管怎么说都是一种强烈的讽刺，姜波有些坐不住了。

高振雄马上插话："姜波现在除了抓技术和生产，还要夜以继日地研发电动车，也够难为他了。"

郝亮闻言一愣："不是说这款新能源汽车上市后，准备混动 SUV 吗？什么时候把电动车研发也搞起来了？"

高振雄不动声色道："我在刘云涛立军令状时就说过，即日起启动电动车的研发，难道郝董忘啦？"

刘云涛一看岳父脸色难看，嗫嚅道："都是同一个车型，说不定，电动车的进展会更快！"

姜波大声说："郝董，混动轿车上市之后，我们确实同步开发了电动车，目前正在协调蓄电池的生产商，要是续航里程能满足荣耀汽车的要求，明年我们就能把电动车推上市！"

郝亮狠狠瞪了一眼女婿，默默端起茶杯，掀开杯盖，喝了一口清香的龙井茶，随即用手指捏着嘴里的茶叶轻轻地揉捏，直到碾成了碎末才放在桌上，随后又官气十足地说道："姜总，请你把电动车的研发情况详细写份报告，集团要详细了解一下进展。"

姜波当即回道："郝董，这份报告早在混动轿车开发的时候就交给你了！"

郝亮的眼睛顿时瞪得大大的："你、你、你说的同步开发就是指这事？你这是在跟我玩文字游戏啊？"

"郝董言重了，我哪敢啊，谁都知道你是一言九鼎的人！"

此话一出，全场震惊。

郝亮见姜波竟敢在大庭广众之下故意顶撞自己，气得吹胡子瞪眼："姜波，混动轿车先上两款车，这是集团的决策，你、你竟然敢阳奉阴违？"

顿时姜波执拗的脾气上来了，他干脆站起身说："你既然把话说到了这个分上，那我也要当着众人的面说说。你明明看到现在销量正在下降，却坚持要我们加班加点生产，市场已经在向我们发出警告了，你不仅视而不见，偏要反其道而行之，现在你又把它说成是一场改变华松机电集团在新能源汽车市场地位上的博弈！请问，整车没有灵魂，市场不认可，你拿什么博弈？光凭上姚集团早些年进口的二手库存货？你看过售后市场的反馈吗？逆向充电失灵，全靠燃油行驶，这还是一辆节能环保的新能源轿车吗？难道你就冲着政府的新能源补贴和蓝牌政策要我们继续加班？这几周，零部件仓库里已经堆积着十万台的混动系统，是谁要求大量采购的？多大的资金积压？你心里会不清楚吗？"

在场的所有中层干部都没有想到，一向温和而文雅的姜波竟然会当场揭穿郝亮的老底，惊得全场心惊肉跳！

郝亮顿时气得脸色苍白，浑身发抖，桌上的茶杯也在跟着抖动。

高振雄见势不妙，急忙插嘴："姜波，重新写一份，说清楚同步开发是怎么回事，同时把电动车的研发进展也写清楚，特别是时间和节点会不会与SUV产生冲突！"

被高振雄一声断喝，姜波瞬间清醒。他发现众人的目光都吃惊地盯着自己，就连刘云涛也不断拉着自己的衣袖让自己坐下来，这才察觉自己执拗犯愣的老毛病又来了，他便讪讪坐下说："对不起，请领导放心，我重新写报告，一定把时间节点写清楚！"

"请领导放心，增产的事一定按照要求办！"刘云涛又低声回答。

姜波只得说："那就先试一个月，销量上去了再继续加班。"

"师兄，三个月，不能打折扣，要雷打不动地执行！"高振雄远远地看见刘云涛用膝盖撞击姜波，心里暗自思忖，你们确实也该齐心协力啦！

可是隔了一个月，市场还是传来不好的消息，许多用户反映荣耀油电混动车的电动功能只能在市区道路行驶上有点作用，跑高速和长途绝对不行，再加上逆向充电经常出毛病，成了一辆不折不扣的燃油车，而且由于自身重量的原因并不省油，被人称之为中看、中听而不中用的另类。

这种纷至沓来的杂音，以及用户在行驶中发生的奇葩之事，经过那些网上自称为汽车测评专家的人炒作和发酵后，间接导致了荣耀汽车销量大跌。

刘云涛情知不妙，立马去找师兄："销售公司反映这一周仅售出了三台，这样下去怎么得了？"

"我早就说了，最多加班一个月。现在你看看，周边三十公里范围内的空地都停满了，成了有史以来的最大停车场。如果再不停止加班，我只能向机场求助，让他们把空地腾出来给我们当仓库！"

刘云涛被噎住了，眨着眼睛发急道："这、这、怎么行？"

姜波抬起眼，认真地看了他一眼，随即就掰着手指细细数来。说这段时间里，全国各地新能源轿车的厂家又冒出了十几家，加上各类资本推波助澜，推搡着各种抄袭且并未成熟的新能源轿车疯狂地涌向市场，有的造车新势力召集了各路大神为其做背景，甚至拿着 PPT 造车。

这种令人眼花缭乱的骚操作，直接导致了许多仓促上市的新能源汽车事故频出，把整个汽车市场搞得一片混沌。荣耀汽车跻身在这种混沌的时代，自然免不了受到牵连，这也是导致荣耀品牌市场萎靡的原因之一。

姜波小声叮嘱道："云涛啊，我们不能把国家财产当作一堆废铁扔在空地上。你真的要好好劝说郝亮，及时刹车还来得及啊！"

晚上，刘云涛来到郝亮家里，郝亮一见女婿的脸色便明白了，问："又在纠结库存的事吗？没必要这么焦虑，新品上市总有一个让用户了解的过程，再说荣耀汽车从燃油车开始就是属于慢热型的，要是资金有压力，集团出面去跟银行谈！"

刘云涛心不在焉，突然冒出一句："我、我不干了……"

郝亮一听就傻眼了，这个刘云涛最近究竟是怎么了？说话总是说半句，要么就是干脆不说，两只眼睛不知道看哪里，前言不搭后语。他以为刘云涛压力太大，便和颜细语对他说："上级已经找我谈过话，准备让高振雄担任集团董事长。这样一来，我延长三年的任期满后就只能退休。我是希望你能接班，这样对整个新能源发展有利！"

刘云涛不吱声，眼睛看着窗外，嘴巴叽里咕噜不知道在说什么，郝亮越发感到奇怪，赶紧劝慰道："我知道你压力很大，现在是三面受困，油电混动车库存增多，燃油车也销路不畅，最重要的是造车新势力还不停地挖人，导致最近的人才流失越来越严重，无论从哪个角度看，都必须重新找一个突破口！你和姜波讨论的电动车计划，我已经同意了，我也准备让集团的技术部门派人去协调，把周镐离开时留下的源代码重新拿出来，组织高级工程技术人员继续完善，就算续航里程暂时还不能满足高标准，那至少也是能支持三百公里以上的。你就不用操心了！"

"停产、停产，我不干了……"

郝亮闻言大惊，看着神情呆滞的刘云涛，几乎不敢相信自己的眼睛。他盯着他看了很久，觉得刘云涛这个古怪的样子自己从来没见过，特别是发出一种稀奇古怪的声音,让他很吃惊。

等到刘云涛走出门外,郝亮赶紧给女儿打电话,把刘云涛古怪的样子告诉她,让她抓紧带着丈夫去医院看看,是不是生病了?哪知道郝倩如等到丈夫回家,劈头盖脑一顿臭骂,张口闭口又是要离婚,刘云涛什么话也没说,只是张嘴笑笑,点点头,随后就走进了卧室。

这下,郝倩如也觉得奇怪了,之前曾经因为怄气也说过要离婚,刘云涛气得把杯子都摔了,差点还把自己揍一顿。今天这是怎么了,一句话也不说,还笑着走进卧室睡觉了?她这才觉得奇怪,马上给父亲打电话,把刘云涛的傻样如实告诉他。

一个月后,郝亮决定把混合动力和纯电动车轿车送到瑞士去参加国际车展。刘云涛没有丝毫笑容,只是"哦"了一声再无下文。

姜波知悉郝亮要把刚刚完成试制的纯电动车拿到瑞士车展上去,当然很开心,马上跑去与刘云涛商量,准备拿出什么样的颜色和配置,看到刘云涛急匆匆跑进了厕所,很久没出来。

等了很久,他才看见打扫清洁的阿姨跑到办公室说,男厕所里有撞击声,不知道发生了什么。

姜波马上冲了进去,强行拉开厕所门,发现刘云涛正在用脑袋撞击厕所的墙壁,连忙把他拉进办公室,随后打电话叫医务室的医生赶紧过来。

医生一到,看见刘云涛已经昏昏欲睡,便悄悄拿出藏在刘云涛口袋里的药给姜波看,这时姜波才看清楚,这是抗抑郁的药——刘云涛病了!

姜波马上想起高振雄说过,刘云涛正在为离婚的事绞尽脑汁,难道他就是因为这个原因患忧郁症了?姜波吓得不敢回家,连续几天在办公室里陪着刘云涛。最后连陈玲也赶到厂里,发现这一情况后,就去劝郝倩如不要在刘云涛压力最大的时候闹离婚。郝倩如并没当回事,只是对陈玲说,自己也是一时的气话,没想到刘云涛还会当真,以后自己会注意的,不会再去打扰他了。

高振雄得知这一情况后,思考再三,决定免去刘云涛兼任的党委书记职务,把关小艾调到荣耀汽车公司担任党委书记。

到瑞士参展的日期定了之后，刘云涛又像是换了一个人，整天兴高采烈。趁着关小艾正式上任，刘云涛主动找到关小艾和姜波，说："师兄，集团去日内瓦参展的事，还是我一个人去吧，不就是去宣布电动轿车研发成功嘛，没必要兴师动众，小艾刚到，千头万绪的，领导一下子都走光了反而不好，你说呢？"

姜波想，这也好，小艾刚到，确实还有许多事要熟悉，便点头同意，关小艾也表示没意见。

看到刘云涛神情渐渐恢复以往的样子，姜波也暗自高兴。因此他特意组织了一个欢迎关小艾的晚宴，邀请了过去的老同事一起到三角洲大酒店吃饭。

因为是姜波个人请客，参加的人并不多。陈玲也来参加欢迎会，到了包房没有看到姜波，就问刘云涛，他说师兄早就下楼去接你了。

姜波是在楼下遇到了张欢，两人坐在咖啡吧谈得正起劲，错过了陈玲。

张欢挥挥手中的护照，说："我离开华松孚士后，因公护照一直没注销，这次要去参加瑞士车展，因私护照不管用。所以请老同事帮忙去注销了，今天终于拿到新护照了，就来请老同事一起吃个饭！"

"还真巧，我今天请新来的党委书记关小艾同志与老同事一起吃饭，要不大家凑在一起？"

张欢笑道："不合适吧，我就不参加了。"

"云涛也在，要不你上去一下，见个面？"

"不不，见面就算了。"张欢说，"上回离开老厂长别墅以后，我还专门去找过他聊了一次，没想到他一句话都不说，弄得我好尴尬！"

此时，张欢口袋里的手机铃声响了，一看是QQ视频电话，便说："好了，不多说了，QQ电话都打来了，上面在催我呢！"

姜波一看到视频电话就憋不住笑问："你还在玩这种东西？"

"什么叫玩这种东西？你呀，这辈子除了搞技术和争什么话语权，什么新东西都不学。来，我帮你下载软件，完成注册，然后——我加你好友。

看，现在好了，以后只要有信号到哪都能视频。现在我把你加入进来，你就能看到我走进了哪个房间，身边还有些什么人！"张欢说完，乐呵呵地捧着手机迈着小碎步走了。

姜波看见视频中张欢走进了一个包间跟大家一一握手，这才脚步轻快地往宴请的包房里走去，进了门就冲着陈玲喊："老婆，快来看，张欢在视频里头呢！"

话音刚落，众人先是一愣，随后整个房间里哄堂大笑。

"你呀，就别再出丑啦！"陈玲气得一把夺过姜波的手机，让他坐下。姜波这才发现，周围的目光都盯着郭襄的手机，他也正在跟张欢房间里的人连线，顿觉尴尬。

第 二 十 八 章

　　日内瓦国际车展是国际上公认的第四大车展，每次举办都吸引全世界的汽车厂商，此车展已经成了国际汽车界的风向标。

　　郝亮选择在日内瓦车展去宣布自主品牌新能源汽车研发成功，是想借此机会向全世界汽车界宣示：中国新能源汽车开始迈入具有重大历史意义的时代。

　　登机前，郝亮站在机场进口迎接上级部门的领导，刘云涛这才刚明白，郝亮是要借此显示自己的政绩。

　　郝亮、刘云涛和一众领导穿过公务舱，往头等舱走去。刘云涛忽然看见坐在公务舱里的张欢，颇感意外，便站在他的座位边上聊天。

　　郝亮满脸困惑和难堪，坐在头等舱里不停往后扭头，希望刘云涛快点回来。

　　"刘总遇见谁了，这么亲热？"一个领导问。

　　"哦，他的大学同学！"郝亮随口这么说。

　　有一个领导提醒道："那人西装的衣领上别着一个极灵的徽章，大概率也是去参展的。"

　　边上一个看上去官衔更大的人说："这架飞机上，衣领上别着徽章的人不少，就是华松机电公司旗下的汽车企业没人想到戴上徽章！"

　　郝亮马上指指领带，说："有有，我们是领带夹，都夹在领带上！"

一阵尴尬过后，大家彼此喝着饮料看着窗外，再也没有言语上的交流。

张欢确实是带着团队到瑞士参加车展的，车展结束后还要到比利时去考察当地的销售网络。他遇见刘云涛后彼此聊了一下展示车辆的配置情况，张欢还特意询问了荣耀纯电动轿车的上市时间。

刘云涛没正面回答，只说："快了。"张欢说："电动车的价格是个敏感点，用户的认知和认可度不高，一旦失去价格优势，销量就会成为大问题。"

刘云涛知道这是张欢的肺腑之言，极灵纯电动车上市就曾经发生过这个问题，后来不停地降价，导致没有利润。

刘云涛回到自己的座位上，悄悄对岳父说："极灵汽车这次也带着混动和纯电轿车去展示了，针尖对麦芒，跟我们杠上了！"

"哼！"郝亮从鼻孔里露出声音，带着满脸的不屑朝刘云涛看了一眼，"实力决定一切，你还怕这种企业？"

下了飞机后，刘云涛一眼就看见几辆奔驰面包车停在机场出口处，钱勇正在跟几个警察交涉，好像停车时间超过了规定，要罚款。等到领导们坐上面包车，警察正在开罚单，面包车嗖地一下全开走了，只留下钱勇一个人张大了嘴，随后又直挠头皮，警察把罚单往钱勇手里一塞，一边笑一边走了。

在出租车的排队处，钱勇看见张欢带着人也在排队，挤上前没话找话："张总，幸会啊！"

张欢笑了："哟，你怎么跑到这儿来排队坐出租车了，刚才那几辆奔驰也没能容下你啊？"

钱勇一脸尴尬道："你就别哪壶不开提哪壶了！我钱勇不就是个鞍前马后给人提尿壶的吗？"

张欢哈哈大笑："你也太小看自己了，你现在已经不是华松孚士的公关总监，而是集团的公关总监，怎么说也是处级干部，怎么能把你丢下呢？"

"副处、副处……"钱勇觍着脸道，"在大领导面前，我这个副处算啥呀？"

张欢到了出租车面前，转过头问："你住哪儿？要不要一起上车？"

"啊？ 不用了，我自己坐车就行，你先请！"

等张欢坐车到了酒店门口，钱勇的出租车也到了。原来大家都是住在展会边上同一个五星级酒店。

市中心的勒内酒店是个有着百年历史的欧洲传统建筑，隔着一条马路就是日内瓦湖，湖中央直冲云霄的水柱随风摇摆。

郝夫人、郝倩如、郝勇和林国卿四人比郝亮和刘云涛提前两天到达瑞士，在林冬梅的安排下住在这个酒店里。

郝夫人起先不愿意在这个时间点去凑热闹，林冬梅说，这个季节是瑞士最令人心旷神怡的时光，很适合旅游。反正大家都不住在一个酒店，彼此不会交集，没什么关系。再加上钱勇把集团的参展包给了国外的展会公司，自己也不用操心。大家只要趁着钱勇几个人出去旅游的时候把自己的正事办完就行了，其他的就根本不用管。郝夫人一听"办正事"，知道林冬梅已经把上姚集团的巨额资金已经通过各种渠道转到了瑞士银行，可以正式分配了，顿时大喜，连忙答应。

郝倩如是有生以来第一次出国，自从踏进金碧辉煌的酒店，看见湖对面的阿尔卑斯山脉，她激动不已，一直嚷嚷着要出去走走。

第二天倒过时差，林国卿就迫不及待拉着林冬梅的手："大姐，我想买块瑞士表，郝勇也想了很久，就是、就是……"说着，她抬手数着钞票的样子，脸上露出一副诡异的笑容。

林冬梅兀自一笑，从自己的坤包里拿出一张黑色的维萨卡交给林国卿，又从包里拿出一沓现金："周边都是奢侈品店，你们先去逛逛，喜欢什么就买什么，别拘束。出门右转，过一座小桥就是劳力士旗舰店，再过去几百米就是各种奢侈品专卖店，去吧！"

"啪"的一下，郝勇一把夺过林冬梅手中的现金，说："大姐，你不能太偏心，卡给她，现金要给我！"

林冬梅一愣："你会说英语吗？ 国卿至少会几句，你还不是个哑巴？"

"不还有我侄女吗？ 她会英语。"郝勇知道林冬梅从一开始就瞧不起自己,但还是把钱往裤兜里一塞。

"三叔,这么多钱放裤兜里也不行啊,你看,鼓鼓囊囊的,像什么话,要不放我的包里,你要时随时拿?"郝勇觉得有理,便把钱塞进了郝倩如的包里。

到电梯口,林冬梅拉了一下林国卿,指指她坤包里的维萨卡,凑近她的耳边悄声说了几句,林国卿捣蒜似的点头。

日内瓦的奢侈品大街确实让郝倩如眼花缭乱,才近千米的距离,沿途各类专卖店的奢侈品已经让郝倩如迈不动脚步了,橱窗里展示的珍奇瑰宝她更是从未见过,肯定要进去"买买买"。

从酒店沿着日内瓦湖走了没多远就是一座小桥,过了桥就是一家卡地亚专卖店,郝倩如一直很喜欢卡地亚,不由停住了脚步。

店门口,一个迎客的亚洲面孔马上迎上前,说的是中文:"欢迎光临卡地亚,请问我能为你效劳吗?"

郝倩如莞尔一笑:"你是中国人?"

"是的,"那位迎客的男士笑着问,"听口音你是华松人?"

"是的,你是……"郝倩如也笑了。

"哦,太巧了,我是温州人,来这里很多年了,请问你想买什么表?"迎宾男士笑不露齿。

"我想买带钻石的玫瑰金表,"郝倩如又补充一句,"要限量版的!"说完便抬脚跨进了这个金色殿堂。

"我也想买有钻石的!"郝勇紧跟一步。

那个男士一听两眼发光,笑着说:"有、有,来,这边请!"一边说一边就把郝倩如一行引到金表柜台。

林国卿一下子发现自己的三脚猫英语不仅没派上用场,而且面对眼前的人也根本用不着,便也乖乖地跟在身后走了进去。

男士竭力推销柜台里另外一款金表,说:"这是今年刚出品的玫瑰金,全世界只有一百对,是限量版!"

郝倩如一看价格，满脸不屑，把手一挥说："这种算什么限量版，我要有钻石的限量版金表！"迎宾的男士双手一摊，显得一脸无奈。

这时边上走来一位金发女郎，笑盈盈地用英语问："请问可以用英语交流吗？"

"当然、当然可以！"郝倩如说这话的时候显然底气不足，结结巴巴地把自己的要求用英文说了一遍，再用中文对边上站着的温州人又说了一遍。这个温州人马上用意大利语向金发女郎翻译，金发女郎转身就走进收银台后面的仓库。郝勇便用中文问温州人："她刚才说的是什么话？"

"意大利语。"温州人尴尬地一笑，"她责备我一个迎宾的，不该做销售员的事！"这话听起来不错，但他的语调里充满着沮丧。

话刚说完，金发女郎脚步轻快地端着一个金灿灿的盆子出来，用英语介绍："小姐，这是我根据你的要求挑选的钻石限量版的玫瑰金表，请过目！"

郝倩如接过手表仔细欣赏，随后又逐个在手上试戴，一看价格，满意地点头，顺手从包里拿出了一沓欧元，数了一下之后就交给了金发女郎。

林国卿一看就傻眼了，这一沓欧元至少五万，她眼睛都不眨送了出去。她马上说："冬梅交代了，现金留着零花，买东西可以用维萨卡结账。"

"现金和刷卡有什么区别？"林国卿听到郝倩如如此说，只得悻悻地收回维萨卡。

金发女郎递过来一张瑞士法郎结算单，郝倩如抬头盯着收银柜台上的外汇兑换表，一算，没错，人民币四十万，这是她有生以来第一次这么大手笔，她毫不犹豫地把账单往包里一放。

随后，郝倩如又走到项链和手镯柜台，指着几种样式，一股脑儿全要了。金发女郎一脸惊讶，总算遇到富豪了，开心得不得了。

郝勇一直站在注视着刚才发生的一切，忽然想起自己也要买钻石表，小声问："倩如，那我拿什么买手表呢？"

郝倩如说："你看中哪款去买呀，把我刚买的一起让三婶刷卡！"

一眨眼工夫，几百万就刷没了。郝倩如眉毛都没动一下。

郝倩如接过金发女郎递过来的包装精致的卡地亚礼品袋，点头致谢，只见金发女郎抢先一步拉开大门："小姐，需要叫车吗？"

"嗯？"郝倩如起先一愣，随后笑着指着桥对面一座尖顶的酒店问，"到勒内酒店路上安全吗？"

金发女郎哈哈笑着，仰起脑袋很自信地说："放心，去酒店的路上被抢，我们全赔！"听到这种如此自信和傲慢的语气，郝倩如噘起了嘴："既然你这么说，那我就去湖对面的老城逛一圈！"

"哦？"金发女郎表情有点变化，然后说，"这有点远了，这样吧，我叫车把你送过去，车费由我们承担！"

郝倩如笑了，这回怎么不说路上安全了？她便颔首一笑道："呵呵，行，你叫吧，我恭候！"

不一会儿，出租车来到了面前，金发女郎交给司机一张车费结算券，随后对郝倩如说："到了老城，你不用付车费，祝你们一路顺风，拜拜！"

郝倩如心想，这还不是羊毛出在羊身上？坐在后座的林国卿和郝勇心里一阵窃喜，买手表还能享受这种特殊服务，真是奇闻。当他们还没从惊喜中回过神来时，这辆黄色的奔驰出租车已经停在了老城议会厅的坡道下。

"OK，到了！"司机说的是奥语。

林国卿和郝勇不知道司机在跟郝倩如说什么，下车后，郝倩如才告诉他们，司机说这里是进入老城最近的地方，其他的入口还在很远的街巷里。

"你刚才说的是什么话，我怎么一句都听不懂啊？"郝勇诧异地问。

林国卿笑了："说英语你就能听懂了？他们说的是奥语，倩如是学奥语的！"

"三婶，没想到你也能听懂奥语。"

"我哪能听得懂，只是厂里来了安装设备的奥国人，听过他们说话，这'呀呀呀'的腔调一听就是奥语。"

郝倩如哈哈一笑："你还真有语言天赋，能从腔调里听出是奥语。对，司机说的是奥语，我还没忘本，凑合着能说几句！"

大家说着笑着，连奔带跳地沿着坡道往上跑。

郝倩如站在栏杆前，指着身后的石头城说："这里就是几百年前的议会大厅，看，沿着墙壁的一排排长木凳，就是几百年前开会时议员们的专座！"这话听起来就是做过攻略的。

"这些木头凳子风吹雨淋竟然没烂掉，神奇啊！"郝勇走过去用手去一摸已经包浆的木头座椅，感叹道，"这个老城还真有历史感，再看看湖对面的老建筑，那简直是一脉相承！怪不得大家都说古老的欧洲，就像走进了历史博物馆，看来不假啊！"

郝倩如没有去看古老的神奇，而是把目光停留在了一个白发苍苍的老头的身上。

只见他穿着笔挺的西装系着领带，嘴里还叼着烟斗，一只手拄着拐杖一只手背在身后，颤颤巍巍地从老城最右边的巷子里一步一颠地走出来，然后在栏杆前的休闲椅上坐了下来，两只眼睛却紧盯着最左边的小巷子。

顺着老头的目光望去，就见一个白发苍苍的老太太穿着一身白色蓝花长裙，脖子上系着一条粉色花巾，嘴上抹着口红，一步一抖地从左边小巷子里慢慢走出来，刚走出巷子口，她忽然喜笑颜开地迈开了大步。

此时，坐在休闲椅上的老头从嘴里拿下烟斗，在椅子边上用力敲几下，随手塞进了口袋，笑盈盈地迎上去拥抱老太太，在她的两颊上"咂咂"亲了两口，接着两个人手挽手沿着长长的坡道一步步往下走。

郝勇发现郝倩如的眼睛里盈满了泪水，忙问："你怎么了？"

"这、这是夫妻还是情人，怎么从两个不同的路口走出来呢？"郝倩如自言自语道。

"天下哪会有这么老的情人？"林国卿撇了一下嘴，"别做梦了！"

游览完老城，刚刚坐上出租车离开，另一辆轿车就停在了老城下。

车上走下来刘云涛，他背着一个双肩包，急匆匆奔上老城的山顶上，东张西望在找人。

不一会儿，林芳从一条小巷子里款步走来，笑着迎上去抱住了刘云涛热烈亲吻。

"云涛，移民美国的事已经在办了，什么时候能办好，说不准啊！"

刘云涛赶紧把自己身上的双肩包取下来交给林芳，说道："如果有难度，就直接搬到法国去，无论如何不能让钱勇再知道你住的地方。这包里有十万美金，够你们母子俩用很多年了，拿着，抓紧回去办！"

"你这是怎么了？为什么那么急催着我走？"林芳拿着包，很惊讶地问道。

刘云涛说："这里到处都是眼睛，被发现就坏事了！"

"啊？"林芳吓了一跳，四处张望后，赶紧又亲了一口刘云涛，说，"我爱你，我会等你的！"说完抹了一把眼泪，就急匆匆跑下坡道。

刘云涛眼看她要上出租车了，马上大声喊道："林芳，记住，一定要照顾好我们的儿子！"

等到出租车驶远了，刘云涛也悄悄转过身抹去眼角的泪水。

这一幕被站在小巷子里的张欢看见了，他傻傻地看着刘云涛慢慢走下坡道，挥手扬招了一辆出租车，很快就离去了。

一群正在活蹦乱跳的年轻人从老城的护栏边转过身，不停地朝张欢招手，示意他抓紧时间过来看落日，张欢这才如梦初醒。

当天晚上，钱勇来找刘云涛，问道："刘总，那些搞搭建的人说，车展结束拆迁，要付现金。"说完，眼睛紧盯着刘云涛。

"你这又是搞的哪门子鬼花样啊？所有的事项都包给了展会公司，跟我们有什么关系？"

"搭建的人说，我们这次规模很大，超出了预算，所以临时找了很多人。"钱勇这么说。

"这也跟我们没关系，合同都签好的，并不是我们到了这里才临时变卦的。超出预算是他们自己的事，跟我们没关系！"

钱勇眼珠子一眨，说："刘总，你身边放着那么多现金不安全，还是分一半给我，这样安全些！"

刘云涛第一次大声对钱勇说:"这些钱跟你没关系,你没看到那么多的领导车展后要去旅游吗?"

"这个、这个,你也没说过要安排领导旅游啊?"

"我跟你说过了,这跟你没关系。车展结束后,你就负责拆台,其他的事不用你管!"

钱勇傻眼了,看到刘云涛竟然如此大胆训斥自己,惊怵得不知说什么好。等到刘云涛一转身,钱勇说了一句话:"好,那骑驴看唱本——走着瞧吧!"

日内瓦国际车展开幕之后,刘云涛代表荣耀汽车公司宣布,新能源汽车研发成功并即将上市。

随后,张欢也代表极灵汽车公司宣布氢能源轿车研发成功,不日将推向市场。这种你唱罢了我登场的场面,让那些国际上的车商大佬惊掉了下巴。他们做梦都没想到,日内瓦国际车展,竟然成了中国自主品牌唱戏的大舞台。

瑞士国际车展结束后,张欢带着团队直奔火车站,前往自己的另一个目的地——比利时根特市汽车装配厂。

这家工厂是被极灵汽车全资收购的企业,位于斯海尔德河与莱斯河的汇合处,这里是比利时知识密集型产业区,是一座由汽车及汽车零部件、生物科技及电子等技术组成的城市。

当时极灵汽车收购了这个著名的欧洲品牌后,便把这家工厂当成了海外产业基地。国内一些车厂和商业机构看准这个机遇,纷纷向这里投资,不仅开设很多中餐馆、超市,还收购了当地一些濒临倒闭的汽车零部件企业。

到了根特后,张欢带着团队视察了工厂,走访了市场,又参观了配套企业,随后准备回国。厂方觉得中方团队好不容易来一趟、匆忙就回去,他们有点不好意思,便热情地邀请中方团队到布鲁日和根特一日游。

布鲁日这个城市与意大利的威尼斯特别相似,也是一座水城,还是著名的旅游城市。河道遍布整个城市,很多建筑都是依河道而建,是标准的水上都市,其建筑以文艺复兴时期的哥特式式样为主,完整地保存了中世纪城市的整体风貌,包括护城河、城墙等等,尤其是整个城内很少有机动车辆和柏油马路，坐在船上游览又是另一番美景。

回到根特后，当地陪同的厂长特意带他们来到了著名的圣巴夫大教堂。从这位厂长的嘴里，张欢似乎听出了黎大福曾经在此地流连忘返。

张欢对这座工业城市也特别有好感，一边是遍地的工厂和科技研发中心，一边是文艺复兴时期留下的名胜古迹，两厢各自独立却又相得益彰。尤其是这座圣巴夫大教堂塔楼，用白色石头砌成，高达八十多米，气势宏伟，足以震撼游客。

特别是看到里面十八世纪后才粘贴上去的黑白装饰，更是令张欢惊讶，但因为自己不懂建筑设计，自然看不懂黑白装饰的奥秘。

走进地下室的宝物殿，就感到阴森森的，里面有司教、贵族等的墓碑，让他仿佛感到走进了地狱，渐渐毛骨悚然。

趁着大家东张西望之时，张欢干脆就从通道口走了出来，忽然看见一个混血儿中年男子正在给一位年轻的女士讲解墙上的画作。边上一个四五岁的小男孩不停地东奔西跑，年轻的女性不得不经常伸手抓住小男孩，不让他到处乱跑。

张欢浑身一激灵，这个女人像是几天前见过的。为了防止自己认错人，张欢偷偷地躲在大立柱后面又仔细看了一眼，这次看得明明白白、清清楚楚，确定此人就是刘云涛在瑞士老城上碰面的林芳！

张欢无论如何也无法想象，这娘俩怎么会出现这儿！就在他紧张地思索时，身后忽然想起了熟悉的四川口音："张总，我们正在到处找你撒，你却一个人在这儿耍嗦？"

张欢扭头把手指头放在嘴上示意"别吱声"，吓得身材娇小的销售总监一哆嗦。张欢悄悄对她说："你赶紧把大家都带到下面的景点去，就说我有点不舒服，先回酒店了。"

这个销售总监叫沈晓男，有个男人的名字，是川大外语系奥语专业的高材生，虽然她身材矮小，长相却很清秀，当时留学回国到极灵汽车应聘翻译，人事部门不录用她，气得她站在大门口，用她特有的川味奥语怒骂招聘的人是猪脑壳,把自己当白菜拱了。

张欢正好路过,听到有人一会儿说四川话一会儿讲奥语,觉得很好奇,停下来跟她交流,发现她是一个冲劲很足又有想法的女孩子,当即邀请她到销售公司去工作,没想到她一口应允。

四川人特有的冲劲,再加上她特别机灵,沈晓男很快在销售人员中脱颖而出,从地区销售经理一路上升到公司销售总监。

这次张欢特意带着她手下的骨干去参加车展,也顺便到比利时参观访问。如今她听到张欢如此一说,就知道有什么大事发生了,便赶紧跑到外面,让自己的人跟随厂长去参观,而她却趁人不注意,掉头去追张欢了。

张欢始终与前面的男女保持着四五十米的距离,沈晓男也悄悄跟了上去。张欢不知道自己身后还跟着一个人,一直跟到火车站售票处,他看见那个中年男子买了火车票,带着林芳母子往站台里走,他也想去买票。

沈晓男急忙上去,拦住张欢问:"张总,你这是干啥子?"

张欢吓了一跳,回过头一看,怒道:"你怎么还跟在我后头呢?不是叫你陪大家去第二个景点吗?"

"他们都去了哈,你就别操心喽,张总,你跟着的前面那个女的,不就是在瑞士老城见到过的人吗?"沈晓男开始刨根问底了。

张欢很无奈,解释道:"那是我大学同学的女友,唉,不是,不是女友,是那个、那个——唉,跟你说不清。"他结结巴巴说不上来,这就更让沈晓男感到奇怪了。

"啥子女友?你搞啥子名堂?盯梢哈?"沈晓男神情紧张道,"这里是外国不是外地撒,你非法盯梢,要是他们报警,你要坐牢哈。"

张欢赶紧说:"你赶紧离开,别在这里哈呀撒的,我倒要看看他们能跑到哪儿去。"

"这不就是我们刚才去的布鲁日站台撒?"

张欢一愣,这才认真地看一眼自己曾经走过的站台,只得如实把林芳母子的来龙去脉简单说了一遍,随后准备掏钱买火车票,说:"你赶紧回去,这跟你没关系！"

沈晓男听了张欢的描述后，觉得这不是小事，而是一桩大丑闻，他们要是真被前面的人发现了，说不定会闹出乱子，便赶紧把张欢拉到墙角，双手朝他的胳肢窝里一插，搞得像一副年轻人热恋的样子，把张欢弄得一脸紧张。

她非常认真地说："你这瓜兮兮的样子，被人一看就知道你不怀好意，要是被认出来，你就遭殃喽！来，我给你来个川剧变脸，再把我的墨镜戴上，我挽着你的胳膊，装作情侣走人户，肯定没人会注意撒！"

张欢听了似懂非懂，任由她从包里拿出化妆盒，在自己脸上涂抹，最后还在他脸庞上点了几点咖啡色，临了还用粉饼在耳边抹上一小片紫色，看起来像个胎记，他再戴上沈晓男的宽边墨镜，小镜子一照，真认不出自己了。

沈晓男这才笑道："这才像个瓜娃子走人户。走撒，现在你不是张总，脸上全是麻皮，哪个还会注意撒。"

说完，她主动上前去买了火车票，又把自己的左手勾进了张欢的臂弯，就像个小情人吊着大男人的臂膀旅游一般向前走去。

才几支烟的工夫，布鲁日车站就到了。张欢一看表，正好三十分钟，时间还真准，就像他们刚才坐火车回到根特一样。

走出布鲁日火车站，满大街都是石板路，马车成了这座城市里的主要交通工具。这又让他想起几个小时前，自己在销售团队面前夸夸其谈华松孚士汽车试车场的比利时台阶路，现在又回到了这里，他反而没有感觉了。

他看见那个混血儿中年男子搀扶着林芳母子坐上马车，男子上车后随手把男孩子抱在自己腿上，马车就往前走了。

张欢赶紧拉着沈晓男坐上后面一辆马车，一路尾随来到一座破旧的公寓前，马车停下。混血儿中年男子付了车费，又搀扶着林芳母子下车，进了公寓。

张欢坐在马车上向前走了一段路，也下车了。他转身就往回走，到公寓对面的椅子上坐下，心里很纳闷：前几天这个女人不是还在瑞士吗，现在怎么会在这儿呢？再仔细一想，刚才那个小男孩，确实非常像刘云涛，难道……

张欢悄悄站起身往公寓走去，忽然，一辆飞奔而来的马车突然被马车夫拉紧缰绳，"吁——"的一声长叫，两匹大马高高地昂起了头，随即遭到马车夫一顿怒骂。

张欢吓得赶紧躲到马路边上，随后坐在花园的长椅上低头沉思。

早上，陈玲做好早饭，去叫姜波起床吃饭，见他坐在床上捧着手机看微信，嘴里还不停地自言自语，还以为单位里又发生了什么事，她走过去一看，顿时惊呆了："张欢说的这些都是真的吗？"

惊诧同样也写在姜波脸上："但愿是张欢眼花了！"

陈玲说："姜波，先甭管张欢是否眼花，你先告诉他不能外传，眼下都在说国资委在考察接替郝亮的人选，这种事要是传出去，那可真要了云涛的命！"

姜波自言自语道："昨天我见云涛来上班时又无精打采了，我还以为时差没倒过来，看来他是真有心事了！"

郝亮从瑞士回来后，马上把林国民叫到自己的办公室。林国民认识郝亮几十年，还是第一次被他叫到集团来谈事。

林国民刚坐下，就见郝亮迅速关上房门，说："国民，上级已经通知我了，干部考察结束后我就退休。从眼下的情况来看，高振雄接替我的董事长位置已经是板上钉钉了，总经理究竟是姜波还是刘云涛还没揭晓，要是刘云涛选上了，不肯为你们站台怎么办？"

林国民不吱声。

郝亮说："冬梅跟我说，她在奥国的工厂已经初见成效，她也办妥了移民奥国的手续。接下去，家里的事全靠你了。这段时间我也一直在想办法能让云涛接班。我最担心的是，郝勇在改造半岛小院时，你大嫂特意去做了一个玄关，把我父母和二弟的骨灰盒都放进去了？"

"是啊，另外还有一个盒子，我不知道是什么，也没问！"

"你回去后赶紧在碑上刻'孙：刘云涛携妻女立'八个字！"郝亮脸色深沉道。

啊——? 林国民顿时从胸口冒出一股寒意，他悄悄抬起眼梢瞄了一眼郝亮，轻轻地说道："这事还是让郝勇去做吧，毕竟是在老祖宗碑上刻字，我一个外人不合适！"

郝亮顿时无语。

第二十九章

刘云涛从瑞士回来以后，整天躲在办公室里不出门，有时候还要关小艾端着饭盒敲门进去，盯着他吃饭才行。

眼看刘云涛一天天瘦下去，姜波心里更焦急，决定把自己的办公室搬到刘云涛隔壁，把关小艾的办公室搬到刘云涛的办公室对面。

每隔一个小时，姜波就会轻轻走过去，推一下门，看看是否上锁。之后，姜波与小艾商量，两个人不能同时离开，必须有一个人要保证每隔一小时去推一下门。

时间一长，被刘云涛发现了，他知道师兄和关小艾都是关心自己，但也不知为什么，他每天脑子里想的就是林芳和儿子，还有那个钱勇，更多是想着大姐夫修建的瓦房不知是否搞好了。

这一天天的胡思乱想，他的神情越发呆滞了，每当姜波和关小艾端着饭盆进来，他总是冷不丁问一句，纯电动车到底什么时候下线？

郝亮退休后，高振雄被国资委正式任命为华松机电工业集团董事长，姜波升任集团总经理。

吴猛任荣耀汽车公司副总经理，在全体干部见面会上，关小艾说："趁着吴总上任见面会，我想谈谈目前干部队伍存在的问题。现在我们的干部层级很多，导致纵向流程繁琐，横向沟通困难，效率极其低下，利润也在不断下降。连续几个月不发奖金，大家就怨声载道，你们这些当干部的不去解释，反而跟在后面起哄！这是你们当干部的行为吗？接下去，我们要对干部队伍进行月度考核，不符合要求的就下去！"

吴猛插话道："现在我们的供应商，只要拿着荣耀汽车的质量认可证书，到了其他厂家就不需要再次认证了，研发成本大幅度降低，能更快地超越我们，这说明了什么？这说明我们的质量标准已经成为行业的标准！"

关小艾继续说："同志们，人是要有一点牺牲精神的，特别是当干部的，更要把市场当战场。我们的干部应该是冲锋在前的猛士，口袋里少了银子就影响你冲锋了？要是再这样下去企业精气神都没了，你我都要回去带娃啦！因此，缩编、降薪、降价是我们必须要下的决心！"

吴猛说："如今都是产品同质化年代，我们的车价总比其他车厂家高出好几万，这是不正常的。在跟大家见面之前，我们管理层刚刚开了会，大家一致同意，从明天起，全品牌降价，不是不伤皮毛的降价，而是触及灵魂的降价！请大家不要以为降价只触及产品和零部件，错了，我们是反其道而行之，先要触及我们的灵魂，这个灵魂就是我们口袋里的钱！"

关小艾说："你们都睁大眼睛仔细看看，有哪家企业的产能和销量下降了还要求发双薪？告诉你们这些在座的，再这样下去，就算是一座金山银山也要被坐吃山空！"

台下的干部开始坐立不安了。刘云涛则是一言不发。

吴猛、关小艾在干部大会上的讲话，很快就传到了高振雄和姜波的耳中，他们俩相视一眼，暗自称幸。

国庆节过后，荣耀纯电动轿车宣布下线。

初秋的荣耀汽车公司露天停车场被搭建成了一个电动车上市的大舞台，插在道路两边的彩旗被秋风吹得呼啦啦响，两侧是用白色粉末划分出来的试车跑道，舞台中间是观众座位，座位的最后面是用白色帆布搭建的休息室和餐厅，整体布置格调简约又不失大气，仪式结束后这里还将举行盛大的焰火晚会。

夜幕渐渐降临，舞台上的大屏幕也渐渐明亮起来。众多供应商穿着厚厚的羽绒服，任凭秋风呼啦啦地吹，瞪大眼睛看着走上舞台的集团董事长高振雄。

与此同时，一辆枣红色的电动轿车慢慢驶入了跑道，刘云涛和姜波分别坐在正副驾驶位置上等待启动的指令。

高振雄穿着一身藏青色西服，系着鲜红的领带，环视着周围的供应商和经销商，又看着坐在舞台前面的领导们，大声地说："各位来宾，亲爱的供应商朋友们，各位领导、同事们，今天是华松机电工业集团的大喜日子。半个世纪前，老一辈汽车人用手工敲敲打打仿造了外国轿车；三十年前，改革开放的春风为我们迎来了中国轿车企业的艳阳天。"

舞台下响起热烈的掌声，高振雄停顿了一下，继续说："今天，华松机电工业终于走出了一条新的发展之路。现在，我们可以自豪地说，华松机电工业已经在独立自主发展汽车工业的道路上迈出了坚实的步伐。这是在党中央和华松市政府对华松集团的大力支持下所取得的瞩目成就。"

台下再一次响起掌声，有的人甚至站了起来。高振雄笑着看着大家激动的表情，深情地说道："在此，我们要特别感谢中央和市政府的领导，也要感谢在座的老前辈、老领导、老同事和老朋友，要是没有你们艰苦卓绝、坚持不懈的努力，根本就不可能取得今天的成果。我还要感谢所有的供应商和经销商朋友，要是没有你们的全力支持，华松机电工业集团也不会独立自主地走出一条汽车工业的发展道路。忆往昔峥嵘岁月稠,看今朝旖旎汽车秀。接下去，你们将看到全新的荣耀首款纯电动汽车下线，那也是属于你们的骄傲！"

几分钟过去了，整个会场静得连掉下一根针的声音都听得见。众人正在诧异中，忽然，原本灰白色的屏幕上出现了电动车内的彩色显示屏，那是电视台记者通过同步录像传输到屏幕上的影像。

原本静止不动的轿车，在刘云涛的一键启动下，缓缓向前移动，竟然没有发出一丁点声响，大家都屏住了呼吸。

忽然，轿车嗖地一下飞驰而去，沿着白色标志线一路穿梭，就像在赛车表演一般在车道上来回驰骋。很快，这辆枣红色的电动轿车窜上了舞台，突然来了一个漂亮的九十度急转，车头冲向舞台前的观众稳稳地停住了！

车辆熄火、车门打开，刘云涛和姜波一左一右走下了车，深深地向大家鞠躬致谢，台下顿时传来了雷鸣般的掌声。

高振雄起身邀请坐在第一排的政府部门领导上台参观电动轿车，周围的供应商和经销商更是迫不及待围了上去。唯有几个年迈、腿脚不便的老领导坐在台下干着急。

李博林抑制不住内心的喜悦，两眼紧盯住舞台上的电动轿车，脑海里闪现的是过去的雄鹰牌、华松牌，历历在目的是SKD和CKD组装时的简陋场景，如今看到整齐划一、简洁大气的厂房和规范宽敞的试车场，边上一溜停着各式的样车，他心里尤为感慨。

"今非昔比啊！"这几个字从李博林的嘴里蹦了出来，短短的三十年时光，彻底换了新貌，若不是改革开放，怎么可能有现在的成就。

想到这里，他转过头对站在身边的孙艳说："卢连长要是九泉下有知，也会为今天的自主品牌感到自豪的！"

孙艳含泪笑了。

第二天上午，姜波一直站在机场入口等待刘云涛，这是他们第一次结伴而行去欧洲考察合作商，忽然接到陈玲的电话：刘云涛跳楼自杀了！

突如其来的噩耗一下子把姜波吓呆了，他嗵地跌坐在地上，半天回不过神来。直到战略规划部总监来催促去换登机牌，他才看见姜波坐在地上一动不动，赶紧一把拽起来。

姜波眼含泪水地致歉，自己有紧急的事，不能跟大家一起飞奥国了，要他们先走，自己改签机票。他随后就急匆匆寄存了行李赶到医院。

姜波奔进抢救室，就见郝母脸上毫无表情瘫坐在凳子上，坐在轮椅上的郝亮鼻孔里插着输氧管，手背上还打着点滴。

郝倩如已经哭晕在床边。满脸泪水的刘婉如嘶哑着嗓子，手中挥舞着一张沾着鲜血的纸。

姜波接过一看，只见上面写着："自主品牌的梦想实现了，我也该走了！"

姜波猛地扑倒在刘云涛的遗体上号啕大哭："云涛，我们一起从大学毕业，亲手组装了第一辆轿车，昨天我们携手驾驶的自主品牌电动车下线，这是三十年来第一次才有的自豪啊！你怎么能这么狠心抛下手足情深的兄弟？怎么能忍心舍弃你视为掌上明珠的爱女？怎么能抛下视你为爱子的年迈师父？怎么能让亲朋好友为你伤心欲绝、撕心裂肺啊？你为什么要放弃你视为生命的汽车事业啊？你昨晚不是亲口对我说吗，我们要一起实现弯道超车，我们要驰骋世界，现在你却抛下我就走啦？"

张欢、陈玲和关小艾也急匆匆赶到抢救室，顿时哭声一片。

张欢泣不成声、捶胸顿足，用力拍着床沿大声喊："云涛啊，我的老同学，我们虽然在两个不同体制的企业，为了一个共同的目标，我们相约一起去闯世界，你怎么就这么走了呢？四年同窗，我们睡在一张床上做梦，梦想有一天能创造一片新天地！在我失去父亲的那一年，要不是你的安抚、关心和照顾，我怎么能走出失去父亲的悲痛？当年你变卖了自己的手表，把你省吃俭用的钱，都给了我母亲，帮助我全家渡过难关！是你的痴心和坚韧，才让我踏上了汽车行业这条充满荆棘的路！你走了，今后我还能向谁倾诉？向谁求助啊！"

这种撕心裂肺的哭声，在抢救室里响成了一片！

一周后，在华松殡仪馆的悼念大厅里，站满了前来悼念的人。肃穆的追悼礼堂站满前来悼念的亲朋好友。

孙艳也特意从奥国飞来追悼曾经的初恋。乍一看，她以前俊俏的脸蛋变得更瘦了，两眼凹陷、头发灰白，只见她站在大厅中央，看着墙上的刘云涛相片，一串串泪珠顺着凸起的颧骨往下流，一直流进了脖颈。

李博林、关永明和周志远颤巍巍地坐在自己带来的既能当拐杖又能当凳子的老人拐上，尽力控制着摇晃的身体，欲哭无泪。

郝亮是被郝勇、林国民、林国卿搀扶着走进大厅。众人见了赶紧让开一条道，就像是避瘟神一样。

郝夫人与刘婉如搀扶着软弱无力的郝倩如刚刚踏上台阶，郝倩如一抬头就见墙上挂着刘云涛的照片，惨叫一声，晕倒在大厅里。

等到刘云涛的灵柩被推到悼念大厅时，早已哭不出声的母亲突然撕心裂肺扑向儿子，趴在灵柩上嘶哑着呼喊着："涛儿啊，娘以为你到了大城市过着幸福生活，当你拿着三万块钱要我们改造房子，为娘的不知情，心里还不高兴，直到你说了'今生不能尽孝，来世不能安生'，娘才感到不对劲，可哪知道这竟然是你的临别遗言！涛儿啊，你是娘身上掉下的肉，娘没有奶水，只能用米汤一口一口把你喂养长大，是父亲一笔一画教你读书写字，你才考上了大学。现在你丢下了你爹你娘，抛下了妻女，让白发人送你这个黑发人，你知道我们的心里有多痛啊？你叫娘以后该怎么活下去啊？"老人家一边哭一边伸手欲去摸儿子的脸庞，恨不得扑上去抱起儿子，被大姐和二姐拼命抱住。

刘云涛的父亲坐在轮椅上，不顾一切地冲上去，趴在棺材上号啕大哭，突然吐出一口鲜血。

大姐一看，赶紧掏出手绢抹去父亲嘴角的鲜血，从随身的包里拿出一瓶水，让父亲喝了一口，再拿出药片让父亲吃下去。他这才慢慢缓过神。

姜波代表亲朋好友致悼词，大家都围着棺材里的遗体绕圈致哀。

郝夫人悄悄指挥殡仪馆的人来盖棺，就在棺材板刚刚盖上时，一阵撕心裂肺的尖叫声从外面传来："云涛，你不能走啊！你走了，叫我们母子怎么活下去啊？"

此言传来，所有人都惊讶地掉过头，就见一个身穿黑衣、头上披着黑纱的女人急匆匆跑上台阶，冲进大厅，一把推开棺材板，随后她拉着一个边走边哭的小男孩跪倒在棺材边上痛哭流涕！

钱勇怀疑自己看错了人，不停地揉搓眼睛。

张欢突然明白了，马上跟姜波耳语了几句，姜波的脸色立马严肃起来。

"云涛啊云涛，我带儿子来看你啦，你睁开眼睛看看我，看看你儿子呀！"只见林芳带着儿子跪在棺材前痛哭流涕。

第二十九章　507

孙艳几乎不敢相信自己的眼睛，这不就是自己的表妹林芳吗？她马上上前双手搀扶起林芳，问道："林芳，怎么会是你？你、你这又是怎么回事？"

林芳回头一看是自己的表姐，马上拽住她的胳臂喊道："姐，你要为我做主啊！"说着就四处寻找熟悉的身影，一眼看见正在往外躲的钱勇，冲过去一把抓住他的衣领，"就是他，姐，就是他把云涛和我害了呀！"

郝夫人顿时明白了，走到钱勇面前，伸手就是一个耳光，骂道："畜生，你连畜生都不如！郝家把你从学校的边角落里救出来，给你升官、发财，而你却把郝家都害了，你到底包藏着一颗什么样的心啊？"

林芳看到郝夫人强横的样子，她转身走到披麻戴孝的郝倩如面前，说："还有你这个骄横跋扈、冷酷无情的恶女人，拿走他身上的工资卡和奖金卡。他回到老家，看到自家的房子竟然是全村最破的，怎么能不心痛欲绝？可他身上只有一张饭卡啊，那是他十几年积攒的饭钱啊！最后他被钱勇利用，患上了抑郁症，走上绝路，云涛的死，也有你的份！"

孙艳越听越糊涂，姜波、张欢和刘家所有人却越听越明白。刘母顿时捶胸顿足哭喊道："涛儿啊，我现在终于明白你为什么只有三万元啦！你不该瞒着娘啊，你为什么不把满腹的委屈告诉娘啊？"

郝倩如几乎不敢相信自己的眼睛和耳朵，冲向那个女人大声质问："你、你们是谁？到底想干什么？"

一个长着一张中国脸的中年男人说着一口含混不清的普通话道："我们是林芳女士聘请的律师，代表这个孩子，"此人指指站在林芳身边吓得直哆嗦的小男孩继续说，"刘云涛先生非婚生的儿子——刘晓云前来主持公道！在没有得到刘晓云同意之前，他的父亲不能火化！"

刘家所有的人都惊呆了，目光都紧盯着酷似刘云涛小时候的孩子，两个老人嘴里不停地嘟哝，又情不自禁地伸出双手想去抚摸一下孩子的脸庞，却被小男孩害怕地躲开了。

悼念大厅里呼啦啦跑出来很多人，站在台阶下纷纷议论，只剩下姜波、张欢、关小艾、陈玲和孙艳呆在原地，面面相觑。坐在折叠椅上的李博林、关永明和周志远都脸色苍白，不安地看着眼前发生的一切。

钱勇挣脱了林芳的手，想往外溜，被混血男人拦住了："你——不能走！"

另一个说着标准普通话的中国人上前拦住钱勇："你曾到瑞士探望过林芳，她家里的监控录像留下你的记录，我们已申请了证据保全！"

林国民和林国卿早就跑到了门外想溜，被郝勇拦住，说："哥，你可不能一走了之啊，事情发展到这一步，你要帮忙想办法的！"

目瞪口呆的郝夫人把目光从眼前的女人身上移到了郝亮身上，又把目光转向林芳，走到她面前万分惊诧地问："这个孩子是你跟刘云涛生的？"

两个自称律师的人，其中一个普通话说得不标准，他从皮包拿出一张亲子鉴定复印件，说："这是经过法庭验证的刘云涛与刘晓云的亲子鉴定书！"

郝夫人接过全英文的亲子鉴定书，转手交给郝倩如。刘婉如接了过来，看到99.99％的数字，就已经确定眼前这个小男孩真是自己的弟弟。

林芳说："钱勇，你听着，我和云涛都是毁在了你的手里，是你设计了圈套，现在害得我们成了孤儿寡母，我绝不会放过你！"

郝亮耷拉着脑袋，捶胸顿足、泪流满面道："你这是作什么孽呀！"

没想到钱勇嘴巴一咧，大言不惭道："我作孽？哼哼，还不是你郝亮逼着我走这条路的？要是我走上法庭，你会逃得掉吗？你们郝家还会有好日子吗？"

"你、你、你……"郝亮忽然血压升高，两只眼睛朝天上翻，脑袋一歪，身体朝地上滑去。郝夫人拍着大腿嚎叫："救命啊救命啊！"

郝勇闻声冲了进来，马上打电话叫救护车。林国民和林国卿趁机跑了。

张欢见状，一个大步冲到钱勇面前，挥手一拳朝他的脸颊打去，一下子把钱勇打了一个趔趄，他的下巴被打得脱臼了！只见钱勇双手捧着下巴疼得哇哇乱叫。

张欢说："这一拳我是替云涛打的，下面一拳是我替林芳打的！"说完又是砰的一拳，把钱勇疼得倒在地上又捂脸又捂胸嗷嗷直叫。

张欢还想挥起拳头揍过去，被姜波一把抓住了，说："打，已经解不了你我的心头之恨！"

孙艳看到整个悼念大厅乱成一团，便说："林芳，隔了这么多年，没想到我们竟会在这个地方见面。要是你还认我这个表姐，能不能听我一句劝？"

林芳露出凄惨的一笑："姐，事到如今，还有什么不能说的？"

"家乡有句老话'逝者为大，入土为安'，既然你们是有备而来，那就先把追悼会办完了，再坐下来慢慢谈！"孙艳指着门外那些神情紧张的人说，"大家都是来悼念云涛的，你的心情也一样，这样僵持下去总不是个办法！"

林芳朝律师看了一眼，没说话。一个律师说："在所有财产没有分割清楚前，这个葬礼不能举行！"

张欢忍不住了，上前说："林芳，我在比利时根特大教堂见过你，还一路跟随你到了布鲁日，你住在178号公寓楼。这个混血男人在根特大教堂给你讲解画作，又随你一起回到178号楼，他是谁？你们是什么关系？你又是怎么知道云涛去世的？"

一连串的问题，众人听了更是觉得惊奇。林芳知道，自己被张欢跟踪了。她说了一句"他是我的律师"，就什么话也不说了。这个混血儿律师拿出另外一张纸。

这是打印出来的微信截图，是刘云涛写给林芳的。张欢接过一看，马上把这张纸交给了孙艳。

林芳：

告别前，我必须要把藏在心里的话说出来。

当钱勇把你介绍到我面前时，我还以为我的初恋又回到了我的身边，我醉酒失态了！

众仁广告出事前，你说自己怀孕了，钱勇帮我把你送到了瑞士。后来孩子出生，我为了证明这个孩子究竟是不是我的，就赶去看你。鉴定结果证明这是我的孩子，我从此就有了这份责任！

为此我就得了抑郁症，每天靠吃药物维持！

这次在瑞士见到了你,也是冥冥之中的安排。我知道自己不可能长久坚持下去,我想尽一切办法把十万美元给了你,也算是给你未来生活做的一个交代。

此次,我回老家跟父母道别,看到全村最破的房子竟然是自己家的,辛酸无比!可我身上只有一张银行卡,而这张卡还是每个月剩余的饭钱自动转过去的,取出来只有三万元,这可是我十几年积攒下来的饭钱啊!我知道自己无颜面对严父慈母,只求来世相报!

父母把我带到了光明的世界,师父点亮了我前进道路上的明灯,我也找到了自己的梦!现在,我只能就此向世界挥挥手说再见了!

不要惦记我,也不要憎恨我,只需要照顾好我的儿子。缘分天注定,随缘而来去,彼此尊重!

刘云涛绝笔

孙艳哽咽着看完,禁不住扼腕叹息。

大姐夫站出来瓮声瓮气地说:"看来你这个叫林芳的,请了律师来为云涛的儿子讨个公道,那也是在为咱老刘家讨个公道,咱没意见!"

大姐说:"云涛不是入赘,刘家的事还是要让婉如和晓云来做主。其他人说了都不算,既然请来了律师,那就上法庭整个明明白白的!"

很显然,刘家对郝家没什么好印象,这次若不是因为刘云涛的丧事,刘家人根本不愿意跟郝家人见面。现在看到郝倩如如此蛮横无理,这让心地善良、秉性耿直的大姐和大姐夫忍不住了。

林芳见大家都站在自己一边,便痛哭着同意将棺材板盖上。在众人的一片痛哭声中送走了刘云涛,大家的心头却越加沉重。眼下除了一片苦涩和郁闷外,更多的是痛恨、焦虑和不甘心。

关小艾与姜波等人悄悄商议了一下,马上去追林芳。孙艳大声把林芳喊住,说:"林芳,你等等!你在众仁广告做了几年,对钱勇的所作所为一定了如指掌。"

林芳说:"姐,只要你能为我做主,我就把这一切全部整理好交给你!

我知道钱勇把钱转到哪里,我的电脑里都有记录!"

关小艾马上走上前非常严肃地说:"你把这一切材料都整理好交给我。我们可以用自己的党性担保,天网恢恢疏而不漏,我们绝不会放过一个坏人!"

没过几天,一个大型汽车企业的总经理跳楼自杀的消息传遍了整个华松市。大家都在私底下议论纷纷,也有人在微信群里传布各种消息。

这些来自各个不同渠道的信息,包括关小艾递交给纪检委的材料,都全部汇总到了正在华松市巡查的中央纪委巡视组面前。

第 三 十 章

参加完刘云涛的追悼会后，姜波就火速赶到奥国与战略规划部团队会合。此时，战略规划部团队已经完成了供应链的调研，总监向他汇报，其中强调了一个特色，凡是调研过的企业大部分都是家族式的，几代人专注一个领域甚至一个零件，规模都不大，但钻研的深度与国内企业完全不一样。

总监还说，他们还考察了欧洲销售汽车门店，那里除了欧洲品牌外，日本和韩国的燃油车也占了很大的比例，这些轿车都很注重欧洲人对安全和舒适度的需求，几乎没有一款车会把一块大屏幕放在驾驶台中央的位置，也没有把智能网络和数字应用放在首位。这说明欧洲人并没有把智能网络放在心上。

总监又详细汇报了汉堡电子技术的现状，说汉堡的整车智能化系统非常符合荣耀汽车对智能化集控的技术需求，但由于我们自身还不具备必要的技术装备，不知从哪儿开始合作。

姜波带着巨大的问号，带着团队走进了汉堡研发中心。

这家位于汉堡郊外的电子研发中心，是一座白色的高大建筑，高高的尖顶很像一个大教堂，就差顶上竖起十字架。

姜波看了有点好笑，卢建国怎么会选择这种形状怪异的地方建研发中心？走近一看铭牌才知道，原来这栋建筑物本身就是一座"二战"时被炸毁的私人教堂，几经修复还是无法恢复当初的模样，结果这座破烂的建筑物成了当地汽车和摩托爱好者的维修场地。

卢建国解释，这个地方不远处有一大片茂密的森林，里面都是汽车和摩托车爱好者多年来搭建的竞技道路。他看中的就是这块土地，于是就出资买下了它，还挖了一条人工湖，围绕着人工湖，修建了一座小型汽车试验场。这样，智能轿车的路况试验，基本上都可以在这里进行。

这栋教堂被分隔成上下三层，底层是整车匹配中心，二层是三电研发中心，三层是智能化研发中心。一眼望去，工作台上摆放着各个国家研发的各种整车控制系统的零件，各种后台数据都在显示屏上不断跳跃，一看就知道，这里纯粹就是一个搞程序研发的。电驱和电池的研发只占很小一部分，绝大部分技术人员都围绕着整车智能控制系统进行研究和开发。

姜波一眼望去，玻璃窗里全是紧张忙碌的二十多岁的年轻人。

几年不见周镐，发现他已经衰老不少，他陪着姜波等人走进集成控制系统试验室，大家一看见他，都咧嘴笑笑，有的还颔首点头，充满了尊敬。

参观完整个研发中心后，姜波走进了周镐的办公室。这时一个长辫子姑娘迎上来问："大伯，还认识我吗？"

姜波定睛一看，呀，这不是卢晶吗？这丫头怎么会在这里？姜波几乎不敢相信自己的眼睛。

卢晶笑了："我这几年每个假期都在叔叔这里实习，软件编程就是我实习内容的一部分。"姜波简直难以置信，不由得瞪大了眼睛。

周镐道："卢晶在美国哥伦比亚大学读计算机，每个假期都带好几个同学来实习。"

姜波很感慨："你走的时候初中刚毕业，眼睛一眨都这么大了，还在这里实习，你妈却一点风声都没给我透露。"

卢晶说："大伯，从我离开中国的那一刻起，我一直牢记我妈说的话，中国的发展需要新技术，要学就学中国没有的高科技，学好了回国效力。所以我选择理科，计算机编程又是我最喜欢的！"

她直抒胸臆，说出了姜波内心一直渴望的东西。现在这丫头离开中国都已经七年了，没想到会在这儿遇见，他心里颇为惊讶，轻声问："毕业后回中国吗？"

"我才二十一岁，还有一年本科毕业，我还想考研呢。"卢晶也笑了。

"不回国啦？"

"想，做梦都想。"卢晶说，"只是，上次华子叔来的时候说，要我读好书练好基本功，等时机成熟就回去！"

"华子？你说的是李振华？"姜波很诧异。

"——是我，哥，知道你要来，我也从香港飞来了！"说话的正是李振华，只见他穿着一身崭新的浅灰色西服，系着一根宝蓝色领带，鼻子上架着一副咖啡色墨镜，气宇轩昂。

"振华，真、真的是你吗？"姜波有点激动，握着他伸过来的手，"我简直不敢相信自己的眼睛……"

周镐说："哥，现在这里的研发中心振华就是大股东。"

"啊？"姜波大吃一惊，"你、你投资的？那孙艳是……"

为了打消姜波的顾虑，李振华说道："当初，要不是老连长和孙艳投资海南振华汽车销售服务公司，我哪会走到今天？"

姜波只知道李振华在孙艳的支持下，很快在汽车销售行业中脱颖而出，还把汽车租赁也搞了起来，带动了当地旅游产业，后来又成功转向文旅地产行业，企业在香港上市了。没想到他现在又开辟了另一条产业投资的道路。

李振华解释道，随着中国新能源汽车的发展壮大，那些具有百年历史的欧洲传统燃油车企业还没回过神，卢建国就瞄准了这个窗口期，迅速在汉堡建立电子技术研发中心，所以自己就毫不犹豫地投资了。

姜波感叹道："你跟别人不一样，知道中国汽车工业的软肋在哪里，明知道投资汽车电子技术不可能是一蹴而就的，还是毅然决然地介入其中，说明你高瞻远瞩啊！"

"哥，我还想做中国电动轿车在欧洲的总代理呢！"李振华笑着附在姜波耳边，"等时机合适，我跟你单聊！"

"呵呵，刚说你高瞻远瞩，马上又谋划商机了，商人果然就是商人啊！"姜波仰天大笑。

"不瞒你说，我已经带团队走遍了欧洲，发现中亚和西亚的汽车市场是个可以率先突破的地方！"

姜波说："我们想到一起了。这次来，除了考察欧洲供应链外，还想到中亚和西亚考察。他们那里不缺能源，却没有整车制造业，跟他们合作，有优势！"

李振华说："走，我们到楼上坐着继续聊。"说完，他就带着姜波沿着玻璃台阶走进三楼宽敞的会议室。

一进门，看见孙艳正坐在沙发上喝咖啡。姜波愣住了："你、你这是……"

孙艳说："你们都走了，我总不能也撒手不管吧？再怎么说，林芳毕竟是我的亲表妹。云涛走了，我也不能任其被郝倩如欺负吧？"

"那，接下去你参与调解了？"

"是的，云涛大姐和大姐夫要求我出面协调。"孙艳说道，"令我没想到的是，郝倩如竟然主动在法庭上同意调解，分割财产！看来是被钱勇、郝亮和林国民双规后吓坏了！"

姜波咬着牙说："钱勇、郝亮和林国民只是冰山一角，逃到国外的邹仁、林冬梅才是大问题。大量国有资产流失，都跟林冬梅和邹仁的操纵有关，必须要擒拿归案！"

孙艳说："我实在等不及了，就搭乘振华的飞机到了这儿。"孙艳笑着端起咖啡喝了一口，"还没倒时差呢！"

姜波暗暗吃惊："振华买飞机了？"

"我哪敢买飞机啊，租的。"李振华说。

"师兄，振华刚才是不是又三句话不离本行啦？"孙艳笑着问。姜波含笑不语，李振华却认真地点点头。

"你呀，还是满脑子汽车销售，要把钱用在刀刃上。"孙艳严肃地说，"当今世界互联网技术日新月异，汽车电子技术更是如此！你投入那么大，不就是盯着芯片吗？"

李振华这才微笑着说："嫂子，你放心，第一要务就是智能化系统，其次才是芯片制造。哥，我们明天就要去荷兰采购设备，你去吗？"

"我没时间了，华松市举办的国际车展马上要开幕，高总催着我快点回去！"姜波说，"小艾刚才还打来电话，说她准备带队到中亚和西亚去考察，让我结束欧洲考察就回去。"

话刚说完，姜波似乎又想起了什么，问道："有件事我想确认一下，前几个月张欢跟我说，他要把你这里搬回中国？"

孙艳看着李振华，沉默不语。

李振华说："哥，确有此事。你看看这里的研发人员大都是欧美人，从中国招聘的一共才几个。在技术层面上，欧美领先；在创新应用层面上，中国领先。所以我一直有个想法，如果能把这里搬回去，再把这里的核心技术和研发人员也带回去，就能早一天培养出自己的技术队伍，这对我们来说不是更好吗？"

"大伯，华子叔的话确实有一定道理。"一直坐在边上认真听的卢晶冷不丁从椅子上站起来，一板一眼说道，"现在中国汽车工业的发展已经丝毫不逊于汽车强国，但实际上，我们在混合动力、纯电动轿车方面，赢得用户青睐的是互联网技术的创新应用！如果搬回去能贴近用户，当然更好！"

姜波听了一愣。

"不过，"卢晶话锋一转，"我认为，如果能以汉堡的基础框架作为蓝本，在国内搭建一个大的互联网技术实验室，强化智能网联在汽车上的研发和应用，那我们就更容易实现体系化和规模化，核心灵魂都掌握在自己手中，超越世界汽车强国也就指日可待！"

李振华听了直挠头皮。都说士别三日当刮目相看，眼前这个小丫头更是青出于蓝而胜于蓝，说话还蛮有谋略，不可小觑。

姜波和孙艳偷偷地笑了。

卢晶也注意到了大家脸上的表情变化，马上又说："智能网联技术的发展，是从移动互联起步的，但欧洲在这方面的发展确实落后于中国，最近几年才刚刚醒悟。从理论上来说，但凡智能手机能实现的，汽车互联也能实现，这也从另外一个角度验证了，未来智能移动座舱将是会受到用户欢迎的。荣耀新能源汽车已经在朝着可以更新迭代的高科技产品上发展了，消费者也愿意为共享科技而埋单，这就是互联网的技术进步带来的深远意义！"

坐在边上的周镐拍着桌子叫好，大声说道："卢晶的话终于说到我心里去了，振华要搬回国内，无非就是听了张欢的蛊惑，急于去满足极灵电动汽车的产能需求。可我们现在技术还未成熟，所以我反对简单粗暴地把这里一锅端了！"

卢晶说道："对，互联网科技发展的永动力是视野所及、思维所念皆有可能。我们要站位更高、视野更远，着眼于把中国电动轿车创造成世界级的电动智能轿车。如果我们在还未具备充足的技术力量时仓促上阵，肯定会对我们不利！"

这番带有说教的话语，竟然从一个二十一岁的丫头嘴里说出来，让姜波颇感惊讶，他禁不住多看了她几眼。

他觉得卢晶的身上没有自己这辈人身上背负的沉重包袱，也没有经历过以前的磨难，更不存在老一辈人曾经的忧虑。但他们已经敏锐地洞察到了中国汽车工业的未来发展方向！

姜波忽然感到自己站在卢晶的面前，格局很小，视野也受限了，有一种惭愧的感觉！他忍不住说道："汽车工业是制造体系的'航空母舰'，电子化和智能化又是航空母舰的电磁'弹射器'。从这个角度来说，我也反对把汉堡中心搬回去！"

卢晶一把抱住姜波，连连摇晃着他的肩膀，欣喜若狂："大伯，那就赶快把你的技术人员都派到这里来一起研究，一旦成熟，就马上搬回中国！"

李振华笑了："好吧，你们都这么坚持，那我也不坚持了。投资界有句行话叫'投资就是投人'，我是投对了卢晶这个年轻人！"

姜波与孙艳和李振华达成了合作协议后，他就一个人先回国了。

规模宏大的中国国际汽车博览会在华松市刚刚落成的五叶广场举行。那些前来参展的世界各国的车企不仅带来了自己国家的国旗，还插上了带有企业 Logo 的旗帜。尽管如此，在这个宽阔无垠的广场上，这些五彩缤纷的旗帜就像衬托这朵中国红的多姿花瓣，让整个广场的中国红更显得妍丽夺目。

华松机电集团旗下的几大汽车企业占据了两大片场地，另外两大片被其他的中国汽车企业占据，外国车企只能委屈地占了一片。

高振雄和姜波坐在荣耀汽车展台上面搭建出来的看台上，一边喝着茶一边在讲述中央纪委巡视组的办事效率。

高振雄说："刘云涛纵身一跳，把深藏在河床下的污泥都搅翻了。这几十年来，郝亮利用所谓的'感恩'去报答林国民，让这个地方国企成为一个上市公司，还让这个国企利用各种法律漏洞去为一个私人汽车销售商担保，最后又让这个私人企业入股上市公司，结果又彻底掏空了这个企业。"

"林国民都承认了吗？"姜波问。

"这还用说？"高振雄笑道，"钱勇是郝亮的秘书，怎么会不清楚这些内幕呢？他交代了郝亮是如何勾结林国民姐弟的，又是怎么通过与道科特公司的合作，把钱转移到国外，最后又把道科特公司逼到绝路，只得解除合资协议。在事实面前，林国民除了认罪伏法，还有其他的出路吗？不过，令我没想到的是，郝亮竟会在上姚那个不起眼的半岛小院里，垒起了一个祭奠玄关，要不是林国民交代，谁都不会知道在他父母和二弟的坟茔里还藏着金条和字画！"

姜波吃了一惊："真没想到郝亮一副道貌岸然的样子，心底里竟是如此龌龊！"

"龌龊的一面总会被人嫌弃，光明才是人类的向往！"张欢一边说一边大步走来，"高总、哥，我是不请自来，你们看，我还把谁请来了？"

高振雄看见头发花白的孙艳和颤巍巍的周志远走了过来，因为不认识，他朝姜波看了一眼，只见姜波快步上前搀扶住周志远对高振雄说："高董，这就是我师父，这是我师妹孙艳！"

高振雄马上站起身伸出双手，一左一右握着他们的手说："没想到，真没想到啊，你们两位能光临自主品牌的展台，快、快，姜波，快给老人家让座！"

"高董，我们总算有盼头了！"周志远坐下就滔滔不绝道，"鬼魅伎俩被戳穿了，乌龟王八蛋也被抓了，你们和中央纪委巡视组是大功臣啊！"

高振雄握着周志远的手说："老人家，要是没有刘云涛纵身一跳，哪会这么快掀翻这些乌龟王八蛋？换个角度说，刘云涛也算是立了一大功的！"

"对，上姚的那个尹淑芬也被抓了，她交代，我就是被林冬梅设计陷害的！"张欢耿耿于怀道，"我前几天还到上姚去作证了，也看到了视频。尹淑芬还交代，王品惠两百万保险款是从上姚集团拿的。当时林国民在他座椅后的书柜里藏着一个摄像头，早就清楚地记录下了一切。王品惠也被捕了！剩下的就只有邹仁和林冬梅了！"

关小艾从楼梯上走上来，拍拍张欢的肩膀，让他也坐下，笑着说："这个不用你操心，红色通缉令已经发出去了，抓捕这两个混蛋是迟早的事！"说完，她悄悄附在高振雄耳边说了几句话，高振雄马上起身道："对不起了，中央纪委巡视组要来观展，我去迎接一下！"

姜波一看手表，已经到了午餐时间，他赶紧让关小艾去吩咐厨房准备午餐。

高振雄说："午餐不用特别准备的，就自助餐。他们是临上飞机前抽空来看看，你就在这里陪陪师父，等会一起用餐！"他起身一看，还没给周志远倒茶，赶紧说："哎呀，光顾着说话了，姜波快给师父倒茶！"

高振雄刚走下楼，张欢就听到身后传来熟悉的声音，转身一看，只见沈晓男带着几个人端着托盘走了过来："四川的高山茶来了撒！"

"这、这，你们怎么来了？"斜刺里窜出了四川话，把大家吓了一跳。

沈晓男笑道："抱歉哈，张总不打招呼就溜走，我们还以为是去观展，却没想到是到老娘家来摆龙门阵,所以我就回去拿了我们四川的高山茶,让大家尝尝,巴适得板!"

"你、你们怎么会找到这儿?"张欢几乎惊掉了下巴。

沈晓男指指手机说:"这不是你要求的哈,每个参展的人都要把定位绑在一起,走散了容易找,幸亏有了这个功能,否则我们还不知道你到哪里去要撒?"

"哈哈,现在的微信功能越来越强大!"关小艾笑着站起来,"看来,你就是沈晓男吧?"

"对撒,坐——不改名,立——不改姓,沈晓男就是我哈!"

姜波也忍不住问:"她是……"

"她就是我经常说的川妹子——沈晓男,极灵汽车营销总监!"

"哦,原来是营销高手啊!"陈玲也禁不住笑了,问道,"多大了呀?"

"二十八,川大英语系,留奥一年。当初我去极灵汽车应聘,都嫌我个子小,是张总收留了我撒!"沈晓男的眼睛忽然红了,随即又爽直地把自己当初的遭遇说了一遍,"如今张总要搞新能源汽车出口,我们团队都愿意跟他去打江山,绝不涮坛子!"

一个高高大大的男孩子主动站出来大声用粤语说:"我也愿意。我叫张粤峰,广东人,同仁大学营销专业的,在法国留学一年。今年二十六岁,冇问题啦!"

"还有我呐,我叫孙骄阳,今年二十七岁,江苏如皋人,也是同仁毕业的,在美国留学两年,干营销两年!"另一个长相腼腆的男孩子说着一口苏北普通话。

一个白白净净的小女孩举起手,很夸张地大步走到大家面前说:"我当然更愿意啦,我也想搞出口贸易。我也是川大毕业的哈,雅安人,叫胡晓雯,学机械设计,就是没留过学。晓男是我学姐,当年到川大搞校园招聘时录取我的。哎,你们知道雅安吗?雅安有三绝,雅女、雅雨和雅鱼,我就是雅女哈,有机会到雅安,尝尝我们的雅鱼,那才是人间美味撒!再看看雅雨是啥子颜色,那才是人间美景哈!"

四川人特有的唠嗑劲头瞬间把大家感染了,脸上都露出了久违的笑容。沈晓男见大家都自我介绍完了,便说:"张总,刚才我们在参观国外轿车展台时,就听到那些老外叽叽咕咕,说再不制定严苛的技术标准,中国新能源汽车就会冲击欧洲,必须要从现在起就制定更严格的准入机制,我们听了都出了一身大汗。接下去我们要进入中亚和西亚,还要进入欧洲,我们也要尽快想出对策!"

姜波闻言大喜,没想到张欢手下的年轻人思维这么敏捷,很快就想到了要研究对策。

他仔细地看着眼前这些年轻人,心想,他们跟卢晶一样,都没有经历过当年的合资风潮,也没领略过当时轿车工业的高光时刻。现在他们一进入这个行业,就遇上了如火如荼的新能源汽车革命,急迫的心情可想而知。这些初出茅庐的年轻人敢于直面问题,不畏欧洲汽车强国,在一场即将颠覆传统汽车产业的新能源汽车浪潮面前,敢于去直面挑战,这种劲头令姜波肃然起敬。

看到他们个个脸上兴奋的表情,姜波的内心也非常激动,这些年轻人才是未来的希望!

"来来,既然大家都来,那就别客气,一起坐下来用餐!"姜波朝大家扬扬手,笑眯眯地说,"我很想听听你们的高见!"

沈晓男一见姜波很认真,便毫不客气地向服务员要茅台酒,把服务员吓了一跳,连忙摇头表示没有,但有华松大曲。

"你们这还是荣耀汽车的自助餐吗?怎么会没有中国的国酒?我有!"说着,张欢就从胡晓雯的包里拿出一瓶茅台,孙艳和关小艾见了忍俊不禁。

沈晓男二话不说就打开,给大家逐一斟满酒,端起酒杯道:"张总,都说九寨沟的景,成都的戏,东北的帅哥讲义气。刚才你在展台上宣布极灵汽车即将启程中亚和西亚,我们听了都是热血沸腾。可没想到你突然扯把子开溜,要不是有定位,哪个知道你又跑到哪里去耍哈!我们急着找你,就是想告诉你,我们这个团队,随时听从召唤,你可不能撒把子哈!"

"对头！"胡晓雯说，"当下最要紧的就是未雨绸缪，中亚和西亚是我们油电混合动力轿车出口的方向，必须要抓住这个紧要关头！"

"对撒！"沈晓男接上话说，"都说高光时刻王八都能当老总。现在可是智能汽车的时代，牛魔王来了也不行！"

"哎哟喂，乖乖隆滴咚，"孙骄阳说，"现在需要有互联网技术的超人！"

沈晓男说："姜总，我们都知道你是张总的师兄，中国汽车品牌的价值积累，就是从互联网技术应用开始的。你要是觉得老子可以，就把老子带走，老子不敢说有超人的智慧，但敢说有足够的知识储备，老子保准能在国际汽车市场上驰骋万里！"

这种口头禅在张欢耳朵里已经听习惯了，但在姜波和其他人听来，觉得不可思议。张欢听到沈晓男嘴里不停"老子老子"地叫，然后又提出要跟姜波走，顿时感到很难堪，急忙解释道："师兄，这、这……"

姜波轻轻推开了张欢的手，笑眯眯地看着沈晓男，露出一副非常欣赏的表情，端起酒杯抿了一口。

这让张欢感到很惊诧，姜波平时滴酒不沾，这次竟然会主动拿起酒杯自饮，想想不对劲。他一把拉着沈晓男走到楼梯口低声吼道："你张口闭口'老子老子'的？别忘了在你面前的是华松机电集团的老总，有你这么说话不讲分寸的吗？你竟然还当面向姜总提出跳槽？这不是向我发出挑衅吗？"

沈晓男并不在意，理直气壮地说："张总，我们都是汽车人，但参加了今天这个展会，听到了那些话，真的是心急如焚，哪里还等得起撒？你不拿主意，那我们只能跟有主意的人走撒！"

还没等张欢反应过来，沈晓男昂起头走了进去，说："姜总，恕我冒昧哈，老子，不不，这是老家的口头禅，习惯了，不好意思。我想说，张总是极灵汽车品牌的创造者之一，我们这些年轻人都是他培养出来的！中国新能源汽车走出国门是宜早不宜晚的事，混合动力已经成熟，纯电动车也已经起步，所有的核心技术和灵魂都掌握在我们自己手中，今后的氢能源也会逐渐发力，我们这些瓜娃子，就是想要抓住这个窗口期！"

自助餐厅里鸦雀无声，只有远远展台上曼妙的音乐掠过大家的耳膜。姜波微微闭上了眼睛，内心波澜起伏。

很久，他才慢慢睁开双眼，看到眼前这些小年轻盯着自己，笑着说："看来，你们跟着张总多年，情绪也变得容易激动，这可要不得啊！我们都是跟着师父一步步熬到现在，这一走就是整整三十年啊！"

周志远一句话都没说，仿佛沉浸在对当年初出茅庐的姜波、张欢和孙艳的回忆中。

但这些年轻人不同，纷纷围在姜波身边，那种渴望、那种迫切，都从他们的眼神中流露出来。

沈晓男凑近姜波的耳边大声说："三十年的卧薪尝胆，现在终于甩掉了ECU和TCU，新能源智能汽车已经崛起，走向国际，实际上也是完成了另一种意义上的反哺，也是我们去打开世界汽车新格局的时候哈！"

张欢忍不住嘲讽道："别王婆卖瓜啦，自己有几斤几两还不知道吗？"

姜波打断张欢的话："不，他们不是王婆卖瓜，他们是在展示自己的知识面和对事物认知的判断力。张欢啊，无论是站在国企还是民企的角度，他们都将是我们最希望看到的新一代汽车人！"

这席话，让四个小青年听了激动万分。沈晓男小心翼翼地问："姜总，你们在这儿偷偷见面，莫不是想把张总召回娘家去撒？"

沈晓男说完就紧盯着姜波的眼睛，随即又转向张欢，她那一双乌溜溜的大眼珠不停地来回转动，让周围的气氛顿时紧张起来。

姜波仰天大笑："错啦，我要挖人就挖你们这些年轻人，要与世界汽车强国竞争，必须要有新一代汽车人，要掌握核心技术，这样才能让我们的车轮滚滚向前！"

"对头嗦，既然你有这个想法，那我也就毫不忌讳把自己的想法说给你们听撒！"沈晓男指着台下一辆荣耀汽车说道，"姜总你看你们展台这辆车，老外经过时总是用一种惊奇的目光盯着这个Logo！他们是惊奇吗？不是，他们的目光是从这个Logo移到了充满中国元素的车身上，因为他们深知这个品牌已经属于中国，让他们感到了无穷的压力！"

"乖乖隆滴咚，不得了啊，你们不晓得那种眼光，蛮吓人的！"孙骄阳说。

"那是洒洒水啦，小意思啦，以后会还让他们惊奇更大的啦！"张粤锋说道。

沈晓男继续说："我们很遗憾错过了极灵汽车收购欧洲品牌的全过程，但我们内心深处，始终想着要亲手去推广新能源智能轿车，哪怕山高路长，哪怕有艰难险阻，我们都愿意付出所有！"

"对头！"胡晓雯插嘴道，"科技是人类共享的财富，高品质是人类追求的目标，低价格才是用户青睐的核心。作为新时代的汽车人，我们都想去实现这个理想撒！"

孙艳、关小艾和周志远听了，情不自禁拍手称好。

原来一直站在柜台里的服务员一直很纳闷，这里虽然没有茅台，他们竟然会自己带来，结果茅台酒满上了，人却趴到护栏上看展台上的一辆小车，他觉得有点不可思议，不由得也走出柜台，跑到护栏上朝下张望。

关小艾笑眯眯地用带着华松味的四川话说道："晓男，你们都是新时代中国汽车工业的领军人物，也是我们最急需的人才，我们愿意推着你们往前冲！"

沈晓男听到这句话，泪水盈眶："要真让我们这些瓜娃子来接班，我们一定不辜负你们的期望，大家一起让新能源智能轿车雄起！"

姜波若有所思道："引进来，本身就是一场颠覆中国汽车工业的革命！走出去，更是一场冲击世界汽车工业强国的革命！互联网技术在新能源智能轿车上的应用，是我们敢于争先的重要力量之一！走，我们回去，为你们壮行，来个一醉方休！"

张欢心头猛地一震，悄悄拉住姜波问："哥，你这么看好这帮瓜娃子，不会是想从我这里挖人吧？"憋了好久的话他这回终于说了出来。

不料关小艾说："挖人？这话也说得忒难听了吧，这叫志同道合！"

"你、你们,要是敢,我就……"张欢看到师父两眼狠狠盯着自己,赶紧把后面的话缩了回去。

张欢站在楼梯口,脸红脖子粗,根根青筋都暴了出来,气得直跺脚。他仿佛看到姜波已带着这帮孩子,把中国新能源汽车装在滚装船上,漂洋过海驶入世界各国,自己孤零零一个人远远地站在岸边干着急。

想了想,他便不顾一切地走到姜波身后,严厉地说:"哥,都说好的,我们一起共同把新能源汽车推向全世界,这是你的承诺,也是我和云涛多年来的心愿,你可不能过河拆桥啊!"

姜波回过头问:"你刚才想说什么?"

"没、没说什么……"张欢紧张了。

周志远说:"你敢胡说八道,我就把你扔下去!"

张欢愣在原地,呆呆地看着师父和姜波,气得无语。忽然,他一个箭步走到桌前,一把抓起桌上的酒杯,喊道:"沈晓男!"

"到!"沈晓男吓得跳了起来。

"胡晓雯!"

"到了撒!"胡晓雯神情紧张,不知道要发生什么事,直接就站到沈晓男身旁。沈晓男朝她眨眼,示意她别吱声。

"孙骄阳!"

"叫哪个?哦,叫我呐!"这个小伙子见前面两个女生神情紧张地站在一起,也马上站到张欢面前。

还没等叫到张粤峰,这个广东小伙已经走到了张欢的面前。

张欢忽然端起酒杯,手却在不停地颤抖,一杯茅台酒竟然有三分之一洒在桌上:"愿意跟着我闯世界的,都干了杯中酒!"

四个年轻人面面相觑,看到姜波、周志远、孙艳和关小艾都是满脸微笑,只得慢慢端起酒杯抿了一口。

张欢怒了:"啥意思?想尥蹶子?"看到这些年轻人最后在自己的压力下干了杯中酒,张欢这才冲着姜波露出洋洋得意的笑容。

胡晓雯没喝完，她只是抿了一口已经辣得嘴巴合不拢，不停地用手在嘴巴前挥来挥去，杯中还剩下一大半。

"就你这怂样还想冲锋陷阵？"张欢一步上前，逼着胡晓雯把酒喝完。

"慢，我来！"关小艾一把接过胡晓雯手中的酒杯，一口喝完，又朝服务员招手，"拿一瓶华松大曲来！"随后她朝张欢露齿一笑，"为了新能源智能轿车，我今天要跟你比一比，谁倒下，站着的人就把这些年轻人带走！"

"抢人？谁怕谁啊？"张欢嘴上虽这么说，脑瓜子却在抽搐。关小艾从不喝酒，今天怎么会突然变得咄咄逼人？他心里越是疑惑，内心越是不平静，东张张西望望，发现关小艾两眼紧盯着自己，顿时心里变得慌兮兮的，眼梢中忽然有个东西一闪，孙艳把关小艾的杯中酒换成了矿泉水，气得他大叫道，"小样——你们是合着伙想蒙我，这不是明摆着要抢我的人呐！别以为把酒换成了水我看不出来？这不就是要抢我的未来吗？——我不干！"

大家顿时哄堂大笑。

姜波笑眯眯端起酒杯，忽然他身后又伸出几只手，姜波转身一看，原来高振雄带着中央纪委巡视组的人站在了身后，他赶紧站起身，大家相视一笑。

一切尽在不言中，大家轻轻碰了一下杯，仰起脖子一口饮尽……

2024 年 5 月 30 日于上海

后 记

  我是在上海汽车发动机厂的大澡堂子里学会游泳的。那时,厂区小学的小巴辣子放暑假,都会跑到厂里各个角落去抓蟋蟀,弄得满身是泥,又不敢跳进大河里洗澡,于是就偷偷溜进工厂澡堂子里洗却身上的污泥。哪知澡堂子沉淀了一夜,水面看起来是清澈的,水底下却是污泥磅礴。小巴辣子跳下去一搅,污糟糟的东西全翻了上来,为此这些小巴辣子没少喝这浑浊的污泥水——却学会了游泳。

  当年工厂后门有个大水塘,是被澡堂子里的污泥磅礴冲刷出来的,且有不断扩大的趋势,里面的鱼虫特别多,是热带鱼爱好者经常光顾的地方。后来隔壁汽车厂油漆车间清理出来的糟粕也被排放到这里,其中还含有微量的汞。时间一长,这里就成了黑漆漆、臭烘烘的大河塘,别说鱼虫活不了,就连周边方圆几里地都寸草不长。

  中外合资的汽车企业建立之后,民用管道和工业管道分离了,这才遏制了死河的扩张。五年后,这家汽车厂合并进了合资企业,在这条死河的遗址上打下了粗壮的管桩,崭新的现代化工厂矗立起来了,从此再也没有污泥磅礴和含汞的污染物。但汞是无孔不入的,谁知道它现在渗入到哪里去了。

轿车是什么？当时几乎没人能说出一个所以然。直到有一天，上海满大街呼啦啦涌现了枣红色的出租车，一夜之间成为一道靓丽的风景线，瞬间替代了整个上海的三轮摩托车和人力黄包车，大家这才恍然大悟——原来这就是人人都可以乘坐的轿车！

那时没人在乎引进、吸收和消化的是他国已经淘汰的技术，还以为抱着一个金疙瘩！直到第一批大学毕业生被送到欧洲汽车强国窥豹了造车的奥秘，这才发现中国与汽车工业强国之间差距之大。回国后，他们发誓要为中国汽车工业的崛起而奋斗，这批人就成了当时汽车工业革命矢志不渝的追逐者！

我是在我女儿一岁半的时候，踏入了正在新建的工农联合体的汽车厂，所有的一切都在朝着远大的目标前行。随着工农联合体逐渐壮大，差异化竞争就成了当时最流行的名词。上世纪八十年代的最后一个岁末，这个汽车厂全部合并入合资企业——或许是一山容不得二虎，抑或改革开放更需宽阔的胸怀！

我一进入这个现代化的汽车合资企业就发现，造车原来不是靠手工敲打，而是采用大规模的自动化机器人，这颠覆了我的造车理念。我主动提出到培训部学习外语，可因为BB机不停地呼叫，不断把我从教室里叫回——毕竟一个萝卜一个坑，工作才是养家糊口的主要内容。就这样学习外语的机会错失了，这也是我至今后悔不已的。后来因工作需要，我被调到总经理办公室专业从事新闻宣传工作，多次到欧洲汽车强国培训，连续多年参观了世界各大汽车展会，窥探到了中国汽车制造在欧洲汽车强国制造体系的引领下，正在发生惊人变化。从那一刻起，我开始把自己的所见所闻记录下来。

经历了几十年轿车制造的风风雨雨，犹如跳进了污泥磅礴的澡堂子学游泳一样，见惯了清澈如镜与污泥磅礴，唯有从一张铁皮到一辆轿车诞生的全过程才令人惊心动魄。这里面不仅是一张铁皮的演变过程，更重要的是，它蕴含着丰富且充满着激情的历史故事，隐藏着许多不为人知的甜酸苦辣、妻离子散甚至生离死别。

对那些从事多年或者刚刚从事汽车行业工作的人来说，他们或许没有时间去了解过去，甚至也不想去了解。但作为一个——尤其是在这个特大型企业从事几十年汽车行业宣传工作的人来说，还是非常愿意把自己亲历亲为的、造车、试车直至销售的整个过程描述出来，尤其是冬季的冷启动试验和冰面刹车试验，以及在各种环形试车道上，汽车飞出跑道的各种真实经历展现给年轻一代的造车人，只是想告诉他们，正是因为有了这批几十年如一日兢兢业业、恪尽职守、甘于奉献、勇于牺牲的造车人和试车人，才有了今天的上海制造！

原国家机械工业部劳动模范、汽车专家秦仲年曾多次对我说，了解上海汽车制造业是如何发展、崛起、壮大的人已经不多了，要想让年轻一代了解甚至推动整个中国汽车产业形成合力，并且去珍惜和爱护中国自主品牌非常不易。他对我说："就你几十年对欧洲汽车制造体系对中国汽车制造业的影响力、推动力的了解，特别是你在实际工作中，接触了很多领导、工程技术人员和一线操作工人，自己又下海从事新技术产品开发，还研发出了国家发明专利，对整车以及零部件体系有了更深、更细的认知。但凡搞文学创作的，不会有你这么多的实际从业经验、经历或者更加深刻的认知，应该把它写出来。"

我的夫人是一位教师，长期以来一直默默支持我的工作，悄悄为我整理累积近千万字的资料，耗费了大量的心血，从始至终都在鼓励我创作。

我的女儿是香港大学毕业的研究生，曾经在德国保时捷汽车公司实习，后来又考入中欧国际工商学院MBA，经常到世界各地交流，也一直在悄悄帮我搜集各类与汽车相关的素材，甚至还为我设计了部分的人物小传和小说架构。

正是有了她们的鼎力支持，才让我有了创作的动力。

如今蓬勃发展的中国汽车工业，正是有上海汽车工业打下的国产化基础，才形成了如今的国企、合资和民企三大合力，成为走向世界的一股新生力量，显示出中国造车人不忘初心、持之以恒、精益求精的民族韧劲！

这部小说中所涉及的人物、故事或者情节都与真实事件无关，我只是将一些历史进程中的某些事件和人物虚化了，并将其作为这部小说中的特殊背景，以文学虚构的形式创作出来，读者切勿对号入座。

新能源智能轿车是中国汽车工业走向世界的骄傲，也是弯道超车的起点，那是因为我们牢牢把握了核心技术！但是我更期待直道超越这一天的早日到来！

胡志伟
2024年5月30日
于上海

图书在版编目（CIP）数据

车轮滚滚 / 胡志伟著. -- 上海：上海文艺出版社，
2024
　ISBN 978-7-5321-8171-1

　Ⅰ.①车… Ⅱ.①胡… Ⅲ.①长篇小说－中国－当代
Ⅳ.①I247.5

中国国家版本馆CIP数据核字(2024)第070284号

发 行 人：毕　胜
责任编辑：李　霞
装帧设计：钱　祯

书　　名：车轮滚滚
作　　者：胡志伟
出　　版：上海世纪出版集团　上海文艺出版社
地　　址：上海市闵行区号景路159弄A座2楼 201101
发　　行：上海文艺出版社发行中心
　　　　　上海市闵行区号景路159弄A座2楼206室 201101 www.ewen.co
印　　刷：崇明裕安印刷厂
开　　本：710×1000　1/16
印　　张：33.5
字　　数：463,000
印　　次：2024年9月第1版 2024年9月第1次印刷
I S B N：978-7-5321-8171-1/I.6462
定　　价：88.00元
告 读 者：如发现本书有质量问题请与印刷厂质量科联系　T：021-59404766